中国诗歌
断代史丛书

HISTORY OF
MODERN
CHINESE
POETRY

中国近代
诗歌史
（修订本）

马亚中　著

江西教育出版社
JIANGXI EDUCATION PUBLISHING HOUSE
·南昌·

赣版权登字-02-2023-164

图书在版编目（CIP）数据

中国近代诗歌史 / 马亚中著. —— 修订本. —— 南昌：
江西教育出版社,2024.3
　（中国诗歌断代史丛书）
　ISBN 978-7-5705-3702-0

　Ⅰ. ①中… Ⅱ. ①马… Ⅲ. ①诗歌史 – 中国 – 近代
Ⅳ. ①I207.209

中国国家版本馆CIP数据核字（2023）第115367号

中国近代诗歌史（修订本）
ZHONGGUO JINDAI SHIGE SHI（XIUDING BEN）
马亚中　著

江西教育出版社出版
（南昌市学府大道 299 号　邮编：330038）

各地新华书店经销
江西赣版印务有限公司印刷
965 毫米 ×635 毫米　　16 开本　　31.5 印张　　440 千字
2024 年 3 月第 1 版　　2024 年 3 月第 1 次印刷

ISBN 978-7-5705-3702-0
定价：118.00 元

赣教版图书如有印装质量问题，请向我社调换　电话：0791-86710427
总编室电话：0791-86705643　　　编辑部电话：0791-86705903
投稿邮箱：JXJYCBS@163.com　　网址：http://www.jxeph.com

序一

钱仲联

　　春节刚过，门人马亚中来寓所告余，他的论著《中国近代诗歌史》，今岁将由台湾学生书局出版。余年迈久病，闻讯为之大快。《中国近代诗歌史》是亚中的博士学位论文。三年前，举行论文答辩之时，王元化、霍松林等著名专家、教授七人一致给予很高评价，称它填补了清代文学研究的一项空白。现在终于能够正式出版，相信它一定能对清代文学的研究有所裨益。

　　中国近代社会，一方面遭受外国殖民者的凭陵；一方面封建专制已趋于穷途末路，其外患内忧为前古所未有，近代文学（即晚清文学）正产生于这样一个急剧动荡的时代。钱谦益说："古之为诗者有本焉，《国风》之好色，《小雅》之怨诽，《离骚》之疾痛叫呼，结轖于君臣夫妇朋友之间，而发作于身世逼侧、时命连蹇之会。"近代诗人身逢前古未有危难之局，其歌也有思，哭也有怀，闪耀着鲜明的时代色彩，皆可谓"有本"之作；其震动人心之力，也有前古诗人所没有能达到的。而近代文学的总体，在艺术上，正孕育着前古未有之"变"。穷则变，变则通。近代出现的"诗界革命""文界革命""小说界革命"，皆为这种穷极生变的表征；而经过不断地变革，才过渡到现代白话的新文学。近代文学之重要，于此可见。但近代文学研究的现状却并不令人惬意，无论在作品整理、资料搜集，还是在史论、作家论、作品论方面，与先秦、唐宋文学的研究相比，都有较大的差距，有待于人们的急起直追。

亚中年少好学，真积力久。大学毕业后，即从余攻读硕士学位和博士学位，而其有志于清代文学（包括近代文学）研究，早在本科学习期间。他的硕士论文是研究桐城派诗的，程千帆教授阅后，喜称"老眼为之一明"。后作博士学位论文，又选择了难度极大的近代诗歌作为研究对象，可谓初生牛犊不畏虎。三年后洋洋洒洒成此论著近四十万言，其毅力已足惊人。尤其值得肯定的是，他能把近代诗歌放在整个古代诗歌发展的宏观中观察、辨析其艺术流变和趋向，具有高屋建瓴之势；视野开阔，颇多创见，呈现了年轻一辈学人的新风貌。学问无止境，异日更上层楼，高树旗纛，余将拭目以待。

一九九一年三月于苏州大学

序二

章培恒

　　中国文学发展到元明时期，戏曲、小说取得了重大成就，这种势头在清代前期仍然延续下去。在"五四"运动后相当长的一段时间里，随着文学观念的演变和小说、戏剧地位的提高，元明清文学研究中致力于戏曲、小说者多，注意诗歌者则相对减少（至少在大陆上是如此）。延至今日，加强元明清诗歌的研究已成为一个不容忽视的问题。

　　先秦的法家虽然攻击过《诗》《书》，秦始皇还颁布过"偶语《诗》《书》者弃市"的法令，但这只是我国历史上的暂时现象。就总体来说，诗歌在我国古代备受推崇，而且越到后来，写诗越成为士大夫应该具备的能力之一。其流风所及，不但才子佳人小说里的男女主角往往以诗歌相唱和，并进而私订终身，连《水浒传》里的宋江也因题了反诗而锒铛入狱。而我国古代之所谓文，则包括文艺性的与非文艺性的两个方面，且以非文艺性的为主。被视为"明道"或"载道"之器而与诗歌相颉颃的，实为非文艺性的文章；文艺性的文却远不如诗歌之被社会重视，其进展也相应缓慢。故就文学上的重要性来说，文之不逮于诗，似无庸置疑。至于戏曲、小说，无论其在元明清时期有多大成绩，但在"五四"运动以前，一直被视为小道。清末虽有梁启超等人加以提倡，但局面并未根本改变。也正因此，对我国文学史起着决定性作用的，始终是诗。如果不能充分把握其演变的脉络，也就不能真正了解中国文学的路是怎样走过来的。

另一方面，元明清文学乃是我国处于转型期的文学。尽管我国的新文学是在西方文艺思想影响下形成的，但元明清文学实际上已在朝着这个方向行进，只是进程极为迟缓，而且不断地跌仆，有时甚至后退。西方文艺思想不过是像传说中的缩地术似的，使我国当时正处在艰难历程中的文学，化千里为跬步而已。而最能体现出这一历程的艰难性的，却是诗歌。

诗歌既受社会的高度尊崇，社会上占支配地位的观念自必以此作为其主要领地之一；而除了少数例外的情况，文学界的优秀分子亦必投身于其间。前一种现象使文学中体现转型期特点的新因素很难在诗歌领域中立足，后一种现象又使这种新因素必将在诗歌中滋长。二者的冲突和彼此的消长，构成了元明清诗歌发展的具体内容；与此相配合，在其艺术方法上当然也产生了种种变化。所以，即使元明清戏曲小说的成就在诗歌之上，但若要了解元明清文学发展过程的复杂性与曲折性，却首先必须研究那个时期的诗歌；若要从总体上探讨元明清文学的特点和得失，也首先必须研究作者最众多、当时的各种文学思想都能借以充分表现的诗歌。

若就嘉庆以后的清代文学史来说，诗歌的重要性尤为突出。因为在那一阶段，戏曲和小说都已黯然失色，再也产生不出像康熙时的《长生殿》《桃花扇》或乾隆时的《儒林外史》《红楼梦》那样的作品了，文学上最杰出的代表是诗人兼散文家龚自珍。他那深沉的、几乎是绝望的痛苦和英勇的、渗透着反抗性的追求，以及由这二者的奇妙结合所形成的强烈的激动，为我国的诗歌开辟了一个前所未有的境界。以此为开端，诗歌的发展一面呈现出内容和手法上的丰富性，另一面又在回旋曲折之中显示出求变、求新的趋向。倘要阐明元明清文学与新文学之间的关系——相互联系和突然飞跃，首先就必须研究嘉、道直至清末的诗歌。

也正因此，我很赞同日本已故汉学家吉川幸次郎的如下意见："诗歌是中国人文学活动中最重要与自觉的东西。然而在近时的中国文学史上，诗歌研究似已稍稍被忽略了，在近代诗歌方面尤其感到如此……中国诗的发展变迁的状态极为微妙，既难以捕捉，也难以叙述。但我确信由于勇敢地排除这种困难，对中国文学史或中国文化史就能达到较完全的认识，我期待着从事这一困难工作的同志的出现。"（吉川幸次郎著、高桥和已编《中国诗史》下册，249 页，日本筑摩书房 1981 年版）而马亚中博士的《中国近代诗歌史》，就正是他"从事这一困难工作"所获得的可喜成果。

此书的基干，为清代道、咸、同、光四朝诗史。这是中国诗歌史上最被忽视的一个阶段，因而研究上的难度很大。本书作者却在广泛搜集资料的基础上，在纷纭的现象中清理出几条主要的脉络，并通过对各代表性的诗人、诗派的特征及其相互关系——包括对立与冲突——的探讨，以显示出当时诗歌发展的总的风貌，体大思精，而分析又颇细密，实为研究清代后期诗歌史难能可贵的力作。

然而，清代后期诗歌既非凭空而来，中国诗歌的演进亦非终结于此，若不求索其来龙去脉，就不能阐发其在中国诗史上的地位。故作者又以两章的篇幅溯其本源，以全书的最后一章明其流衍。这就使读者看到了作者对中国诗歌史的总体把握。他认为："中国诗歌发展到盛唐，犹如百川归海，烟波浩渺。"元和新变，"实际上是对李、杜，对盛唐诗歌的各个方面作片面的变本加厉的发展，由于是趋于极端的发展，因此往往利弊共存"。宋诗在这基础上进一步创新，她"在不同于唐诗的艺术原则指导下"，形成"拗折、雕炼、瘦硬、清淡、跳跃，以文为诗，以俗为雅，不拘工对，对照鲜明，喻拟新奇，思致深曲等特征"，"从根本上来看，宋诗的新开拓，实际上是艺术原则的更新和艺术度的扩大"。但由于这是一种"与传统相龃龉"的革新，在江西诗派的末流产生明显弊端时，就形成了"向传统的回归"。直到明末清初，才回到革新的道路上来，诗歌"又出现了一个繁荣局面"。但由于种种原因，不久便"发生了曲折"，到道、咸时期才气势磅礴地展开，终于使我国的古典诗歌成为一种"完成的艺术"；而宣统至民国初年的诗歌则成了我国古典诗歌史上一抹绚烂的晚霞。就这样，作者为我们提供了关于中国诗歌史的新的认识，而本书所勾勒的清代后期诗歌的历程，则是这个总体建构中的有机组成部分。所以，本书的基干虽是清代的道、咸、同、光四朝诗史，但却对于我国整个诗歌史乃至整个文学史的研究，都有所启迪。当然，任何一部自成体系的文学史著作所提供的文学发展的历程都是作者自己的架构，绝不能要求它完全切合实际；但在有了多种架构并经过相互攻难、补充以后，我们也就会得以逐步接近文学发展的真实历程了。

总之，要深切了解元明清文学史，必须深入地研究元明清诗歌；尤其是对清代后期的文学，即使只是想获得一个概略的认识，也非首先研究清代后期的诗歌不可。近几十年来，虽陆续有优秀的学者为此献出卓越的研究成果，但研究者的人数显然太少，许多应做的工作尚未着手。在这样的情况下，马亚中博士向读者呈献了他的《中国近代诗歌史》，我想，这实在是值得高兴的事。然而，我的这篇序恐已因高兴而写得太长，引起了读者的厌烦，那么，我还是赶快打住，让读者阅读正文罢。

一九九一年三月于复旦大学

目录

引论

文学和文学史

若想认真地去研究文学史，最好对文学和文学史有一个比较明确的基本看法。遗憾的是，目前文学界在文学和文学史这个基本问题上显然尚未取得统一的认识，也许，实际上要想于此取得完全的统一是相当困难的，甚至是不可能的。因此我们没有必要待取得完全统一的认识后，再去研究文学史。在众说纷纭的背景下面，为了避免误会，以使论题得以顺利展开，首先概要陈述一下笔者在这个问题上所持的基本看法。

一、文学与生活

要想割断文学与生活的联系，无疑是抽刀断水，问题的关键在于如何解释这种联系。生活的概念不是空洞的、狭隘的。可以说人类洪荒开辟以来所从事的一切活动，无不可以称之为生活。因此，从时间的方向上，我们可以把生活分成历史的生活和现实的生活两大部分；而从生活的内容上，我们又可以概分为物质生活和精神生活两大类。现实的物质生活和精神生活既是历史的物质生活、精神生活的积累，又是它们的扬弃和发展；精神生活既是对物质生活的观照、反映，又是对自身的反省。哲学、社会科学、文学都属于精神生活。由于精神活动是自在的，具有自我反省的能力，因此，哲学、社会科学、文学既是生活的一个部分，同时又以包括自身在内的全部生活作为对象。这样，就不仅仅是文学，哲学、社会科学也都将与生活（包括历史的）发生联系。显然，仅仅看到文学与生活有着不可分割的联系，仍是远远不够的。这样，尚不能将文学与哲学、社会科学区分开来。所以我们还必须进一步寻找足以将文学与哲学、社会科学区分开来的特征。这就使我们不得不注意到文学与生活的联系和哲学、社会科学与生活的联系之间的区别。要详细地、比较精确地辨析这种区别，可能非本书力所能及。在这里，我们只能作一极简单的比较。如果说，与生活发生联系，哲学用的是思辨方式，社会科学用的是实证方式，那么，文学用的即是感悟方式。

我们采用"感悟"这个概念，是因为它能够较好地概括文学创作、文学作品、文学欣赏三方面的特征。沟通三方面的联系，把文学的三个基本环节统一起来，从而能在较高的层次上说明文学的主要特征。

首先我们从文学创作角度看，"感悟"可以说明作者独特的认识过程。文学家的文学认识与哲学和社会科学的认识方式不同，它不排斥丰富的感性体验，并不急着把丰富的感性体验转化成明确的理性概念进行清晰地逻辑推理，而是尽力保持着内在感觉和体验的全部丰富性，并且还要充分展开想象翅膀。"精骛八极，心游万仞"，"思接千载，视通万里"，陆机与刘勰都注意到了文学创作的这一特点。在这全部的感性丰富性里，作者的"悟性"会把作者引渡到认识的彼岸。所谓"悟性"是佛家经常使用的一个概念，中国古代文论家也经常借来阐述文学观点。实际上这是主体所具有的穿透现象世界的认识能力，"凡体验有得处，皆是悟"（陆桴亭《思辨录辑要》卷三），达到悟境有迟有速，然而"悟"本身往往是在瞬间完成的。所谓豁然开朗，正是悟的实现。人们往往不能自觉意识到它的完成过程。当然它与一个人的感受、经验、思想的积累关系密切，"人性中皆有悟，必工夫不断，悟头始出"（同上）。因此，作家必须重视对生活的观察体验。文学创作的实现，其前提条件就是这种悟性的完成。这样作家就能够从其最亲切的感受体验出发，创作出既可感，又有"悟"的作品，而不必从抽象的概念出发，去编织图解概念的缺乏真情实感的谎话。这样既可避免创作的公式化、概念化，又可避免创作肤浅乏味，流为生活现象的平面展览。当然，并不是任何感性体验都能使作者领悟到深刻而又非陈旧的人生哲理，作者所应传达的应当是那种能使读者产生深刻而新鲜领悟的感性体验。这就要求作家具有敏感的心灵以及丰富的生活。

其次，从文学作品的角度看，"感悟"可以说明文学作品特有的存在方式。一部文学作品不同于一部哲学著作，哲学著作几乎舍弃了生活的感性和丰富性，而遨游在抽象思辨的王国。因此，它的形式特点是一系列完整明确地表达出来的由理性概念组成的逻辑程序。而文学作品则恰恰相反，它以保存生活（包括心灵世界）的感性丰富性为前提，甚至时常还要对它作显微式或者鸟瞰式的展示，整个作品是一个展开了的可感的形式过程。作品本身并不向读者明白完整地提供到达彼岸世界的直接的逻辑桥梁。佛家曾创"无有文字语言，是真入不二法门"（《维摩诘所说经》）的"言语道断"说。这实际上是要求摆脱言语的局限，一凭悟性达到佛境，如果我们对此进行改造来比喻文学作品，是可以有所启发的。我们可以把"无有文字语言"理解为不在文学作品中作明确的理性推理以昭示思想结论，而只是让作者的领悟渗透、融化在感性之中，听凭读者的悟性作用。事实上，司空图的"超以象外，得其环中"（《二十四诗品》）、严羽的"水中之月，镜中之象"（《沧浪诗话》）都在这个问题上作了发挥。清人叶燮在《原诗》中引人言说："诗之至处，妙在含蓄无垠，思致微渺，其寄托在可言不可言之间，其指归在可解不可解之会，言在此而意在彼，泯端倪而离形象，绝议论而穷思维，引人于冥漠恍惚之境，所以为至也。若一切以理概之……非板则腐……若夫诗，则理尚不可执，又焉能一一征之实事者乎？"对此责问，叶燮也不得不首先承认："子之言诚是也。"同时又解释说："然子但知可言可执之理之为理，而抑知名言所绝之理之为至理乎？

子但知有是事之为事，而抑知无是事之为凡事之所出乎？可言之理，人人能言之，又安在诗人之言之？可征之事，人人能述之，又安在诗人之述之？必有不可言之理，不可述之事，遇之于默会意象之表，而理与事无不灿然于前者也。"又举杜诗为证，以为"若以俗儒之眼观之，以言乎理，理于何通？以言乎事，事于何有？所谓言语道断，思维路绝。然其中之理，至虚而实，至渺而近，灼然心目之间，殆如鸢飞鱼跃之昭著也"。由于他对"理"与"事"作出了特别的解释，从而使他的见解比引言又深入一层，而清代另一位诗论家吴乔的饭酒之喻，同样妙得文学三昧："意喻之米，饭与酒所同出。文喻之炊而为饭，诗喻之酿而为酒。文之措词必副乎意，犹饭之不变米形，啖之则饱也。诗之措词不必副乎意，犹酒之变尽米形，饮之则醉也。"（《围炉诗话》卷一）这些诗论家都注意到了文学作品与非文学作品存在方式的区别，都强调文学作品不能直接明了地交代作者的思想观点，并且不必拘泥于实事实理。本书同样认为文学作品只为某种理性认识提供一个前提，整个作品应该向未来呈现出一种开放态势，为读者建造一个可能性系统。当然，作者在此岸世界建立起来的这个开放的可能性系统，就作者本人的意图而言，会暗示一种达到彼岸世界既定位置的指向，这个指向就是作者悟性的方向。但这种指向能否得以精确实现，却是值得怀疑的，因为悟性在此岸世界和彼岸世界之间建立起来的是一种或然性联系。对于同一个感性对象，不同的人往往会有不同的领悟。一般来说读者有可能渐近于作者暗示的指向，因为人与人之间毕竟存在着许多共性，这种共性正是作品得以实现自己的基础。但是一部作品在历史进程中，有时会被人作出全新的解释，这类例子在中外古今的文学史料中是不胜枚举的。所以文学作品的历史实现，不仅仅取决于作品本身，还取决于读者的理解过程。因此全部展示和实现的文学性存在于作品、读者及其相互关系的历史过程中。文学作品的这一特点是哲学、社会科学、自然科学著作所不具备的，或者很不充分的。由于哲学、社会科学、自然科学著作，是以直接的完整表达的明确的逻辑形式昭示一个结论，作者的思想观点明白地告诉了读者，读者只是通过作品展示的逻辑过程理解和接受一个结论。尽管，他对于结论可以提出怀疑，进行商榷，但作者明示的结论不会改变。当然由于语言本身的局限，也可能会使结论产生一种模糊性，致使人们在接受一个结论时产生分歧，但这种情况只是一种"言不尽意"的遗憾，或者是一种语义演变造成的悲剧。文学作品则不然，他不仅有着上述这种情形，而且更主要的是它的形式本身并不向读者提供一个明确的结论，结论要由读者自己去寻找。在这里，读者不是一个被动的接受者，而是一个主动的发现者、创造者。文学作品这种双重不稳定性是其显著的特征，它给文学作品带来了万古长青的生命力。因此，一部成功的文学作品，它必须同时具备两个条件：一是感性形式，作品首先必须使人产生活生生的感觉效果（包括情绪效果），人们通过语言符号应该感受到生活形式（强调其可感性）的存在；一是这种形式必须是现月的水，化米的酒，足以成为触发悟性的契机。

最后，"感悟"同样可以说明读者的欣赏特征。读者在作品提供的形式面前，通过接受和理解，通过联想和想象不仅重建了感性世界的全部丰富性，感受和体验到了现实人生的生动性，同时读者又在自己重建的感性世界里体验和领悟到了现实人生的某些本质，使情感和心灵产生强烈震动。由于这种体验和领悟并非是被动的接受，而是主动的发现和创造，因此读者能够进入到审美的自由境界，读者的主体精神能够得到极大地发挥，获得空前的满足。当然，读者从此岸世界到达彼岸世界的时候，也许会建筑一座逻辑的桥梁，但作为文学的欣赏，这个过程是相当短暂的。如果作为文学批评，那么在描述这种体验和领悟的时候，当然就必须把这种在欣赏中瞬间完成的过程最充分地展开，放大时间和空间，说明能从此岸世界到达彼岸世界。但是，这种通往彼岸世界的逻辑桥梁并不是唯一的、绝对的，读者不同的素质会导致不同的结果。在专心致志、心神凝一的情况下，读者完全凭借自己的悟性腾空飞渡，其落脚点自然难以完全一致。仁者见仁，智者见智。鲁迅先生也曾经说过："文学虽然有普遍性，但因读者的体验的不同而有变化。"（《看书琐记》）又曾举阅读《红楼梦》为例："单是命意，就因读者的眼光而有种种：经学家看见《易》，道学家看见淫，才子看见缠绵，革命家看见排满，流言家看见宫闱秘事。"（《〈绛洞花主〉小引》）可见在文学欣赏方面是无法实行大一统的。然而，由此，读者的主观能动性却得到了充分发挥。由于读者的这种文学的认识，保存了现实生活的最大丰富性，因此，他能够对人类的感性世界，对人类的情感世界获得比其他形式更多的体验和领悟，而且由于对彼岸世界的领悟是一种自觉的实现，并有着情感的强有力的支持，因此尤为亲切坚定。同时，它比起哲学等抽象的思辨认识来，虽然比较零碎，难以对彼岸世界作出系统的说明，而且对彼岸世界的认识有时也比较肤浅，甚至不免模糊和朦胧，但却更加生动和丰富，更加亲切和平易近人。而且由于整个欣赏过程进入了自由的审美境界，人们的个性精神也获得了空前的解放，而这往往又是人们在现实生活中难以实现的。这些优势也是枯燥乏味的哲学思辨所难以企及的，因而文学比起哲学来拥有更为广泛的读者。这就是文学不可替代的理由。

文学的这种不可替代性正是文学独特的表现方式，即文学形式造成的，所以我们应该理直气壮地肯定形式的重要作用。事实上，文学的主体精神的实现，它的自觉程度的提高，不在于是否认识到文学应该表现人生，而在于文学的这种根本表现方式的自觉。如果只是把注意力永远停留在一切文化存在的共性之上，而无视文学自身的存在特质，无视它的形式的独特作用，甚至把它沦为政治、经济、哲学的附庸，那么就不可能有文学的自觉。

对文学特征的揭示，为本书主题的展开确立了一个根本的原则，使我们有可能摆脱庸俗社会学的羁绊，从一个新的角度去把握对象。但这种揭示仍然是原则性的，并不是对于文学作品的具体形式，当然也不是对于诗歌形式的说明。因此我们有必要进一步讨论一下文学的具体形式，在这里主要是诗歌形式，以便进一步确定我们的研究方向。

　　文学作为一个独特的文化存在，有着区别于其他文化存在的特殊形式。这种特殊形式并不是一种抽象的存在，它具体化为文学作品，而文学作品也有其特殊的存在形式。可以说文学作品的存在形式正是文学形式的具体的物质承担者。但是，文学是发展的，在历史运动中，它不断地塑造着自身。因为，在一个横断面上的文学作品并不能完整地说明它的存在形式。严格地说，文学是一个开放的体系。它的具体的存在形式存在于这个体系内的全部作品之中，不仅包括过去的、现在的，也包括未来的。因此，我们对于文学具体的存在形式的说明只能是历史的和部分的，而且即使这样，我们也很难锱铢不漏地描述清楚一个历史层面上作品形式的全部细节，我们能做到的，只是比较原则地把作品形式分成若干层次，这几个层次也许是文学作品所必须具备的。首先，文学作品具有各种不同的体裁样式，每一种体裁都有自己典型的结构模式，这是最表层的形式。在这表层形式里也同样渗透着作者的情感体验，因而也具有相当的形式力量。比这形式深一层，则是在一定的体裁模式之内的不同作品的谋篇布局、结构安排。这是使作品成为一个有机系统的内在组合方式。在实质上，它反映的是作者对生活的展现过程。比这更深一层的形式，则是在一定篇章内的修辞方式。这里的修辞方式，指的是一种广义的修辞方式，它不仅包括语言修辞，同时也包括作者所采用的表现方式。它所反映的是作者与对象之间的创作关系。这种关系可以简单概括为主观、客观，直接、间接这样一组互相交叉而"配比分量"不同的状态。在本质上，正说明了作者对生活发现和体验的独特性。最后，为上述这些层次包裹着的核心就是文学的"世界"。它是作者发现、加工改造而得以实现的生活形式（"有意味形式"）本身，是作者最终为读者创造的一个可以感悟的世界。由于它是可以感悟的，因此，它既是形式的、现象的，又是内容的、本质的。在这里形式和内容，现象和本质完全水乳交融在一起，文学终于在这里完全实现了自身的本性。

　　上面描述的是作品的一般形式，与我们的论题直接相关的诗歌形式是它进一步的具体化。在众多的具体化形式中,诗歌是一种最古老,艺术层次最高, 也是最精练的作品形式。周作人曾把整个文学范围比作一座山,顶部是所谓"纯文学",底部是"原始文学"和"通俗文学"(《中国新文学的源流》)。无疑,诗歌正属于山尖上的东西。诗歌的表层是它的格律体系, 韵律、节奏、句式都属于它的范围,它简洁、精致、最富有音乐性。其次是诗歌的章法和构思,它显得特别凝炼, 时空变换节奏快, 幅度大, 跳跃性强。再次是诗歌的各种修辞手段,它显得特别精粹,集中、紧凑和浓郁,具有极强的爆发力和感召力。最后是诗歌的"境界",它深远、浩渺、最富有想象力, 又如醇酒, 最需要品味冥想。

我们剖析了作品的一般形式和具体的诗歌形式,也就为研究诗歌作品确定了重点、方向和任务。本书将主要按照上面认识到的诗歌形式去逐层分析将要涉及的作品。

二、作家、作品与文学史

不管我们如何来看待文学史,作家和作品总是无法违避的。离开了作品的文学是空洞的,离开了作家的作品也同样是虚幻的,这就从根本上涉及了我们对于作家其人的看法。然而这却是一个异常复杂的问题,也是一个极容易使人葬身海底的漩涡。但如果想要认真严肃地来研究文学和文学史,也就无法回避人的问题。本书并不奢望能澄清人的问题,因为这既非本书的任务也非本人力所能及,但作为一个诚实的人,也毋庸隐瞒自己的看法(虽然它是模糊的幼稚的),更何况这与我们的研究关系极大。

朱光潜曾说:"世间事物最复杂因而最难懂的莫过人,懂得人就会懂得你自己。"(《谈美书简》)因为,从根本上说,人类不同于动物,人类对自身的肯定,与动物的生命肯定有着本质区别,它是一种不断深化,不断拓展的全时空的无限肯定。这是人之所以成为人的最基本的原动力。正因为人具有这种动力，所以人才能从动物那种与自然界浑然一体的单一生命交流的循环中解放出来，而区分出客观世界，使自己成为能够全面认识世界和改造世界的主体。而动物则由于完全把自己封闭在与自然界浑然一体的唯一的生命交流的循环之中，因而自然界只是它生命的外在组成部分，而只具有与内在同一的生命意义，所以必然是懵懂的，缺乏自觉意识的。正因此，人的实践是一种主体的实践，它是一个无限展开的过程，因而人的意识和理性也同样是一个无限展开的过程，而人作为认识和改造世界的主体也同样是一个无限展开的过程。这一过程又现实地表现为包括肉体和灵魂、物质和精神、存在和意识、实践和理性的复杂多元的社会关系。这种社会关系的运动形式就是生活。个体作为人类的最小单元，他只能存在于人类的社会关系之中，个体的生活也只能是整个社会生活的一个有机成分。但是，个体究竟是怎样同整个社会发生联系的呢？我们认为这座联系的桥梁就是个体的"群"的归属。

在现实中，个体不可避免地要归属于各种有形无形的"群"体。从生理关系、生存关系、实践关系、精神关系等各个方面，人类社会客观地分成各种形形色色的"群体"。男人、女人、老年、少年、白种人、黄种人、黑种人、健康人、残疾人，以及各种心理类型；国家、民族、地域、社会团体、家庭、阶级、职业、知识结构、文化层次，以及各种哲学、政治、宗教、道德、伦理、文学等方面的精神类型。诸如此类，几乎无限可分。当然由于历史的发展，在不同的历史阶段必然会有不同的社会关系，有的群会消失，有的群会新生，但有两个群也许将是永恒的，其一就是整个人类这样一个极大的群，其二就是个体这样一个极小的群。它们是社会群体划分的两个极限。由于所有这些群体都是从不同角度、不同层次上划分出来的，因而具有各自不同的共性特征和存在形式。虽然它们之间会发生程度不同的影响，但这种影响不是绝对的。相互之间的关系是以独立的品格为前提，而不是从属的、主奴的。在运动状态，群体的定性（群性）只有在自己所具的角度和层次上才能充分实现自己。而群体的定性不仅使群体显示其特征，同时也使群体内聚，它是群体向心力的能源。

在上述基础上，我们就可以比较自然地、清楚地来认识个性。任何群体，其基本单位都是个体。反过来，任何个体也都归属于各种群体。因此，个体的定性实际上处在大到类，小到个体这样极其丰富多样的群体定性的交会点上，个性的内容和性质就是他所归属的所有群体定性的有机组合。由于群体的划分近于无限，因此个性的组合也是无限多样的。世界上没有一个个性完全相似，也没有一个个性完全不相同。个性既是个体的，又是社会的；既是特殊的，又是普遍的。同时，由于个性的组合特别丰富，所以个性也异常复杂。这种复杂性，特别是在个体处理一件涉及多种群体利益的事件时，会得到充分的展示。个体面对这样一种现实，内在的各种与之相联系的群性及其向心内聚力，会同时发生作用，实质上，这是一种强弱多寡的力量交锋。一般来说，个体的行为倾向主要由其中一种较强大的群性力量表示出来，但是当这一群性力量借助意志抑止其他群性的时候，个体在心灵上就会出现痛苦，而当这种群性在事件处理中实现自己以后，个体所得到的，也绝对不只是成功的欢乐，而往往是哀乐并存的情绪波澜。如果当内在两种或多种群性力量势均力敌的时候，个体内在的矛盾冲突，会使个体出现两重或者多重人格。由于这内在的矛盾冲突往往并不发生在同一层次上，并不是相同角度上的对应关系，而是犹如一块内在磁场紊乱不堪的生铁，因此把个性仅仅理解为"黑白相间的花斑马"（《列夫·托尔斯泰论创作》）是远远不够的。把人物性格看作是"二重组合"也是很不够的。当然个体行为的实现，还要考虑到具体事件主要所处的划分层次，以及是否作为单一或者主要的关注对象，还要考虑到其他现实条件的作用。总之，我们在理解个性，理解个体行为时，应该比较具体地、全面地、客观地分析、估计行为对象的内容及其环境，分析估计个体内在群性的强弱多寡程度，及其所处环境对这些发生作用的群性因素的影响。我们宁愿把个性看得复杂一些，而最好不要简单地用某种决定论把个性简单化。

个性是复杂的，对于一个作家来说，他所面对的人物，都是复杂的，而他自己也是复杂的，渗透进作品的个性也同样是复杂的。然而，我们上面已经提到，对于某一具体事件，影响个体行为的主要因素是个体内在与该事件有关的群性。因此，对于一个作家的文学创作来说，影响其文学形式的主要因素应该是与之直接相关的文学群性，而不是其他群性。当然，在一定条件下，其他群性也会发生程度不同的影响，而文学的群性也时常由于各种原因而不能最充分地实现自己，但是其他群性与文学形式并不直接相关。

作家的文学群性包括作家先天和后天形成的文学才能、文学素养、文学观念等内容。它们不仅与现实，而且与历史的有关内容紧密联系。在我们分析作品形式的时候，这些都是有必要特别予以考虑的。至于其他群性只能酌情而论。而文学群性内部也不一定完全一致。作者对于各种不同体裁的把握也是有差异的。这种差异有时还特别明显。这不仅表现在文学才能、文学素养方面，在文学观念（包括创作观念）方面也同样如此。钱锺书先生在《谈艺录》中曾举陈子昂、穆修、顾炎武、朱彝尊、袁枚以及欧洲的考莱、莱辛、伏尔泰、夏多勃里昂、拜伦、佩特为例，说明诗歌与散文、戏剧、音乐，以及文学与哲学、政治等方面存在的矛盾现象，并推而广之，认为："一身且然，何况一代之风会，一国之文明乎。故若南宋词章之江西诗派，好掉书袋，以读破万卷，无字无来历，大诏天下；而南宋义理之象山学派，朱子所斥为'江西人横说'者，尊性明心，以留情传注为结塞支离，几乎说到无言，废书不读。二派同出一地，并行于世。有明弘正之世，于文学则有李何之复古模拟，于理学则有阳明之师心直觉，二事根本抵牾，竟能齐驱不倍。在欧洲之十六世纪，亚里士多德诗学大盛之年，适为亚里士多德哲学就衰之岁。十九世纪浪漫初期，英国文学已为理想主义之表现，而英国哲学尚沿经验派之窠臼。法国大革命时，政论空扫前载，而文论抱残守缺。'诗画一律'，人之常言，而吾国六义六法，标准绝然不同。学者每东面而望，不睹西墙，南向而视，不见北方，反三举一，执偏概全。将'时代精神''地域影响'等语，念念有词，如同禁咒。"所论可谓深至。这些都说明各种群性都有自己存在和发展的内容，并不是某一种"决定论"所能大一统的。也就是说，即使是在精神领域，个体的哲学、政治、阶级意识、伦理、道德等方面的群性并不能替代文学的群性。它们之间出现矛盾并存现象完全正常。具有不同哲学、政治、阶级意识、伦理、道德等方面观念的个体完全可能具有相同的文学观念。反之亦然。当然一致的现象也同样存在，但这并不意味着某种群性起着君临作用。因为不同的群性之间并不存在一种必然的因果联系。即使是对那些有意把文学隶属于政治、哲学等其他精神形式的个体，我们也不能简单地站在他们的立场上来认识他们。其实认为文学应该从属于其他精神形式的观点，仍然是一种关于文学的观点，只是这种观点不正确，有可能扼杀文学的个性。在进行真正的文学创作时，起主要作用的是有关文学的群性，不正确的文学观念会抑制作家文学才能、文学素养的发挥。

然而，诚如前述，文学是对生活的感悟，而生活又是一个相当广泛的概念。作家是一个异常复杂矛盾的综合体，生活也同样是异常复杂矛盾的综合体。对于作家的创作来说，作家的心灵世界也是生活的一个组成部分，同样是作家感悟的对象。而就作家的感悟而言，又是作家个性积累综合性的闪光，在主体与客体的交流之中，作家和生活的复杂性会得到充分的体现。所以，我们对于作品的研究，特别是对于溶化于作品的作家的体验、领悟和人格的考察，也就不得不注意到作家所具的其他丰富复杂的群性。但我们必须强调，这些群性在作品中都有自己主要的对应点，不能随意转换。阮大铖在政治上是一个投机钻营的小人，但他的《咏怀堂诗》中却充满了对自然、对山水清音的热爱和向往。所以我们不能用他的政治品格来衡量他的自然态度。同时，我们还应该明确，由于生活是一个相当广泛的概念，所以，我们不能认为描写现实生活的作品才是对生活的感悟，描写历史生活的作品却不是，也不能认为描写社会事件的作品才是对生活的感悟，而表现个人心灵的作品就不是。而且，由于作品中的生活是经作家主体改造过的生活，是作家对生活感悟的结果。所以，决定作品性质的不应当是作品所涉及的题材，而应当是作家的感悟。我们不能认为描写了时事的作品就一定具有与时事同样的性质，而描写了历史的作品就一定缺乏时代精神。任何群体一经产生，就有自身存在、发展的运动过程。特别是精神性的群体，由于语言文字可以突破时空的限制，学习和教育完全有可能使一个作家不相信现实中新出现的某种思想观点，而却信仰历史上存在过的某种思想观点。而且，由于作家的主观能动作用，作家也会对历史和现实作出自己的思考，形成自己特有的思想观点。所以我们必须从实际出发，尽量克服主观随意性。

当然，不同的群体都不是孤立的存在物，相互之间会发生各种复杂的联系，在一定条件下，相互之间也会发生交互作用，例如，在权力的干预下，作家有可能违背自己的文学观，而服从某种政治要求，去创作某些图解政治的作品，或者迎合某些个人的趣味。文学又可能被纳入政治和个人意志的轨道，古今中外都不乏其例。梁陈诗风不能说与统治者的个人趣味没有关系。隋李谔《上隋高祖革文华书》说："自魏之三祖，更尚文词，忽君人之大道，好雕虫之小艺。下之从上，有同影响。竞骋文华，遂成风俗。江左齐梁，其弊弥甚。贵贱贤愚，唯务吟咏，遂复遗理存异，寻虚逐微，竞一韵之奇，争一字之巧。连篇累牍，不出月露之形；积案盈箱，唯是风云之状。世俗以此相高，朝廷据兹擢士。禄利之路既开，爱尚之情愈笃。"李谔的概括虽然未必十分准确，但也事出有因。故唐初李世民作宫体，使虞世南赓和。世南曰："圣作诚工，然体非雅正，上有所好，下必有甚焉，恐此诗一传，天下风靡，不敢奉诏。"（尤袤《全唐诗话》卷一）虞世南之谏，也并非杞人忧天。近证之"文革"浩劫，政治与个人意志对文学的扭曲更是有目共睹。如果政治与个人意志能够尊重文学发展的规律，为文学的发展创造有利条件，扫除文学发展的障碍，那么，无疑能起到十分有效的积极作用。反之，对于文学则是一场灾难。然而它们对于文学来说毕竟是外部力量，而不是文学自身的发展规律。文学史的任务是研究文学自身的发展规律，而不是别的。

那么，什么才是文学自身的发展规律呢？根据前面我们对于文学的认识，可以简单地说，也就是文学感悟方式演变发展的规律。它们体现于整个历史运动过程中产生的作家作品之中。这就要具体涉及作家的文学观念、作品的感悟形式。比较而言，对文学观念和作品的感悟形式作出准确的描述，可能要容易一些，要探寻文学观念和作品的感悟形式产生的原因，却困难得多。在这时就很容易滑入某种决定论的陷阱，要避免这种危险，就必须时时注意自己的文学立场，同时又实事求是地看到文学与其他精神文化形态的交互作用，克服简单化和绝对化。

三、中国的文学、文学概念的形成及其特征

也许在人类意识刚刚苏醒的黎明时刻，文学与其他精神文化形态完全是浑然一体的。人类开始只是意识到了自己是区别于客观世界的存在，各种精神文化形态的分化还是以后的事情。只有当人类认识世界和改造世界的能力有极大的发展，需要分门别类地去从事各种专门的精神文化活动以后，才有分化的可能。这种分化究竟在什么时候发生，这在目前尚未见有统一的说法，但每见人言，文学起源于劳动，或者说起源于改造世界的实践活动，其实不止是文学，其他的精神文化形态又何尝不起源于人类改造世界的实践活动呢？因此，这个说法，似乎尚不足以将文学和非文学的起源区分出来。在中国古代文论中（包括诗论），最早对"文学"，即使是对"诗"的解释，对它的功用的理解，往往离不开认为是个人意愿的表达和政治历史的目的，故后人多有"六经皆史"的说法，钱锺书先生《谈艺录》所引有关议论近十余家。到清末，章太炎则对"文学"作了最广义的解释。造成这些情况

的原因,恐怕不能不追究到古人对文学最早的解释。而这种解释表明,文学在其初,其实是与政史混为一体的,至少相互之间的关系相当模糊。事实上,《诗经》的职能不只是文学的,仅就《论语》的解释来看就很明显。而就《诗经》中所说的"是以为刺""歌以讯之""以究王政""是用大谏"来看,也同样证明《诗经》的职能相当广泛。而唯独真正属于文学的审美职能,却不很明确。究其原因,恐怕不能责备古人文学观念的模糊,而应该承认,在《诗经》的时代,文学与政史尚未分化,至少这种分化尚未完成。这种大分化在春秋、战国时代才成为比较明显的事实,也许正是着眼于这种分化的实现,着眼于《诗》的那种非官方的记史职能的消失,孟子才说:"王者之迹熄而《诗》亡,《诗》亡然后《春秋》作……孔子曰:'其义则丘窃取之矣。'"然而,后人却往往把古人对于那种文学与政、史浑然一体的存在形式的认识,看作是真正的文学观念,其结果自然会生出许多误会,不时将文学与政史相混①。我们之所以要作上述辨析,是因为如果我们要探究文学自身发展的规律,要探究文学观念及其感悟形式的成因,最终会追究到文学的始源。当然,对于客观上已经出现的文学萌芽,我们可以追溯到《诗》的时代,但是我们应该清醒地认识到,《诗经》的时代尚非文学独立自觉的时代,因此,要真正认识文学形式的形成,尚不能完全从《诗经》中寻找答案。

春秋、战国时代发生的精神文化形态的大分化一直在自发地进行着。从总体上说,这种分化到了汉代方在许多方面都趋于成熟,政治、历史、哲学都逐步开始取得自己的定性。特别是在政、史方面,更是成就卓著,盛况空前,出现了贾谊、晁错、司马迁、刘向、王充、班固等著名作家。在此同时,《诗》《骚》的融合,主要沿着两个方向发展。一是向着"文"的方向发展,它们继承了《诗》中"赋"的手法以及骚体的语言章句特点,逐步形成了"铺张扬厉"、镂金错采、堂

---

① 对上述观点的阐发详见拙文《对〈诗〉的再认识——兼及先秦时代语言文化形态的基本特征》,《文学遗产》1991 年 3 期。

皇华美的赋体。一是向着具象抒情的方向发展,它们继承了《诗》和骚体所具有的具象抒情特征,并且保持和发展了《诗》章句方面整齐押韵的特征,逐步形成了五言诗。在这过程中,哲学以及政史等形态与文学一起也逐步走上了自觉的道路,但这种自觉基本上还处在文体自觉的阶段。刘歆、班固将《诗赋略》与《六艺略》《诸子略》并列,这虽然能说明他们已经意识到诗赋与六经、诸子不属一类,但毕竟还是朦胧的,区别究竟在哪里,他们还没有作明确的表达。而在概念的使用上,当时所说的"文学"往往偏于"学"的方面,指"博""学"或者说是"学术"。诗赋、辞章一类往往被称作为"文"或"文章"。当然这里的"文"和"文章",其实应该写作"彣"和"彣彰"。由于在先秦时代,人们对于"文学"的认识,重心偏于"质"的方面,偏于政史方面的功用,这就直接影响了汉人的看法。而当真正的文学(诗赋)从浑然一体的文化存在中分化出来以后,首先引起注意的是它的独特的语言章句形式,它们是"彣"的继承和发展,为了把它们同其他文化形式区别开来,汉人也就比较自然地采用了"彣彰"这样一个能够反映诗赋辞章的某些文体特征的概念。

这种文体的自觉到了魏晋南北朝时期有了更进一步的深入,于是出现了曹丕的《典论》、陆机的《文赋》、挚虞的《文章流别论》、刘勰的《文心雕龙》、钟嵘的《诗品》、萧统的《文选》等一系列区分文体,阐述文体特征、流变、目的、功用等内容的重要著作,在混乱的文、笔区分之中,人们力图更准确地区分文学和非文学的特征,并对它们作出界定。但"文"和"笔"的概念仍然是很不稳定的,"文"一会儿是指"吟咏风谣流连哀思"(萧绎《金楼子·立言》)之作,一会儿又是指"有韵"之作,"笔"一会儿是指"善为章奏""善缉流略"(同上)之作,一会儿又是指"无韵"之作,"吟咏风谣流连哀思"之作不必"有韵","有韵"之作也未必"吟咏风谣流连哀思"。陆机和刘勰等人虽然已经比较深入地涉及和揭示了"文"的具象和抒情、联想和想象等方面的特征,但从说明"文"的实例来看,在整体上未必都具备这样的特征。他们所论的"文",以及萧统所指的"文"都包括论、奏等以议论为基本特征的文字。事实上,魏晋南北朝人并没有找到一个能从本质上将文学和非文学区分开来的标准。文学的自觉在当时实际上仍然停留在文体自觉的阶段。所以,这种文学的自觉仍然是局部的自觉,只是比之于汉人更加细密罢了。

由于六朝人对文学的认识实际上仍然偏重于"彣",偏重于语言和章句形式,所以并不能为文学开辟康庄大道。相反,这种认识的反馈,却把文学引向了雕章琢句的狭径,结果在唐代造成了全面的反动。诗歌要求恢复汉魏风骨,要求扩大表现范围,要求像《诗经》一样去表现整个社会人生,文章则要求从俳俪骈偶中解放出来,恢复先秦两汉的散体形式,恢复言之有物的质实品格。一直发展到宋代,形成了声势浩大的"古文运动"。其结果,虽从俳俪骈偶的章句中解放了出来,却同时也"取消了两汉'学'与'文'的分别,'文学'和'文章'的分别",这样,关于"文"的观念可以说又回复到了先秦时代,由于古文运动的巨大惯性、巨大影响,使得明清的关于"文"的观念一直沿袭着唐宋人的旧说,这由明代的秦汉派和唐宋派文论,以及清代影响广泛的桐城派文论可以得到说明。大约是到了清代中叶,由于骈体文悄悄地中兴起来,阮元又重提六朝的文笔之说,这表明文学的自觉过程在受到长期的抑制之后,又开始了艰难的觉醒。然而可惜的是,阮元他们的起点太低,依然停留在六朝人的认识水平上,仍然在语言章句形式的大门口徘徊。

而在文学观念的进程步履艰难的时候,小说、词曲、传奇杂剧这些我们现在把它们视为文学大家庭的基本成员的体裁却在文化的浅层次自发地繁荣了起来,并逐步渗透进了文化高层次。但在整体上,它们一开始就是被人轻视的,并不作为文学意识的对象。但是,后来由于创作的实绩,由于它们不可抑制的蓬勃发展,那些富有远见的人们便开始比较认真地来对待这些不容忽视的真正的文学存在,并对它们进行了理论上的思考。然而,它们一开始就是一种"通俗文学",其文化地位是无法和正统的诗文（包括非文学的文）相抗衡的。因此，首先是要求地位的平等。这种"平等"的呼声从明代开始，一直到清代，逐步高涨，终于在清末，有人喊出了"小说者，实文学之最上乘"（狄葆贤《论文学上小说之位置》）的口号。但是，可惜的是人们对于诗、词、曲、杂剧传奇、小说以及文章的一部分，在相当长的一个时期内是并不作为一个整体来研究的。这种状况甚至一直延续到二十世纪初。

我们这样来看待中国古代文论，并不意味着认为古人对文学的特征缺乏认识，而只是认为古人对于文学的整体观念的认识仍然是很不够的。然而古代文论，尤其是古代诗论中还是存在着许多精辟、深刻的关于文学的见解。除了陆机和刘勰以外，钟嵘、皎然、司空图、严羽、叶燮等诗论家都发表过精妙绝伦、特别富有启发性的关于文学的观点，只是这些观点往往因诗而发，或者只局限于某些艺术境界，而没有作进一步的推广和发挥，使之能涵盖整个文学。这不能不令人遗憾。至于古人关于诗歌以及散文创作（其中一部分）的精辟见解则尤为丰富。中国古典诗歌之所以取得举世瞩目的巨大成就，同古人善于总结诗歌创作的经验无法分开。

文学整体观念的模糊，和文学创作经验的异常丰富，构成了中国文学发展过程中，重范例、重悟性、重实践的特殊创作氛围。中国诗人就生活在这种氛围之中。这是我们研究中国诗歌的发展所必须首先注意到的事实。本来文学创造就不可能完全脱离历史的存在而凭空进行，它不可能不受到历史传统的影响，不可能割断与历史传统的联系。作家的联想和想象必然要受到存在的限制，他的实践和创造可能会与某一既定的文学存在迥然相异，但新生的创造物，它的细胞，它的各种基本因素却不可能脱离历史。历史中的一个作家，在其成为作家的过程中，首先必须接受有关文学的教育和训练，他必须首先去学习，认识历史上有关的文学存在。他的创作实践必须以此为起点，因此，他注定要受到历史上既定的文学存在的影响，作家的主观能动作用并不是向壁虚构，他只有在对历史和现实的文学存在的思考中才能充分实现自己。而中国文学的那种特殊的创作氛围又进一步强化了这种历史的影响。由于在文学的最高层次上缺乏明确的文学整体观念的引导，作家只能主要从现存的文学范例中获得启示，从经验中直观创作方法，凭悟性达到创作的自由境界。中国的选学之所以那样悠久和发达，并不偶然，它是在与中国文学特殊的创作传统和氛围的交流反馈中得以成长，并成为这种传统和氛围的固态象征。因此我们研究中国诗歌，就特别需要注意诗人对于历史上既定文学存在的认识、取舍和评价态度，而这些也正是各种诗歌流派形成的基本核心，同样也是我们区分不同流派的主要依据。

由于语言文字的作用，文学的历史存在将同时纷呈于目前。当然，一定的时代总是以与它最近的时代作为直接的前提，历史年代的先后，以及最近发生的文学运动会影响诗人对眼前所有客观存在的选择。然而，文学的发展，往往并不是单线展开，而是多线索的，因此这种影响必然是多样的，多方面的，在一个时期内可能以某一种倾向为主，但我们也不能忽视其他倾向的存在。

论题的确立

上面我们陈述了本书所持的关于文学和文学史的基本看法，从而为我们的研究确立了基本原则以及重点和方向，但本书并不是对整个文学发展史的研究，而只是就其中的一小部分，即中国古典诗歌的最后历程，进行讨论，因此还有必要对我们的论题作一些必要的说明。

二十世纪以来有一种流行的看法，认为中国的诗歌到北宋就算寿终正寝了，以后是词曲小说的时代。他们以为这样也就算是运用了进化论的观点。其实这种看法由来已久。最早甚至可以追溯到元代（钱锺书《谈艺录》），到了明代类似的议论就更多。其中较著名的如胡应麟《诗薮》云："（宋人）词胜而诗亡矣，（元人）曲胜而词亦亡矣。"李贽《童心说》云："诗何必古选，文何必先秦。降而为六朝，变而为近体，又变而为传奇，变而为院本，为杂剧，为《西厢曲》，为《水浒传》，为今之举子业，皆古今至文。"都认为一代有一代之文学。至王世贞学生茅一相，则更概括为普遍规律，以为一代绝艺"皆独擅其美而不得相兼"（《题词评〈曲藻〉后》）。一代文学样式遂成为绝对排他的孤独存在。至清代焦循又进一步分析其中原因："可见不能弦诵者，即非诗也……若有不能已于言，又有言之而不能尽者，非弦而诵之不足以通其志而达其情也……周、秦、汉、魏以来，直至唐杜少陵、白香山诸名家，体格虽殊，不乖此指。晚唐以后，始尽其辞而情不足，于是诗与文相乱，而诗之本失矣。然而人之性情其不能已者，终不可抑遏而不宣，乃分而为词，谓之诗余……诗亡于宋而遁于词，词亡于元而遁于曲。"（《雕菰集》卷十四《与欧阳制美论诗书》）焦氏以乐和情作为标准，来衡定诗歌。而晚清王国维又以"真"论文学，且发挥叶燮"好名好利"之说（参见《原诗》卷三）、潘德舆"为人为己"之说（参见《养一斋诗话》卷一），认为："古代文学之所以有不朽之价值者，岂不以无名之见者存乎？至文学之名起，于是有因之以为名者，而真正文学乃复托于不重于世之文体以自见。逮此体流行之后，则又为虚车矣。"故而"诗至唐中叶以后，殆为羔雁之具矣，故五季、北宋之诗（除一二大家外），无可观者，而词则独为其全盛时代，其诗词兼擅如永叔、少游者，皆诗不如词远甚。以其写之于诗者，不若写之于词者之真也。至南宋以后，词亦为羔雁之具，而词亦替矣"（《文学小言》）。故金元则以杂剧"为一代之绝作"（《元剧之文章》）。这些议论大多似是而非，经不起推敲，如果仅仅以"唐诗宋词元曲，明清传奇小说"这样的概括来看待一代新兴而富有特色的文体则也未尝不可，如果进一步绝对化，那么显然要与事实相悖。

在文学内部，各种不同体裁在其分化、形成、发展过程中，相互之间的影响十分重要，但一种文体一经形成，便开始了自己的生命运动。文学是发展的，但文学的发展并不是文体之间"前仆后继"式的递相取代，新文体与旧文体之间并非是线性的排他关系。相反，文学正朝着各种体裁日趋丰富的方向发展。即使是同一种体裁在发展过程中，新体与旧体之间也并非是前后相承的取代关系，律诗在唐代形成以后，古体仍然久盛不衰，它们并行不悖，形成了争奇斗妍的繁荣局面。再如白话诗兴起以后，创作文言诗仍然大有人在。直到今天，文言诗的创作，仍然零零星星不绝如缕。显然，各种体裁，各种新旧体式，常常要并行发展很长时间，而某种旧体式的逐渐消失，其根本原因也并不是由于新体式的出现，而恐怕应该归结为审美观念、审美趣味、语言形式发生重大转变，以及群众基础、进行创作的其他现实条件的丧失。因此我们不能同意宋词的兴起便是古典诗歌的结束这样一种观点。

事实上，在元明清三代，古典诗歌仍然是一个相当庞大的现实存在，而且在文坛上还是占据着最崇高的地位，这种地位一直要到二十世纪初才发生根本动摇。元明且不论，仅就清诗而言，不仅数量相当惊人（仅民国徐世昌所辑《晚晴簃诗汇》收录清诗作家就达六千一百多家，几乎是《全唐诗》的三倍，而逸出者仍是大量的），而且质量也不可随意抹倒。即使到了民国，古典诗歌的创作也没有因为《尝试集》和《女神》的出现而即刻消失得无踪无影。当然，由于二十世纪初东西方文化的大规模交流，由于文学的物质载体语言的重大变化，古典诗歌作为一个历史时代终于已经结束。所以，如果要客观地来研究中国古典诗歌的完整发展过程，我们就不能无视宋以后古典诗歌的庞大存在，否则中国古典诗歌的历史将被拦腰砍断。古典诗歌在宋以后又走过了一段曲折的历程，终于迎来了灿烂绚丽的晚霞。黎明曙光，红日东升，固然令人振奋，而落日夕照，余辉远霭，又何尝不令人流连忘返。本书就将以这片晚霞作为观赏对象，具体地说，本书将主要以道光至民国初年的中国古典诗歌作为对象，来展示中国古典诗歌的最后历程。

对于这段诗歌发展历史的研究，尚不见有梓行于世的专著，有关的研究论文尽管相对并不很多，但还是有一些。重要的概论有:陈衍《近代诗钞序》（1923）、汪辟疆《光宣诗坛点将录》（1925、1934）、钱仲联《近代诗评》（1926）、汪辟疆《论近代诗》（1932）、陈衍《近代诗论略》（1933）、汪辟疆《近代诗派与地域》（1935）、钱仲联《论近代诗四十家》（1935、1983）、章士钊《论近代诗绝句》（1948）、北大《近代诗选导言》（1960）、汪辟疆《近代诗人述评》（1962）、钱仲联《近百年诗坛点将录》（1983）等都影响广泛。重要的诗选有孙雄《道咸同光四朝诗史》、陈衍《近代诗钞》、北大《近代诗选》，钱仲联《近代诗选》等。至于将这段诗歌放在近代文学中一起研究的著作尚有胡适《五十年来中国之文学》、陈子展《中国近代文学之变迁》和《最近三十年中国文学史》、钱基博《现代中国文学史》、复旦《中国近代文学史稿》等。这些著述，都论及了中国诗歌在近代的发展情况，但具体分期、起迄年代却并不一致。有的起自道光，有的起自光绪戊戌，有的则起自鸦片战争。而所迄则基本上在民国初期。除了上面的分期以外，近代文学其他形形色色的分期时限远不止此，择其主要，如周作人把"新文学运动"追溯到明末公安派（见《中国新文学的源流》），郑振铎则认为"近代文学开始于明世宗嘉靖元年（1522）"，王国维则由"真文学"之说，而推崇杂剧，推崇白话的、白描的"自然文学"。由此而推演开去，则宋代话本的出现，可谓中国文学史上的一大变革，故也有认为近代文学可追溯到宋代（参见吉川幸次郎述、黑田洋一编《中国文学史》）。占主导地位的看法则是从第一次鸦片战争到五四运动，与近代史的一般分期相同。近来则又崛起一种"打通说"，认为应该打通近现代文学的分界，因此上限为第一次鸦片战争，而下限则延伸到中华人民共和国成立。也有把二十世纪文学作为一个时代整体。而所有关于近代分期的说法，都与"近代"概念有关。尽管对于"近代"的理解千差万别，要之则可分成两大类，一是关于时间的概念，即与"以前"对应，是"近时""近来"这些靠近现在的时间概念。如陈衍运用的"近代"概念就属于这一类。这在历史上也早有先例，如"近任昉、王元长等，词不贵奇，竟须新事，尔来作者，浸以成俗"（钟嵘《诗品序》），又"盛唐诸人，惟在兴趣，羚羊挂角，无迹可求……近代诸公乃作奇特解会，遂以文字为诗，以才学为诗，以议论为诗"（严羽《沧浪诗话》)。皆以之概括一时之文学。晚清刘师培作《论近世文学之变迁》，则"近世"之时限，始于明末，断自晚清，时下文学则以"近岁"标名，又与陈衍稍有不同。陈衍以《春秋》张三世之说论清代诗歌，而以为"文简以下，传闻之世也；文悫以下，所闻之世也；文端、文正以降，所见之世也"。所闻所传闻，前人已有论次，故陈衍选所见之世之诗相续。这样陈衍之"近代"实乃清代最后部分。汪辟疆亦与之相仿，以为："有清一代诗学，至道咸始极其变……至同光乃极其盛。故本题范畴，断自道光初元。"（《近代诗派与地域》）再一类是关于性质的概念，即把"近代"作为一个标志某种特有性质的专有名称，而不再是可以随意通用的一般时间名词。这类看法又可一分为二：其一认为文学受时代决定，故时代发生质变，文学也必因之而质变，是以，历史分期也即是文学的分期；其二认为文学有自己的历史，近代文学即是在性质上根本不同于古代文学的一种新文学。钱歌川曾有专文比较近代文学与古代文学的区别："一般地说，古代文学是大事业的，客观的，有点不容易接近的，而近代文学则相反，是自意识的、主观的，马上就可以亲近的。""古代文学上一个共通的特点，就是由种种的方式表现着非常伟大的感情和信仰，民众全体的生命以及一种宏大普遍之感。"故古代文学推崇"至纯至高"的格调，注重大场面、大题材，而"近代文学上最大的特质就是个人的要素"，"虽无民众全体的生命存乎其间，而对于人情的伟大，确有更深透的阐明，无论写出的对象，完全是个人的，而都能成为人格的典型"。所以"近代文学的视野特别的广大了"，不论是"犯罪情形"，还是"内面生活的秘密"，都"毫无隐讳地"表白出来。"支配着近代文学的就是探求人生一切真相的热情。所以近代文学是复杂的、变化多端的；而古代文学则是常套的，目标一致的。"（《近代文学的特征》）尽管他的这种观点未必完全符合实际，未必能解释文学史上的所有客观存在，但我们可以看出，他是在努力从文学上区分"古代"和"近代"。而有的人则侧重从文体上来区分古代文学和近代文学，认为近代文学是"白话的""通俗的"自然文学，有的人则侧重于从思想上来区分古代文学和近代文学，认为古代文学是封建的文学，而近代文学则是反帝、反封建的文学。看来这种区分缺乏一种统一的标准，而且相当困难，因而很难取得完满的一致。

显然，"近代"这个概念由于研究者各自不同的理解和改造，已失去了往日的单纯和明晰，愈来愈模糊了，为了避免误会和各种既定观点的干涉和纠缠，必须说明本题所采用的"近代"一词，只是指道光至清末民初这段时限，与上述各种分期也并无血缘关系。虽然，前人的各种分期曾给本书以有益的启迪，本书的时限也与上述有些分期相一致，但这也只是形式上的一致，其实质是有区别的。

刘勰说："文律运周，日新其业。变则其久，通则不乏，趋时必果，乘机无怯，望今制奇，参古定法。"(《文心雕龙·通变》)中国古典诗歌的发展史正是一部通变的历史。后代诗歌的形成和发展，都是在对前代诗歌的思考和总结的基础上，选择新途的结果。如果说，唐诗的历史回顾主要表现在对汉魏风骨的重新发现，宋诗的历史回顾主要表现在从杜韩那里发现新的出路，明诗的历史回顾主要表现在对盛唐气象的向往和追求，清初的历史回顾主要表现在对宋诗的重新认识。那么，道光以后的古典诗歌则表现了一种全面的反省精神，它不仅要参定宋诗和唐诗，而且还要从晚唐，从汉魏那里寻求启示。这种反省是那样深邃、广阔，那样深沉、缠绵，就像一个人临终前，忽然闪现童年以来走过的人生旅途一样，中国古典诗歌也在作这种最后的反省。与此同时，一种新的期待和渴望也正在旧的机体内骚动着，茫茫诗空，黎明的晨曦究竟在哪里，一只大鸟展翅搏击长空，回翔在天际。这些都似乎在向人们暗示一个历史的结论。

而且，即使我们把注意力转移到诗歌自身运动的外部，去观察一下社会的历史运动。我们同样可以发现，尽管1840年的鸦片战争造成了一个新的时代，但是，如果不是由于清王朝内部在嘉道以后日趋腐朽，由康乾时期中华帝国在边陲取得的赫赫武功，我们完全可以重新设想一下战争的结局。鸦片战争的发生也许是必然的，但鸦片战争具体发生在哪一天却是偶然的，而战争的胜负并不取决于一个偶然的时间，因为战争在本质上是国力的较量。因此，鸦片战争及其后果的必然性，应该从清王朝由盛转衰，整个封建时代由盛转衰、日趋腐朽没落这样一个现实中去寻找。因此要理解鸦片战争，就必须理解嘉道以后的社会现实。鸦片战争前的十几年为战争的爆发准备了充分的条件。这样，以道光作为一个历史时代的界限也并不是毫无道理的。

当然，这并不是我们把道光以后的中国古典诗歌作为最后一个诗史阶段的根本原因，但道光以后的社会生活却是这时期诗歌的主要对象，这种在分期上的吻合能够为我们的研究工作带来许多方便。因此作必要的说明也是有益的。

由于我们所考察的对象是中国古典诗歌发展的最后一个阶段，它是历史的继承和发展，以往的诗歌运动在它身上必然会留下深深的烙印。相对于历史而言，它只是一个结果，历史是它的重要前提。而且对于道光以后各种诗歌流派以及他们的诗学观点、创作成就、历史地位和时代价值的评判，也只有放在整个诗歌发展的历史长河中去考察，放在诗歌运动的总趋向中去认识，才能比较恰如其分、切中肯綮。因此本书意欲首先阐明对于道光以前诗歌发展的基本认识，然后在这个基础上来分析认识道光以后古典诗歌的发展，这样也许有助于形成一个具有个性的认识体系。

另外，还想说明一下，笔者认为诗歌在其继承和创新的发展过程中，出现两种矛盾对立的辩证倾向：一是"踵事增华""变本加厉""由疏趋密"的倾向；一是"返璞归真""密而求疏""由繁趋简"的倾向，它们构成了诗歌发展过程中的内在辩证运动。同时，笔者还认为在诗歌的审美历史中，同样存在两种对立的倾向：一是指向未来的审美理想，它引导诗歌艺术不断趋新；一是指向过去的审美传统，它引导诗歌艺术趋雅，它们之间的对立统一构成了诗歌审美的辩证运动。本书企图以此作为贯穿全文的基本线索。

第一章
古典诗歌的历史建构与定型
——从汉诗到明七子

第一节　从无到有：汉魏诗歌艺术形式的觉醒

如果说《诗经》的时代仍然是各种精神文化形态浑然不分的时代，至少那种分化还是处在极其幼稚的萌芽状态，那么，到了汉代，各种精神文化形态的分化在客观上已经相当发达。由于散文体的长足发展，那种需要比较详细、准确地记载、陈述、议论的精神文化职能，就由适宜的散文体来承担了，明杨慎不主张"六经皆史"的说法，但他认为诗体不适宜记史（参见《升庵诗话》卷十一），却颇有启发性。正是由于文体的分工，诗的职能才明确起来。而事实上，汉代文人诗几乎没有一首是记史的。而在民间，在文化的浅层次里，民歌却继续保存着《诗经》的传统。可以说在文化程度很低的民间，进行思想情感交流的主要文化形态，就是他们的歌唱，什么是哲学，什么是政治，什么是历史，什么是文学，对于他们来说根本是无所谓的，他们想说就说，想歌就歌。有所感受，有所体验，有所经历，有所思想，他们就借助歌唱表达出来。如果一首歌唱出了许多人的心声，引起了普遍的共鸣，那么自然也就会流传开去。同时由于下层百姓文化程度低，缺少理性的洗礼，因此，他们看问题往往是直观的，而他们的表达也就往往是形象的，保持着浓郁的感性色彩，由文人采集整理的汉乐府民歌，虽然也许已经过某些加工，但基本上依然保存着它的原始风貌，淳朴粗犷，自然真切。叙事、抒情、议论都有，而且常常自然地交织在一起，这就与主要以情感感叹为主的文人诗歌（包括文人创作的乐府）形成了明显的对照。而这种对照又正好说明了精神文化形态的分化已经在文化高层次中实现了自己。

汉代文人诗作为中国古典诗歌分化独立的第一个阶段，显示着质朴自然、天真犹存的风貌。刘勰称汉代古诗"直而不野，婉转附物，怊怅切情"（《文心雕龙·明诗》）。严羽也谓："汉魏古诗，气象混沌，难以句摘。"（《沧浪诗话》）王世贞则曰："西京、建安，似非琢磨可到。"（《艺苑卮言》卷一）吴乔又说："汉魏之诗，正大高古……古谓不束于韵，不束于粘缀，不束于声病，不束于对偶。"（《围炉诗话》卷一）而庞垲更认为："汉、魏诗质直如说话，而字随字折，句随句转，一意顺行以成篇。"（《诗义固说》上）这些评论从多方面指出了汉诗"高古天成"（费锡璜《汉诗总说》）的特色。汉代文化本来与楚文化一脉相承。尤其是在文学方面，楚辞的影响相当深远。"爰自汉室，迄至成哀，虽世渐百龄，辞人九变，而大抵所归，祖述楚辞，灵均余影，于是乎在。"（刘勰《文心雕龙·时序》）但是，汉诗的风格却与尚保留着浓郁的原始思维特征和情调的楚辞很不相似，"屈平联藻于日月，宋玉交彩于风云"（同上），在汉诗中却很难见到楚辞那种"炜烨奇意"。汉诗既无华美的藻彩，又无神奇要妙的想象。张衡的《四愁诗》在句法上颇有楚辞的特色，但所想也不过在"太山""桂林""汉阳""雁门"之间，这种情形不能不使人疑惑不解。然而，如果我们将汉诗与汉赋作一对照，也许多少能消去一点疑惑。

与汉诗相反，汉赋在语言章句方面进一步发展了楚辞的形式，王逸指出，屈原以后"名儒博达之士，著造词赋，莫不拟则其仪表，祖式其模范，取其要妙，窃其华藻"（《楚辞章句序》）。说明了汉赋与楚辞之间的血缘关系。而班固也说："汉兴，枚乘、司马相如，下及扬子云，竞为侈丽闳衍之词。"（《汉书·艺文志》）然而，镂金错彩、铺张扬厉的汉赋，却"没其讽喻之义"，放弃了楚辞强烈的个人抒情色彩，所谓"劝百讽一"，其结果却是买椟还珠。汉代著名的大赋，大多殚心竭力，穷形尽相，着意铺陈描状皇家京都的繁华、宫殿的壮丽、苑囿的辽阔和游猎的巨大声势，汉赋在客观上已经成为"润色鸿业"的富丽堂皇的文字饰件，而且也是汉语言高度成熟、发达和富赡的尽情展览，它们是繁荣昌盛、蓬勃崛起的自豪颂歌，也是这个空前统一和强大的东方大帝国在文化精神方面对自己的一种肯定。对历史的叙述留给了史传，对思想的发挥留给了论说，而"润色鸿业"又留给了大赋，剩下的纯粹个人的性情、感慨则无可选择地留给了诗。因为是个人性情的自然抒发，所以既不需要长叙大论，也不需要镂金错彩，而只要"平平说出，曲曲说出"（朱自清《经典常谈·诗第十二》）。而诗的本性却得到了较充分的体现，虽然也许是不完满的。这样汉诗与汉赋，就显示出了迥异的风格。

汉诗在格律方面是比较自由的，当时尚不见有明确的条规。有杂言句式，也有整齐句式，而最有代表性的是五言句式。音调自然，韵律和谐。诗人重在抒发胸臆，无意雕章琢句，篇章浑然，难于句摘，可谓"天衣无缝"。读《古诗十九首》不难获得这样的体会。表现手法也比较单纯，起首往往用比兴，触物感发，诸如"青青陵上柏，磊磊涧中石""冉冉孤生竹，结根泰山阿""迢迢牵牛星，皎皎河汉女"等多属此类。抒情写物也以直接描述为主，既不用故实，也少修辞性的喻拟，除了少数通篇以物喻意的作品，如朱穆《与刘伯宗绝交诗》之类，大多数诗作在整体上与对象保持着一种相对直接的关系，如秦嘉《赠妇诗》、赵壹《疾邪诗》、孔融《杂诗》、蔡琰《悲愤诗》、古诗《今日良宴会》和《生年不满百》之类。当然也有不少诗作，也时常插入间接寓意寄情的手法，如古诗《冉冉孤生竹》篇末"伤彼蕙兰花，含英扬光辉。过时而不采，将随秋草萎"，便是托物言志表达女主人公对青春易逝的感叹。而诗人所描述的形象也往往很容易为经验所接受，非常实在，为人喜闻乐见。而诗语也是质朴无华，流畅自如，比较通俗，又好用叠词，显得天真烂漫。当然如《郊祀歌》由于其职能在于祭祀神灵和颂扬威德,是皇室重大活动的点缀,因此相当典雅,完全不同于普通个人抒情诗的自然亲切,平易近人。它们虽然在体制上不同于赋,却有着赋那种骋才求雅的精神,后代刻意雕琢、"生涩奥衍"一派往往要溯源于此(参见陈衍《石遗室诗话》卷三),但《郊祀歌》并不代表汉诗的基本倾向。

魏诗则接踵汉诗。不仅五言诗经过诗人的不断创作日趋老练,乐府民歌也因为文人的仿制,而成为一种专门的诗体。它们越来越成为意识的对象,所谓"慷慨以任气,磊落以使才"(刘勰《文心雕龙·明诗》)。五言诗体和乐府诗体已逐步成为诗人舒展文才的形式。正如庞垲所云:"魏诗多一分缘饰,遂让汉人一分,然未甚相远。"(《诗义固说》下)世积乱离,风衰俗怨,建安诗人所感所悟,志深笔长,梗概多气,那种对乱世的描状,对人生的悲叹,沉重地向人袭来,如:"铠甲生虮虱,万姓以死亡。白骨露于野,千里无鸡鸣。"(曹操《蒿里行》)"对酒当歌,人生几何?譬如朝露,去日苦多。慨当以慷,忧思难忘。"(曹操《短歌行》)"出门无所见,白骨蔽平原。路有饥妇人,抱子弃草间。顾闻号泣声,挥涕独不还。"(王粲《七哀诗》)"惊风飘白日,光景驰西流。盛时不再来,百年忽我遒。生存华屋处,零落归山丘。"(曹植《箜篌引》)这些诗篇,感受是那样的细致和深刻,传达是那样的真切和具体。五言和乐府在建安诗人手里已经得心应手,运用自如。它们在总体上比汉诗显得精致而更富有表现力。魏诗不仅在句式方面更稳定,五言诗的创作更普遍,而且对选词造句也开始讲究起来。语言比古诗更为丰富多彩。这在曹氏父子和建安七子的诗作里表现得很明显,而其中尤以曹植最为杰出。钟嵘评曹植诗云:"其源出于《国风》。骨气奇高,词彩华茂,情兼雅怨,体被文质,粲溢今古,卓尔不群,嗟乎!陈思之于文章也,譬人伦之有周孔,鳞羽之有龙凤,音乐之有琴笙,女工之有黼黻。"(《诗品》卷上)可谓推崇备至。曹植诗已开始着意精细地刻画对象,诸如"惊风飘白日"(前引)、"余巧未及展,仰手接飞鸢"、"脍鲤臇胎鰕,炮鳖炙熊蹯"(《名都篇》)、"仰手接飞猱,俯身散马蹄。

狡捷过猴猿，勇剽若豹螭”（《白马篇》）、"罗衣何飘飘，轻裾随风还。顾昳遗光彩，长啸气若兰"（《美女篇》），都十分讲究用词的贴切、准确和生动。在修辞方面，也较多采用比喻手法，且讲究辞藻之美丽、典雅。魏诗则相比《古诗》进一步文人化了。而在表现手法上，魏诗不仅善于描状物象，而且也善于寄托。其中尤以阮籍为最。阮籍诗以主观抒发为主，但这种抒发往往是通过间接的写物而曲折隐晦地流露出来，故钟嵘评其诗曰"言在耳目之内，情寄八荒之表"（《诗品》卷上）。而刘勰亦谓"阮旨遥深"（《文心雕龙·明诗》）。《咏怀诗》中如"孤鸿号外野，翔鸟鸣北林""凝霜被野草，岁暮亦云已""宁与燕雀翔，不随黄鹄飞""丘墓蔽山冈，万代同一时"之类都是隐含人生哲理、耐人寻味的诗句。

各种文体随着精神文化形态的分化，各自的职能正在日趋明确，而且它们所具有的巨大功能也得到进一步的认识。曹丕说："盖文章，经国之大业，不朽之盛事。年寿有时而尽，荣乐止乎其身。二者必至之常期，未若文章之无穷。是以古之作者，寄身于翰墨，见意于篇籍，不假良史之辞，不托飞驰之势，而声名自传于后。"（《典论·论文》）他不仅看到了文章的社会功用——这是前人多有论述的——而且还进一步看到文章形式所具的超越时空限制的巨大功能。借助于文章，人们的生命得到极大的延长，可以留名千古，故欲不朽，唯有著文章于世。这种对文章的极度重视，也是造成建安文学繁荣发达的一个重要原因，故后人总结说："自魏之三祖，更尚文词……下之从上，有同影响，竞骋文华，遂成风俗。"如果说汉诗还只是个人性情的一种自然流露，是"情动于中而形于言"，那么，尽管魏诗也仍然是"感于哀乐，缘事而发"，但与汉诗人相比，魏诗人则更加有意致力于诗，因而魏诗在形式上比汉诗有了进一步的发展。

第二节 踵事增华：六朝诗歌艺术形式的不断展开

中国诗歌的航船已经启动，它将无可阻拦地向着自己应去的方位前进。随着客观上各种文体的兴盛，晋以后的文人已有必要，有可能进一步自觉地去认识各种文体的特征和职能，并探究它们发展的规律。这样就造成了诗文理论和批评的大繁荣。而这种理论和批评的反馈又促进或限制了诗文的发展。

"诗缘情而绮靡"，陆机从诗的内容和形式两方面确定了诗的特征。在内容上他肯定了《毛诗序》"情动于中而形于言"的观点，在形式上则肯定了曹丕"诗赋欲丽"（《典论·论文》）的观点。而晋诗也正是在这种认识指导下不断发展。一方面晋诗以主观抒情为主，而且在抒情之中，男女之情占了一定的比重，著名的作品如张华的《情诗》、潘岳的《悼亡诗》、陆机《为顾彦先赠妇诗二首》等。而对历史的感叹，对神仙世界的向慕，也占了一定的比例，左思的《咏史》、郭璞的《游仙诗》就是其中著名的篇章，然而晋诗却失去了魏诗所具有的那种慷慨悲歌的气势和力度。晋诗人是忧郁多思的。他们的诗歌缺少魏诗那种强烈的感性魅力和召唤力量。然而晋诗人却在他们所感悟的范围和深度内，比魏诗人作了更精心的表达。陆机所说的"绮靡"，就是对于语言修辞的讲究。刘勰说："晋世群才，稍入轻绮。张潘左陆，比肩诗衢。采缛于正始，力柔于建安。或析文以为妙，或流靡以自妍。"（《文心雕龙·明诗》）在这方面可以陆机为代表，钟嵘论陆机云："其源出于陈思。才高词赡，举体华美。"（《诗品》卷上）陆机与曹植相比，更注意语词的修饰。陆诗不仅藻采华美，且时出对句。王世贞说："士衡、康乐已于古调中出俳偶。"（《艺苑卮言》卷三）如果说曹植诗中已偶尔采用俳偶诗句如"太息终长夜，悲啸入青云"（《杂诗》）、"江介多悲风，淮泗驰急流"（同上）、"潜鱼跃清波，好鸟鸣高枝"（《公宴诗》）之类，那么，陆机已常常有意在中幅采用俳偶句式，如"振策陟崇丘，安辔遵平莽。夕息抱影寐，朝徂衔思往"（《赴洛道中作》）、

"俯入穷谷底，仰陟高山盘。凝冰结重涧，积雪被长峦。阴云兴岩侧，悲风鸣树端"（《苦寒行》）、"轻盖承华景，腾步蹑飞尘。鸣玉岂朴儒，凭轼皆俊民"（《长安有狭邪行》）、"和风飞清响，鲜云垂薄阴。蕙草饶淑气，时鸟多好音"（《悲哉行》）等，诸如此类在陆机诗中是很多的。从这些例子中我们还可以看到陆机已十分讲究形容词和动词的使用。而如《苦寒行》《悲哉行》《日出东南隅行》等诗，都采用大段铺叙的手法进行渲染，赋体的手法已渗透进来。在音节上如"逝矣经天日，悲哉带地川"（《长歌行》）之类已近律句。所有这些已逐步失去了《古诗》的风貌。对此，王世贞不无遗憾地说："陆士衡翩翩藻秀，颇见才致，无奈俳弱何。"（《艺苑卮言》卷三）陆机的诗学观和创作，其影响却是深远的。谢榛说："陆机《文赋》曰'诗缘情而绮靡，赋体物而浏亮'，夫'绮靡'重六朝之弊，'浏亮'非两汉之体。"（《四溟诗话》）虽持贬义，却从反面说明了陆机对六朝诗风的影响。王世贞更具体而论，以为："谢灵运天质奇丽，运思精凿，虽格体创变，是潘陆之余法也，其雅缛乃过之。"（《艺苑卮言》卷三）而胡应麟《诗薮》亦谓："灵运之词，渊源潘陆。"

在注重形式，竞今疏古，穷新极变的道路上，南朝诗人又向前迈进一步。"俪采百字之偶，争价一句之奇，情必极貌以写物，辞必穷力而追新，此近世之所竞也。"（《文心雕龙·明诗》）刘勰作为同时代的文论家，他的描述无疑是最贴近现实的。从颜延之、谢灵运、鲍照直到谢朓、沈约、庾信等诗人，整个南北朝诗正日趋新途，向着唐代律体诗发展。如果说晋诗从整体上是抒情，那么南北朝诗则在状摹山水景物方面有了长足的发展，本来像陆机等诗人的作品里，已有较多的写景成分，故张戒说："潘陆以后，专意咏物，雕镂刻镂之工日以增。"（《岁寒堂诗话》卷上）把潘、陆作为写景咏物之祖。但潘、陆与谢灵运、鲍照相比则显然尚处在早期阶段。而谢灵运和鲍照咏物的最突出的对象就是山水。所谓"庄老告退，而山水方滋"，虽然老庄未必告退，而山水之作确是方兴未艾。谢诗如"白云抱幽石，绿筱媚清涟"（《过始宁墅》）、"石浅水潺湲，日落山照曜。荒林纷沃若，哀禽相叫啸"（《七里濑》）、"时竟夕澄霁，云归日西驰。密林含余清，远峰隐半规"（《游南亭诗》）、"扬帆采石华，挂席拾海月。溟涨无端倪，虚舟有超越"（《游赤石进帆海》）、"乱流趋孤屿，孤屿媚中川。云日相辉映，空水共澄鲜"（《登江中孤屿》）、"澹潋结寒姿，团栾润霜质。涧委水屡迷，林迥岩逾密"（《登永嘉绿嶂山》）、"林壑敛暝色，云霞收夕霏。芰荷迭映蔚，蒲稗相因依"（《石壁精舍还湖中作》），对山水风光作如此尽情的描绘、精细的刻画是前所未有的壮举。寂寞的山川第一次在诗人的笔下大胆地展示出幽秀深邃、怡宕迷人的姿态。而另一位诗人鲍照，则从另一个角度较多地展示了山川的雄奇苍茫之态。其诗如"千岩盛阻积，万壑势回萦。巃嵷高昔貌，纷乱袭前名。洞洞窥地脉，耸树隐天经"、"高岑隔半天，长崖断千里。氛雾承星辰，潭壑洞江汜。崭绝类虎牙，嵚岏象熊耳。埋冰或百年，韬树必千祀"（《登庐山二首》）、"青冥摇烟树，穹跨负天石。霜崖灭土膏，金涧测泉脉。旋渊抱星汉，乳窦通海碧"（《从登香庐峰》）、"幽隅秉昼烛，地牖窥朝日。怪石似龙章，瑕璧丽锦质"（《从庾中郎游园山石室》）、"高山绝云霓，深谷断无光。昼夜沦雾雨，冬夏结寒霜。涼坂既马领，碛路又羊肠"（《登翻车岘》）、"两江皎平迥，三山郁骈罗。南帆望越峤，北榜指齐河。关扃绕天邑，襟带抱尊华。长城非壑崄，峻岨似荆芽。攒楼贯白日，摛堞隐丹霞"（《还都至三山望石头城》），这些诗作与他的《拟行路难》等诗一样，洋溢着一股英特之气。谢、鲍的诗篇与其前人相比，不仅在诗句对偶方面更加普遍，更加成熟，而且也善于调遣语词，更生动地刻画和摹状对象，不仅讲究形容词的设色敷采，而且还特别重视动词，甚至是副词的锤炼，有时还进一步迫使其他词性也暂时改作动词用，如"青翠杳深沉"（谢灵运《晚出西射堂》）、"白花皓阳林"（谢灵运《郡东山望溟海》）之类。这种刻意雕炼的结果有时不免要影响诗句的通顺流畅，但却换来了对山川景物精细生动的展现。钟嵘评谢诗"内无乏思，外无遗物"，又评鲍诗"善制形状写物之词……然贵尚巧似，不避危仄"（《诗品》），都注意到了谢、鲍穷形尽相的本领。而在语言修辞手法方面，谢、鲍诗也比较丰富，不仅有叠辞，而且还有顶针联锁，而喻拟手法的使用也比较熟练，这由前面的示例可见一斑。但与后人相比，谢、鲍对于喻拟手法的运用还是较少的。其中有一些富有喻拟意味的诗句，往往也是缘于主谓和动宾关系中动词的活用，在性质上一般并不是主宾对象所固有，而是借用的。例如"飞"和"驰"这样的动词，一般只表示人或动物的动态，如果将它们与其他对象联系起来，就有了喻拟意味。但如果这种对象的运动状态与这种动词的性质很接近，那么就很难说是真正的喻拟手法了。因为喻拟的侧重点是它的间接性，它的目的是要让人们在联想的转换中感受到对象的生动性和丰富性，如果依然只能产生属于对象的直接效果，那么还是不作为喻拟手法为好。谢、鲍的本领主要还在于善于捕捉美的形象，用贴切精炼的语言直接传达于目前。故方东树论谢诗云："观康乐诗，纯是功力。如挽强弩，规矩步武，寸步不失。如养木鸡，伏伺不轻动一步。自命意顾题，布局选字，下语如香象渡河，直沉水底。又如累棋，如都庐寻橦，如痀瘘承蜩，一口气不敢出，恐粗也。又如造凌风台，称停材木，分毫不得偏畸。及其成功，如偃师之为像，人人巧夺天工。"（《昭昧詹言》卷五）又论鲍诗云："鲍诗全在字句讲求，而行之以逸气。""明远虽以俊逸有气为独妙，而字字炼，步步留，以涩为厚，无一步滑。"（同上卷六）都特别推崇他们选字造句的功力。

　　谢、鲍以后如谢朓、沈约则尤重音节的和谐流畅，而逐渐向唐诗靠拢。谢榛说："诗至三谢乃有唐调。"（《四溟诗话》卷一）而谢朓自云："圆美流畅如弹丸。"由于对音节的重视，因此谢朓不像谢、鲍那样刻意雕炼，以致影响诗句的流畅。但小谢仍然十分注意诗作的生动性。其诗如"远树暖阡阡，生烟纷漠漠。鱼戏新荷动，鸟散余花落"（《游东田》）、"日出众鸟散，山暝孤猿吟。已有池上酌，复此风中琴"（《郡内高斋闲望答吕法曹》）、"花树杂为锦，月池皎如练"（《别王丞僧孺》）、"天际识归舟，云中辨江树"（《之宣城郡出新林浦向板桥》）、"白日丽飞甍，参差皆可见。余霞散成绮，澄江静如练。喧鸟覆春洲，杂英满芳甸"(《晚登三山还望京邑》)、"余雪映青山，寒雾开白日。暖暖江村见，离离海树出"(《高斋视事》)、"落日余清阴，高枕东窗下。寒槐渐如束，秋菊行当把"(《落日怅望》)、"辟馆临秋风，敞窗望寒旭。风碎池中荷，霜翦江南菉"(《治宅》)，形象是那样的鲜明清晰，语言是那样的清新明朗，而音节也比较琅琅上口。然而，这些尚不是律诗，与汉魏古诗又相去甚远。故方东树说："玄晖别具一幅笔墨，开齐梁而冠乎齐梁。"(《昭昧詹言》卷七)冯班说："沈约、谢朓、王融创为声病，于时文体不可增减，谓之齐梁体，异乎汉、魏、晋、宋之古体也。虽略避双声叠韵，然文不黏缀，取韵不论双只，首句不破题，平侧亦不相俪，沈佺期、宋之问因之，变为律诗。"(《钝吟杂录》卷三)如果说潘、陆、谢、鲍他们主要是吸取赋体的养分，在诗中发展了俳偶之体，为唐代律诗的形成准备了章句方面的条件，那么，谢朓、沈约他们则进一步在韵律方面为律诗的产生作出了贡献。对于韵律的注意，在魏晋时代已见端倪，如《封氏闻见记》说魏时有李登撰《声类》十卷，《魏书·江式传》说晋吕静有《韵集》五卷，《隋书·经籍志》也称晋张谅撰《四声韵林》二十八卷。总之，自西汉哀平以来，由于佛教的传入和翻译，启发和影响了对汉语言声韵规律的发现，而在文学方面运用声韵规律也许在建安时代已有先例。范文澜认为："曹植既首唱梵呗，作《太子颂》《睒颂》，新声奇制，焉有不扇动当世文人者乎？故谓作文始用声律，实当推原于陈王也。"(《文心雕龙·声律篇》注)又举"孤魂翔故域，灵柩寄京师"(《赠白马王彪》)、"游鱼潜绿水，翔鸟薄天飞"、"始出严霜结，今来白露晞"(《情诗》)为例，说明在曹植诗中已具律诗的胚胎(《中国通史简编》第二编)。而陆机在《文赋》中又从理论上对文章作了声律方面的要求。但是，真正在理论和实践方面造成广泛影响的还是谢朓和沈约。沈约作了《四声谱》，又在《宋书·谢灵运传论》中阐明了创作应遵循的具体方法。可见当时诗人对声律的具体运用已有了比较清楚的认识，因而他们能比前人更为自觉地在诗歌创作上注意声律协调,进行比较广泛的尝试,诸如谢朓的《铜雀悲》、沈约的《咏芙蓉》、何逊的《铜雀妓》等已是平仄和意义完全对偶的诗篇。不过"永明体"诗往往只对不粘,少量如何逊《夕望江桥》等已是既对又粘、俨然律体的作品。

整齐的七言体,在齐梁时代也开始流行。吴乔认为:"七律托始于汉武、魏文等七言古诗。萧子云《燕歌行》始有偶句。自此渐有七言六句似律之诗,如梁简文帝《和萧子显春别》云云、梁元帝《春别》云云、陈后主《玉树后庭花》云云。又有七言八句似律之诗,而末二句似五言者,如梁文帝《春情》云云、梁元帝《闻筝》云云。又有七言八句,前后散,中四语偶者,如梁简文帝《乌夜啼曲》云云。"(《围炉诗话》卷一)不过还应当指出,鲍照在七言体形成过程中也作过不可抹杀的贡献。他的《拟行路难十八首》中大量采用七言句,而如"君不见枯籜走阶庭"一首,除起两句因采用"君"字领起而为八字外,余皆七言,而"今年阳初花满林"一首已纯是七言,且起首和中幅也间杂对句。

总之,随着诗的自觉和诗的形式成为专门的意识对象,诗体也就必然日益远离它原始的自然形式,而成为人们施展才华的特殊对象。"黄歌'断竹',质之至也;唐歌'在昔',则广于黄世;虞歌'卿云',则文于唐时;夏歌'雕墙',缛于虞代;商周篇什,丽于夏年。"(《文心雕龙·通变》)刘勰已经看到了这种由质朴、简约而日趋华采繁缛的演进规律。其后萧统更清楚地概括说:"若夫椎轮为大辂之始,大辂宁有椎轮之质?增冰为积水所成,积水曾微增冰之凛,何哉?盖踵其事而增华,变其本而加厉。物既有之,文亦宜然。"(《文选序》)再后叶燮又进一步解释说:"大凡物之踵事增华,以渐而进,以至于极。故人之智慧心思,在古人始用之,又渐出之,而未穷未尽者,得后人精求之而益用之出之。乾坤一日不息,则人之智慧心思必无尽与穷之日。"(《原诗》卷一)把踵事增华与人类无穷的创造本能联系起来,从而揭示了踵事增华的内在原因。汉魏以来诗歌的演进也正是如此。

然而，事物的发展是一种内在矛盾的辩证运动。萧统、叶燮他们还只是注意到了事物向前运动的主要趋向，仅仅用他们的观点尚不能解释诗歌发展过程中纷纭复杂的矛盾现象。元好问曾说历代诗论大凡以"脱弃凡近"为工，"虽然，方外之学，有为道日损之说，又有学至于无学之说，诗家亦有之，子美夔州以后，乐天香山以后，东坡海南以后，皆不烦绳削而自合。"（《陶然集诗序》）叶矫然也说："诗家熟后求生，密后求疏，巧后求拙。盖诗之熟者、密者、巧者，终带伧气，非绝诣也。"（《龙性堂诗话初集》）而朱庭珍又进一步概括说："大约朴厚之衰，必为平实，而矫以刻划；迨刻划流于雕琢琐碎，则又返而追朴厚；雄浑之弊，必入廓肤，而矫以清真；及清真流于浅滑俚率，则又返而主雄浑；典丽之降，必至饾饤，则矫以新灵；久之新灵流于空疏孤陋，则又返而趋典丽。"（《筱园诗话》）这番议论虽然似乎侧重于风格，但也说明了创作精神和创作趋势方面的矛盾现象。可惜的是这些诗论家尚停留在现象描述的层次，而缺乏本质上的探索。诗歌在其发展过程中一方面固然是"无日不趋新，古疏后渐密，不切者为陈"（赵翼《论诗》），但另一方面还存在着与这种方向完全相反的作用力，元好问、叶矫然、朱庭珍他们都隐约看到了这股相反的作用力。人类的创造活动一方面既是对自己的一种肯定和解放，但同时又是对自身的一种否定和束缚，因为人类在创造的同时，又为自己增设了对立面，人类的创造物既能帮助人类去进一步征服客观世界，而同时这种创造物又将迫使人类屈从于它，按照这种创造物的性质和规定去行动，去生活，为此，人类还将设法去协调自身与创造物之间的关系。这样，人类在创造的同时，也就束缚了自己。当然，这种矛盾将促使人类向新的深度和广度发展。诗体在它形成和发展的过程中，由于诗人的创造活动"由简而趋繁，由疏而趋密，由朴而趋华"（罗惇曧《文学源流》），使诗的感悟不断更新，达到新的水平，取得新的成就，这可以说是一个形式化的过程。但与此同时，新体的出现，又必然地增加了新的规定，新的要求，它们构成了一种外在的力量，迫使诗人去适应，去接受新的规则，这样诗人在创作过程中就不得不首先去考虑这种外在的形式要求，诗人也就不能无拘无束、随心所欲地表达"心声"。其结果也就必然会产生冲破束缚，回归自然的要求，从而能不受阻碍地表达心声，这可以看作是反形式化过程。这种要求具体表现出两种意向：一是主张新变，也就是以我为变；一是要求恢复最初的自然状态。这后一种意向，又表现为二种情况：一是追求语言表达的质朴无华，"一语天然万古新，豪华落尽见真淳"；一是以古格为我格。第一种意向，由于是以我为变，所以情况比较复杂，在风格上或者趋向质朴如话，或者自求新异，独出巧妙，前者与后一种意向的第一种情况相似，在方向上，完全与诗体发展的基本趋向相反；后者，则是以反形式化手段实现的形式化，与诗体发展的基本趋向大体一致。第二种意向的第二种情况，由于以古范为最后归宿，所以并不能真正冲破束缚，只不过是趣味的变换而已，在实质上，它体现了人类本能中与创造力相对立的惰性力的一面，它虽然具有稳定的作用，但严格地说，它并不能体现消除异化力量的本质，诗歌发展史上的拟古派，往往具有这种特征。

　　然而，一定的形式具有自己独特的表现力，并不是随便能够替代的。审美的历史继承性也往往使一个成熟的形式在一个时期内保持稳定。因此，重视形式的诗人又往往要求自己去掌握一定的形式，达到出神入化的程度，以人工造天巧，带着镣铐跳出最美的舞蹈。但当一定的形式最充分地发挥了自己的表现力以后，重视形式的诗人就会去创造新的形式，以突破旧形式的限制。它代表了诗体发展的基本趋向。

　　诗歌正是在这种矛盾的辩证运动中不断向前发展，同时又形成千姿百态、丰富多彩的现实局面。六朝诗歌在其发展过程中，一方面是"竞今疏古"，与之相适应的则是重视形式，重视新变的理论，最有代表性的是陆机的《文赋》、葛洪的《抱朴子·钧世》、萧统的《文选序》；另一方面是要求"返璞归真"，在理论上的代表主张是裴子野的《雕虫论》。裴氏云："其五言为家，则苏李自出。曹刘伟其风力，潘陆固其枝叶，爰及江左，称彼颜谢，箓绣鞶帨，无取庙堂……荀卿有言，'乱代之征，文章匿而采'，斯岂近之乎。"抨击华辞，可谓激烈。而在创作上则有陶渊明独立于风会之外。然而，陶诗虽质朴平淡，但与汉诗相比，也并不相似。从形式上来讲，陶诗显然更为成熟。诗中也采用偶句，其诗如"羁鸟恋旧林，池鱼思故渊。开荒南野际，守拙归园田。方宅十余亩，草屋八九间。榆柳荫后檐，桃李罗堂前。暧暧远人村，依依墟里烟。狗吠深巷中，鸡鸣桑树巅。户庭无尘杂，虚室有余闲"（《归园田居》其一）。该诗除首尾不对外，中间都用偶句，而且还较工稳，描写也很周密。

当然，陶诗大多采用单笔，一气盘旋。但观察和描写都较细致，诸如"晨兴理荒秽，带月荷锄归。道狭草木长，夕露沾我衣"（《归园田居》其三）、"行行至斯里，叩门拙言辞。主人解余意，遗赠副虚期。谈谐终日夕，觞至辄倾杯"（《乞食》）、"采菊东篱下，悠然见南山。山气日夕佳，飞鸟相与还"（《饮酒》其五）、"万族各有托，孤云独无依。暧暧空中灭，何时见余辉。朝霞开宿雾，众鸟相与飞。迟迟出林翮，未夕复来归"（《咏贫士》其一），用辞朴实而准确。而如《饮酒》"清晨闻叩门"一首，从叩门、问答到心有所感，叙述相当细腻。然而，陶诗与潘、陆、颜、谢、鲍等又全然不同。陶诗相对侧重于从总体上把握对象，而不拘泥于细部的精雕细刻，陶诗较少使用形容词，尤其是绮丽的辞藻，动词的运用也很自然轻松。语言明白如话，是接近于口语的书面语。钟嵘虽然将陶诗列入中品，而其评陶诗"文体省静，殆无长语，笃意真古，辞兴婉惬"（《诗品》卷中），还是比较恰当的。陶诗虽然叙写真切细致，但并不冗沓雕琢，诗语简洁干净，省去一切无谓的装饰。即如《古诗》中常有的"比兴"语，也罕有运用。一切以所见所感为准。故方东树说："读陶公诗，专取其真，事真景真，情真理真，不烦绳削而自合。谢、鲍则专事绳削，而其佳处，则在以绳削而造于真。"（《昭昧詹言》卷四）苏轼以为陶诗"外枯而中膏，似澹而实美"（《评韩柳诗》）。而重翰藻者如萧统亦谓："其文章不群，辞彩精拔，跌宕昭彰，独超众类，抑扬爽朗，莫之与京。横素波而傍流，干青云而直上。语时事则指而可想，论怀抱则旷而且真。"(《陶渊明集序》)他们都能在陶诗背后，看到浓郁的文学意味。陶渊明无疑找到了最恰当的形式来表现他对田园归隐生活的特有感悟。

陶诗的方向虽然与六朝诗歌的趋向相矛盾，但这是发展中的矛盾，是诗歌运动在新的高度、新的层次上的辩证现象，而不是整个诗歌的倒退。而刘勰的文论似乎也正意识到这种矛盾的辩证运动，所以他一方面讲新变，同时又反对"竞今疏古"；一方面看到踵事增华，重视藻采，同时又认为，"练青濯绛，必归蓝蒨。矫讹翻浅，还宗经诰。斯斟酌乎质文之间，而櫽括乎雅俗之际，可与言通变矣"(《文心雕龙·通变》)。诗歌正是在"质文""雅俗"的矛盾运动中不断前进，而刘勰的观点则带有调适的倾向。

第三节　宏阔的多方位拓展：唐代诗歌艺术形式的成熟深化与丰富多样化

六朝诗一方面在形态上日趋发达，另一方面感悟范围却日趋狭窄和浮浅。无聊的应酬咏物充塞诗坛，最后又陷入声色，缘情一变而为色情。甚至在民间，也许是由于文人创作的反馈，民歌在其自觉过程中，也日益趋向单纯地歌唱爱情，而逐渐成为下层百姓表达恋情的专门形式（当然在北方，转变的发生要晚一些）。中国诗歌至此走进了一条狭窄的胡同，而难以充分实现自己的定性。我们强调文学的特殊存在方式，并不是要否定文学与生活的广泛联系，相反，在我们看来，与生活的联系是一切精神文化形态必然的性质。因此，我们研究文学是以此作为当然前提的。割断了文学与生活的联系，文学的存在方式也就失去了它的存在意义和价值。我们重视作品形式，是因为一定的形式对于感悟来说具有独特的深度和广度。"宫体"诗也是对于生活的感悟，但是宫廷腐朽的色情生活，是一种毫无价值，或者说只有反面价值的生活，把这种生活作为唯一的生活形式加以歌颂，其结果必然是极大地缩小文学的感悟范围；把宫体形式作为唯一的文学形式，也必然极大地限制文学的表现功能。无疑，"宫体"形式是一种发达的诗体形式，但发达的诗体形式，并不止是宫体形式。诚然，如果用汉魏诗的笔墨去表现宫廷的色情生活，不可能取得"宫体"的效果，但用"宫体"的笔墨去表现其他广阔的生活也同样难以奏效。如果说，六朝诗歌形式日趋发达，最后以"宫体"作为主要标志，那么，这种形式上的进展，显然是以牺牲形式和生活感悟的丰富性作为沉重的代价，中国诗歌发展到这里，已经穷困之极。

穷则变，变则通。恢复诗歌形式和生活感悟的无限丰富性，充分发挥诗歌的功能，这一神圣的使命已无可违避地落在唐代诗人的肩上。如果说刘勰已意识到这种历史要求将会出现，那么，唐人不仅把这种要求转变为明确的理论纲领，而且还化作实际的创作行动。陈子昂、张九龄、李白，崛起于穷极之时，受命于危难之际。陈子昂首先在《与东方左史虬修竹篇并序》中对六朝以来的诗风提出了批评，认为"汉魏风骨，晋宋莫传"，"齐梁间诗，彩丽竞繁，而兴寄都绝"。他的目标很明确，就是要恢复"汉魏风骨"和"兴寄"传统。他所欣赏的是"骨气端翔，音情顿挫，光英朗练，有金石声"的作品。这种艺术特征，不是描写宫廷色情生活的作品所能具备的，他自己也正以《感遇》三十八首，《蓟丘览古赠卢居士藏用》七首和《登幽州台歌》等著名作品拓宽了生活感悟的范围，而为潘德舆所特别器重的张九龄也以他的《感遇》诗为诗坛增添新彩。而真正彻底扭转六朝诗风，唱出盛唐之音的是李白。李阳冰《草堂集序》说："卢黄门云：'陈拾遗横制颓波，天下质文，翕然一变。'至今朝诗体，尚有梁陈宫掖之风，至公大变，扫地并尽。"中国诗歌到李白笔下又展现出极为丰富多彩的姿态，李白用他瑰奇的笔墨，极其生动地表现了广阔的生活画面，甚至可以说六朝以来还没有一个人像李白那样如此充分地显示出诗歌应有的本性。

李白与陈子昂一样以复古为己任，据孟棨《本事诗》所载，李白曾有言："梁陈以来，艳薄斯极，沈休文又尚以声律。将复古道，非我而谁？"又说："自从建安来，绮丽不足珍。"（《古风》其一）也以六朝，尤其是梁陈诗风作为反拨对象，然而李白的复古绝非意味着在诗体上抛弃建安以来所取得的成果，而复归建安以前的寒白。他在《古风》第一首中说："大雅久不作，吾衰竟谁陈……正声何微茫，哀怨起骚人。扬马激颓波，开流荡无垠。废兴虽万变，宪章亦已沦……我志在删述，垂辉映千春。希圣如有立，绝笔于获麟。"隐然以史为己任。李白正是站在这个立场上认为建安以来绮丽不足珍。因此，李白复古的重点在于恢复诗歌对生活感悟的丰富性，打破梁陈以来对诗歌的束缚，更广泛地去表现生活。而对于六朝以来在诗歌形式方面取得的成果，对于其中所有的合理因素都要加以继承和吸取。故杜甫论白诗"清新庾开府，俊逸鲍参军"（《春日忆李白》），而李白亦谓"览君荆山作，江鲍堪动色"（《书怀赠江夏韦太守良宰》），"解道澄江静如练，令人长忆谢玄晖"（《金陵城西楼月下吟》），"蓬莱文章建安骨，中间小谢又清发"（《宣州谢朓楼饯别校书叔云》），而名篇如《行路难》也显然受到鲍照的影响，如"停杯投箸不能食，拔剑四顾心茫然"，则全本于鲍照"对案不能食，拔剑击柱长叹息"（《拟行路难》）。

　　广泛的生活，需要用更为丰富的形式去表现。李白在诗歌发展的道路上，既没有停步，更没有退步，而是又向前迈进了一大步。不过李白并没从雕炼语言的角度去发展诗歌。他喜欢清新自然的语言风格，"一曲斐然子，雕虫丧天真"（《古风》三十五），"清水出芙蓉，天然去雕饰"（《书怀赠江夏韦太守良宰》）。当然与陶渊明的质朴平淡不同，白诗是俊逸的、丰富的，又是鲜明流畅的。李白对诗歌艺术发展作出的最大贡献在于进一步丰富了诗歌的语言修辞手法。不仅夸张、比喻、比拟等手法得到了相当广泛而成功的运用（这也是唐代诗人在诗歌形式方面对汉魏六朝诗人的一大突破），而且，尤为突出的是，李白自觉地、极大地开拓了想象空间。如果说楚辞中神奇的想象尚与南方的巫风保持着千丝万缕的联系，仍是"祭神歌舞的延续"（参见李泽厚

《美的历程》），而汉魏六朝的文人诗又侧重于实情实景的描写，那么，李白就是中国诗史上第一个最自觉地在诗的领域广泛地展示人类巨大想象力的诗人。"西上莲花山，迢迢见明星。素手把芙蓉，虚步蹑太清。霓裳曳广带，飘拂升天行。邀我登云台，高揖卫叔卿。恍恍与之去，驾鸿凌紫冥。俯视洛阳川，茫茫走胡兵。流血涂野草，豺狼尽冠缨"（《古风》十九）、"云青青兮欲雨，水澹澹兮生烟。列缺霹雳，丘峦崩摧，洞天石扉，訇然中开。青冥浩荡不见底，日月照耀金银台。霓为衣兮风为马，云之君兮纷纷而来下，虎鼓瑟兮鸾回车，仙之人兮列如麻"（《梦游天姥吟留别》）、"我欲攀龙见明主，雷公砰訇震天鼓。帝旁投壶多玉女，三时大笑开电光，倏烁晦冥起风雨。阊阖九门不可通，以额扣关阍者怒"（《梁甫吟》）、"登高望蓬瀛，想象金银台。天门一长啸，万里清风来。玉女四五人，飘飖下九垓。含笑引素手，遗我流霞杯"（《游泰山》之一），诸如此类，五彩缤纷的意象在诗人笔底澜翻而出，在读者眼前展现出一个自屈骚以来还没有过的神奇世界。与李白相比，两晋的游仙诗将黯然失色。刘熙载称李白诗："海上三山，方以为近，忽又是远，太白诗言在口头，想出天外。"所谓"升天乘云""凿空而道"者也。又认为："'有时白云起，天际自舒卷''却顾所来径，苍苍横翠微'，即此四语，想见太白诗境。"（《艺概·诗概》）当然仅以神奇的想象来论定李白的诗还是很不够的，龚自珍："庄屈实二，不可以并，并之以为心，自白始。儒仙侠实三，不可以合，合之以为气，又自白始也。其斯以为白之真原也已。"（《最录李白集》）李白诗是多姿多彩的，然而我们在这里并不打算去完整地展示李白诗的风采，而只想指出，李白的复古并没有造成诗歌形式的倒退，相反却使中国诗歌产生了一次飞跃，这个飞跃的一个重要标志就是中国诗歌从此不再主要依靠语辞的直现能力来直接展示对象，而是凭借各种修辞手段间接地突现对象。如果说，汉魏六朝诗主要凭借语言功夫，用的是硬劲，那么，唐诗则凭借整体的构思修辞，用的是巧劲。李白的神奇想象并不是最终的对象，它或者是某种情绪、某种寄托的外化，或者是某种气氛、某种形象的传神，因此在本质上只是一种表现手段。当然，唐代大量的诗歌并不完整展现神奇的想象世界，诸如"月下飞天镜，云生结海楼"（李白《渡荆门送别》）、"飞流直下三千尺，疑是银河落九天"（《望庐山瀑布》）、"空山百鸟散还合，万里浮云阴且晴。嘶酸雏雁失群夜，断绝胡儿恋母声。川为静其波，鸟亦罢其鸣……幽音变调忽飘洒，长风吹林雨堕瓦。迸泉飒飒飞木末，野鹿呦呦走堂下"（李颀《听董大弹胡笳声兼寄语弄房给事》）、"忽如一夜春风来，千树万树梨花开"（岑参《白雪歌送武判官归京》）、"照日秋云迥，浮天渤澥宽。惊涛来似雪，一坐凛生寒"（孟浩然《与颜钱塘登障楼望潮作》）、"大漠孤烟直，长河落日圆"（王维《使至塞上》）、"鳌身映天黑，鱼眼射波红"（《送秘书晁监还日本国》），这类诗歌则主要是通过借助各种修辞手段而取得力半功倍的效果。当然如王维和孟浩然，相对来说较多采用直接的描写法来呈现对象。然而，他们对于自然环境的描绘与谢灵运、鲍照等人很不相同。他们并不以局部的刻画为满足，而更重视整体的构思，以意境的完整浑成、耐人寻味为目标。如《终南山》《山居秋暝》《鸟鸣涧》《晚泊浔阳望庐山》《宿武阳即事》《游风林寺西岭》之类，都不以穷形尽相为能事，而是力避枝蔓芜杂，以局部的简洁省净换取整体的和谐浑成。他们与汉魏六朝诗人相比，在艺术技巧方面变得更加自觉和纯熟。

在诗体方面，经过初唐四杰和沈佺期、宋之问等人的努力，格律诗得到了基本确立，而成为中国古典诗歌富有代表性的体裁。如果说六朝诗体几乎是沿着一条单线向"永明体"发展。那么，唐初的复古运动，则使诗体更加丰富。在唐代不仅律诗得以形成，被广泛采用，而且由于对历史的再认识，汉魏以来那种比较自由，韵律限制不严的诗体，也为唐人吸收过来作了新的推广和发展，五古、七古、杂言、歌行、乐府，成了与律诗并驾齐驱的几种主要形式。不过唐代以后的古体与汉魏六朝，尤其是六朝古体不同，刘熙载说："七古可命为古近二体：近体曰骈、曰谐、曰丽、曰绵，古体曰单、曰拗、曰瘦、曰劲。一尚风容，一尚筋骨。此齐梁、汉魏之分，即初、盛唐之所以别也。"（《诗概》）又说："诗以律绝为近体，此就声音言之也。其实古体与律绝，俱有古近体之分，此当于气质辨之。古体劲而质，近体婉而妍，诗之常也。"（同上）由于六朝诗歌是向律体发展，所以六朝古体也即是刘熙载说的"近体"，也有人认为这种诗"实堕律体"（徐师曾《文体明辩》）。唐代诗人作古诗为了与律诗和齐梁诗区别开来，就有意向"单""拗""瘦""劲"的方向发展。李重华说："自唐沈、宋创律，其法渐精，又别作古诗，是有意为之，不使稍涉于律，即古近迥然二途，犹度曲者南、北两调矣。"（《贞一斋诗说》）因此而有所谓"三平调"，用律诗之所忌。而且在体制篇幅上，唐诗也更加博大，故唐以后古体非汉魏古体所能限制。当然，唐人既是最好的创造者，又是最好的继承者。冯班说："沈、宋既裁新体，陈子昂崛起于数百年后，直追阮公，创辟古诗。唐诗遂有两体。开元已往，好声律者则师景云、龙纪，矜气格者则追建安、黄初，而永明文格微矣。然白乐天、李义山、温飞卿、陆龟蒙皆有齐、梁格诗。"（《钝吟杂录》卷三）可见齐梁诗体在中晚唐以后尚未绝迹。另一方面，由于律诗的发展，又反过来影响古体。陈僜说："如李、韩诗体，断不可参入律诗一语，杜、王、高、岑体，则可偶参一句。其有两句者，必仄体也。唐初四杰体，则有两句，长庆体，则更有四句纯律。结语则高、岑体亦间有以律句收之。然此种惟施于转韵七古，以助其铿锵之节奏耳。"（《竹林答问》）同时律体又有与古体相融合者。陈僜说："盛唐人古律有两种：其一纯乎律调而通体不对者，如太白'牛渚西江夜'、孟浩然'挂席东南望'是也，其一为变律调而通体有对有不对者，如崔国辅'松雨时复滴'、岑参'昨日山有信'是也。虽古诗仍归律体。"（同上）可见唐诗一变六朝的单调局面，显示出异常丰富的风貌。

比李白稍后最集中地体现唐诗的丰富性和高度艺术技巧的诗人是杜甫。元稹在回顾有诗以来诗歌发展现状后说："至于子美，盖所谓上薄风骚，下该沈宋；言傍苏李，气夺曹刘；掩颜谢之孤高，杂徐庾之流丽；尽得古今之体势，而兼人人之所独专矣。"(《唐故工部员外郎杜君墓系铭并序》)评价之高可谓至矣。虽然，杜甫未必能囊括四海，包容古今，因为我们曾经强调过，各种形式都有自己特殊的表现力，因而不可随意替代。而历史的发展，又是一种不断的扬弃过程。时间不可重复，历史上的一切现实条件都将成为过去而不复再来，因而，现存一切传统形式也无法完满地重呈当年英姿。但是，后人却可以从历史上吸收养分，创造出自己的艺术。想用杜甫来代替前人固然是不可能的，但是认为杜甫能够尽量利用历史精华，比前人更为丰富地进行艺术创造，却并不夸张。杜甫一方面不愿"与齐梁作后尘"(杜甫《戏为六绝句》)，在齐梁诗人身后亦步亦趋。另一方面，又主张"不薄今人爱古人，清词丽句必为邻""别裁伪体亲风雅，转益多师是汝师"(同上)。因此又说"李陵苏武是吾师""熟知二谢将能事，颇学阴何苦用心"(《解闷十二首》)、"清新庾开府，俊逸鲍参军"(《春日忆李白》)，杜甫并没将六朝诗人一脚踢开。正是这种虚心好学又勇于创新的精神，再加上高度的艺术才华，铸造了"集大成"的杜诗。

在诗歌形式上，杜甫不仅使五、七言近体诗趋于高度成熟，而且还创造了拗体，并开启了新乐府的先声，而《北征》又把古体推向新的高度。在广义的修辞范围里，杜甫不仅善于运用各种语言修辞技巧，如"忧端齐终南，澒洞不可掇"(《自京赴奉先县咏怀五百字》)、"观者如山色沮丧，天地为之久低昂。燿如羿射九日落，矫如群帝骖龙翔。来如雷霆收震怒，罢如江海凝清光"(《观公孙大娘弟子舞剑器行》)、"感时花溅泪，恨别鸟惊心"(《春望》)、"霜皮溜雨四十围，黛色参天二千尺"(《古柏行》)、"岸花飞送客，樯燕语留人"(《发潭州》)、"绿垂风折笋，红绽雨肥梅"(《陪郑广文游何将军山林十首》其五)、"香稻啄余鹦鹉粒，碧梧栖老凤凰枝"(《秋兴八首》其八)等，而且还善于创造想象世界，如"得非玄圃裂，无乃潇湘翻""悄然坐我天姥下，耳边已似闻清猿。反思前夜风雨急，乃是蒲城鬼神入。元气淋漓障犹湿，真宰上诉天应泣。野亭春还杂花远，渔翁暝踏孤舟立。沧浪水深青溟阔，欹岸侧岛秋毫末。不见湘妃鼓瑟时，至今斑竹临江活"（《奉先刘少府新画山水障歌》）、"此时骊龙亦吐珠，冯夷击鼓群龙趋。湘妃汉女出歌舞，金支翠旗光有无。咫尺但愁雷雨至，苍茫不晓神灵意"（《渼陂行》）等。杜甫不仅善于锤炼语辞，凭借深厚的语言功夫，从正面刻画对象，如"身轻一鸟过，枪急万人呼"（《送蔡希鲁都尉还陇右因寄高三十五书记》）、"晓看红湿处，花重锦官城"（《春夜喜雨》）、"雨抛金锁甲，苔卧绿沉枪"（《重过何氏五首》其四）、"飞星过水白，落月动沙虚"（《中宵》）、"地坼江帆隐，天清木叶闻"（《晓望》）等，而且也善于"平平说出"，浑涵无痕，如"烽火连三月，家书抵万金"（《春望》）、"即从巴峡穿巫峡，便下襄阳向洛阳"（《闻官军收河南河北》）、"亲朋无一字，老病有孤舟"（《登岳阳楼》）、"罢人不在村，野圃泉自注。柴扉虽芜没，农器尚牢固"（《宿花石戍》）等。不仅善于大笔勾勒，如"会当凌绝顶，一览众山小"（《望岳》）、"吴楚东南坼，乾坤日夜浮"（《登岳阳楼》）、"高标跨苍穹，烈风无时休"（《同诸公登慈恩寺塔》）、"无边落木萧萧下，不尽长江滚滚来"（《登高》）等，而且善于刻画细节，如"老妻画纸为棋局，稚子敲针作钓钩"（《江村》）、"瘦妻面复光，痴女头自栉。学母无不为，晓妆随手抹。移时施朱铅，狼籍画眉阔"（《北征》）、"妻孥怪我在，惊定还拭泪"、"娇儿不离膝，畏我复却去。忆昔好追凉，故绕池边树"（《羌村三首》）、"澄江平少岸，幽树晚多花。细雨鱼儿出，微风燕子斜"（《水槛遣心二首》其一）、"随风潜入夜，润物细无声"（《春夜喜雨》）等。不仅善于实写可见可闻之景、可明可晓之理，如"两个黄鹂鸣翠柳，一行白鹭上青天"（《绝句四首》其三）、"沙头宿鹭联拳静，船尾跳鱼拨剌鸣"（《漫成》）、"却绕井栏添个个，偶经花蕊弄辉辉"（《见萤火》）、"漆有用而割，膏以明自煎。兰摧白露下，桂折秋风前"（《遣兴五首》其三）等，而且善于虚写可感而不可见之态、莫名难言之意，如"碧瓦初寒外，金茎一气旁"（《冬日洛城北谒玄元皇帝庙》）、"星临万户动，月傍九霄多"（《春宿左省》）、"晨钟云外湿，胜地石堂烟"（《船下夔州郭宿雨湿不得上岸别王十二判官》)、"日月笼中鸟，乾坤水上萍"(《衡州送李大夫七丈勉赴广州》)、"瓢弃樽无绿，炉存火似红"(《对雪》)等。汉魏六朝以来几乎没有一个诗人能像杜甫那样善于运用各种艺术手法来表现他对生活的丰富感悟。从国家民族的安危，到家人骨肉的日常琐事；从雄奇的山川，到平淡的田园；从历史兴衰，到现实哀乐；从物质生活到精神生活：杜甫的视野是那样的宽广，而情感的动荡波澜又是那样富有力度和生气。杜诗的风格是以沉郁顿挫为核心的异常丰富多彩的有机整体。

　　正因为杜诗成功地、创造性地发展了中国诗歌的历史成果，铸造了异常丰富多彩的艺术风貌，从而对后代产生了无与伦比的广泛而深远的影响。清代田同之说："惟老杜声音格律，克集大成，则无所不有，故中晚宋元皆得从中分其一体。"(《西圃诗说》)而叶燮又从风格方面加以阐述："杜甫之诗包源流，综正变，自甫以前，如汉、魏之浑朴古雅，六朝之藻丽秾纤、澹远韶秀，甫诗无一不备。然出于甫，皆甫之诗，无一字句为前人之诗也。自甫以后，在唐如韩愈、李贺之奇巘，刘禹锡、杜牧之雄杰，刘长卿之流利，温庭筠、李商隐之轻艳，以至宋、金、元、明之诗家，称巨擘者无虑数十百人，各自炫奇翻异，而甫无一不为之开先。"(《原诗》卷一)虽然后人未必完全恪守于杜甫，但杜甫对后人的启发和暗示，无疑是多方面的。当然李白诗的个性也是相当独特而鲜明的，非杜甫能包容，故后人往往以李杜并称，虽有扬杜抑李，或扬李抑杜者，而两人光芒终究不能相掩。清代鲁九皋总结诗学流变，至唐而谓："贞观之际，王杨卢骆号称四杰，其诗多沿旧习。陈杜沈宋继之，格律渐高，而陈拾遗尤为复古之冠，其五言古诗，原本阮公，直追建安作者。自后曲江继起，浸浸称盛。开元、天宝之际，笃生李杜二公，集数百年之大成……要自子建、渊明而后，二家特为不祧之祖。其辅二家而起者，有王维、孟浩然、高适、岑参、李颀、王昌龄、刘眘虚、裴迪、储光羲、常建、崔颢诸人。"(《诗学源流考》)概括可谓全面。总之，中国诗歌发展到盛唐，犹如百川归海，烟波浩渺。然而，沧海奔流，翻腾不息，它又将成为百川之源，形成滚滚向前的波涛。

第四节　变本加厉：中晚唐诗对盛唐诗的三个方向偏至化发展

如果说，辽阔的诗界，在汉魏六朝以后，尚有许多未辟之区，那么经过盛唐诗人的努力开垦，辛勤耕耘，如今极目远望已是一片茂盛，眼前几乎已经没有一块荒原，这的确是令人振奋的，但对后继者来说，却又是不幸的，他们无疑要付出加倍的辛劳，才能可望有新的收获，历史就这样向李、杜的后继者出了一道难题。

冯班说："大历之时，李、杜诗格未行，至元和长庆始变，此亦文字一大关也。然当时以和韵长篇为元和体。若以时代言，则韩、孟、刘、柳、韦左司、李长吉、卢玉川，皆诗人之赫赫者也。"（《钝吟杂录》卷五）对于元和以后的创造者来说，他们要在李、杜以后有所作为，就必须有所变化。就这一点而论，高棅称元和以后的晚唐诗为"正变"也是颇有眼光的。生命在于运动，诗歌只有在变化中才能不断向前发展。元和之后的古典诗歌基本上沿着三个方向变化，它们分别以韩愈、白居易、李商隐为代表。

赵翼评韩愈诗说："韩昌黎生平所心摹力追者，惟李杜二公。顾李杜之前，未有李杜，故二公才气横恣，各开生面，遂独有千古。至昌黎时，李杜已在前，纵极力变化，终不能再辟一径。惟少陵奇险处，尚有可推扩，故一眼觑定，欲从此辟山开道，自成一家。此昌黎注意所在也。"（《瓯北诗话》卷三）而韩愈论诗兴趣所向也正在于此。其论李杜诗曰："想当施手时，巨刃磨天扬。垠崖划崩豁，乾坤摆雷硠。"而他的愿望也是："我愿生两翅，捕逐出八荒。精诚忽交通，百怪入我肠。刺手拔鲸牙，举瓢酌天浆。腾身跨汗漫，不着织女襄。"（《调张籍》）可见韩愈的主攻方向是要在想象的王国作进一步的开拓。另一方面，韩愈作为古文运动的领袖，他还担负着改革华艳不实的骈体文风，恢复散体古文的历史使命。他既主张"文从字顺"(《南阳樊绍述墓志铭》)，创作比较接近口语的古文，又主张"惟陈言之务去"(《答李翊书》)，刊落一切陈腐套语俗语，力出新意。这种精神与他诗学主张基本相通。韩愈好作古体，且力避俳偶。他在《荐士》诗中说："横空盘硬语，妥帖力排奡。敷柔肆纤余，奋猛卷海潦。"可以说这也就是韩愈在章句方面追求的目标。钱锺书先生说："文章之革故鼎新，道无它，曰以不文为文，以文为诗而已。向所谓不入文之事物，今则取为文料；向所谓不雅之字句，今则组织而斐然成章。谓为诗文境域之扩充，可也；谓为不入诗文名物之侵入，亦可也。《司空表圣集》卷八《诗赋》曰：'知非诗诗，未为奇奇。'赵闲闲《滏水集》卷十九《与李孟英书》（按，当为《答李天英书》）曰：'少陵知诗之为诗，未知不诗之为诗，及昌黎以古文之浑灏，溢而为诗，而古今之变尽。'"(《谈艺录》)如果说，汉魏六朝以来，由于诗体的自觉，诗正朝着有意摆脱散文体的方向发展，那么到了唐代的近体诗，可谓趋于极致。然而由于复古运动，要求诗歌全面地表现生活，而丰富的生活，有时却需要采用散体文的某些手法加以表现，这在集大成的杜甫诗里已初露端倪，这样诗体又开始在一个新的发展水平否定自己。到了韩愈则更自觉地将古文手法运之于诗歌，以丰富诗的表现手法。宋蔡梦弼引《扪虱新话》云："韩以文为诗，杜以诗为文，世传以为戏。然文中要自有诗，诗中要自有文，亦相生法也。文中有诗，则句语精确，诗中有文，则词调流畅。"(《杜工部草堂诗话》)而陈师道则谓："退之以文为诗，子瞻以诗为词，如教坊雷大使之舞，虽极天下之工，要非本色。"(《后山诗话》)言外似有微意。其实诗自诗，文自文，两者区分吴乔已有明辩，但在诗中吸收某些文的手法也未尝不可，要在消化，使之成为诗的有机部分，此正有佳处，无可厚非。故"以文为诗"有成功不成功之分，钱仲联师认为对历代关于韩愈"以文为诗"的褒贬，应该具体而论："他们批评韩诗，有切中弊病的一面；赞扬韩诗，也有符合实际的一面，但都把问题说得绝对化了。"(《韩昌黎诗系年集释前言》)这是一种实事求是的看法。

韩愈的诗歌创作正是企图从这两方面着手，闯出一条新路。他的著名五言长篇《南山诗》采用大段铺叙手法描写南山峻险山势，四时变态，中间连用五十一个"或"字，叠用"若"字"如"字，博喻连譬，穷形尽貌，"以画家之笔，写得南山灵异缥缈，光怪陆离"（钱仲联《韩昌黎诗系年集释》引顾嗣立语），为诗界别开生面。徐震说："昌黎《南山》取杜陵五言大篇之体，摄汉赋铺张雕绘之工，又变谢氏轨躅，亦能别开境界，前无古人……自宋人以比《北征》，谈者每就二篇较絜短长。予谓《北征》主于言情，《南山》重在体物，用意自异，取材不同，论其工力，并为极诣，无庸辨优劣也。"（同前引徐震语）而《陆浑山火一首和皇甫湜用其韵》一篇则将一场熊熊烈烈、凶猛险恶的山林大火描绘成一幅"怪怪奇奇"的"西藏曼荼罗画"（同前引沈曾植语）："有声夜中惊莫原，天跳地踔颠乾坤。赫赫上照穷崖垠，截然高周烧四垣。神焦鬼烂无逃门，三光弛隳不复暾。虎熊麋猪逮猴猿，水龙鼍龟鱼与鼋，鸦鸱雕鹰雉鹄鹍，燖炰煨爊孰飞奔。祝融告休酌卑尊，错陈齐玫辟华园，芙蓉披猖塞鲜繁。千钟万鼓咽耳喧，攒杂啾嚄沸篪埙。彤幢绛旃紫纛旛，炎官热属朱冠褌，榞其肉皮通骴臋，颓胸垤腹车掀辕，缇颜靺股豹两鞬。霞车虹靷日毂辐。丹蕤缊盖绯繁帮，红帷赤幕罗脈膰，岙池波风肉陵屯。谽呀巨壑颇黎盆，豆登五山瀛四罇……"该诗"造语险怪""凭空结撰"，以"巨刃摩天""乾坤摆荡"的笔力来驾驭大火，征服大火。由此可以见出韩愈与李白、杜甫的区别所在。虽然韩愈较多地吸取了李白驰骋幻想的精神，但李白创造的想象世界，往往灵异缥缈、天仙杂沓、神妙清丽、舒展自如。而韩愈则雄奇瑰异、险象迭出、骇目惊心、穷形尽相、笔力镌刻。前者如干将莫邪，后者如劈山巨斧。而杜甫诗虽然也有神奇的想象世界，但终不似李白、韩愈那样摆脱一切，畅游汗漫，忘情驰骋，故人断言"韩退之《陆浑山火》诗，浣花决不能作"（同前引吴可引语）。其他如《石鼓歌》一首则进一步开拓题材范围，继杜甫《李潮八分小篆歌》之后，开了咏唱金石碑帖的先声，而如《赠刘师服》之类，则将诗歌题材伸展到饮食起居这类日常生活琐事方面。总之韩愈沿着李杜开辟的方向，进一步拓展了诗歌的表现范围。而在创作原则上与李杜不同之处在于，韩愈不仅以美的事物为对象，而且如刘熙载所说还"往往以丑为美"（《诗概》）。生活中那些一般被认为丑怪险恶的事物，常常为韩愈的诗笔所征服，而成为可以悠然欣赏的画面。

另一方面如《嗟哉董生行》"淮水出桐柏山，东驰遥遥千里不能休。泌水出其侧，不能千里、百里入淮流"、《忽忽》"忽忽乎余未知生之为乐也，愿脱去而无因"等采用散文句式，打破诗歌固有的节奏韵律。而如《八月十五夜赠张功曹》一诗跌宕纵横，开阖转折，诚如方东树《昭昧詹言》所说全是"一篇古文章法"。《送灵师》《荐士》等诗又以议论为诗。劣者不免味同嚼蜡，流为押韵之文。在用韵方面，韩愈也喜欢逞奇争胜。如《送无本师归范阳》押四十九皓韵，"因难见巧，愈险愈奇"（欧阳修《六一诗话》）。《赠崔立之评事》又一韵到底，越押越险。而如《此日足可惜》一诗却押宽韵，又"波澜横溢，泛入傍韵。乍还乍离，出入回合"（同前）。

虽然韩愈诗在总的方面表现出了追求奇险的倾向，但当韩愈描写日常生活和平淡情景的时候，也往往采用平易朴实的手法。如《落齿》《赠刘师服》《送李翱》《除官赴阙至江州寄鄂岳李大夫》《赠别元十八协律》《庭楸》《杏花》《李花赠张十一署》《南溪始泛》等，诚如方东树所评"皆是文体白道……而一往清切，愈朴愈真，耐人吟讽"，表现出了"文从字顺"的一面。

上述两种倾向，看似矛盾，但总的精神都是力求在李、杜以后别开生面。当然不同的形式，不同的手法都是与韩愈对生活的不同感悟相一致的。而趋新尚奇与返璞归真的矛盾对立统一现象，在韩愈身上也表现得相当突出。当然不管是追求奇险，还是追求朴质，在艺术上的至境应该都要达到"至宝不雕琢，神功谢锄耘"（韩愈《醉赠张秘书》）这样一种出神入化、不见人工痕迹的水平。

　　而其时，与韩愈精神相一致的还有孟郊。刘熙载说："昌黎、东野两家诗，虽雄富清苦不同，而同一好难争险。"（《诗概》）这由韩孟两家之联句可见趣向所在，不过与韩愈相比，孟郊侧重于选用平易的语辞去雕炼深刻的诗思，而这种诗思尤以清苦凄悲为主，故孟诗字虽易懂而句却刻苦峭拔，精警非常，其诗如"冷露滴梦破，峭风梳骨寒"、"霜气入病骨，老人身生冰"（《秋怀十五首》）、"无火炙地眠，半夜皆立号……寒者愿为蛾，烧死彼华膏。华膏隔仙罗，虚绕千万遭"（《寒地百姓吟》）、"青山有麋芜，泪叶长不干。空令后代人，采掇幽思攒"（《古薄命妾》）、"南山塞天地，日月石上生"（《游终南山》）、"峡棱剗日月，日月多摧辉"（《峡哀十首》）等，造句瘦劲紧炼，无一空言余语。

　　贾岛之雕炼诗语与孟郊亦相近，但贾岛更擅长五律，字字推敲，句不苟作，所谓"二句三年得，一吟双泪流。知音如不赏，归卧故山秋"（贾岛《送无可上人》自注），可以见出他的创作精神。

　　孟郊和贾岛都放弃了韩愈追求奇幻的浪漫精神，而发展了韩愈"务去陈言"的一面。其后如卢同、马异、樊宗师、刘叉等则发展了韩愈追求奇幻的一面，开创了一个近乎怪诞的想象世界。

　　而早年受到韩愈奖掖的李贺，则用瑰奇的诗笔在神幻的想象世界开出了又一个崭新局面，杜牧评李贺诗云："风樯阵马，不足为其勇也；瓦棺篆鼎，不足为其古也；时花美女，不足为其色也；荒国陊殿，梗莽丘垅，不足为其恨怨悲愁也；鲸呿鳌掷，牛鬼蛇神，不足为其虚荒诞幻也。"（《李贺歌诗集序》）描写李贺诗境可谓贴切。其诗如"昆山玉碎凤凰叫，芙蓉泣露香兰笑。十二门前融冷光，二十三丝动紫皇。女娲炼石补天处，石破天惊逗秋雨。梦入神山教神妪，老鱼跳波瘦蛟舞。吴质不眠倚桂树，露脚斜飞湿寒兔"（《李凭箜篌引》）、"老兔寒蟾泣天色，云楼半开壁斜白。玉轮轧露湿团光，鸾珮相逢桂香陌。黄尘清水三山下，更变千年如走马。遥望齐州九点烟，一泓海水杯中泻"（《梦天》）、"月午树立影，一山惟白晓。漆炬迎新人，幽圹萤扰扰"（《感讽五首》）、"博罗老仙时出洞，千岁石床啼鬼工。蛇毒浓凝洞堂湿，江鱼不食衔沙立"（《罗浮山人与葛篇》）、"羲和敲日玻璃声，劫灰飞尽古今平"（《秦王饮酒》）、"青霓扣额呼宫神，鸿龙玉狗开天门"（《绿章封事》）、"秋坟鬼唱鲍家诗，恨血千年土中碧"（《秋来》）、"天河夜转漂回星，银浦流云学水声"（《天上谣》），等等，设想是那样奇特，意境是那样瑰诡，神思是那样跳跃动荡、变化莫测，而遣辞造语又是那样凝重坚固，设色敷采又是那样浓郁幽艳。总之，李诗本于韩愈趋新尚奇的精神，又作了个性的发挥。

元和以后，另一变化趋向以白居易为代表。贺裳说："诗至元、白，实又一大变。"（《载酒园诗话又编》）而赵翼比较韩、孟与元、白之异同，谓："韩、孟尚奇警，务言人所不敢言。元、白尚坦易，务言人所共欲言。"（《瓯北诗话》卷四）可见，韩与白两人变化方向几乎相反。白居易在诗学主张方面，特别重视诗歌的社会功用，所谓"文章合为时而著，歌诗合为事而作"（《与元九书》）是他的核心主张。在创作方面，他特别重视乐府诗体，继杜甫新题乐府以后，白居易更推而衍之，大量创作新乐府。他在《寄唐生》诗中说："我亦君之徒，郁郁何所为。不能发声哭，转作乐府诗。篇篇无空文，句句必尽规。功高虞人箴，痛甚骚人辞。非求宫律高，不务文字奇。惟歌生民病，愿得天子知。"可见，白居易创作新乐府，有其政治目的，所以，他在主观上并不重视诗歌的艺术技巧，只以通俗易懂为指归。故其诗"篇无定句，句无定字。系于意不系于文。首句标其目，卒章显其志……其辞质而径，欲见之者易谕也；其言直而切，欲闻之者深诫也；其事核而实，使采之者传信也；其体顺而肆，可以播于乐章歌曲也"（白居易《新乐府序》）。实际上这样的作品已沦为政治宣传品，在相当程度上影响和损害了诗具有的文学功能的实现。

白氏集中较有文学价值的作品主要是"闲适""感伤"两类。其诗亦平易流畅，而富有风华和情韵，其诗如"缥缈巫山女，归来七八年。殷勤湘水曲，留在十三弦。苦调吟还出，深情咽不传。万重云水思，今夜月明前"（《夜闻筝中弹潇湘送神曲感旧》）、"几处早莺争暖树，谁家新燕啄春泥。乱花渐欲迷人眼，浅草才能没马蹄"(《钱塘湖春行》)、"灯火万家城四畔，星河一道水中央。风吹古木晴天雨，月照平沙夏夜霜。能就江楼销暑否？比君茅屋校清凉"(《江楼夕望招客》)、"三百年来庾楼上，曾经多少望乡人？"(《庾楼晓望》)"谁开湖寺西南路？草绿裙腰一道斜"(《杭州春望》)、"何独终身数相见，子孙长作隔墙人"(《欲与元八卜邻先有是赠》)机调流转，眼前景，心中情，用轻松的笔墨平平道出，亲切柔和，宛在目下。与其新乐府不同，结句每有余味，能化中幅直写实叙为虚空烟云。而最享大名的还是他的《长恨歌》《琵琶行》这类七言歌行。诗人吸取《孔雀东南飞》的神理，采撷初唐四杰的藻彩，推衍李颀七言长篇的体制，并结合说唱变文的某些手法，熔铸而出，创出了七言体裁的崭新局面，白氏的七言歌行，叙事婉转，体贴细腻，情采生动，声韵流美，而语句明白晓畅，实是雅俗共赏的文学佳品，故当时后世广为传诵，白居易《与元九书》中尝谓："及再来长安，又闻有军使高霞寓者，欲娉倡妓，妓大夸曰：'我诵得白学士《长恨歌》，岂同他妓哉？'由是增价。"在语言修辞方面又好作叠调，不避重复，如"点检盘中饭，非精亦非粝。点检身上衣，无余亦无阙"(《洛阳有愚叟》)、"丘园共谁卜？山水共谁寻？风月共谁赏？诗篇共谁吟？花开共谁看？酒熟共谁斟？"(《哭崔常侍晦叔》)、"春树花珠颗，春塘水麴尘。春娃无气力，春马有精神"(《洛中春游呈诸亲友》)等。叠调在《诗经》中较多，随着诗体的自觉，叠调日趋减少，到了唐代，诗中（尤其是律体诗）特别注意避免用词的重复，以防止单调，尽量发挥有限字数的作用，丰富诗意。白居易却反其道而行之，这与韩愈的"以文为诗"相仿，旨在以非诗为诗，增加诗歌的表现手法，白氏作诗好尽情尽意，故宜用反覆咏叹手法以增强气势，渲泄胸臆。白居易还好用顶针格，造成绵延流转的情调。这种手法不仅在歌行体中采用，律诗中也偶尔阑入。如"一岁平分春日少，百年通计老时多。多中更被愁牵引，少处兼遭病折磨"(《春晚咏怀赠皇甫朗之》)。而如"一山门作两山门，两寺元从一寺分。东涧水流西涧水，南山云起北山云。

前台花发后台见，上界钟声下界闻。遥想吾师行道处，天香桂子落纷纷"（《寄韬光禅师》），则又在律体中作当句对。不仅使句调流畅，而且还传达出了山寺的特征和诗人体会到的特殊意味，如此之类都有意打破常格，心到口到，意到笔到，称心适意，信笔所之，皆本于直道胸臆。然其流弊在于不好锤炼，往往"词沓意尽，调俗气靡，于诗家远微深厚之境，有间未达"（钱锺书《谈艺录》）。

虽然白居易以平易畅达为目标，却颇喜欢驰骋才情，除了前述新创句律以外，另一个主要标志是争胜于韵律。赵翼说："古来但有和诗，无和韵，唐人有和韵，尚无次韵，次韵实自元、白始。依次押韵，前后不差，此古所未有也。而且长篇累幅，多至百韵，少亦数十韵，争能斗巧、层出不穷，此又古所未有也。他人和韵，不过一二首，元、白则多至十六卷，凡一千余篇，此又古所未有也。"（《瓯北诗语》卷四）在韵律方面争奇斗胜，显然与白居易的新乐府主张不一致，由此也可见诗人的多面性和复杂性。

与白居易齐名的元稹，和白氏风格趋向大同小异。"选语之工，白不如元；波澜之阔，元不如白。白苍莽中间存古调，元精工处亦杂新声。"（贺裳《载酒园诗话又编》）两人同主才情，唯下笔轻出，不免浅俗，遂遗"元轻白俗"之讥。

在韩孟、元白之外，又另出变局的是李商隐。韩孟一派重在古体，以奇崛之思、劲健之骨独自标格；元白一派则长于律体歌行，"以流易之体，极富赡之思"（姚鼐《五七言今体诗钞序目》），"然滑俗之病，遂至滥恶"（同上）。李商隐生当其后，继承杜诗深沉凝炼的笔墨，发扬婉转绮丽的风格，遂别开生面。

李商隐虽然最为擅长的也是五七言近体，但与元白恰成对照。李商隐用思深曲，织锦细密，隶事工稳，与元、白相比，一深一浅，一曲一直，一雅一俗；而与韩、孟相比，一细一刻，一婉一劲，一丽一奇，也显然异趋。李诗如"瑶池阿母绮窗开，黄竹歌声动地哀。八骏日行三万里，穆王何事不重来"（《瑶池》）、"死忆华亭闻唳鹤，老忧王室

泣铜驼。天荒地变心虽折，若比伤春意未多"（《曲江》）、"不收金弹
抛林外，却惜银床在井头"（《富平少侯》）、"王母西归方朔去，更须
重见李夫人"（《汉宫》）、"谁言琼树朝朝见,不及金莲步步来"（《南朝》）、
"荔枝卢橘沾恩幸，鸾鹊天书湿紫泥"（《九成宫》）、"春风举国裁宫锦，
半作障泥半作帆"（《隋宫》）、"应共三英同夜赏,玉楼仍是水晶帘"（《月
夜重寄宋华阳姊妹》）、"欲舞定随曹植马，有情应湿谢庄衣"（《对雪
二首》）、"背灯独共余香语，不觉犹歌起夜来"（《正月崇让宅》）、"刘
郎已恨蓬山远，更隔蓬山一万重"（《无题》）、"身无彩凤双飞翼，心
有灵犀一点通"（《无题》）、"春心莫共花争发，一寸相思一寸灰"（《无
题》）等，这类诗歌寄托是那样遥深，情致是那样缠绵，藻彩是那样
绮丽，造语是那样细密。这在前人是没有的，至少没有像李商隐那样
发挥得淋漓尽致。与李贺相比，两人都重设色敷采，但李贺诗艳而沉重，
李商隐诗艳而细腻。两人又善作神幻之思，然李贺诗奇特荒诞，令人
悚然，李商隐诗则缥缈迷离，令人神伤。诗如"松篁台殿蕙香帏，龙
护瑶窗凤掩扉。无质易迷三里雾，不寒长着五铢衣"（《圣女祠》）、"一
春梦雨常飘瓦，尽日灵风不满旗。萼绿华来无定所，杜兰香去未移时。
玉郎会此通仙籍，忆向天阶问紫芝"（《重过圣女祠》）等，与李贺大
不相同。玉溪诗与人事结合得比较紧密，一般不对神幻世界作大规模
的空所依傍的展示。

从前面的叙述中可以看出，元和以后古典诗歌的三个主要变化方
向，实际上是对李、杜，对盛唐诗歌的各个方面作偏至化的变本加厉
的发展，由于是趋于极端的发展，因此往往利弊共存，既容易显示个
性特征，又容易失误产生弊端。韩孟之抉天心、探地肺、务去陈言、
力求深刻，而不免失之于雕琢、板滞；李贺之呕心沥血、搜捕八荒、
奇异瑰丽，而不免失之于荒诞、气蹇；元白之平易近人、自然流美、
情采旖旎，而不免失之于调轻气俗、浅率俚鄙；李商隐之含蓄缠绵、
绮丽细密，而不免失之于晦涩：遂致后人褒贬无常，然皆不失为诗界
豪杰之士。

第五节　艰险的垦荒：宋诗对唐诗艺术度域和艺术原则的突破与更新

　　元和以后的诗歌新变，不仅是唐诗的一大转折，而且是中国诗史上的又一转折，它开启了宋诗的先河，而元和以后的三个主要变化方向中对宋诗影响最大的要推韩愈一派。叶燮说："韩愈为唐诗之一大变，其力大，其思雄，崛起特为鼻祖。宋之苏、梅、欧、苏、王、黄，皆愈为之发其端，可谓极盛。"（《原诗》卷一）朱琦论诗亦谓"宋诗从韩出，欧梅颇深造。荆公独峭折，硬语自陵踔"（《咏古十首》）。然而，在宋初对诗坛影响最大的却是白居易和李商隐。鲁九皋说："宋初国祚虽定，文采未著，学士大夫家效乐天之体，群奉王禹偁为盟主。其后杨亿、刘筠辈崇尚西昆，专取温、李数家，摹仿于字句俪偶之间。"（《诗学源流考》）而严羽亦谓"王黄州学白乐天，杨文公、刘中山学李商隐"（《沧浪诗话》）。许顗更举例说："本朝王元之诗可重，大抵语迫切而意雍容，如'身后声名文集草，眼前衣食簿书堆'，又云'泽畔骚人正憔悴，道旁山鬼谩揶揄'，大类乐天也。"（《彦周诗话》）而据近人梁昆考证，宋初学白居易的"香山派"成员有徐铉、李昉、王奇、徐锴等（参见《宋诗派别论》）。而相对来说宋初之"西昆派"则影响较大，欧阳修说："盖自杨刘唱和，《西昆集》行，后进学者争效之，风雅一变，谓'西昆体'。由是唐贤诸诗集几废而不行。"（《六一诗话》）可见即使是宋初诗风也仍然是沿着元和以后的变化方向在发展。然白诗易流为滑俗，李诗易流为绮靡，故随着古文运动在宋代的发展，韩愈又被作为一面旗帜高高举起。石介著《怪说》三篇，矛头直指西昆体领袖杨亿："今杨亿穷妍极态，缀风月，弄花草，淫巧侈丽，浮华纂组，刓镂圣人之经，破碎圣人之言，离析圣人之意，蠹伤圣人之道。""上纲上线"，可谓尖刻锐利。而梅尧臣、苏舜钦、欧阳修又以实际的创作一变"雕章丽句"之风。而作为对宋初享乐颓靡之风的精神反拨，宋代道学的兴起，形成一种外在的力量，对诗歌中缠绵绮靡之风也有着相当的抑制作用。人之情欲不能在高尚的、道貌岸然的诗文中渲泄，因而只能寻找别的渠道流露出来。晚唐以来形成的以言情为主的词，作为一种不登大雅之堂的文学体裁，就像歌妓一样，充当了情欲的承担者。因为是低贱的"小道"，所以"作践"一下也无伤大雅和体面。从此诗中便绝少言情之章，而专门言情的词，也正好有了优惠，便很快蓬勃发展了起来。等到要尊词道的时候，那种特殊的优惠就得取消，而和诗文一样，道貌岸然地去咏唱高尚的题材。苏、辛以民族的感叹寄之于词，词道也就有了提高。而到了词道已尊，而不妨也可言情的时候，那么，诗中也就同样可以开禁去言情了。然后，文学是以整个生活作为感悟对象的，由于外在力量的抑扬作用，而造成不同体裁的"偏食"，在根本上并不利于各种体裁全面地发展。

宋初诗风的消长，隐然与外在力量的干涉有着不可忽视的联系。石介对西昆体的抨击正是以道统为根据的，而明代张綖对西昆体的辩护，也是以"文章一小技，于道未为尊"作为理由，认为西昆之风不足以害道，故作昆体未尝不可（参见张綖《刊西昆诗集序》）。这种外在力量的干涉作用，在宋代对于"西昆体"是一种抑制，对于韩、孟一派的兴起，相对来说却是有利的，尽管道学家觉得韩愈在"道"的方面还有些欠缺，对于古文家讲"文"也并不满意，似乎文道并重还不如干脆主道来得彻底。但在古文家看来，"言之无文，行之不远"，文还是不得不讲的。而道学的威力毕竟还不足以将古文家也一并扼杀掉，相反古文家却可以打着明道的幌子，将文发展起来。

宋代的几个著名的诗文家，不仅在古文方面以韩愈为宗，在诗歌方面也同样以韩愈为宗，即使侧重于诗的梅尧臣、黄庭坚也同样推重韩愈。因此，韩愈在宋代不仅是古文运动的一面旗帜，而且还是诗歌新变的导师。

欧阳修论诗云："韩孟于文词，两雄力相当。篇章缀谈笑，雷电击幽荒……天之产奇怪，希世不可常。寂寥二百年，至宝埋无光。郊死不为岛，圣俞发其藏。"（《读蟠桃诗寄子美》）称赞梅尧臣能继承孟郊诗风。梅尧臣亦说："既观坐长叹，复想李杜韩。愿执戈与戟，生死事将坛。"（《读邵不疑学士诗卷杜挺之忽来因出示之且伏高致辄书一时之语以奉呈》）对韩、孟可谓是一片钦佩之心。但梅尧臣于韩、孟两家，于孟发挥较多，于韩主要取其"清妙"一路。刘熙载说："孟东野诗好处，黄山谷得之，无一软熟句；梅圣俞得之，无一热俗句。"（《诗概》）梅尧臣虽然以"平淡"为极致，但诗不苟出，苦于吟咏，构思极难，曾对欧阳修说："诗家虽率意，而造语亦难，若意新语工，得前人所未道者，斯为善也，必能状难写之景，如在目前，含不尽之意，见于言外，然后为至矣。"（欧阳修《六一诗话》）故梅诗语辞虽质朴，而"覃思精微"，能于平淡中见深意，章句亦较精炼，故梅诗之"平淡"与白居易之"平易"实不相同，相去甚远。梅尧臣反映民生疾苦的诗如《田家语》《汝坟贫女》等与白氏乐府有雅俗之别。他如"春洲生荻芽，春岸飞杨花。河豚当是时，贵不数鱼虾……斯味曾不比，中藏祸无涯。甚美恶亦称，此言诚可嘉"（《范饶州坐中客语食河豚鱼》）、"不出只愁感，出游将自宽……渐老情易厌，欲之意先阑。却还见儿女，不语鼻辛酸"（《正月十五夜出回》）、"风叶相追逐，庭响如人行……曾不若陨箨，绕树犹有声"（《秋夜感怀》）、"前山不碍远，断处吐尖碧。研青点无光，淡墨近有迹……安得老画师，写寄幽怀客"（《看山寄宋中道》）诗语洗炼，构思曲折而深刻。

与梅尧臣相比，欧阳修则更倾向于韩愈。《六一诗话》谓："退之笔力，无施不可……其资谈笑，助谐谑，叙人情，状物态，一寓于诗，而曲尽其妙。"而苏轼却以为欧阳修"诗赋似李白"（《六一居士集叙》）。至晚清刘熙载又辨道："然试以欧诗观之，虽曰似李，其刻意形容处，实于韩为逼近耳。"又比较梅尧臣而谓："欧阳永叔出于昌黎，梅圣俞出于东野。"（《诗概》）其实欧阳修于李白、韩愈皆有所得，却又非李白、韩愈所能掩。胡仔说："欧公作诗，盖欲自出胸臆，不肯蹈袭前人。"（《苕溪渔隐丛话》后集）欧阳修和韩愈一样重视气格，但又吸取李白的流畅潇洒，又将古文描述自如的章法推而广之，故能自成一家。而欧阳修在诸体中，尤擅长古体大篇，其诗如其文，敷喻透迤，亲切晓达，眼前景、心中意款款写来，气脉流畅。如《忆山示圣俞》《啼鸟》《春日西湖寄谢法曹歌》《和对雪忆梅花》等"情韵幽折，往反咏唱，令人低徊欲绝，一唱三叹，而有遗音"（方东树《昭昧詹言》卷十二）。而如《菱溪大石》《紫石屏歌》等亦能作"持久的想象"，唯末幅"均以常理自衡其说"（朱自清《宋五家诗钞》），与李白、昌黎相比，不免滞实。欧阳修在章句方面为增绵延流转之调，还时用顶针勾连法，如"……孤吟夜号霜。霜寒入毛骨……更欲呼子美，子美隔涛江"（《读蟠桃诗寄子美》）、"花深叶暗耀朝日，日暖众鸟皆嘤鸣……花开鸟语辄自醉，醉与花鸟为交朋"（《啼鸟》）、"……下照千丈潭。潭心无风月不动"（《紫石屏歌》）、"……能忆天涯万里人。万里思春尚有情"（《春日西湖寄谢法曹歌》）等，这又是白居易好用的手法。

如果说欧阳修重在气格，那么至王安石就相当讲究语言修辞。而且还重视炼意。其诗下字工炼，用事贴切，对偶精巧，意境高远，故能在韩孟以后开出新的境界。孟郊、贾岛也都相当重视锻炼诗语，但选语范围却远不如王安石广泛丰富，李商隐也善于用典，但侧重于借古讽今，寄托难言之情，而王安石则更扩大到写景等方面。故而，情调风格也大不一样。其诗如"春风取花去，酬我以清阴"（《半山春晚即事》）、"俯窥怜绿净，小立伫幽香"（《岁晚》）、"客思似杨柳，春风千万条。更倾寒食泪，欲涨冶城潮"（《壬辰寒食》）、"独寻飞鸟外，时渡乱流间"（《自白土村入北寺二首》）、"前日杯盘共江渚，一欢相属岂人谋。山蟠直渎输淮口，水抱长干转石头"（《次韵酬朱昌叔五首》）、"病身最觉风露早，归梦不知山水长。坐感岁时歌慷慨，起看天地色凄凉。鸣蝉更乱行人耳，正抱疏桐叶半黄"（《葛溪驿》）、"晴日暖风生麦气，绿阴幽草胜花时"（《初夏即事》）、"一水护田将绿绕，两山排闼送青来"（《书湖阴先生壁二首》）、"春风又绿江南岸，明月何时照我还"（《泊船瓜州》）等，皆富有色彩，又极精严生动。不仅诗语锤炼，而且喻拟手法运用也相当成功。

　　总之，宋诗承元和新变趋向，至欧阳修还只是全剧的序幕，故清代吴江人陆鎣称欧阳修："独标风格，有汉、唐规矩。"(《问花楼诗话》卷二)欧阳修尚未展现宋人新貌，而王安石则去唐人已远，故胡应麟说："至介甫创撰新奇，唐人格调始一大变。"(《诗薮·外编》卷五)然与苏、黄相比，王安石之变尚未达到高潮，所以胡应麟又说："苏、黄继起，古法荡然。"(同上)颇有惋惜之意。而叶燮则本于发展观点认为："至于宋人之心手，日益以启，纵横钩致，发挥无余蕴，非故好为穿凿也。譬之石中有宝，不穿之凿之，则宝不出。且未穿未凿以前，人人皆作模棱皮相之语，何如穿之凿之之实有得也？如苏轼之诗，其境界皆开辟古今之所未有，天地万物，嬉笑怒骂，无不鼓舞于笔端，而适如其意之所欲出，此韩愈后之一大变也，而盛极矣。"(《原诗》卷一)

　　中国诗歌发展到唐代，艺术技巧日益丰富，体格也日趋严密，而限制也随之而增。若要使诗歌有进一步的发展，就必须突破束缚，于是有元和以后的新变。这种新变是以变本加厉地发挥盛唐端绪作为途径的。然一格既破，一格又立，因此要不断前进，就得不断突破。自苏轼出，又倡"自然"之说，要求在创作上有更大的自由。他在《与谢民师推官书》一文中说："所示书教及诗赋杂文观之熟矣，大略如行云流水，初无定质，但常行于所当行，常止于所不可不止，文理自然，姿态横生。"又在《文说》中说："吾文如万斛泉源，不择地而出，在平地滔滔汩汩，虽一日千里无难。及其与山石曲折，随物赋形而不可知也。"而所以能"行于当行""止于不可不止"，皆本于作者心中的情意，皆本于心灵的感发。"山川之有云雾，草木之有华实，充满勃郁而见于外，夫虽欲无有，其可得耶！"(苏轼《江行唱和集叙》)因此，意有所到尽可以突破现存之规。这是一种开放的精神，不同作家当各有其所行所止。因此"赋诗必此诗，定非知诗人"(苏轼《书鄢陵王主簿所画折枝三首》)。不同的作家，不同的灵感触发，必然会有不同的作品。因此题材不是决定性的，只有作家个人的主观感悟才具有决定意义。对于苏轼本人来说，他的成熟的审美趣味在古淡一路。他在

《书黄子思诗集后》中说："苏、李之天成，曹、刘之自得，陶、谢之超然，盖亦至矣。而李太白、杜子美以英玮绝世之姿，凌跨百代，古今诗人尽废；然魏晋以来，高风绝尘，亦少衰矣。李杜之后，诗人继作，虽间有远韵，而才不逮意。独韦应物、柳宗元发纤秾于简古，寄至味于淡泊，非余子所及也。"这番话有二层意思，一是创作精神上的"天成""自得"，也就是"行当所行""止当所止"。一是创作趣味上的"超然远韵""简古淡泊"。因此从总的创作方向上来看，苏轼属于"返璞归真"一路。然而，古往不复来。苏轼其实是无法复归当初原始状态的，而且不仅不能，在人看来还是"尽废古法"之魁。

苏轼曾说："诗之美者莫如韩退之，然诗格之变自退之始。"（魏庆之《诗人玉屑》引）苏轼本人也正是沿着新变道路勇往直前的健将。为了在诗中更加自如地来抒发诗人的心灵感悟，苏轼继承和发展了韩愈"以文为诗"的诀窍。但韩愈的风格以奇崛、镵刻为主，且时时益之以汉赋的气体，而苏轼则以流荡超逸、舒卷自如为行文特征。赵翼论苏诗云："其尤不可及者，天生健笔一枝，爽如哀梨，快如并剪，有必达之隐，无难显之情，此所以继李杜后为一大家也。"（《瓯北诗话》卷五）苏轼虽然曾说过"清诗要锻炼，方得铅中银"，但其实并不以锻炼为工。其诗如《题西林壁》意虽新颖深刻，而语却不够洗炼，他如《真兴寺阁》《五丈原怀诸葛公》等也有同病。然"其妙处在乎心地空明，自然流出，一似全不着力，而自然沁人心脾"（《瓯北诗话》卷五）。如"人似秋鸿来有信，事如春梦了无痕"（《与潘郭二生出郊寻春》）、"倦客再游行老矣，高僧一笑故依然"（《书普慈长老壁》）、"门外想无千斛米，墓中知有百年人"（《送李邦直赴史馆》）、"请看行路无从涕，尽是当年不忍欺"（《徐君猷挽词》）、"江上秋风无限浪，枕中春梦不多时"（《次韵蒋颖叔》）等皆"称心而出，不假雕饰，自然意味悠长"（《瓯北诗话》卷五）。且苏轼虽不以属对为能事，而却时时见巧，如"休惊岁岁年年貌，且对朝朝暮暮人"（《常润道中有怀钱塘寄述古五首》）、"三过门间老病死，一弹指顷去来今"（《过永乐文长老已卒》）、"公独未知其趣耳，臣今时复一中之"（《太守徐君猷通守孟亨之皆不饮酒以诗戏之》）、"岂意青州六从事，化为乌有一先生"（《章质夫送酒六壶书至而酒不达戏作小诗问之》）、"多情白发三千丈，无用苍皮四十围"（《宿州次韵刘泾》）等，运文理于律，而着手成春，自然凑泊。在语言修辞方面，苏轼尤喜用喻拟手法，如"人生到处知何似？应似飞鸿踏雪泥"（《和子由渑池怀旧》）、"水枕能令山俯仰，风船解与月徘徊"（《六月二十七日望湖楼醉书五绝》）、"雨过潮平江海碧，电光时掣紫金蛇"（《望海楼晚景五绝》）、"欲把西湖比西子，淡妆浓抹总相宜"（《饮湖上初晴后雨二首》）、"只恐夜深花睡去，故烧高烛照红妆"（《海棠》）、"岭上晴云披絮帽，树头初日挂铜钲"（《新城道中二首》）、"谁为天公洗眸子，应费明河千斛水"（《中秋见月和子由》）、"有如兔走鹰隼落，骏马下注千丈坡，断弦离柱箭脱手，飞电过隙珠翻荷"（《百步洪二首并叙》）等皆奇特生动，妙趣横生，绝非汉魏诗人笔墨能出。苏诗的语言还特别丰富。沈德潜称："苏子瞻胸有洪炉，金银铅锡，皆归熔铸。"（《说诗晬语》卷下）王十朋也说苏轼："平生斟酌经传，贯穿子史，下至小说杂记、佛经道书、古诗方言，莫不毕究。"（《增刊校正百家注东坡先生诗序》）不管是否可以入诗，皆能点化而发其妙（参朱弁《风月堂诗话》）。赵翼比较韩愈、苏轼、陆游三家而谓："昌黎好用险韵，以尽其锻炼；东坡则不择韵，而但抒其意之所欲言。放翁古诗好用俪句，以炫其绚烂；东坡则行墨间多单行，而不屑于对属。且昌黎、放翁多从正面铺张；而东坡则反面、旁面、左萦右拂，不专以铺叙见长。昌黎、放翁使典亦多正用；而东坡则驱使书卷入议论中，穿穴翻簸，无一板用者。此数处似东坡较优。然雄厚不如昌黎，而稍觉轻浅；整丽不如放翁，而稍觉率略。"（《瓯北诗话》卷五）而东坡诗笔不仅超旷自如，随意变幻，而且"每于终篇之外，恒有远境，匪人所测。于篇中又各有不测之远境"（方东树《昭昧詹言》卷十二）。"至于神来、气来，如导师说无上妙谛"（姚范《援鹑堂笔记》卷四十）。如《和子由记园中草木十一首》其二，前面写"春阳一以敷，妍丑各自矜"，结句却归为"飘零不自由，盛亦非汝能"，耐人寻味。《庐山二胜》又非止是写景而已。《新居》前四句"朝阳入北林，竹树散疏影，短篱寻丈间，寄我无穷境"，李慈铭以为"清妙微远，寄悟无穷"（参见钱仲联《宋诗三百首》）。《月夜与客饮酒杏花下》写月中赏花"褰衣步月踏花影，炯如流水涵青蘋。花间置酒清香发，争挽长条落香雪"是何等幽雅，而结尾"明朝卷地春风恶，但见绿叶栖残红"又是何等凄凉。对比之中，令人思远。《舟中夜起》"夜深人物不相管，我独形影相嬉娱"，又是多么值得品味。《松风亭下梅花盛开》结尾："酒醒梦觉起绕树，妙意有在终无言。先生独饮勿叹息，幸有落月窥清樽。"真可谓"超以象外"，余意无穷。苏轼诗中这类寄有回味无穷的人生哲理的篇章不在少数。故苏诗虽不免有粗笔，而肤浅之境却罕有。苏轼所以能达到这样的造诣，是与他的艺术天才、渊博学问和深刻的识力不能分开的。苏诗以意为主，随意而出，无法而有法，从心所欲而不逾矩，可谓是"出新意于法度之中，寄妙理于豪放之外"（苏轼《书吴道子画后》）。但是要达到这样的境界，没有高度的天才、学问和识力是不可能的。后人见苏诗出笔容易，往往喜而效法，不只有效颦之讥。

其时，与苏轼齐名，而与苏轼异趋的是黄庭坚。如果说苏轼以天才胜，那么黄庭坚则以人工夺天巧。如果苏轼发展了李白、韩愈流畅潇洒的一面，那么黄庭坚则发展了杜甫、韩愈奇崛兀傲的一面。延君寿比较苏、黄之创作态度云："东坡作诗，非只不能同孟东野之吃苦，并不能如黄山谷之刻至，赖有天才，抱万卷书，以真气行之耳。"（《老生常谈》）赵翼比较苏、黄之短长而谓："东坡随物赋形，信笔挥洒，不拘一格，故虽澜翻不穷，而不见有矜心作意之处。山谷则专以拗峭避俗，不肯作一寻常语，而无从容游泳之趣。且坡使事处，随其意之所之，自有书卷供其驱驾，故无掎摭痕迹。山谷则书卷比坡更多数倍，几于无一字无来历，然专以选材庀料为主，宁不工而不肯不典，宁不切而不肯不奥，故往往意为词累，而性情反为所掩。"（《瓯北诗话》

卷十一）而潘德舆亦谓："苏黄并称,其实相反,苏豪宕纵横而伤于率易,黄劲直沉着而苦于生疏。朱子云'黄诗费安排',良然,然黄之深入处,苏亦不能到也。"(《养一斋诗话》卷一)他们都看到了苏、黄明显的差异。

中国诗歌发展到宋代,苏、黄两人最鲜明地表现出了新变过程中的两种基本倾向。如果说苏轼代表的是要求打破人工束缚,"返璞归真"的一路(这还可由苏轼的《和陶诗》作进一步的说明),那么,黄庭坚代表的则是以人工造天巧,不断"踵事增华""变本加厉"的一路。他们既体现了诗歌发展过程中矛盾的一面,又体现了诗歌运动的辩证统一。叶燮强调东坡之变,而田雯则认为:"山谷诗从杜韩脱化而出,创新辟奇,风标娟秀,陵前轹后,有一无两。宋人尊为西江诗派,与子美俎豆一堂,实非悠谬。"(《古欢堂集杂著》卷二)苏黄两人交相辉映,构成了宋诗特有的鲜明风采。黄庭坚要在杜韩之后以人工造天巧,就逼得他的雕炼向生、新、奇的方向发展。黄庭坚论诗云:"文章最忌随人后。"(《赠谢敞王博喻》)又说"随人作计终后人,自成一家始逼真"(《题乐毅论后》)。正是这种勇于独创的精神鼓励着黄庭坚向陡峭的险峰攀登。方东树说:"涪翁以惊创为奇,意、格、境、句、选字、隶事、音节、着意与人远,此即恪守韩公'去陈言''词必己出'之教也。故不惟凡、近、浅、俗、气骨轻浮不涉毫端句下,凡前人胜境,世所程式效慕者,尤不许一毫近似之,所以避陈言、羞雷同也。而于音节,尤别创一种兀傲奇崛之响,其神气即随此以见。"(《昭昧詹言》卷十)从多方面肯定了黄庭坚的生造之功。

在体裁格律方面,黄庭坚发展了拗体。诗体由古而律,由律而拗,这是一个自我否定不断发展的过程。在律体的成熟过程中,李白曾作过一些古律,至杜甫律体已高度成熟,但杜甫似乎并不满足,夔州以后,有意突破严整的格律,创作了一些不合正格的拗体(包括吴体),但数量有限,据方回《瀛奎律髓》统计,杜诗七律一百五十九首,此体仅十九首。而黄庭坚的七律三百一十余首,其中拗体竟有一百五十余首,将近一半。而且拗法繁多,有单拗、双拗,以及无规律可循的"吴拗"(其中吴体有二十余首)等,有上半首拗、下半首不拗,有上半首不拗、下半首拗,有首句拗、余句不拗,有末句拗、余句不拗等。这样实际上是扩大了近体诗的格律范围,从而在严谨中有了变化,限制中有了自由,而不至于死板僵化。这样也就更有利于近体诗丰富地表现各种复杂的情感。黄庭坚创作了许多成功的拗体作品,如《过方城寻七叔祖旧题》《汴岸置酒赠黄十七》《题落星寺岚漪轩》等都是脍炙人口的佳作,不用拗体将会失去独特的艺术效果。当然黄庭坚的贡献并不只是因为创作了拗体,更重要的还在于他在创作意识上勇于突破,敢于向一些常人却步的险区进军。除拗体以外,他在句法上,也时常打破成规,诸如一六句式(一四句式、一五句式)、二五句式、三四句式(三二句式)、倒错句式等常为诗人大胆采用。诸如"愧无藻鉴能推毂,愿卷囊书当赠钱"(《王圣美三子补中广文生》)、"石吾甚爱之,勿遣牛砺角。牛砺角尚可,牛斗残我竹"(《题竹石牧牛》)、"公如大国楚,吞五湖三江"(《子瞻诗句妙一世》)、"谁谓石渠刘校尉,来依绛帐马荆州"(《次韵马荆州》)、"虽无季子六国印,要读田郎万卷书"(《戏简朱公武刘邦直田子平五首》)、"管城子无食肉相,孔方兄有绝交书"(《戏呈孔毅父》)、"有子才如不羁马,知公心是后凋松"(《和高仲本喜相见》)、"有来竹四幅,冬夏生变态"(《次韵谢黄斌老送墨竹十二韵》)这些拗句主要利用语法单位与固有的节奏单位相错位来造成一种挺健的声调效果。而倒错句式则往往有强调作用。如"飞雪堆盘鲙鱼腹,明珠论斗煮鸡头"(《次韵王定国扬州见寄》)、"无心海燕窥金屋,有意江鸥傍草堂"(《题李十八知常轩》)、"交情吾子如棠棣,酒碗今秋对菊英"(《次韵答任仲微》)等,皆能突出诗意,并使诗句不流于软弱。然而,上述这些似乎还是次要的,更不同寻常的还是他的选辞造语。黄庭坚和苏轼一样,用词相当广泛,善于"以俗为雅,以故为新"(黄庭坚《再次韵杨明叔并引》),经史笔记,方谚俗语皆能点铁成金。而黄庭坚比苏轼更讲究锻炼,并且有意扩大字面效果之间的差距，在鲜明的对照中显出生趣。其诗如"寻师访道鱼千里，盖世功名黍一炊"（《王稚川既得官都下有所盼未归予戏作林夫人欸乃歌二章与之竹枝歌本出三巴其流在湖湘耳欸乃湖南歌也》）、"塞上金汤唯粟粒，胸中水镜是人才"（《送顾子敦赴河东三首》）、"未应白发如霜草，不见丹砂似箭头"（《次韵德孺惠贶秋字之句》）、"桃李春风一杯酒，江湖夜雨十年灯"（《寄黄几复》）、"寒炉余几火？灰里拨阴何"（《次韵高子勉十首》）等，一句之内词意跳跃，词面形象粗细、雅俗、刚柔、贵贱之间，往往能于不和谐处见协调。不仅如此，句与句之间也有这种大幅度的对照。如"坐对真成被花恼，出门一笑大江横"（《王充道送水仙花五十枝欣然会心为之作咏》）、"马龁枯萁喧午枕，梦成风雨浪翻江"（《六月十七日昼寝》）、"能令汉家重九鼎，桐江波上一丝风"（《题伯时画严子陵钓滩》）等，构思奇特，一反常规，在意象大幅度的变化中拓展想象空间，强化感染力。而且诗人在对仗方面也同样注意增加跨度，避免软弱平稳。如"不肯低头拾卿相，又能落笔生云烟"（《赠惠洪》）、"欲学渊明归作赋，先烦摩诘画成图"（《追和东坡题李亮功归来图》）、"少得曲肱成梦蝶，不堪衙吏报鸣鼍"（《寄袁守廖献卿》）、"头白眼花行作吏，儿婚女嫁望还山"（《次韵柳通叟寄王文通》）、"舞阳去叶才百里，贱子与公俱少年"（《次韵裴仲谋同年》）等都不是俗套的对偶法。而在章法上，也同样富有跳跃性。如《送张材翁赴秦签》，前四句逆入，追忆当年与主人公父辈之交游，而句中却无一忆字，仿佛就是眼前情景。五、六两句暗示主人公当年不过尚是一乞字小儿；七、八两句一笔收回，已是十年以后，而当时与主人公才真正相交；九、十两句又由樽前宏论，感叹主人公成长之快；十一、十二两句又收一笔，已是三年后的今天，这时主人公更加成熟了；下四句方才交待主人公的去向；最后四句又由眼前之事触发自己对人生和社会的感叹。全诗追叙了主人公成长的历程。诗笔不断转折，而诗思却如盘旋空中的苍鹰，完全凭虚翱翔，显示了黄庭坚独特的结构方法。再如《戏呈孔毅父》，起二句以诙谐之笔写自己以笔谋身，穷困潦倒。第二联却说文章应有经世之用，既有如此之用，却不能安身立命，诗思在空中作了转折，暗示了多少感慨。三联又收回说，自己只能做个应付差事的小官。诗人虽不明言，而在与二联的对应中，却可以看出诗人内心有多少难言之隐啊！最后一联又凭空一折，回忆当年僧床共饭的惬意，而不由得梦归东湖。诗人虽然没有明言自己曲折的思想变化，却很清楚地向人们暗示，既然文章应有经世之用，而自己却无法发挥文章的作用，所以还不如早日归去吧！由于诗思完全泠然空中，所以诗人能利用相当有限的语言，洗炼地传达出复杂曲折的内心世界。再如《湖口人李正臣蓄异石九峰东坡先生名曰壶中九华》，借石寄托诗人对苏轼的悼念。首联"有人夜半持山去，顿觉浮岚暖翠空"，用典而不着痕迹，用石之被盗象征苏轼去世。颔联"试问安排华屋处，何如零落乱云中"，凌空一转，不是承前去感叹石之被盗，反而说还不如这样为好。然而在这转折之中其实隐藏了诗人多少的感叹和悲伤，苏轼生时虽曾入"华屋"，却一再被逐，既如此不得重用，又倍受折磨，所以还不如一去不返。然而，这毕竟是一种激愤之语，情感上的万千怀念却是难以消去的，所以诗人在颈联却又写道"能回赵璧人安在？已入南柯梦不通"，一种永别的悲伤萦回笔端。然而，斯人已去，却留下了不朽的篇章，看到它也就有了安慰，所以诗人在最后写道："赖有霜钟难席卷，袖椎来听响玲珑。"这样苏轼仿佛又回到了人间，永远和他的朋友生活在一起。通篇切合石，又通篇不离人，而诗思又是那样的曲折多变却又不粘于字面。类似的佳篇在黄庭坚诗集里不在少数。它们体现了黄庭坚高超的艺术才华和诗歌的艺术特征。其他如用辞的准确锤炼，如"姮娥携青女，一笑粲万瓦"（《秘书省冬夜宿直寄怀李德素》）、"秋入园林花老眼，茗搜文字响枯肠"（《次韵杨君全送酒》）、"寒虫催织月笼秋，独雁叫群天拍水"（《听宋宗儒摘阮歌》）。隶事用典，比喻比拟的巧妙奇特，如"平生几两屐，身后五车书"（《和答钱穆父咏猩猩毛笔》）、"露湿何郎试汤饼，日烘荀令炷炉香"（《观王主簿家茶蘼》）、"痴儿了却公家事，快阁东西倚晚晴"（《登快阁》）、"心似蛛丝游碧落，身如蜩甲化枯枝。湘东一目诚甘死，天下中分尚可持"（《弈棋二首呈任公渐》）、"蜂房各自开户牖，处处煮茶藤一枝"（《题落星寺四首》）等，皆有意避熟避俗，而用典的细密浑成又是得力于"昆体工夫"（朱弁《风月堂诗话》）。在以文为诗方面，黄庭坚的主要贡献在于吸取古文的单行之气运之于律，又用写古文的硬笔和选材方法、叙写手段来写诗，从而使诗歌显得苍老遒健，峭拔拗硬。

然而所有这些艺术手法都是围绕着炼意展开的，没有深刻而奇特的感悟，所有的一切就是多余的。这也就是诗人所说的"欲得妙于笔，当得妙于心"（《道臻师画墨竹序》）。所以艺术之法是"活法"，而其最高境界则是出神入化，"不烦绳削而自合"（参见黄庭坚《题李白诗草后》《与王观复书》《题意可诗后》）。在这一点上，黄庭坚与苏轼殊途而同归。

然而，苏诗毕竟是天才的自然发露，"飞行绝迹"，无法可依，可望而不可即，在当时学者却不多；黄诗极人工之精深，新颖奇特，炫夺人目，却有迹可循，故在当时学者颇众。北宋末吕本中将学黄诗而与之同味的诗人归并在一起，作《江西诗社宗派图》，又编刊《江西诗派诗集》，于是在中国诗史上，第一次正式明确地有了宗派之名。其后，虽然褒贬无常，但"江西诗派"却一直是令人注目的历史存在，它的影响极其深远。

苏轼与黄庭坚及江西诗派从不同侧面最鲜明地体现了宋诗的精神风貌。刘克庄说："元祐后诗人迭起，一种则波澜富而句律疏，一种则煅炼精而性情远，要之不出苏黄二体而已。"（《后村诗话》）指出了苏黄诗具有相当的代表性。对于唐诗和宋诗的区分和辨析，在南宋以后就已开始，例如严羽说："盛唐诸人惟在兴趣，羚羊挂角，无迹可求。故其妙处透彻玲珑，不可凑泊，如空中之音，相中之色，水中之月，镜中之象，言有尽而意无穷。近代诸公乃作奇特解会，遂以文字为诗，以才学为诗，以议论为诗。夫岂不工，终非古人之诗也。盖于一唱三叹之音，有所歉焉。"（《沧浪诗话·诗辨》）虽是辨析，却以自己的趣味作褒贬。明人刘绩又将唐宋诗作正反对比："唐人诗纯，宋人诗驳；唐人诗活，宋人诗滞；唐诗自在，宋诗费力；唐诗浑成，宋诗饾饤；唐诗缜密，宋诗漏逗；唐诗温润，宋诗枯燥；唐诗铿锵，宋诗散缓。"（《霏雪录》）虽然偏执，褒贬失度，却从反面暗示了唐宋诗的某些原则区别。杨慎则从诗境的侧重点上区分唐宋："唐人诗主情，去三百篇近；宋人诗主理，去三百篇却远矣。"（《升庵诗话》卷八）其后，清人王士祯又说："唐诗主情，故多蕴藉；宋诗主气，故多径露。"（《带经堂诗话》卷二十九）潘德舆也认为："唐诗大概主情，故多宽裕和动之音；宋诗大概主气，故多猛起奋末之音。"（《养一斋诗话》卷四）而厉志却认为渔洋之说未必准确，盖"唐诗亦正自有气，宋诗但不及其内敛耳"（《白华山人诗话》卷一）。众说纷纷，大概对宋诗都有微意。而翁方纲则作持平之论，认为："唐诗妙境在虚处，宋诗妙境在实处……而盛唐诸公，全在境象超诣，所以司空表圣《二十四品》及严仪卿以禅喻诗之说，诚为后人读唐诗之准的。若夫宋诗，则迟更二三百年，天地之精英，风月之态度，山川之气象，物类之神致，俱已为唐贤占尽，即有能者，不过次第翻新，无中生有，而其精诣，则固别有在者。宋人之学，全在研理日精，观书日富，因而论事日密。"故"诗则至宋而益加细密，盖刻抉入里，实非唐人所能囿也"，又说："善夫刘后村之言曰：'豫章稍后出，会粹百家句律之长，究极历代体制之变，搜讨古书，穿穴异闻，作为古律，自成一家，虽只字半句不轻出，遂为本朝诗家宗祖。'按此论不特深切豫章，抑且深切宋贤三昧。"（《石洲诗话》卷四）于扬唐抑宋之时，能肯定宋诗特长，可谓难得。近人缪钺则对唐宋诗作了较客观的全面比较。他说："唐诗以韵胜，故浑雅，而贵蕴藉空灵；宋诗以意胜，故精能，而贵深折透辟；唐诗之美在情辞，故丰腴；宋诗之美在气骨，故瘦劲；唐诗如芍药海棠，秾华繁采；宋诗如寒梅秋菊，幽韵冷香；唐诗如啖荔枝，一颗入口，则甘芳盈颊；宋诗如食橄榄，初觉生涩，而回味隽永。譬诸修园林，唐诗则如叠石凿池，筑亭辟馆；宋诗则如亭馆之中，饰以绮疏雕槛，水石之侧，植以异卉名葩。譬诸游山水，唐诗则如高峰远望，意气浩然；宋诗则如曲涧寻幽，情境冷峭。唐诗之弊为肤廓平滑，宋诗之弊为生涩枯淡……就内容论，宋诗较唐诗更为广阔；就技巧论，宋诗较唐诗更为精细。"又说："唐诗以情景为主……惟杜甫多叙述议论，然其笔力雄奇，能化实为虚，以轻灵运苍质。韩愈、孟郊等……在唐诗为别派，宋人承其流而衍之。凡唐人以为不能入诗，或不宜入诗之材料，宋人皆写入诗中，且往往喜于琐事微物逞其才技……余如朋友往还之迹、谐谑之语以及论事说理、讲学衡文之见解，在宋人诗中尤恒遇之，此皆唐诗所罕见也。夫诗本以言情，情不能直达，寄于景物，情景交融，故有境界，似空而实，似疏而密，优柔善人，玩味无致，此六朝及唐人之所长也。宋人略唐人之所详，详唐人之所略，务求充实密栗，虽尽事理之精微而乏兴象之华妙……故宋诗内容虽增扩，而情味则不及唐人之醇厚。"又说："唐人佳句多浑然天成，而其流弊为凡熟、卑近、陈腐。"而宋诗"立意措词，求新求奇，于是喜用僻锋，走狭径，虽镌镵深透，而乏雍容浑厚之美"（《论宋诗》）。所论可谓详尽精当。总之，他们都认识到唐诗与宋诗在总体上是大不相同的。无论是格律、章法结构，还是修辞方法和境界，都有着不同的倾向和侧重点。当然这并不意味着唐宋两代诗歌完全不能相兼，唐诗主要是指唐代诗歌的基本倾向，它主要以盛唐诗歌为标志。宋诗主要是指宋代诗歌的基本倾向，主要以苏、黄及江西诗派为代表。如具体而论，则唐代诗歌中有宋诗，宋代诗歌中也有唐诗。同时，也不意味着唐诗与宋诗的艺术成份完全不同，父子相续，虽面貌各异，但血缘相通，儿子身上有着父亲的遗传因子。宋人生当唐人之后，不愿守成，志在开拓，故务离唐人以为高。略唐人之所详，详唐人之所略。因此，其实宋人只是扩大了艺术表现范围。所谓以"非诗为诗"，"以丑为美"，皆是这种开拓的结果。唐代皎然论诗有所谓"四不""四深""二要""二废""四离""六迷""六至""七德""五格"等（参见《诗式》)，可以看作是对唐诗守则的总结。但这些守则的概念都是抽象的，例如何谓"不怒"，何谓"不露"，这些都需要作者和读者自己去体会。当然这在唐人也许很容易体会到这些概念的具体内涵。但时代一变，后人关于"不怒""不露"的标准也许就会与唐人不尽一致。这样在艺术上就势必会产生一个"度"的问题，度也就是一个合适的量的范围。乏则不至，过犹不及。只有恰到好处，才能符合艺术守则。如果把艺术守则看作不变，那么，宋诗显然在艺术"度"上与唐诗并不一致。宋诗的新开拓，在作唐诗的人看来就显得过"度"了。刘绩对宋诗的批评，实际上就是这方面的代表。由于"度"的改变，"度"域的扩大，就必然会使宋诗显示出与唐诗不同的风貌。而这对作宋诗的人来说，也就完全正常。翁方纲的观点，正是这方面的代表。但是皎然提出的诗歌法则，是否就是一种永恒的法则呢？显然这是不能肯定的。即以"不怒"为例，就值得商榷。而同样以唐诗为范式的严羽，他在《沧浪诗话》中提出的"诗法"与皎然也不尽一致。元人杨载在《诗法家数》中提出的原则又有自己的特色。诸如"宁粗毋弱，宁拙毋巧，宁朴毋华""要迢递险怪，雄俊铿锵""诗要苦思""诗要炼字"，等等，几可作为宋诗的艺术原则。而清人潘德舆的"质实"，与严羽的"神韵"也显然是方枘圆凿。虽然宋诗的艺术原则未必完全与唐诗相悖，但许多地方是不同的。宋诗的拗折雕炼、瘦硬、清淡、跳跃、以文为诗、以俗为雅、不拘工对、对照鲜明、喻拟新奇、思致深曲等特征，是在不同于唐诗的艺术原则指导下创作的结果。前引诸家对唐宋诗的辨析，对此也是一个很好的说明。因此，从根本上来看，宋诗的新开拓，实际上是艺术原则的更新和艺术度域的扩大。而这种新的艺术原则和艺术度，也对诗人的素养提出了更高的要求，没有高度的艺术才华、学力和胆识就难以驾重就轻取得艺术的成功。同时对于欣赏者的素养也提出了更高的要求，没有丰富的知识、深刻的感悟力也就难以领略宋诗的奇妙境界。另一方面，由于是新的艺术原则和艺术度，因此必然与传统相龃龉，而唐诗又以其艺术上的高度成功和强大的魅力进一步强化了传统的力量。正是由于这多方面的原因，当江西诗派的末流产生明显弊端的时候，就很容易造成向传统的回归，而诗歌辩证运动过程中"返璞归真"的一面也会得到加强。南宋以后诗歌渐趋明畅平熟，其主要原因也许正在于此。杨万里和陆游，早年都学江西诗派。但最后都幡然弃之。陆游强调"工夫在诗外"，又"重言申明平淡之旨"（钱锺书《谈艺录》），而其诗也一变拗峭而为"清新圆润"（参见钱仲联《剑南诗稿校注》），其"雄健沉郁"一面则趋向于杜甫。杨万里则不同于陆游，好用俚俗语，其笔调又极平易流畅，而尤善用白描之法、曲折之思，速写生活中生动而富有情趣的场景。总之，南宋重要的诗人如陆游和杨万里又小变苏、黄而别开生面。但这种小变似乎是调适唐宋的结果。

第六节　难于挣脱的传统引力场：汉唐诗歌艺术在元明时代的不断"凝冻"

南宋以后，诗歌总的趋向是平易通达。故王若虚竭力抬高白居易和苏轼，而又肆意贬抑黄庭坚和江西诗派。至元好问则对苏、黄均有微意，而尤不满于江西派，其心香所在则是汉魏和刘琨、陶渊明，已具有一定的复古意味。但元好问本人的创作其实受苏轼影响很大，基本上折中于唐宋之间。赵翼论元好问诗说："元遗山才不甚大，书卷亦不甚多，较之苏、陆，自有大小之别。然正惟才不大、书不多，而专以精思锐笔，清炼而出，故其廉悍沉挚处，较胜于苏、陆。盖生长云朔，其天禀本多豪健英杰之气；又值金源亡国，以宗社丘墟之感，发为慷慨悲歌，有不求而自工者，此固地为之也，时为之也。"（《瓯北诗话》卷八）姚鼐则称其"才与情称，气兼壮逸"（方东树《昭昧詹言》卷十二引），元好问诗句调虽贯畅动荡，但无粗豪之气，诗笔老健洗炼。其诗如"穷途老阮无奇策，空望歧阳泪满衣""歧阳西望无来信，陇水东流闻哭声。野蔓有情萦战骨，残阳何意照空城"（《歧阳三首》）、"高原水出山河改，战地风来草木腥""蛟龙岂是池中物，虮虱空悲地上臣。乔木他年怀故国，野烟何处望行人"（《壬辰十二月

车驾东狩后即事五首》）、"只知灞上真儿戏，谁谓神州遂陆沉……兴
亡谁识天公意，留着青城阅古今"（《癸巳四月二十九日出京》）、"残
阳淡淡不肯下，流水溶溶何处归"（《杏花落后分韵得归字》）、"只知
终老归唐土，忽漫相看是楚囚"（《镇州与文举百一饮》）、"衣上风沙
叹憔悴，梦中灯火忆团圞"（《羊肠坂》）等皆沉挚悲凉，具有很强的
艺术感染力，能在陆游以后卓然自立。

北方蒙古族定鼎中原以后，汉文化发展的外因条件发生了变化。
元朝统治者汉化程度不高，又推行严酷的民族压迫政策，汉人，尤其
是南方人更受到歧视，又多年停止科举，不以文章取士。这些因素，
对汉文化正统诗文的发展有着相当的抑制作用。唐宋以后，欲开创诗
文的崭新局面，无疑需要付出更为艰辛的劳动。另一方面，元代读书
人社会地位低下，有"九儒十丐"之说，"盖当时台省元臣、郡邑正
官及雄要之职，尽其国人（指蒙古人）为之，中州人每每沉仰下僚，
志不获展……于是以其有用之才，而一寓之乎声歌之末，以舒其拂郁
感慨之怀，所谓不得其平而鸣焉者也"（明胡侍《真珠船》卷四）。许
多富有艺术才华的读书人就这样沦落于市井瓦舍之中，他们常常在管
弦丝竹、粉红黛绿之中放浪形骸，以排遣内心的苦闷和压抑。本来在
宋代已经逐步发展起来的通俗文学，如杂剧，这时却遇到了天然良机，
它们意外地猎取了许多具有很高文化修养的天才作家。而蒙古民族又
是一个嗜好歌舞的民族。据赵珙《蒙鞑备录》记载："国王出师，亦
以女乐随行。率十七八美女，极慧黠，多以十四弦等弹大官乐等曲。"
因此，比较通俗又伴随歌唱的杂剧形式自然能得到特别的青睐，至少
可以在不受压抑的氛围下得到自由的发展。杂剧真是因祸得福的幸运
儿，它们原先还常常要受到正统诗文的排挤，而现在却获得了空前的
解放。当然，即使不是由于元朝特定的时代条件，杂剧终究也能繁荣
起来，但至少不会很快崛起，争霸天下。而作为汉文学正宗的诗歌，
一方面受到现实环境的压抑，另一方面又失去了许多文学天才，而它
所肩负的使命却又是那样的沉重，于是自然只有苟延残喘的份了。

南宋以后，出于对江西诗派及其末流的反拨，诗歌折中于唐宋之间。如果说"郝、元初变，未拔于宋"（翁方纲《石洲诗话》卷五引杨维桢语），那么，至虞、杨、范、揭，才力逊于元好问，既无力开出新声，又无意取法宋人，于是，诗歌在传统引力场的作用下，又向唐退回了一步。然而，这些身居元廷，在元统治者鲜血淋漓的马刀威慑之下生活的文人，能有多少雄浑昂扬的气概呢！柔弱的灵魂只能唱出柔弱的歌声。元诗比较重视选词的流丽，长于写景咏物，但气象和格局都远逊于唐诗。《静居绪言》评元诗而谓"似多蕴藉，实少伟奇，矜藻思而乏气骨，工铺排而失烹炼"，潘德舆则称"元诗似词"（《养一斋诗话》卷二），陆鎣亦谓"元诗近词曲"（《问花楼诗话》卷二）。所谓"范杨再变，未几于唐"（翁方纲《石洲诗话》卷五引杨维桢语），如果是指元诗柔弱，力不足以为唐，那么庶可得其真。元末，杨维桢一变盛时的流丽之态，而趋向于李贺一路，在诡艳怪异的风格中寄托他复杂曲折的心态。杨维桢论诗推崇《古诗十九首》和陶渊明、李白、杜甫，而贬齐梁、晚唐和季宋，然而却特别看重李贺，将他与李白并列。李贺的诗风虽然不同于苏、黄，然而他那种呕心沥血的创造精神，却是与韩愈以来的诗歌趋向相一致的。杨维桢虽然在理论上向往着向上一路的高格，可是他的创作实践却离汉魏高格甚远，以致被人斥为"文妖"（王彝《文妖》）。一个具有创造才华的诗人，在他的意识深层，永远是不安分的。

中国古典诗歌，有着悠久的历史，又植根于民族文化的土壤之中，所以有着极强的生命力。随着元朝统治的衰败，古典诗歌又逐步从压抑中崛起，而明王朝的建立，推翻了民族压迫，对汉民族和汉文化无疑是一个空前的解放，从而也为古典诗歌的复兴创造了新的机运。元末明初的诗人在具体的创作实践中已不安于一种柔弱的局面。他们的视野相对要开阔一些，如刘基、高启这些诗人，他们的创作实践已非唐诗所能限制。而这些诗人又是在压抑的社会氛围下成长起来，元末的社会大动乱薄射于外，给他们的心灵以强烈的刺激，因而有深情郁积于内，他们既有较高的文学素养和才华，又有对生活的独特感悟，因而创作了不少激动人心的篇章，但是在强大的传统引力场作用下，他们尚不足以在唐宋以外开出一个新的天地。

如何才能使诗歌振兴起来呢？这是摆在明朝诗人面前的一个战略性问题。宋濂认为："开元、天宝中，杜子美复继出，上薄风雅，下该沈宋，才夺苏李，气吞曹刘，掩颜谢之孤高，杂徐庾之流丽，真所谓集大成者，而诸作皆废矣。并世而作，有李太白宗风骚及建安七子，其格极高，其变化若神龙之不可羁……元祐之间，苏黄挺出，虽曰共师李杜，而竞以己意相高，而诸作又废矣。"（《答章秀才论诗书》）言语之间，倾向于盛唐。而方孝孺则认为："前宋文章配两周，盛时诗律亦无俦。今人未识昆仑派，却笑黄河是浊流。"又批评元诗人说："天历诸公制作新，力排旧习祖唐人。粗豪未脱风沙气，难诋熙丰作后尘。"（《谈诗五首》）显然倾向于宋诗。然而，尽管元人学唐并没有取得辉煌的成果，但是，唐诗本身的高度成就却是客观存在，它已经成为一种既定的"范式"。而且唐诗与宋诗相比，比较平易近人，容易吸引视听。因此即使是推崇宋诗的人，也不敢抹杀唐诗，而推崇唐诗的人却常常排斥宋诗。方孝孺虽然独具卓识，但他的观点在当时却缺乏影响。自高棅《唐诗品汇》一出，唐诗更风行于世。《四库全书总目》说："《明史·文苑传》谓终明之世，馆阁以此书为宗，厥后李梦阳、何景明等，摹拟盛唐，名为崛起，其胚胎实兆于此。平心而论，唐音之流为肤廓者，此书实启其弊；唐音之不绝于后世者，亦此书实衍其传。"可见该书影响之大。

宋以后，鉴于苏、黄，特别是黄庭坚及江西诗派所引起的流弊，究竟怎样才能开创新局面，一直是一个没有很好解决的问题。在当时，严羽以禅喻诗，以"第一义""第二义"，去论定汉魏盛唐，及大历以后之诗，已经有把汉魏盛唐诗作为范式的意思。然而在具体的创作上，尚不见得有如此死板。陆游、杨万里、元好问等重要诗人，其实还主要是以"自然"之说作为创作原则，他们只是在风格上稍稍地趋于平易流畅而已，并不见得要把汉魏盛唐诗歌作为最后的归宿。元代诗人学唐，但也没有高举起"诗必盛唐"的旗帜，可以说，他们只是为了摆脱宋诗的流弊，而为唐诗的审美传统所吸引，不由自主地向唐诗靠拢。但是，不管怎样，我们应该注意到唐诗本身所具有的巨大吸引力。尤其是在诗歌受抑以后，刚刚开始复苏的时候，客观上相当繁荣的唐诗作为一个历史范式受到广泛的注目，是完全可以理解的。高棅以后的李东阳虽然不拘泥一格，但他所心仪的还是唐诗，他曾说："六朝宋元诗，就其佳者，亦各有兴致，但非本色，只是禅家所谓'小乘'，道家所谓'尸解'仙耳。"又说："汉魏以前，诗格简古，世间一切细事长语，皆著不得。其势必久而渐穷，赖杜诗一出，乃稍为开扩，庶几可尽天下之情事。韩一衍之，苏再衍之，于是情与事，无不可尽，而其为格，亦渐粗矣。"（《麓堂诗话》）正因为李东阳的眼睛隔着一层"格"和"调"，所以他不可能将他的"诗之为道亦无穷"的观点贯彻到底，终于成为七子的先导。正因为明人胸中总有汉魏盛唐高格高调这一尊偶像在，因此他们没有能发挥蕴含在元末明初诗中博采兼取的一面，却发展了这样一个简单的逻辑：复兴诗歌就是恢复诗歌全盛时的状态，盛唐诗歌盛况空前，成就最高，因此，复兴诗歌就必须以盛唐为范式。这个逻辑在明七子首领李梦阳那里被发展到了极点。李梦阳认为"宋无诗，唐无赋，汉无骚"（参见《潜虬山人记》），因此，李梦阳不学宋以后诗，而把盛唐诗歌作为主要取法对象，古体兼及汉魏。而且，尤为偏执的是，他竟把汉魏盛唐的高格高调作为最终的目标。他说："《诗》云'有物有则'，故曹、刘、阮、陆、李、杜能用之而不能异，能异之而不能不同……夫文与字一也。今人模临古帖，即太似不嫌，反曰能书。何独至于文，而欲自立一门户耶？"（《再与何氏书》）那么为什么一定要唐临晋帖般地摹仿古人呢？李梦阳认为"文必有法式，然后中谐音度。如方圆之于规矩，古人用之，非自作之，实天生之也。今人法式古人，非法式古人也，实物之自则也"（《答周子书》）。他把诗作的具体形式看作是一成不变的自然法则，所以，虽然"以我之情述今之事"，犹须"尺寸古法"(《驳何氏论文书》)。可见，李梦阳的失误，在于他混淆了诗的根本性质与具体的表现形式之间的区别。诗歌作为一种最凝炼的语言感悟方式，这是它区别于非文学和其他文学体裁的基本定性。改变了这个定性，也就失去了诗。但是同样是诗，又具有千变万化的具体表现形式。汉魏、六朝、唐、宋各有自己的具体表现形式；再细而辨之，则一代之诗，又因人而异，不同作家又各有自己不同的表现形式；再细而辨之，一人之诗又因感悟不同而具有不同的表现形式。这就是共性和个性的区别。犹如自然界，生物和非生物各有自己的定性，而同是生物，又各有物种的区别，而同一物种又各有分类。李梦阳的失误就好比是把一只虎作为整个生物的标本。凡与虎不同的狮、象、昆虫，一概可以排斥在外。由于他眼里只见汉魏、盛唐之诗，舍此之外，则无诗，所以自然必以汉魏盛唐诗作为样板。而于汉魏盛唐之诗他所看重的又主要是"前疏者后必密，半阔者半必细，一实者必一虚，叠景者意必二"(《再与何氏书》)这些章句手法。这样就必然导致"铸形宿模"，泥古不化。明七子的另一位首领何景明则比李梦阳的目光要广阔深刻一些。首先他承认个性的多样性，认为"譬之乐，众响赴会，条理乃贯；一音独奏，成章则难"(《与李空同论诗书》)。所以他不满李梦阳贬低"清俊响亮"的风格。同时又因承认个性的多样性进而认为应当各有变化，"故曹、刘、阮、陆，下及李、杜，异曲同工，各擅其时，并称能言"，"今为诗不推类极变，开其未发，泯其拟议之迹，以成神圣之功，徒叙其已陈，修饰成文，稍离旧本，便自杌隉……虽由此即曹、刘，即阮、陆，即李、杜，且何以益于道化也？佛有筏喻，言舍筏则达岸矣，达岸则舍筏矣"(同上)，已有独创新变的意思。然而，何景明胸中的偶像并没有推翻，他和李梦阳一样认为："秦无经，汉无骚，唐无赋，宋无诗。"(何景明《杂言十首》)因此，他不可能把新变的主张贯彻始终，而其才华也不足以使他别开生面。明七子另一位重要人物徐祯卿论诗则较通达。他认为："情者，心之精也。情无定位，触感而兴，既动于中，必形于声……

然引而成音，气实为佐；引音成词，文实与功。盖因情以发气，因气以成声，因声而绘词，因词而定韵，此诗之源也。然情实窈眇，必因思以穷其奥；气有粗弱，必因力以夺其偏；词难妥帖，必因才以致其极；才易飘扬，必因质以御其侈。此诗之流也。"（《谈艺录》）他的这番议论可算是从根本上来论诗，不比抓住皮毛枝节论诗易致流弊。但他也有自己的倾向，所以他又说："朦胧萌坼，情之来也；汪洋漫衍，情之沛也；连翩络属，情之一也；驰轶步骤，气之达也；简练揣摩，思之约也；颉颃累贯，韵之齐也；混沌贞粹，质之检也；明隽清圆，词之藻也。高才闲拟，濡笔求工，发旨立意，虽旁出多门，未有不由斯户者也。"（同上）在这里他阐明了创作过程。而所谓"简练揣摩""颉颃累贯""混沌贞粹""明隽清圆"之类都有自己质的规定，很难说是一种客观的说明。其实它们只能说明"思之约""韵之齐""质之检""词之藻"中的一个方面。而徐祯卿本人所好正在清隽一路。他著《谈艺录》的目的，也是为了"广教化之源，崇文雅之致，削浮华之风，敦古朴之习"（同上）。所以他以《诗》《骚》《古诗十九首》乐府作为最高范式："故古诗三百，可以博其源；遗篇十九，可以约其趣；乐府雄高，可以厉其气；《离骚》深永，可以神其思。然后法经而植旨，绳古以崇辞，虽或未尽臻其奥，我亦罕见其失也。"（同上）可见徐祯卿所提倡的也是向上一路的高格，不过他比李、何圆通而能见其大。总的来说，明七子极端地发展了元代以来学唐的诗学主张，他们鉴于宋诗的流弊，而无视宋诗在整体上的艺术突破，采取全盘否定的态度，以致得出了"宋无诗"的结论。从诗歌发展的深层动因来看，它虽然体现了"返璞归真"、消除异化的力量，但这种力量却完全与诗歌运动的历史惰性结合在一起，因而是保守的、停滞不前的，结果只能抛弃宋诗在艺术突破中取得的新进展，把现实诗歌引向宋以前的古范（这种古范在明七子看来是诗的终极范式）。于是本来富有生机的汉唐诗歌艺术在这里发生凝冻，开始定型。这样，明七子就不可能真正消除艺术发展过程中出现的异化现象，冲破束缚，为诗歌发展开辟新的前景。

明七子的理论和实践体现了中国诗歌发展的迂回曲折性。

事实是，在创作实践上，明七子除了在题材内容方面提供了一些新东西，在诗歌艺术方面他们并无新贡献。早年曾沉酣于明七子之诗的吴乔，后来幡然猛省，反戈一击，颇能击中要害。他说："弘、嘉不用自心，只以唐人诗句为样子，献吉以'三峡楼台淹日月，五溪衣服共云山''锦江春色来天地，玉垒浮云变古今'为句样。仲默以'花迎剑佩星初落，柳拂旌旗露未干''春城月出人皆醉，野戍花深马去迟'为句样。"（《围炉诗话》卷六）又讽刺说："二李派诗句，换其题，皆是绝妙好词……徐祯卿《赠别》云'徘徊桂树凉风发，仰视明河秋夜长'，别时草草匆匆，那有此孤独寂寥景象？移之怀人，即相称矣。"（同上）而对吴乔大为不满的姚范也同样认为七子不善学古，他曾举例说："读何仲默五言诗，多摹汉魏格调……但无自然英旨。"又说："空同五言多效大谢，仿其形似，遗彼神明，天韵既非，则句格皆失妍矣。其游百门山水诗云，'想见山中人，薜萝若在眼'，此袭其语，便有灵滞之殊……空同袭之，情韵都非，遂同木偶。"（《援鹑堂笔记》卷四十四）任何一种生气勃发的艺术，一旦凝冻僵化，便会失去生命力，令人生厌。但是，尽管李何辈泥古不化，在当时却影响颇大。李梦阳自己曾说："当是时，笃行之士，翕然臻向，弘治之间，古学遂兴。"（《答周子书》）《明史·文苑传》也称："操觚谈艺之士，翕然宗之。"

其后李攀龙、王世贞为代表的后七子仍然迷途不返。"修复西京大历以上之诗文，以号令一世"（钱谦益《列朝诗集·王尚书世贞小传》）。李攀龙偏执处与李梦阳如同一辙。尝"高自夸许，诗自天宝以下，文自西京以下，誓不污我毫素也"，又说拟古乐府"当如胡宽之营新丰，鸡犬皆识其家"，"论五言古诗曰，唐无五言古诗，而有其古诗"，"论古则判唐、选为鸿沟，言今则别中、盛为河汉"（钱谦益《列朝诗集·李按察攀龙小传》）。而王世贞论诗稍为阔大。而其核心仍是盛唐，他认为"盛唐之于诗也，其气完，其声铿以平，其色丽以雅，其力沉而雄，其意融而无迹，故曰盛唐其则也"（《徐汝思诗集序》）。晚年论诗有所追悔，曾说"作《卮言》时，年未四十，与于鳞辈是古非今，此长彼短，未为定论……行世已久，不能复秘，惟有随事改正，勿误后人"（钱谦益《列朝诗集·王尚书世贞小传》）。"元美病亟，刘子威往视之，见其手子瞻集不置。"（同上）而其序慎子正《宋诗钞》谓："余所以抑宋者为惜格也。然而代不能废人，人不能废篇，篇不能废句。盖不止前数公而已。此语于格之外者也……虽然，以彼为我则可，以我为彼则不可。子正非求为伸宋者也，将善用宋者也。"可见王世贞已不能恪守盛唐而不渝。而始为七子成员，终为李攀龙所摈的谢榛虽以"第一义"为主，也稍有扩充。《霏雪录》评宋诗如"三家村乍富人，盛服揖宾，辞容鄙俗"。而谢榛却说："殊不知老农亦有名言，贵介公子不能道者。"（《四溟诗话》卷一）可见他也不绝对排斥宋，又欲选初盛唐十四家集中最佳者，录成一帙，"熟读之以夺神气，歌咏之以求声调，玩味之以衷精华。得此三要，则造乎浑沦，不必塑谪仙而画少陵也。夫万物一我也，千古一心也，易驳而为纯，去浊而归清，使李杜诸公复起，孰以予为可教也。"（同上卷三）并不赞成铸形塑模，而欲以我一统，舍筏登岸。而他所追求的具体境界则是以李贺、孟郊造语奇古为骨，去其所偏，而取平和为体，"兼以初唐盛唐诸家，合而为一，高其格调，充其气魄，则不失正宗矣，若蜜蜂历采百花，自成一种佳味与芳馨"（参见《四溟诗话》卷四）。这种野心，显然不是李攀龙所能容忍的。

在创作上，他们与前七子有同病，故吴乔有同讥："元美以'万里悲秋常作客，百年多病独登台''风尘荏苒音书绝，关塞萧条行路难'为句样。于鳞以'秦地立春传太史，汉宫题柱忆仙郎''顾盼一过丞相府，风流三接令公香'为句样……故其得意句，皆自样中脱出，如糖浇鸳鸯，只只相似，求以飞鸣宿食，无有似处，只堪打唤儿童而已。"（《围炉诗话》卷六）可谓辛辣。然李、何、李、王皆热心经世，立身正直。故他们的诗歌作品多取富有社会意义的现实题材，不乏尖锐之处，有针砭时政，干预生活的作用。

前后七子在艺术上虽然没有新的突破，而沦为伪体、赝品，不可能对诗歌发展作出创造性的贡献。明代的复古运动体现了诗歌发展的迂回曲折性。但是，对于挽救元代以来柔弱衰微的诗运，却有着重振旗鼓的作用。经过前后七子的努力，古典诗歌又逐渐恢复元气，呈现出一种向上的趋势。古典诗歌又成为一种受到普遍尊重和广泛注目的艺术形式，并且逐步形成了一支声势浩大的创作队伍。由钱谦益编选的《列朝诗集》和朱彝尊编选的《明诗综》便可看出，明代的诗歌创作的确是盛况空前，恰与元诗的衰落局面形成鲜明的对照。这种元气的恢复，创作力量的加强，为后来诗歌运动的新变作了积极的准备。我们很难设想，不经过明代这一恢复阶段，清代的诗歌会一下取得很高的成就，然而明七子的方向，毕竟不是中国诗歌的发展方向。如果停留在明七子的水平上，中国诗歌将会很快地重新萎缩下去。对汉唐传统的简单回归，是一种"返祖"现象，它对于宋诗并不是一种辩证的否定。诗歌永远是独创者的自由天地，而非泥古者的疗养所。当古典诗歌的元气恢复以后，一种新的突破必然会到来。

第二章
强大传统引力场控制下艰难的新建构
——从公安派到乾嘉各派

第一节　正本清源：明末清初诗人对诗和诗学传统的再认识

明七子的失误在于他们的审美眼光偏狭，又过分迷恋辉煌的历史，以今就古，以我就古，结果画虎不成。但他们却以大量的赝品唤醒了人们。即使李梦阳本人到了晚年也因王叔武之劝，而有所悔悟，他慨叹说："予之诗，非真也。王子所谓文人学子韵言耳，出之情寡而工之词多者也。"（《诗集自序》）而较早对明七子的拟古诗风提出尖锐批评的有徐渭，他说："今之为诗者，何以异于是。不出于己之所自得，而徒窃于人之所尝言，曰某篇是某体，某篇则否；某句似某人，某句则否。此虽极工逼肖，而已不免于鸟之为人言矣。"（《叶子肃诗序》）这是从"人各有诗"的角度来批评拟古诗风，尚不能解决诗歌艺术形式的共性问题。李贽则将王学左派的心学推广到文学领域，认为："天下之至文，未有不出于童心焉者也。"（《童心说》）又进一步从发展的角度指出："诗何必古选，文何必先秦。降而为六朝，变而为近体，又变而为传奇，变而为院本，为杂剧，为《西厢曲》，为《水浒传》，为今之举子业，皆古今至文，不可得而时势先后论也。"（同上）但是，李贽只是从文体样式的新增来肯定文学的发展，也并不能解决一代有一代之诗的问题。而焦竑则从独创的角度肯定了诗歌的变化，"倘如世论，于唐则推初盛而薄中晚，于宋又执李杜而绳苏黄，植木索涂，缩缩焉循而无敢失，此儿童之见，何以伏元和、庆历之强魄也。"(《竹浪斋诗集序》)相对而言较能击中明七子的要害。至公安派出，才比较系统全面地批评了明七子的拟古理论。

首先公安派认为，诗必须"独抒性灵"(袁宏道《叙小修诗》)。在这方面与徐渭、李贽是一致的，而与明七子的区别也不十分明显，因为李梦阳等也认为诗歌当言志抒情（参见李梦阳《张生诗序》《林公诗序》)，但是明七子的眼中隔着"第一义"的屏障，因此认为当用"第一义"之"法"来言志抒情，而公安派却认为应当"不拘格套"(袁宏道《叙小修诗》)，"文章新奇，无定格式，只要发人所不能发，句法字法调法，一一从自己胸中流出，此真新奇也"(袁宏道《答李元善》)。这就与明七子根本对立。为什么可以"不拘格套"呢？在公安派看来，这是因为意与法是一致的。当"以意役法，不以法役意"(袁中道《中郎先生全集序》)。因此意有所至，也就无所谓"第一义"和"第二义"。进而又推及诗歌与时代的关系，那么就必然产生一代有一代之诗的观点。袁宏道说："大抵物真则贵，真则我面不能同君面，而况古人之面貌乎？唐自有诗也，不必选体也。初盛中晚自有诗也，不必初盛也。李、杜、王、岑、钱、刘，下迨元、白、卢、郑，各自有诗也，不必李、杜也。赵宋亦然，陈、欧、苏、黄诸人，有一字袭唐者乎？又有一字相袭者乎？……夫既以不唐病宋矣，何不以不《选》病唐，不汉魏病《选》，不三百篇病汉，不结绳鸟迹病三百篇耶？果尔，反不如一张白纸，诗灯一派，扫土而尽矣。"(《与丘长孺》)所论所驳真是痛快犀利。正因为公安派从理论上打碎了"第一义"的屏障，因而视野就开阔了，不仅宋诗不可抹杀，自己也尽可以进行自由的创造。这对于被明七子用"第一义"束缚的明诗无疑是一次大胆的解放。

然而，公安派不仅要从诗界一扫明七子之云雾，而且同样要在文界廓清明七子之阴霾。明七子不仅要求诗宗盛唐，而且还要求"文必秦汉"。他们摹拟秦汉古文，把文章写得佶屈聱牙。因此，先有唐宋派起而矫之，至此公安派又以"性灵说"加以轰击。针对明七子佶屈聱牙的文风，公安派主张笔代口舌，用流行的通俗平易的语言去写文章，甚至不避俚俗（参见袁宗道《论文》）。同时袁宏道还从历史趋势的角度加以论证，他说："夫物始繁者终必简，始晦者终必明，始乱者终必整，始艰者终必流丽痛快。其繁也，晦也，乱也，艰也，文之始也……其简也，明也，整也，流丽痛快也，文之变也。"（《与江进之》）这就提出了与"踵事增华""变本加厉"完全相反的观点。这显然也是片面的，带有很强的实用色彩。这种观点不仅支持他们从事古文创作，也影响到他们的诗歌创作。他们虽然肯定了宋诗变唐之功，但他们对宋代诗人主要推崇苏轼，因为苏轼的风格与他们的理论和趣味比较一致，而对黄庭坚却并不提倡。在唐代他们特别抬举白居易，也在于白诗通俗。袁宗道甚至名其斋曰"白苏"。然而袁宏道的"趋简"说，毕竟并不完整，只反映了诗文发展的一个侧面，经不起全部事实的检验，于是他的弟弟袁中道又说："性情之发，无所不吐，其势必互异而趋俚。趋于俚，又将变矣，作者始不得不以法律救性情之穷。法律之持，无所不束，其势必互同而趋浮。趋于浮，又将变矣，作者始不得不以性情救法律之穷。夫昔之繁芜，有持法律者救之，今之剽窃，又将有主性情者救之矣，此必变之势也。"（《花云赋引》）用"性情"来为"俚俗"张目，又不废法律之功，而明今日之势，比袁宏道似乎要高出一筹。然而公安派的根本失误在于他们忽视了艺术形式的重要作用，脱口而出只是口语，而非文章，更非诗歌，诗之所以为诗，是因为它有自己客观的存在方式。如果说，明七子的失误在于把虎等同于动物，那么，公安派的失误在于无视动物与植物的区别。在诗歌创作中，丧失了"奇理斯玛权威"也同样会导致艺术的失落。有公安派的理论，就必然有鄙俚公行之日。

　　袁中道有幸能见末流之弊，因而其论家兄宏道之功过较公允。他说："国朝有功于风雅者，莫如历下。其意以气格高华为主，力塞大历后之窦，于时宋元、近代之习为之一洗。及其后也，学之者浸成格套，以浮响虚声相高，凡胸中所欲言者，皆郁而不能言，而诗道病矣。先兄中郎矫之，其志以发抒性灵为主，始大畅其意所欲言，极其韵致，穷其变化，谢华启秀，耳目为之一新。及其后也，学之者稍入俚易，境无不收，情无不写，未免冲口而发，不复检括，而诗道又将病矣……有作始自宜有末流，有末流自宜有鼎革。"（《阮集之诗序》）公安派是以俚鄙作为代价，换来了诗歌的解放，其后人又必将针对俚鄙起而纠偏。

其后，竟陵派鉴于公安派的俚俗之弊，又不愿复入明七子的窠臼，因而奋起求古人之真诗于"幽情单绪""孤行静寄"之中（参见钟惺《诗归序》）。其结果，实际上是以一种极其偏狭的风格来取代公安派的俚鄙和明七子的空腔高调，反而把诗歌引向一条荒僻之径，"其魔尤甚"。而陈子龙又复起重振七子余威，旨在驱散竟陵派之鬼气，结果反把诗歌引向拟古之途。

经过这番曲折摆动，清代诗人方能比较清楚地洞悉其中利弊，找到一条比较正确的道路。

在清初头脑清醒，最具有理论洞察力和远见卓识的诗人是钱谦益。他早年曾深受王世贞的影响，四十以后"慨然有改辕之志"（钱谦益《复徐巨源书》）。到清初编撰《列朝诗集》时，七子、公安、竟陵的流弊已经暴露。钱谦益在《列朝诗集》"袁宏道小传"中分析总结了万历以来诗歌的演变情况，指出："万历中年，王、李之学盛行，黄茅白苇，弥望皆是。文长、义仍崭然有异，沉痼滋蔓，未克芟薙……中郎之论出，王、李之云雾一扫，天下之文人才士始知疏瀹心灵，搜剔慧性，以荡涤摹拟涂泽之病，其功伟矣。机锋侧出，矫枉过正，于是狂瞽交扇，鄙俚公行，雅故灭裂，风华扫地。竟陵代起，以凄清幽独矫之，而海内之风气复大变。譬之有病于此，邪气结轖，不得不用大承汤下之，然输泻太利，元气受伤，则别症生焉。北地、济南，结轖之邪气也；公安，泻下之劫药也；竟陵，传染之别症也。"针对七子的流弊，钱谦益反对模拟，主张独创，在这方面他与公安派并没有多少区别。与此同时，钱谦益也主张发抒性情，但与公安派的"性灵说"不尽相似。

公安派在理论上，尤其是在创作实践上偏重于个人生活，认为"心灵无涯，搜之愈出"（袁中道《袁中郎先生全集序》）。而钱谦益特别强调社会生活，强调诗人对社会生活的感悟。他说："古之为诗者有本焉。《国风》之好色，《小雅》之怨诽，《离骚》之疾痛叫呼，结轖于君臣夫妇朋友之间，而发作于身世逼侧、时命连蹇之会，梦而呓，病而吟，春歌而溺笑，皆是物也。"（《周元亮赖古堂合刻序》）又说："夫诗者言其志之所之也。志之所之，盈于情，奋于气，而击发于境风识浪奔昏交凑之时世。"（《爱琴馆评选诗慰序》）钱谦益生当变乱之世，而特别重视"不平之鸣""愁苦之言"，寄托着他对时世的感慨。另一方面，钱谦益又力破"第一义"，以求扩大继承传统的范围，强调诗歌风格的丰富性、多样性。他说："世之论唐诗者，必曰初盛中晚，老师竖儒，递相传述，揆厥所由，盖创于宋季之严仪，而成于国初之高棅，承伪踵谬三百年于此矣。"（《唐诗英华序》）又以《诗》中之例来驳斥严羽"妙悟"之说。其实"妙悟"之说原也有其深刻之处，有合理内核可取，我们在"引论"部分已经提及。严羽的主要失误是缩小了"妙悟"之说可以覆盖的范围，而仅仅归结为某一种风格，这样就势必会影响诗歌风格的丰富多样性，造成偏执和单调。钱谦益针对这种偏执指出："唐人一代之诗，各有神髓，各有气候。今以初盛中晚厘为界分，又从而判断之曰，此为妙悟，彼为二乘，此为正宗，彼为羽翼，支离割剥，俾唐人之面目，蒙幂于千载之上，而后人之心眼，沉锢于千载之下。其矣诗道之穷也。"（《唐诗鼓吹序》）这是正确的，对于明七子的偏执之疾，不啻是一剂切中病根的良药，同时对于竟陵派的鬼趣，也同样有荡涤之效。

针对公安派的流弊，钱谦益在主张独创的时候又注意学古。他说："杜有所以为杜者矣，所谓上薄风雅，下该沈宋者是也。学杜有所以学者矣，所谓别裁伪体，转益多师者是也。舍近世之学杜者，又舍近世之訾謷学杜者，进而求之，无不学，无不舍焉。"（《曾房仲诗序》）这样也就可以解决艺术形式的共性和个性，继承性和独创性之间的关系问题。如果信口而出即是诗，那么人言无不是诗，而诗也就不成其为诗。因此作诗必须遵循诗的艺术形式，而艺术形式在哪里？不只在汉魏中，也不只在唐宋中，而又在汉魏中，又在唐宋中，只有转学多师方能掌握诗的艺术形式，这样就把艺术形式的共性与历史继承性（范式作用）相统一起来。然而，如果仅汉魏唐宋是诗，那么就没有我之诗，也就没有李白，没有杜甫，也没有苏轼、黄庭坚，诗道也就早已衰亡。因此诗歌的艺术形式又是发展的，而这种发展存在于千百个独创诗人的个性创造中，创造也就是对传统的否定（并非排斥，而是扬弃），即对范式的突破。这样也就把艺术形式的个性和个人独创性相统一起来。我认为这就是"无不学，无不舍"的最深刻的含义。然而创造并非易事，它不仅需要有对传统的深刻体会，同时还要有雄厚的创作修养，又要有诗人的天才。因此钱谦益又十分重视学问，他认为"古之人其胸中无所不有"（《瑞芝山房初集序》）。但是诗歌创造又并不是在诗中大谈学问。严羽说："夫诗有别材，非关书也；诗有别趣，非关理也。然非多读书，多穷理，则不能极其至。所谓不涉理路，不落言筌者，上也。"（《沧浪诗话》）钱谦益也重视学问之"酝酿""郁陶骀荡"（参见《汤义仍先生文集序》《瑞芝山房初集序》），诗人只有对历史（包括精神意识方面）有深刻的理解，才能对现实有深刻的领悟，当然只有历史知识，而没有对现实的深刻体验，也同样不能对历史和现实有深刻的领悟，它们之间是互相影响、相辅相成的，而没有文学的修养和才华，这种领悟无法用文学方式深刻地表达出来。因此，钱谦益说："夫诗文之道，萌折于灵心，蛰启于世运，而苗长于学问。三者相值，如灯之有炷、有油、有火，而焰发焉。"（《题杜苍略自评诗文》）"灵心"即是诗人的天才和兴会，"世运"即是指历史和现实，"学问"也就是诗人文学和非文学的修养，将这三方面统一起来，也就比较全面地回答了创作问题。

　　钱谦益这样来论诗，不仅可以矫公安派浅率俚俗之弊，同时又不至于将诗歌引向竟陵派的寒荒僻径。钱谦益在明清之交，不仅怀有远见卓识，而且文学声望很高，因而他的理论影响也相当广泛。朱鹤龄说："虞山公生平梗概，千秋自有定评，愚何敢置喙。若其高才博学，囊括古今，则夐乎卓绝一时矣。"(《与吴梅村祭酒书》)而吴伟业既评钱谦益于诗"可以百世"(《龚芝麓诗序》)，又说："若集众长，而掩前哲，其在虞山乎！"(《致孚社诸子书》)黄宗羲也称钱谦益"四海宗盟五十年"(《钱宗伯牧斋》)，朱彝尊更推尊说："海内文章伯，周南太史公。"(《题钱宗伯谦益文集后集杜》)这些论者都是一时名人，皆推重如此，可见钱谦益在当时人心目中的地位。而他们之所以如此推重钱谦益，其中一个重要原因是因为钱谦益的文学主张比较深刻地揭示了文学创作的规律，解决了当时迫切需要回答的文学问题，也体现了当时大多数作家对文学的认识，反映了文学发展的必然要求。当时著名诗人如吴伟业、龚鼎孳、黄宗羲、顾炎武、屈大均、朱彝尊、施闰章等几乎都主张抒发性情，反对模仿，有所创新，而对于传统的范围，也基本上不拘泥于"第一义"。

在钱谦益以后，又进一步总结历代诗歌的变革，从理论上系统分析诗歌因变的原因，揭示创作规律，明确诗歌本末源流，而自成体系的则是叶燮的《原诗》。它标志着我国古代诗学理论已趋于高度成熟，其体大思精，辩证深邃为古来所不可多见。然而如果没有明代以来，尤其是明末清初诗歌运动的正反经验教训和公安派、钱谦益等人的理论启示，我们也很难想象叶燮能写出这部卓越的著作。《原诗》的一些精彩见解我们在上述有关方面已多次引申，这里我们还想强调的一点是，叶燮对于诗歌递变规律的解释，不同于公安派仅仅从风格方面，或者从诗律宽严方面(参见袁宏道《雪涛阁集序》、袁中道《花云赋引》)来认识，而是从根本的创作精神方面来认识。在诗歌发展的总趋向上，他赞成"踵事增华""变本加厉"的观点，同时又认为"夫厌陈熟者，必趋生新；而厌生新者，则又返趋陈熟"，实际上指出了传统与理想，保守与激进两种审美观念的冲突和摆动，因而比公安派的解释更具有概括力。同时，叶燮又进而认为"陈熟、生新不可一偏，必二者相济，于陈中见新，生中得熟，方全其美"，提出了他的创作指导思想。结合他对诗歌发展基本趋向的看法，可以看出，叶燮主张的是一种渐进的新变，而不是突变。这个观点反映了明末清初以来大多数诗人的愿望，在以后也一直有深远的影响。

而在清初，最具有现实意义的学古主张，则是对宋诗的提倡。

在唐以后，宋诗的新变体现了古典诗歌发展的必然要求。明七子没有能认识到这种历史的必然性，过分迷恋于唐诗，结果限制了他们的创作，不能把诗歌推向一个新的阶段。在明代，尽管如方孝孺、瞿佑、都穆、唐顺之等人曾先后给宋诗以应有的肯定评价，但影响有限，大多数人为风气所执，眼里只有盛唐。至公安派出，始大力推重苏轼，风气稍有转变，但公安派其实只看到苏轼称心适意、平易流畅的一面，对宋诗并未有全面的体会。钱谦益继之而起，力破"第一义"成见，不仅提倡中晚唐，而且认为"古今之诗，总萃于唐，而畅遂于宋"（《雪堂选集题辞》）。但钱谦益与公安派一样也只推重苏轼，对黄庭坚却大有贬意。尽管如此，钱谦益声望既高，振臂一呼，自然云从。毛奇龄论清初诗风而谓："且有遁而之于变者，推其故，大抵皆惑于虞山钱氏之说，扬宋而抑明。"（《苍崖诗序》）乔亿则谓："自钱受之力诋弘、正诸公，始缵宋人余绪，诸诗老继之，皆名唐而实宋，此风气一大变也。"又说："观钱受之诗，则知本朝诸公体制所自出。"（《剑溪说诗》卷下）钱氏倡导之功可谓大矣。黄宗羲则更推重黄庭坚及江西派。他说："宋之长铺广引，盘折生语，有若天设，号为豫章宗派者，皆原于少陵……以极盛唐之变。"（《张心友诗序》）而吴伟业则谓："夫诗之尊李杜，文之尚韩欧，此犹山之有泰华，水之有江河，无不仰止而取益焉，所不待言者也。使泰山之农人得拳石而宝之，笑终南、太乙为培塿，河滨之渔父捧勺水而饮之，目洞庭震泽为泛觞，则庸人皆得而揶揄之矣。"（《与宋尚木论诗书》）虽未明言倡宋，但他不愿拘泥于李杜一格的用意还是不难发现的。因此，钱谦益曾称其诗"精求于韩杜二家"，"吸取其神髓，而侑助之以眉山、剑南，断断乎不能窥其篱落，识其阡陌也"(《与吴梅村书》)。朱彝尊虽然对学宋者颇有微词，但他也说："白、苏各有神采。"(《静志居诗话》卷十六"袁宗道")且谓："予每怪世之称诗者，习乎唐则谓唐以后书不必读，习乎宋则谓唐人不足师。一心专事规摹，则发乎性情也浅。"(《忆雪楼诗集序》)而观其晚年与查慎行结伴入闽之作，始信宋荦、姚鼐、洪亮吉、章太炎等评朱诗学宋之言不假。查慎行则尤致力于苏轼，有《补注东坡编年诗》五十卷。对黄庭坚也评价较高，说："涪翁生拗锤炼，自成一家，值得下拜。"(《初白庵诗评》卷中)而赵翼则将其与陆游相比。王士禛中年也曾学宋，并提倡山谷诗，其论诗绝句云："涪翁掉臂自清新。"(《戏仿元遗山论诗绝句三十二首》)《冬日读唐宋金元诸家诗偶有所感》亦谓："瓣香只下涪翁拜。"后来施山竟把他看作是明清以来提倡黄庭坚的第一人(参见《望云楼诗话》)。而清初影响最广泛的宋诗选本是吕留良、吴之振的《宋诗钞》，宋荦说："明自嘉隆以后，称诗家皆讳言宋……近二十年来乃专尚宋诗，至余友吴孟举《宋诗钞》出，几于家有其书矣。"(《漫堂说诗》)除《宋诗钞》外，有关宋诗重要选本还有陈焯编选《宋元诗会》一百卷，曹庭栋编选《宋百家诗存》二十九卷，陈訏编选《宋十五家诗选》等。

随着"第一义"受到冲击，清初的"宋诗热"持续了相当长的一个时期。朱彝尊在作于康熙十五年(1676)前后的《叶李二使君合刻诗序》中说："今之言诗者每厌弃唐音，转入宋人之流派。"毛奇龄在《唐七律选序》中亦称："前此入史馆时(康熙十八年)值长安词客高谈宋诗之际。"再联系宋荦评刊行于康熙十年(1671)的《宋诗钞》之语以及王士禛在康熙二十七年(1688)选《唐贤三昧集》，由宋返唐的情况，我们大致可以推断，这股宋诗热主要发生于顺治至康熙前期这段时间内。

清初这股宋诗热有其积极意义，主要表现在三个方面。首先是扩大了学古面，打破了明七子造成的单调局面，有利于医治由于明七子的偏食而造成的营养不良。黄宗羲说："虽咸酸嗜好之不同，要必心游万仞，沥液群言，上下于数千年之间，始成其为一家之学，故曰善学唐者唯宋。"(《姜山启彭山诗稿序》)而宋荦也说："考镜三唐之正变，然后上则溯源于曹、陆、陶、谢、阮、鲍六七名家，又探索于李、杜大家，以植其根柢；下则泛滥于宋、元、明诸家，所谓取材富而用意新者。不妨浏览以广其波澜，发其才气，久之，源流洞然，自有得于性之所近，不必摹唐，不必摹古，亦不必摹宋、元、明，而吾之真诗触境流出……此之谓悟后境。"(《漫堂说诗》)他们都发挥了钱谦益"无不学，无不舍"的主张。可见这些著名的宋诗提倡者，都并不希望像明七子拟唐那样去拟宋，而是要扩大学古范围，全面继承优秀的历史遗产。这样来谈学宋，也就无明人之偏颇。其次是重新认识宋诗，可以明白宋诗变唐的必然性。刘大櫆弟子王灼说："诗之变，不自宋始，唐人已先之矣，永徽变而为开元，开元变而为大历，大历变而为元和长庆，递变递降，不能不为宋人之诗，其势然也……变至于苏黄，变而实盛，苏黄之变，变之善者也。"(《陈宝摹诗序》)而叶燮不仅阐明了变之趋势，更解释了这种新变的内在原因。这在前面已有引申，不再赘述。同时又可以吸取宋诗变唐的经验教训，俾益于清人之变。再次，可以利用新变的已有成果，以宋人之变唐作为起点，把清诗推向一个新阶段。因此学宋不仅体现了学古与创新的必然趋势，而且这种趋势，会给古典诗歌带来新的繁荣局面。而明末清初，以及清人高度重视汉文化的客观外因条件也有利于古典诗歌的新崛起。

继唐宋之后，中国古典诗歌在明末清初终于又出现了一个繁荣局面。"国家不幸诗家幸，赋到沧桑句便工。"(赵翼《题元遗山集》)社会空前的动荡，却为诗人的创作准备了一个有利的客观环境。由烽烟战火、刀光剑影、狼奔豕突、妇孺哀嚎交织起来的社会现实，时命连蹇、逼塞崎岖的身世遭遇，强烈地击撞着诗人们的肺腑，震撼着诗人们的灵魂，于是情感随着热血一起奔突，诗思和着心潮一道喷涌。而正确的创作意识又使诗人们成熟起来，在创作条件上他们空前地富有。钱谦益、吴伟业、顾炎武、屈大均……这些辉耀于诗国之空的明星，为清代诗歌谱写了激动人心的第一乐章。

钱谦益是当时公认的骚坛泰斗，也是转变一代诗风的巨手。阎若璩赞颂他的诗"参合唐宋金元而出之"（《与戴唐器》），瞿式耜更具体地指出他的诗歌"以杜韩为宗而出入于香山、樊川、松陵，以迨东坡、放翁、遗山诸家"（《初学集目录后序》）。钱谦益本人于唐宋金元也主要推重杜甫、韩愈、李商隐、苏轼、陆游、元好问诸家。他的创作实践也确能摆脱一家一体的限制，而自成新貌。金孝章评其诗曰："托旨遥深，厄材宏富。情真而体婉，力厚而思沉，音雅而节和，味浓而色丽。"（《钱牧斋先生诗钞题词》）庶几能得其实。钱谦益的著名诗篇如《金陵秋兴八首次草堂韵》《西湖杂感》《吴门春仲送李生还长干》《读梅村宫詹艳诗有感书后四首》《哭稼轩留守相公一百十韵》《迎神曲十二首》以及游黄山诸诗等皆为古来罕有之作。他的诗歌格律严谨，拗体较少，与黄庭坚恰成对照。钱诗在语言方面，重视藻采，典丽动人；隶事用典，精密贴切，有李商隐之长；而广博渊深，佛道笔记随意点化，又有苏轼之胜；造句成章，善于用虚，故能化堆垛为烟云，变密实为灵动，气健势畅，"巧缛而谢绮丽"，正得元好问之精；而沉郁顿挫，雄健慷慨，恰是杜甫、陆游之神；五古如《古诗一首赠王贻上》，奇崛老健，又传韩愈之神理。钱诗真可谓千姿百态，而非前贤一家可囿。当然从总的倾向来看，钱诗以抒情为主，但常常能与叙事写景很好地结合起来，这就要求他写实而不为实所囿，他的诗含蓄深沉，不迷蒙空幻，达到了很高的艺术境界。

另一位著名诗人吴伟业，在创作实践上也能打通三唐，兼取宋人。他的诗歌词采丰腴，色泽华美，顾有孝称其诗如"绛云卷舒，晖烛万有。又如四瑚八琏，宝光陆离"（《江左三大家诗钞叙》）。而"指事类情，又宛转如意，非如学唐者之徒袭其貌也"（赵翼《瓯北诗话》卷九）。五古如《遇南厢园叟感赋八十韵》《清凉山赞佛诗四首》哀感顽艳，自成壁垒。他如《过吴江有感》等亦非规规于学杜者可比。而在艺术方面最有独创性的是他的七言歌行。吴伟业兼工词曲传奇，故能取其叙事写情曲折细腻的手段运之于诗，又融初唐四杰、李颀七古、元白"长庆体"而化之，形成了一种独特的体制，世称为"梅村体"。这种诗体容量大，音节浏亮婉转，承转自然流动，风采绰约，情调缠绵，而且在诸如转韵、连锁等艺术技巧方面也有比较稳定的格式。吴伟业创作了大量梅村体长篇，诸如《永和宫词》《听女道士卞玉京弹琴歌》《琵琶行》《圆圆曲》《临淮老妓行》等都是其中最著名的佳构。这些诗篇多角度、多层次、多线索地反映了明清之际社会上下层广阔的生活内容，自古以来，还很少有人像吴伟业这样创作了如此众多而杰出的长篇叙事篇章。由于吴伟业的努力，中国古典叙事诗达到了一个新的高度，在当时和后代，吴伟业的梅村体都有着广泛和深远的影响。

爱国遗民顾炎武的诗歌创作，主要本于杜甫。取法不如钱谦益那样广泛。但顾炎武与明七子有区别，他重视独创，反对模拟。他虽然学杜，但他却告诫人说："君诗之病在于有杜，君文之病在于有韩、欧，有此蹊径于胸中，便终身不脱依傍二字，断不能登峰造极。"（《与人书十七》）又说作诗："不似则失其所以为诗，似则失其所以为我。李、杜之诗所以独高于唐人者，以其未尝不似，而未尝似也。"（《日知录·诗体代降》）所论与明七子很不相同。与其说，顾炎武因学杜而诗近杜，还不如说，顾炎武才性的自然发露，有近于杜者。顾炎武是一个严谨而朴实的人，忠义之心，民族之感极为强烈。曾七谒孝陵，六谒十三陵，故屈大均悼诗有"一代无人知日月，诸陵有尔即春秋"之句，顾诗如《秋山》《精卫》《感事》《海上》《淮东》《王家营》《金山》《白下》《寄潘次耕时被荐燕中》等，质实坚苍，诗语典雅，使事用典广博而不芜杂，精切而不晦涩，善用实笔，辞无虚发，字字落实，凝炼厚重，意境浑厚阔大，情感沉挚悲壮。但由于他在艺术上缺乏明显的突破，朱庭珍评其诗曰："诗甚高老雄整，虽不脱七子气习，然使事运典，确切不移，分寸悉合，可谓精当，此则过于七子。"（《筱园诗话》卷二）褒中寓有微意。

另一位坚贞不屈的遗民诗人屈大均，也受到明七子影响。但他认为："天下人之诗皆得之于《易》矣……吾尝欲以《易》为诗，颠倒日月，鼓舞雷风，奔五岳而走江淮河汉，使天地万物皆听命于吾笔端。神化其情，鬼变其状。神出乎无声，鬼入乎无臭，以与造物者同游于不测。"
(《六莹堂诗集序》)又说：《易》以变化为道，诗亦然。故曰知变化
之道者，其知神之所为。诗以神行，使其人得其意于言之外。若远若
近，若无若有，若云之于天，月之于水，心得而会之，口不可得而言
之，斯诗之神者也。"(《粤游杂咏序》)这就与明七子从格调求诗不同。
强调变化，强调神行，就有可能避免明七子之泥古不化。屈大均的优
秀作品如《过大梁作》《过涿州》《燕京述哀》《大都宫词》《烈皇帝御
琴歌》《秣陵》《读陈胜传》《华岳》《哭华姜》《云州秋望》《早发大同
作》等都激动人心，有很强的艺术感染力。其诗不同于顾炎武，长于
虚笔，以抒情为主，即使叙事，也能不粘于琐事，而能通过想象，化
实为虚，以神行之。朱庭珍称其诗："气既流荡，笔复老成，不拘一格，
时出变化。"(《筱园诗话》卷二)而屈大均晚年屡和苏诗韵，又说："逃
唐归宋计亦得。"(《送朱上舍》)可见屈大均已不甘心于唐。其山水名
篇《登罗浮绝顶奉同蒋王二大夫作》，钱仲联师认为脱胎于苏轼《白
水山佛迹岩》"益加以奇肆变化"(钱仲联《宋诗三百首》)，而"奇情
壮采，不减东坡"(钱仲联《清诗三百首》)。

　　其他诗人如钱秉镫的七律、吴嘉纪的乐府、施闰章的五律也都有
着极高的成就。而钱、吴所擅长的白描手法，尤非唐诗能限。

　　当然，在清初，随着宋诗被重新提倡，也出现过一些流弊，其原
因一是不善学宋，一是缺乏才华。主要表现在三个方面。一是以拟唐
转而为拟宋。赵执信说："攻何、李、王、李者曰'彼特唐人之优孟
衣冠也'。是也。余见攻之者所自为诗，盖皆宋人之优孟衣冠也。"(《谈
龙录》)一是不能取宋诗之精神，宋荦指出："顾迩来学宋者，遗其骨
理而挦扯其皮毛，弃其精深而描摹其陋劣，是今人之谓宋，又宋之臭
腐而已，谁为障狂澜于既倒耶？"(《漫堂说诗》)一是风格过偏，不
适应普遍的审美趣味。叶燮说："近今诗家，知惩七子之习弊，扫其
陈熟余派，是矣。然其过，凡声调字句之近乎唐者，一切摒弃而不为，
务趋于奥僻，以险怪相尚，目为生新，自负得宋人之髓，几于句似秦碑，

字如汉赋，新而近于俚，生而入于涩，真足大败人意。"（《原诗》卷三）
这些流弊的出现不足为怪，要在唐宋以后开拓疆域原非易事，无疑需
要比唐宋诗人付出更大的努力，因此没有高度的文化修养和艺术天才
很难取得成功。这是历史给清代诗人造成的不利条件，因此对清代诗
人的每一寸新进展都不能低估其价值。

虽然，清初诗歌在总体上已有了一个良好的开端，宋诗已作为一
种新的诗学传统开始受到人们的重视。但是一方面由于传统的惯性，
一方面由于对宋诗的重新认识还刚刚开始，因此，这时期的诗人主要
还是自觉地或不自觉地从宋诗当中吸取善变的精神来指导自己的创作
实践，对宋诗本身的取法，除钱谦益、查慎行等少数诗人外，其他诗
人还没有取得很高的成就。尤其是宋诗的一个主要方面，黄庭坚及江
西诗派尚未受到比较广泛的真正重视，对黄庭坚诗歌的取法更没有多
少成果，不少学黄诗人如黄宗羲、吕留良、陈诇等人的实际创作成就
并不非常突出。因此清初对宋诗的提倡实际上还处于初级阶段。人们
还没有来得及深入宋诗的精神境界，自由地驾驭它的艺术成果，为我
所用。要真正消化宋诗这一新发现的诗学传统，还需要较长的时间。

第二节　逆水行舟，不进则退：从王士禛到沈德潜的"老调重弹"

明末清初提倡宋诗出现流弊虽然不足为怪，但有流弊，就会有人
起来挽救流弊。这就为"返璞归真"势力的增强和活跃提供了新的契机。
另一方面，宋诗本身不仅显示了一种独创精神，而且在总体上还体现
了一种不同于唐诗的风格，尽管宋诗本身也包含了多种风格，宋诗的
优秀代表都各有自己的面貌，但他们又有自己的共性。创作精神并不
是审美对象，因此可以不受审美趣味的影响和制约；艺术风格却是审
美对象，所以要受到审美趣味的影响和制约。不同的读者都各有不同
的嗜好，不同的时期也各有不同的审美倾向。而诗人与读者一样也各

有自己的审美爱好，同时在一定的时期也会体现出共同的审美追求。动乱时期与和平时期，不仅诗人对现实生活的感悟不同，而且审美追求也会有所区别。所谓"人情好尚，世有转移"（陆时雍《诗镜总论》）。而《礼记·乐记》则谓"治世之音安以乐，其政和；乱世之音怨以怒，其政乖；亡国之音哀以思，其民困"。虽然诗歌艺术风格的性质并不完全由世运的盛衰所决定，但两者之间也有着曲折的联系，尤其是诗歌风格的情感因素确与世运的盛衰有着比较直接的关联。随着社会的安定，政局的巩固，诗歌表现的现实对象也就发生了改变。在紧张动荡的战乱生活煎熬中苟且度日的人们，也自然很向往和平、宁静、安详的生活环境，而现在这种愿望已经正在实现，人们自然会珍惜这来之不易的和平生活。康熙时期治国安邦的政治重心，也主要是"休养生息"，这是符合时代要求的。从政治角度来讲，统治者也需要一种"顺成和动"之音；对听惯了凄厉的哀泣之声的平民百姓来说，也希望能在"顺成和动"之音中享受宁静安详的愉悦，而和平生活本身也为"顺成和动"之音提供了客观条件。这上面的种种因素都直接或间接地影响了清初以后的诗歌动向。朱彝尊曾自述诗歌创作的变化："一变而为骚诵，再变而为关塞之音，三变而吴伧相杂，四变而为应制之体，五变而成放歌，六变而作渔师田父之语。"（《荇溪诗集序》）姚鼐评查慎行诗亦谓："国朝诗人少时奔走四方，发言悲壮。晚遭恩遇，叙述温雅。其体不同者莫如查他山。"（《方恪敏公诗后集序》）都说明了个人生活经历的变化对诗歌创作的影响。而郭曾炘比较"江左三家""岭南三家"与"国朝六家"诗歌的区别也指出："六家诗继三家起，盛世元音便不同。"（《杂题国朝诸名家诗集后》）也注意到了战乱时期的诗歌与和平时期的诗歌各不相同。而在康熙时期影响最大，较能体现和平之声的诗人是王士禛。清初以后诗歌主要趋向发生改变与他的"神韵说"很有关系。

王士禛早年学诗爱好明代徐祯卿、高子业之诗，徐高之诗属于"古淡清音"一派。王氏家法虽传两李诗学，但王士禛心香一瓣却并不在杜甫，而在王、孟一路，故王士祯虽然学唐，但与两李取径不同。张九徵曾赞王士祯说："夫历下诸公，分代立疆，矜格矜调，皆后天事也。明公御风以行，飞腾缥缈……然则明公之独绝者先天也，弟知其然，而不能言其然，杜陵云：'自是君身有仙骨，世人那得知其故。'此十四字足以序大集矣。"（周亮工《赖古堂尺牍新钞》录张九徵《与王阮亭》）当时人已经看出王士祯之才性与李攀龙他们不同。顺治十四年（1657）秋，二十四岁的王士祯游历下，赋《秋柳》四章，显示了与明七子呆板、滞重完全不同的风格，一时和者甚众，诗名鹊起，成为骚坛新秀。二十七岁赴任扬州推官，官虽小，而地居要冲，是骚人墨客游宴聚会之地，因而大大扩大了他的交游范围。吴伟业曾述其所见："吾友新城王贻上为扬州法曹，地殷务剧，宾客日进……已而放衙召客，刻烛赋诗，清言霏霏不绝。坐客见而诧曰：王公真天才也。"（《程昆仑文集序》）诗人二十八岁以诗贽于诗坛泰斗钱谦益，受到特别褒扬，"所以题拂而扬诩之者无所不至"（王士祯《古夫于亭杂录》），诗名益显。中年时又受到宋诗热的影响，所谓"物情厌故，笔意喜生，耳目为之顿新，心思于焉避熟"，于是"越三唐而事两宋"（俞兆晟《渔洋诗话序》引王士祯语），并公开为黄庭坚诗翻案。但在创作实践上，王士祯对黄庭坚诗的学习主要限于古体，而且成就并不明显。这时期他也创作了诸如《定军山诸葛公墓下作》《八阵图》这一些雄挚奥博、沉着痛快的作品。但统观王士祯的全部创作，这些作品并不体现他的风格特征。王士祯真正擅长的还是神韵一路，卢见曾曾为《感旧集》所写"补传凡例"，开宗明义，指出王士祯"主诗教以神韵为宗"。"神韵"一语渊源已久，而就王士祯的认识来看，在风格上，主要本于司空图"冲淡""自然""清奇"三品；在精神上，则本于司空图"不着一字，尽得风流"，严羽"透彻玲珑，不可凑泊""羚羊挂角，无迹可求"的思想。显然如果用王士祯的"神韵说"来衡量宋诗，可取之处一定不如唐诗为多，故王士祯最终还是复归于唐。对此，王士祯自己解释说，对宋诗的提倡虽然盛行一时，但是"既而清利流为空疏，新灵浸以佶

屈，顾瞻世道，怃焉心忧，于是以太音希声药淫哇锢习，《唐贤三昧》
之选，所谓乃造平淡时也，然而境亦从兹老矣"（俞兆晟《渔洋诗话序》
引）。这番话是很值得品味的，一是王士禛复倡唐音与矫学宋之失有关，
一是与忧心世道有关。

那么何以见得学宋会影响世道呢？王士禛没有明言其中的利害关
系。毛奇龄也有类似的担忧，他说："（吾乡）为诗皆一以三唐为断，
而一人长安反惊心于时之所为宋元诗者。以为长安首善之地，一时
人文萃集，为国家启教化，而流俗蛊坏，反至于此。"（《何生洛仙北
游集序》）在《刘栎夫诗序》中更明白地指出，宋诗风行于世，不利
于"昌明张大之业行于开辟"。其因何在？朱彝尊的一段评论可作注
脚，他说："唐人之作中正而和平，其变者率能成方，迨宋而粗厉噍
杀之音起。"（《刘介于诗集序》）而施闰章解释得更清楚："大抵忧心
感者，其声噍以杀；乐心感者，其声啴以缓；怒心感者，其声粗以厉；
敬心感者，其声直以廉……尝窃论诗文之道与治乱终始，先生则喟
叹曰：'宋诗自有其工，采之可以综正变焉。近乃欲祖宋元而祧前古，
风渐以不竞，非盛世清明广大之音也。愿与子共振之。'"（《佳山堂诗
序》）参考上述见解，我们可以明白王士禛何以见宋诗之失，而"顾
瞻世道，怃焉心忧"了。如果说王士禛早年之倡神韵，乃是出于天性
所好，或者只是为了挽救明代二李之弊，那么其晚年复归于唐就似乎
不太单纯了，而是带有一定的政治倾向。卢见曾序《感旧集》说："自
古一代之兴，川岳钟其秀灵，必有文章极盛之会以抒泄其菁英郁勃之
气，其发为诗歌，朝廷之上，用以鼓吹休明。"又序《国朝山左诗钞》
说："渔洋以实大声宏之学为海内执骚坛牛耳，垂五十余年……盖由
我朝肇兴辽海，声教首及山东，一时文人学士，鼓吹休明，黼黻盛业，
地运所钟，灵秀勃发，非偶然者也。"这些评论都带有浓郁的政治色
彩。康熙二十一年（1682），玄烨曾赋柏梁体曰："丽日和风被万方。"
（《清史稿·圣祖本纪二》）这种"丽日和风"正是当时社会和政治的
象征。王士禛的神韵诗在客观上与这种"丽日和风"完全谐和，而王

士禛也以他的文学贡献而获得康熙帝的特别青睐，以至平步青云。康熙三十八年（1699），玄烨特赐御书大字一联："烟霞尽入新诗卷，郭邑闲开古画图。"这既是对王士禛神韵诗的写照与赞扬，同时也体现了帝王的兴趣和用意。

清初以来的诗歌运动就这样由于内部和外部的多种原因，由于诗坛领袖人物在诗学观念上的选择，而发生了曲折，清初以来对宋诗的提倡在一定程度上受到了抑制。但王士禛毕竟是一个有才华的诗人，而且他的"神韵说"与明七子的"格调说"也有较大的区别，因此他在创作实践上也不像明七子那样泥古不化，而重视妙悟、神会，"忽自有之""得之于内"（王士禛《渔洋诗话》）。他的诗歌如"秋来何处最销魂，残照西风白下门。他日差池春燕影，只今憔悴晚烟痕"（《秋柳四首》）、"行人系缆月初堕，门外野风开白莲"（《再过露筋祠》）、"十日雨丝风片里，浓春烟景似残秋"（《秦淮杂诗》）、"他日相思忘不得，平山堂下五清明"（《冶春绝句十二首》）、"好是日斜风定后，半江红树卖鲈鱼"（《真州绝句五首》）、"都将家国无穷恨，分付浔阳上下潮"（《蠙矶灵泽夫人祠二首》）等，都善于从整体上传达对象的精神，而将似有似无的意绪寄托于淡远缥缈、自然和谐的境界之中，含蓄朦胧，耐人寻味。但是在艺术手法方面很难说有多少新创，他在创作上基本还是遵循着王、孟一派的艺术原则。

继王士禛以后，沈德潜迷途不返，反将复古之风愈煽愈烈。

王士禛的"神韵说"其流弊在于"虚"的方面，容易"陷入于模糊影响"（钱仲联《清人诗文论十一评》）。《四库全书总目》认为王士禛诗如"律以杜甫之忠厚缠绵、沉郁顿挫，则有浮声切响之异"。而且王诗取材范围也以"模山范水，批风抹月"为主。如果说王士禛只是以闲适平淡的境界，在客观上迎了统治者"鼓吹休明"的需要，那么到了乾隆时期，这种消极地为政治服务已不能满足统治者的雄心了。

经过康熙时期的休养生息，清朝的国力到了乾隆初期已经非常强盛，当时的一般米价只有十余文，所谓"只今沙漠皆耕桑，关北亦似关南熟"（钱载《出古北口》）、"稻粱应侣雁，虾蟹不论钱"（钱载《水乡二首》)。从总体上来看，乾隆时期可称得上是国泰民安的时代。当然，由于我国地域广阔，地理环境复杂多样，国民经济的发展是不平衡的，穷富差别悬殊，但总的来说还是经济高涨，国力强盛。在这种社会背景下，容易刺激起蓬勃振奋的热情。从乾隆时代的科举盛况，以及士大夫渴望建功立业的雄心中，我们可以看到社会心理正在发生微妙变化。而乾隆皇帝又是一个野心勃勃的君主，好大喜功，在他执政期间，曾多次发动张扬国威的战争，号称"十全老人"。显然，乾隆时期的政治重心已从康熙时期的休养生息转移到对事功的热烈追求。在这样的社会条件下，那种淡泊宁静、又容易流为模糊影响的神韵派诗风，似乎与普遍的社会心态不太切合。而沈德潜似乎洞悉其中得失变化。为矫虚空之弊，沈德潜复张格调旗帜，提倡"鲸鱼碧海"的盛唐诗风。阮元序《群雅集》说："昔归愚宗伯订别裁集，谓王新城执严沧浪之意，选《唐贤三昧集》，而于少陵鲸鱼碧海或未之及……近今诗家辈出，选录亦繁，终以宗伯去淫滥以归雅正为正宗。与其出奇标异于古人之外，无宁守此近雅者为不悖于三百篇之旨也。"这番评论既可以看出沈德潜的影响，又体现了沈德潜诗学主张的保守性。沈德潜认为"诗至有唐为极盛"(《古诗源序》)，而"宋元流于卑靡"(《唐诗别裁集·凡例》)，重新恢复了"第一义"的偏见。当然，沈德潜提倡的"鲸鱼碧海"风格，并不是剑拔弩张一路，但也非雄奇华美一路。他曾说："风骚以后，五言代兴，汉如苏、李赠答，古诗十九首，句不必奇诡，调不必铿锵，而缠绵和厚，令读者油然兴起，是为雅音。"(《乔慕韩诗序》) 又说："故见之于诗，冲澹夷愉，不必雕肝呕心，而世之刻意求工者转或逊焉。"(《南园倡和诗序》)沈德潜所好似乎在朴实平和一路。然而殊不知宋人正是由于寻常境界、寻常手法已为唐人写熟，方一眼观定好奇的韩愈这个"昆仑第二源"，另辟新径。沈氏不解此理，因此总是有意无意地拾古人牙慧。朱庭珍认为沈德潜"所为诗平正而乏精警，有规格法度而少真气，袭盛唐之面目，绝无出奇生新，略加变化处"(《筱园诗话》卷二)。所论颇为允当，沈诗大多平铺直叙，呆板笨拙。另一方面，沈氏论诗更明确强调文学的政治功用。他说："诗教之尊，可以和性情、厚人伦、匡政治、感神明。"（《重订唐诗别裁集序》）所以诗歌创作应该"箴时之病，补政之缺"（同上）。有意识地把文学纳入政治的轨道，而且这种积极地为政治服务应该以"忠孝悱恻""温柔敦厚"为原则，所有这些又正合乎帝王之心。乾隆是一个雄心勃勃的皇帝，他希望有所作为，因此并不回避现实问题。昭梿《啸亭杂录》记载："纯皇忧勤稼穑，体恤苍黎，每岁分，命大吏报其水旱，无不见于翰墨……后诸词臣有以御制诗录为简册以进者。今朱相国珪祗录上纪咏水旱丰歉之作，名《孚惠全书》以进，上大喜，赐以诗扇。"可见乾隆是希望能通过诗歌作品了解民瘼的，故他称赞沈德潜诗曰："别后《诗裁》经细检，当前民瘼听频陈。"（沈德潜《自订年谱》引）然而，复古保守的诗学观、浓郁的政治功利色彩、平庸的艺术才华，集于沈德潜一身，使沈德潜创作的大量诗作，都缺乏真气和生气，流为呆笨的水旱灾害、民情风俗、个人情怀的汇报。汪辟疆评其诗曰："通体工整，无可读之篇，无可摘之句，勉诵一过，了无动人。"（《论近代诗》）而尊唐之谭献，亦称沈诗"多渣滓，则过求平宽之流弊耳"（《复堂日记》卷二）。沈德潜"自命起衰复古，未免力小任重，举鼎折脰"（朱庭珍《筱园诗话》卷二）。但是，作诗滥恶、满脑政治意图、不谙艺术三昧的乾隆，却十分欣赏沈德潜之诗，君臣赓和，多次褒扬，有诗赞曰："我爱德潜德，淳风挹古初。"（沈德潜《自订年谱》引）又破天荒地为沈诗集作序说："夫德潜之诗，远陶铸乎李、杜，而近伯仲乎高、王矣。乃独取义于昌黎'归愚'之云者，则所谓去华就实，君子之道也。"（《归愚诗钞序》）沈氏本乡间一介老儒，应试多次，至六十七岁才中进士，而终"以文字结主知，膺殊奖"（郑方坤《国朝名家诗钞小传》卷四）。其中奥妙，恐怕与沈氏诗学适合乾隆的政治要求不无关系。而"归愚"两字尤值得品味。统治者自然最希望下臣忠厚至愚，质朴实在。而沈德潜的人品诗学恰恰很好地体现了"归愚"二字。故陈衍批评沈德潜而引孔子语曰："诗之失愚。其为人也，温柔敦厚而不愚，则深于诗者也。"（《近代诗钞序》）沈德潜却正以"归愚"而膺殊奖，享盛名，吹捧者至谓："海内之士尊若山斗，奉为圭臬，

翕然无异词。"（王豫《群雅集》卷一）然而,沈德潜有时也偶露峥嵘,
如《汉将行》一诗"结尾'藏弓'之语,用鸟尽弓藏之典,矛头明明
直指世宗"（钱仲联《梦苕庵诗话》）。艺术性虽不高,却甘冒大不韪,
岂非"糊涂一时";又有过愚之举,竟将平时为乾隆捉刀者咸录集中,
岂非过于珍惜"渣滓"。故当乾隆获知这位"归愚"的"天子门生","归
愚"过了头时,竟勃然大怒,一气之下,将其墓碑仆倒,归愚之魂岂
不冤哉!（参见《清史列传》卷十九）

　　清代的诗歌运动发展到沈德潜,再一次体现了"返璞归真"的力
量与历史惰性相结合所造成的严重阻碍。风格上的呆滞驽钝,创作精
神上的保守迂腐,对于宋诗的简单否定,造成了对明七子的简单回归。
沈德潜终于又一次重蹈七子覆辙。如果说,明七子当年鼓吹唐音,还
有相当的积极意义。那么沈德潜这次重弹老调,即使连这一点意义也
荡然无存。虽然,社会的变化,也许需要一种雄壮昂扬的风格,但是
艺术上的保守观点,却只会阻碍诗人们创造性地去实现这种审美要求。
从根本上来说,沈德潜的"格调说"是违背诗歌运动的总趋向的。诗
歌发展的历史,是一个不断创造的过程。本来经过明代的恢复,诗歌
在清初已经出现了一个新的创造势头,但是这势头却很快受到了抑制。
吴锡麒序《群雅集》说:"本朝人文炳蔚,韶濩锵鸣。新城司寇以神
韵导之于前,长洲宗伯以体裁齐之于后。禀温柔敦厚之旨,扬顺成和
动之音。以正步趋,以端矩镬。"可惜的是,这种带着浓郁政治色彩的
诗歌运动,其结果虽然正了"步趋",端了"矩镬",却严重地阻障了
诗歌的发展。至此,诗歌运动的内在要求与影响它发展的外在阻力之
间已出现了尖锐的冲突。只有冲破这种阻力才能给诗歌发展带来生机。

第三节　知难而进:时风之外诗人对传统模式的局部突破

　　清人毕竟不同于明人。明代以来诗歌运动的经验教训,使不少诗
人变得成熟起来。他们能够在举世滔滔的局面下,独立于时风之外,

坚持走自己的道路。而清代的统治者虽然以自己的好恶影响了一时的诗歌创作，但他们终究还没有发展到运用主宰一切的权力去强力抑制不同的创作风格和创作精神。沈德潜生前虽然因得宠而使他的"格调说"产生了不小的影响，但实际上，格调派的势力也未必能完全垄断整个诗坛。沈德潜之前的王士禛提倡"神韵说"，虽然也影响广泛，但神韵派也同样不能笼盖四野。其时，就有赵执信起来大唱反调，吴乔亦讥之为"清秀李于麟"（赵执信《谈龙录》）。而学宋派虽然受到抑制，降温退热，却并未销声匿迹，而且克服了心躁气浮，反向深处有了推进。

继查慎行之后，浙地学宋诗人成就显著者有厉鹗。王昶评其诗曰："撷宋诗之精诣，而去其疏芜。时沈文悫公方以汉魏盛唐倡于吴下，莫能相掩也。"（《湖海诗传》卷二）而沈德潜却认为"沿宋习败唐风者，自樊榭为厉阶"（袁枚《答沈大宗伯论诗书》引沈德潜语）。可见厉、沈两人格法不合，迥然异趣。厉鹗论诗重独创，曾说："少陵所云多师为师，荆公所谓博观约取，皆于体是辨。众制既明，炉鞴自我，吸揽前修，独造意匠，又辅以积卷之富，而清能灵解，即具其中。"（《查莲坡蔗塘未定稿序》）故他非常欣赏赵谷林之诗，"胚胎于韦柳韩杜苏黄诸大家，而能自出新意，不袭故常"（《赵谷林爱日堂诗集序》）。这种观点与清初钱谦益等人的观点精神相通，既重视继承，又强调独创。同时，厉鹗也同样重视学问。而在风格上，厉鹗爱好"清莹"之境，曾说："盖自庙廊风谕，以及山泽之臞，所吟谣未有不至于清而可以言诗者，亦未有不本乎性情而可以言清者。"（《双清阁诗集序》）在《汪积山先生遗集序》中又说："余极嗜其诗，清恬粹雅，吐自胸臆，而群籍之精华经纬其中。"又称《盘西纪游集》："以坚瘦为其格，以华妙为其词，以清莹为其思……绝去切拟，冥心独造，而卒无不与古人合。仆性喜为游历诗，搜奇抉险，往往有得意句，读之亦绝叫以为不如也。"（《盘西纪游记集序》）在和平宁静的环境里，厉鹗陶醉在杭郡清幽的自然山水之中，物我化一，一片清气。故能写出"莹然而清，窅然而邃"（王昶《湖海诗传》卷二）的诗来。厉鹗善于体察山水的深微之境，而不是浮光掠影，人云亦云。集中尤以五言山水造诣最高。其诗如"岩翠多冷光，竹禽无惊啼"（《理安寺》）、"幽人先鸟起，林涧正寂然……烟雨为合离，花态亦变迁"（《永兴寺二雪堂晓起看绿萼梅》）、"穿漏深竹光，冷翠引孤往。冥搜灭众闻，百泉同一响"（《晓登韬光绝顶》）、"月在众峰顶，泉流乱叶中。一灯群动息，孤磬四天空"（《灵隐寺月夜》）、"松风扬纤碧，花影蓄深黛"（《溪上巢泉上作》）、"暝色入孤弦，风灯湿茅屋"（《雨中同符幼鲁圣幾泛舟》）等，皆远离尘嚣，孤寂清莹，诗语自然，却又洗炼深刻，关键字辞皆有透进一层的表现力，继承了谢灵运、陈与义山水诗的造语手法，但一般不使用过于生僻的词汇。厉诗的构思也较曲折，如"俯江亭上何人坐，看我扁舟望翠微"（《归舟江行望燕子矶作》），利用互相交映的手法，传达出一种无言的精神情趣的交流。而喻拟手法的运用也较深入，如"山当落日如争渡，帆向遥天欲倒吞"（《焦山观音岩晚望》）、"秋翠忽飞来，都染瓜州树"（《雨后同蔚洲登大观楼望隔江山色作二首》）、"万顷吴波摇积翠，春寒来似越兵来"（《自石湖至横塘二首》）。至如"黑惊燕子翻阶影，凉受槐花洒地风"（《昼卧》）之类则采用倒装句式，强调在特殊条件下的特有感受。诸如此类，都力避凡近，不作浮泛之语。

而山阴胡天游则属于"才情富艳，奇气横逸"的一派（钱仲联《三百年来浙江的古典诗歌》），论诗反对"软熟"。曾说"举世困软熟，所向柔容颜。可叹风俗敝，更到文字间"（《留郑汝能》），又说"俗学多于软熟宜"（《杂书》），因此欲以奇诡矫之，尚变而不拘于正。"句律看君出新变，尽含风瀑响飔飀"（《送施令入蜀》）、"变穷天地出清新，自剖炉锤却鬼神"（《风诗》），诗人要以独创的精神开辟新的诗境。他的五言诗字字雕炼，境界拗硬。在雕炼中见奇伟，在拗硬中见风骨。其诗如"大声噫然号，雪蜺恣崩奔。蹴踏万银屋，昂轩来咀吞。闪倏晦昧际，日月颠尻臀"（《晓渡安东观海市已骤风雨》）、"海日积微金，冻瀑点清漏。置身鸿濛前，真气入肤腠。问天懒搔头，唯有青贸贸"（《将

登华岳》)、"门牡自飞拔,金铁乘空游。昂毕相与斗,谷洛寻戈矛"(《龙
钟》)、"银汉却曳地,天开倒垂窗"(《沁口》)、"大海忽然冻,短日青
苍低……恤恤葬万古,永闷高天青"(《孤怀》)、"冻苦星辰白,霜明
鼓角干"(《寒夜》)、"我欲鞭昆仑,鞭赤山血流。我欲剸北斗,天舌
施其喉"(《摅意》),皆冥心独造。与厉鹗相比,胡天游不是一个独游
山水的静观者,他赋予山川日月以生命。整个自然界是动荡变幻的,
而诗人自己又是一个自然的征服者,他遨游在宇宙间,叱咤风云,挥
斥万有。他用瑰奇的想象,夸张的笔触,生造镂刻的语汇创造了一个
异乎寻常、惊心动魄的世界。有韩愈的雄诡,有李贺的怪诞,有孟郊
的刻肝镂肾。"诗中有灵剑,剑剑切玉锋。诗中吐逸葩,葩葩仙芙蓉。
鲍谢不抉暗,留韵孟齿淙。金骨振铿鋀,秋魂濯溶溶"、"吟得一生尽,
果将大造亏"(《读孟郊诗》二首),诗人评孟郊的诗句,庶几可移来
自我写照。而长篇叙事诗《海贾》和《烈女李三行》也同样贯穿着诗
人尚奇的精神。当然,由于诗人用辞有时过于生造,常常改变词性,
任意搭配,而不顾语法规律,因此有些诗句不免"过于涩拗"(袁枚《随
园诗话》卷七)。

秀水钱载,官至礼部侍郎,虽久为文学侍从,却与沈德潜不同。
陈衍说:"有清一代,诗宗杜韩者,嘉道以前推一钱萚石侍郎。"(《近
代诗钞》卷一)把钱载作为近代学宋诗派之滥觞。吴修也称钱载"诗
精深于杜韩苏黄,脱去蹊径,自名一家"(《昭代名人尺牍小传》卷
二十一)。钱载论诗见解不多,要以姜白石"不求与古人合而不能不合,
不求与古人异而不能不异"二语为其创作宗旨(参见《梦堂诗老传》)。
萚石斋诗境变化极多,宏阔雄壮,精深曲折,淳朴闲适,淡远缥缈,
奇崛拗硬,无所不有。其诗如"千峰壮九秋,万里归一眺……西出两
峰口,万灯中夜红"(《木兰诗》)、"手障全陕三峰倚,目瞰中原阻大河"
(《潼关》)、"突据冈峦高垒险,全收吴楚大江横"(《清流关》)、"以身
入秋碧,欵况鹭与鹇"(《去严州十里外泊》)、"浪花风斗激,绿散何
迷濛"(《入七里泷》)、"涧声云气中,翠与白相幻"(《清远道士养鹤涧》)、

"吹瘦门前树，秋莺坐梦中。横塘雨犹可，不愿横塘风"（《横塘曲》）、"宵声最清虑，况在风竹间。而当雪落声，小阁如空山"（《初二夜听雪作》）、"清泉满路不归涧，破寺无僧唯出云"（《雨后行北山下》）、"石壁翠云相对起，野桥红树独吟来"（《慈相寺》）、"两竹手分握，力与河底争……小休柳阴饭，烟气船梢横"（《罱泥》）、"叱牛呼鸭村不哗，松林风细出书声"（《题陈丈明经西溪书屋图》）、"村叟得钱凭捆取，数枝香气带归鞍"（《访菊》）、"千音瀑挂起苍壁，万片岚蒸生渴苔"（《吴秋部岩飞云洞图》）、"岂知寒光中间惨裂铁骨，一倒卧肆突十丈双瘦蛟"（《清远堂古梅》）等各有特色，刻画和传神兼而有之，绘景与写意皆具风采。而气分壮逸，趣兼深淡，要在"尽洗铅华，求归质厚"（钱锺书《谈艺录》）。与时人相比，钱载突出的还是在章句方面恣意逞奇。张维屏说钱载"论诗喜讲句法，句法中喜讲叠法"（《国朝诗人征略》卷三十四），能得其概要。钱载学韩愈"不仅以古文章法为诗，且以古文句调入诗"（钱锺书《谈艺录》）。诗句往往不受格法束缚随意而出。如"可怜溪边五里十里不知何处好花树，推蓬一片万片朱朱白白浮下桥门英"（《将游支硎华山天平诸胜》），共三十言，古来罕有此长句。他如"长歌短歌须唤彭城刘梦得，快写新罗国僧九十九岁相伴之烟霞"（《九华山歌寄寿茅明径应奎八十》）、"岂知九行章草士衡平复帖，又得海岳翁所跋李公炤所储"（《观真晋斋图》）等集中颇夥。在体裁方面，自三言到九言无一不有。通篇三言，如《练时日》者，有《题王编修鸣盛西庄课耕图》《立春后二日对雪三首》等；通篇九言，如《元年五月应诏我北行》《曹学士洛画天下名山图二百四十页题之》等。六言诗则更多。而在句法方面求奇的例子也不胜枚举，如"别来秋雨复秋雨，住处夕阳还夕阳"（《哭万孝廉光泰于夕照寺》）、"采葛采萧方采艾，于途于木盍于磐"（《有怀故园亲戚》）、"自知小病元非病，人道长愁始欲愁"（《种草花作》）、"淡月淡如此，凉风凉渐深"（《宿州晓行》）、"鹭飞白水白，酒卖黄婆黄"（《黄陂》）、"早禾渴雨雨而雨，修树藏山山复山"（《德安北山行雨》）、"儿时我母教儿地，母若知儿望母来"（《到家作》）等，利用复词对举，或作强调，或使流转，其中有妥当，亦有故弄玄虚者。又常采用勾联句法，如《兴隆店》一诗几乎就是由勾联、对举手法结构成章。他如"山嫩江逾碧，江碧山尽春"（《富春江》）、"人事无常画中画，画中看画无人会"（《刘松年观画图歌》）等也不乏其例，或作承递，或使连绵。又有用诸多单音节名词并列构句者，如"直须庙庑先诸葛，增配关张马赵黄"（《谒汉惠陵》）、"宁申岐薛亭台里，车马衣裳士女风"（《乐游原》）等。真可谓"荟萃古人句律之变，正谲都备，格式之多，骎骎欲空扫前载"（钱锺书《谈艺录》）。前述诸法，在前人或偶一戏之，或无意自得，而在钱载却作为常法大量运用，有意推广，志在求异求奇。虽不乏弄巧成拙、笔墨游戏之例，但与其如沈德潜墨守成规，剿袭雷同作古人阶下奴囚，毋宁为开拓新界而饮刃中弹，洒血疆场，功过得失，也就无暇顾及了。

虽然，上面例举的厉鹗、胡天游、钱载三人，就声望而言，也许在当时不足与王士祯、沈德潜争一日之长。但有此三人自立天壤，砥柱中流，清代的诗歌运动就有了希望，而不至于再度衰落。创造是诗歌发展的原动力。中国古典诗歌虽然在宋代以来，几经曲折，但是，它的生命并没有完结，创造活力没有丧失，因此总有再度崛兴的一日。清初诗学观念的解放，犹如一轮朝阳，融化了冰雪。古木逢春，老树着花。虽有回寒凛冽，也终究不能吞灭阳春，如纸薄冰也无法束缚汹涌的春潮。

第四节　以俗化雅，别开生面：性灵派对诗学传统的市民化改造

沈德潜重拾明七子余唾，他的诗学主张在根本上与诗歌发展的内在要求相矛盾。尽管由于某些特殊的条件，使沈德潜蜚声海内，他的诗学主张也因此风靡一时，但这只是一时的迷误，所谓"翕然无异词"，也只是表面假象，即使如门下士王昶论诗也已不能恪守师说。鲁嗣光序王昶《春融堂集》说："至于作诗，自魏晋六朝以迄元明无不遍览，

要必以杜韩苏陆为宗。"而王昶为张大己说，竟不惜曲讳乃师，其论沈德潜曰："然先生独综今古，无借而成。本源汉魏，效法盛唐，先宗老杜，次及昌黎、义山、东坡、遗山，下至青邱、崆峒、大复、卧子、阮亭，皆能兼综条贯。"（《湖海诗传》卷八）其实沈氏门户哪有如此之宽，推崇七子是实，而于宋人实不能相容。其有言道："宋诗近腐，元诗近纤，明诗其复古也。"（《明诗别裁集序》）王昶不至于不知沈氏诗学宗旨，无乃七子老调，已成刍狗，宗唐排宋已不能服人，故不得已将乃师装扮一番。但又何济于事，却反而暴露了沈氏诗学主张的虚脱。而其时，高张"性灵"旗帜，对沈氏诗学主张大加挞伐的是袁枚。吴应和说："归愚宗伯以汉魏盛唐之诗唱率后进，为一时诗坛宗匠。随园起而一变其说，专主性灵，不必师古，初学立脚未定，莫不喜新厌旧，于是《小仓山房集》人置一编，而汉魏盛唐之诗绝无挂齿。"（《浙西六家诗钞·小仓山房诗》）故舒位《乾嘉诗坛点将录》分别以"托塔天王"与"及时雨"属之。"托塔天王"晁盖位虽尊，却在位不长，"及时雨"宋江方是"广大教化主"。尚镕说："与子才同时而最先得名者，莫如沈归愚。归愚才力之薄，又在渔洋之下，且格调太入套。"（《三家诗话》）故一旦苍头突起，异军横扫，格调派便倾刻瓦解。

袁枚论诗不以尊唐宗宋为指归，他要摆脱一切传统的陈见，彻底地"以我为变"，以冲破束缚，消除异化。他认为"诗有工拙，而无今古"（《答沈大宗伯论诗书》）。又抨击泥唐袭宋者："抱韩杜以凌人，而粗脚笨手者，谓之权门托足；仿王孟以矜高，而半吞半吐者，谓之贫贱骄人；开口言盛唐及好用古人韵者，谓之木偶演戏；故意走宋人冷径者，谓之乞儿搬家；好叠韵、次韵，刺刺不休者，谓之村婆絮谈；一字一句自注来历者，谓之骨董开店。"（《随园诗话》卷五）可谓淋漓痛快。即使是对袁枚大有贬辞的潘德舆对其不以朝代论诗的见解也非常赞赏。他说："袁简斋谓'唐宋者，历代之国号，与诗无与；诗者，各人之性情，与唐宋无与'，隽语解颐，一空蔀障。简斋诗可议，此论不可废也。"（《养一斋诗话》卷五）其实唐诗与宋诗就其倾向而言，本有区别，但是却不能以时代之先后定优劣。此论在公安派已先发之，袁枚发挥公安绪论，抨击明七子第二之沈德潜，正是以水克火。不过公安派却倡导宋诗，袁枚则并无定见，虽对唐宋诗时有论议，却并不严谨，故时相龃龉，而终以性灵为本。

作诗本性情，原非袁枚独见。虽然洪亮吉评王士祯、沈德潜而谓："王文简、沈文悫以名公巨卿，手操选政。文简则专主神韵，而踏实或所未暇；文悫则专主体裁，而性情反置不言。其病在于以己律人，又强人以就我。"（《读雪山房唐诗序例序》）其实，王、沈集中也不乏主性情语，则是往往为其标榜之说所掩盖。至沈德潜，又把性情限于温柔敦厚一格。故袁枚主性灵而尤侧重于破温柔敦厚之腐见。袁枚认为孔子诗教并不限于温柔敦厚，所谓"可以兴、可以观、可以群、可以怨"，证之以《诗经》，原是风格多样。而诗又不必尽"关系人伦日用"，所谓"迩之事父，远之事君"，为诗之"有关系者"；"多识于草木鸟兽之名"，为诗之"无关系者"（参见《答沈大宗伯论诗书》）。"夫诗之道大而远，如地之有八音，天之有万窍，择其善鸣者而赏其鸣足矣，不必尊宫商而贱角羽，进金石而弃弦匏也。"（《再与沈大宗伯书》）袁枚这样来扩大诗道，是要把诗从道貌岸然的政治伦理功用中解放出来，恢复诗歌平易近人的面目。所以袁枚的"性灵"不仅包括"公性情"，也不妨是一时一人的"私性情"。可以严肃，也不妨诙谐。"君子修身，先立其大，则其小者毋庸矫饰。"（《答蕺园论诗书》）本于此，袁枚还特别重视男女情诗，认为："夫诗者由情生者也，有必不可解之情，而后有必不可朽之诗。情所最先，莫如男女。"（《答蕺园论诗书》）对沈德潜不选王次回《疑雨集》大不以为然，并以《关雎》为证，而讥讽道："使文王生于今，遇先生（沈德潜）危矣哉！"（《再与沈大宗伯书》）袁枚的这种主张，与当时戴震对宋代道学的批判在精神上是一致的。

另一方面，袁枚的"性灵说"，不仅包括性情方面的内容，而且还包括写作方面的内容。袁枚还要以"灵性""灵机""灵巧"，来药沈德潜的呆滞、笨拙。就"灵性"而言，袁枚重视作诗的"天才"，"其人之天有诗，脱口能吟；其人之天无诗，虽吟而不如其无吟。"(《何南园诗序》）就"灵机"而言，袁枚强调创作的灵感触发，"兴会所至"(《随园诗话》卷二）。就"灵巧"而言，袁枚欣赏新鲜、生动、生趣盎然、清新隽妙的风格。袁枚自称"我诗重生趣"（《哭张芸墅司马》），又说："诗无生趣，如木马泥龙，徒增人厌。"(《随园诗话补遗》卷三引何献葵语）而于古人，袁枚特别推重杨万里，曾说："余不喜黄山谷而喜杨诚斋。"又借汪大绅之口说自己所作似杨万里，且谓："诚斋一代作手，谈何容易……使我拟之，方且有愧。"(《随园诗话》卷八）自我标榜，幽默风趣。

　　总之，在根本的创作精神上，袁枚要打碎沈德潜及其古往今来的同道者建造起来的了无生气却庄严崇高的诗歌神像，把诗还给平民百姓，所以并不把诗歌创作看得多么庄严慎重。他曾风趣地为自己所作题诗："不矜风格守唐风，不和人诗斗韵工。随意闲吟没家数，被人强派乐天翁。"(《自题》）在他看来诗歌不过是性情随时的自然发露，所以根本用不到大惊小怪，矜格矜调。

　　而袁枚其人在生活上也同样并不认真严肃。袁枚自仕途失利，三十余岁便绝意进取，而游戏人间。生活不拘礼节，曾在随园"柳谷"之中自题一联曰："不作公卿，非无福命都缘懒；难成仙佛，为读诗书又恋花。"正是绝好的自我写照。随园之中时常诗酒流连，脂粉飘香。正因为是游戏人间，所以也并不自命清高。且善于交好权贵，集中阿谀奉迎之章极多。又能奖掖后进，虽有"一言之美，君必能举其词为人诵焉"（姚鼐《袁随园君墓志铭》），而《随园诗话》自然泛且滥矣。也许正因为如此，在喧闹的金陵都市，袁枚虽招收女弟子，有伤风化，而能"极山林之乐，获文章之名"近五十年。有这样的创作态度、诗学观点，有这样的生活经历，在袁枚的诗集中出现大量率意的庸滥之作自然不足为怪。

　　袁枚的诗歌不求典雅，不以俚俗为病。就创作倾向而言，属于"返璞归真"一路，但却不以汉魏高格为目标，与苏轼的"化俗为雅"也不同。在语言风格上接近白居易和杨万里，但却无白居易之朴素闲淡，又无杨万里之风骨。袁诗如"月下扫花影，扫勤花不动。停帚待微风，忽然花影弄"（《偶作五绝句》）、"盆梅三株开满房，主人坐对心相忘。偶然入内女儿怪，问爷何故衣裳香"（《即事》）、"当日开元全盛时，三千宫女教坊司。繁华逝水春无恨，只恨迟生杜牧之"（《题张忆娘簪花图》）、"人家门户多临水，儿女生涯总是桑"（《雨过湖洲》）、"水为情多流不去，秋来处处长夫容"（《秦淮杂诗》），他如"隔帘娇女罢吹箫"（《罗昭谏墓》）、"招魂只用美人妆"（《铜雀台》）等，虽俏皮幽默，总不失风流故态。而风格较高者如"一关开闭随王气，绝顶河山感霸才。安石本为江左出，贾生偏过洛阳来"（《秦中杂感》）、"我知混沌以前乾坤毁，水沙激荡风轮颠。山川人物镕在一炉内，精灵腾踔有万千，彼此游戏相爱怜。忽然刚风一吹化为石，清气既散浊气坚。至今欲活不得，欲去不能，只得奇形诡状蹲人间。不然造化纵有千手眼，亦难一一施雕镌，而况唐突真宰岂无罪，何以耿耿群飞欲刺天"（《同金十一沛恩游栖霞寺望桂林诸山》）等，笔性构思都极其聪明、巧妙，非沈德潜笔下所能有。然而如"不惯别离情，回身向空抱"（《古意》），以及《再赠文玉》《斑竹赠潘校书兼调香严》《答问》《赠庆郎》等作品俚俗鄙下，渲染声色，为人所不齿。恶之者斥之曰："以淫女狡童之性灵为宗，专法香山、诚斋之病，误以鄙俚浅滑为自然，尖酸佻巧为聪明，谐谑游戏为风趣，粗恶颓放为雄豪，轻薄卑靡为天真，淫秽浪荡为艳情，倡魔道妖言，以溃诗教之防。"（朱庭珍《筱园诗话》卷二）深恶痛绝，詈语满纸，无以复加。而为之讳护者则谓："生龙活虎在人间，几个能擒复能纵。世人不识用笔精，毛举细故供讥评。今我读此心为平，瑕瑜不掩留菁英。汰其四者存其六，此集自占千秋名。"（张云璈《听人谈袁简斋诗文退而成篇》）又有人谓："平心论之，袁之才气，固是万人敌也。胸次超旷，故多破空之论；性海洋溢，故有绝世之情……若删其浮艳纤俗之作，全集只存十分之四，则袁之真本领自出。"（蒋子潇《游艺录》卷下）其实贬者也不必大动肝火，褒者也无须删滥留菁，盖袁枚生前绝不愿汰去艳情之篇。尝谓："仆缘情之作，是千二百人所共非。天下固有小是不必是，小非不必非者；亦有君子之非贤于小人之是者。先有寸心，后有千古。"（《答蕺园论诗书》）还是任其自然为好。作者既不求雅，论者也不必以雅强求。若以今相比，袁枚的性灵之什，正如流行歌曲、通俗唱法，如衡之以美声、歌剧，必然格格不入。对于平民百姓来说，男女恋情正是他们需要用诗的形式去歌吟的主要内容。证之以六朝以来的民歌，证之以乾隆时期刊行的民歌总集《时尚南北雅调万花小曲》《霓裳续谱》之类，完全符合历史事实。而当代少数民族的民歌也以情歌为主，即使是流行歌曲也同样以男女恋情为主要内容。这些平民百姓的"诗"，在形式上亲切自然，通俗易懂，又轻松灵活，如话如诉，所以能在城市乡村广泛流行。而袁枚本人不仅诗学观念开放，整个文学观念也不迂腐，曾作笔记小说集《子不语》二十四卷，不以尊卑雅俗论文学。曾说："三百篇半是劳人思妇率意言情之事，谁为之格，谁为之律？"（《随园诗话》卷一）又说："有妇人女子，村氓浅学，偶有一二句，虽李、杜复生，必为低首者。"（同上卷三）所以，尚镕称袁诗为"诗中之词曲"（《三家诗话》）颇能搔着痒处。袁诗正是以其风情妩媚，"杂以市道"（邵祖平《无尽藏斋诗话》），通俗轻灵，平易近人，而风靡于世，成为"广大教主"。"上自朝廷公卿，下至市井负贩，皆知贵重之。海外琉球，有来求其书者。"（姚鼐《袁随园君墓志铭》）赵翼评袁枚曰："爱宿花为蝴蝶梦，惹销魂亦野孤精。"（《偶阅小仓山房诗再题》）不愧为袁枚知音。欲知袁枚其人其诗，由此二语参之，庶可得其真。

　　而赵翼不仅与袁枚齐名，诗学主张亦相近。并且又是一个史学家，所著《廿二史札记》《陔余丛考》等多有发明创见，学问深于袁枚。诗中多有嘲讽理学之见，如《静观》认为气在理先，《书所见》又痛斥"存天理，灭人欲"："却绝男女欲，不许人类生。将使大千界，人灭物满盈。此岂造化理，流毒逾秦坑。"其他创见也时时可见，如《后园居诗》："有客忽叩门，来送润笔需。乞我作墓志，要我工为谀……乃知青史上，大半亦属诬。"讥讽正史，《杂题》论秦筑长城，隋开运河，而谓："当其兴大役，天下皆痍疮。以之召祸乱，不旋踵灭亡。岂知易代后，功及万世长……作者虽大愚，贻休实无疆。"具有辩证之眼。诸如此类，表明赵翼是一个不愿为传统陈见束缚的作家。而他论诗也同样主创造，以发展的眼光来对待诗歌的新变。"诗文随世运，无日不趋新。"（《论诗》）所以"李杜诗篇万口传，至今已觉不新鲜"（《论诗》）。不必盲目崇古，轻视今人。而其所作也不拘一格。五古多以议论为诗之什，七古又时出奇恣纵情之笔，近体又多工巧之章。诗语有时典博生僻如《放言》，有时又"好作俚浅之语，往往如委巷间歌谣。若'被我说破不值钱''一个西瓜分八片'等句"（尚镕《三家诗话》）。而诗调往往轻滑、俏皮，以其创作态度不能庄严，诗情又不能沉郁所致。其诗如"故人来访应排闼，邻女如窥免上梯"（《大雨倒墙戏笔》）、"不如且听他，留伴两鬓华。麈谈助霏清玉屑，牙慧增吐艳雪花。掀来色映白题舞，撚断诗推白战家。既已白之谓白矣，何必玄之又玄耶！"（《白须》）、"闲增手录书频校，瘦减腰围带屡移。老妪纵然思再嫁，颇惭面已皱生皮"（《六十自述》）、"香篆碧萦魂一缕，枕痕红透肉三分。画师何处窥曾见，侍女私相语弗闻。且莫真真唤名字，梦中或已去行云"（《题美人春睡图》）、"老夫也自忘衰丑，只道窥墙为玉来"（邻女多梯墙折花）（《寓斋桂四株余到日正放花留连句日得诗七首》其四）、"寸烛未残千载过，先生笑比烂柯樵"（《阅史戏作》）、"襁儿背上卧，摇橹兼摇儿"（《舟行绝句》）等，与袁诗气味相近，故与袁枚有同讥。但在《瓯北诗集》中也时有犀利之篇"神龙行空中，蝼蚁对之揖。礼数虽则多，未必遂鉴及"（《闲居读书作》其三）、"死法死饥等死耳，垂死宁复顾禁防"（《逃荒叹》）、"贫官身后唯千卷，名士人间值几钱……书生不过稻粱谋，磨蝎身偏愿莫酬"（《子才书来惊闻心余之讣诗以哭之》）、"却惭书卷空填腹，不抵充饥一核糠"（《米价日增旅食不免节缩书此一笑》）、"尺波将涸鱼先散，一骨才投犬共争"（《感事》），或讽喻现实，或讥刺世态，都入木三分。

赵翼的私生活比较检点，清贫自爱。诗中虽及声色，却提躬以礼，这是与袁枚不同之处。而诗中所写不过是故作俏皮，顽笑而已。赵翼的诗境也较袁枚更为苍莽奇崛，有男子汉之粗犷、阔大。他曾自嘲曰："笑我聱牙难入律，铜琵琶上拨皮弦。"(《赠张吟芗》)所为粤桂滇黔山水诗皆奇诡非常，发李杜韩苏之未发。而其诗油滑处虽与袁枚同，但同中亦有异。袁为滑稽之俊，赵为滑稽之雄，而稍后之张问陶则为滑稽之秀，其诗如"先生燕居常闭门，僬侥侍立如无人。先生出游行颇速，山魈一过市人缩"(《刘山魈升张僬侥芳合咏》)，形容高矮两仆极有趣。而赵翼山行有"奇智"："舆夫有短长，呼来就排比。上则前矮张，下则后短李。"(《山行杂诗》)若借得张氏两仆岂不更能行陡壁如平地哉！

　　袁、赵、张可为当时性灵派三杰。他们在艺术手法上常不顾成规，不管雅俗，随意翻新，眼前有某一景、某一意可写，却往往不从正面直接传达，而偏要从反面、侧面，从人意想不到处设想，逆人之意，翻前之案，机智巧妙，轻松诙谐。他们发挥了杜甫、苏轼、黄庭坚、杨万里诗中"谐"的一面，却抛弃了他们的严正、沉挚、庄重的一面，而杂以市民情趣，从俚俗处开出了前古未有的新境界。然而，他们的新开拓却是以牺牲高雅的艺术趣味和艺术风格作为沉重的代价。

　　乾隆时期，在学术界，考据学派占据统治地位。由于以前被宋儒视为经典的许多古籍如《古文尚书》《河图洛书》等相继被证明为伪书，宋学的根基受到了严重的动摇，它的空虚不实已难以维系人心。乾隆时期文化统治虽然更为严酷，但重实而不重虚。宋学的空虚，既徒增怀疑，而其讲学、宗派又"足为太平盛世之累"（鲁迅《买〈小学大全〉记》)。故乾隆不再以宋学作为牢笼士大夫的武器，而反过来借助古籍整理去严禁反满的文献，同时把士大夫引向繁琐的考据深渊。而乘此机运，攻击道学先生也就成了"一种潮流"，"也就是'圣意'"（同上)。于是而殃及礼教，"人欲"也乘机有了相当的解放。而其时，由于社会的繁荣安定，上层社会固有的腐朽享乐主义思想也日渐抬头。乾嘉时代贪污成风、挥霍成癖、养优取乐、广蓄姬妾也渐成时尚。当时与袁枚相善的尹文端公家里就是姬妾成群。

另一方面，城市的繁荣，商业的发展，使市民阶层日益扩大。市民意识、市民情趣，逐渐成为影响时尚的重要力量。而投机取巧，低级趣味，既冲击着迂腐保守的传统观念，同时也有力地腐蚀着古朴淳厚的传统品格。

性灵派正是以城市生活和"人欲解放"的思想环境作为温床，以对保守的诗学观念，尤其是对沈德潜的"格调说"进行反拨作为契机，以诗歌"以我为变"的独创精神作为动力，而形成发展起来的诗歌新流派。

然而诗歌毕竟已有悠久的历史，而且早已成为一种最高尚、最典雅的艺术，顽强的诗歌审美传统，虽然有可能在一定条件下受到抑制，但不会就此屈服。王国维论艺术之美，认为有二种形式。他说："除吾人之感情外，凡属于美之对象者，皆形式而非材质也。而一切形式之美，又不可无他形式以表之。惟经过此第二之形式，斯美者愈增其美。而吾人之所谓古雅，即此第二种之形式，即形式之无优美与宏壮之属性者，亦因此第二形式故而得一种独立之价值。"（《古雅之在美学上之位置》）王氏所说的第一形式，就文学而言接近于"境界"，所强调的是对象的外在可感性。所谓第二形式，也就是文学作品的特有形式，所强调的是它的历史继承性。因为有自己的传统，也就有自己独立的价值，这种价值愈古愈雅。"古雅之判断……由时之不同，而人之判断之也各异。吾人所断为古雅者，实由吾人今日之位置断之。古代之遗物，无不雅于近世之制作……故古雅之判断，后天的也，经验的也，故亦特别的也，偶然的也。"（同上）三代之钟鼎，秦汉之摹印，之所以成为美的对象，主要缘于它的"第二形式"，缘于它的"古雅"。在这里王国维发现了艺术品所具有的独立的历史意味，它体现了隐藏在审美意识深处的传统继承性，一种审美中的"奇理斯玛权威"，也反映了审美意识内在的深刻矛盾。一方面是指向未来的审美理想，它引导文学艺术不断更新；一方面是指向过去的审美传统，它引导文学艺术趋向于高雅。它们之间矛盾的辩证运动，构成了审美的历史。明七子对"第一义"的追求，可以看作是对"古雅"的向往。他们的失误在于对传统进行简单的模仿。殊不知古雅是不可复制的。但是，如果对古雅的向往并不流于简单的模仿，而是以一种求雅的精神对俗变的成果进行改造，使它在形式上不断自觉、不断完善，更好地用传统的精华武装自己，那么俗变的成果就会趋向于高雅。当然这种高雅的形式并不是最古雅的，但却是现实的。性灵派忽视形式的提炼，造成了诗歌运动的又一次俗变；而对"古雅"的追求，又必然会造成对俗变的修正，或者是反动。

第五节　正雅祛俗，守传存统：嘉道诗人对性灵派的全面批评

性灵派的诗歌创作，对于破除格调派的迂腐保守的诗学观念，无疑有着相当的积极作用。然而，对于知识阶层内许多深受传统文学的薰陶、艺术趣味高雅的诗人和读者来说，性灵派的诗风则是难以接受的。他们有的我行我素，有的则欲起而力挽狂澜。另一方面袁枚生活有失检点，放诞风流，又招收女弟子，大违于传统礼教。虽然，当时由于攻击理学，使"人欲"有了一定的解放，但传统的力量并非一触即溃，顽固的传统观念，以及强烈的社会责任感，都会驱使一些人起而卫道。章学诚就是这方面的代表，他曾在《文史通义》中痛斥袁枚"专以纤佻浮薄诗词倡道末俗，造言饰事，陷误少年，蛊惑闺壶"（《书坊刻诗话后》）。

而较早从诗学角度全面批评性灵派的是以姚鼐为代表的桐城诗派。姚鼐曾明确指出："今日诗家大为榛塞，虽通人不能具正见。吾断谓樊榭、简斋皆诗家之恶派。"（《惜抱轩尺牍·与鲍双五》）对袁枚的批评实际上从姚鼐的伯父姚范已经开始。姚范当年与袁枚同在翰林，但姚范致仕归田，袁枚乞诗留念，姚范竟无一言相赠。刘声木以为袁枚"放荡太甚，不拘礼法"，故姚范"早于无形之中已严绝之"（《苌楚斋随笔》）。姚鼐的学生方东树、姚莹对袁枚也大致贬辞，方东树指

责袁枚"未尝至合，而辄矜求变"，"随口率意，荡灭典则"（《昭昧詹言》）。姚莹也痛斥袁枚以"豪艳狷薄、伤风败俗之辞倡导后生"（《孔蕢浦诗序》）。姚鼐本人与袁枚同居江宁，私人关系尚可，但两人生活态度迥然相异。姚鼐虽然也早早看破仕道，激流勇退，但并不颓废，游戏人间，却能洁身自好，甘于淡泊清贫的生活。因此，姚鼐对袁枚的生活方式并不欣赏，而尤不满于袁枚的诗学主张。姚鼐为袁枚所作挽诗，称袁诗："千篇少孺常随事，九百虞初更解颜。灶下媪通情委曲，砚旁奴爱句斓斑。"（《挽袁简斋四首》）似褒而实贬，以轻率俚俗论定袁集。针对性灵派轻率俚俗的诗风，姚鼐提出了"熔铸唐宋"的论诗宗旨。为此，姚鼐编选了《今体诗钞》，"存古人之正轨，以正雅祛邪"（《五七言今体诗钞序目》），为后学指示门径。姚鼐曾作书告诫侄孙："必欲学此事，非取古大家正矩潜心一番，不能有所成就。近体只用吾选本，其间各家，门径不同……同者必归于雅正，不着纤毫俗气，起复转折必有法度，不可苟且牵率致不成章。至其神妙之境，又须于无意中忽然遇之，非可力探，然非功力之深，终身必不遇此境也……此后，但就愚《今体诗钞》更追求古人佳处。"（《惜抱轩尺牍·与伯昂从侄孙》）可见《今体诗钞》体现了姚鼐所追求的"雅正"精神。在这封信里姚鼐特别强调了章法问题，并进一步提出艺术上出神入化的"神妙"境界，作为更高的追求目标。然而统观《今体诗钞》和姚鼐的全部诗学观点，"雅正"的内容还要更广泛一些。

首先，姚鼐十分重视诗歌作品的社会功用，这在《陈东浦方伯七十寿序》《方恪敏公诗后集序》中表现得比较清楚，他希望诗人能够"勤思国事，悯念民瘼"，能表现民生疾苦，不赞成一味"纪恩扬美"。而《今体诗钞》所选也以"有寄托"之作为多。其中尤以入选李商隐诗最能说明问题，姚鼐所选，大多是反映时政的作品。而他自己所作也有不少具有讽喻作用，例如，他在《咏古》诗中讽刺汉武帝的巡游，而当时乾隆也正有南巡之举，因此很难说姚鼐没有借古讽今之意。因为历来的咏史之章就多有寄托，例如李商隐的许多咏古诗就有着浓厚的讽喻色彩，而姚鼐又恰恰是十分推重这些有寄托之作的。乾隆时期法网森严，冤狱频兴，对此姚鼐也深感忧虑。他在《咏怀》《漫咏三首》等诗篇中抨击了秦以来的暴政，尤其对秦始皇焚书虐民抨击最厉，并深表忧虑："焉知百世后，不有甚于秦。天道且日变，民生弥苦辛。"其时，乾隆禁书已经开始，姚鼐的忧虑竟成了现实。在文字狱的高压政策之下，姚鼐有如此胆识，实在令人钦佩。而官场仕途的腐败现象也同样使姚鼐愤懑和失望，他在诗中写道"宜乎朝廷士，进者多容容"（《漫咏三首》）、"堂上有万里，薄帷能蔽日。亲者巧有余，疏者拙不足"（《杂诗》）、"自从通籍十年后，意兴直与庸人侔"（《于朱子颍郡斋值仁和申改翁见示所作诗题赠一首》）、"况余本性杞柳直，戕贼弯回成栲栳"（《紫藤花下醉歌》），正是这种愤懑和失望使姚鼐早早离开官场，不愿与浊流合污。归田以后，姚鼐在书信中也经常用"时事坏弊"（《与周希甫》）、"近观世路风波尤恶"（《与鲁山木》）、"贫乏乃今日士大夫所同"（《与鲍双五》）、"当今时事艰难"（《与陈硕士》）……这样的字句来评述当时的时政。为此，姚鼐慨叹道："天下非无可为之善策，而得为之者难！"（《与陈硕士》）正是出于对乾嘉时期时政世运"坏弊"的担忧，姚鼐十分强调文学的社会功用，他不仅赞赏写"愁苦之言"，并且认为："夫古人之文，岂第文焉而已，明道义，维风俗，以昭世者，君子之志，而辞足以尽其志者，君子之文也。"（《复汪进士辉祖书》）又推崇曹、陶、李、杜、韩、苏、黄这些著名诗人的"忠义之气，高亮之节，道德之养，经济天下之才"（《荷塘诗集序》）。而且左祖新兴的公羊学，对学生孔广森所著《春秋公羊通义》一书持肯定态度，赞扬说："博洽可取之论多矣，岂可不谓之豪俊哉！"（《与陈硕士》）而他对袁枚性灵派的批评，也首先着眼于社会功用的角度，反对颓靡之风。他的《挽袁简斋四首》最后二句云："烟花六代销沉后，又到随园感旧时。"六朝的历史经验，使姚鼐在秦淮河畔颓靡的世风里，隐约地看到了清王朝行将没落的趋势。为了挽救颓运，而要求文学具有社会的政教功用，这是完全可以理解的。尽管自古以来，从未有过依靠文学解民倒悬、力挽国运的成功先例。

其次，《今体诗钞》还有一个比较突出的特点，就是较多入选了宋诗，并且认为黄庭坚诗："其兀傲磊落之气足与古今作俗诗者，澡濯胸胃，导启性灵。"（《五七言今体诗钞序目》）把黄庭坚诗作为针砭俗诗的良药，所以姚鼐还专门选了《山谷诗钞》。黄长森说："自先生同时有倡为性灵之说者，取其流美轻佻、易悦庸耳俗目，贵郎走卒群起谈诗，自以为附庸风雅……山谷质厚为本，实足为学者涤濯肺肠，回易面目。"（《山谷诗钞序》）黄氏看清了姚鼐的矛头所指就是袁枚为代表的性灵派。而同时也显示了与沈德潜为代表的格调派的重要区别。在姚鼐之前，对黄庭坚诗的提倡虽然已有先声，但都没有发生实质性的影响。王士禛中年虽拜涪翁，后来却又重倡唐音，作了自我否定。浙派诗人中不乏学黄庭坚者，但社会影响不大。桐城派诗人中姚范特别欣赏黄庭坚，曾说："涪翁以惊创为奇，其神兀傲，其气崛奇，玄思瑰句，排斥冥筌，自得意表，玩诵之久，有一切厨馔腥蝼而不可食之意。"（《援鹑堂笔记》卷四十）又批评沈德潜"以帖括之余，研究风雅……依傍渔洋而于有明诸公及本朝竹垞之流绪言余论，皆上下采获。然徒资探讨，殊鲜契悟。结习未忘，妄切大乘"（《援鹑堂笔记》卷四十四》）。至姚鼐又推广姚范之说，针对性灵派的俚俗浮滑、轻薄浪荡，姚鼐力返雅正。但为避免扑火扬波，复入格调派之窠臼，姚鼐又提倡宋诗。而黄庭坚的创作精神和艺术风格既可药性灵派之淫哇痼疾，又可以药格调派之肤浅呆笨，可谓是一箭双雕，所以姚鼐一眼选定，"极力推重"（施山《望云楼诗话》）。然而学习山谷诗也往往易流于槎牙、枯瘠，因此姚鼐与姚范一样，在提倡拗硬的黄庭坚诗的时候，还要求取法"绮密瑰妍"的李商隐。其实黄庭坚本人也不废西昆体，其诗曰："元之如砥柱，大年若霜鹗。王杨立本朝，与世作郛郭。"（《次韵杨明叔见饯十首》）且曾取法于李商隐。姚鼐集中学李商隐的诗歌不少，最明显的有《拟西昆体四首》《秦宫辞》《咏白杜鹃花》等。但是无论是学山谷，还是学义山，若只强调人工则往往易生晦涩、雕琢之弊，故姚鼐又非常注意用自然天成来调剂人工。他一方面声称："欲作古贤辞，先弃凡俗语。"（《与张荷塘论诗》）一方面又自称："文字无功谢琢雕。"《次韵答李啬生二首》两者初看似有矛盾，其实却是可以统一的。唯有极人工之精方能至造化之域，唯有至自然之境方能极生造之功。所以姚鼐还兼取李白、苏轼的"洒脱自在""自然高妙"之长来调适黄庭坚、李商隐。沈曾植说姚鼐"经纬唐宋，调适苏杜，正法眼藏"（《惜抱轩诗集跋二篇》）。也正是看到了姚鼐欲以人工研炼造自然化境的精神。姚鼐选黄庭坚《落星寺》诗，不选一、二首，而选其三，就暗示了他的趣向所在。

针对学宋诗派，如以厉鹗为代表的浙派，襞积冷僻小典故，喜用别名、替代辞，诗境不够宏大的流弊，姚鼐又不废唐诗，不专以宋诗为标榜。当然厉鹗七律如《悼亡姬》《秦淮怀古》《夏至前一日同少穆耕民泛湖》等已初露性灵派诗的端倪。这几方面的原因，使姚鼐批性灵派而兼及厉鹗为代表的浙派。

总之，姚鼐所向往的雅正，在艺术方面就是兼采唐宋之精华，而去其偏锋。而在创作精神方面，姚鼐基于"雅正"，而重视学古，所以反对将明七子一笔抹杀。但姚鼐的"雅正"，并不囿于"第一义"，而且也并不赞成学古守正而不知变。他曾说："夫文章之事欲能开新境，专于正者其境易穷，而佳处易为古人所掩。近人不知诗有正体，但读后人集，体格卑，卑务求新，而入纤俗，斯固可憎厌。而守正不知变者，则亦不免于隘也。"（《惜抱轩尺牍·与石甫侄孙》）可见姚鼐提倡雅正，主要针对割裂传统的俗变而发，并不是反对新变，而是要求在吸收传统菁华的基础上开创新境。所以他最终把"自出胸臆，而远追古人不可到之境于空濛旷邈之区，会古人不易识之情于幽邃杳曲之路"，看作是"诗家第一种怀抱"（《答苏园公书》）。鉴于过去诗学论争的得失利弊，姚鼐力求圆通，所以，姚鼐诗学的个性倾向并不十分鲜明，而就其对后代诗学的影响来看，则侧重于对宋诗，尤其是对黄庭坚的提倡方面。

在姚鼐同时，以学人身份对袁枚的"性灵说"提出批评的是翁方纲。

郭绍虞先生说："翁氏论诗,所不满者即是随园一派的性灵之说。"(《肌理说》)翁方纲是宋诗的大力提倡者,而在《石洲诗话》中却对袁枚最爱好的杨万里大加抨击,他说:"石湖、诚斋皆非高格……其实石湖虽只平浅,尚有近雅之处,不过体不高、神不远耳。若诚斋以轻僄佻巧之音,作剑拔弩张之态,阅至十首以外,辄令人厌不欲观,此真诗家之魔障……孟子所谓'放淫息邪',少陵所谓'别裁伪体',其指斯乎!"而袁枚正以似诚斋而自喜,翁方纲却直捣黄龙,将袁枚崇拜之偶像一拳槌碎,可谓辣手。但翁方纲与袁枚的根本分歧还在于对待学问的态度上。袁枚论诗原也不废学问,《随园诗话》《续诗品》等主要的诗学著作都强调过学问。为袁枚辩护者,也说袁枚"未尝教人不读书",并以亲眼所见为证:"余见其插架之书,无不丹黄一过,《文选》《唐文粹》尤所服习,朱墨圈无虑数十遍。"(郭麐《灵芬馆诗话》卷八)但袁枚的学问毕竟不深,这一点就连后来挺身而出为袁枚说公道话的蒋子潇也承认:"所惜根柢浅薄,不求甚解处多,所读经史,但以供诗文之料,而不肯求通,是为袁之所短。"(《游艺录》卷下)本来对于一个诗人来说,实在也无需以学富五车相求,但袁枚在创作上所开风气,却似乎可以不要学问。袁枚重"灵性""灵机",有时不免强调过头,而且自己所作往往率意,似乎脱口便可成诗,于是为后学大开方便之门。钱咏说:"太史专取性灵……自太史《随园诗话》出,诗人日渐日多。"(《履园丛话》卷八)这就是袁枚"性灵说"的实际影响。而翁方纲标出"肌理"二字,讲"正本探源之法",却是要扎扎实实地讲学问,要从学问中孕育出诗意来。他认为:"宋人精诣全在刻抉入里,而皆从各自读书学古中来。"由于学问深厚,所以诗也"细密"(《石洲诗话》卷四)。甚至认为"考订诂训之事与词章之事未可判为二途"(《蛾术集序》)。另一方面着眼于艺术形式,又强调"穷形尽变"之法,由学古而能"会粹百家句律之长,究极历代体制之变"(《石洲诗话》卷四引刘克庄语)。"大而始终条理,细而一字之虚实单双,一音之低昂尺黍,其前后接笋,乘承转换,开合正变"(《诗法论》),都一一细加探求，然后得以尽己之变，自成一家。如果说袁枚侧重于对眼前生活的感悟，那么，翁方纲则侧重于对历史传统的感悟。凭借对历史（包括社会、政治、文化等各个方面）的深入了解和认识，生发出细密的诗意，又以对艺术传统的深刻理解为基础，作细致的创造性表现，这样就能创作出"肌理细腻骨肉匀"的诗歌来。但是由于翁方纲忽视了"灵性"和"灵机"，所以他创作的诗歌往往缺乏诗的情趣和生气，更有甚者则成为装死学问的口袋，例如翁方纲的许多以金石考订为题材的诗歌就属于这一类，结果反被袁枚讥为"误把抄书当作诗"（《仿元遗山论诗》）。

稍后又有宋大樽以"学古"相标榜，并以"学古"名集，以见其心诚志坚。宋大樽的学古对象与姚鼐、翁方纲不同，与沈德潜也有区别，而侧重于三百篇、汉魏。又强调诗歌的社会功用，重视人品。所以他认为"漱六艺之芳润，非本也，约六经之旨，乃本也"，"若不本之六经，虽复'熟精《文选》理'，有是非颇谬者矣"（《茗香诗论》）。当年刘勰为矫浮靡的文风，要求明道宗经，但未忽视形式，况且，刘勰所论之"文"也不仅仅是今天所说的文学作品。宋大樽论诗，而欲本于六经，固然有正性情、救颓靡之风的现实针对性，但离诗道却远。当然，就宋大樽本人的意图而言，他是要提倡一种质朴诚挚的诗风。因此，就诗歌的境界而言，他力贬艳情，在他看来"曲写闺怨，如水益深，如火益热，非教也……千古英雄失足，岂不以此哉"。又说："好色而淫，则发乎情者不止乎礼义。不止乎礼义，则无廉耻。无廉耻，安得有气节？以流极之运，加以登高之呼，'城中好高髻，四方长一尺'矣。盖声音发于男女者易感；风化流于朝廷者莫大也。特是田野之夫，犹思有清白行；洋洋搢绅，岂独为邦乡所宗，后儒晚学，咸取则焉。纵不克止沸，亦何至厝火于积薪！诵其诗不知其人，斤斤焉仅斥其诗格卑靡，定为下品之第。"（《茗香诗论》）矛头所指，显然就是袁枚，而且不仅贬其诗格，更斥其人品，所以要本六经，张礼教。由此出发，他推重朴淡诚挚的风格。"前人谓孔氏之门如有诗，则公干升堂，思王入室，景阳、潘、陆，自可坐于廊庑之间。噫！是何言也？以汉之乐府古歌辞升堂，《十九首》入室，廊庑之间坐陶、杜，庶几得之。"而"齐、梁、陈、隋之格之降而愈下也"（同上），由此可见其宗趣所在。

但是，由于宋大樽忽视了诗歌形式"踵事增华"的一面，所以他重古体，而轻近体，重四、五言，而轻七言，所谓"近体有止境，古体无止境"（同上）。虽然他也认为："三百后有《补亡》;《离骚》后有《广骚》《反骚》；苏李赠答、《古诗十九首》、乐府后有杂拟。非复古也，剿说雷同也。三百后有《离骚》，《离骚》后有苏李赠答《古诗十九首》；苏李赠答、《古诗十九首》外有乐府，后有'建安体'，有嗣宗《咏怀诗》，有陶诗，陶诗后有李、杜。乃复古也，拟议以成其变化也。"（同上）似乎也看到了新变，却不能从诗歌艺术形式不断发展的观点出发，提出建设性意见。与其诗学主张相符，他的诗歌创作拟古处也正不少。

乾隆三家中的蒋士铨，虽然与袁枚、赵翼齐名，诗学趋向却并不相同。尚镕说："近日论诗竞推袁、蒋、赵三家，然此论虽发自袁、赵，而蒋终不以为然也。试观《忠雅堂集》中，于袁犹貌为推许，赵则仅两见，论诗亦未数及矣。"（《三家诗话》）蒋之所以不愿引袁、赵为同道，归根结柢在于蒋持论与袁、赵不同。蒋士铨重视学古，又本于忠孝节义。于宋人，蒋士铨学苏、黄，于唐人，学杜、韩、李商隐（参见蒋士铨《学诗记》），而袁枚则爱好白居易、杨万里。创作风格也大不相同，蒋诗虽然有"粗露之病"，却劲健雄直，无浮滑轻儇之态。故于袁赵两家深恶痛绝的朱庭珍却对蒋士铨另眼相看，誉其诗："才力沉雄生辣，意境亦厚，是学昌黎、山谷而上摩工部之垒，故能自开生面，卓然成家。"（《筱园诗话》卷二）与其评袁枚、赵翼相比，几有天壤之别。所以不能把蒋士铨看作是性灵派的巨帅，相反却应把他视为阴与性灵派为敌的虎将。

其时，不为性灵派诗风所劫者，在江苏还有黄景仁，在岭南则有黎简、宋湘。黄景仁是乾嘉时期难得的哀愁诗人，一生穷困潦倒，郁郁不得志。翁方纲评黄仲则说："天性高旷，而其读书心眼，穿穴古人，一归于正定不佻，故其为诗，能诣前人所未造之地，凌厉奇矫，不主故常。"(《悔存诗钞序》)这番评论虽然不免有强以己意解人之嫌，但所谓"正定不佻""不主故常"却未尝不能体现黄景仁的创作精神。黄诗以抒情为主，但挚而不佻，故虽情采洋溢，却无轻靡之病。且黄诗取径较宽，在唐代主要学李白、韩愈、李商隐三家，在宋代也兼取黄庭坚，但黄仲则却非呆手笨脚的拟古之徒，学古而"公然有离立之势"（黄景仁《诗评》）。神思超逸奇崛处，本于李白、韩愈；情采低回婉转处，又得之于李商隐；而矫健深刻处，又巧取于黄庭坚。但又不同于李白、韩愈、李商隐、黄庭坚。其诗如"盘回舞势学胡旋，似张虎威实媚人"(《圈虎行》)、"才见银山动地来，已将赤岸浮天外"(《观潮行》)、"鹅毛一白尚天际，倾耳已是风霆声……一折平添百丈飞，浩浩长空舞晴雪"(《后观潮行》)、"全家都在风声里，九月衣裳未剪裁"(《都门秋思四首》)、"茫茫来日愁如海，寄语羲和快着鞭"(《绮怀》)、"风蓬飘尽悲歌气，泥絮沾来薄幸名。十有九人堪白眼，百无一用是书生"(《杂感》)、"此行不是长安客，莫向浮云直北看"(《幼女》)、"当窗试与燃高烛，要看鱼龙唼影来"(《山馆夜作》)、"惨惨柴门风雪夜，此时有子不如无"(《别老母》)、"千家笑语漏迟迟，忧思潜从物外知。悄立市桥人不识，一星如月看多时"(《癸巳除夕偶成二首》)、"最忆濒行尚回首，此心如水只东流"(《感旧杂诗》)、"急雪溪山同寂寞，孤舟天地入清贫"(《题施锡蕃雪帆图四叠前韵》)等，都情深意切，流转自如。

而岭南黎简的诗风则与黄景仁迥然不同，以镂刻奇警为主。黎简论诗也主张独创，自称"简也于为诗，刻意轧新响"(《答同学问仆诗》)。但他并不反对学古，曾说："作诗须从难处落手，不嫌酷肖……见今人朝学古人，暮欲立一格，动畏优孟之讥，必致漠落无成，入于野体而已。"(《黎二樵批点黄陶庵评本李长吉集》)他的完整看法是："始则傍门户，终自竖楗戟。"(《与升父论诗》)既能"重理律"，又能"空篱藩"(《过周肃斋赠二子》)，所以黎诗虽然能"刻意轧新响"，而终不失于"雅"。对于古人，黎简着重于师法杜、韩、李贺、黄庭坚。张维屏认为："其诗由山谷入杜，而取炼于大谢，取劲于昌黎，取幽于长吉，取艳于玉溪，取瘦于东野，取僻于阆仙，锤焉凿焉，雕焉琢焉，于是成其为二樵之诗。"（《国朝诗人征略》卷四十六）所评略嫌琐碎。其诗如："惨淡石见血，无乃蛟龙怒"（《鼓涌滩》）、"千百石罿迸，汇此一帘水。清寒先迎人，去此尚一里"（《水帘洞》）、"海晓云压水，上有山压云。晨飔转欹帆，万岭悬空奔"（《浴日亭》）、"正昼牛马汗，裂地入日痕"（《秋热坐困王竹坪来话别北行》）、"飞泉裹天来，白虹结长缑。曳之入深黑，乃帖耳引颈"（《题鼎湖龙湫》）、"鹅潭烟平月如梦，云车轧波玉颜冻"（《金花庙仿李长吉》）、"刀色抱人不见人，人乃声出刀中央"（《刀歌》）、"不知一夜云化水，洗出东南半天碧"（《予尝作罗浮观日图赠周道士今日忽欲复作此图寄何征士勤良为先作诗寄之》）、"湖上秋光阔无着，约束结成明月团"（《江上行》）、"万物不动日影直，直如火弩射透石"（《苦热行》）、"高峰双壁路，一线裹悬空。马歇嘶云表，人来出石中"（《高峰隘》）、"水影动深树，山光窥短墙。秋村黄叶瓦，一半入斜阳"（《小园》）、"掩书开镜入中年，白日黄河急鬓边"（《开镜》）等，皆刻意出奇，真可谓是"无一语堕恒蹊"（钱仲联《梦苕庵诗话》）。在艺术手法上，特别善用沉劲有力的动词，善以夸张喻拟手法强调主观感受。突出主观心灵对客观对象的改造和变形。

宋湘的创作又与黎简迥异。宋湘论诗主性情。曾说："三百诗人岂有师，都成绝唱沁心脾。今人不讲源头水，只问支流派是谁。"（《说诗八首》）以性情为源头，所以不必以我就古，完全可以自创新貌。"唐翻晋案颜家帖，几首唐诗守六经？"（《与人论东坡诗二首》）前贤的优秀作品都并不以拟古为能，一切取决于诗人的本源。"学韩学杜学髯苏，自是排场与众殊。若使自家无曲子，等闲铙鼓与笙竽"（《说诗八首》）。而宋湘对自己的评论也是："我诗我自作，自读还赏之。赏其写我心，非我毛与皮。"（《湖居后十首》）可见宋湘的诗学主张与袁枚、赵翼并无多大区别。但是创作风格却雅俗分明。宋诗如"岁月去如电，磨牛迹陈陈……一鸟从东来，啄啄庭树皱。侧睇似相识，似笑湖居民。去年湖居民，今年湖居民……当其结撰时，古今及天下。书成取自读，不如无书也……请君行看湖，尘埃与野马……名虽我不知，相过无已时……各住一角山，同抱一湖水。难得山水间，往来一艇子"（《湖居后十首》）、"我今买花一万朵，置之庭中照如火。但得花开红近人，不许鸟啼悲到我"（《杜鹃花盛开堆满庭院作歌》）、"奇情运势与天游，屈曲盘挐出复收。已见道旁嫌露爪，争教檐下不低头"（《赠龙爪柏》）、"青苗收薬易，黄土葬人难……道踣无人哭，春犁有梦操"（《河南道中书事感怀五首》）、"此辈吾何爱，苍生骨欲鸣"（《惠州感事四首》）等，语言都极其质朴平易，而立意深刻，透进数层，耐人寻味。笔性又诚厚真挚，故无轻儇油滑之态。宋湘的七言近体，还能运古于律，健举超拔。其诗如"客自长江入洞庭，长江回首已冥冥。湖中之水大何许，湖上君山终古青"（《入洞庭》）、"我与青山是旧游，青山能识旧人不。一般九月秋红叶，两个三年客白头……无心出岫凭谁语，僧自撞钟风满楼"（《贵州飞云洞题壁》）、"马蹄今日踏滇山，山在乾坤何处边？"（《滇南胜境题壁》）等，复辞运用都极自然，不落痕迹，而立意深远，气格超逸，又非寻常诗笔所出。在这些方面，宋湘成功地吸取了陶渊明、李白、韩愈、苏轼、黄庭坚、钱载等人的艺术精华，为乾嘉诗坛开出了新的局面。宋湘自评其诗："哀乐无端，飞行绝迹。"（参见李元度《国朝先正事略》卷四十四）陈柱称其诗："浸淫百家，兼取众长，不守成法，不守故常，故能卓然有所树立之也。"（《嘉应诗人宋芷湾》）

而其时受袁枚影响，与性灵派后辈著名诗人孙原湘齐名，被法式善称为"三君"的舒位和王昙，诗风也有所变化。

舒位"喜观仙佛怪诞九流稗官之书。能度曲，所作乐府、院本，老伶皆可按歌，不烦点窜"（徐世昌《晚晴簃诗汇》卷一百六）。所为诗，神思开展，乘空凌云，取道韩愈、卢仝、马异、李贺奇恣一脉，诗情"郁怒横逸"（龚自珍《己亥杂诗》自注）。宋大樽则称其诗："有时横笛竹俱裂，非醒非醉非欢娱。"（《酬铁云》）其诗如"烈火虽燎原，不能焚远愁"（《杂讽五首呈唐薏翁先生》）、"被兮被兮可奈何，世间破被有许多，安得尽遣朱八作画唐六歌"（《破被篇》）、"何此虫声清且幽，如是世间了无别。十年枉自注虫鱼，反复寻维愧格物……传去三生玉女言，记来四句金刚偈。初听彼此似相呼，再听往还似相诘……忽然远唱一声鸡，四角悄然若乐阕。忆得此时青粉墙，霜花一寸开如雪"（《卧闻蟋蟀偶成》）、"仙人夜半持山飞，骑云东海闻潮鸡。云轻山重天门黑，落水无声化为石……当年何处忽携来？此日何竟不携去？又如到此鸡不鸣石不堕，公意欲将此物置何处？且何所用作孤注？"（《张公石》）、"一峰穿一云，一云盘一松，千松万松撑虬龙，翠涛黄雪交天风。风萧萧，树重重，南朝四百八十寺，寺寺夕阳僧打钟……踏遍来时路，已被下界十万炊烟封"（《登摄山绝顶》）等，皆思绪深远，诗人冥游于恍惚变幻的世界之中，寻觅着解释生活的答案。

王昙尤是一个怪僻而近于颠狂的诗人，能作掌心雷，并因此而获不白之冤，从此益放纵，"每会谈，大声叫呼，如百千鬼神，奇禽怪兽，挟风雨、水火、雷电而下上"（龚自珍《王仲瞿墓表铭》）。其诗亦放诞不驯，恣肆纵横，时时倾发出一种郁勃激愤的情怀，其诗如"儿莫学阿爷，知书娘道好，至今饿死无人保……秦王烧书黑如炭，豫让吞之不当饭。鱼盐作相盗作将，天下功名在屠贩。儿不闻仓颉作字鬼神哭，从此文人食无粟。又不闻轩辕黄帝不用一字丁，风后力牧为公卿"（《善才生二十五月矣计识得二百五十余字示以诗云》）、"君藏君显世不测，神物肯与凡人奴？天公命汝龙蛇蛰，太白昏荒夜星落。鹓鹏恶鸟避空山，风雨一声鬼神作……不如兀兀坐岩阿，月帽风裙好千古"（《独秀峰歌》）、"雨声不住人耳聋，抬头不见天上龙。一蛟盘天受天语，鱼鳖蛙鳅半空舞"（《对雨》）、"南斗输一只，五湖如旋飙；北斗输一只，三王四帝争滁濠。秦王汉武局中一只劫，昆明赤土三层焦……风姨娘子貌如春花一十八，手弄风轮绲，口宣玉皇旨，脚踏南山腰。三呼复三吸，百人舆一瓢。三百六十子，连瓜带蒂抹入南塘坳。南斗罢去北斗走，有如鸦翻雀乱归云霄"（《棋盘山为大风所倒》）等，"极波谲云诡"之奇观（钱仲联《三百年来浙江的古典诗歌》），往往带有浓郁的神话传奇色彩，称得上是诗中的《西游记》《封神榜》。

舒、王的诗作，由于情调郁勃激愤，虽然时时不拘格法，却少轻薄之病。比较而言舒诗才俊气逸，构思奇妙，然尚未洗尽性灵滑态；王诗纵恣狂诞，但颇乏剪裁，不免疏犷。故舒王之作尚不足以称为雅音。至于陈文述，则近承袁枚艳情之声，而远取钱谦益、吴伟业之藻采，愈加发扬，"浓丽繁缛，如绵绣屏开，炫人心目，然千篇一律，可以移东补西"（陈来泰《寿松堂诗话》卷一）。其病在"丰词少骨，繁采寡情"（金天羽《答樊山老人论诗书》），以涂泽为工，"外集所编，仅香奁一体，就有二十卷之多"（钱仲联《三百年来浙江的古典诗歌》）。诗风至此，愈趋卑靡。

而与陈文述相反，陈沆继宋大樽后，再倡汉魏之音，著《诗比兴笺》，申比兴之义，扬清淡之风。魏源评其诗云："空山无人，沉思独往。木叶尽脱，石气自青。羚羊挂角，无迹可求。成连东海，刺舟而去。"（《跋陈沆简学斋诗五》）陈诗语言朴淡，诗境浑然，难以句摘，无争奇斗胜之心，而平淡之中却有清神远韵。同是取法汉魏，造诣却深于宋大樽。

与陈沆志趣基本一致，而取法较宽的还有潘德舆。潘氏著有《养一斋诗话》，矛头所向首先是袁枚，同时也不满于翁方纲偏取宋人。针对袁枚"六义颓然付狭邪"（潘德舆《夏日尘定轩中取近人诗集纵观之戏为绝句》）有"佻纤之失"（《养一斋诗话》卷一），潘德舆重扬孔门诗教，在这方面他与宋大樽是一致的。同时他认为，性灵诗风所以风靡，乃是作者有"悦人之心"，"凡悦人者，未有不欺人者也。末世诗人，求悦人而不耻，每欺人而不顾"（同上卷三）。故若要不为时风所动，就必须"为己而作"，这个观点与叶燮也是一致的。而人品与诗品通，欲得诗品之高，须有人品之高。所以他强调"思无邪"，植人本根，而不同意王世贞"孔雀虽有毒，不能掩文章"（《袁江流铃山冈当庐江小吏行》）的观点。不仅贬低严嵩之诗，甚至连陈子昂、王安石也不放过，这就把人品看得过于简单，甚至强以自己的政治好恶丑诋陈、王，势必不能服天下之心。在潘德舆看来当今诗风恶在"阿谀诽谤，戏谑淫荡，夸诈邪诞"（同上卷一），所以当以"质实"两字药之。在他看来："若人人之诗以质实为的，则人心治而人事亦渐可治矣。诗所以厚风俗者此也……质则不悦人，实则不欺人，以此二字衡之，而天下诗集之可焚者亦众矣。"（同上卷三）以"质实"两字为金丹大药，自然可以克纤佻卑靡之失。若仅以"不悦人，不欺人"来限定"质实"两字，倒也不失为一个普遍的准则。但潘德舆的"质实"两字，又是指质朴纪实的风格，"吾取虞道园之诗者，以其质也；取顾亭林之诗者，以其实也"（同上）。而"质实"的最高境界是"以性情时事为诗"的汉魏诗歌，而非"以语录议论为诗"的南宋道学诗歌，"分辨不精，概以质实为病，则浅者尚词采，高者讲风神，皆诗道之外心，有识者之所笑也"（同上）。然而，诗毕竟不是历史，诗道广阔，风格多样，若概之以质实，强纳天下诗人于一格，断然谓舍此而无出路，必然单调乏味，由熟趋腐，诗道从此又将大弊。幸好，乾嘉以后，诸说纷呈，非一家而能独霸天下。故潘氏"质实"之说也未必能使天下诗风趋于极端。同时，潘德舆虽然推重质实的风格，但对诗学源流、递变，也具有相当的洞悉力。所以他并不绝然排斥宋人，相反他也承认"苏黄之诗，标新领异，旁见侧出，原令人目眩心摇"，且"矫七子学唐太似之病，必然师法苏黄"（同上卷一）。但是，苏黄虽不可废，而轻重有别，"学者大纲，自宜宗唐"（同上卷四）。这就是潘德舆与翁方纲的分歧所在。桐城派姚鼐倡"熔铸唐宋"之说，在理论上虽以唐为主，但实际上，却以黄庭坚为当务之急用。而潘德舆虽兼取于宋，而实际所法却在汉魏以来质朴一路。清人往往好为圆通折中之说，故须透进一层，删其枝叶，而见其实质。否则，作面面观，那么清人五官皆具，同一人样，就很难分辨。当然，无论是姚鼐、翁方纲，还是宋大樽、陈沆、潘德舆，他们在理论上总的精神，都是针对袁枚为代表的性灵派的流弊，而要求以正祛邪，以雅救俗，但各家都有自己的药方。

总之，清初以来的诗歌运动，发轫于钱谦益，又经王士禛、沈德潜的曲折迂回，而激起性灵派的全面发动，结果矫枉过正，又引起乾嘉诸家的全面修正，从而为道咸以后的诗歌开出了种种门径，提供了最直接的前提。

第三章

传统内的反叛与艺术遗传中的局部变异
——道咸时期的诸乐竞奏

第一节　道咸诗坛概况

乾嘉诸家对袁枚性灵派的反拨，可以看作是道咸时期诗风转折的前奏。从作家生活的现实环境来看，乾嘉时期也正是清王朝濒临崩溃的前夜。纵观中国几千年的封建历史，任何一个王朝都无法挣脱"动乱——安定——繁荣——腐化——衰败——动乱"这样一个不幸的循环。历代王朝的兴衰更迭，实际上就是一个又一个这种不幸循环的连续。

清王朝经过康熙时期的休养生息，又出现了安定繁荣的局面，尤其值得肯定的是城市和工商经济又再度活跃和发达起来。与之相适应，也出现了新的思想文化观念，其重要标志就是具有反传统倾向的"人欲解放"和重视工商的观念有了相当的势力。这自然是一种进步现象。然而与此同时，这种社会环境也为统治集团准备了腐化的温床。长期的安定，使统治者逐渐消磨了开国时期的危机意识和以天下为己任的精神力量，固有的腐朽享乐主义人生观又重新泛滥。乾嘉时代贪污成风，挥霍成癖。虽然乾隆和嘉庆皇帝对官吏有比较严密的考察监督，贪官污吏一经发现，虽位至督抚也严惩不贷。嘉庆上台后，即下决心惩处了权势显赫无比的大贪污犯军机大臣、文华殿大学士、一等公和珅，抄没赃款达十亿两以上。但是杀几个贪官污吏的人头，并无法消除整个统治集团的腐败，鲜血淋漓的屠刀也难以威慑恶性膨胀的贪欲。封建政治制度本身缺乏消除腐化的有效机制，这是历代王朝必然走向衰亡的内在原因。高度集权的金字塔式的一元化政治制度，把皇帝耸立在没有约束的巅峰。表面上看，他似乎掌握着硕大无比的权力，操纵着文武百官的命运。然而，当他的权力往下逐级传递的时候，即形成了向下的逐级层层控制的统治网络，这种逐级层层控制的权力统治，最后在利益原则的作用之下，必然会转化为向上的逐级层层的蒙骗。在虚伪的阴云笼盖之下，最高统治者事实上就成了安徒生童话里那个穿上"一丝不挂"之"新装"的国王。于是当腐化开始的时候，即使是清醒的帝王，也无法彻底清查所有的腐败现象。而腐化一经发生，便会像瘟疫一样迅速滋蔓开去，最高统治者不可能挖去将其耸立起来的每一块统治基石，所以只能眼睁睁地看着整个统治机体腐烂下去。对于这样一种可悲的趋势，清醒的统治者不会不知道，但是，统治权力的私欲比理性更顽强。为了维持专制统治，帝王总是希望通过臣民的"光明正大""忠心不二"的道德自律，以及自己"洞察奸佞"的天才明鉴来消除蒙骗的阴云。然而，古往今来究竟有几根犯颜直谏的铮铮铁骨？几个灭绝私欲、赤胆忠心的灵魂？又有几双能洞察一切的慧眼呢？在至高无上的权力悬剑之下，即便是冒死直谏的忠臣，他们的谏章又有几份敢于伤害帝王的自尊心和藐视他的尊严呢？于是像哄骗婴孩吃药似的，忠心耿耿的奴才们便变着花样小心翼翼，战战兢兢地绕着几道弯子进行所谓讽喻，因此，连最大胆的忠谏也都有几份虚伪。在总体上，理性的纲常和道德总是无法战胜最顽强的个人私欲，而在权力之利剑和个人私欲之"内功"夹击之下，"光明正大"也总是落荒而走。这就是专制体制无可避免的悲剧。这种悲剧最后总是以整个统治集团的全面彻底的腐败，以致造成社会的大动乱和城市工商经济、农业经济的大破坏作为唯一结局。与此同时，新的经济因素和思想文化观念也常常会遭到粉碎性的打击，这里充分体现了专制体制与新的工商经济之间不可调和的尖锐冲突。

乾嘉时代，随着腐化瘟疫般地扩散，社会的各种矛盾趋于激化，也刺激着生活于其中的诗人们的心灵，危苦之音已经起于青蘋之末。生活在社会基层的敏感诗人，最先用诗歌唱出了心中的哀愤。他们抨击官场的混浊黑暗、世风的衰敝、人情的淡薄，揭露贪官污吏的巧取豪夺，慨叹黎民百姓的饥寒困顿，抒发个人生活坎坷和怀才不遇的悲愤。从黄景仁、宋湘、黎简到舒位、王昙，我们可以程度不同地听到这种不得已而发的危苦之音。甚至如赵翼这个人生道路尚属平稳的人物，也对清王朝的世运深感失望。他曾在《读史》中写道：

> 历历兴衰史册陈，古方今病辙相循。
> 时当暇豫谁忧国，事到艰难已乏人。
> 九仞山才倾篑土，一杯水岂救车薪。
> 书生把卷偏多感，剪烛傍徨到向晨。

这首作于嘉庆五年（1800）的诗篇，似乎已在白莲教的剑光中预感到清王朝的末日即将来临。在这样的社会背景下，性灵派轻儇的调子已经逐渐无法继续歌唱下去了。对于那些有志于济世的诗人来说，则不仅要抒发危苦之音（当然程度各有不同），而且还要从正面去匡救时弊。即使像姚鼐这样一个温柔敦厚的人，他的敏锐目光也时时能穿透时政世运的深处，揭露社会内在的巨大危机。姚鼐以后，宋大樽、潘德舆也着眼于社会伦理的角度去批判袁枚的性灵诗，企图用传统的伦理道德观念去阻止人欲横流，希望通过道德自律来挽救清王朝腐败的颓运，其结果当然是无济于事的。但他们的出发点是从正面匡救时世，是社会责任心对他们的召唤。只是他们所采用的思想武器却是保守落后的，在本质上只能阻碍社会的进步，所以他们只能成为封建大悲剧中的殉葬者。

当清王朝由盛转衰、腐化加剧、危机四伏的时候，西方新兴的资本主义国家却正在突飞猛进地日趋强盛。他们朝气流溢，野心勃勃，终于毫不犹豫地将舰队开进了古老中国的海湾。一个是气息奄奄，一个是如日方升，战争的结果是不言而喻的。从此中国的社会矛盾变得更加复杂。为了拯救清王朝，这个社会的诗人们越来越明确强烈地要求文学经世致用，干预时政，于是文学的政教功利意识又空前地强大起来。人们不想再把文学作为娱乐陶冶的对象，而指望它能成为挽救国运的利剑。而各种社会矛盾对诗人心灵的刺激，也使诗人们不能不放弃悠然自得地浅唱低吟的情趣，而去呻吟、去哭泣、去嘲讽、去诅咒、去揭露、去抨击、去控诉、去呐喊！无论是龚自珍、魏源，还是张维屏、姚燮，或者是桐城派、宋诗派，都程度不同地强调了文学的社会功用，并用他们的诗歌表达了对这个社会矛盾空前尖锐复杂的时世的感悟，"为变风变雅之后，益复变本加厉"（陈衍《小草堂诗集序》）。于是道咸时期的诗歌在情感内容方面，进一步转变了乾隆盛世性灵派的诗风，将乾嘉时期出现的危苦之音越唱越响亮，越唱越深沉。

而在艺术形式方面，中国诗歌内在的"踵事增华"与"返璞归真"的矛盾运动也有了新的展开。

为了淋漓尽致地、痛快地抒发心声，有一些诗人具有藐视艺术成规，冲破传统束缚的倾向，他们不计较局部艺术形式是否工稳，只求鲜明地将个性坦露于世。在诗歌发展史上，他们体现了消除异化，回归自然，"返璞归真"的趋向。龚自珍就是其中最醒目的一个。他对于历史传统没有明确的取舍，不名一家，但并不趋于俚俗浮滑，这是他与明末公安派和乾隆性灵派之间迥异之处。他在创作中比较自然地发挥了文字学方面的学识，他的诗在语词运用方面没有走上通俗化的道路，而具有明显的文人化、学者化色彩。另一位诗人金和则较多地继承了性灵派的艺术特色，并较多地吸取了笔记小说的艺术营养，在通俗化的道路上作了有益的探索，并取得了许多值得肯定的成果。但是不管是龚自珍，还是金和，他们都是喝着传统文化的乳汁成长起来的，深受传统文学的熏染，而现实条件又没有提供彻底摆脱传统束缚的可能性，因此他们的诗歌仍然保持着传统诗歌的本质特点，他们并没有跳出古典的模式，就像孙大圣跳不出如来佛的手掌一样，他们被传统文化的引力场强有力地限制住了。

　　另外还有一批诗人，如姚燮、魏源、张维屏、张际亮、贝青乔等，他们虽然也具有直抒性情、"返璞归真"的愿望，但不像龚自珍、金和他们那样勇敢、彻底。他们鉴于性灵派的流弊，不愿在艺术上流于荒率，希望保持高雅的风格，这就把他们引向汉古唐律的"高格"。然而明七子和沈德潜格调派的流弊，他们同样也想避免，因此，他们对于传统的学习范围就不像明七子和沈德潜那样狭窄、单一，而比较广泛。他们并不排斥宋诗，当然重点仍在汉唐。这批诗人，在理论和创作意识上，最具有调和折中的色彩。而在创作实践上，因各人创造才能的高低，其成就也有较大的差距。有的偏于独创的一端，有的偏于拟古的一端，这就需要具体而论。当然，由于他们在创作意识上，不是刻意与传统"高格"立异，所以，传统的影响相对来说就更深、更明显。

　　以上三种倾向有一个共同的特点，就是既不明确打出自己学古的旗号，也并无建立流派的野心。这批诗人在创作实践上体现了消除异化的两种意向。关于这两种意向，我们在第一章已作了分析，这里不再复述。

　　与上述这批诗人不同，为了在艺术形式上能在唐宋以后有新的突破，道咸时期的桐城派及宋诗派希望沿着清初以来尚未得以很好展开的"学宋"途径，作进一步的发展，以求在宋诗的基础上，以宋人求变的精神，"踵事增华"，"变本加厉"，最终跳出唐宋诗的艺术模式，以形成新的艺术面貌。在这方面，清初以来的学宋诗人已经积累了相当丰富的经验，为新的发展作了较好的铺垫。在一个艺术传统相对封闭的国家里，诗人们几乎不可能摆脱传统的启示和影响而进行成功的艺术创造，传统既是他们的根，又是他们的出发点；既是他们扬弃的对象，又是他们获取艺术启迪的历史源泉。历史以一种展开的方式呈现于诗人面前，由他们去领会和选择。而对于那些重视艺术形式，希望沿着"踵事增华"的方向进行艺术突破的诗人来说,"学宋"无疑是一条最佳的途径。在当时的历史条件限制之下,桐城派及宋诗派所进行的艺术探索是无可厚非的,尽管他们最终不可能把诗歌引出古典的模式,但他们还是在古典模式之内作了几乎是最大限度的发挥,虽然那只是很有限的进展。而对于在唐宋诗以后,几乎将趋于饱和的古典模式来说,即使是这一点进展也是很不容易的,我们应该珍惜它,而不能随手抛弃。

从前面的叙述中可以看出,道光以前的诗歌运动从不同角度,多方面地影响了道咸时期诗歌的现实,它们是道咸诗歌发展的历史前提,离开了这个前提,我们将无法理解整个近代诗歌的艺术流变。中国古典诗歌的发展是一条连续不断的历史长河,虽然有起伏和曲折,但总是后浪推前浪,一浪接一浪地滚滚向前。鉴于在近代诗歌的研究领域,好标举现实的首创性,而忽视艺术之历史流变的偏向,我们尤其需要注意把握近代诗歌发展的来龙去脉,在整个诗歌发展史的宏大背景中,来认识古典诗歌在其最后阶段的演变和归宿。肩负着沉重的历史包袱,古典诗歌在其最后阶段,哪怕是迈出微小的一步,都要比前人付出更多的辛劳。它表明古典模式所允许的创造余地已经发掘殆尽,它的历史使命即将结束。它预示着只有彻底地打破古典模式,才能获得创造的崭新天地。而如果我们掩去了近代诗歌的历史前提,将很难对近代诗歌作出恰如其分的评判。

第二节　不立门户的无派诗家述要

这一批诗人本无流派之名,而且也不愿开设门户。姚燮有诗云:"昔以道性情,今且竞门户。其才虽足欣,其息已非古。"(《论诗四章与张培基》)并无标榜之心。我们之所以把这些创作倾向并不一致的许多诗人集合起来研究,主要是为了大体上将他们与桐城派和学宋派区别开来,同时又不至于使我们的研究对象显得过于零碎散乱。尽管他们有着不同的创作倾向，但异中也有所同，除了不以流派相标榜以外，这批诗人在理论和创作实践上都十分重视文学的社会功用，注意表现现实生活中发生的重大事件，从鸦片战争到太平天国运动，他们都有相当深入的描述。

这批诗人中较早最尖锐地揭露清王朝内里腐败、国运衰微的是龚自珍。龚自珍怀有经世大志，所谓"少年揽辔澄清意"（《己亥杂诗》）。又深受戴震学派、浙东史学、常州公羊学的影响，尤其是浙东史学、常州公羊学都以人事和时政作为治学的方向和归宿，所以龚自珍特别关心时政民生。魏源概括其一生所学而谓："于经通《公羊春秋》，于史长西北舆地。其文以六书小学为入门，以周秦诸子、吉金乐石为崖郭，以朝章国故、世情民隐为质干。"（《定庵文录序》）经世济时是龚自珍治学的核心。"黔首本骨肉，天地本比邻。一发不可牵，牵之动全身……四海变秋气，一室难为春。宗周若蠢蠢，攀纬烧为尘。所以慷慨士，不得不悲辛。"（《自春徂秋偶有所触拉杂书之漫不诠次得十五首》）正是出于对社会人生的强烈责任感和深切的忧虑，龚自珍也要求文学能干预时政，"感慨激奋而居下位，无其力，则探吾之是非，而昌昌大言之。"（《上大学士书》）在龚自珍看来，沉没于下位的士大夫，没有行政的权力，就只能以"立言"的方式匡世济时。当然所谓"昌昌大言"不仅仅是指文学，但文学也应当是其中的一个重要部分。龚自珍受浙东史学的影响很深，他在《古史钩沉论》中集中地发挥了章学诚"六经皆史"的观点，认为诗即是史，所以应该以时世为指归。"安得上言依汉制，诗成侍史佐评论。"（《夜直》）这就是龚自珍的诗学功用观。但是，同是强调文学的社会功用，龚自珍与宋大樽、潘德舆等从正面强调伦理之用是完全不同的。对清王朝日趋没落的深刻洞察，结合着公羊学的"三世"说，使龚自珍不再停留在正面教化的水平上，而转变为社会批判。在"瞒"和"骗"的世界里，作为社会精英和良知的知识阶层业已丧失了独立的人格，苟且偷生。"而仆妾色以求容，而俳优狗马行以求禄，小者丧其仪，次者丧其学，大者丧其祖。"（《古史钩沉论四》)但龚自珍仍然保持着独立的批判精神。本于强烈的"忧天下"之心,他希望通过对社会阴暗面的大胆揭露和批判,以"教训其王公大人"(同上),从而改弦更张,变法图强。在龚自珍看来,"无八百年不夷之天下,天下有万亿年不夷之道。然而十年而夷,五十年而夷,则以拘一祖之法,惮千夫之议,听其自堕,以俟踵兴者之改图尔。一祖之法无不敝,千夫之议无不靡,与其赠来者以勃改革,孰若自改革?"(《乙丙之际著议第七》)但是深刻的悲剧在于,即使有着独立批判精神的龚自珍,他的"改革""更法",也不可能有新的内容,无非是"宗法、限田、均田之类的陈旧的复古空想和注意人才、越级升擢、整顿贪污、废除跪拜等等相当枝节的补救改良。这一套基本上并没有跳出传统思想体系的治国平天下的圈子"(李泽厚《中国近代思想史论》)。龚自珍自己也承认:"何敢自矜医国手,药方只贩古时丹。"(《己亥杂诗》)他对君主专制的责疑也同样没有超出明末清初黄宗羲和唐甄的思想水平。对社会阴暗面的揭露和批判也没有导致他背叛清王朝,相反对于农民起义他同样持反对态度,而且希望用诗歌去感化他们。他在《升平分类读史雅诗自叙》中说:"今之世,有穷陬荒滨,貊乡鼠壤,悍顽煽乱,而自外于天地父母者,间岁上闻,为支末忧。谓宜有文臣,附先知觉后知之义,作为歌诗,而使相与弦歌其间。诗之义,贵易知也。犯上作乱之民,必有自搏颡泣者,必有投械而起,仰祝圣清千万年,俯祝云礽之游其世者。"而且即使在他被迫离京出走以后,还时时"默感玉皇恩"(《己亥杂诗》),仍然眷恋着朝廷的恩典,《己亥杂诗》之六云:"亦曾橐笔侍銮坡,午夜天风伴玉珂。欲浣春衣仍护惜,乾清门外露痕多。"由此可见龚自珍还不能算作为清王朝的叛臣逆子。而他所叹息的是:"我有心灵动鬼神,却无福见乾隆春。席中亦复无知者,谁是乾隆全盛人?"(《秋夜听俞秋圃弹琵琶赋诗书诸老辈赠诗册子尾》)清王朝的盛世已经一去不返,然而封建盛世却仍然是龚自珍的政治理想。我们不能因为他对清王朝阴暗面的无情暴露和批判而过分拔高他的思想觉悟,龚自珍毕竟是一个深受传统教育的封建士大夫。即使在他用危言谠论震惊朝野的时候，也看不到平民百姓的力量。他认为在盛世，"百宝万货，人功精英，不翼而飞，府于京师。山林冥冥，但有鄙夫"，凡有用之士才，咸为朝廷所用，故朝廷之外只剩下村氓鄙夫，虽"虎豹食之，曾不足悲"。而到了衰世，"古先册书，圣智心肝，人功精英，百工魁杰所成，如京师，京师弗受也，非但不受，又裂而磔之"，于是"百宝咸怨"，"古先册书，圣智心肝"，皆遁于山林。如是，则"京师贫"，"四山实"，"豪杰轻量京师，轻量京师则山中之势重矣"。于是"山中之民，有大音声起，天地为之钟鼓，神人为之波涛矣"（参见《尊隐》）。显然，龚自珍所指的山中之民乃是像龚自珍本人这样一些有胆识才干，却志不得伸，不为朝廷重用的知识分子，也即"逸民"，而非民众百姓，煽乱之"悍顽"。龚自珍的言外之意无非是：如果不把像他这样的一些人才选拔出来，委以重任，朝廷就不会太平。这与他在《己亥杂诗》中所说的"我劝天公重抖擞，不拘一格降人材"的精神完全一致，不过更增加了一点警吁的色彩。

然而，我们也不能因为龚自珍并没有摆脱传统思想的羁绊而忽视他对清王朝阴暗面的揭露和批判。事实上，龚自珍对后来启蒙思想家最深刻的影响正是这种尖锐无情的社会批判精神。虽然在龚自珍之前也有不少诗人已经触及清王朝腐朽衰败的现实。例如前举的姚鼐、黄景仁、黎简、宋湘、舒位、王昙等人的作品。但比较而言，都没有龚自珍来得广泛和尖锐。龚自珍不仅在大量的散文作品如《乙丙之际著议》《西域置行省议》《京师乐籍说》《尊隐》《乩史钩沉论》《平均篇》《明良论》《述思古子议》等名篇中比较集中地揭示了清王朝内部存在的严重危机。而且在他的许多诗篇中也同样展示了一幅清王朝濒临崩溃的时代画面。如《饽饦谣》《咏史》《自春徂秋偶有所触拉杂书之漫不诠次得十五首》《伪鼎行》《夜坐》《行路易》《逆旅题壁》以及《己亥杂诗》中的许多篇章，或从正面，或从侧面，或直叙，或寓言象征，或着眼于经济，或着眼于政治，或面向上层，或面向下层，或内地，或边陲，或内部矛盾，或民族矛盾，总之是多方面、多角度、多手法地勾勒了嘉道之际的社会现实，称得上是一部用诗写成的生动形象的历史。

与龚自珍相类似，魏源也同样怀有经世抱负，同属于今文学派。但魏源性格内敛，头脑冷静，比龚自珍更具有实际的政治才干，而且好学深思，严谨扎实，他的许多经世著作如《筹鹾篇》《筹河篇》《筹漕篇》《筹海篇》《海国图志》《圣武记》等都比较切实具体，具有实际的政治效用。面对腐败的时政，龚自珍抑制不住内心的激愤，常常充满激情地"放言高论"，富有浓郁的浪漫色彩，而魏源则侧重于因时制宜，寻求切实有效的办法，具有务实的倾向。龚自珍更具有诗人的气质，而魏源则更富有政治家的品格。魏源虽然也主张经世致用，他曾说："文之用，源于道德而委于政事。"（《默觚上·学篇二》）又说："民之制于上，犹草木之制四时也，在所以煦之，煦之道莫尚乎崇诗书，兴文学。"（《默觚下·治篇十四》）但是比较而言，魏源的重心在于从正面"宣上德而达下情，导其郁懑，作其忠孝"，以达到"感人心而天下和平"（《御书印心石屋诗文录叙》）的政治目的，与宋大樽、潘德舆等人所持的正统诗教并无二致，因此与龚自珍的社会批判并不相同，对于后世的感召力、刺激力也远逊于龚自珍。龚自珍的诗文有很强的情感煽动性，容易使人激奋，所以梁启超说："初读《定庵文集》，若受电然，稍进乃厌其浅薄。"因其"病在不深入，所有思想，仅引其绪而止"（《清代学术概论》）。魏源的诗文作品也反映时政之衰敝，如《默觚·治篇》《杂诗》《行路难》《江南吟》《都中吟》《君不见》《北上杂诗七首》《秦淮灯船行》《金焦行》《寰海》《寰海后》《秋兴十首》《秋兴后十首》等都不同程度地表现了社会的阴暗面，但在集中所占比重不多，魏源尝自称"昔人所欠将余俟，应笑十诗九山水"（《戏自题诗集》）。魏源诗文大多不如龚自珍尖锐犀利，"多非常异义可怪之论"，又痛快淋漓令人激愤。但魏源对海外情况了解较多，视野比龚自珍开阔，他在《偶然吟十八章呈婺源董小槎先生为和师感兴诗而作》（以下简称《偶然吟十八章》）中甚至幻想语言统一，世界大同，"四远所愿观，圣有乘桴想。所悲异语言，笔舌均恍惚……若能决此藩，万国同一吭。朝发旸谷舟，暮宿大秦港。学问同献酬，风俗同抵掌。一家兄弟春，九夷南陌党。绕地一周还，谈天八纮放。东西海异同，南北极下上。直将周孔书，不囿禹州讲"，已具有初步的地球科学知识。当然，出于民族自尊心，魏源还只想到文化的输出。但他作《海国图志》则要求"师夷长技以制夷"，已具有向西方先进学习的开放意识。然而魏源身上对清王朝的离心倾向更弱，他不仅著《圣武记》颂扬清王朝的赫赫武功，而且还创作了《皇朝武功乐府》为清王朝歌唱，难怪章太炎要斥之为"媚虏"。

　　而姚燮、张际亮、张维屏、汤鹏、贝青乔等人也同样重视文学的社会功用，重视反映社会问题和重大的历史事件。尤其是他们的作品对鸦片战争作了较全面的、多角度、多层次的描述，触及了清王朝内部的腐败现象。著名的诗篇有姚燮的《谁家七岁儿》《北风吟》《粮役凶如虎》《迎大官》《南辕杂诗》《客有述三总兵殉难事哀之以诗》《速速去去五解八月二十六日郡城纪事作》《惊风行五章》《暗屋啼怪鸮行》《太守门》《兵巡街》《山阴兵》《哀江南诗五叠秋兴韵八章》《诸将五首》《双鸠篇》；张际亮的《闽中感兴》《南台秋望》《纪事八首》《粮船谣》《浴日亭》《行崇安建阳山中至邵武书所见》《十五夜宿弋阳綦右岭述感》《自韩庄闸登舟由中河至王家营》《诸将》《须怀》《定海哀》《镇海哀》《宁波哀》《后宁波哀》《奉化县》《杂感》；张维屏的《三元里》《三将军歌》《越台》《江海书愤》《侠客行》《秋霖》；汤鹏的《东西邻》《蔡志行》《资之水五章》《放歌行》等。而贝青乔的一百二十首《咄咄吟》则对鸦片战争作了较为全面系统的报导，成为鸦片战争时期难得的战地报告文学。这些诗篇与龚自珍、魏源的篇章一起呈现了清王朝必然地走向崩溃的趋势，也为道光以后的诗歌交响曲定下了基调。但是参加这部交响曲演奏的每一个人都有自己独特的艺术发挥，或弦乐，或管乐，或鼓点，或大提琴，或小提琴，或单簧管，或双簧管。形形色色，各不相同，即使同是小提琴也各有自己不同的位置和艺术要求。因此，要深入地理解这部交响曲，就必须具体地分析每一乐章，每一个演奏者的艺术表现以及其在整体中的作用。

第三节　不拘一格，拔奇前古的龚自珍诗

龚自珍以其异常鲜明的艺术个性，特别引人瞩目，因而在整部交响曲中占有十分重要的位置。

在同一个时代，龚自珍之所以与众不同，主要因为龚自珍的个性构成特别。我们在引论中已经介绍过我们关于个性构成的看法，这里不再赘述。龚自珍的家庭教育、社会教育、生理气质、社会阶层、生活环境、生活际遇等等一切与社会（包括历史内容）有关的因素都不可能与别人完全相同，因而龚自珍是唯一的。而龚自珍之所以显得特别醒目，还因为构成龚自珍个性的一些重要因素，缺乏普遍性，例如龚自珍骚动不安、敏锐易感、冲动情深的气质；学术方面所接受的戴震学派、浙东史学、常州公羊学、佛学等多方面的影响；文学方面所接受的吴伟业、方舟、宋大樽以及庄子、屈原、李白，下至舒位、王昙等方面的混合影响等。这三方面的因素相对来说都并不多见，而集中在一个人身上，更是罕见。加上龚自珍的艺术天才，那么也许真是绝无仅有的了。上述诸方面中对诗歌艺术形式影响最大的要算文学因素、艺术天才、气质因素这几方面了，但由于诗歌是一种语言艺术，而学术教育在语言积累过程中起着十分重要的作用，因此学术因素也有相当的辅助作用。

为了能比较深入地认识龚诗的艺术性，我们不妨首先概要地探讨一下上述几方面的个性因素。

龚自珍生于 1792 年，即乾隆五十七年七月初五，死于 1841 年，即道光二十一年，只活了四十九年。后人辑有《龚自珍全集》。龚自珍生长于封建官僚家庭，外祖父段玉裁是著名的朴学大师，母亲的文学修养也很深，从小就受到很好的家庭教育。在童年时代，母亲口授

吴伟业诗，对龚自珍影响十分深刻，另外自珍还喜欢阅读方舟的《方百川遗文》和宋大樽的《学古集》。龚自珍三十二岁时作《三别好诗》而序之曰：

> 余于近贤文章有三别好焉，虽明知非文章之极，而自髫年好之，至于冠益好之。兹得春三十有一，得秋三十有二，自揆造述，绝不出三君，而心未能舍去，以三者皆于慈母帐外灯前诵之。吴诗出口授，故尤缠绵于心。吾方壮而独游，每一吟此，宛然幼小依膝下时。吾知异日空山，有过吾门而闻且高歌、且悲啼，杂然交作如高宫大角之声者，必是三物也。

影响是如此深刻，以致化作灵魂，仍能作此三声。而对母亲，对童年生活的怀念又是那样的深沉缠绵。那么诗人究竟从《梅村集》《方百川遗文》《学古集》中具体接受了哪些重要影响呢？这当然必须以诗人对它们的体会为准。龚自珍评《梅村集》云：

> 莫从文体问高卑，生就灯前儿女诗。
> 一种春声忘不得，长安放学夜归时。

首先龚自珍不以体格的高下论诗，这与他在《歌筵有乞书扇者》一诗所说的"找论文章恕中晚，略工感慨是名家"的精神是一致的。吴诗藻采绮丽，情调缠绵，哀感顽艳，儿女情长。而龚自珍所强调的也正是儿女情长的一面。更概括一些，也就是一个"情"字。龚自珍论诗特别重"情"，他曾在《宥情》《长短言自序》等篇章中强调天生一段情种，无法泯灭，所以不管"此方圣人""西方圣人"怎么看待，只能"始自宥也""宥之不已而反尊之"。他既是一个重情的人，又是一个情浓的人。童时母亲吟诵梅村诗的"春声"，伴随着一盏荧然不灭的"红灯"，在龚自珍的心灵深处，打上了深深的烙印，使他没齿难忘。他在成年以后的诗文中时常出现的一个意象就是这盏荧荧然的"红灯"。他在《猛忆》诗中写道:"猛忆儿时心力异,一灯红接混茫前。"又在《宥情》篇中写道:"予童时逃塾就母时,一灯荧然,一研一几时,依一妪,抱一猫时,一切境未起时,一切哀乐未中时,一切语言未造时,当彼之时,亦尝阴气沉沉而来袭心。"这盏红灯已经与他童年灵性中的一段情根、一种"春声"水乳交融在一起,而同时那外在的"红灯"和"春声",又正是开启和照亮他内在灵性世界的"第一推动力",从而影响着他成年以后的文学创作乃至整个人生。

龚自珍对第二"别好"《方百川遗文》的体会是这样的:

> 狼藉丹黄窃自哀,高吟肺腑走风雷。
>
> 不容明月沉天去,却有江涛动地来。

方舟为方苞之兄,少时曾与爱国遗民钱秉镫交游,深受其影响,又与戴名世过从甚密,不甘于民族沦亡,性孤特。年三十七焚稿而卒。龚自珍在《方百川遗文》中所感受到的正是那种"不容明月沉天去",欲挽民族危亡的江涛风雷之声。而龚自珍少怀经世大志,及长又深受常州公羊学的影响,面对"万马齐喑"的时政,他渴望着改革变法的"风雷"之声。

> 少年哀艳杂雄奇。(《己亥杂诗》)
>
> 少年奇气称才华,登岱还浮八月槎。(《己亥杂诗》)
>
> 眼前二万里风雷,飞出胸中不费才。(《己亥杂诗》)
>
> 东华飞辩少年时,伐鼓撞钟海内知。(《己亥杂诗》)
>
> 挑灯人海外,拔剑梦魂中。(《辛巳除夕与彭同年蕴章同宿道观中彭出平生诗读之竟夜遂书其卷尾》)
>
> 少年万恨填心胸,消灾解难畴之功。(《能令公少年行》)

正是这种疏狂不羁,永不安分的雄才奇志,替代了"英雄气短""风云气少"的一面。因此，龚自珍不仅爱好《方百川遗文》，也十分推重清初爱国豪侠志士屈大均，其诗曰："灵均出高阳，万古两苗裔。郁郁文词宗，芳馨闻上帝。"（《夜读番禺集书其尾》）在西夷叩关，民族危机四伏的时代，屈大均的形象无疑显得分外夺目。而且，即使对于隐逸田园的陶潜，龚自珍也能看到他具有豪侠的一面。自南宋朱熹、辛弃疾以来，陶潜那几根被"采菊东篱下，悠然见南山"的闲适气氛隐蔽起来的侠骨，已越来越为人注目，龚自珍所钦佩的屈大均也正是其中的一个，他曾说："陶诗犹有《读山海经》诸篇……感愤之深，可为呜咽流涕，论者致比于屈子之赋《远游》。"（《寒香斋诗集序》）而龚自珍也同样吟诵道：

> 陶潜诗喜说荆轲，想见停云发浩歌。
> 吟到恩仇心事涌，江湖侠骨恐无多。（《己亥杂诗》）
> 陶潜酷似卧龙豪，万古浔阳松菊高。
> 莫信诗人竟平澹，二分梁甫一分骚。（《己亥杂诗》）

正是这"二分梁甫一分骚"，盘踞在诗人胸中，使诗人终于未能归于淡泊宁静，超脱于尘埃之表。也正是这"二分梁甫一分骚"，使诗人对于《庄》《骚》，对于李白，甚至对于舒位、王昙这样一些富有浪漫色彩的人物和作品，都特别钦佩。

最后，龚自珍还赞赏《学古集》：

> 忽作泠然水瑟鸣，梅花四壁梦魂清。
> 杭州几席乡前辈，灵鬼灵山独此声。

在前面我们曾经介绍过，宋大樽因反对颓靡诗风而作《学古集》，取法汉魏，以古淡清音为归，其后陈沆继之而开"清苍幽峭"一派（陈衍《石遗室诗话》）。而他们矛头所向一是袁枚的性灵派，同时也针对学吴伟业而以涂泽为工的陈文述。龚自珍既嗜好梅村诗哀感顽艳、儿女情长，然而却又赞赏《学古集》，且与陈沆交好，曾批点《简学斋集》，多有褒语。而陈沆也极好龚自珍古文，称之为"奇宝"（参见陆献《简学斋诗存跋》）。文人之好恶，的确令人费解。但是，正如我们在引论部分所反复强调的那样，个性是异常复杂的、矛盾的。龚自珍之好《学古集》，一方面固然是由于母亲所授，另一方面恐怕也是一种心理互补。个人所缺乏的东西，往往也是个人所好，个人所希望获取的东西，这是现代心理学所证明的一种心理现象。所以艺术欣赏是一件非常复杂的事情，既有出于天性所近而有所好，又有出于天性所乏而有所好，这也是一种审美的辩证现象。当然，一般来说，只有当天性得到满足以后，才会比较明显地转而去追求天性所乏的东西。龚自珍在《梅村集》《方百川遗文》这样一些投合性情的作品中获得了满足，就有可能进一步去欣赏《学古集》《简学斋诗存》这样一些与《梅村集》《方百川遗文》对照鲜明，又为自己性情所乏的作品。同时宋大樽诗歌所具有的那种仿佛来自"灵鬼灵山"的冷然作响的水瑟清音，以及在梦中拂动着的高洁拔俗的梅花古影，也与龚自珍不谐流俗，不为乡愿的精神相呼应，从而令其神往。"湖西一曲坠明珰，猎猎纱裙荷叶香。乞貌风鬟陪我坐，他身来作水仙王。"（《梦中述愿作》）龚自珍在梦中所渴望的正是来世宁为冰清玉洁，出污泥而不染，高出尘埃之上的荷花之神。

这就是龚自珍所接受的最深刻的文学影响。它们之间的差异很大，但龚自珍却将它们融为一体，统一起来转化成为自己独特文学个性的有机因素。这种能力与他的气质特点也是极有关系的。首先诚如前面提及的，龚自珍是一个感情特别浓郁的人，他曾在诗中反复自诉：

之美一人，乐亦过人，哀亦过人。（《琴歌》）

哀乐恒过人。（《寒月吟》）

少年哀乐过于人。（《己亥杂诗》）

情多处处有悲欢，何必沧桑始浩叹。(《杂诗己卯自春徂夏
在京师作得十有四首》)

由于感情浓郁，容易激动，所以也就不容易过平淡宁静的生活。
同时又由于自我控制能力不够，所以情感波动起伏也非常大。他也曾
在诗中反复自诉：

晓枕心气清，奇泪忽盈把。(《自春徂秋偶有所触拉杂书
之漫不诠次得十五首》)
百忧消中夜，何如坐经营。
剪烛蹶然起，婢笑妻复嗔。
万一明朝死，堕地泪纵横。(《邻儿半夜哭》)
来何汹涌须挥剑，去尚缠绵可付箫。(《又忏心一首》)

诗人忽喜忽悲，情感变幻莫测，跳跃动荡，难以稳定。这样的情
感特征，结合着他对世俗的蔑视和愤懑，使得诗人在生活中也常常"不
检细行"，不拘一格，疏狂不羁。诗人从童时起就是一个"春声满秋空，
不受秋束缚"(《丙戌秋日独游法源寺》)富有"猿"性的人物。他不
愿受世俗之束缚，顽态非凡，敢"据佛座嬉戏，挥之弗去"(《定庵先
生年谱外纪》)。及长立愿"穷予生之光阴"，以疗救被世人束缚致残
的"病梅"(《病梅馆记》)。这样的个性气质，自然也会影响到诗人好
恶、选择的多样化。在动荡变幻的情感操纵下，好恶、选择的变幻不
定，也就变得自然顺当和可以理解的了。

除此以外，诗人还有非常丰富奇异的想象力。诗人也曾自称：

蚤年撄心疾，诗境无人知。
幽想杂奇悟，灵香何郁伊。
忽然适康庄，吟此天日光。

　　五岳走骄鬼，万马朝龙王。(《戒诗五章》)

　　经济文章磨白昼，幽光狂慧复中宵。(《又忏心一首》)

　　而他的整个诗文创作也非常清楚地说明了这一点。奇异独特的想象力，与其不拘一格，疏狂不羁的个性气质结合在一起，使诗人能够接受并消化在常人看来难以兼取的许多相互对立矛盾因素的滋养，并构建出常人无法意料的诗的意象世界。在这样的情况下，龚自珍笔下展示出的一切超乎常态的意境，也就同样变得自然顺当和可以理解的了。

　　上面我们结合龚自珍所受的文学影响，分析了他不同寻常的个性气质特点。这种个性气质特点深刻有力地影响了他的整个诗文创作，当然这种影响常常表现为非理性的、潜意识的、情感的、本能的，而作为主观意识的、自觉理性状态的作用力则是他的正面的诗学主张。在这方面，最突出的一点就是要求表现真性情，表现不受俗尘玷污的"童心"。他曾称自己的诗作"歌泣无端字字真"(《己亥杂诗》)、"直将阅历写成吟"(《题红禅室诗尾》)，又说"不似怀人不似禅，梦回清泪一潸然。瓶花帖妥炉香定，觅我童心廿六年"(《午梦初觉怅然诗成》)、"既壮周旋杂痴黠，童心来复梦中身"(《己亥杂诗》)、"黄金华发两飘萧，六九童心尚未消"(《梦中作四截句》)，所以他时时不能忘怀童时的一盏灯火，"青灯同一笑，恍到我生初"(《哭郑八丈》)，这荧荧然的灯火与其本初的赤子之心已经浑然一体。文学的生命在于真诚，龚自珍对此十分强调。他说："唐大家若李、杜、韩及昌谷、玉溪，及宋、元，眉山、涪陵、遗山，当代吴娄东，皆诗与人为一，人外无诗，诗外无人，其面目也完。"(《书汤海秋诗集后》)在这里龚自珍特别提及了李贺、李商隐，及苏轼、黄庭坚，表明他并不存在"第一义"的偏见。而根本的准则在于诗与人统一，能充分完满地表现真性情，"要不肯捋扯他人之言以为己言"(同上)。这样龚自珍又把表现真性情与独创新貌统一了起来。他在《文体箴》中说："呜呼！予欲慕古人之能创兮，予命弗丁其时。予欲因今人之所因兮，予蘉然而耻之。"为此他又打破雅俗之界，认为："雅俗同一源，盍向源头讨？汝自界限之，心光眼光小。万事之波澜，文章天然好。不见六经语，三代俗语多。"（《自春徂秋偶有所触拉杂书之漫不诠次得十五首》）这种观点已接近公安派和袁枚的性灵派，而且在创作上也偶有阑入公安、性灵者。李慈铭称其诗："亦以霸才行之，而不能成家。又好为释家语，每似偈赞，其下者竟成公安派矣。"（《越缦堂日记》）而其名句"避席畏闻文字狱，著书都为稻粱谋"（《咏史》），正本于赵翼"书生不过稻粱谋"句，名篇《人草稿》与赵翼《十不全歌》之间的启承关系也依稀可见。当然，龚诗的风格大不同于公安、袁、赵，虽格调不高，但并不浮滑，而且自珍毕竟泽古甚深，放笔而作，语言斑驳陆离，但俚俗之语却少，相反倒是"三代"俗语多，古奥僻涩之语满纸，如《仾泣亭文》中"仾泣"一语连王芑孙也不知所出，《行路易》《伪鼎行》《人草稿》等诗作中也多冷僻古奥语，又称白居易诗为"千古恶诗之祖"（陈元禄《羽琌逸事》）。自珍自作诗文也正不以平易近人为指归，故其所谓"雅俗同一源"，不过是为其诗语驳杂张目而已。其所突破的范围，不过是桐城派"雅洁"二字。另一方面，我们还应该看到龚自珍主张独创，并没有要求彻底打破传统的诗歌形式，而仍然认为"文心古无，文体寄于古"（《文体箴》）。后来梁启超提出"旧风格写新意境"，其所本不出此语。在精神上，与前人提出的创新主张，并无质的区别。我们不能因为龚自珍的诗文多"伤时之语，骂坐之言"（王芑孙《复龚璱人书》），敢于尖锐地揭露和抨击清王朝内部的腐败现实，而爱屋及乌，随意夸大拔高龚自珍各种思想观点的价值。龚自珍的创新仍然是在古典形态内的创新，当然这种创新已经突破"第一义"的格调，而为追求高雅趣味的人视为"野狐禅"，但龚诗的魅力也正在其为"野狐禅"。

另外，作为一个成功的诗人，还必须具有相当的学术素养。这些素养将在创作中，深入地参与对语言、知识、意象的选择和运用，所以要认识龚自珍的创作，还有必要了解他的学术素养。

龚自珍是一个天性早慧的人，十二岁即从外祖父段玉裁学习《说文解字》，打下了深厚的语言文字基础。十五岁开始学诗。由于家学渊源，龚自珍得以与许多著名的文人学士交游切磋，学问日进。二十三时便写了著名的《明良论》四篇，令其外祖兴奋不已，而谓："髦矣，犹见此才而死，吾不恨矣。"（《明良论》末附段玉裁点评）而龚自珍自己也曾得意地吟诵道："貂毫署年年甫中，著书先成不朽功。名惊四海如云龙，攫拿不定光影同。征文考献陈礼容，饮酒结客横才锋。"（《能令公少年行》）由于龚自珍在经学、文字学、金石学、地理学、佛学等方面有着相当广博的知识，因此他在诗文创作中能驱驾自如，游刃有余。他在《送徐铁孙叙》中曾认为作诗当"放之乎三千年青史氏之言，放之乎八儒、三墨、兵、刑、星气、五行，以及古人不欲明言，不忍卒言，而姑猖狂恢诡以言之之言，乃亦擟证之以并世见闻，当代故实，官牍地志，计簿客籍之言，合而以昌其诗，而诗之境乃极。则如岭之表、海之浒，磅礴浩汹，以受天下之瑰丽，而泄天下之拗怒也，亦有然"。要求广泛吸取文化养料，并结合对现实生活的体验而发为诗歌。龚自珍广博的文化知识，正为实现他自己提出的创作要求提供了条件。

在了解了龚自珍的有关个性特征以后，再来看他诗歌的艺术个性，也就有了依凭。

龚自珍的诗歌有着强烈的主观抒情色彩，由于诗人情绪波动起伏很大，所以为主观情意所融化了的各种形象对比十分鲜明，意象的质地差异很大，而且变幻莫测，其诗如：

> 一箫一剑平生意，负尽狂名十五年。（《漫感》）
> 气寒西北何人剑，声满东南几处箫。（《秋心三首》）
> 按剑因谁怒？寻箫思不堪。（《纪梦七首》）

这"剑"为阳刚之物，这"箫"为阴柔之器，两者"不可以合，合之以为气"自龚自珍始。洪子骏有《金缕曲》赞之："侠骨幽情箫与剑，问箫心剑态谁能画？且付与，山灵诧。"（龚自珍《怀人馆词选·湘月》自注）这一箫一剑在龚诗中含意极广泛，它们比较典型地体现了龚诗中两类矛盾意象的特征。分别象征着意气风发与沉郁下僚，匡世济时与忧国伤民，不屈不挠与消沉颓唐，奋发昂扬与低回哀怨，豪迈刚健与缠绵悱恻，激愤慷慨与回肠荡气，英雄气盛与儿女情长，汪洋奇恣与幽远曲折等等互相对峙的意志、情绪和境界。而这剑与箫的鲜明对比也正体现了龚诗在艺术构思方面的一大特长。郁达夫曾说："做诗的秘诀……我觉得有一种法子，最为巧妙。其一是辞断意连，其二是粗细对称。近代诗人中，唯龚定庵最擅于用这秘法。"（《谈诗》）无论是"辞断意连"，还是"粗细对称"，都要求在结构上有大幅度的跳跃和变化。其诗如：

> 风云材略已消磨，甘肃妆台伺眼波。
> 为恐刘郎英气尽，卷帘梳洗望黄河。（《己亥杂诗》）

一二句为作者自嘲，由"风云材略"，跌入"甘肃妆台"，两种意象相去甚远，对比十分鲜明，比较强烈地用反语抒发了诗人内心深沉的痛苦。三四句写妆台主人，尤其是第四句意象质地的差异就更大了。一边是梳妆打扮的窈窕淑女，娇小柔美，一边是浊浪滔天的大河奔流，粗犷辽阔，但是因为有第三句，这两个完全不同的意象却十分自然和谐地融为一体，语言虽诙谐，但在诙谐中却幽幽地袭来一阵心酸。

再如：

> 春夜伤心坐画屏，不如放眼入青冥。
> 一山突起丘陵炉，万籁无言帝座灵。
> 塞上似腾奇女气，江东久陨少微星。
> 平生不蓄湘累问，唤出姮娥诗与听。（《夜坐》）

首联的"春夜伤心"与"放眼青冥"，也是一组对照鲜明的意象，但因有"不如"两字所以辞尚未断，第二联两句诗意就相去甚远，中间的转折是在空中实现的（因为人才受抑，所以天下无言，而帝王就可独享其尊）。第三联用"奇女气"，对"少微星"，意象质地也迥然相异。而诗意本于《尊隐》篇，所谓"山林实而京师空"。当然，因为诗人强调了"塞上"，所以也不妨可以理解为边陲不宁，在精神上与《西域置行省议》相通。最后一联也同样是语断意联（尽管平时尚未呵壁问天，但是面对眼前的危难，就不能不倾诉满腔的激情和忧虑了）。全诗完全采用象征手法，切住"夜"字，每一联都作转折，每一句也都作转折。欲解伤心而放眼青冥，却反增伤心，由伤心而更伤心，就不能不悲吟于长夜。

再如：

　　文章合有老波澜，莫作鄱阳夹漈看。
　　五十年中言定验，苍茫六合此微官。（《己亥杂诗》）

一二句与三四句之间递进一层，跳跃性较强。由文章波澜而过渡到历史预言，而这一关涉民族国家存亡的卓越远见，却发自一个草芥之官。由此而从侧面控诉了衰世对人才的扼杀，强调了救亡图存必须"不拘一格降人材"的精神，抒发了诗人郁结在心中的激愤沉痛之情，言虽断而意深远，而末句用苍茫六合之巨大的背景来对照一个小小的微官，则在艺术上进一步强化了诗人的立意。

龚自珍在这里比较明显地继承和发挥了杜甫、黄庭坚的结构手段。如"卷帘梳洗对黄河"句在手法上分明是黄庭坚"坐对真成被花恼，出门一笑大江横"一联的推广运用，而"苍茫六合此微官"也是对杜甫"乾坤一腐儒"的发挥。但是在神采情调方面却又与杜甫、黄庭坚迥异。因为龚自珍毕竟还深受吴伟业的影响。剑气箫心、疏狂风流并于一气的龚诗，不可能同于李白的豪侠俊逸，也不会有杜甫的沉郁顿挫，更不会与黄庭坚的瘦硬老健相似。

同时，由于剑气和箫心都渊源于诗人内心极其浓郁而变幻动荡的情感，所以诗人笔下的对象不管是有生命的，还是无生命的，一般都是生气勃勃，飞动奔腾，而且还有着强烈的情绪特征，其诗如：

西池酒罢龙娇语，东海潮来月怒明。（《梦得东海潮来月怒明之句醒足成一诗》）

叱起海红帘底月，四厢花影怒于潮。（《梦中作四截句》）

畿辅千山互长雄，太行一臂怒趋东。（《张诗舲前辈游西山归索赠》）

疏梅最淡冶，今朝似愁绝。

寻常苔藓痕，步步生悱恻。（《后游》）

收魂天未许，噩梦夜仍飞。（《烬余破簏中获书数十册皆慈泽也书其尾》）

湖光飞阙外，宫月淡林梢。（《暮春以事诣圆明园趋公既罢因览西郊形胜最后过澄怀园和内直友人春晚退直诗六首》）

少慕颜曾管乐非，胸中海岳梦中飞。（《己亥杂诗》）

枉破期门伏飞胆，至今骇道遇仙回。（《己亥杂诗》）

东华飞辩少年时，伐鼓撞钟海内知。（《己亥杂诗》）

古愁莽莽不可说，化作飞仙忽奇阔。

江天如墨我飞还，折梅不畏蛟龙夺。（《己亥杂诗》）

罡风力大簸春魂，虎豹沉沉卧九阍。（《己亥杂诗》）

如此奇语，集中比比皆是，宁静的月，娇美的花，沉寂的山，淡冶的梅，迷离的梦，浩渺的水，腹中的胆，口中的语，地上的人，无情的风，自然的春……一切都变得异乎寻常，充满活力，有着强烈的感觉效应和浓郁的主观色彩，造语之新奇大胆，百无禁忌，直开旷古之未有。

而诗人之构想也常常发自前人意想不到处，或不敢设想处，或逆人之意处，或不同常理处。前人为突出某一对象，或采用抑扬法，或采用衬托对比法，或采用正面夸饰法，而龚自珍则能另出手眼。例如：

少慕颜曾管乐非，胸中海岳梦中飞。

近来不信长安隘，城曲深藏此布衣。（《己亥杂诗》）

此诗最后两句，为突出布衣潘谘之不同寻常，却并不极言"长安"之隘以反衬其人之不凡，相反，则是通过对潜台词"往昔只道长安隘"的否定，以虚扬"长安"之广，而实夸其人形象之高大。"城曲深藏"既是对布衣现实生活的写照，又是"不信长安隘"的具体化。如果将潜台词补充完整，再把这两句诗翻译成白话，其意也就是：想不到在城曲之中还深藏着这么一个了不起的伟大人物，这不得不使我改变以前认为长安太狭小的看法，是啊，小小城曲竟能容得下如此巨材，还能说"长安城"不大吗！显然"长安城"已不再是一个纯客观的对象，在诗人的情和意的导演之下，"长安城"忽小忽大，变化无常。这小和大已不再是一个客观的数量，而已经转化为随意变化、极不稳定的心理量，"长安城"也已经成为一座心理城。文学作品纯客观的描写也许是没有的，但是相对客观贴切的描写在古典诗文中比比皆是。因此对于客体的描写显然有两种倾向，一是以传真为指归，力求渐近于客体；一是以特殊的心理感受为指归，力求强化主观的情意特征。龚诗显然属于后一种，诗中的许多物象都是心理的产物。这种心理化表现手法，不仅有利于开拓想象空间，而且也有助于增强语言的表达效果。上例诗意原是那样曲折，然而，诗笔却是如此简练。但是这简练并不来自对语词的锤炼，而是来自心理构想的巧妙。一般来说，龚自珍并不十分讲究语词的推敲。这方面他与胡天游、黎简不同，龚诗语言往往不择地而发，虽驳杂不以为病。当然，由前面的一些示例可以看出，诗人也注重形容词和动词的感性刺激效果，但与其说这是对物象的准确贴切的雕刻，还不如说是在强烈的情绪作用下和丰富的想象力的参与下，对物象主观变形的自然传达。

由于诗人笔下的许多物象不仅是"情"的外化，而且还是"意"的外化，因此，往往富有浓郁的象征色彩。诸如剑、箫、落花、春魂、风雷、罡风、等等，都是意蕴较丰富的象征体。龚自珍论词曾说："情孰为尊？无住为尊，无寄为尊，无境而有境为尊，无指而有指为尊，无哀乐而有哀乐为尊。"（《长短言自叙》）发挥了常州词派周济的"非寄托不入，专寄托不出"的主张，要求词作既要抒情写意，有所寄托，但又不能粘实限于具体的某一点，所谓"无寄托则指事类情，仁者见仁，知者见知"（周济《介存斋论词杂著》）。也就是要求形象具有比较广泛的启悟力。其实，龚自珍不仅在词学理论方面有此见解，而且在诗文创作中也能加以推广，付诸实践。梁启超称龚自珍"喜为要眇之思，其文辞俶诡连犿"（《清代学术概论》），实际上正是看到了龚自珍的许多诗文作品并不过于坐实的艺术特征。这种艺术特征其实也正是象征手法的体现，象征与喻拟的最大区别就在于是否实指某一具体对象的某一特征。前者是虚的，似有似无的，后者则是非常具体和确定的；前者侧重于精神情意，后者侧重于具体事物。龚自珍的一些艺术散文如《病梅馆记》《尊隐》等就富有比较浓郁的象征色彩，而他的诗歌，除了前面罗列的一些单个意象具有象征意味外，通篇采用象征手法的作品也不少，如著名的《伪鼎行》《人草稿》《夜坐》等都是，再如：

卿筹烂熟我筹之，我有忠言质幻师。
观理自难观势易，弹丸累到十枚时。（《己亥杂诗》）

也很有象征意味，由此，我们可以联想到清王朝岌岌可危的形势。

当然龚自珍的象征作品，还有着较多的寓言色彩，与前人相比，其数量和质量都是较突出的。而且其象征的范围已超出了游仙和香草美人的局限，开始较多地进入其他广泛的领域，如社会生活中魔术师的表演也被吸收改造成为象征体。这在以前是比较罕见的。

而上述的一切主观表现，如果没有诗人瑰奇广阔的想象力的牵引，就会变得平庸无光，黯然失色，为了强调这一点，我们不妨再引数例以作欣赏，如他对落花的描写：

> 如钱塘潮夜澎湃，如昆阳战晨披靡。
>
> 如八万四千天女洗脸罢，齐向此地倾胭脂。
>
> 奇龙怪凤爱漂泊，琴高之鲤何反欲上天为？
>
> 玉皇宫中空若洗，三十六界无一青蛾眉。
>
> 又如先生平生之忧患，恍惚怪诞百出难穷期。
>
> 先生读书尽三藏，最喜《维摩》卷里多清词。
>
> 又闻净土落花深四寸，冥目观想尤神驰……
>
> （《西郊落花歌》）

博喻连譬，是那样的瑰丽，而以情绪变幻状落花，以佛典写落花，尤为诗人所独造。

再如他对自己神思遐想的展示：

> 逃禅一意皈宗风，惜哉幽情丽想销难空！拂衣行矣如奔虹，太湖西去青青峰。一楼初上一阁逢，玉箫金琯东山东。美人十五如花秾，湖波如镜能照容，山痕宛宛能助长眉丰……有时言寻缥渺之孤踪，春山不妒春裙红。笛声叫起春波龙，湖波湖雨来空濛。桃花乱打兰舟篷，烟新月旧长相从……卖剑买琴，斗瓦输铜。银针玉薤芝泥封，秦疏汉密齐梁工。佉经梵刻著录重，千番百轴光熊熊，奇许相借错许攻……天凉忽报芦花浓，七十二峰峰峰生丹枫，紫蟹熟矣胡麻馕，门前钓榜催词筒。余方左抽豪，右按谱，高吟角与宫。三声两声棹唱终，吹入浩浩芦花风，仰视一白云卷空。（《能令公少年行》）

恍惚变幻，莫测其踪，深刻地传达了诗人入世和出世的矛盾心情。

诗人的想象有时上天入地，神灵杂沓。如《桐君仙人招隐歌》《太常仙蝶歌》《小游仙词十五首》以及《己亥杂诗》中写恋情的篇章等，都具有灵异色彩，继承了李白、李贺、李商隐一路的传统，而作了诗人个性的发挥。侘傺旷邈、斑斓恢诡、侠骨幽情、灵幻迷离融而为一，在三李之后又开出了一个崭新的境界。

当然，诗人丰富的想象力还不仅体现于瑰奇的意象纷至沓来，诸如"猛忆儿时心力异，一灯红接混茫前"，这样的诗句，也同样体现了诗人凿破洪荒的深远思力。

最后还要强调的是，龚诗在格律方面限制不严，他的古体章句受韩愈、舒位、王昙的影响较多，好用长短参差，诗文互用的手法。而七绝也往往不受近体格律的束缚，声律拗折之处比比皆是，而且语言斑驳、刚柔并用、手法多样、变化莫测，尤其是《己亥杂诗》三百十五首，贯穿诗人的生平交游，抒发心中的种种感慨，更是直开前古之未有。当然，古典诗歌的基本形态并没有变，因此，龚自珍的创新仍然是在古典形态内部的创新，是新的风格、新的境界的开辟，何绍基称其诗"为近代别开生面"（林昌彝《射鹰楼诗话》卷十引），并非溢美之辞。

龚诗以其异常鲜明的个性，在当时和后世都发生过相当广泛的影响，程金凤评《己亥杂诗》便有"天下震矜定庵之诗"语（《己亥杂诗书后》）。其时，力学龚诗的就有蒋湘南和蒋敦复，至清末取法者尤众。梁启超曾说："光绪间所谓新学家者，大率人人皆经过崇拜龚氏之一时期。"（《清代学术概论》）《晚晴簃诗汇》亦称："光绪甲午以后，其诗盛行，家置一编，竞事摹拟。"而恶之者则斥之为"伪体""文词侧媚""佻达无骨体"，甚至认为"自自珍之文贵于世，而文学涂地垂尽，将汉种灭亡之妖耶"（章太炎《校文士》）。持此看法的章太炎是一个坚定的革命者，而反对变法的叶德辉却对龚自珍颇有褒誉之词，他曾说："先生既不幸以文儒终，身后复为世诟病，文人命厄，奚至于斯！

然至今读先生所著书，未尝不想见其怀抱之恢奇，于百千年世界之变迁，若烛照计数，了如指掌，岂非浙西山川钟毓之灵，累叶械朴作人之化，郁而未发，特借先生一泄其奇耶？"（《龚定庵年谱外纪序》）由此而益信不能以政治立场代替文学观点。但不管褒贬如何，龚自珍受到普遍的注目却是事实。龚自珍要不失为一代奇才怪杰，钱仲联师评其诗曰："其诗笔乃横扫一世之慧星，光芒辐射，拔奇于古人之外，境界独辟。其瑰玮之形象，如天马籋云，不同凡骥；如天魔献舞，花雨弥空。然今人推崇，亦已过当。"（《论近代诗四十家》）可谓持平之论。

第四节　修辞新奇，不失古格的魏源、姚燮诗

与龚自珍齐名的魏源，诗风却与自珍大异。魏源生于 1794 年，即乾隆五十九年，死于 1857 年，即咸丰七年，比龚自珍晚生二年，晚逝十六年。魏源在学术方面也深受公羊学的影响，同出于常州刘逢禄之门。对汉学、宋学和佛学也都有研究。有《古微堂集》。除此外，尚有《海国图志》《圣武记》《皇朝经世文编》等重要著作。其人性格与龚自珍差异较大，文学方面的影响和诗学观点也与龚自珍有区别。

魏源的品性比较朴实，好学深思。其《寄董小槎编修四首》诗曰："默好深思还自守。"又刻印一方，文为"默好深湛之思"，故其字曰"默深"。较持重冷静，善于控制感情，不像龚自珍那样容易冲动。在诗学主张方面，魏源有许多观点比较接近宋大樽，如其曾说："论诗必三百篇，闻者罕不大噱，而不知自从删后更无诗，非其体制格律之不同，乃其本末真谛之迥绝也……使无一字非真诚流出，而必三百篇焉，则读者亦皆动其真诚而竟如三百篇矣！"（《跋陈沆简学斋诗》）其推重三百篇与宋大樽如同一辙。当然，魏源之所以推重三百篇，乃是由于"真诚"二字，并不强调体制格调方面的复古，因此仍与宋大樽有区别。他的正面主张是"三要"："一曰厚，肆其力于学问性情之际，博观约取，厚积薄发，所谓万斛泉源也。一曰真，凡诗之作，必其情迫于不得已，

景触于无心，而诗乃随之，则其机皆天也，非人也。一曰重，重者难也。蓄之厚矣，而又不以轻泄之焉；感之真矣，而天机又极以人力，于是而人之知不知，后世之传不传，听之耳。"（《跋陈沆简学斋诗》）其中一二两点与清初钱谦益的诗学主张基本相似，也就是"有本"，本于真情实感，本于学问修养，而第三点，乃是针对"滑处"而发，这与矫正性灵派的浮滑之弊有关。在这方面，魏源与潘德舆也是一致的，所谓"华者暂荣而易萎，实者坚朴可久而又含生机于无穷"（同上）。这与潘德舆的"质实"两字是相通的。情感必须厚重，态度必须持重，创作必须慎重，不为人，不轻发，既需"天机"，又重"人力"，这样也就可药性灵之弊，正趋炎附势之心。

由此而进一步，魏源也主张独创，反对拟古不化，"蹈明七子习气"（《致陈松心信》）。他说："古人如陶、阮、陈、杜皆抒胸臆，独有千古。太白、青田乐府，一时借古题以述时事；东坡和陶，借古韵以寄性情，字字皆自己之诗，与明七子优孟学语，有天渊之别。"（同上）然犹恐古题古韵有损真情，因此他规劝陈松心将集中"拟古、次古韵诸题"删去。在《定庵文录叙》中又拈出一个"逆"字，说："其道常主于逆，小者逆谣俗，逆风土，大者逆运会，所逆愈甚，则所复愈大，大则复于古，古则复于本。"反对随波逐流，亦步亦趋，人云亦云。其精神实质也就是以独创为面目，以性情为根本。结合魏源对于三百篇的看法，可知魏源之所谓"古"，也就是原初诗歌不重"藻翰""音节风调"，不知悦人，而唯以直抒胸臆为指归的状态。所以由古而可复于"本"。"本"也就是诗人之"志"，诗人之性情。他曾在《诗比兴笺序》中说："自《昭明文选》专取藻翰，李善《选注》专话名象，不问诗人所言何志，而诗教一敝。自钟嵘、司空图、严沧浪有《诗品》《诗话》之学，专揣于音节风调，不问诗人所言何志，而诗教再敝，"可知魏源的"独创"，所着重强调的是言志问题、性情问题，而忽视了艺术形式问题，这对当时趋鹜时尚者，无疑是有力的当头棒喝。同时，国难当头，要求文学有补于时世，希望作家能跳出"音节风调"的圈子，也是完全可以理解的。而且，从根本上讲，强调表现作家特有的感悟，也有助于艺术形式的独创。但是，由于"志"和"性情"，并不等于艺术的感悟，它们既可能是文学表现的对象，又可能是非文学的表现对象，因此，如果片面地强调言志，又可能造成忽视艺术形式的流弊，历史上公安派的教训之一就是创作上的草率俚鄙。幸好魏源古代文学的修养较深，曾著《诗古微》二十二卷，又时与学古诗人陈沆等切磋，并为陈沆《诗比兴笺》作序，对汉魏诗歌也有相当造诣，由其《祝英台近山房诗钞序》也可略见其对唐诗亦有所得，由其对苏轼之赞美，又可知其并不排斥宋人，再由前人对魏诗的不同评论，又可知其创作之取径。以学汉魏六朝而闻名于世的王闿运曾说："不失古格，而出新意，其魏源、邓辅纶乎！两君并出邵阳，殆地灵也。零陵作者，三百年来，前有船山，后有魏邓，鄙人资之，殆兼其长。"（《湘绮楼说诗》）王夫之、邓辅纶都推重汉魏六朝，取法汉魏六朝，王闿运将魏源与他们并而同论，可知王氏心目中的魏源，正是他们的同志。而林昌彝则认为魏诗"雄浩奔轶而复坚苍遒劲，直入唐贤之室。近代与顾亭林为近"（《射鹰楼诗话》卷二），却把魏源看作为学唐诗人。然陈衍论道咸诗坛，又认为自"何子贞、祁春圃、魏默深、曾涤生、欧阳润东、郑子尹、莫子偲诸老，始喜言宋诗"（《石遗室诗话》)，则把魏源列入学宋诗派。其实他们都只看到了魏诗的一个侧面，魏源诗学本不以朝代论诗，取径广泛，并不囿于某一朝代。这也说明了魏源"泽古功深"（钱仲联《论近代诗四十家》)，并不是游骑无归的浪子。而且魏源也重视人工，又颇有诗才，九岁应童子试，县令出对"杯中含太极"，源即应对道"腹内孕乾坤"，语惊四座，所以魏源在理论上虽侧重强调言志一面，而在创作实践上却无公安、性灵之流弊。

在创作风格上，魏源欲参之于奇峭奥险与平淡之间，曾说"平生慕奇峭，及兹羡平易"，又说"奥险半平淡，文章悟境界"（《栈道杂诗七首》)。又推重"放其才情之所至，而驯造于神韵之自然"（《祝英台近山房诗钞序》)的艺术造诣。这些都间接地表明，在创作倾向方面，魏源欲调剂"变本加厉"和"返璞归真"这两种趋向。

就具体的创作实践而言，魏诗与龚诗相比，侧重于对传统的继承，独创性远没有龚诗那样鲜明，在格律体裁方面没有什么新的突破。魏诗的艺术造诣以山水诗最为突出，所以我们对魏诗艺术风格的分析将以山水诗为重点。

魏诗在章句方面比较稳健，往往以写景起句，然后由景生情，由情而触发议论，如《村居杂兴十四首》《偶然吟十八章》《次韵前出塞》等即是代表，在这方面较多地受到了汉魏古诗的影响。纯粹的山水写景诗，往往由概括而至具体，由总写而至分写，如《华山诗》《华山西谷》《嵩麓诸谷诗》等。其诗起首，有时采用抑扬层递手法，突现对象的精神，中篇则往往以排比铺陈手法展开笔墨，如《岱麓诸谷诗六首》其一起句："山大水声小，水与山不敌。谁知叁叁响，能静岩岩魄。"接着便并列分写石壁、山泉、洞水等各种山中姿态。七古中幅采用并列铺陈手法者尤普遍，如《游山吟》《岱岳吟》《华岳吟》《北岳五台看雪行》等皆是。与龚自珍变化莫测不同。

在诗语运用方面，也不似龚自珍驳杂陆离，魏诗虽偶尔也采用俚语，如"会者不难，难者不会"之类，却很少采用冷辟古奥的辞汇，一洗小学家之习气，造语比较自然，不以生硬为能事。但魏源善于调动多种修辞手法突出对象。如：

> 梦觉小生死，死生大梦觉。
> ………………
> 昼夜小古今，古今大昼夜。
> ………………
> 天地大人身，人身小天地。（《偶然吟十八章》）

通过概念的变换、移用，突现对象之神，生发哲理，启人深思。

一石一草木，尚压千万峰。

…………

台殿青云端，势欲压山侧。（《华山诗》）

谁知万壑响，出自微泉淙。（《华山西谷四首》）

千山去未已，一江勒之还。（《粤江舟行七首》）

以小大之对照，力量之变换，产生出乎意料的艺术效果，显示辩证之理。

身似鱼游空，何待生羽翼。

仰视峡中天，古井澜不沸。（《华山西谷》）

凛然火云中，雪冰雷雨射。

声阅百代速，影倒万峰碧。（《岱谷陪尾山源五》）

白云不在天，明月不在水。

落此乱石坳，钟声催不起。（《太室东溪卢岩涧》）

雷奔海立雄，尽化清晖浏。（《太室北溪石淙谷》）

压头万丈翠，倒作碕潭影。（《太室北溪箕颍谷》）

运用相对位置的主观颠倒，以及相对互生的主观异化手法，传达特殊的山川景色和主观感受。

似缩秦川图，铺之马足底。（《关中览古五首》）

登高复何畏，一呼万山唯。（《栈道杂诗七首》）

石石欲刺天，石石怒争壁。

不见一鸟飞，但闻万马栗。

…………

世界缩地入，万鬼拔山出。（《剑阁二首》）

骨化石槎牙，心化冰萧爽。

梦中天汉声，崩倒九千丈。(《庐山和东坡诗二首》)

人行水月中，彼我皆冰雪。

直疑南北峰，皆我苍苍骨。(《武夷九曲诗五首》)

蛟龙欲起时，全潭绿俱舞。

…………

全身浸绿云，清峰慰吾渴。

…………

两堰如叠梯，百丈千艘挂。

水一有不胜，舟乃得寸迈。(《湘江舟行六首》)

采用比拟幻化和夸张相融合的手法，强化对象的特征和特殊的主观体验。除此以外，魏源也较善用比喻手法，如：

苍寒浸金碧，乾坤镜一片。(《盘山纪游四首》)

松泉亿万涛，尽作云霄乐。(《盘山纪游四首》)

莹然一寸心，苍苍照天地。(《华山西谷》)

空碧动槛楹，玻璃作天地。(《粤江舟行七首》)

境界开阔、奇丽。有时设想也充满豪气，如"运斧斫秋云，和云担过岭"(《西洞庭包山寺留题四首》)、"愿借玉女盆，酌此玉井杯。更借巨灵掌，劈驭片琼魂。携归傲嵩岱，何独小黟台"(《华山西谷》)。不少七古还好用排句来增强气势，如《庐山纪游六首》："问庐山，庐山瀑源何所通？胡为汇彼万仞之高峰？胡为今古喷薄无终穷？……不然安得空山挂银汉，安得晴昼飞白龙，安得平地咫尺间，忽霜忽雪忽雷风"，磅礴浩荡，令人昂奋。

魏源的诗成功地运用了许多前人不常使用的表现手法，从而又为中国山水诗开辟了许多新鲜独特的境界。在这里魏源的创作智慧和独创精神得到了相当充分的发挥，他的诗歌既不同于谢灵运一路专凭语言雕炼手段来直接传达对象的形与神，又不同于李白、韩愈一路，通过驰骋神奇的幻想来渲染气氛，展示超离凡尘的奇特世界。魏诗对山水的刻画，虽然以传真为归，但也相当重视主观感觉的改造作用，而这种改造又始终不脱离客体，客体虽然在魏源的笔下变得生气勃勃，尽情地展示着各种姿态，但是它们并没有被彻底幻化，而依然保持着固有的神态和品格。当然，它们的许多特征和经常隐秘不露的侧面得到了凸现和强化。它们与主体感觉之间的联系也被明显地公诸于世，又经常在主体的指挥之下，不断变幻。而在客体和主体交流过程中形成的艺术境界，给人的感受体验则是雄奇壮美、气势奔放，显然不同于厉鹗山水诗的幽邃清秀。

郭嵩焘评魏诗谓："山水草木之奇丽，云烟之变幻，瀚然喷起于纸上，奇情诡趣，奔赴交会。盖先生之心，平视唐宋以来作者，负才以与之角，将以极古今文字之变，自发其欹崎历落之气。每有所作，奇古峭厉，倏忽变化，不可端倪……其于古诗人，冲夷秀旷，宕逸入神，诚有不足，然岂先生之所屑意哉！"（《魏默深先生古微堂诗集序》）而王闿运自浸润汉魏日深，又一变旧见，认为魏诗："今看殊未成格。"（《湘绮楼说诗》）也从反面说明，魏诗并不恪守汉魏六朝诗法，而有所新创，但与龚自珍相比，魏诗的独创性并不醒目，这主要在于魏诗的格律体制、语辞选用比较稳重，与传统差异不大，在诗界的影响也远没有龚自珍广泛深远。

而其时声名在魏源之下，诗歌创作成就却在魏源之上的则有姚燮。李伯元说："四明姚梅伯孝廉燮，与魏默深、龚定庵、蒋剑人同时，才气学术，足以凌轹魏、龚，蒋剑人非其敌也。著书数十万言，尤推《复庄诗问》及《复庄骈俪文榷》为最高，死后名不甚彰。当世崇拜魏、龚，而无一人知有姚氏者，殆文运未昌之故欤？"（《南亭四话》卷一）姚燮之不遇诚为可惜可叹，然恐不只是文运未昌之故。

姚燮生于 1805 年，比魏源少十一岁，卒于 1864 年，比魏源晚七年。字梅伯，号复庄，又号大梅山民等。祖籍浙江诸暨，后迁镇海。

姚燮生具异禀，聪明过人，"生周岁未能言，而识字二百余"，五岁即能赋灯花诗五言二韵。"读书恒十行下，自经、传、子、史至传奇小说，以旁逮乎道藏空门者言，靡不览观。"（徐时栋《姚梅伯传》）既博学，复又多才多艺。于文学兼擅诗、词、骈文，有《大梅山馆集》行世。又能作传奇戏曲，有《褪红衫》《梅沁春》《苦梅航》等戏曲，又有戏曲研究著作《今乐考证》十二卷，戏曲选集《今乐府选》一百九十二册。而且还擅长绘画，尤长于梅花，称得上是一个全能的艺术家。但与龚、魏相比，姚燮算不上是一个思想家，他的经世著作和学术著作都无法与龚魏比肩。在救亡图存的时代，姚燮在这方面的欠缺，显然会极大地减弱他的社会影响，而且姚燮的人生经历颇为坎坷，三十岁中举，其后屡屡应试，都名落孙山，后又身罹鸦片战争之祸，晚年唯以文画润笔自给，穷困潦倒，这也同样会影响其知名度。

在诗学方面，姚燮早年曾受到袁枚性灵派的影响，其序张培基《问己斋诗集》说："曩予为诗，取法袁简斋，下笔立成，觉抒写性灵，具有机趣。中岁晤定海厉君骇谷，慈北叶君心水，规予返本还原，究心汉魏，约拟古以作课程。如是数月，觉诗较进。阅前所为诗，虽若可惊可喜，勿取也。始悟所以为学者，必剥炼精醇而后才质有所附，非徒恃才质所能有成，文艺无不如是也。"又说："诗必法古，风骚以降，汉魏六朝其选也。唐宋诗格递变，要皆各有其长。"（参见张培基《复庄诗传》）姚燮的转变，正体现了嘉道以后的一种普遍趋势。为纠正性灵派在实际创作中忽视传统的流弊，要求学古，掌握诗歌艺术的基本功，这是正确的。天才必须以后天的学力为土壤，才能茁壮成长，有所成就。厉志曾引姚燮语说："只如作书画，似与读书不相干，然亦要书味深醇者为之，犹之粪壅在田土上，而种植之物自然穮嫩。"（《白华山人诗说》卷二）经过学问的滋润，诗人的审美眼光和趣味就会变得高雅，诗材就会充实富有，因此诗虽然并非学问，却与学问有着曲折的联系。姚燮重视学问，虽然并不是什么新见解，但对于姚燮的创作实践却是有利的。姚燮对于诗歌传统所采取的全面继承的态度，也是正确的。在唐宋之后要想有新的开拓，需要明辨诗歌发展的源流，认识诗歌发展的必然性，吸取各个阶段的合理内核，这样才有可能避免创造的盲目性。但重视学古，如果走向极端，就有可能转变为拟古，失去自我，所以姚燮始终没有放弃抒发性情的观点。在强调学古的同时，他又认为"顾法古人而但蒙其面目，则性情亡矣"（参见张培基《复庄诗传》）。又自定诗集说："吾之诗，吾自寄其性情耳。"（《复庄诗问》）甚至还强调说："本原苟不亡，蚓窍亦钟簴。哀乐流至声，足为元籁辅。夜中婺妇啼，能令盗心忱。"（《论诗四章与张培基》）这种主张仍然保持了性灵派的精神。因此，姚燮虽然重视学古，但对古代作品的揣摩学习，只是作为训练创作基本功的"课程"，而并不作为真正的创作活动。然而又正因为姚燮曾究心于汉魏、唐宋元明诸大家，有较深厚的诗学修养，所以其诗才能"格律精细，气味深醇"（参见汤淮《复庄诗问题识》），没有性灵的流弊。

姚燮的诗歌体裁多样，尤以乐府和古体最为杰出。姚燮还创作了许多组诗，其中最著名的是五古《南辕杂诗》一百零八首，历来组诗以绝句和律诗为多，用五古体裁写出这样的大型组诗，为古来罕有，它标志着我国大型组诗的一个新发展。

在艺术表现方法上，姚燮的长篇古诗和乐府，尤长于叙事。姚燮有较深厚的戏曲小说修养，故在叙事中，能运戏曲、小说之神理入诗，婉转曲折，具体细腻，人物形象鲜明，而且具有相当的故事情节性。有悬念，有特写，跌宕起伏，扣人心弦。不少作品，如翻译成散文体文字，完全可作短篇的传奇小说，或缩写、特写来看。

许多作品为了使结构紧凑，叙事洗炼，情节鲜明，舍弃了反复咏叹手法，以及装饰性的比兴铺张、夸饰渲染等传统表现方式，而往往采用一气盘旋，纵向承接展开的方式来呈现事件的过程。与古乐府《陌上桑》《孔雀东南飞》《木兰辞》等很不相同。当然诸如《东门行》《妇病行》《孤儿行》叙事比较朴素真切，如《雁门太守行》等更趋向于散文化，但事件的情节脉络大多相当简单。杜甫、白居易的

新乐府,如三吏三别、《卖炭翁》等虽然发展了《东门行》《妇病行》
《孤儿行》这一类古乐府,但一般篇幅较短。姚燮的《卖菜妇》《巡江
卒》《迎大官》《北村妇》《山阴兵》等短篇乐府,"融古乐府与新乐
府于一炉,而无元白率易之病"(钱仲联《论近代诗四十家》)。但如
《卖菜妇》中点缀以"卖菜、卖菜"的叫卖之声,却是前代比较少见
的,它使作品的生活气息更加浓郁。《山阴兵》一诗,起首以一藉草
而卧的士兵引起悬念,接着通过士兵之口追叙战斗负伤经过,亦近
于小说家笔墨。其他长篇,更非古人所能限制。如《双鸩篇》,洋洋
一千七百九十五言,虽然在体制上脱胎于《孔雀东南飞》,但又吸取
民间文艺鼓词和子弟书叙事晓畅曲折的特长,形成了崭新的面貌。虽
然诗中为渲染气氛,也采用俳俪句式,却不再是一种外在的修饰,而
更加贴近人物具体的生活真实。比兴、夸饰手法在诗中虽然也偶有运
用,但往往与人物事件的关系相当密切,是对人物所处环境的真切再
现,而不再具有装饰性。而且从篇章结构到叙述语调,在整体上已呈
现出一种散体化的倾向。长篇《佘文学梅听屠生说马僧事证之随园所
书者纪以古诗属余同作为制椎埋篇一章并录佘君诗于后》(以下简称
《椎埋篇》)叙述了一位奇侠马僧行侠的故事,情节波澜起伏,曲折生
动,称得上是一部诗体的武侠传奇。他如《暗屋啼怪鸮行》《雪夜饮
酒听赵二裕熙说庚子岁定海县知县姚公怀祥总兵张公朝发殉难拒夷事
纪以长歌》《金八姑鹤骨箫诗为沈琛其赋》等叙事长篇也富有相当的
小说传奇意味。在清代继吴伟业以后,姚燮的叙事诗在融合"俗文学"
的特长方面又向前迈进了一步,开拓了新的境界。

除叙事诗以外,姚燮的山水诗也是相当杰出的。与魏源相比,姚
燮不仅长于传神,擅长表现主观体验,而且还能用雕炼镌刻的手段抉
天心、探地肺,力擒山水魂魄。其诗如:

朝海群岫严,缠天万松紧。

…………

钟梵出峡迟，星斗落檐亮。(《由妙庄严路至普济寺三章》)

涧流夜细调岩语，苔气春酥腻石鬟。(《白华庵》)

藻缝皆山影，沄沄动日光。(《青玉涧》)

观察精细，下语精贴，但尚不能尽姚燮之长。再如：

且抱青莲眠，莲浮大海上。(《由妙严路至普济寺三章》)

俯吸落日气，仰吐初月华。

容腹未及斛，作意偏馣谽。

林阴石垂掌，与云相攫拿。

揉之极纷碎，散如杨柳花。(《喇叭嘴》)

吾衣抱碧如远山，欲化云痕落千顷。(《月夜坐海印池》)

凿空生绿霞，扑地有余茜。

檀栾开画屏，潮音打成片。(《紫竹林》)

倏有万片花，片片拍风起。

上袜不可扑，透湿已及里。(《潮音洞》)

腕底华鬘云，尽作楼台悬。

楼台百二门，面面皆有天。

一天一世界，随界开白莲。

此莲非佛种，亦非凡世妍。

跨凤掇其英，触手成古烟。

不知此身轻，已置莲叶巅。(《法华洞》)

化喻为本，疑幻成真，通过物物的变换以传达特殊的感觉效果。有时为强化山川的气势和神奇怪诞的神态，还运用比拟与神幻化的想象相结合的手法以虚写实。如：

海氛东出关，远避不敢寇。(《笑天狮子岭》)

蛰龙破雾游，天崖断中硖。

乱石青芙蓉，垂瓣皆倒插。

…………

大鱼竖长鬐，逆风与潮狎。（《自飞沙岙至梵音洞》）

骇景动怖人，先令耳目死。

巨狼天关蹲，不肯掉回尾。

凿隙如两眸，其神注千里。（《潮音洞》）

中有元珠潭，孛星挂裙浴。

鲎带影晚红，蚕眉展秋绿。

倒吸地髓干，吐之化青玉。

玉软成云痕，泽使万花缛。

石死愁骨枯，芝菌渐相肉。（《鼋潭岭》）

岩势方急奔，忽踏一履住。

仰失头上鸿，已过溟渤去。（《下厂宝松庵二章》）

玉女搴水帘，睨我过云峤。

瘦石随吟肩，撑空竞苍峭。（《自仙人岩至梓树坑》）

置席云涛中，有如潮碇舟。

弱梦不守魂，沉没谁能求。

雷霆夹壁生，驱龙过吾头。

木客骑老黑，环屋声啾啾。

…………

渐从吾枕根，倒拔千丈楸。（《沈家庄夜半大雨》）

黑风涧底盘，似有哭声过。

又似人语声，郁在千仞下。

高星摇惨芒，未肯到地射。

鬼车飞过头，碧血上衿涴。（《由梅树孔星夜趋鬼叫坑三更抵化龙庄》）

蜀关峨嵋云，苍苍割一股。

> 巨灵矜力强，移来掌心舞。
>
> 下听蛟峡崩，瘦日压凄苦。
>
> 疑突阴洞兵，惊魂摄鼙鼓。（《自大岩坑逾篠崎岭出斃瓮峡》）

这种描写与魏源相比，更接近于李白、韩愈一路驰骋神幻想象的浪漫境界。比较而言，姚燮笔下的山水比魏源所表现的更生动，但缺乏魏诗的理趣。

而在诗歌语言方面，姚诗总的倾向比较典雅、精炼。有些乐府诗虽也点缀以口语，而总体上距口语有相当距离。姚燮对汉魏古诗用功甚深，也受到《饶歌》的影响，《复庄诗问》有拟《饶歌》之作，其诗如《南辕杂诗一百八章》《哀鸿篇》《惊风行五章》《椎埋篇》《独行过夹田桥遇郡中逃兵自横山来》《闻皋儿在城中阻夷军不得出同弟向长春门冒刃入城至寓馆觅得之薄暮始乘间出城》《叚塘火》《后冒雨行》《暗屋啼怪鸮行为郑文学超记其烈妇刘氏事》等诗以及大量的山水诗，语言都比较古雅，即使如《谁家七岁儿》《速速去五解》《山阴兵》《北村妇》这类乐府诗，语言也较文雅。诗中如"收鬻""不遑""良诈""咎祥""四角碇铁""觌面错愕""倏忽轻趠""镞声砉騞千百砮""奇气芬昷益春液"等辞句，对于乐府诗来说都是不能目为通俗平易的。当然，姚燮也不同于龚自珍时以小学习气作诗，姚集中特别怪僻的语辞也不多，诗句也较流畅。

当然，姚燮的诗歌风格是比较丰富的，陈文述誉其诗曰："其博大昌明，如摩诘之王；其出神入化，如少陵之圣；其枯寂空灵，如阆仙之佛；其飘忽绵邈，如太白之仙；其幽艳崛奇，如昌谷之鬼。"（《复庄诗问题识》）虽用了夸饰的文学语言，但也指出了姚诗风格的多样性。除此而外，姚燮的《红桥舫歌四十六首》《西沪棹歌一百二十首》，或绮靡轻艳，或风调流转，平易通俗，显示了姚燮受性灵派影响的一面。但最能体现姚诗艺术造诣的还是他的山水诗和叙事抒怀的古体和乐府，这些诗作或幽异奇秀，气象万千，或苍凉抑塞，真挚飞动，或波澜起伏，扣人心弦，其总的创作倾向趋于尚奇生新一路。

姚燮和魏源一样，都是学古而能创新的诗人。他们与龚自珍相比，对传统精神的继承要多一些，尤其是在语言方面，相对来说，比较古雅，不像龚自珍那样比较驳杂，造语不拘一格，时时突破常规，然而，他们也同样创造出了深刻新奇、动人心弦的诗境。"圣洞海潮音，百灵起狂沸。"（钱仲联《论近代诗四十家》）姚燮和魏源的诗歌正是古典诗歌波澜翻腾中激起的又一股潮音。

第五节　回旋于正变之间的诗人

与魏源和姚燮一样，张维屏、张际亮、汤鹏等诗人，也同样是要求学古而能创新的诗人。

张维屏生于 1780 年，比魏源长十四岁，比龚自珍长十二岁，1859 年去世，比魏源晚二年。广东番禺人，道光二年（1822）进士，科名早于龚、魏。有《张南山全集》《国朝诗人征略》等著述。

张维屏论诗，颇不满于袁枚的性灵派，曾说："随园一叟气难降，力奋船山鼎欲扛。颇怪两雄兼悍泼，古诗不免杂油腔。"（《论诗绝句二十四首》）又说袁枚："名盛而心放，才多而手滑，诸体皆有游戏，而七古尤纵恣。"（《听松庐诗话》）重视学古，推尊《诗》《骚》、汉魏，于两晋南北朝取陶潜、左思、鲍照、谢灵运、谢朓，于唐、宋、元取李白、杜甫、韩愈、白居易、苏轼、陆游、元好问，称他们为"万古骚坛七大家"（《论诗绝句二十四首》），而不取李贺、李商隐、黄庭坚诸家，在明代既反对七子，又不满公安，认为"大言二李自称尊，真意无多格调存。我论明诗三巨手，青邱怀麓到梅村"（同上）。比较推重高启、李东阳、吴伟业。学古面比较广泛，但与学宋诗派显然有区别。又与姚燮一样，学古而不忘"性情"，认为"诗之根本，莫要于性情。"（《梁芗甫孝廉桐花馆诗集序》）要求创作有自我性情的真诗，他与翁方纲论诗而谓："万顷茫然问去津,探源星宿渺难论。水当入海千条合,诗可呈天一字真。此道扶轮推老宿,多生呕血几传人。卓锥立壁寻常事,但乞奇方疗腹贫。"(《次韵奉酬覃溪先生见寄》)要独开生面,缺乏相当的艺术修养和广博的学识,也是不能成功的,因此,张维屏要"疗贫"。经过乾嘉诗坛格调派和性灵派的反复,鉴于双方的流弊,嘉道以来的诗学观点,在原则上又重新向清初诗人靠拢。

然而,在创作实践上,张维屏的创作成就并不很高,独创性也并不明显。林昌彝评其诗说:《岭南群雅》称太守诗出入汉魏唐宋诸大家,取材富而酝酿深,气体则伉爽高华,味致则沉郁顿挫。余谓太守诗清新婉丽,体物浏亮,如海底木难,斑驳眩目。"(《射鹰楼诗话》卷二)其实,"清新婉丽,体物浏亮"八字虽能传张维屏诗之神态,但张维屏诗的艺术境界并无多少新生面。

其诗语言比较文雅,色彩自然,与李商隐不同;句式流畅平稳,与江西派不同。他认为行文当"随感而通,因物以付,如风行水,如水行地"(《复龚定庵书》)。这项主张与苏轼比较接近。所以他在创作上也以行文自然为主,但笔墨却不如苏轼舒卷翻动,气势纵横。张诗在章法上有时也常运之以散文之气体,以单笔行文。其近体如:

> 兵甲气消余鹤唳,波涛声定有渔竿。(《北程纪游》)
> 金山便是中流柱,铁瓮曾关上将坛。(《由金山放船至扬州遂览平山康山诸胜得诗四首》)
> 战胜至今传皂角,才难从古似琼花。
> 兴来狂空思骑鹤,运去通侯爱种瓜。(《维扬怀古》)
> 二陵觳北迷风雨,一炬咸阳冷劫灰。
> 阅世铜人应有泪,当时金马不凡才。(《秦中怀古》)

在偶句中以一气贯注,这是宋诗的常用手段。张维屏的古体有时也采用古文的章法。有时为了着意描绘山川景物,还学习韩愈和苏轼采用铺叙和排比博喻的手法，如其描写华林寺《五百罗汉渡海长卷》：

> 短长肥瘦貌各别，老少宽猛神不同。
>
> 或似欢喜有笑容，或若赫怒须眉雄。
>
> 或则群聚云重重，或则独立心忡忡。
>
> 或则舍利腾长虹，或则璎珞垂丰茸。
>
> 或跨鸾鹤翔虚空，或踏鲸鱼朝祝融。（《华林寺观五百罗
>
> 汉渡海卷作歌》）

罗汉形象神态各异，气势奔放，这是诗人所采用的艺术手法所产生的良好效果。

而诗人在描写和抒怀的时候，也好用主观夸张手法，其诗如：

> 谁能直跨洞庭脊，唤起老龙耕玉田。
>
> 蒙蒙三万六千顷，红镜徘徊素波冷。
>
> 翩然七十二芙蓉，齐整鸦鬟照娇影。（《晓望太湖》）

最后诗人又驰骋于想象世界，抒发豪情逸兴：

> 呼嗟乎！人生当学鸱夷子，报国功成乐忘死。
>
> 五湖浩荡一扁舟，载得美人泛烟水。
>
> 不然大呼道人携笛来，铁虬一吼青冥开。
>
> 便骑赤鲤踏波去，御风游戏金银台。

在主观的夸张描绘中，也糅合着生动的喻拟手法，而被描写的对象也由客观的太湖景色转变为主观的想象世界。再如：

> 蜚廉赫怒鞭五丁，排山倒海声砰铿。
>
> 巨灵空际一鼓掌，忽徙玉京来洞庭。

············

全湖顷刻堆琉璃，千里空明同一色。

我疑洞庭君，龙战东海涯。

赤龙长驱白龙北，鳞甲万片随风飞。

又疑湘夫人，云中正沉醉。

并刀乱剪英琼瑶，幻作天花散平地。(《洞庭湖大风雪放歌》)

诗人展开了一个神话的世界，令人惊心动魄。而诸如：

日斜楼观明，水际金碧铺。

峰头飞雨来，众籁交笙竽。

洒然万斛珠，散入白玉壶。

开襟吸湖渌，倦客筋骸苏。(《湖心望孤山遇雨》)

虽然采用一般的形容手法，却也生动可喜。但相比而言，张诗展示出的艺术境界，虽然阔大壮美，却并不新奇深刻。如果把张诗前置千余年，那么，也许会受到文学史家的高度重视，但出现在唐宋元明以后，张维屏所描写的这些境界就不足为奇了，这就是清人的难处。

而比张维屏小十九岁，却早逝十六年的张际亮，诗歌成就要略高于张维屏。

张际亮，字亨甫，号松寥山人，华胥大夫。福建建宁人，以举人终。有《张亨甫全集》《金台残泪记》等著述。一生蹇蹬困顿，却颇重友朋气谊，与桐城派诗人姚莹最善。朱琦《校正亨甫遗集作诗志哀》一诗生动地概括了他的生平：

长安逢君少壮时，怒马独出黄金羁。

红灯绿酒相娱嬉，墨沈一斗翻淋漓。

朝吞千龙暮千黑，忽然拂袖游霅溪。

远探禹穴寻会稽，遂登黄楼望九疑。

猩猩叫烟鹧鹕啼，造化镌削愁肝脾。

南来跌荡诗愈奇，公卿名满纷走趋。

气高寨嶻头不低，欲止莫尼行莫追。

独忆故人东海厔，澎湖高建十丈旗。

…………

传闻和戎饵岛夷，群飞刺天毁功碑。

君方抱病吁且唏，故人槛车奋相随。

时姚莹守台湾，为奸人所讦，被逮入京，张际亮愤愤不平，抱病随姚莹入京，不久病重而逝，而其正直重义的品质却被人广为颂扬。

张际亮的诗学观点也受到桐城派的影响，他既反对沈德潜，又反对袁枚，曾说："如沈归愚辈乃禅家所谓堕于理障，如袁子才辈则又所谓野狐外道也。"(《答朱秦洲书》)这种观点与桐城派是完全一致的。姚莹继承家法，在《孔蒭浦诗序》《张南山诗序》中都严厉地抨击了沈德潜的格调派和袁枚的性灵派，同时又不满于翁方纲之流以考据为诗。而张际亮对翁氏也同样有微辞(参见《与徐廉峰太史书》)。在《石甫明府出示方植之东树先生诗因题》诗中对桐城派诗人姚鼐四大弟子中的方东树和刘开颇有溢美之辞，而在诗中提出的"积理养气"、自创新意的正面主张与方东树《昭昧詹言》中的观点也基本一致。同时又推重宋大樽，称其诗为"绝调"(《塘西》)。张际亮与魏源、姚燮、张维屏等一样都是希望学古而能创新的诗人。

张际亮与姚燮一样，是一个高产的诗人，平生作诗一万余首，而《松寥山人诗集》中，在艺术方面比较有特色的作品，也以山水诗为主。他的诗歌在章句方面受到韩愈的影响，明显的例子如《游玉华洞》一诗，仿《南山》铺叙手法，连用"或"字，并列形容洞府各种姿态。多数诗作，笔调健举奔放，色泽苍茫。其诗如《亡名氏山水画障》《过废关》《闽中感兴》《过钓台》《南台秋望》《能仁寺宋元祐铁镬歌》《入龙鼻洞》《观音洞》《忆大龙湫作歌》《游玉华洞》《浴日亭》等，行文之中风雷鼓角、黄云白浪、蛟鼍鲸鲵、苍龙鹰隼、荒崖峭壁之类的辞汇和意象不时出现，而日丽风和、明媚柔婉的辞汇和意象则并不多见。但诗人也较少使用幽险怪僻的语辞，句式大多整齐流畅，而在章法上却能注意出奇制胜，其诗如：

> 飓风夜卷崖山波，西台遗老徒悲歌。
> 竹如意碎白雁啄，六陵石马寒嵯峨。（《能仁寺宋元祐铁镬歌》）

一开始便出人意料地宕开一笔，从宋代亡国的悲凉景象落墨，接着又用一诘问句从题外收回：

> 此镬胡不铸干戈，膏敌血使邦无他。

为开掘题旨，引起人们对历史的沉重思考，开辟通道，真可谓笔力千钧。再如：

> 惊风吹水水漫漫，白日入海苍天寒。
> 空青千里气不尽，黑鸦影没三神山。
> 冰夷啸浪老龙出，大蛟小鳄啼秋湍。（《水仙引月夜听高二任卿弹琴作》）

一开始便用视觉形象来呈现琴曲的境界，却不着一字，如海市蜃楼，凭空即现，至中幅方才点题，类似于韩愈的《听颖师弹琴》，但前段笔墨似更不着痕迹。再如：

千年一片扬州月，照尽红颜照白骨。

河水吞淮水横流，父老露栖若霜鹊。

民困何关商富贫，商贫更有溺饥人。

大臣变法小臣急，太息俞刘敢顾身。(《谈艺图为石甫廉

访题即送之官台湾》)

通过对水荒难救的强调，为姚莹的经世之才的施展作了有力的衬托，接着一笔收到姚莹身上：

姚侯奇才实天纵，片言已使人心动。

数日呼来百万金，可知官要诗书用。

鲜明地突出了姚莹的才干，主人公一出场便光彩夺目，身手不凡，给人以强烈的印象，然后才正面展开对姚莹文章政事成就的叙写。

这些都说明张际亮善于运用开阖延宕之法，使篇章飞动变幻，富有生气。

而诗人对客观对象的描写，也善于展开联想和想象的翅膀，比较夸张地传达对象的神态，其诗如：

老龙夜缩溟渤壑，僵卧空岩鼻涕作。

日月无光风雨寒，洞阴钟乳时时落。

攀援百级如入瓮，回望苍茫云海冻。

飞峰峭壁各奔投，头上青天随手动。(《入龙鼻洞》)

常疑日月云中尽，忽放峰峦壁上来。

松翠暗重交竹路，石龛高置象莲台。(《观音洞》)

入洞若瓮若黑烟，洞内万石各倒悬。

双持炬火烛怪异，但见鬼佛参神仙。

或现牟尼髻，或擎罗汉拳。

　　或类枯僧定，或貌少女妍。

　　或突象奋怒，或蟠龙蜿蜒。

　　或侧虎踞地，或垂牛饮川。

　　或鸟上挂木，或鱼下戏莲。

　　或枫之瘦丑，或桐之苍坚。

　　洼之为井灶，凹之为地田。

　　露之为浮棋，广之为长筵。

　　张为帘幌大，散为金珠圆。

　　艳为丹沙吐，辉为碧玉鲜。

　　就中奇状不可一一写，直疑山鬼炼出娲皇先。(《游玉华洞》)

　　楼开瀑布内，星在客衣边。(《宿飞泉岩》)

　　烟崖悬屋峭，春雨到门深。(《潮音洞》)

　　当时快意纵高歌，不意声出惊银河。

　　空中蜿蟺一百丈，飞腾千步如太阿。(《忆大龙湫作歌》)

　　通过联想喻拟手法或者疑幻手法，对象尽情地展现其各种独特的姿态。有些是喻拟物象的再现，有些却是反常离奇的：云海冻结，飞峰奔投，壁上峰峦……但如果联系具体的表现对象，那么这些反常离奇的形态又是完全可以理解，合乎情理的。当然与魏源和姚燮相比，张诗一方面在丰富性和深刻性上尚逊一筹，同时，对于主观感受本身的微妙处也表现不够。

　　张际亮在当时诗名甚大，汤鹏称其"诗名满天地"(《送张亨甫明经》)，姚莹又赞其诗"沉雄悲壮"(《张亨甫传》)，"几追作者"(《汤海秋传》)，而陈衍则以为张际亮"老守古法"(《陈石遗先生谈艺录》)。的确，张际亮诗虽然雄奇悲壮，但在艺术方面创新不多。

　　而汤鹏在当时也曾凌轹一时，姚莹曾将他与龚自珍、魏源、张际亮并称。

　　汤鹏生于1801年，比张际亮小二岁，早逝一年，两人年寿相当。

但汤鹏科场较顺利，二十多岁即成进士。三十岁补御史，因敢于言事，旋即罢回户部主事。刊有《海秋诗集》《浮邱子》等。汤鹏自视甚高，其自嘲云："海水虽东翁不东，心吞风云气吐虹。下凌沧洲上华嵩，掎天拔地太狂纵，不肯轩轾万古之心胸。"(《嘲海翁》) 睥睨一世，豪气拿云，兀傲磊落。在诗学方面，虽好学古人，却不愿屈于古人。他曾在《此日足可惜一首答梅生并效昌黎杂用阳庚青东冬江韵》诗中借梅生之誉，表明了自己的学古旨趣：

> 子谓我《古意》，吞彼文通江。
>
> 子谓我《秋怀》，嗣宗不能双。
>
> 子谓我《九怀》，左思走且僵。
>
> 子谓我《放歌》，屈宋之古香。
>
> 谓我《孤凤篇》，《天问》高颃颉。
>
> 谓我《慷慨篇》，哀艳逼初唐。
>
> 谓我《古歌谣》，导源击壤翁。
>
> 谓我《和琴操》，退之宜望洋。
>
> 谓我四言诗，出入雅颂风。

汤鹏与许多湖南人一样，也同样爱好汉魏初盛，但汤鹏并不愿奴于汉魏初盛，志在"变化汉魏驱齐梁"(《山阳诗叟行》)、"指挥徐庾沈宋如儿童"(《嘲海翁》)。他要独树一帜，将自己"历落嵚奇"之概"尽入惨澹经营中"(《嘲海翁》)。但诗人爱打抱不平。明代后七子首领王世贞，清初以来受到普遍排击，彼訾此诟，几无完肤，汤鹏却作《弇州山人入梦行》为死人大翻其案，但他是从学古而能自出变化的角度来肯定王氏之才学。在并不一笔抹杀明七子这一点上，他与桐城派和潘德舆的观点是基本一致的。

汤鹏在创作上也不愿受到太多的约束，因此他喜欢采用比较自由舒展的古体来抒发性情。《海秋诗集》中长篇巨制连篇迭出。如《东西邻》《梦游浮丘行》《蔡志行》《五源行》《山阳诗叟行》等俯拾皆是，《孤凤篇》长达一千一百余字，大型组诗如五古《秋怀九十一首》略少于姚燮的《南辕杂诗》。

汤诗的语言恢宏奇肆，接近于韩愈一路。又好用叠辞，最突出的要数《孤凤篇》，诗中分别用"吅吅嚾嚾""谍谍讪讪""仡仡伫伫""踆踆蹻蹻""燕燕梦梦""個個徨徨""姝姝婑婑""溱溱济济""娄娄瞻瞻"来形容众鸟之噪及种种丑态，为古来罕见。又好以骈散夹杂，长短参差的句式造成奔腾咆哮的语势。其诗如：

> 凤曰：嗟余既祗承帝命，为羽虫三百六十之长，曾不可与三百六十生龃龉。大愿天下四千五百种类，各各缨义戴仁，负礼蹈信，巢荣阿而集彤除。荣阿窃窱，彤除煌煌。乃仪乃庭，乃舞乃庆。司晨于宫，扈轸于旁。信时良而意美，挈俦侣以腾骧。悲哉凤兮，上天下地求之遍，了无同志延颈奋翼来扶将。（《孤凤篇》）
>
> 遥遥相峙数百里，乃有浮丘磋磕崒峚不可以扳援。
>
> 左踏龟台之脊背，右拔熊耳之顶巅。（《梦游浮丘行》）

诗人完全随意而发，将诗文融于一体，在这方面他继承了韩愈杂言体的传统，在清代又与钱载、舒位、王昙、龚自珍的杂言体表现出了共同的倾向。

汤诗又以主观抒怀为主，善于吸取神话幻想的精髓，上天入地，靡所不至。如《梦游浮丘行》《孤凤篇》《夆州山人入梦行》以及《放歌行》《秋怀》等皆是对主观幻想和情怀的抒写，即使如《蔡志行》这样一首本来纯是纪事的诗篇，也被诗人主观情感的光和热所融化，疏于叙事，而详于幻想。诗人由县令因胆怯心虚而变态致死作为触发点，着意渲染神鬼主持正义的场面。

元雾搏空，昏彼白昼。人不恤，天所禄。蔡志为人孝且勇，为鬼乃与天神地示诉幽独。厥惟五行之精，五岳之长，各各为蔡志菇酸吐辛鸣厥冤。雨师风伯雷公电母，各各为蔡志抚膺刺骨愤怒不可言。昊天上帝天九门，虎豹狺狺守其阊，合词跪奏帝纳焉。此情此憾弗湔洗，下界纷纷颠黑倒白尸其权。檄召阎罗司汝事，立遣夜叉翩以翻。提挈蔡志调踪迹，不令逃逸县官魂。(《蔡志行》)

在这方面汤鹏明显地借用了戏曲传奇中常用的神鬼报应的构思方法，为蒙冤的弱小者伸张正义，带有相当的浪漫色彩。

另外，汤鹏还善于通过对客观对象的发掘、析议，突现隐藏在现象中的理趣。其诗如：

读书不必贵，吹竽不必奴。
读书不必智，吹竽不必愚。
孰黑而孰白，一苦而一娱。(《东西邻》)
鲜鲜篱下菊，濯濯畹中兰。
兰菊岂不好，持赠反成患。
托身一失所，为鹜宁为鸾。(《秋怀九十一首》其十一)
不见秋风吹，群物已枯槁。
万变亦寻常，消弭苦不早。(《秋怀九十一首》其二十二)
吾闻彭祖言，神仙亦懊恼。
天上多尊官，旌旆森前导。
驱策难可穷，倔强欲何道？(《秋怀九十一首》其七十一)
人心比明月，孰智而孰愚。
人心或榛梗，明月长空虚。(《再答润臣七章》)

虽然理趣未必深刻，但也耐人寻味。所不足的是，这类诗尚落言筌。

　　总的来说，汤鹏的诗离汉魏清醇古朴的境界尚远，比较驳杂。雄豪有余而精深不足。虽然神幻迷离，气势磅礴，但缺乏朴实挚厚、至情至性的抒发，有时不免失之于浮泛。满腔的豪情，睥睨一世的气概，把诗人的目光托得很高，放得很远，虽能抓住宏大的整体，把握奔腾咆哮的气势，但却不善于对局部的微妙处作精深地观察，细致地刻画。汤鹏的诗显示了一种粗砺的美。他缺乏龚自珍那种把剑气与箫心、豪放与婉约、阔大与幽深、激越与缠绵、阳刚与阴柔完全融为一体的个性力量和艺术才华。

　　与魏源和姚燮相比，张维屏、张际亮、汤鹏三人虽然都气象不凡，但在独创性和深刻性方面都要差一些。但是，他们与魏源和姚燮一样，都要求矫正性灵派的流弊，为此他们在实践上也作出了相当的努力。

第六节　对讽谕诗的新拓展：贝青乔诗

　　在张维屏、张际亮、汤鹏之后，贝青乔也是一个值得注意的诗人。他生于 1810 年，比汤鹏小九岁，晚逝十九年。字子木，号无咎，又号木居士。江苏吴县人。诸生。长期为人幕僚，一生未能有大的作为。但他创作的大型组诗一百二十首《咄咄吟》却使他蜚声海内，名重诗史。入清以来，大型组诗并不鲜见。较著名的就有钱谦益的《金陵秋兴八首次草堂韵》十三迭一百零四首，屈大均的《哭华姜》一百首，朱彝尊的《鸳鸯湖棹歌》一百首，钱载《读五代史记赋十国词》一百首，姚燮《南辕杂诗》一百零八首，龚自珍《己亥杂诗》更多达三百一十五首。但以亲历目睹的事关家国沦亡的空前战争事件作为题材，又有统一主题的大型组诗尚不多见。中国古代虽然并无报告文学之名，但如《咄咄吟》，其实就是相当成功的战地报告文学。它的客观纪实性，使作品具有重要的历史价值，它的沉雄悲壮的主观情意抒发，又使作品具有浓郁的文学色彩。当然，贝青乔并不只是创作了《咄咄吟》，他还有《半行庵诗存稿》。若要完整地认识贝青乔诗歌的艺术成就，我们就必须结合贝青乔的全部诗歌创作进行研究。

　　贝青乔的诗学取径也比较广泛，他与魏源、姚燮、张维屏等不同，不仅有取于宋人，而且对黄庭坚本人也持肯定态度，他曾在《涪江怀黄文节公》诗中说：

> 诗到涪翁辟一涂，寻源几辈溯夔巫。
> 拗滩涩涧支流杂，万古西江派有图。

　　肯定了黄庭坚的开辟之功，但对于后学专取拗涩之态，却颇有微辞。贝青乔自己在创作实践上也以流转自如为归。他的作品如《杂歌九章》《将从军之甬东纪别》等，诗语尤为质朴，以洗炼的白描笔墨，传达真挚的诗情。《咄咄吟》，以文雅的书面语为主干，句式流畅。在章法方面，《咄咄吟》中的诗，往往具有较大的跳跃性。这不仅是因为受到黄庭坚诗歌的影响，还主要与《咄咄吟》的体裁形式有关。

　　《咄咄吟》采用一诗一注的方式来展开内容。诗侧重于表现个人的主观感受，突出印象最深，最有意味的某一片断，而注则详诗所略，以叙述某一事件的过程为主。光读诗而不明事件的全部真相，就会觉得突兀费解，光读注也会觉得缺乏神彩，嚼蜡无味。所以《咄咄吟》中的诗和注是一个不可分割的有机整体。如果把《咄咄吟》比作是一双正视严酷现实的眼睛，那么，其中的诗就是双目之睛，没有这双目之睛，就会暗然无光，仅有这双目之睛，也同样无法流转秋波，展示其动人的魅力。其诗如：

> 帐外交绥半死生，帐中早贺大功成。
> 赫蹄小纸尖如匕，疑是靴刀出鞘明。（其四十六）

　　如果仅就诗解诗，也许会堕入雾中，但读了诗后的小注就会豁然开朗，体会到诗意之妙。注曰：

方骆驼桥之望信也，忽一人手小红旗，报称前队大胜，夷船已烧尽，请速拔营入城。言毕返身即去。应云面有喜色，即欲带众前往。仆谓来者不知谁何，宜姑俟之。然而文武随员，已争入拜贺，并纷纷于靴筒中出小纸条，谓有私亲一二人乞附名捷禀中。应云许之，出禀稿填入，令从九品萧贡琅缮写，仆始悟得功之人，不必亲在军中也。无何，败信至，众乃爽然。

将诗与注两相参照，就会感到通篇神彩流溢，注叙明了始末，诗传出了精神。这如匕小纸实在不逊于寒光闪忽的钢匕，不过锋刃所向不是敌人，而是清军自己的咽喉，有如此将帅参谋，不败岂非咄咄怪事？诗人辛辣的讽刺，填膺的哀愤，通过诗之睛全部传达了出来。

由于有注相辅，所以诗作可以省去许多过渡性的表述，进行高度的浓缩，从而可集中笔墨，突出重点，而诗句因此也就有了相当的跳跃性。由上例已可见一斑。再如：

乱次三更走石矼，霜铤不复响铮鏦。
舣舟相待无亭长，谁保残师济甬江。（其四十四）

由于诗人在后面的自注里叙明了守卫渡口以备接应的庸吏濮贻孙逃跑奇快，以致前线溃退之兵无舟可渡的事件，所以三四句就作了相当大的跳跃，从而突出了全诗的讽刺意味。

这种浓缩和跳跃，是《咄咄吟》主要采用的手法。诗人的其他作品，一般前后承转比较明显，诗思并不以泠然空中见长。同是七绝如《和银沆幕夜四绝》：

列帐浓堆寸厚霜，残兵几队哭金疮。
最怜匝地冤云结，斗大青磷走国殇。（其二）
狼烽吹焰落江寒，检点征衣血未干。

警枕频番常跃起，梦提长剑斩楼兰。（其三）

诗情悲壮深沉，意到语到，流转自然，并不突兀断截。至如《杂歌九章》等更是明白如话。而如《芜湖夜泊》《武昌晓发》《岳阳楼》《夜抵狼洞》等五言近体则凝重沉郁，也并不以跳跃见长。

在表现手法上，贝诗也不以精雕细刻为能事。如《咄咄吟》中的诗，就重在表现主观对客观的感受、理解与评判，重在表现事件的氛围和气象，而不以形迹的刻画为指归。其诗如：

击碎重溟万斛舻，炮云卷血洒平芜。

谁将战迹征新诔，一幅吴淞殉节图。（其八十一）

天魔群舞骇心魂，儿戏从人笑棘门。

漫说狄家铜面具，良宵飞骑夺昆仑。（其七十六）

都并没有对具体的事件作细腻的描述，但事件的精神气象和作者的评价都已跃然纸上。

即使是山水之章，也能注意描写对象的气分和势态，传达主观的体验，其诗如：

朝卧浪打篷，惊起梦犹颤。

舟子乱叫呼，云抵三石涧。

⋯⋯⋯⋯⋯⋯

篙师引之上，曲折随匹练。

逾时八桨飞，泅出浪花面。

却恃乱峰腰，百夫走一纤。

余声耳尚聋，来境目皆眩。

回看放溜船，去若脱弦箭。（《清浪滩》）

奔瀑压舆落，蒸云拥舆上。

三降复三升，忽霄亦忽壤。
前坡招手呼，后坡应声响。
相距三十里，揽之在寻丈。（《相见坡》）
陡绝陇耸塘，俯瞰四无地。
下马阶而升，跼步心惴惴。
一马偶脱缰，风鬣卷云坠。（《陇耸塘记事》）
怪鸱隐雾啼，寒蜑咽烟吊。
有灯闪远丛，喜彼或来照。
乞火奔就之，鬼磷惊一熠。（《夜行失道不及投旅店遂露宿》）

诸如此类，都并不只是采用正面直接刻画的手法，而比较注意在对比映衬中传达对象之神。这种手法为贝青乔所惯用，不仅在描写山水的时候采用，而且在表现社会事件的时候也经常采用。如《咄咄吟》：

皮牌张出屏风样，倚作长城万里墙。（其三十二）
铅丸如雨烟如墨，尸卧穹庐吸一灯。（其四十五）
汉相街亭振旅还，贬来三等令如山。
而今别有行军法，问罪聋丞醉尉间。（其五十七）
结好荆浆酪酒间，还劳款送入舟山。
海王不信留余孽，偏有威锋慑百蛮。（其九十三）

通过对比反衬，强调怪事之怪，生发出浓烈的讽刺意味。除《咄咄吟》外，其他诗作里也多用此法。其诗如：

十室仅有存，多半向城走。
汩汩呜澌中，觳觫对鸡狗。
画船尔何人，看水到村口。
坐赏天上雨，满引杯中酒。（《雨中作》）

羌酋唾手成三窟，壮士弯弓望四明。

独有筹边楼上客，偏教万里坏长城。(《辛丑正月感事》)

又惊闻浙军书来，厦门甬江两不守。

是时吾苏乐有余，彼忧天者人谓愚。(《杂歌九章》)

漫言连岁收无粒，犹见粮艘挤满洲。(《丹阳道中》)

饥户一箪粥，蜑户百石谷。

…………

城中派蜑何扰扰，城外发振何草草。

蜑户含咽卖田产，饥户糜骨填沟塍。

明年荒政叙劳绩，拜章入奏官高升。(《蜑振谣》)

耕男馌妇猛一省，髑髅饮冤死犹警。

往时催科笞在臀，今时催科刃在颈。

嗟尔不许官取盈，堂堂师出诚有名。

岛夷旁睨大惊诧，此军独敢锋镝撄。(《哀甫东》)

在强烈的对比之中，清王朝内部的腐败得到了淋漓尽致的展现。诗人的激情之愤、讽刺之意也得到了深刻的表现。

除此以外，诗人有时也善于细腻地刻画事件的细节。其诗如：

酒罢还入内，拥髻视吾妇。

昵昵闺房中，壮夫得无丑。

十年结发情，忍遽弃之走？

吾妇颇会意，笑颜承吾后。

叮咛数寄书，用慰姑与舅。

键户相对贫，菽水尚多负。

况今赴行间，担承在汝手。

生还定何日，中肠欲尽剖。

恐吾语不祥，急起掩吾口。

但云好自爱，去去莫回首。

君当慎戈铤，妾当慎井臼。

…………

膝前两娇女，辗转为父愁。

孩心发危语，刺刺不能休。

长女胆尤怯，急泪承双眸。

牵衣门前路，怨父何寡谋。

传闻鄞山下，炮云若火流。

迅雷一声落，轰散千兜鍪。

…………

少女强解事，谓姊无烦忧。

明年破敌返，看父当封侯。（《将从军之甬东纪别》）

叙述自己告别妻女投笔从戎的场面，是那样的朴素真切，絮言细语，剥落浮华，是那样地实在具体。寄托了诗人多少诚挚的情爱，同时也体现了普通下层百姓深明大义、勇于牺牲的民族精神。他如《入宁波城》《慈溪大宝山过金华协镇朱贵及其子昭南阵亡处》《归家作》等相对来说也比较朴素具体，细节刻画也较真切生动。

然而，与前人相比，贝青乔最为擅长的还是运用鲜明的对比映衬手法对清王朝内部的腐败现象进行辛辣的讽刺。在贝青乔之前，还很少有人像贝青乔这样集中笔墨，大量地创作讽刺诗。白居易新乐府一类的诗歌，一般都采用正面揭露的方法来反映社会问题，讽刺效果并不明显。而贝青乔显然是有意识地广泛运用讽刺手法，强化讽刺效果。这虽然有违于温柔敦厚的诗教，但却是对诗歌艺术的一次新的丰富和发展。严酷的现实，使激愤的诗人拿起了讽刺的匕首去剜割社会的毒瘤。"倘教诗狱乌台起，臣轼何妨窜海南"（贝青乔《自编军中记事诗二卷为咄咄吟朋旧多题赠之作赋此为答》）。幸好清王朝已经千疮百孔，统治者已无暇顾及诗人们的不满，否则像贝青乔这样无所禁忌地去讽刺他们的统治，又岂止是放逐岭南呢?

第七节　突破传统的又一次俗变：金和诗

　　稍晚于贝青乔的金和，也是一位擅长讽刺的诗人。金和生于1818 年，比贝青乔小八岁，晚逝二十二年。字弓叔，一字亚匏。江苏上元人。贡生。身经鸦片战争和太平天国的社会动乱。"则夫悲歌慷慨，至于穷蹙酸嘶，有列国变风所未能尽者，亚匏之诗云尔"（谭献《秋蟪吟馆诗钞序》）。刊有《秋蟪吟馆诗钞》。

　　金和论诗不计工拙，不以温柔敦厚为宗旨，曾在《椒雨集》自跋中说："是卷半同日记，不足言诗。如以诗论之，则军中诸作语宗痛快，已失古人敦厚之风，犹非近贤排调之旨。其在今日诸公有是韬钤，斯吾辈有此翰墨，尘秽略相等，殆亦气数使然邪。若传之后人，其疑焉者将谓丑诋不堪，殆难传信，即或总其前后读而谅之，亦觉申申詈人大伤雅道。"既自知，复又蹈之，可见金和内心并不以大伤雅道为非。故其诗一反嘉道以来矫俗求雅，正变结合的趋向，而又启俗变之机。然其诗有一种"沉痛惨澹阴黑气象"（陈衍《近代诗钞》），自非袁枚性灵派所有，而后人正有以"至诚恻怛"衡其诗者，殊不知诗人早有预料，所以并不能使作者折服。

　　《秋蟪吟馆诗钞》中最有价值的作品，主要还是乐府和古体。"其近体之凡猥纤细，直元明人之陋习，当与王次回《疑雨集》相伯仲"，"以视李商隐、杜牧，犹且望尘莫及"（胡先骕《评金亚匏秋蟪吟馆诗》）。金和的长篇叙事乐府和古体，受到说部、笔记的影响，往往以散体章法行文，前起后承，一线贯穿。如《痛定篇十三日》相当仔细地叙述了南京城为太平军占领后，自己在城中的所经所历，所作所为，所见所闻。正如作者自己所说"半同日记，不足言诗"。但这首"不足言诗"之诗却是中国诗史上空前的日记体长篇叙事诗，为中国的叙事诗开拓了新的疆域，下面摘录其中一段，以窥一斑：

贼既全入城，我门更深闭。

不知门中人，今所处何世。

遑问他人家，朝夕底作计。

中夜猛有声，火光极天际。

俄顷数十处，处处借风势。

屋瓦一时红，四方赤熛帝。

心揣贼所为，残命万难贳。

母呼坐近床，儿女各牵袂。

阿嫂将一绳，系婢还自系。

谓死亦同归，神定都不涕。

门外贼鸣钲，枭语音方厉。

驱人往救火，不许道旁憩。

相顾愈狐疑，将无贼梦呓。

忽闻叩门来，乃是西邻婿。

一一为我言，始知火根柢。

日来贼科财，按户如责税。

贼党复私掠，先据最高第。

囊箧罄所有，褫及妇衣敝。

钱尽更捉人，随意犬羊曳。

苟有稍忤者，一刀以为例。

故尔素封家，或则缙绅裔。

与其遭僇辱，束手以货毙。

不如早焚身，自甘灰尽瘗。

其余鸩缢溺，往往毅魄逝。

裹尸鲜柳棺，葬者血盈眦。

汝居幸独陋，贼过不屑盼。

诗中虽然对太平军有诋毁之辞，但为诗人之亲身见闻，恐亦未必尽诬。而究竟是否属实，可由历史研究者去回答。在这里，我们所感兴趣的是作品的形式特征。诗人在诗中相当详细地叙写了事件的前后过程，并不展开想象的翅膀，完全以事件本身为对象，句句落于实处，其纪实性与笔记相仿佛。另一方面诗意环环紧扣，一气直下，缺乏延宕倒顺之变化，也没有对重要场景和氛围的极意渲染和凸现。诗语晓畅如话，其长在对事件的始末有细致的展示，而短在冗沓絮叨，缺乏生动鲜明的形象创造。金和的《痛定篇十三日》称得上是押了韵的历史笔记，它虽然在体制方面为叙事诗开辟了新的途径，但仍然是粗糙的，需要后来者不断加工完善。

然而，除了《痛定篇十三日》以外，诗人的其他叙事诗却并无《痛定篇十三日》之短。如《兰陵女儿行》《烈女行纪黄婉梨事》《弃妇篇》《苜蓿头》《断指生歌》等诗，都相当注意剪裁，叙述描写穿插有度，事件过程波澜曲折，场景氛围有声有色，人物形象栩栩如生。与姚燮相比，金和的叙事诗更小说化了。如果说《弃妇篇》尚接近于传统乐府体，那么，《兰陵女儿行》等小说化的倾向就比较明显。先看《苜蓿头》，一开始交代时间背景，并对卖苜蓿的小姑娘作概要的形态描绘：

> 我呼苜蓿来，其人面目如黑煤。
> 身有敝衲脚无鞋，是男是女相疑猜。

接着通过询问和卖苜蓿姑娘的自诉，叙写了这位父母双亡，小小年纪就被卖作童养妇的少女的痛苦遭遇。然后又具体描写了眼前的情景：

> 我呼家人急赐饭，叩首当阶呼不愿。
> 愿人尽买菜青青，但不受鞭饿何怨。
> 饿何怨，鞭不支。且进饭，休涕洟。
> 汝言未终我心碎，复与百钱喟而退。

人物形象宛然在目。诗末又因此而感叹天下童养妇的不幸,深化了主题。通篇紧扣卖苜蓿这一场面,并以此作为触发点,引出少女的身世,有很强的现实感,如翻译成白话,恰是一篇精致的小小说。再如《断指生歌》采用倒叙手法,先写所见某生断指犹能挥毫疾书,然后交代其人身世及断指经过:

> 一骑飞来花底宅,非分诛求到烟墨。
>
> 倪迂之画戴逵琴,誓不媚人请谢客。
>
> 彼哉闻之勃然怒,大索捉生官里去。
>
> 门外聊聊牛马走,堂上吽吽虎狼吼。
>
> 金在前,刀在后,书者得吾金,不书戳汝手!
>
> 生上堂叱咄且詈,盗泉之酒我宁醉,汝今杀我意中事。
>
> 语未及罢指堕地,左右百辈战色酡,生出门笑笑且呵。
>
> 笔锋不畏刀锋多,刀乎刀乎奈笔何!

抓住中心事件,突现了主人公不畏强暴,不受利诱,宁死不屈的气节和品质。场面具体,对话生动,有较强的小说意味。

特别是长篇《兰陵女儿行》更富有传奇色彩,故事情节曲折完整,人物性格鲜明生动,还较多地采用了对话方式,来增强真实感和立体感。全诗从将军迎娶开始,进行环境描写和氛围渲染,经过铺垫,兰陵女儿跃然登场:

> 彩船刚舣将军门,船中之女隼入而猱奔。
>
> 结束雅素谢雕饰,神光绰约天人尊。
>
> 若非瑶池陪辇之贵主,定是璇宫宵织之帝孙。
>
> 顾身屹以立,玉貌惨不温。

恰似天人自天而降,在突兀之中,强化女主人公给人的第一印象,也为全诗奏出了不平常的基调。然后通过女主人公之口，补叙了这次婚姻的经过，揭露了将军好色逼婚的行径。紧接着兰陵女儿"突前一手搋将军"，一下激化了女主人公与将军的矛盾，把情节推向高潮。倏忽之间，兰陵女儿一手持剑，一手劫持将军，反客为主，斥责将军。至此，女侠英姿跃然纸上，呼之欲出。在剑刃之下，平日骄横跋扈的将军：

> 此时面目灰死纹，赪如中酒颜熏熏。
> 帐下健儿腾恶氛，握拳透爪齿咬龈。
> 将军在人手，仓猝不得分。
> 投鼠斯忌器，无计施戈矟。
> 将军左右摇手挥其群，目视众客似乞片语通殷勤。

这段描写既增添了故事色彩，又反衬出兰陵女儿的勃勃英姿。随后，兰陵女儿以自己的利剑作为后盾，与平日横行霸道的爪牙们进行了勇敢机智的谈判，迫使将军解除婚约。最后腾身飞上将军坐骑：

> 一声长谢破空行，电掣星流不知处。
> 女行数日军无骚，将军振旅胆气豪。

几天以后，将军坐骑驮着聘礼回到营地：

> 聘礼脱尽处，蕹叶多一刀。
> 刀光摇摇其锋能吹毛，将军坐此几日夜睡睡不牢。

故事以此作为结局，意味深长，全诗不仅注意情节的起伏发展，而且更注意刻画人物形象，突出人物性格。而行文变化自如，描写细致生动，尤其善于刻画人物的行为动态，所有这些都打破古代叙事诗的局限，更多地吸收融化了小说的特色。胡先骕认为"细察其辞句，恰似沪上卖文之小说家所夸张之女剑侠"（《评金亚匏秋蟪吟馆诗》）。虽是贬辞，却指出了金和的叙事诗与小说的联系。另一方面从思想意义来看，《兰陵女儿行》的结局也是值得注意的。在金和以前，长篇叙事诗中的女主人公大多是悲剧人物。《陌上桑》中的秦罗敷虽然是个胜利者，但却并非完全依靠自己的力量，而是借助"夫婿"的地位来镇住侵犯者，仍然是以官压官。《木兰辞》中的木兰不失为一位英气飒爽的巾帼豪杰，但木兰是民族战争中的英雄，她的背后有坚强的民族作依靠。而兰陵女儿孤身一人，面对的却是有军队保护着的凶恶统治者，但兰陵女儿却以她的剑刃和智慧终于战胜了邪恶，取得了胜利。虽然这样的结局带有浪漫的色彩，使人觉得有"过情之誉"。然而，耐人寻味的是，诗人在诗中强调了武器和智慧的力量，因此兰陵女儿的胜利不只是一个孤身女子的胜利，而是武器和智慧的胜利，是勇敢斗争精神的胜利。这就有了相当巨大的启发意义。在另一首长篇叙事诗《烈女行纪黄婉梨事》中，诗人又一次歌颂了勇于抗争的精神，黄婉梨以一弱女子为官军所劫，为报兄弟、母嫂之仇，毅然鸩死、手刃两凶，最后自尽，虽死犹生，也同样是个胜利者。金和虽然反对太平天国，但对于官军，对于清王朝的腐朽统治同样愤恨不已。因此，他能够写出《兰陵女儿行》《烈女行纪黄婉梨事》这样的诗来，诗中对于武器的肯定，很难说没有受到太平军的启发，在这样一个昏乱的时世，金和不再把解民倒悬的希望寄托于清官，也并不祈求神鬼的帮助，而把希望寄托于受害者手中的利剑，这无疑是值得肯定的。

在着意刻画正面的复仇者同时，诗人还善于暴露黑暗势力的腐败、愚顽和凶恶，在这里他与贝青乔一样，广泛地运用了讽刺手法。其诗如《名医生》《真仙人》《大君子》《十匹绢》《印子钱》《围城纪事六咏》《军前新乐府四首》《双拜冈纪战》《将问》《兵问》等皆痛快犀利，击中要害。如：

> 债帅勃然怒，我与汝钱怜汝苦，昔我怜汝今恨汝。
> 重则告官府，轻亦毁门户。
> 借者叩头声隆隆，非我负公我实穷。
> 请公更借八千九，立券愿与前券同。
> 　此时债帅乃大乐，今后勿烦我再索，汝宜感我我非虐。
>
> （《印子钱》）

> 绢兮绢兮颜色好，十四赐臣何太少。
> 臣受绢归臣罪深。
> 堂前有客至，十万斤黄金。（《十匹绢》）

通过前后对比，暴露其人厚颜无耻、自欺欺人的伪善面目。从而产生讽刺效果。再如：

> 自从二月官军来，督战未暇先理财。
> 所缝黄金囊，可筑黄金台。
> ·············
> 书生闻之笑口瘄，昨来悔不谈黄金，一言或动将军心。
> 将军努力入城去，贼是黄金如土处。（《军前新乐府四
> 首·黄金贵》）
> 太守计日费恐滥，百二十钱一人赡。
> 太守计日难民多，一人数请当奈何？
> 我闻古有察眉律，呼仆持刀对人立。
> 一刀留下半边眉，再来除是眉长时。

           ·············

岂但无眉人不来，有眉人亦来都少。

惟有一二市井奸，赂太守仆二十钱。

奏刀不猛眉犹全，半边眉可三刀焉。

           ·············

太守此日长街行，见有眉者皆愁城。

太守何不计之毒，千钱刲人耳与目，万钱截人手与足。

终古无人请钱至，太守岂非大快事。（《军前新乐府四首·半边眉》）

用假设夸张的手法，强化荒谬中的真实，增加讽刺力量。

金和的这种讽刺手法与贝青乔相比，更带有主观夸张色彩。贝青乔的诗歌往往是通过真实的怪事的对比映衬，生发出讽刺效果，辛辣之中带有一股苦涩味，而金和的讽刺具有强烈的情绪力量，灼人心肺，火辣辣地令人骚动激愤。另外，金和曾经熟读《儒林外史》，并为之作序。而吴敬梓也是金和外祖父之堂弟，因此其受到《儒林外史》的影响并不足为怪。但金和的讽刺与吴敬梓冷隽平静、意味深长的讽刺风格迥异。前者是烈酒，后者是涩果，效果不同，不能一概而论。

而且在体裁上，贝青乔的讽刺诗侧重于七绝和古体，金和的讽刺诗侧重于乐府；在语言风格上，贝诗趋于雅，金诗趋于俗。金和选语造言，往往不加锻炼，脱口而出，句调滑易软弱，即使是古体，也多俚俗之篇，结句成章近于乐府。

从总体上来看，金诗对人物事件的叙写，可用露、尽、透、刻四字加以概括。"露"者，即是语言明白直露，不加讳饰，敢于暴露黑暗面。如《将问》叙写官军之"战绩"："军兴于今四年矣，神州之兵死亿万，以罪以病不以战。大官之钱费无算，公半私半贼得半。奏捷难为睡后心，筹粮几夺民家夥。"直言无忌。"尽"者，即是穷形尽相，不吞吞吐吐。如《警奸》写官军滥捕，草菅人命："何人野宿蹲如蛙，搜身偏落铁药沙……县令大怒棒乱挝，根追欲泛河源槎。叩头妄指仇人家，一时冤狱延蔓瓜。"至此本可完篇，然作者唯恐不尽又进一步写道："从此里巷纷如麻，人人切齿瞋朝鸦。平日但有微疵瑕，比来尽作虺与蛇……昨日亦获瘦男子，大抵窃鸡者贼是。"长在痛快淋漓，短在絮叨，了无余味。金诗有许多篇章，因此而冗沓枝蔓，令人生厌。"透"者，即是透辟入骨，切中要害。如《接难民》叙写官军"喜"接难民："将军诺，诸军乐。善桥东，喧鼓角……军士提刀纷走开，或隐山之阿，或伺水之涯，束缚难民横索财。残魂惊落面死灰，岂无碎金与珠玉，搜身逼脱袜裤鞋。亦有钝物稍倔强，即谓贼谍城中来，杀之冤骨无人埋……有时真有贼追至，诸君按甲似无事。"官军有害民之喜，又岂能救民于水火之中。"刻"者，即是尖刻犀利。如《半边眉》之讥太守放赈，《原盗》之形容朝廷上下酣嬉，武备废弛，大臣昏庸，屈膝媚外，以致外召夷祸，内启"盗心"的现实，如此等等，皆愤激无情，绝无温柔敦厚之风，令人解恨。金和之诗长亦在此，短亦在此，褒亦在此，贬亦在此。

　　然而，必须指出，金和集中还有不少无聊之作，诸如《病疮》《足瘃》《苦蚤》以及《鬓影》《唾香》《爪痕》《袜尘》等，皆令人作呕，唯独作者有滋有味。由此也可见金和创作之冗滥，这些都必须严加汰删。诗歌的题材范围自然应该扩大，但文学创作毕竟是一件高尚的事业，任何低级趣味都会腐蚀文学纯洁的品质。

　　当然，从发展的角度来看金和的创作，总体上金诗对于传统的背离和突破是相当明显的，但与袁枚相仿，同样缺乏高雅的品格。誉之者如梁启超，则把金和视为"中国文学革命的先驱"（《晚清两大家诗钞题辞》）。不过金诗与龚自珍、袁枚等一样，在根本上都没有跳出古典诗歌的基本规范，他们的语言、基本的体裁格律形式都是古典的，因此，他们的创新仍然是古典诗歌内部的创新。梁启超虽然把金和看作是文学革命的先驱，但是他又认为金诗"格律无一不轨于古，而意境气象魄力，求诸有清一代，未睹其偶，比诸远古，不名一家，而亦非一家之境界所能域也"（《秋蟪吟馆诗钞序》）。这种评论，在原则上是正确的。

第四章
封闭世界里的拓荒者之路
——道咸时期的学宋诗派

第一节　桐城派与宋诗派述要

在上述诗人之外，道咸诗坛最值得注意的还有桐城派和宋诗派。陈衍论道咸诗风之变而谓："文端（祁寯藻）学有根柢，与程春海侍郎为杜为韩为苏黄，辅以曾文正、何子贞、郑子尹、莫子偲之伦，而后学人之言与诗人之言合，而恣其所诣，于是貌为汉魏六朝盛唐者，夫人而觉其面目性情之过于相类，无以别其为若人之言也。"（《近代诗钞序》）于是"遂开有清诗体之变局"（王揖唐《今传是楼诗话》）。这固然可以看作是学宋诗人的观点，但不以宋诗为尚的李慈铭亦谓"道光以后名士，动拟杜韩"（《越缦堂诗话》卷上），而桐城派和宋诗派正以杜、韩、苏、黄为取法重点，由此可见桐城派和宋诗派在道咸诗坛影响之大。

姚莹序徐璈所编《桐旧集》曾说："窃尝论之，自齐蓉川给谏以诗著有明中叶，钱田间振于晚季，自是作者如林。康熙中，潘木崖先生是以有《龙眠风雅》之选，犹未极其盛也。海峰出而大振，惜抱起而继之，然后诗道大昌，盖汉魏六朝、三唐两宋以及元明诸大家之美无不一备矣。海内诸贤谓古文之道在桐城，岂知诗亦有然哉！"认为桐城亦有诗派。其后吴汝纶又说："方侍郎顾不为诗，至姚郎中乃以诗法教人。其徒方植之东树益推演姚氏绪论，自是桐城学诗者，一以姚氏为归，视世所称诗家若断潢野潦不足当正流也。"(《姚慕庭墓志铭》)更把姚鼐奉为桐城诗派之祖师。姚鼐之诗学主张，前已有论述。其实姚鼐在当时文名聋耳，而诗名反为所掩，舒位《乾嘉诗坛点将录》只以水军头领混江龙属之。而范当世亦谓："泥蛙鼓吹喧家弄，蜡凤声华满帝城。太息风尘姚惜抱，驷虬乘鹥独孤征。"(《既读外舅一年所为诗因发箧出大人及两弟及罕儿诸作遍与外舅观之外舅爱钟铠诗至仿效其体爰询当世以外间所见诗派之异而喟然有感于斯文也叠韵见示当世谨次其韵略志当时所云云》)当时袁枚性灵派风靡于世，姚鼐只身力矫颓风，自然不易大行于天下。姚鼐在当时的主要影响在于他的诗学主张薰陶了他的许多学生，其中有方东树、梅曾亮、姚莹、陈用光等。

方东树在诗学方面的主要贡献是他写了《昭昧詹言》，吴汝纶称"此书启发后学不在归评《史记》下"(《答方存之》)。其论诗主张本于姚范、姚鼐，又加以阐扬。强调厚积而发，认为"思积而满，乃有异观，溢出为奇。若第强索为之，终不得满量。所谓满者，非意满、情满即景满，否则有得于古作家，文法变化满"(《昭昧詹言》卷一)，并要求诗人"修辞立诚"，重视"才学识"方面的修炼。这种观点与清初叶燮的观点是一致的。又十分重视独创，高度肯定了韩愈、苏、黄的开辟之功，《昭昧詹言》中这方面的见解比比皆是。同时，也要求学古，重视诗学修养。而学古的对象以李、杜、韩、苏、黄、陆为主，并上溯元嘉之谢灵运、鲍照。而在当时，最见特色的是他对以生造为功的韩、苏、黄以及谢、鲍的高度推崇。这对后来同光体诗人有着明显的启示作用。而作为古文家，他又本于"义法"说，认为诗歌作品必须是"文（辞）、理（事理、物理、义理）、法"三者的完美统一。但他本人的创作成就并不高，辞句过于生造，凝而不化，诗歌意象并不鲜明，有槎牙之态，而乏诗情画意。

姚鼐的学生中以姚莹最为"洞达世务，长于经济"（方宗诚《桐城文录叙》），非一般舞弄笔墨的书生可比。道光二十年（1840）后，英夷入侵，"南绖广闽，北连江浙，失地丧师者骈肩望于道"（鲁一同《拟论姚莹功罪状》），而姚莹坚守台湾，屡败来犯之敌。朱琦有《纪闻八首》书其事，称赞姚莹"用能制鲸鲵，溟渤偃汹涛"。姚莹论诗强调表现真性情，再次重申了叶燮"诗为心声"的观点。面对鹜趋时尚、丧失本性的诗坛颓风，何绍基、朱琦等也持同样的看法。"诗为心声"的命题，把诗与心灵世界直接沟通了起来，从而更为鲜明地强调了诗歌表现的真实性，对于为悦人而作伪诗者有疗救作用。与此同时，姚莹还强调个性修养。认为欲善诗之事"要必有囊括古今之识，胞与民物之量，博通乎经史子集以深其理，遍览乎名山大川以尽其状，而一以浩然之气行之，然后可传于天下后世"（《复杨君论诗文书》）。在学古宗旨方面，姚莹早年比较重视"汉魏盛唐"（《吴子山遗诗叙》），姚鼐曾告诫他说："守正不知变者，则亦不免于隘。"后姚莹在《复吴子方书》中说："三百篇而下，无悖于兴观群怨之旨，而足以千古者，汉之苏、李，魏之子建，晋之渊明，唐之李、杜、韩、白，宋之欧、苏、黄、陆止矣。"对宋诗也持肯定态度。在《康輶纪行》中又认为杨慎不知宋诗妙处。姚莹的基本观点与姚鼐、方东树是一致的。然而他和方东树一样，创作成就并不高。风格则与方东树不同，以写意为主，畅达流转，一气盘旋。其诗诚如姚鼐所评"盘郁沉厚之力，澹远高妙之韵，瑰丽奇伟之观，则皆所不能"（《与石甫侄孙莹》）。

陈用光也不以诗见称，然姚鼐给他的许多书信中颇多论诗语。《惜抱轩尺牍》即为陈用光整理而成，陈氏"祈向所专则惟桐城姚先生是法"（祁寯藻《太乙舟文集序》）。而为陈衍视为主持道咸诗教的巨子祁寯藻即是陈用光的学生和女婿，祁寯藻完全有可能因陈用光而获姚鼐论诗之旨。

而姚门弟子中不是桐城邑人，却对桐城派有宣扬倡导之功的是梅曾亮。

梅曾亮为江苏上元人，年十八始识姚鼐，因交管同、方东树等。曾谓"是时文派多，独契桐城师"（《书示张生端甫》）。梅曾亮论诗强调"物"与"我"的统一，认为"无我不足以见诗，无物亦不足以见诗。物与我相遭而诗出于其间也"（《李芝龄先生诗集后跋》）。这个观点其实就是对苏轼"若言琴上有琴声，放在匣中何不鸣？若言声在指头上，何不于君指上听"（《琴诗》）的阐释。强调的是主客观的统一，这样也就避免了重个性表现而以为"心灵无涯，搜之愈出"的主观片面性，把姚鼐、方东树等人强调的社会体验，上升到了理论高度。由此进一步，梅曾亮还认为："知有物而不知有我，则前乎吾、后乎吾者皆可以为吾之诗，而吾如未尝有一诗；知有我而不知有物，则道不肖乎形，机不应乎心，日与万物游而未尝识其情状焉，谓千万诗如一诗可也。"（《李芝龄先生诗集后跋》）要求个性与真实性相统一。也就是说，优秀的诗歌必须是表现对象的真实性的个性化显现。这是一个相当深刻的观点，深得文学三昧。文学作品应该是真实的，但同时又必须是作家个人特有的感悟。因此，在艺术风格上，梅曾亮相当重视个性色彩，并不提倡理想化的"中和"之美。在这一点上，他与姚鼐有所区别。梅曾亮欣赏瑕瑜并存的带有个性倾向特征的美。认为："尧之眉、舜之目、仲尼丘山之首合以为土偶，则不如篷篨、戚施，伪与真也。"（《杂说》）另一方面，梅曾亮也同样重视学古，曾说"袁、蒋、赵才力甚富，不屑炼以就法，故多浅直俚诨之病，不能及古，而见喜于流俗。独姬传姚氏确守矩矱，由摹拟以成真诣，为七子所未有"。（欧阳功甫《与罗秋浦书》引）批评性灵派脱离传统，草率任意，不能近于雅，要求由学古而创新。对于古人，他也特别重视黄庭坚，曾说："我亦低首涪翁诗，最怜作吏折腰时。"（《六月十二日山谷生日》）梅曾亮之推重黄山谷，主要着眼于两点。其一，作诗当有兀傲磊落的丈夫气概。他说："我读涪翁诗，明月青天行。憎憎儿女媚，藕丝挥利兵。丈夫贵如此，一笑大江横。"（《读山谷集》）其二，避熟就生，独创新意。他说："山谷嵚崎语好生，煎茶佳句绕车声。若教成语消除尽，野马尘埃任意行。"（《读山谷诗作》）又说学诗"从荆公、山谷入，则庸熟繁蔓无从扰其笔端"。（欧阳功甫《与罗秋浦书》引）在这里，健硬精炼的风骨与独创新意的精神是统一的，其精神实质与姚鼐提倡黄山谷的宗旨一脉相承，都有助于挽救性灵派轻儇卑靡的诗风。在创作实践上，以清健精炼为归，但并不生硬槎牙。他曾自言作诗经历："我初学此无检束，虞初九百恣荒唐。稍参涪翁变诗派，意趣结约无飞扬。"又云："古人精严有真放，下手得快天机张。六朝文士不解此，散弃骏马驱跛羊。"（《澄斋来迓久不出因作此并呈石生明叔》）欲合精严和天机为一体，袁昶称其诗"笔随意曲家人语，长庆涪皤成一身"（《夜读柏枧山房集》），独具慧眼。梅诗虽自然流畅却清健精炼，至如《韩斋诗话》所说"天机清妙，不多着墨而自然有余意"，《寄心庵诗话》所说"往来清气，用事无痕"，《晚晴簃诗话》所说"质直浑朴"云云，皆各得其一端。

　　然梅曾亮的主要贡献，在于他进一步扩大了桐城派的影响，姚莹曾说梅曾亮"植品甚高，诗古文功力无与抗衡者。以其所得为好古文者倡导，和者益众，于是先生（姚鼐）之说益大明"（《惜抱先生与管异之书跋》）。朱琦亦称他"居京师二十余年，笃老嗜学，名益重一时，朝彦归之。曾涤生、邵位西、余小坡、刘椒云、陈艺叔、龙翰臣、王少鹤之属悉以所业来质，或从容谈宴竟日。"（《柏枧山房集书后》）可见，梅氏俨然为中期桐城派的"大师"（参见梅曾亮《答邵位西读惜抱轩集见赠》及刘成禺《世载堂杂忆》）。朱琦本人亦受到梅曾亮的启发，他在《柏枧山房文集书后》中自称："琦识先生差早，迹虽友而心师之。"琦早年诗学白居易，"酷嗜秦中吟"（《咏古》），"及与伯言梅郎中游，始改师杜韩及北宋诸家"（钟秀《怡志堂诗集书后》引朱琦语）。而朱琦友鲁一同，早年受学于山阳潘德舆。潘氏为姚莹所敬重，姚曾请其为西席。潘氏的论诗主张与桐城派原亦有相通之处，鲁一同本人也推重姚莹。刘成禺在《世载堂杂忆》中曾说，"当时桐城师承籍甚……在外交通声气者"，有"鲁通父（一同）、吴子序等"，也把他看作为桐城派中人，刘声木作《桐城文学渊源考》则将鲁一同列入私淑桐城一类。而且在当时，梅曾亮与程恩泽、何绍基等关系也相当密切，梅曾亮序程恩泽诗文集曾介绍了他与程恩泽的友谊。两人嘉庆九年（1804）即结识，道光十一年（1831）程恩泽主讲钟山书院，乃"相见益亲"。梅又为何绍基诗集作序，且大加褒扬。

梅曾亮不仅与程恩泽、何绍基关系密切，而且还影响了曾国藩。曾国藩的文学，主要成于道光时期。当时，梅曾亮在京师享有盛誉，曾国藩曾以所业相质，这由朱琦的记载可证。《柏枧山房集》中亦有多篇与曾国藩等集会唱和的作品，曾国藩集中也同样有多首赞誉梅曾亮的作品。如《赠梅伯言二首》之二曰：

> 单绪真传自皖桐，不孤当代一文雄。
> ············
> 上池我亦源头识，可奈频过风日中。

又《丁未六月廿一为欧阳公生日集邵二寓斋分韵得是字》曰：

> 梅叟名世姿，萧然红尘里。
> ············
> 颇奖欧阳公，时时挂牙齿。
> 后者开曾王，前追韩与史。
> 自叟持此论，斯文有正轨。

又《送梅伯言归金陵三首》之三曰：

> 文笔昌黎百世师，桐城诸老实宗之。
> 方姚以后无孤诣，嘉道之间又一奇。
> 碧海鳌呿鲸掣候，青山花放水流时。
> 两般妙境知音寡，它日曹溪付与谁。

皆推重梅曾亮，视之为方、姚以后桐城派的正宗大师，并隐露传钵桐城之志。据姚永朴所载，"吾乡戴存庄孝廉（钧衡）入都，曾文正询古文法，存庄以《惜抱轩尺牍》告之。文正由是益肆力文章，故作《圣哲画像记》云：'国藩之粗解文字，由姚先生启之也。'《欧阳生文集序》亦及存庄，谓：'精力过绝人，自以为守其邑先正之法，嬗之后进，义无所让。'"（《文学研究法》）曾氏正是由《惜抱轩尺牍》而识"上池源头"，又与梅曾亮游"乃得益进"（参见吴常焘《梅郎中年谱》）。

曾国藩又赏识莫友芝，咸丰九年（1859）莫友芝入曾国藩幕，过从甚密。曾氏又服膺郑珍学行，迫欲一见。尝致书莫友芝，有"阁下与郑先生游，六合之奇，揽之于一掬；千秋之业，信之于寸心"之语，推重备至，因属莫友芝"致声相促"。后虽因故未能相见，而心迹甚明（参见凌惕安《郑子尹年谱》）。郑珍、莫友芝以及何绍基，又皆是程恩泽的门生，志同而道合。

由此可见，陈衍所推举的开道咸诗风的学宋诗人皆与桐城派有直接或间接的联系，桐城派之启导之迹约略可辨。故钱基博为陈衍八十大寿作序，曾说："桐城自海峰以诗学开宗，错综震荡，其原出李太白。惜抱承之，参以黄涪翁之生峭，开合动宕，尚风力而杜妍靡，遂开曾湘乡以来诗派，而所谓同光体者之自出也。"（《陈石遗先生八十寿序》）

桐城派与道咸学宋诸家的共同倾向，有以下几点：一、重视文学的社会功用。如曾国藩曾在《黄仙峤前辈诗序》中特别强调"器识"与"事业"，认为："古之君子所以自拔于人人者，岂有他哉，亦其器识有不可量度而已矣……今之君子……器识之不讲，事业之不问，独沾沾以从事于所谓诗者……以咿嚘謇浅之语而视为钟彝不朽之盛业，亦见其惑已。"因此，其论文特别在姚鼐"义理、考据、文章"三者之外增入"经济"一项，又选《经史百家杂钞》，以补姚鼐《古文辞类纂》之不足。在诗学方面，也强调对时世的讽喻，他的《十八家诗钞》突出地选了白居易的五十首《新乐府》，对李商隐的《无题》诗也多取有寄托之说。二、重视学问积累。程恩泽曾说："健笔入无间，万卷成厥大。才识生于学，学生于不懈。"(《赠王大令香杜兼呈邓湘皋学博》) 三、要求学古而能创新。何绍基有言："试看圣人学古是怎样学的，学一个人罢了，乃合尧、舜、禹、文、周公、老彭、左丘明、剡子、师襄而无不学之，可见圣人学古，直以自己本事贯通三古，看是因，全是创也……学诗要学古大家，止是借为入手，到得独出手眼时，须当与古人并驱，若生在老杜前，老杜还当学我。"(《与汪菊士论诗》) 四、避俗就雅，反对袁枚性灵派轻儇软俗之弊。莫友芝曾讥之曰："有轻清派兴，挹诚斋之余波，冒广大为教主。无学人一哄仿效，海内风靡，计能嶻然不染，盖仅仅十数公。鄙性迂拙，不谐世，又无学仙才。何如降格焉。守孙卿、子云之义山，黄、陈之大醇，略其小疵，或藉蕲有见于杜孔韩孟，未可知也。"(黄统《邵亭诗钞序》引) 上述这些方面，在原则上与魏源、姚燮、张维屏、张际亮等也并无区别，真正能显示桐城派与宋诗派之特征的，是这批诗人特别重视韩愈、苏轼和黄庭坚，把他们作为学古的重点，当然他们的学古范围未必仅限于此，但核心正是上述数家。祁寯藻有诗云："胎骨能追李杜豪，肯从苏海乞余涛。但论宗派开双井，已是绥山得一桃。人说仲连如鹢子，我怜东野作虫号。蜻蜓瑶柱都尝遍，且酌清尊试茗醪。"(《春海以山谷集见示再叠前韵》) 而程恩泽亦有句云："独于西江社，旆以杜韩帜。"(《赠谭铁箫太守光祐》) 这些都明白地表明了他们共同的学古趋向。

对于宋诗的提倡，尤其是对黄庭坚的提倡，虽然在清初已有先声，但是未能深入，后又经姚鼐、翁方纲等的再次倡导，仍未形成巨大声势。至此，经过清初以来漫长的酝酿期，终于有了新的起色，特别是得到了曾国藩这样一个在当时享有极高威望和政治地位的风云人物的大力提倡，更是盛况空前。曾国藩曾声称："自仆宗涪公，时流颇忻向。"(《题彭旭诗集后即送其南归二首》) 施山亦谓："今曾相国酷嗜黄诗，诗亦类黄，风尚一变。大江南北，黄诗价重，部值千金。"(《望云楼诗话》) 而《晚晴簃诗话》也同样认为，曾国藩"勋业文章皆开数十年风气，余事为诗，承袁赵蒋之颓波，力矫性灵空滑之病，务为雄峻排奡，独宗西江，积衰一振"。

曾国藩在政治上是一个由镇压太平天国运动起家的反动人物，为延长清王朝的统治立下了汗马功劳。但他与极端的顽固派也有区别，譬如早年他也主张抗击英国殖民主义者的侵略，在给父母的家信中对于鸦片战争的胜败表示了明确的爱憎态度，例如他曾写道："英夷之事，九月十七大胜，在福建、台湾生擒夷人一百三十三名，斩首三十二名，大快人心。"（《曾文正公家书》）又曾告诉祖父母："英夷去年攻占浙江宁波府及定海、镇海两县，今年退出宁波，攻占乍浦，极可痛恨。"（同上）对于清朝吏治的腐败也深表忧虑，他曾上疏说："京官之办事通病有二：曰退缩，曰琐屑。外官之办事通病有二：曰敷衍，曰颟顸……有此四者习俗相沿，但求苟安无过，不求振作有为。将来一有艰巨，国家必有乏才之患。"（《应诏陈言疏》）在《议汰兵疏》中又极陈兵伍腐败情状。在《备陈民间疾苦疏》中又明言百姓之疾苦冤屈，指出了民心涣散的原因，希望最高统治者能"严饬督抚，务思所以更张之"，以缓和与农民的矛盾。这些意见虽然在根本上是为了巩固清王朝的统治，但说明曾国藩也并非昏愦阿谀之徒，与改革思想家魏源等也有共同之处。至于镇压农民起义，这是由他的基本阶级立场所决定的，即使魏源也同样如此。虽然据容闳、章太炎所知，如梅曾亮、包世臣等为太平军所执后，曾被拜为"三老五更"（参见刘成禺《世载堂杂忆》、章太炎《书梅伯言事》），但即使属实，也是被迫无奈，因为从他们诗文中表现出的基本倾向来看，都没有突破封建正统士大夫的局限，而且不久梅曾亮等即逃离金陵。另一方面，曾国藩也并不盲目排外，为了强兵，他也主张利用西方科学技术。同治二年（1863），在安庆创设内军械所；同治四年（1865），开办江南制造总局，附设译书局，收罗各种了解西方技术和情况的人才；同治十一年（1872）又与李鸿章合奏，要求派遣留学生。这些措施都使向西方学习变得具体化了，应该说比魏源等前进了一步。当然，这些措施在根本上是否有益于中国社会的发展可以讨论，但有一点可以肯定，曾国藩与那些夜郎自大、闭关自守、颟顸无能的极端顽固派不同。曾国藩的根本局限，在于他面对清王朝日趋没落的大势，仍然欲挥鲁阳之戈，却不明白如不改革现有的封建政治体制、国家体制，中国便毫无出路，仍然顽固地坚持着正统的封建观念。但是，政治上的反动性，与他提倡宋诗并没有必然的联系。尽管曾国藩重视经世致用，甚至相当重视文学的讽喻作用，但这并不能说就是政治反动的结果。更何况，重点学习宋诗，乃是对一种被忽视的艺术传统和创作风格作新的探索，以增加历史的营养，促进诗歌艺术的创新。而且，像黄庭坚这样一个宋代的大诗人，乃是一个品格高尚的人，他的诗歌、书法都有着很高的艺术价值，硬要把这份值得珍惜的历史遗产随便抛弃，并不意味着政治上的进步，相反却意味着艺术上的无知，或者是失误和疏忽。如果说龚自珍有"变法"的要求，因此，他嗜好吴伟业的诗歌，也成了思想先进的标志；而乾隆皇帝是一个封建君主，因此他推重唐诗（参见乾隆《唐宋诗醇序》）也就成了政治反动的标志，那么革命领袖之爱好唐诗，又作何解释呢？牵强附会地把政治观念与艺术爱好混为一谈，只能得出一些贻笑千古的荒谬结论。历史上如毛奇龄等曾把学宋视为影响"昌明张大之业行于开辟"的诗学运动，而今曾国藩却又高张学宋大旗，岂不是有意破坏清王朝的中兴大业？如果毛奇龄辈的奇妙逻辑能够成立，曾国藩岂不要成为刀下之冤鬼！如果曾国藩提倡学宋是为了中兴大业，那么，学宋又岂不是成了可以随意变幻的政治儿戏。学宋既无其实，那么学唐、学汉魏又岂不都可以中兴大业？如此，学宋与中兴大业之间又有什么必然联系？荒谬的理论，其结果总是难以自圆其说的。事实上，像曾国藩这样一个精明的人物，是不可能把他的政治希望，寄托于对某一种诗学传统的提倡之上的。曾国藩在诗歌和书法方面，都嗜好黄庭坚，但没有证据可以说明他于此怀有什么政治目的。当然，他之所以爱好黄庭坚也是有原因的，但这种原因主要是艺术趣味方面的。曾国藩推重阳刚之美，他曾说："昔姚惜抱先生论古文之途，有得于阳与刚之美者，有得于阴与柔之美者……然柔和渊懿之中必有坚劲之质,雄直之气,运乎其中乃有以自立。"(《与张廉卿》)又认为姚文"不厌人意者惜少雄直之气,驱迈之势"(《复吴南屏》)。又告诉诸弟:"予论古文,总须有倔强不驯之气,愈拗愈深之意,故于太史公外,独取昌黎、半山两家。论诗亦取傲兀不群者。"(《致诸弟书》)又劝胡省三作诗"参以山谷之倔强而去其生涩"(《大潜山房诗题语》)。可见曾国藩在艺术风格方面嗜好雄直倔强兀傲之美,而黄庭坚诗正有斯美。当然,事实上曾国藩也不只是嗜好黄庭坚,他曾说:"吾之嗜好,于五古则喜读《文选》,于七古则喜读《昌黎集》,于五律则喜读杜集,七律亦最喜杜诗⋯⋯"(《致温甫六弟书》)。也不专学黄庭坚,他曾说:"吾于五七古学杜韩,五七律学杜,此二家无一字不细看,外此则古诗学苏黄,律诗学义山,此三家亦无一字不看。五家之外,则用功浅矣。"(《致诸弟书》)在这些关于诗学的见解中,实在看不出他有什么政治图谋。而且,他在艺术上嗜好雄直倔强兀傲之美,在政治上,却时时注意一个"忍"字。所以,任何随意的引申,简单的附会,都不是实事求是的态度,无助于科学的研究。我们之所以反复强调这一点,是因为过去对学宋诗派的评价,总是不适当地与曾国藩的政治立场纠缠在一起,似乎如此便可以将学宋诗派一棍子打死。对于学宋诗派以外的诗人,又往往因为某些人创作了一些表现反侵略内容的诗篇,便随意拔高,而可以不管他们在诗学上的保守主张。龚自珍之嗜好吴伟业、宋大樽便可以谅解,为什么曾国藩之嗜好黄庭坚以及杜甫就是"逆流",就是应该批判的呢?这种以政治立场和思想倾向来为文学主张定性的方法不抛弃,就不可能有真正的科学研究。

我们在第二章曾经阐述过,对宋诗传统的再认识,对宋诗之成就的重新评价,对宋之为宋之必然性的确认,对于古典诗歌艺术的发展有着很大的积极意义。道咸时期对于宋诗学习的深化,是应该基本肯定的。在当时,文学领域依然是一个与海外文学相隔绝的独立自在的封闭王国,西方文化的输入仍然以宗教为主,科技知识的引进还处在相当幼稚的阶段,而政治、哲学以及其他社会科学的大量输入还是十九世纪末以后的事情，在十九世纪中叶以前中国的传统文化不仅占着绝对的统治地位，而且几乎是涵盖了整个中国社会。在这样的文化背景和文学背景之中，中国诗歌不可能有完全崭新的突变，而只能在对传统的反省过程中寻找出路。现实诗歌的每一个细胞都将与传统保持着千丝万缕的密切联系。假如现实并不能提供大量崭新的意象，中国诗歌就不可能有本质上的革命性变化。当然随着生产力和经济基础的巨大发展和变化，会逐步产生新的生活观念，新的思想意识，新的想象世界，语言概念、语言结构以及诗歌要素的其他文化内容会有重大的丰富和更新，在这样的情况下才可能涌现大量崭新的意象，文学也才能出现重大的新变。然而，道光以后，中国社会虽然逐步沦为半殖民地半封建社会，但是，中国社会的生产力和经济基础并没有出现巨大的发展和变化，传统文化仍然占有绝对的统治地位，新的观念、新的思想意识虽然已有萌芽（相当程度上还是从海外移植的），但还没有成为普遍的思想基础。语言概念、语言结构、文化内容也并无巨大变化，尤其是在道咸时期，其演变更是相当微弱。我们考察一下当时的诗文作品，即可有清楚的认识，即使是龚自珍的作品，它的基本语言概念、基本的意象成分，都是传统的。神仙儒道，山水草木，亭台楼阁，衣冠锦绣，日月风云，文物珍奇，等等，绝大多数的意象质地都与传统并无二致。在这样的情况下，要求诗歌发生质变是天真的，不现实的。历史的局限，使道咸诗人只能主要通过对传统的反省，寻找出路。当然，这种传统，对诗歌来说，以诗学传统为主，但是，也包括文学的其他类型。诗人也可以借用其他类型的某些形式和手法，扩大诗歌的表现功能，然而这种借鉴是以不失本体为前提的。如果失去了本体，那么也就不成其为诗了。

正是鉴于上述这些客观条件，我们认为道咸时期，许多诗人希望通过学宋有所创新，无可厚非，而且不失为一种明智的选择。下面将分别对其中一些创作成就较高的诗人的作品进行分析。

第二节　变雅之声：朱琦、鲁一同诗

桐城派诗人中以朱琦、鲁一同以及曾国藩的创作成就为较突出。

朱琦生于 1803 年，比魏源小九岁，死于 1861 年，比魏源晚四年。字濂甫，一字敬庵，号伯韩。广西临桂人。道光十五年（1835）进士，历官御史。有直声，"与晋江陈庆镛颂南、高要苏廷魁赓堂两给谏，慷慨言事，时人谓之'三直'"（杨传第《怡志堂诗初编序》）。在鸦片战争中创作了不少以战争为题材的诗篇，"无愧一代诗史"（钱仲联《梦苕庵诗话》）。著有《怡志堂诗文集》。

朱琦学诗主要以杜韩及北宋诸家为门径，论诗也推重黄庭坚。其诗云："涪翁内外编，锐意药甜熟。明月作寒鉴，高咏齐玉局。江梅证气味，演雅寓感触。"（《咏古十首》）认为山谷诗的清健高雅可药世间凡俗之弊，实际上矛头所向也是袁枚性灵派的流弊，所以又说："后生晚出悦袁赵，狂流东下奔百川。竞摘苕翠媚俗眼，难追汗漫遗羲鞭。"（《答友人论诗》）在创作实践上，朱诗于韩愈所得为多，能取桐城文法之精髓入诗。诗语雅洁而畅达，章法自然逶迤，起结沉稳，承转谨严，结构密致，剪裁洗炼。其诗短篇如《漯安河》：

> 我行至漯安，夹道闻传呼。
> 云是奉使官，驰驿旋京都。
> 寒风卷飞旆，兽炭燃香炉。
> 执戟为前导，辎重载后车。
> 中有朝贵人，蜂拥而云趋。
> 县官接道左，观者填路衢。
> 行馆供帐盛，肴错盈庖厨。
> 仆从恣饮啖，食饱弃其余。
> 使者一日费，闾阎十户租。
> 庶几勤轸恤，采辑风俗书。

疾苦达天聪，此行将不虚。

揭露使官靡费，反映官场之腐败。全诗环环紧扣，衔接紧密，词无虚发。由所行而有所闻有所见，因为是朝中之贵，故卫护严密，难睹尊容，所以只写其仪仗声势；县官献媚，珍羞宴请，路人自然难近朝贵之席，故只写仆从恣饮浪弃，由此而自然可想见朝贵一席之费，故有"闾阎十户租"的结论。笔墨省净老练，显示了极深的古文功夫。其余如《答蒋元峰比部兼怀彭君子穆河流直趋汴危甚时比部至豫随王相国勘河》《老兵叹》《定海纪哀》《吴淞老将歌》《镇江小吏》等，无不如此。长篇如《感事》《王刚节公家传书后》《校正亨甫集作诗志哀》则皆似史传一般，极为严谨。这些诗基本上都采用总起细述之法，或顺叙，或追叙，或补叙，善用倒顺逆挽之法。而几乎笔笔坐实，并无闲宕虚饰之处。如《王刚节公家传书后》一诗，一开首即仿杜甫《北征》，叙明时间，概括事件始末，有史笔之信，史笔之精：

皇帝廿一载，逆夷寇边陲。
定海城再陷，三总兵死之。

极为简约，不可增减一字。然后再具体叙写事件过程，由当时战争形势，写到战争的进展，并描写了郑国鸿、葛云飞、王锡朋三总兵英勇殉难的悲壮场面：

郑帅断右臂，裹创强撑楯。
张目犹呼公，阳阳如平时。
葛陷贼阵间，血肉膏涂泥。
或云没入海，举火欲设奇。
一酋自后至，剚刃裂其脐。
惟时海色昏，颓云压荒陂。

> 公弃所乘马，短兵奋夺围。
>
> 前队既沦亡，后队势渐危。
>
> 相持已七日，援兵无一来。
>
> 公死复何憾，公名日星垂。

虽然并未采用夸饰手法，但简炼生动，笔墨深沉真挚，颇耐咀嚼。体现了诗人高度的概括能力。接着又追叙主人公王锡朋以往的战绩，并补写主人公战前以死殉国的决心，而以大帅仓皇溃逃的可耻行径作对比。最后又从"书后"处着眼，叙写了战后的形势，并激愤地慨叹朝廷不能用人，以致丧师辱国，从而深化了主题。这种叙述密致、沉稳而富有变化的章法，正是史汉以来古文传记的独擅之长，朱琦能运以入诗，可避免许多诗人常有的浮嚣冗沓之弊。

而与纪实的章法相呼应，朱琦在修辞方面也较少使用夸饰手法，也很少由实体的某一方面发挥开去，遨游在主观幻想的天国。他往往以直现令其激动的实在场面为指归，这就需要有很强的语言概括能力，否则很可能流于琐碎芜杂，神塞气塞。例如像《狼兵收宁波失利书愤》这样的题目，在舒位、王昙、汤鹏这类诗人的笔下，也许会被写得雷鸣电闪、蛟龙翻腾，而在朱琦的笔下就比较实在：

> 回军与角者为谁，巴州都士幽并儿。
>
> 手中剩有枪半段，大呼斫阵山为摧。
>
> 危哉衔枚误深入，一贼横刀势将及。
>
> 抽刀断贼挝其马，挥鞭疾渡水没踝。
>
> 背后但闻号呼声，狼兵三五奔出城。

全凭实在的语言功力，白描战争场面。虽然没有奇幻的想象作渲染，然而因为能抓住最精彩的细节，以雄健的笔墨作特写，所以能给人以悲壮激烈的美感。当然这种悲壮激烈之美，来源于客观对象本身，但发育于诗人的白描之中,是诗人善于发现、善于捕捉、善于概括的结晶。总的来说,朱琦擅长表现雄浑深沉之美。诗章密致洗炼,诗笔骏迈老练,在以文为诗方面,达到了很高的造诣。张际亮极推重其诗,有诗赞曰:"巨手开西粤,洪波涨北溟。力雄出激宕,思远入沉冥。"(《为朱濂甫琦太史阅诗题其后》)

朱琦友鲁一同,生于1804年,比朱琦小一岁,晚逝四年。字通甫,一字兰岑。江苏山阳人,道光举人。虽有经世之志,而终不得用。曾说:"今天下多不激之气,积而不化之习。在位者贪不去之身,陈说者务不骇之论,风烈不纪,一旦有缓急,莫可倚仗。"(《清史稿·文苑传》引)"既再试不第,益研精于学,凡田赋、兵戎诸大政及河道迁变、地形险要,悉得其机牙。为文务切世情,古茂峻厉,有杜牧、尹洙之风"(《清史稿·文苑传》)。林则徐、曾国藩皆欣赏其才。李慈铭亦谓:"如通甫者,其志岂顾以文自见者哉?"(《越缦堂日记》)然而,鲁一同却终以诗文名世,刊有《通甫类稿》等。

鲁一同学于潘德舆,受潘氏影响较大,亦以质实为本,尝谓:"凡文章之道,贵于外阂而中实……文无实事,斯为徒作,穷工极丽,犹虚车也。"(周韶音《通父诗存跋》引)诗学杜韩而兼取宋人,集中《雪霁效宋人体六首》,笔致近于黄庭坚《戏答俞清老道人寒夜三首》。

与朱琦相比,鲁一同诗歌的语言同样雅洁凝重,而且韵脚响亮,声调朗畅,有唐人之长。诗章并不以严密谨严取胜,而往往以飘忽动荡见长。其诗如《河决后填淤肥美友人借资为买田宅夏日遣奴子往视黍豆归报有作》一首,一开始便破空而下,从题外落笔:

> 宝剑不下壁,妻孥使人愁。
> 中岁忽无家,出处长悠悠。

抒发郁积在心中的寄泊他乡、抱负难酬的感慨,然后才写到买田营宅。可是接着诗人并不是顺理成章去叙写如何耕种,而是一笔宕开,追叙去年的灾荒，进而写到灾象给今天带来的后果：

> 春风裂厚土，吹散空髑髅。
> 久行无人烟，林燕声嘺啁。

虽然眼下"不耕亦已种，黍菽何油油"，但是去年的灾象使农人"常恐秋水溢，覆辙追前辀"。因此"萧条江南东，战地无人收"。然而，比灾荒之魔影更可怕，以致造成上述情况的原因还在于"夷虏尚翻覆，兵食劳前筹"。由此，诗人不得不兴发感叹："艰难愧一饱，郁结怀九州。大哉生民初，粒食谁与谋。"忧心是那样的沉重，又是那样发人深省。全诗转折硬截突兀，富有跳跃性，吸取了宋诗之长，增加了诗作的容量。他如《黄通守席上喜晤蔡少府即事有作》《崖州司户行》《吴子野画东海营图》等，章法结构皆变幻莫测。

在修辞方面，鲁一同与朱琦相比，更长于描述形容之法。如果说朱诗在叙述中寓描写，那么鲁诗则是在描写中寓叙述，如《黄通守席上喜晤蔡少府即事有作》本可写成一首叙事诗，但诗人却详于绘声绘色，其诗起句云：

> 惊飙驾长淮，五月气凄厉。
> 时艰惜欢娱，主客千里至。

慷慨悲壮的氛围扑面而来，接着诗人又描绘了蔡少府的精神气概，纵横才华。有句云：

> 横腰三尺铁，中宵自磨砺。
> 寰海满讴歌，壮士默歔欷。

壮士形象跃然纸上。再如描写谈兴之酣：

谈深酒杯阔，座促炉鼎沸。

放浪客途狂，呜咽歌喉细。

悲歌慷慨，令人遥想当年。鲁一同的多数诗篇都善于渲染氛围，运用夸饰之笔突现对象，其诗如：

黑风卷海倭船来，银涛雪浪如山颓。

洋山高岛不复见，鹰游之门安在哉？（《吴子野画东海营图》）

缘岩不数转，已陟浮云颠。

白日动大江，怒龙回其澜。（《北固山》）

连峰犯惊涛，势与蛟龙翔。

兹山气鸿濛，松栝惨虬苍。

深根穴地极，幽阻窥天光。（《游焦山作》其一）

中峰万丈石，奋落如下天。

立神尽摧糜，栏楯森钩连。

…………

东南正格斗，流血海水边。

魍魉缠清秋，羲和不可鞭。（《游焦山作》其二）

君能断鳌续柱正四极，不能使马头生角乌头白。

又能驱山走海障狂澜，不能使长虹贯日霜降天。

（《崖州司户行》）

炮火洒空来，晴天黯飞血。

…………

气阻昌国涛，令肃钱塘月。（《浙江巡抚刘公韵珂》）

群鬼哭澈天，海水为沸汤。（《三公篇》）

诸如此类，在朱琦的《怡志堂诗集》中就比较少见。再如乐府诗，朱琦的《定海纪哀》《老兵叹》《镇江小吏》诸篇皆长于叙述事件过程始末，而鲁一同的《拾遗骸》等诗都善于特写某一场景，着意渲染，其诗如：

> 犬饕乌啄皮肉碎，血染草赤天雨霜。
>
> 北风吹走僵尸僵，欲行不行丑且尫。
>
> 今日残魂身上布，明日谁家衣上絮。（《拾遗骸》）
>
> 阿母垂涕洟，已经三日不得食，安用以子殉母为？
>
> 不如弃儿去，或有人怜取。
>
> 主人闻言泪如雨，家中亦有三龄女，前日弃去无处所。
>
> （《缚孤儿》）
>
> 朝撤暮撤屋尽破，灶下湿烟寒不温。
>
> 大儿袒，小儿裸，余草布地与包裹。
>
> 明日思量无一可，尚有门扉堪举火。（《撤屋作薪》）

此情此景，为杜甫笔下所未曾有，令人惨不忍睹。如此淋漓尽致不加讳饰地暴露灾象，不仅需要有正视现实的勇气，而且还需要有冲破温柔敦厚诗教的艺术胆识。

沉重的意绪，郁勃的情怀，凝练动荡的笔墨，雄奇浩荡的意象，构成了一种沉郁雄浑的艺术境界。与汤鹏相比，鲁诗较能敛才于法，善于锤炼，而较少神幻的想象，特别是他叙写鸦片战争重大事件的《读史杂感》《辛丑重有感》《三公篇》等都能本于史实，更是凝重坚苍，不落空腔，能得杜诗之神理，"无愧诗史"（王蘧常《国耻诗话》卷一）。与朱琦相比，雄浑是他们所同，然朱诗雄而健迈，鲁诗则雄而浩荡，各有所诣。他们的诗歌并无粗豪之弊，其成就高于张维屏、张际亮、汤鹏。

第三节　登高一呼，道振宋风：曾国藩诗

朱琦和鲁一同的诗歌造诣虽然较高，但诗名尚不足与曾国藩抗衡，道咸以来的学宋之风，经曾国藩登高一呼，才真正形成了相当的声势。

曾国藩生于 1811 年，比朱琦小八岁，死于 1872 年，比朱琦晚十一年。字伯涵，号涤生。湖南湘乡人。道光十八年（1838）进士，科名晚于朱琦三年。后人辑有《曾文正公全集》，此外尚有《十八家诗钞》《经史百家杂钞》等著作。

曾国藩的论诗大旨已见前述，若具体到艺术形式方面，尚有二点值得注意。一是欲调适黄庭坚和李商隐，这是姚范和姚鼐的秘传。曾国藩论黄庭坚诗曾说："造意追无垠，琢辞辨倔强。伸文揉作缩，直气摧为枉。"（《题彭旭诗集后即送其南归二首》）其意正是欲运阴柔于阳刚之中，将百炼之钢，化为绕指之柔，所以他评论李商隐诗云："渺绵出声响，奥缓生光莹。太息涪翁去，无人会此情。"（《读李义山诗集》）认为山谷深会义山"渺绵""奥缓"的阴柔之理。如果说姚鼐之学李商隐乃是侧重于他的"深雅"之长和造语工夫，那么，曾国藩似乎更侧重于从刚柔相济的角度兼采义山。曾国藩所提倡的是一种雄健而有韧性的阳刚之美。二是欲运古文之法入近体。他曾说："山谷学杜公七律，专以单行之气，运于偶句之中；东坡学太白，则以长古之气运于律句之中；樊川七律，亦有一种单行票姚之气。"（《大潜山房诗题语》）在清代，钱载和宋湘在这方面也都有成功的尝试，其后黄遵宪也有类似的想法，这种手法运用得当可避免近体容易产生的俳弱之弊。

在创作实践中，曾国藩亦能注意到上述两个方面，在总体上，曾国藩爱好阳刚之美。诗作也具有尚奇的倾向，常选用生僻、险怪的辞汇，如"傲傲""艰陒""啴啴""作圓""作蔫""嵯峨""峥嵘""嶂嵊""嶙峋""轰豗""巴夔""貔虎""蛇豕""鸥夷""枭噪""磨蝎""魑"之类的辞汇时时出现在作者笔底，在这方面，曾诗比较明显地受到了韩愈的影响，旨在开辟奇险的境界，以丑为美。在章句方面也是纵横振

荡，奇崛兀傲。其诗如《傲奴》采用长短句式，硬语盘空：

> 君不见萧郎老仆如家鸡，十年笞楚心不携。
>
> 君不见卓氏雄资冠西蜀，颐使千人百人伏。
>
> 今我何为独不然，胸中无学手无钱。
>
> 平生意气自许颇，谁知傲奴乃过我。
>
> 昨者一语天地暌，公然对面相勃磎。
>
> 傲奴诽我未贤圣，我坐傲奴小不敬。
>
> 拂衣一去何翩翩，可怜傲骨撑青天。
>
> 噫嘻乎，傲奴！
>
> 安得好风吹汝朱门权要地，看汝仓皇换骨生百媚。

诙诡中存兀傲之态。再如：

> 君独仁之相掖携，心献厥诚匪貌贡。
>
> …………
>
> 昔我持此语冯生，沉饮深觥岂辞痛。
>
> …………
>
> 顷来贶我珍琼瑶，韬以锦囊无杀缝。（《酬岷樵》）
>
> 何吴朱邵不知羞，排日肝肾困锤凿。
>
> 河西别驾酸到骨，昨者立谈三距跃。
>
> 老汤语言更支离，万兀千摇仍述作。（《感春六首》）

这些拗硬奇特的造语，颇有黄庭坚诗歌的风味，但是作者又并非一味拗折犷放，而能以阴柔之理相济，结句成章往往能盘郁而出，其诗如：

> 日日送归客，情抱难为佳。

老彭复去我，内抚焉所偕。

往予初遇子，睽睽无等侪。

鹰眼迥高狄，势不甘尘埃。

自言困乡国，横被口语猜。

绛侯畏牍背，田甲欺死灰。

脱身来洛下，稍摄惊魄回。

风波一震薄，万事何有哉！

雄篇忽枉我，峻句何崔嵬。

险拔肝胆露，忧患才地开。

终然达紫气，幽狱难可埋。

男儿要身在，百忤宁足摧。

临歧不知报，努力干深杯。（《题彭旭诗集后即送其南归二首》）

首写日日送客，离情别绪已自难禁。而今又送客，其心中之惆怅自然更难自理。然作者接下去却并没有顺势倾吐心中之离情，而是将笔捺下，抑住喷薄欲出的情流，让它在心里回旋成对往事的追忆。进而又转成对诗集的评赞，扣住题目。最后又变为对离别而去的朋友的鼓励和安慰，补足题意。而在结句之中，作者方始在消愁之怀中重寓别绪，然而感情经过前面的起伏回旋，至此变得益发深沉。这种绵缓曲折的表达方式正是黄庭坚、李商隐诗作之长。另一方面曾国藩的近体喜欢用典，又颇有藻采，这些都是他有意调适李商隐和黄庭坚的表征。

而他的近体诗，有时也能"以单行之气，运于偶句之中"。如《初入四川境喜晴》：

万里关山睡梦中，今朝始洗眼朦胧。

云头齐涌剑门上，峰势欲随江水东。

楚客初来询物俗，蜀人从古足英雄。

卧龙跃马今安在，极目天边意未穷。

全诗由连日阴霾如梦的气候，写到眼前天晴如洗的景象，进而转入对碧空之下雄奇的蜀地山川的描绘，并由此而联想到这雄伟的山川所孕育出来的英杰，抒发胸中的怀抱。通篇诗意前起后承，一气呵成，在雄直畅快的笔势之中，显露心中喜晴之意。曾诗还善用虚辞以疏通神气。他如《次韵何廉昉太守感怀述事十六首》《送梅伯言归金陵》《酬九弟》等也都能善用虚辞来调转激逗气势。而如杜甫《秋兴八首》《登高》这类凝重、沉郁、潜气内转的诗作则较少见。

在修辞方面，曾国藩也喜欢采用夸张的笔墨来表现雄劲的诗情和雄奇的物象，其诗如：

万里共日月，肝胆各光芒。(《送莫友芝》)

行人一长叹，万壑悲风回。(《废丘关》)

请君雪夜倚阑看，金精上烛撼星辰。(《为何大令题明赵忠毅公铁如意》)

无端绕室思茫茫，明月当天万瓦霜。(《忆弟二首》)

谒来瞻庙庭，万里雪皑皑。

赤日岩中生，照耀金银彩。(《留侯庙》)

黑云压城真欲摧，银河倒泻天如筛。(《六月二十八日大雨冯君树堂周君荇农郭君筠仙方以试事困于场屋念此殆非所堪诗以调之》)

密雪方未阑，飞花浩如泻。

万岭堆水银，乾坤一大冶。

…………

挥手舞岩巅，吾生此潇洒。(《柴关岭雪》)

丈夫举步骧两龙，岂有越趄蹑人脚。(《喜筠仙至即题其

诗集后》）

皆不同凡常，但被表现的对象尚未完全与主体融而为一，显示出活生生的生命力。

作者还善于运用新奇的比喻形容之法，其诗如：

道人龙钟五十七，黝深碧眼珍珠圆。（《丙午初冬寓居报国寺赋诗五首》）

明朝一别各东西，愁绪多于瓮大茧。（《送周文泉大令之官城武》）

我闻此言神一快，有如枯柳揩马疥。（《题唐本说文木部应莫邵亭孝廉》）

夜半饥肠鸣，大声震江水。

腐公不知羞,恬然矜爪嘴。（《会合诗一首赠刘孟容郭伯琛》）

侧重于对人事的状写，颇有诙谐之趣。而且作者有时还能采用象征手法，寄寓深意，其诗如：

闻道海外双龙剑，神光夜夜烛九天。

沴气妖星不敢遭，横斩蛟鳄血流川。

…………

元臣故老重文学，吐弃剑术如腥膻。

如今君王亦薄恩，缺折委弃何当言。（《感春六首》）

该诗作于林则徐被遣伊犁后一年,联系作者在《咏史五首》中"功高而不赏，谣诼来青蝇。吴起泣西河，伏波触炎蒸。长城讫自坏，使我涕沾膺"的慨叹，诗中之微意颇耐寻味。

再如：

荡荡青天不可上，天门双螭势吞象。

豺狼虎豹守九关，厉齿磨牙谁敢仰？（《感春六首》）

如联系屈原的《离骚》和龚自珍"虎豹沉沉卧九阍"诗句之意，作者在诗中的寄托自可明白。而曾氏早已自命不凡，故诗中又有"一朝孤凤鸣云中，震断九州无凡响"之句。曾氏在家书中也自称"《感春诗》七古五章慷慨悲歌（按，今《曾文正公诗集》卷二《感春》有六首），自谓不让陈卧子，而语太激烈，不敢示人"（《致温甫六弟》），由此可见曾氏早年的胸怀。

然而，诗歌创作对于曾国藩来说，毕竟是其余事，他虽然曾取法李商隐，但未能得其细密，学黄庭坚也未能得其神思跳跃。如其《送梅伯言归金陵》之一，前三联翻来覆去只写"归隐"二字，诗意粘结。再如《怀刘蓉》云："他日余能访，千山捉卧龙。"构想魄力皆可谓雄奇，然用刘备访诸葛故事，若无卧蟒之心，则亦似不切，可见其诗律尚未至一"细"字。所谓"手似五丁开石壁"信其有之，而若"心如六合一游丝"（《酬九弟四首》）则似未至。

尽管如此，曾国藩在诗学方面的影响，却是相当深广，不能不予以足够的注意。

第四节　不失高雅的新变：郑珍诗

桐城派诗人以外的学宋诗人，如程恩泽、祁寯藻、何绍基、郑珍、莫友芝、江湜等造诣不一，其中以何、郑、莫、江诸家成就较高，尤以郑珍最为杰出。

程恩泽辈分最高，生于 1785 年，比龚自珍长七岁，死于 1837年，比龚自珍早逝四年。字云芬，号春海。安徽歙县人。嘉庆十六年（1811）即成进士，有《程侍郎遗集》。从成名的时间来看，程恩泽当属于乾嘉诗人。然而，在嘉道之际，比较明确地以杜韩黄为标帜，学问广博、地位较高的诗人当首推程恩泽，故陈衍将他视为开一代风气的作家，其实其诗歌成就未必很高。程恩泽是个学者，经史、天文舆地、金石书画、医术算学，无所不晓，论诗亦重学问，尤重许郑之学，尝教导郑珍从许郑入手，打好治学基础。

程恩泽自己作诗"初好温李，年长学厚，则昌黎山谷兼有其胜"（张穆《程侍郎遗集初编序》），而自觉其诗"险而未夷，能飞扬而不能黯淡，思力所及者，腕每苦其不随"（同上）。其诗"多于句调上见变化"（陈衍《石遗室诗话》）。与钱载有共同的趋向，但变化没有钱载丰富，其诗好以文句入诗，如"公之大节不难殉潭州，而难于殉大江之中流。其时左兵清君侧，逆迹未全露，公稔知之不可夺，投江幸不死，乃开府仗钺，招降十万兵，天乎人事一朝尽，只留一剑成其名"（《神鱼井怀古》）、"但能饮墨便妩媚，况乃苔青藓赤风驳雨蚀朽，可怜嘉祐迄今日，芜绝前贤在深黝，或者没字碑中杂元柳，后检不得遂谓两先生文未曾有"（《澹岩》）等，皆近于钱载，而且在近体中也运用文句，如"遂磨洪泽而东镜，似筑深江以外墙"（《渡淮即事》）、"郑乡以外无余学，守敬而还此后身"（《感旧三首》）等。还采用当句叠对，如"雾凇复雾凇，农人覆饭瓮。木稼复木稼，达官闻之怕"（《古意》）、"礼经难读偏能读，古乐谁寻块独寻"（《感旧三首·凌仲子先生廷堪》）等，也是钱载之嗜好，而诗境之新奇则尚嫌不足。

祁寯藻生于1793年，比程恩泽小八岁，死于1866年，比程晚二十九年。字叔颖，一字淳甫，号春圃。山西寿阳人。嘉庆十九年（1814）进士，略晚于程恩泽。然官至体仁阁大学士，太子太保，政治地位极高。又喜言诗，提倡杜韩苏黄，与程恩泽相呼应，有开启之功。故陈衍以其诗冠《近代诗钞》之首，但实际创作成就却不高。"他较有现实内容的诗如叙事的《纪事》，反映人民疾苦的《感河南直隶二案时久不雨》《肩舆道覆夷于右臂作此自遣》，赞颂为民兴利的官吏的《蓝公教织歌》等，为数不多。他的诗大多是咏物、写景、感恩、扈从、官场应酬之作。"（钱仲联撰《中国大百科全书 中国文学》"祁寯藻"条）有《馂龡亭集》行世。

而真正能青出于蓝、后来居上的是郑珍。郑珍生于 1806 年，比程恩泽小二十一岁，死于 1864 年，比程晚二十七年。字子尹，晚号柴翁，贵州遵义人，道光十七年（1837）举人。后人辑有《巢经巢全集》。

郑珍早年学于黎恂及莫与俦，后出于程恩泽门下，治学刻苦，精通许郑之学，著有《说文逸字》《说文新附考》等小学力著，又殚心四部，精研三礼，学问极渊博。莫友芝论郑珍平生著述，以为"经训第一，文笔第二，歌诗第三，而惟诗为易见才，将恐他日流传转压两端耳"（《巢经巢诗钞序》）。莫氏之预言果然应验。郑珍正以其诗传诸后世。郑珍论诗之言并不多，主要见于《论诗示诸生时代者将至》《留别程春海先生》诸诗。《论诗示诸生时代者将至》一首比较全面地确立了他的诗学原则，诗云：

> 言必是我言，字是古人字。
> 固宜多读书，尤贵养其气。
> 气正斯有我，学赡乃相济。
> 李杜与王孟，才分各有似。
> 羊质而虎皮，虽巧肖仍伪。
> 从来立言人，绝非随俗士。
> 君看入品花，枝干必先异。
> 又看蜂酿蜜，万蕊同一味。
> 文质诚彬彬，作诗固余事。

概括起来，主要有以下几点：一是读书养气，加强自身的修养；二是作诗要有个性；三是要求独抒己意，不能随影附响，人云亦云，但必须一归于"文质彬彬"；四是不能以诗人为终，也就是当立足于学术经济。因此，尽管郑珍诗学成就很高，却"不肯以诗人自居"（参见莫友芝《巢经巢诗钞序》）。然而，要达到"文质彬彬"的标准，就

必须把学古与创新结合起来。所以，他在《留别程春海先生》一诗中
又赞美程恩泽的诗文创作能够：

捣烂经子作醯醢，一串贯自轩与羲，下讫宋元靡参差。
…………
不袭旧垒残旄麾，中军特创为鱼丽。

既广泛继承前人的文学遗产，又能自创新貌。当然，在诗学方面，
当以杜韩苏黄为取法重点。这些主张与程恩泽、曾国藩等并无多少区
别，然而由郑珍对本根修养的强调，以及以诗为余事的志趣，可以看出，
郑珍并非是只讲诗歌形式，或把诗歌形式放在首位的所谓"形式主义"
者。相反，在原则上，他对形式的强调并不充分。但是，没有诗歌的
艺术形式，也就没有诗歌，因此既要作诗，就多少要涉及具体的艺术
形式问题，郑珍同样不能免此。他的具体的谈艺主张，有以下几点值
得注意：一是避免直露，能出人意外。他曾说："文章之妙避直露。"(《白
水瀑布》)又说："此道如读昌黎之文少陵诗，眼着一句见一句，未来
都非夷所思。"(《自毛口宿花塥》)二是静悟与苦吟相参，他跋黎庶
焘诗云："吾弟学胜于才，不得之静悟，即得之苦吟。故能刊落浮辞，
吐属沉挚。只静悟则易增魔障，苦吟则易伤气格。"(《跋内弟黎鲁新
慕耕草堂诗钞》)实际上是要求把兴会与锤炼结合起来，将天机与人
工结合起来。三是重视句法，题黎庶焘《慕耕草堂诗钞》云："初盛
元气浑沦，不可以句法求。韩孟以后，则可以句法求矣。故此事在我
看来，惟吃紧第一微妙法。宋以后无论黄陈，全是靠此擅长，即欧苏
荆公圣俞亦力争在此。"(同上)

在创作实践中，郑珍能沿着杜韩苏黄开辟的途径继续前进，独创
新貌。

郑珍有着极深厚的语言文字功夫，所以他能根据不同的对象，运
用不同的语言。有生涩奥衍，亦有平易近人；有拗硬佶倔，亦有清新

妩媚。风格多样，随物赋形，一归于贴切雅健。其诗如《浯溪游》《正月陪黎雪楼恫舅游碧霄洞》《留别程春海先生》《玉蜀黍歌》等，皆属于生涩奥衍一路，试举《游碧霄洞》为例：

> 谽谺见巨口，俯瞟吓焉退。
> 定魂下窅窾，岔磼半明晦。
> 一謦欬啸呼，响砰磅礴礚。
> 非雷而非霆，隐隐铢铢会。
> 举蕴照峋峒，广容数万辈。
> 耽耽深厦中，具千百状态。
> 大孔雀迦陵，宝璎珞幢盖。
> 钟鼓干羽帗，又杵臼磨硙。
> 虎狮并犀象，舞盾剑旌旆。
> 础楹芙藻井，釜登豆箫籁。
> 更龟鳖蛙蟾，及擂炮鍪铠。
> 厥仙佛菩萨，拱立坐跪拜。
> 携罏篓戚施，与佝瞀尢癞。
> 倒茄垂瓜卢，悬人头肝肺。
> 盘杆间橙榻，可以卧与蹪。
> 人世尽纤末，悉备谾壑内。

奥僻险怪之语满纸，荒古幽奇的洞穴气息迎面扑来。像这样峥嵘怪异的洞府，如采用白居易或者陶渊明的笔墨是很难传达其精神形态的，艺术效果显然要逊色许多。

而如叙写家人骨肉至情至性，劳人饥民遭灾罹难之疾苦，以及乡土民俗之风，宁静熙和之景的作品，则多采用平易近人之语。其诗如《度岁澧州寄山中四首》《系哀四首》《三女粪于以端午翼日夭越六日葬先妣兆下哭之五首》《重经永安庄至石埭》《病中绝句》《南乡哀》《经死哀》《抽厘哀》《荔农叹》《追和程春海先生橡茧十咏原韵》《播州秧马歌》《送瓜词》《晚望》《夏山饮酒杂诗十二首》等，无不文从字顺，亲切动人。而且还能化俗为雅，点缀俗语民谚入诗。其诗如：

安排六个月，偿足二万里。

已过春中间，看看到粽子。(《病中绝句二首》)

辛勤我母力，十年拥粪渣。(《黄焦石》)

女大不畏爹，儿大不畏娘。

小时如牧猪，大来如牧羊。(《题新昌俞秋农汝本先生书声刀尺图》)

年年立夏方下种，今年小满未落泥。

…………

家家栏中饲乌饭，不许牧竖加鞭笞。(《荔农叹》)

要知根种生来好，只到投胎咒骂多？(《送瓜词六首》)

如此等等，与《碧霄洞》的古奥绝然不同，始信大家胸中无所不有。与语言辞汇之丰富相呼应，郑诗的句式也变化多端，其诗如：

更龟鳖蛙蟾，及擂炮鏊铠。

…………

携籯篢戚施，与倪瞀兀癫。(《游碧霄洞》)

余岂好多事，在昔多所艰？(《溪上水碓成》)

有巨铁钟悬屋隅。(《安贵荣铁钟行》)

臂铁勃卢铁蒺藜。…………

以乡先哲尹公期。(《留别程春海先生》)

采用"一四""一六"句式，以造成拗硬顿挫、兀傲挺健的语调。再如：

濒湖能知蜀黍即木稷，不识玉黍乃是古来之木禾。（《玉蜀黍歌》）

洪娄著录汉碑二百七十六，至今三十九在余俱亡。

其中阴侧匪别刻，实止廿八之石留沧桑。

后虽新增三十种，已少娄录四倍强。

…………

又思于宋是为南平军，南平吹角两刻纪自王东阳。

…………

疑即所称古摩崖，闻其在穴又疑更是伯约姜。（《腊月廿二日遣子俞季弟之綦江吹角坝取汉卢丰碑石歌以送之》）

采用长短参差的散文句式，以增矫健驱迈之势，防止叙议容易产生的神蹇气板之弊。而如：

谷雨方来雨如丝，春声布谷还驾犁。

斩青杀绿粪秧畦，芜菁荏菽铺高低，

层层密密若卧梯。（《播州秧马歌并序》）

公安民田入水底，不生五谷生鱼子。

居人结网作未耜，耕水得鱼如得米。（《网篱行并序》）

又极其流畅，近于白话，有民歌风味。另外也常运用当句迭对手法。如：

入室出室踏灰路，戴笿戴盆穿水帘。（《屋漏诗》）

眼着一句见一句，未来都非夷所思。（《自毛口宿花坰》）

出衙更似居衙苦，愁事堪当异事征。

逢树便停村便宿，与牛同寝豕同兴。

昨宵蚤会今宵蚤，前路蝇迎后路蝇。（《自沾益出宣威入

东川》）

孰若孟为孟，尚抗韩之韩。（《钞东野诗毕书后二首》）

以我三句两句书，累母四更五更守。（《题黔西孝廉史蔺
洲胜书六弟秋灯画荻图》）

一回别母一回送，桂之树下坐石弦。（《系哀四首·桂之
树》）

有时阿母来小憩，有时阿母还流连。

挲挲挽挽撚营线，续续抽抽纺木棉。（《系哀四首·双枣
树》）

与钱载相比，郑诗更为自然贴切，在反复之中产生一种特有的意
味，或绵延往复，或对照生发，或意远情长，或强化凸现。

与这种丰富多变的句法相协调，郑诗的章法也变幻莫测。或绵密
细致，承转自如，如《玉蜀黍歌》《系哀四首》《江边老叟诗》《荔农叹》
之类；或出人意表，奇兵突出，如《清浪滩》《望乡吟》《晨出乐蒙冒
雪至郡》《自毛口宿花坦》《春尽日》《赠赵晓峰》《同陶子俊廷杰方伯
往观小井李花井在东山下》《题沈石田画怪松》《题仇实父清明上河图》
等诗；或纵横跌宕，融会古今，如《游碧霄洞》《神鱼井》《两洞诗》《白
崖洞》等诗。总之，皆能不落俗套，力出新意。

在修辞方面，郑珍既擅长描绘客观现象，又擅长抒发主观情怀；
既善于驰骋幻想，进行主观创造，又善于客观摹状，曲尽其妙，而且
往往意象新奇，境界独辟，具有很高的艺术质量。他的《游碧霄洞》
等描写岩洞的诗篇，镂刻洞府，博喻连比，融昌黎东坡之长于一炉，
联想丰富新奇。再如《白水瀑布》运用比拟手法描写瀑布：

断岩千尺无去处，银河欲转上天去。

水仙大笑且莫莫，恰好借渠写吾乐。

主观臆想，诙谐幽默，生动异常。《春尽日》感慨光阴无情，岁月如霜，新生转瞬衰老：

> 绿荷扶夏出，嫩立如婴儿。
> 春风欲舍去，尽日抱之吹。
> …………
> 阑边秃尾雀，摧老看众嬉。

采用拟人手法，开古来未有之境，又极富有象征色彩，令人惊心，催人泪下。再如：

> 眉水若处女，春风吹绿裙。
> 迎门却挽去，碧入千花村。（《云门磴》）

同样采用喻拟手法，而意境却是那样的美妙。再如：

> 马过一风抬路去，春归七日办花齐。（《次扬林晚望》）

设想之深刻，比拟之新奇，令人叫绝。而如：

> 前滩风雨来，后滩风雨过。
> 滩滩若长舌，我舟为之唾。
> …………
> 半语落上岩，已向滩脚坐。
> 榜师打懒桨，篙律遵定课。
> 却见上水船，去速胜于我。（《下滩》）

前滩风雨刹那间已成后滩风雨，倏忽即逝的声音尚回荡于上岩，而轻舟却早已远去，这种相对运动的长距离与短时间、短时间与长距离之比，相当有效地突出了舟速，而利用相对位置变化，反写彼以暗示此的手法，又别有生趣，有效地传达了下滩之快意，比喻之奇特又是发苏黄之未发。再如：

> 烘书之情何所似，有如老翁抚病子。
> 心知元气不可复，但求无死斯足矣。
> 书烧之时又何其，有如慈父怒啼儿。
> 恨死掷去不回顾，徐徐复自摩抚之。（《武陵烧书叹并序》）

喻状读书人惜书之情怀又是何等生动真切，真可谓是状难写之情如在目前。而如：

> 黄山绝顶尧时松，死在文沈两秃翁。
> 石田一扫根拔地，六十年始回生意。
> 衡山再写树遂枯，以后神入两纸山中无。
> 琴翁经世才，好画乃余事。
> 自得两松同起睡，而今满身是松气。
> 我闻君家井西留下虎跑石，须待其人继其迹。
> 他年君若飞升以此当茅龙，借我一枝作杖相追从。（《沈石田于明成化庚子画怪松卷四丈许盖临梅花道人者后书杜工部题松树障子歌大行书越六十年嘉靖庚子文衡山复临沈枝干若一自为跋于后又越三百年为国朝道光庚子黄琴鸥得沈卷而文卷先为大兴刘宽夫位坦所得宽夫其子妇翁也因以卷归琴鸥使文沈合璧焉道州何子贞绍基以画者得者岁皆庚子又巧聚若是额曰松缘画禅琴鸥宝两卷甚不易示人告余曰沟壑渐近他日当同以奋土藏之也为广其意题一诗于文卷后》）

由夺神着想，以假为真，又以真为假，凭空将真假融会沟通，遂辟古来题画诗未有之境。再如：

> 我行长啸入其中，负壁肃立伟丈夫。
>
> 孔雀惊人竦翎翼，白虎倒喷苍龙遄。
>
> 海山真官四五下，踏云没足端以舒。
>
> 不知何者报我至，严饰万象先頔吾。（《怀阳洞》）

采用疑幻手法，并且更进一步使疑幻中的生命世界不仅活生生地活动着，而且还与诗人自己进行交流，诗人仿佛是这个神奇世界中的一位贵宾。从而在姚燮、魏源以外又开出了一个新的境界。与姚、魏的山水诗相比，郑珍的山水诗，更生命化，而且山水对象更自由自在，然而又不是天国神话的重构。

另一方面，郑珍同样善长于用白描的笔墨来表现生活中的喜怒哀乐，其诗如：

> 上瓦或破或脱落，大缝小隙天可瞻。
>
> 朝光簸榻金琐碎，月色点灶珠圆纤。
>
> ············
>
> 伊威登础避昏垫，湿鼠出窟摩须髻。
>
> 尘桉垢浊谢人洗，米釜羹汤行自添。（《屋漏诗》）

窘困之状，宛然在目。再如：

> 竹筒吹湿鼓脸痛，烟气塞眶含泪辛。
>
> 小儿不耐起却去，山妻屡拨瞋且住。
>
> 老夫坐对一鞭然，掷橛投钳与谁怒？
>
> 缓蒸徐引光忽亨，木火相乐笑有声。（《湿薪行》）

日常琐碎的家庭生活，经作者这番描写，又平添许多情趣。再如：

有时阿母来小憩，有时阿母还流连。

挲挲挽挽撚管线，续续抽抽纺木棉。

紫薤堆袍帮妇脱，黄瓜作犊与孙牵。

一窠鸡乳呼齐至，五色狸奴泥可怜。（《系哀四首·双枣树》）

篮舆送侄我后从，一步低回一肠断。

秋雨烂涂度阡陌，婿乡未到天暮色。

每逢曲处便看我，远听慈声唤窗槅。

当时归去自洗泥，女媭詈我冠犹儿。

抛书寸步不离母，随母应到须扫脐。（《重经永安庄至石堠》）

回忆当年先辈的厚爱，神情依依，真切细腻。再如：

指挥才念身先到，缓急常资债易逋。

细数劳生宁解脱，时忘已死尚频呼。

雏孙不解酸怀剧，啼绕床前索阿姑。（《三女蕡于以端午翼日夭越六日葬先妣兆下哭之五首》）

强歌不成欢，假卧不安席。

梦醒觅娇儿，触手乃船壁。

我本窗下人，胡为异方客。（《出门十五日初作诗黔阳郭外三首》）

今宵此一身，计集几双泪。

炉边有耶娘，灯畔多姊妹。

心心有远人，强欢总无味。（《度岁澧州寄山中四首》）

骨肉亲人间的挚爱至情，愈朴愈真，将归有光的散文笔墨融化入诗，又为诗界别开生面。再如：

> 最有移民可怜愍，十十五五相携持。
> 涕垂入口不得拭，齿牙瘭瘰风战肌。
> 壮男忍负头上女，少妇就乳担中儿。
> 老翁病妪呻且走，欲至他国知何时。
> 尔守尔令宁见此，深堂密室方垂帏。
> 羊羔酒香紫驼熟，房中美人争献姿。（《晨出乐蒙冒雪至郡次东坡江上值雪诗韵寄唐生》）

百姓流离失所饥寒交迫之情状，惨不忍睹，而朝廷命官之生活又是何等糜烂，鲜明的对比之中，难道没有诗人对时世的激愤和批判！他如《避乱纪事八十韵》《南乡哀》《经死哀》《抽厘哀》《吴军行》《捕豺行》《江边老叟诗》等无不以洗炼生动、鲜明具体的笔墨揭露了统治者对百姓的残酷掠夺，以及内部的昏乱腐败：

> 武臣更爱钱，文臣尤惜死。
> ············
> 官军在西岸，坐甲遥相望。
> 相望厌相碍，上策焚民房。
> 阛阓四五里，荡为灰烬场。
> ············
> 其渠名将军，所率号皇卒。
> 操刀入弱里，鸡彘任搜括。
> 奸儿假其威，篝火夜驰劫。（《十一月廿五日挈家之荔波学舍避乱纪事八十韵》）
> 汝敢我违发尔屋，汝敢我叛灭尔族。

旬日坐致银五万，秤计钗钿斗量钏。(《南乡哀》)

雷声不住哭声起，走报其翁已经死。

长官切齿目怒瞋，吾不要命只要银。

若图作鬼即宽减，恐此一县无生人。(《经死哀》)

诸如此类，在龚自珍的笔下却很少见。人称龚自珍有民胞物与之胸怀，固然属实，但他生活于社会上层，更多地看到的是上层的腐败，而郑珍生活于社会下层，则深刻地体会到了百姓在压榨之下的呻吟之苦。他们各有侧重，不能以抬高龚自珍来贬低郑珍，贬低其他的学宋诗人。在艺术上，郑珍这些朴实真切的诗篇，通过对生活真实细致而又概括的描写，再现了感人的情景。它们主要依靠生活本身来打动人心，但是与作者的概括提炼也无法分开。由于诗人对宋诗用功很深，所以，他的这些诗歌虽然相当朴实具体，语言平易近人，然而却又异常洗炼，"绝非元白颓唐率易之可比"(胡先骕《读郑子珍巢经巢诗集》)。吕廷辉评其诗曰："奇者境独辟，杜韩不能羁。亦有平易者，非徒白傅师。"(《巢经巢诗后集》卷二附录)虽有新变，却不失为雅音。在郑珍以前的诗史上，似乎还没有人像郑珍这样大量地、充分地运用平易畅达，而又雅健洗炼的诗笔朴实细腻地表现家人骨肉间的挚情至性。当然，古代不乏描述夫妻之情的优秀诗篇，但郑珍的笔墨渗透到了家庭生活和骨肉亲人的许多方面，在整体上，他超越了前人，这是郑珍对中国诗歌作出的最重要的贡献。他对黔地山水的锤幽凿险、发奇探异之功也是相当杰出的，开出了谢灵运以来中国山水诗的新境界。

在艺术手法方面，郑诗又是异常丰富多样的，"盘盘之气，熊熊之光，浏漓顿挫，不主故常"(莫友芝《巢经巢诗集序》)，且都有着极高的艺术质量。其共同特长是，精妙新奇，意象深刻，刻画入神，力避庸软，要能"削凡刷猥，探诣奥赜。瀹灵思于赤水之渊，而拔隽骨于埃壒之表"(王柏心《巢经巢诗集序》)。

当然，在整体上，郑诗同样未能超越古典的规范，郑诗的创新仍然是对古典诗歌的充实和丰富，远非革命性的突破。但是唐宋元明以后，郑珍能取得如此卓越的成就，应该说是非常了不起的，值得肯定。夏敬观甚至认为："清代二百数十年承明之弊，谈诗者为竹垞、渔洋所误，不出堆砌典实、搔首弄姿两途，其号称学杜韩者又皆赝鼎，直至郑子尹出始有诗。"（《不匮室诗钞题词》）虽然对前代抹杀过甚，但郑珍无疑是清代最杰出的诗人之一。胡先骕至称："纵观历代诗人，除李杜苏黄外，鲜有能远驾乎其上者。"（《读郑子尹巢经巢诗集》）连怀有"诗界革命"之愿的梁启超，也不敢无视郑珍的成就，云："时流咸称子尹诗能自辟门户，有清作者举莫及。"（《巢经巢诗钞跋》）今人又何必以宗派抹杀之哉！

第五节　宋派羽翼：莫友芝、何绍基诗

郑珍的同乡好友莫友芝，生于 1811 年，比郑珍小五岁，死于 1871 年，比郑晚逝七年。两人同出程恩泽之门。于文字训诂、名物制度、版本目录无不探讨，又工真行篆隶书。刊有《邵亭诗钞》等。道光十一年（1831）举于乡，连岁走京师，试礼部，不得志，在京偶游琉璃厂书肆，遂与曾国藩邂逅论交。莫友芝的诗学主张与郑珍相仿，亦重视学问和生活积累，曾序陈息凡《依隐斋诗集》云："然使息凡早称意于有司，纵羽木天，养优中秘，日逐应官文字，季有迁，岁有调，不旋踵至公卿，然而西海之奇辟，东瀛之巨观，戎马之倥偬，黎庶之灾伤，其足以发吾哀乐，摅吾怀抱，以昌吾诗者，必不能泰然安坐而得。"把丰富的生活积累，视为创作之必需。又《书龙壁山房集后》云：

昌黎圣于文，风雅亦天放。

古人未开径，一一剔榛莽。

自从汴京来，坛坫几雄长。

一源所输灌，派别成瀁瀁。

推原道之昌，万卷特其橞。

胡为余事作，千载费钻仰。

先生提文律，永固有嗣响。

诗又坡谷间，骖騑掉轮鞅。

自缘所蕴同，神契乃不两。

隐然见韩薪，传火授诸掌。

愁来几回读，顿息心缝瘁。

    王拯是中期桐城派的著名作家，曾国藩《欧阳生文集序》中列其名。莫友芝与这位桐城派作手气味投合，学古趋向也在韩愈、苏黄一路。不匮主人以为莫诗"径山谷、后山、简斋以规少陵"（陈融《颙园诗话》引）。而翁同书也称其诗"不尚流美"，能"远去尘俗，不失涪翁质厚为本家法"（《邵亭诗钞序》）。莫诗在章句方面，笔致健硬，力透纸背，其诗如：

无钱鬼不要，仍尔活世宙。

犹胜当年健，眠食抵童幼。（《甲辰生日伯荃兄来遵义省先墓述呈兼示诸弟侄六首》）

悬囷塞东崦，出若自天下。（《青蛇囤》）

意中宁许过黄花，到已丹枫寂如扫。

似今良并算有几，眼前聚散矧难保。（《自青田沿溪过垚湾檬村呈柏容子尹兼示丁吉哉元勋》）

但吾一日住，完缮可旁听。（《补屋咏》）

君家广文贱，当亦饿死怕。

焉复论吾曹，眉摧气逾下。（《和答子尹古州见寄》）

暝触怪石倒，白踏蹄浒翻。（《霸王坡》）

未晡得常程，命宿讶已早。（《熄烽至日》）

　　诸如此类，通过颠倒语辞、语法倒置，或生造新语、采用文句，或强化动词、重用虚词，造成一种硬重峭健，如同生铁刻石般的艺术效果。近体章法也常用单笔古文之法，其诗如：

　　　　便买溪山终作寄，得将妻子已称尊。（《草堂杂诗三首》）
　　　　家常立壁看差胜，别里华颠讶渐侵。（《巢经巢夜话呈主人》）
　　　　连朝知负几山好，长夜更禁疏雨寒。
　　　　小驿孤篷愁自倚，空尊独客帐谁宽。（《铜湾雨泊》）
　　　　杂种古来忧社稷，深仁今日太包荒，
　　　　羽林说卫存文物，车驾巡秋冒雪霜。（《有感二首》其一）
　　　　精卫有心衔木石，爰居何事避风波。
　　　　筹边上相朝辞阙，横海将军夜渡河。（《有感二首》其二）

　　中间对联，皆一气盘旋，矫挺纵横。句句都能推进和拓展诗意，尽量扩大了近体的容量。而诗人在描写刻画对象的时候，也注意发掘雄奇险异、狠重跳荡的境界。其诗如：

　　　　洪江走其跟，峡石乱峰射。（《青蛇囤》）
　　　　鸟道各千盘，凿翠屹相向。
　　　　晴雷翻九地，草木皆震荡。
　　　　…………
　　　　渡师争逆流，百溯待一放。
　　　　乱雨浪花飞，垂云石根亮。（《乌江渡》）
　　　　夹路丛小树，望如万军屯。
　　　　急行益窘步，结气生烦冤。
　　　　螭魅含睇窥，虎豹磨牙蹲。（《霸王坡》）
　　　　气吞黔楚外，势逼乌盘窄。

阴藏太古雪，腹断摩霄翮。(《南望山》)

后径落云根，前径重木杪。

狠石接舆生，劲风逼人倒。(《熄烽至日》)

斗落长洪里，方愁雪浪埋。

片言留上洞，孤艇过千崖。(《诸葛洞》)

皆刻骨露筋，穷极形相。当然，诗集中除此而外，也有一些描写平静景象的诗篇。如：

桐枝玉兰白杲杲，忽下平沙化沤鸟。(《自青田沿溪过垚湾檬村呈柏容子尹兼示丁吉哉元勋》)

娟娟松际月，白入松下路。(《青田山中三首》)

月上衣如湿，风前酒未消。(《社日值喻云钼经拉野饮》)

五分明月千丝雨，并作中庭一夜凉。(《月下雨》)

忽见望嵩楼上月，占无灯处立多时。(《襄城灯词》)

这些诗句，虽然与前面示例意境迥异，但同样刻抉入里，尽发纤微之妙。在修辞手法上大多采用正面夸张、喻拟之法，而很少以对象为触机，调动幻想，重创一个神异的世界。莫诗仍具有相当的客观性。然而在对客体的再现之中，莫友芝的不少诗篇都寓有理趣。如：

吴宫魏灶已成尘，争似黄花岁岁新。

老兵失却老兵在，可惜昨日茅苔春。(《张桓侯庙访旧不值遂看菊于孙膑祠》)

把毁灭与新生联系起来，在岁月的更迭之中表现出一种深沉的历史思索。

　　君不见，梛洲突出盘螺小，牛山屈曲清波绕。

　　稍添楼观衬烟花，何异双尖插蓬岛。

　　可怜无幸落穷荒，指似渔樵头不掉。（《自青田沿溪过垚湾檬村呈柏容子尹兼示丁吉哉元勋》）

　　在大自然的落泊不遇之中，寄寓着诗人自己对生活命运的慨叹。

　　径竹弄微响，一犬惊狺狺。

　　千犬竞相答，呼警彻四邻。

　　风吹度前溪，连村吠相因。

　　但觉声涨天，起处乃无人。

　　昔贤昧俗检，憎口谁识真。

　　更师诚乃巧，翻得缘料甄。（《过张霁岚云藻白高云标昆季鹿鸣村作再宿呈二君兼勖其子侄其诏其谦其均四首》）

　　诗人在绵延不绝的犬声之中，又发掘出了一种人云亦云、真假混淆的怪谬。

　　然而与郑珍相比，莫友芝的感悟力和表现力尚要逊色许多。《郘亭诗钞》中还缺乏郑诗常有的精妙新奇的境界。他的那些直接的正面描写有时还较多凭借某些雄奇狠重的字面来实现艺术目的。诗人较少在整体上对表现对象作全新角度的揭示和大胆新颖的构想。其艺术成就显然要低于郑珍。

　　程恩泽的另一位门生何绍基生于 1799 年，比郑珍长七岁，与张际亮同龄，死于 1873 年，比郑珍晚九年。字子贞，号东州，晚号猿叟。湖南道州人。道光十六年（1836）进士，科名早于曾国藩。精通经史小学，旁及金石碑版文字，曾校刊《十三经注疏》。尤擅长书法，自成一家。官四川学政时，因陈时务十二事，被清廷斥为"肆意妄言"，降官调职，从此遂弃仕途。曾主讲山东、湖南书院，晚年主持苏州、扬州书局。刊有《东洲草堂诗集》《东洲草堂文钞》等。

何绍基虽出于程恩泽之门，但学诗主要取径于苏轼。诗学主张也近于苏轼，重视心灵天机，他在《祭诗辞》中曾说：

> 心者诗神，笔者其役。从天外归，自肺腑出。是诗是我，为二为一。

又说：

> 雕镂造化，摧擢天全。非诗非我，惟神实专。

强调主观心灵创造的重要作用，认为"诗为心声"（《题冯鲁川小像册论诗》）。所以他反对"以文害意"，堆砌华艳辞藻，或奇字僻语，来掩饰心灵的贫乏。表示"愿剔凡英，更刊奇语，摘奥反真，探微出腐"（《祭诗辞》），让一团真气氤蕴诗间。然而诗人的心灵也并非是取之不尽、用之不竭的天然源泉，所以他认为"万物是薪心是火"（《戏题八大山人清湘子花果合册》），其意正与梅曾亮"物我相遭"的观点相通。为此，他又十分重视主体的修养，认为作诗，当"从做人起"（《题冯鲁川小像册论诗》）。他也重视读书积学，曾说："作诗文必须胸有积轴，气味始能深厚，然亦须读书。看书时从性情上体会，从古今事理上打量……故诗文中不可无考据，却要从源头上悟会。"（同上）另一方面，自然还要有生活体验，他曾说："诗人腹底本无诗，日把青山当书读。"（《爱山》）这样也就可避免肤浅空泛之弊。同时，他虽然强调"心声"，但也并不无视艺术形式，所以他又说："作诗文自有多少法度，多少工夫，方能将真性情搬运到笔墨上。又性情是浑然之物，若到文与诗上头，便要有声情气韵，波澜推荡，方得真性情发见充满。"（《与汪菊士论诗》）这样也就可防止荒率俚鄙。可见何绍基的诗论也是比较圆通的。

在创作实践中，何绍基取径于苏轼，力求"以神行之"，以"自适""达意"为指归。朱琦序其诗集《使黔草》而谓："子贞尝为余言，吾之为诗以达吾意而已，吾有所欲言，而吾纵笔追之而即得焉。"梅曾亮《使黔草序》云："故不知其为汉魏，为六朝，为唐宋，自成为吾之诗而已，不必其诗之古宜似某，诗之律宜似某，自适其适而已。"这种观点很接近于公安派和袁枚性灵派。而在创作实践中何绍基的"自适"在风格上却正与苏轼之"不择地而出"相近。

何诗章句流畅舒展，挥洒自如。如：

> 山外忽见天，天外复见山。
> 山天不相让，矗作辰龙关。
> 北不见秦洞，南不见溪蛮。
> 管以数尺地，俨若内外闲。（《辰龙关遇雨》）
> 乱水无正流，乱山无正峰。
> 直立侧立石，横生倒生松。
> 清风飒然至，洞壑千琴镛。
> 群喧有至静，令我竦听恭。（《乱水》）

句式通顺，合乎节奏，章法前起后承，呼应紧密，甚至采用复沓、连琐手法，以造成绵延舒展的气势。近体也常采用单笔盘旋之法。如：

> 千林暮色生凉思，一发中原感客游。（《九月二十日潘德舆招饮海山仙馆即事有作》）
> 漾水两源偏共岭，蜀山万点此分疆。（《宁羌州》）
> 玉毫静放千峰采，金德真先万国秋。（《七日宿金顶寺》）
> 有缘灯佛谁应羡，满指星辰不可名。
> 西极昆仑方右顾，中原郡县尽东倾。（《李云生诗来招我再往嘉州余方由峨嵋下山欲游瓦屋次韵奉报》）

虽对偶而诗意却一气而下，本于自然，没有对偶句容易产生的矫揉造作的装饰味。然而诗人偶尔在用韵方面，也要争奇斗巧，如《戏题八大山人清湘子花果合册》一诗押二十斝韵。韵窄篇长，却能一韵到底，而又举重若轻，贴切自如。短章如《到常德得杨性农亲家信喜晤阿兄荔农》，仅八句却用二宽韵，不失韩苏习气，但也显示了诗人的语言功夫和善变的才能。

由于诗人坚持以心神为本，因此在修辞方面，也重于表现主观心灵感受。但这种感受，一般并不带有神怪味。其诗如：

> 疏烟淡雨玲珑月，透尽秋光是玉屏。（《玉屏山》）
> 柔橹无声滩疾下，乱山如鸟背人飞。（《过全州》）
> 微月带云栖兽栋，繁星如雨湿羊裘。（《七日宿金顶寺》）

通过精巧新奇的比喻，传达了独特的主观感受。再如：

> 毕具鼻口耳目窍，须眉璎珞见我笑。
> ……………
> 老树见客形态殊，如跪如拜如奔趋。
> 相逐相攫相揶揄，大风掀摇舞盘纡。
> 作气齐力来战吾，彼势则众吾力孤。
> 此身疑立化树株，静而视之转丽都。（《荒山古木形貌奇诡瓦屋顶乃有之聊写其似》）

无情的老树，化作了猛士，而有情的诗人反化作了树株，诗人通过相对移化的疑幻手法，强调了主观感受，也突出了老树奇异的精神。再如：

> 垂天之云向空布，来为人间沛甘澍。

…………

幻为百千万亿云，云云一气相合分。

一云乍起一云落，一云向前一云却。

一云奋舞一云懒，一云欢喜一云愕。

大云睢盱母覆子，小云香戢鱼吹水。

丑云恶缩妍云笑，痴云疑立灵云诡。

睡云颓散欲着床，淡云散涣偏成绮。

三云四云相颉颃，十云百云不乱行。

如神如鬼如将相，如屋如塔如桥梁。

如龟蛇蛰虎兕吼，鸾凤翙猴虬龙纠。

…………

涎垂汗注霏珠玉，人来云下人云触。

横奔疾走云尚在，仰自摩头俯扪足。

人共云行两不知，千百人载云半腹。

丛丛万松插云颠，如鳌屃赑负戴坚。

天风时来松乱飐，云凝不动松影圆。（《飞云岩》）

　　飞云岩非寻常之岩，故诗人以千变万化之云作比喻，通篇完全由云设想，至篇末方才点题，而云又非寻常之云，乃是岩化之云，故诗人百状千喻，并不为过。岩奇若云，云奇因岩，诗人通过本体与喻体间的精神沟通，相互生发，加倍地突出了飞云岩之奇观，同时也展现了诗人的主观构想能力。而《画山》一诗则反过来以山作画，以高于现实之画喻山，山自然奇异不凡，而画因山亦奇，奇山奇画，以奇倍奇，其手法与《飞云岩》相仿：

风沉雨晦灯不明，万影围船森可怕。

清晨雨止风亦静，日光万道箭锋射。

石壁百丈高入云，果似天然画图向空挂。

浑含光采金碧现，透露形神虹月跨。

乌乎此画我曾见，似入武梁石室朱鲔舍。

又思上溯三千载，禹鼎图形或其亚。

仰观久之目为眩，阴晴㑃诡变更乍。

止愁世有愚公山可移，谬云画妙通神任嘲骂。

何如缩作小砚屏，傍我幽斋琴几墨床与花架。

神思遐想，生趣无穷，当然，这类诗篇并不很多，但手法新颖，能辟前人未有之境。他如：

诗人之腹饥生芒，作气㟃跃为文章。

天公畀我以稻粱，要以万象塞我肠。

…………

东洲回首云荒荒，负郭曾无半亩粮。

计惟狂歌与慨慷，咀嚼道妙捐秕糠。（《十一月初八日舟中夜坐饥甚》）

发语诙谐，言此意彼，在幽默中抒发心中的感慨。

苦瓜雪个两和尚，目视天下其犹裸。

偶然动笔钩物情，肖生各与还胎卵。（《戏题八大山人清湘子花果合册》）

虽然并未展开大段的喻拟形容之笔，但诗人却将大段的形容笔墨浓缩成"裸"和"还胎卵"数言，深刻透辟地传达了苦瓜、雪个和尚的观察能力和表现能力，显示了诗人高度凝练的语言功力。而且，诗人以苏轼为师，所以也有"化俗为雅"的爱好。陈衍曾举"湘省厘捐薪水宽""坐卡如斯况做官""鄂州试上火轮船""北看郡桌两衙门""昨日开场大雅班""花翎兵备蚤扬誉""自鸣洋钟将报十"等句,以为"不可谓非本色之过也"(《近代诗钞》),但运用口语和新名词,却是后来梁启超等所大力提倡的。由此也可见,学宋诗人也并非只知古人、冥顽不化之辈。

当然,何绍基总的诗歌成就尚逊郑珍一筹,但显然要胜于张维屏、张际亮、汤鹏。而何诗的题材范围比较狭窄,尤少对社会生活中重大事件的表现,这不能不说是一个缺憾。

第六节　易中求深,平中出奇:踵事增华的艺术开拓中免趋险怪奥涩的江湜诗

郑珍、莫友芝、何绍基以后,成就卓越的学宋诗人,当推江湜。清末倡"诗界革命"之说的金天羽,论嘉道以后之诗运而谓:"盖诗至嘉道间,渔洋、归愚、仓山三大支,皆至极敝。文敝而返于质,曾文正以回天之手,未试诸功业,而先以诗教振一朝之坠绪,毅然宗师昌黎、山谷,天下向风。弢叔其时一穷薄儒素耳,与文正无声气之接纳,创坛坫于江海之上,独吟无和。吴中文字绮靡,弢叔独以清刚矫浓嬗。文正于涩傲中犹涵选泽,微为气累。弢叔曲折洞达,写难状之隐,如听话言。"(《答苏戡先生书》)高度评价了江湜的诗歌成就,视之为在下呼应曾国藩,力矫乾嘉之敝的巨手。

江湜生于1818年,比郑珍小十二岁,死于1866年,比郑晚二年。字弢叔,江苏长州人。"自为诸生后,三踏槐黄,而三见斥,遂绝意进取。饥驱谋食,之燕之齐之闽之浙,北辙南辕,彷徨道路。"(王韬《瀛壖杂志》卷四)晚为浙江候补县丞,而乱世俗吏,脚鞋手版,听鼓应官,也未曾得展其眉。一生困顿,终以忧愤殒其生,故其诗虽不欲作孟郊之凄苦语而不能。林纾读其集叹曰:"行藏略似杜陵翁,一片哀音发集中。最足动人悲骨肉,不堪回首述咸同。名流无计才从宦,乱世何方足御穷?"(《舟中读江弢叔集即题其上》)著有《伏敔堂诗录》

十五卷、《续录》四卷。江湜论诗最反对格调派，他在《校读毛生甫岳生休复居诗题二诗见意》诗中说：

> 特走一路如此僻，力扫肥皮厚肉流。
>
> 荦确崎岖有佳处，空群正待拔其尤。

肯定了韩愈以来拗硬险僻一路的诗风。他早年学诗也从锻炼入手。彭蕴章称其诗："盘硬昌黎句，翻新山谷诗。两贤生异代，只手在今兹。"（《题羧叔集道堂诗卷》）而江湜也自称："旅怀伊郁孟东野，句律清奇陈后山。"（《彭表丈屡赏拙诗抱愧实多为长句见意》）他早年诗作亦讲究诗句锤炼，诸如"出村犬吠客寻寺，倒影人窥鱼在罾"（《吕城》）、"乃长者寓书，非公府移牒。省览词纷纶，真倾筐倒箧"（《除夕得月生先生见和拙诗次原韵》）、"家人灯前梦，尘生镜里颜"（《山郡》）、"薄雪犹看点翠微，轻寒侧侧落花飞"（《兰山道中二首》）、"冷卧秋声中，渐能秋虫吟"（《离思二首》）等，虽然大多未至化境，但可见其蹊径所在。当然，这类诗也并无奥涩之语。三十四岁时自称："近年手创一编诗，脱略前人某在斯。意匠已成新架屋，心花那傍旧开枝。"（《近年》）有舍筏登岸之意。其时论诗已渐重心灵造化，三十七岁时与顾洁论诗而谓："愿生契造化，勿以我作师。妙悟而实证，自心生好诗。"（《顾洁见寄近诗皆效拙体漫写一首却寄》）明年与李小湖论诗又谓：

> 词曰诗者情而已，情不足者乃说理。
>
> 理又不足征典故，虽得佳篇非正体。
>
> 一切文字皆贵真，真情作诗感得人。
>
> 后人有情亦被感，我情那不传千春。
>
> 君诗恐是情不深，真气隔塞劳苦吟。
>
> 何如学我作浅语，一使老妪皆知音。
>
> 读上句时下句晓，读到全篇全了了。

却仍百读不生厌，使人难学方见宝。

此种诗以人合天，天机到得写一篇。

写时却忆学时苦，寒窗灯火二十年。

二十年学一日悟，乃得真境忘蹄筌。（《小湖以诗见问戏
答一首》）

在这里，江湜比较系统地阐述了他的成熟的诗学主张，要点如下：
一，强调真情真性的自然发露，反对无病呻吟，以议论、典实掩盖情
感的贫乏；二，直抒性情，不避通俗平易，以"不隔"为上，其实也
就是以白描为工，然而又必须耐人讽咏；三，重视天机灵感，他曾说"我
要寻诗定是痴，诗来寻我却难辞"（《由常山至开化折回江山凡山行四
日共录绝句二十首》）；四，由苦学而至悟境，得鱼忘筌。前面三点，
很接近袁枚的诗学主张，最后一点很重要，其意在防止浅学之辈，妄
自为创，以致荒率俚鄙。其实袁枚也未必没有注意到这一点，只是为
其对"性灵"的强调所掩。而且袁枚自己的创作又未经苦炼之途，故
骨骼不坚。而江湜曾浸润于韩孟黄陈镵刻之境，由锻炼而健其诗骨，
又感于困顿的生活遭遇，发其至情至性，故虽归于平易之途，而无轻
儇油滑之面目，其实际的创作实践，在艺术上较近于杨万里，集中也
有题明仿诚斋体的作品。尽管江湜采用了文从字顺的语言，很少有险
僻生辞，用典也不多（而且也不精于用典，夏敬观曾举其疵），但多
数诗篇以洁净的文言为骨干。与郑珍相比，江诗比较单纯，格局也小。
当然江诗也比较洗炼清新，故与白居易不同。而江湜尤为擅长的是造
语曲折蕴藉，耐人寻味，能得杨万里之长。如《旅情二首》其一：

家书久不至，孤馆心徘徊。

今晨寄书去，便将回书催。

因家书不至而去书相催，但诗人仍然放心不下：

> 回书待去书，到否先难猜。
>
> 即便去书到，到日回书回。
>
> 往返涉三月，客念灰复灰。

以设想家人有同样的心情来烘托诗人的挂念。于是：

> 恨身非黄鹄，不得遂飞归。

但退一步设想：

> 归亦奚不可，但非来时怀。
>
> 来时不计远，悔远今莫追。

再退一步：

> 且恐悔而归，归后重思来。

而且：

> 思来又成悔，不若无归为。

于是只得无可奈何地慨叹：

> 嗟嗟远游子，有恨常难裁。

一句一转，将远游他乡和追悔挂念、犹豫矛盾的心曲淋漓尽致地
传达了出来。再如：

> 即生太平时，局促殊可怜。
>
> 况兹遭乱离，愿死恐不先。
>
> 如人作恶梦，以醒为乐焉。
>
> 所嗟为人子，临难违亲前。
>
> 何缘独惜死，将期祖脉延。
>
> 祖脉固当延，父母须安全。

累我两仲氏，侍奉江村边。(《志哀九首》其一)

是时我有语，未吐气先咽。

欲留非亲心，欲去是永诀。

…………

有女尚牵衣，叱之付遣恤。(《志哀九首》其四)

澄弟从我来，步步同苦辛。

对泣互相吊，两身如一身。

…………

见汝思汝兄，思弟因思亲。

思亲之思我，犹我思家人。

家人共我思，心与心相因。(《志哀九首》其九)

乱离之世，生离死别，沉痛入骨，而笔墨之曲折细腻，至诚恻怛，又更胜前例。这些，都是由传达曲折的心绪，而使诗笔曲折低回。再如：

石壁惊倒垂，下有寒流承。

挽夫走其上，短纤琴弦縆。

尤爱船上水，平若斗熨缯。

…………

水为石所激，逆流拒人溯。

作险非有心，人亦不汝怒。

白云何悠然，飞出山顶露。

行人逐云飞，山远独一顾。(《归里数月复作闽游胸中杂感及即事纪行不能无作拈杨诚斋诗天寒短景仍为容日暮长亭未是家为韵到闽时适成十四首录稿甄去其三》)

则在反衬中见出笔墨的曲折，再如：

浮生已是一孤舟，更被孤舟载出游。

却羡舟人挟妻子，家于舟上去无愁。(《舟中二绝》)

一二句采用层递手法，而三四句却反从无愁处着墨，在对比中显出曲折。该题之二：

> 我向西行风向东，心随风去到家中。
> 凭风莫撼庭前树，恐被家人知阻风。

一二句尚不为奇，因为李白早有"我寄愁心与明月，随风直到夜郎西"之句，而三四句一转却出人意表，一反李白诗意，希望免去家人挂念。但是无情的逆风怎得不撼庭前之树，家人又怎得不为自己的阻风而担忧呢？真是"抽刀断水水更流，举杯消愁愁更愁"，全诗又在言外虚处见出曲折。如果说这种曲折法，还主要是通过揭示主客观对象本身所具有的曲折性而实现主观心曲的表达，那么下面的例子则侧重于主观心灵的创造，以曲尽对象之妙。其诗如：

> 一鸥鉴影田水活，万竹捎云涧户深。（《由福宁归至福州道中杂题五诗》）
> 溪水到门凫泛泛，晴波影动捣衣人。（《道中杂题绝句共录十一首》）

田水其实并不"活"，鸥鸟也不会一动不动地"鉴影"，但诗人却采用相对互换的手法，以田水之"活"，见鸥鸟之动，又以鸥鸟之"鉴影"以显示田水之平静，这种曲折的艺术处理，使鸥鸟和田水相得益彰，相映成趣，后一首手法相同，使本来非常平凡的画面，充满了生趣。这是在一字一句中见出曲折。再如：

> 何人踏雪留去踪，我弗问道知所从。
> 去人已杳白云隔，却有来人与我逢。（《由江山至浦城雪后度越诸岭舆中得绝句九首》）

东坡云："泥上偶然留指爪，鸿飞那复计东西。"去人自然早已为白云所隔，然而诗人又正踏着雪上"鸿爪"前行。人生旅途，来去匆匆。由"我"之去，自有人来，于是诗人又与来自白云那边的人邂逅相遇。由来人和去踪，"我"也就有了认识自己的参照，而来人看"我"又何尝不有了自己的参照呢？诗人正是通过这来去相逢，曲折地传达了一种耐人寻味的人生哲理。再如该题之六：

> 一队行人裁下岭，有翁迎门卖麦饼。
>
> 此翁作计倘如吾，早去踏山看雪景。

不写雪景之美，却通过对老翁心理的主观移换，曲折地表现了老翁与"我"的不同情趣，同时也无损雪景之美，而在老翁与我的对照之中，又同样能生发出耐人咀嚼的理趣。而如：

> 岭路如弓弯复弯，一弯转过一重山。
>
> 如何天路犹山路，鸟在空飞也自环。（《道中绝句共录十三首》）

苍天空阔无际，原无所谓路直路弯。但若反过来以岭路和行人作稳定的参照，那么，岭路的弯曲，行人的盘旋，也就转化为天路的弯曲，飞鸟的盘旋。正是通过这种相对的空间关系，进一步强化了行程的坎坷，心情的郁闷，而天上地下无不崎岖艰难的情景，又能发人深省。

这样，诗人所创造的情景中的双方，已不再是一个各自满足的封闭体，也不再是一幅静态的画面。情景中的双方只能相对而存在，都只能以对方作为存在的条件，只有对方才能激活自己。双方已经成为一个无可分割的有机整体，它们的意义也只能诞生于双方的生命交流之中。

除擅用曲笔法以外，诗人还善于用朴实无华的语言细腻地叙写人与人之间的真情实感，以及个人内心的感触。如《病中三诗》、《灯前一首》、《龙岩州除夕醉后赋长句三首时将赴漳泉诸郡》其二、《寓斋杂诗五首》其一、《道中忆旧仆沈用作四诗以酬昔劳》、《观儿戏》、《静修诗》等，笔墨之质朴真挚，可与郑珍相媲美，然情调比郑珍更为愁苦。再如其《五月二十日生一女》：

中年心迹两沉沦，只望生儿救晚贫。

得女他时翻是累，今生何事更如人。

直愁诗卷无藏处，莫论饥躯不贷身。

一段凄凉客中意，封书还去恼衰亲。

万千失望的愁绪平平道出，令人酸鼻。再如：

寒鸡三号催去馆，天如穹庐殊未明。

车中欲梦昔年事，乱石磨轮时一惊。（《晨发嶅阳车中得绝句三首》）

能用极简练的笔墨，概括出早行途中欲醒未醒，懵懵懂懂的独特感受。而写景之篇也有极朴实洗炼的笔墨：

面湖楼好纳朝光，夜梦分明起辄忘。

但记晓钟来两寺，一钟声短一声长。（《湖楼早起二首》其一）

湖上朝来水气升，南高峰色自峻嶒，

小船看尔投西岸，载得三人两是僧。（《湖楼早起二首》其二）

与苏轼和厉鹗描写西湖的诗篇，明显不同，彼或巧喻，或雕炼，此则平易而贴切，能把作者感受到的典型特征鲜明地传达出来，且余味深长。当然，江湜不仅能用挚朴的笔墨直接再现对象，而且还能展开联想和想象的翅膀，用新奇的喻拟，或者假设和幻觉创造性地再现对象，其诗如：

车如箕舌人如米，欲谢簸扬知未能。（《晨发嶅阳车中得绝句三首》）

年光易似熟羊胛，世路难于料虎头。（《短日二首》）

使舟如剑石如硎，往来磨切声铿铿。（《黯淡滩》）

> 百愁如百矢，无弦以心控。
>
> 一发还射心，愁矢妙百中。(《旅夜不懭用孟郊体四首》)
>
> 有鼠有鼠奏口技，声如河间姹女之数钱。
>
> ....
>
> 清音历历来榻前，语鼠莫数钱。
>
> 吾家积贫垂百年，灶神见惯厨无烟。(《病中三诗》)
>
> 我昔尝以午晷至，赤日正射山嵯峨。
>
> 此时看此瀑，如倾八万四千佛舍利，杂以牟尼之珠万串多。
>
> 琉璃璎珞亦糅入，争飞竞泻交相磋。(《大龙湫》)

通过新奇的比喻，产生出直接描写所不能达到的艺术效果。
再如：

> 美人弄姿首，窥镜始自矜。
>
> 青山照江水，亦觉美不胜。(《归里数月复作闽游胸中杂
> 感及即事纪行不能无作拈杨诚斋诗天寒短景仍为容日暮长亭
> 未是家为韵到闽时适成十四首录稿甄去其三》)
>
> 一望兮万峰起立入胸次，化为突兀磊块之羁愁。(《龙岩
> 州除夕醉后赋长句》)
>
> 有轮转离肠，无胶续断梦。(《旅夜不懭用孟郊体四首》)

采用比拟手法，使对象更加生动，富有生趣。再如：

> 有人来算屋租钱，小住三间月二千。
>
> 使屋如船撑得动，避喧应到太湖边。(《岁除日戏作二诗》)
>
> 可惜远峰无限树，被余看作画中苔。(《道中绝句共录
> 十三首》)

通过假设和疑幻手法，使对象更富有主观色彩。而如：

> 琼宫玉阙天所有，帝敕九关虎豹守。

天惟积气基不牢，一朝倒下虎惊走。

…………

六丁下取重莫胜，帝默无言但俯首。

有一仙人来此游，摩抄积石嗟叹久。

…………

尽将仆者扶使立，本自立者十八九。

从天下落必倒植，验以石势谁曰否。（《灵岩》）

完全驰骋于幻想的王国。当然，对于江湜而言，这种手法只是偶一为之，并非他的总体特征。除此外，江湜还有一些富有象征色彩的诗篇，如：

万梢拜地雪欺竹，不见猗猗散青玉。

一枝断为无韵箫，犹立风前伴枯木。（《由江山至浦城雪后度越诸岭舆中得绝句九首》）

蝉能蜕骨也如仙，蟆解爬沙亦上天。

独有樊笼摧瘦鹤，长胫三尺跂芝田。（《纵笔三首》）

这些作品一般来说，意象还比较单调，寓意也比较单一，而画面效果较鲜明，其局限是启示力并不丰富和深刻。显然象征手法也并非江湜所长。由此可见，江诗的艺术手法虽然比较多样，但尤以曲达和白描二法最为擅长，能于易中求深，平中出奇，熟中见生。而诗情抑塞凄苦，感人至深。与朱琦、鲁一同、贝青乔等诗人相比，江湜尤善于通过对个人亲身经历的表现，来反映时代的动乱，民生的艰危，从侧面体现出清王朝的衰落气象。其艺术力量不亚于对重大题材的表现，因此毋须薄此厚彼。江湜在踵事增华的艺术开拓中，最后并没有沿着韩、孟、黄的道路趋于险怪奥涩之境，而险怪奥涩之境常是知难而进、求新立奇的开拓者极容易达到的一种归宿，这是叶燮曾指出过的清初诗人已发生过的一种创作现象。相对而言，江湜的艺术开拓比较容易为人接受，因而对于创建未来新诗界也就特别富有启发性。清末民初企图从旧诗营垒里杀出来的革命志士林庚白曾高度推重江湜的诗歌成就，认为"清代之江湜，直与李杜埒"（《丽白楼诗话》上编）。此语不免夸张，但又岂可以其学宋而妄加菲薄。

第七节　道咸各家概要比较

综观道咸之际的学宋诗人，其创作成就并不低于不立门户的一批诗人。如郑珍、朱琦、鲁一同、江湜等，其艺术造诣远在张维屏、张际亮、汤鹏之上。其中如郑珍，誉为"近代"之冠，洵无愧色。而且，这批诗人的政治立场也并无本质区别。当然，在思想史上，龚、魏的成就和地位，在道咸之际可谓无与伦比。但如果以此作为衡量诗歌成就的标准，那么李白、杜甫都不足挂齿，更何谈其余，因此还是实事求是为好。若以关心国计民生的态度来论定道咸诗人，那么，我们在前面涉及到的大多数诗人都基本相同，忧国忧民，痛恨时政的黑暗和腐败是他们的共同特征。即使像曾国藩这样的人，我们也应该作具体的历史分析，对于他效忠清王朝，残酷镇压农民起义，无疑应该否定，但对于他早期表现出的爱国思想和对时政腐败的揭露，以及利用西方先进科技的做法，也不能一概抹杀。而且，像龚自珍、魏源这样的人物，也不能只看到他们对时政的批判，而掩饰他们的历史局限，由龚自珍反对农民起义的言论作推测，如果清王朝委之以重任，让他去镇压起义军，也很难说他不会操起屠刀。事实上，比龚自珍晚逝的魏源，在太平军兴起以后，"扰江南，陷省城"的危急关头，不是也忠于职守，"首倡团练，亲督巡防，设卡以稽来往，守隘以遏窜突，添驿以通声气，侦探以窥贼情，重赏以作士气，峻刑以靖内奸"（魏耆《邵阳魏府君事略》），积极备战，负隅顽抗吗？又"奉檄击宿州匪，斩馘六百余人"（同上），手中之屠刀，不也染有农民起义军的鲜血吗？故擅长考据求证的章太炎不仅认为龚自珍"与国家同休戚，不敢有贰"（《箴新党论》），又斥魏源等"妖以诬民，夸以媚房，大者为汉奸剧盗，小者以食客容于私门"（《学隐》），言词如此激烈，不谓无故。然而，章太炎却又为钱谦益、梅曾亮等作翻案文章，因为他隐约看到了他们有反清行为。当然，钱谦益晚年的复明活动完全属实，而梅曾亮之参加太平天国，尚缺乏强有力的证据，很难证明梅曾亮是清王朝的叛逆者和造反派，而且即使证明了，也很难就此以抬高他的诗歌成就。皮日休参加了黄巢起义军，也是新乐府的著名作手，但就能认为他的诗歌成就高于忠君不二的杜甫吗？所以不能以政治立场和政治功绩来论定文学成就。

再如何绍基，他晚年虽有避世的倾向，但早年同样关心时政，忧国忧民。曾与包世臣、龚自珍一起为"五篦会"常客，一起慷慨言天下事，"论议几千载，酣嬉无算杯"（何绍基《陈秋舫属题秋斋饯别图》）。也正是由于上书言事激烈而遭贬，因此，在何绍基与龚自珍之间也并没有一条不可逾越的鸿沟。

再从私人交游来看，张维屏、张际亮、汤鹏与朱琦、鲁一同、曾国藩等都是较好的朋友，集中交往题赠之作俱在，可以为证，而梅曾亮、何绍基、朱琦与龚自珍、魏源等关系也很好，如朱琦在《跋孔母孙孺人墓志》曾说："卷中题跋（按，包括龚自珍文在内）多余旧游，海内贤豪长者，丰才博闻之士。呜呼！梅、龚二先生死矣，览兹遗刻，不独贤母遗美，邈不可及，而于友朋离合死生之感，亦不能无慨于中已。"而魏源也曾为梅曾亮作墓志铭。何绍基不仅赞赏龚诗，也钦佩魏源。何绍基有诗云："著述匐匐吾老默，今日絜园真请客。"又："今古微言恣深讨，又闻精猛课宗门。"（《扬州魏默深留饮絜园》）而梅曾亮《题龚璱人文集》则云："胸中结构赞普帐，眼底波浪皮宗船。红袖乌丝醉年少，只今谁识杜樊川。"也极欣赏龚自珍的才华。他如年辈较高的程恩泽也同样是龚自珍的知交，梁章钜在《师友集》中记载云："（龚自珍）初入京师，即与程春庐先生及余订交，皆素不相识也。丙申余由甘藩入觐，君约程春海侍郎、徐星伯、吴红生二中书，饮余于红生寓斋，为文以饯之，春海赏其工，特用精楷书赠，余尝刻入《宣南赠言》中，而读者嫌其语多触忌，此井蛙之见耳。"又在《楹联丛话》中记载道："龚闇斋观察丽正七十生辰，其子定庵仪部，求寿联于春海。春海信笔书与之，云：'使君政比龚渤海，有子才如班孟坚。'"推重之意可谓至矣。这些可靠的史料都证明，学宋诗人，与龚自珍、魏源等并不是势不两立的两大阵营，相反，他们是互相尊重、关系融洽的朋友。

　　学宋诗人的诗学观点，与龚自珍、魏源等在许多重大原则问题上的看法都是基本一致的，我们在前面已多次指出过这一点，这里不再赘述。他们之间的主要区别是学古重点不同，创作趋向不同。学宋诗人虽然并不排斥汉魏盛唐，但学古的重点是宋诗，并上溯开宋诗之风的韩愈以及杜甫。而龚、魏他们的取径比较复杂，龚自珍较多地取法近人，魏源的重点则在唐以前，二张、汤鹏、贝青乔也基本相同，金和则受袁枚和俗文学影响较大。在创作趋向上，学宋诗人虽然各有自己的风格，但都讲究锤炼、生新、不落凡近。何绍基与江湜，虽然面目平易流畅，但皆非粗俗之辈，而且在艺术趣味方面，都趋于"雅"。不立门户的一批诗人则较复杂。龚自珍虽然不喜平易俚俗的笔墨，但诗语驳杂，不求醇雅，不拘法度，逞心适意，颇乏锻炼，惟其才高学博，能调适阳刚与阴柔为一体，故尚不致失于粗疏，但龚诗之变并非雅变，可以说是一种瑰奇的俗变。姚燮和魏源比较注意锤炼，能趋于雅，其中尤以姚燮成就最为杰出。二张、汤鹏则不免失之于粗豪，而且境界也并不十分新奇和深刻，此正是于汉魏、宋人用功不深之故。贝青乔之讽谕诗在新创中，能注意锤炼和剪裁，故尚能趋于雅。金和之诗，不仅语言不以平易俚俗为病，且有不少作品尚嫌枝蔓冗沓，不够洗炼，然能不拘一格，自创新声，堪称俗变之雄。郑珍则堪称雅变之杰，两人恰成鲜明对照。就诗歌的艺术质量而言，在整体上郑珍无疑要胜于金和。当然，雅和俗是两个相对的概念，发展的概念，就像美和丑一样，尽管人们经常使用这两个概念，但却迄今为止尚无统一的定义，而且以后也不可能有绝对的定义。因为，它们是发展的、活跃的，带有强烈的感觉色彩，而感觉乃是最生动、最不稳定的，因此，我们虽然经常使用雅和俗这两个概念，但却不准备，也不可能给雅和俗下精确的绝对的定义，而什么是雅和俗的大致标准，已经寓于我们的具体分析之中，当然带有一定的模糊性，因为雅和俗本身就是模糊的概念。同时，我们也应该承认，由于审美的传统继承性，以及相对的不稳定性，同一时期内，先锋的审美趣味，与保守的审美趣味之间会有矛盾，他们会有不同的雅俗观念。梁启超就认为金诗元气淋漓，胜过郑珍。然认为金诗俗不可耐的，也大有人在。他们都有偏执之处。另一方面，在创新过程中，如果在形式上有很大的突破，也会与既定的雅的观念相悖，而沦为俗诗。如白话诗形成之初，就曾被视为俗诗。但只要这种突破，给诗歌发展开辟了新的广阔前景，那么虽俗犹荣，不足为非。因此，雅和俗并非绝对的价值尺度，金和的创作虽然在一定程度上冲击了传统的诗歌形式（其新变的意义主要在这里），但并未能为诗歌发展开辟全新的前景，金诗在根本上并未超越古典的规范，但他在古典规范内部扰乱了秩序，是"胡作非为"的醉汉，"斗胆包天"的梦游者。

总之，道咸时期不立门户的一批诗人与学宋诗人之间虽有异同，但在总体上都未能超越古典诗歌的基本规范，当然，他们在努力扭转乾嘉性灵诗风的过程中，在诗歌艺术上又取得了可喜的新成就，为丰富我国古典诗歌的艺术宝库又作出了卓越的贡献。

第五章
全面的历史反省中对古雅的迷恋
——同光时期的汉魏六朝派

第一节　同光诗坛概说

道咸诗歌开了近代诗歌的先声。到了同光时期，道咸诗歌在艺术上已经初步呈现出的全面反省精神和对未来新诗界的期待和渴望，变得更加明显和强烈。古典诗歌"踵事增华"与"返璞归真"的辩证运动在其最后阶段,似乎又重演了它所走过的整个历程。对汉魏到唐宋，乃至元明的诗歌历程，诗人们又重新细细地咀嚼了一遍。人们似乎既要进一步从新的高度上扬弃宋诗，又要从盛唐、晚唐，从汉魏六朝那里寻求艺术之神的启示，而且当人们沉溺于反省的思绪之中的时候，有一个属于未来世界的精灵已经徘徊在封闭的诗国上空，它俯视着旧壳里挣扎着的中国诗歌大声呼喊着，不安地骚动着，似乎在告诉人们：看着我，快从旧躯壳里跳出来迎接我吧！

同光诗坛出现的这种局面是前所未有的，诗歌运动内在的种种需求和愿望，最后现实地表现为各种艺术追求不同的流派。这个时期基本上有五种不同的流派并存于世。

钱仲联师在《近代诗评》中曾说："诗学之盛,极于晚清。跨元越明,厥途有四。瓣香北宋,私淑西江,法梅、王以炼思,本苏、黄以植干,经巢、伏敔、蝯叟,振之于先,散原、海藏、苍虬,大之于后,此一派也。远规两汉,旁绍六朝,振采蕙英,骚心选理,白香、湘绮,凤鸣于湖衡，百足、裴村，鹰扬于楚蜀，此一派也。无分唐宋，并咀英华，要以敷邕为宗，不以苦僻为尚，抱冰一老，领袖群贤，樊、易承之，拓为宏丽，此一派也。驱役新意，供我篇章，越世高谈，自辟户牖，公度、南海蔚为大国，复生、观云，并足附庸，此一派也。"后来又在《梦苕庵诗话》中补充说："实则近代诗派，此四者外尚有西昆一派。此派极盛于光绪季年。"这些概括是相当精辟的。上述五大流派同时活跃于同光时期，形成多姿多彩、错综复杂的诗坛现实，他们丰富和发展了道咸诗坛开出的各种途径，因此可以看作是道咸时期诗歌运动的延续分化和深化，体现了古典诗歌在其最后阶段的徘徊与动荡。

"瓣香北宋，私淑西江"一派，习称为同光体。这一派"盖衍桐城姚氏、湘乡曾氏之诗脉，而不屑寄人篱下，欲以自开宗者也"（钱基博《现代中国文学史》）。他们是道咸学宋诗派的直接继承者。陈衍论道咸诗派，虽未涉及桐城派诗，但同光体诗人之推重姚鼐却是事实。同光体魁杰沈曾植曾在《惜抱轩诗集跋》中说："愚尝合先生（姚鼐）诗与《籟石斋集》参互证成。私以为经纬唐宋，调适苏杜，正法眼藏，甚深妙谛，实参实悟，庶其在此。世方以桐城为诟病，盖闻而掩耳者皆是也。抱冰翁不喜惜抱文而服其诗，此深于诗理，甘苦亲喻者。太夷绝不言惜抱，吾以为知惜抱者，莫此君若矣。"不仅表明他自己对姚鼐诗有深会，而且还指出了另一位同光体诗人郑孝胥也同样心服姚鼐。其实郑孝胥也曾间接地论及姚鼐。其评恽瑾叔长律而谓："一读君诗还失色，谁从地上见麒麟。"又云："长律纵横岂易言，义山学杜有根源。看君凌厉嫓姚处，错认来从惜抱轩。"（《恽瑾叔见赠长律四十韵》）从侧面体现了他对姚鼐诗的体会以及推重之意。而同光体的"都头领"陈三立也同样对姚鼐怀有深深的敬慕之意。其《蘉庵访我匡庐山居得观所携桐城姚先生日记》诗云："蘉庵获残卷，旷代所私淑。橐携访穷山，细字恋一读。灯孤接謦欬，松风嘘石屋。"另一位同光体重要诗人陈宝琛也有诗云："百年义法重师承，文字能关国废兴。"又云："传写德容宝心画，祖灯无尽照榛芜。"（《姚惜抱先生使程日记为袁伯夔题》）心仪私淑之意荦荦可辨。至如同光体"五虎将"范当世，本身就是桐城派作家。他曾自述文学所出，谓："初闻《艺概》于兴化刘融斋先生，既受诗古文法于武昌张廉卿先生，而北游冀州则桐城吴挚父先生实为之主。"（《通州范氏诗钞序》）张、吴两人为曾国藩门下的著名弟子。中期桐城派的重要古文家张裕钊曾本于曾国藩之旨选《国朝三家诗钞》，认为"国朝诗集行世无虑数百家……然其卓然自立，不愧古人"，唯施闰章五律、姚鼐七律、郑珍七古三家（《国朝三家诗钞序》）。而曾国藩也认为姚鼐七律为"国朝第一家"（吴汝纶《与萧敬甫》引），师徒相绍，崇奉姚鼐。吴汝纶论诗也本于"家法"，以杜韩苏黄为宗。曾与日本人论诗说："吾国论诗学者，皆以袁子才、赵瓯北、蒋心余、张船山为戒。君若得施、姚、郑三家诗读之，知与此四人者，相悬不止三十里矣。诗学戒轻薄……欲矫轻俗之弊宜从山谷入手。"（《答客论诗》）范当世既与张裕钊、吴汝纶游，已自薰染不浅，后又婿于姚莹子姚濬昌，与姚家父子时常切磋，因而益得桐城遗绪。故其赠阳湖张仲远婿庄心嘉诗云："桐城派与阳湖派，未见姚张有异同。我与心嘉成一笑，各从妇氏数门风。"（《更为秉瀚题仲远先生比屋连吟图依梅伯言同风二韵作四绝呈其尊父心嘉司马》）明言自己属于桐城派。这些都表明，桐城派与同光体之间有着明确的启承关系。至于同光体与之前的学宋诗派的关系，陈衍的议论已比较明确。而且陈衍所列"同光体"的巨帅，主要创作活动是在光绪以后，之所以标出同治，"显然出于标榜，以上承道咸以来何、郑、莫的宋诗传统自居"（参见钱仲联《论"同光体"》）。

"远规两汉，旁绍六朝"一派，也即是"汉魏六朝派"，与汪辟疆先生所称"湖湘派"相近似。嘉道之际，宋大樽、陈沆先后标举汉魏，对齐梁陈隋则不取。道咸之际，湖南人魏源、汤鹏也远绍风骚，推重汉魏，但兼取唐宋，而其重心则在唐以前。王闿运曾认为零陵作者，三百年来，在他之前唯王夫子、魏源二家。然而，王闿运则专宗汉魏六朝，而不及宋人，取径趋于单纯。然"当湘绮昌言复古之时，湘楚诗人，闻风兴起"（汪辟疆《近代诗人述评》），影响不小。李慈铭竟谓"咸丰以后名士，动拟汉魏"（《越缦堂诗话》卷上），尽管与事实有出入，但看来声势还是不小的。这一派取径相对来说比明七子及沈德潜格调派还要单一狭窄。深一层来看,他们突出地体现了创作上"返璞归真"的艺术趣味与诗歌发展的历史惰性之间的结合，难以使诗歌艺术有新的发展，只是他们与明七子相比艺术功力要胜出一筹，他们似乎是在艺术上重演了古典诗歌在其最初阶段的历史。

"无分唐宋，并咀英华"一派,也有称为"中晚唐派"或"唐诗派"者。他们实际上对唐宋取调和折中的态度，故不妨称之为"唐宋调和派"，以张之洞为代表。这一派与同光体的最大区别是不取黄庭坚和江西诗派，而不废苏轼。沈曾植以为姚鼐能"调适苏杜"，故张之洞对姚鼐亦有心会。而在道咸之际，如张维屏亦是学唐而兼重苏轼的诗人。其实这一路渊源久远，自金元以来，扬苏抑黄者大有人在。当然，他们于唐宋所取，自有深浅程度不同，但也有基本一致的倾向，即不以拗硬生涩为尚。其时，张之洞负盛名，领重镇，出将入相，又"以诗领袖群英，颉颃湖湘、西江两派之首领王壬秋，陈伯严，而别开雍容雅缓之格局"（胡先骕《读张文襄广雅堂诗》），俨然为诗界又一支劲旅。这派取径比明七子及沈德潜格调派要宽，创作上要活，但是在艺术形式的创新上为"中和"之审美观所限，常常不能勇往直前，迎着险道向前攀登，而具有明显的折中调和倾向。它比较明显地展示了古典模式的容量以及与这种容量相适应的艺术度域与"踵事增华"不断增新的创作精神之间的严重对立，而这一派突出地表现了向传统艺术度域的妥协。而西昆一派，其实只是唐宋调和派的一个分支，他们专宗李商隐。在清初，钱谦益、冯班等已嗜好李商隐，其后姚范、姚鼐、程恩泽、曾国藩这批宋诗的倡导者，也兼学李商隐。但这些诗人趣味比较广泛，学古面也较宽阔。西昆一派则集中力量，专宗李商隐，其创作倾向与宋初西昆派基本相同。经过他们再度榨取，李诗之精英，可谓发掘无余。这一派突出地体现了某一传统审美趣味、艺术嗜好对于创作的影响，在诗歌发展史上，他们代表了保守力量。

"驱役新意，供我篇章"一派，亦即是所谓"诗界革命派"。这一派有重创诗界之愿望，但其实也有取于古人，只是比较博杂。在道咸诗坛，他们推重龚自珍及金和，尤以龚自珍为不祧之祖，至有以挦扯龚诗为能事者。又喜以新名词入诗，"揥撦声光电化诸学，以为点缀，而于西人风雅之妙，性理之微，实少解会。故其诗有新事物，而无新理致"（钱锺书《谈艺录》）。故钱锺书认为"若辈之言诗界维新，仅指驱使西故，亦犹参军蛮语作诗，仍是用佛典梵语之结习而已"（同上）。这批诗人在未来诗界的精灵呼唤下，虽然又一次冲击了古典诗歌的艺术规范，但最终也未能冲出传统壁垒。他们中的许多人，犹如山间雏鹰，飞腾了一圈，最后又回到了学古的旧窠。如梁启超最后也成了同光体的俘虏。他们在传统的笼子里关了太久，虽然有冲出笼子的愿望，但双翅却缺乏搏击长空的力量。在笼门口折腾了一阵，最终未能飞出笼去。然而，从他们身上已可见诗界大变的征兆。随着西方新文化的汹涌而入，终于在本世纪初诞生了胡适和郭沫若这样的新诗界开创者。总的来说，这一派在诗歌发展史上，代表着革新的力量，或者要求"以我为变"，或者能够"踵事增华"，其目的都是要冲破旧形式的限制，创出自己的新面貌，只是由于当时历史条件的限制，传统文化的势力太顽固，影响太深，所以他们的革新破产了，他们的贡献在于对后来年轻的诗歌革命者进行了启蒙，对于现代白话新诗的最后形成作了历史的铺垫。

由上述五大流派的不同艺术追求，我们可以看出，在继承和创新这个问题上，同光时期的诗人又一变转学多师，不拘门户的融合趋向，而出现了明显的全面分化，体现了中国诗歌动荡不宁不甘僵化的顽强生命力。"路漫漫其修远兮，吾将上下而求索。"崭新的诗界究竟在哪里？不安于现状的人们在思考着，从各个方面，各个角度努力地探寻着。按照自己的理解，来选择自己的创作道路，然而在传统文化氛围的重重包裹之下，人们仍然徘徊于新世界的大门。

　　另一方面，社会生活愈趋复杂，太平军虽然刚刚被镇压，但捻军又起，清廷已经元气大伤。外国帝国主义的侵略更是方兴未艾。清王朝的统治已经危在旦夕。面对这样的形势，人们的政治立场，生活态度也愈趋复杂。诗人们有感于时世的艰难，社会的动乱，播诸声诗尤比道咸激切危苦，"往往以突兀凌厉之笔，抒哀痛逼切之辞，甚且嘻笑怒骂无所于恤。"（陈衍《小草堂诗集叙》）不管是哪一流派，都没有躲进象牙之塔。在诗学理论上也没有人要求超离现实生活。总之，这一时期的诗歌感悟是丰富的、复杂的，同时也是充实的。我们没有理由为了抬高诗界革命派而随意贬低其余的学古流派。只有实事求是，才能持论公允。

第二节　汉魏六朝派述要

　　在时间顺序上，以王闿运为代表的汉魏六朝派，其主帅的创作活动要略早于同光体。因此我们先论汉魏六朝派。

　　郭嵩焘序龙汝霖《坚白斋遗集》而谓："龙君皞丞，少与湘潭王壬秋，武冈邓弥之、葆之倡为古学，摈弃今世为诗文者，推源汉魏，以上溯周秦。"又序李寿蓉《天影庵诗存》说："筼仙与湘潭王氏壬秋，武冈邓氏弥之、葆之，攸县龙氏皞臣，结诗社长沙，追踪曹、阮、二谢，以蕲复古……湖口高氏碧湄，亦俊才年少，数君相与为石交，志节慷慨，敦友朋之谊。"可见汉魏六朝派，首先形成于湖湘之间。其主要作家，除前面提及的王闿运、邓辅纶、龙汝霖、邓绎、李寿蓉以及湖口高心夔以外，郭嵩焘还在《谭荔仙四照堂诗集序》中提及蔡与循。此外武陵陈锐也从学于王闿运，早年作诗也属于王闿运一派，但后来与陈三立游，诗风为之一变，兼取法于宋诗。夏敬观曾与陈锐论诗云："文襄不喜人言汉魏，王先生（闿运）不许人有宋，皆其隘也，君诺诺趑吾言。"（《抱碧斋集序》）而陈锐《题伯严近集》亦有句云："踢翻高邓真男子，不与壬翁更作奴。"可从侧面见其志。汉魏六朝派中成就较高的为王闿运、邓辅纶、高心夔三家。稍后，四川刘光第亦上溯汉魏六朝，而清季心摹手追于汉魏六朝之间者，还有浙江章炳麟、江苏刘师培诸家。

这一派既以宗法汉魏六朝为学古特征，而其理论根据乃出于比兴之义。王闿运曾说："诗有六义，其四为兴。兴者因事发端，托物寓意，随时成咏，始于虞廷。'喜起'及《琴操》诸篇，四五七言无定，而不分篇章，异于《风》《雅》。亦以自发性情，与人无干。虽足以讽上化下，而非为人作，或亦写情赋景，要取自适。与《风》《雅》绝异，与骚赋同名。明以来论诗者，动称三百篇，非其类也……不知五言出于唐虞，在三百篇千年前乎！……今欲作诗，但有两派，一五言，一七言……既成五言一体，法门乃出，要之苏、李两派。苏诗宽和，枚乘、曹植、陆机宗之；李诗清劲，刘桢、左思、阮籍宗之。曹操、蔡琰，则李之别派；潘岳、颜延之，苏之支流，陶谢均出自阮，陶诗真率，谢诗超艳。自是以外皆小名家矣。山水雕绘，未若宫体，故自宋以后散为有句无章之作，虽似极靡，而实兴体，是古之式也。"（《论作诗法答萧玉衡》）这番议论与宋大樽颇有异同，虽同以比兴为宗旨。然宋氏上尊三百篇，而贬齐梁陈隋；王则上始虞廷，推重骚赋，而下揽六朝。又说："诗，承也，持也。承人心性而持之，以风上化下，使感于无形,动于自然。故贵以词掩意,托物寄兴,使吾志曲隐而自达，闻者激昂而欲赴。其所不及设施，而可见施行，幽旷窈眇，朗抗犹心，远俗之致，亦于是达焉。非可快意骋词，自仗其偏颇，以供世人之喜怒也。自周以降，分为五、七言，皆贤人君子不得志之所作。晋人浮靡，用为谈资，故入以玄理；宋齐游宴，藻绘山川；梁陈巧思，寓言闺阃，皆知情不可放，言不可肆，婉而多思，寓情于文，虽理不充周，犹可讽诵。唐人好变，以《骚》为雅，直指时事，多在歌行。览之无余，文犹足艳。韩、白不达，放弛其词，下逮宋人，遂成俳曲。近代儒生，深讳绮靡，乃区分奇偶，轻诋六朝，不解缘情之言，疑为淫哇之语，其原出于毛、郑，其后成于里巷，故风雅之道息焉。"（《湘绮楼论诗文体法》）王闿运正是这样，由强调托物寄兴，而要求以汉魏六朝作典范。究其本心，原非大谬。然只见汉魏六朝之能托物寄兴，而不知唐宋亦能托物寄兴，又只见汉魏六朝之托物寄兴，而不见唐宋之托物寄兴，因此，他的批评眼光是凝固的、狭隘的。当然确切地说，王闿运也有取于初盛唐。故其《论作诗法答萧玉衡》一文尚未一笔抹倒有唐之诗，而谓："李唐既兴，陈张复起，融合苏李以为五言，李杜继之，与王孟竞爽。有唐名家乃有储高岑韦孟郊诸作，皆不失古法，自写性情。才气所溢多在七言，歌行突过六朝，直接二曹，则宋之问、刘希夷道其法门，王维、王昌龄、高、岑开其堂奥。李颀兼乎众妙，李杜极其变态。"李杜以下则颇有微词。而王之肯定初盛，乃是着眼于"不失古法"四字，所本仍是汉魏六朝。他虽有"返璞归真"的愿望，却以"古格"为我格，结果反为古格束缚，不能达到消除异化的目的。王氏以外湖湘诗人，则大多不喜论诗。

其后，浙江余杭章炳麟（1867—1936）复又大申其旨。章氏字枚叔，别号太炎。早年受学于德清俞樾。后因与康梁鼓吹变法，为师所斥，遂谢本师。庚子以后，东渡日本。遂与孙中山、黄兴等一起倡言革命，建立同盟会。并主持《民报》笔政。袁世凯篡权，章太炎痛斥其"包藏祸心"，结果为袁拘捕，直至袁世凯垮台，方才获释。晚年定居苏州，创立"章氏国学讲习所"，"身衣学术的华衮，粹然成为儒宗"（鲁迅《关于太炎先生二三事》）。章氏既是早期革命家，又为一代国学大师。其论文学，取最广义之说，认为"有文字著于竹帛"者，皆可谓文（参见《文学总略》）。论散文而有雅俗之辨，重雅而轻俗。认为作文当"先求训诂，句分字析，而后敢造词也。先辨体裁，引绳切墨而后敢放言也"（《讲文学》）。以语言的古雅切实，文体的妥贴合格为指归。论诗亦主比兴之义。曾引王符《潜夫论》说"盖诗赋者，所以颂善丑之德，泄哀乐之情也。故温雅以广文，兴谕以尽意"（《辨诗》）。为此，他推崇汉魏六朝。曾说："物极则变，今宜取近体一切断之。古诗断自简文以上，唐有陈、张、李、杜之徒，稍稍删取其要，足以继风雅，尽正变。夫观王粲之《从军》，而后知杜甫卑阘也；观潘岳之《悼亡》，而后知元稹凡俗也；观郭璞之游仙，而后知李贺诡诞也；观《庐江府吏》《雁门太守》叙事诸篇，而后知白居易鄙倍也。淡而不厌者陶潜，则王维可废也；矜而不戾者谢灵运，则韩愈可绝也。要之，本情性，限辞语，则诗盛；远情性，憙杂书，则诗衰。"（同上）其精神与王闿运基本一致，而删削尤严，语辞尤厉。其复古之志，比于王闿运，有过之而无不及，皆误在不能以彻底的发展通变眼光来论诗。章太炎所作之诗其成就远不逮其学术。而集中亦有佳篇，如《东夷诗》第三、四首，胡适认为其"剪裁力确是比黄遵宪的《番客篇》等诗高的多，又加上一种刻画的嘲讽意味，故创造的部分还可以勉强抵销那模仿的部分"（《五十年来中国之文学》）。他如《艾如张》《董逃歌》之讥讽张之洞，《梁园客》之讥讽梁鼎芬等，托物寄兴，若无自序，的确难以理解，唯"其自书丙辰出都以后诗，高古而弥近自然"（钱仲联《近百年诗坛点将录》）。

江苏仪征之刘师培（1884—1919），平生出处进退则较为复杂。刘氏字申叔，后改名光汉，号左庵。早年亦倡言革命，是同盟会早期成员之一。后失节投敌，成为端方手下的特务，端方被镇压后，章太炎怜其学问渊懿，不念旧恶，遂免于一死。刘氏短短一生，著述等身。经其弟子陈钟凡，友人钱玄同的搜辑整理，有《刘申叔先生遗书》共七十四种刊行于世。刘氏早年的文学观比较激进，肯定文学之发展进化，并且认为："就文字之进化之公理言之，则中国自近代以来，必经俗语入文之一级。"（《论文杂记》）但后期渐趋复古。刘氏的诗歌创作，汪辟疆先生认为与章太炎一样"心仪晋宋，朴茂渊懿，足称雅音"（《近代诗人述评》）。其诗如《杂咏》《咏史二首》《书顾亭林先生墨迹后》《孤鸿》《咏怀》等皆取径汉魏六朝。而其后期所作《癸丑纪行六百八十八韵》，则是古典诗歌史上空前绝后的长篇巨制，显示了深厚的诗学功力。章、刘两人的诗歌创作可视为汉魏六朝派的余响。

第三节　力亲古雅的王闿运、邓辅纶诗

汉魏六朝派的首领是王闿运，在同光诗坛他的年辈较高。他生于1833年，比曾国藩小二十二岁，死于1916年，已是民国初期。一生历道、咸、同、光、宣五朝，可谓阅尽晚清春秋。字壬秋，又字壬父。室名湘绮楼，人称湘绮先生。湖南湘潭人，咸丰三年（1853）举人。幼愚鲁，因发愤苦读。昕所习者，不成诵不食；夕所诵者，不得解不寝。终于由苦读而成才，明训诂，通章句，张公羊，申何学，遂通诸经，而终以文人鸣世。刊有《湘绮楼全书》。王氏早年曾为肃顺座上宾客，肃顺被诛，乃踉跄而归。后又参曾国藩幕。据说"尝劝曾文正革清命，两人促膝密谈，及王去，曾之材官入视，满案皆以指蘸茶书一'妄'字，盖文正畏祸不敢也"（黄濬《花随人圣庵摭忆》）。而《湘绮楼日记》中也有"万方有罪，罪在朕躬，日旰君勤，君无戏言"等语。又曾谓"国藩之文，欲从韩愈以追西汉，逆而难。若自诸葛忠武，曹武王以入东汉，则顺而易"（参见钱基博《现代中国文学史》），言外有意。然王氏自负奇才，与曾氏所论多有不合，乃去。后撰《湘军志》，对曾氏颇有微辞。王闿运虽有经世之志，而终不得一展其才。又恃才傲物，一生不受人慢。"貌似逍遥，意实矜持。牢落不偶意，一以谐谑出之"（钱基博《现代中国文学史》）。对当时大臣权贵，多有讥讽。晚任国史馆馆长。入京过"新华门"，而谓："吾老眼花，额上所题，得非'新莽门'三字乎？"（同上）对袁世凯颇为不敬，不久即归。临终自挽曰："春秋表仅传，正有佳儿学诗礼；纵横志不就，空余高咏满江山。"可谓一生实录。

王闿运一生主要成就是他的诗文创作。《湘绮楼诗集》以能学汉魏六朝而得名，集中拟题颇多，此为六朝诗人习气，拟古佳作，可谓维妙维肖，足以乱真。如《拟焦仲卿妻诗一首李青照妻墓下作并序》一首，从选辞设色，风调音节，到对举铺叙，渲染修饰，一一对原作细加揣摹，又适当吸取了《陌上桑》《木兰辞》的叙述法、对举法，

加以融会贯通，化作一种内在的"语感"，深得诸诗神理，可谓为汉魏六朝乐府增添了一个新的篇章。由此可见其创作倾向的一斑。王闿运论邓辅纶诗曰："太阿青湛比芙蓉，销尽锋芒百炼中。颜谢风华少陵骨，始知韩愈是村翁。"又论邓辛眉诗曰："逸气高华格韵超，绛云舒卷在重霄。当时何李无才思，强学鹦歌集凤条。"这是王闿运《论诗绝句》中对人最完美的赞誉。同时也体现了他本人所追求的艺术趣味和境界。具体地说，也就是要在锻炼中出清淳，在古雅中显风采。达到含而不露，风骨在里，才气内敛，光润自发的境界。要达到这样的境界，就需要浸润于汉魏六朝，从字词句开始细心揣摹。由格律声色，而致其神理气味。他曾说："陈伯弢诗学我已似矣，但词未妍丽耳。"又说："与晢子谈诗，论学曹陆当用实字成句，不可露意。晢子以章法、意匠求陆，故不似也。"(《湘绮楼说诗》)可见他对字词句的重视。而且还讲究词采的华妍，故不废梁陈宫体。王闿运曾说："当其下笔，先在选词，斐然成章，然后可裁。"(《论作诗法答萧玉衡》)又自称"湘绮"，取"高文一何绮，小儒安足为"意，自以为"好为文而不喜儒生，绮虽未能，是吾志也！"他的诗歌，如《重悼师芳》《泰安岱祠》《斗姥宫尼院》《圆明园词》等无不绮丽华美。诗如：

> 初月无端入玉棂，露天如白又如青。
> 不成眉样依明镜，遥想啼痕染素馨。
> 自是长愁甘解脱，未应多慧误娉婷。
> 文姬死后知音少，吟尽伤心只自听。(《重悼师芳》)

这是诗人对已故女儿的悼念，写得风姿绰约、神情依依。能得六朝之精英。再如《泰安岱祠》这样的题目，也许应该由关西大汉去放声高吟，然而在王闿运的笔下则是：

> 三重门阁敞清晖，碧殿丹墀对翠微。

路入仙坛孤影静，气通天座百灵归。

秦碑古藓青成字，汉柏神风绿晕衣。

祠令奉高严祀久，不同诸岳倚岩扉。

又写得何等华妙！通体神气拂拂，古貌庄严。而《圆明园词》一诗藻采更是华美，篇长不录。当然，王诗也未必篇篇缕金错采。如《湘上》《述怀五首》《与龙邓同游衡山舟中作》等诗，就比较清雅。

王诗在章句方面，也常采用叠词、勾连、并列对举等汉魏六朝诗人贯用的手法，只是在铺叙渲染方面要简约一些。如《拟焦仲卿妻诗一首李青照妻墓下作并序》一诗，就省去了"十三能织素，十四学裁衣"之类平铺直叙。《王氏诗》对于女主人公形态的渲染也较为概括凝炼，身份介绍也极为简明。比之以《陌上桑》显然更具匠心，而巧于剪裁。该诗前篇写女主人公登场，诗人只是以一个旁观者的角度顺手描绘其形态风度，非常自然：

芳草缘标山，叶叶随风舒。

窈窕谁家女，行汲出山隅。

素手引纤绳，轻腰约罗襦。

行止自裒裒，照影为双姝。

是一幅古色古香的仕女画。接着是男主人公出场，与该女邂逅相遇。然后通过对答，交代女主人公姓氏：

齐王恃骄贵，驺驺出田游。

万骑俱徘徊，徘徊南陌头。

朱轮两踯躅，绣旆交萦纡。

借问彼姝子，恐是秦罗敷。

俜停垂手前，应对自纡徐。

答言是王氏，一言已婀娜，二字无多余。

至此，该诗与《陌上桑》出现分歧。《陌上桑》通过秦罗敷对夫婿滔滔不绝的夸耀，令"使君"自愧不如。而《王氏诗》则反其意，闭口不言夫君身份，以保护夫君，显示王氏的坚贞，从而引出悲剧的结局：

齐王再三问，谁何是卿夫。

夫名在妾口，王今问何如。

韩凭因妇死，微贱易崎岖。

王能制生死，妾能守区区。

…………

别我寒泉水，盈盈照明珠。

辞我双汲瓶，莹莹比玉壶。

当令便破碎，谁复计须臾？

人生富贵易，妾愿不相逾。

作者虽然没有具体写王氏被害的场面，然一切都已明白。《陌上桑》的结局无疑富有浓郁的民歌理想色彩，而《王氏诗》则更具有现实性。两诗虽然有此区别，但风调音节又非常相似。由此可见王闿运之拟古，也并非盲目复制，而同样要运用匠心，以求别出新意。汉魏六朝诗歌的艺术特色，我们在第一章已有分析，在总体上，其艺术表现的最主要特长是依靠语言概念本身的表现力来直现对象，而不是通过各种修辞技巧间接地来突现对象。就像一幅水墨山水，它不是依靠各种色彩来描绘对象，而是依靠水墨自身去表现色彩斑斓的世界。又如秦汉石刻，只是通过近乎于无技巧的朴拙线条来表现内在的浑厚气韵。王闿运之学习汉魏六朝，正是要从这根本上去获得过硬的语言表达能力。他的叙事之章，往往以乐府古辞为宗；抒情咏怀之作，又往往以汉魏文人诗为尚；山水写景之篇，则往往以宋齐为典范。叙事必委婉从容，抒情咏怀必深沉蕴藉，山水写景必形神毕现，而所有这一切都要通过古雅凝炼的语辞来直现。他的叙事之章前已论及，再看他的抒情咏怀之作，其诗如：

> 初夏犹深秋，微雨飒然至。
>
> 清风吹明烛，短夜不能寐。
>
> 徘回起行游，谁能导余意。
>
> 忧思从中来，骤若奔万骑。
>
> 我心信慷慨，万籁转相慰。（《述怀五首》其一）

前四句写景是虚，而寄情是实。后六句直抒情怀，而不明言情由，蕴藉味永，哀婉深沉。再如：

> 劲羽鸣北风，铁骑出西边。
>
> 王恢既失律，李陵更不还。
>
> 元戎降贵戚，旗旄众翩翩。
>
> 叱咤动万人，见敌乃迁延。
>
> 曾闻圣武略，庙算期十全。
>
> 虽非介胄士，按剑望三边。
>
> 鲁连徒硁硁，蹈海托空言。（《述怀五首》其四）

通过咏史而抒发感慨，借古讽今。二诗都深得汉魏诗歌的神理。而如《愁霖六章》则能融《悲愤诗》《七哀诗》《饮马长城窟行》于一手，在叙事写景中抒发情怀。《壬子七月乐平县作》之类则是鲍照《行路难》之流亚。写景之篇如：

> 客意已在水，遥舟送清晖。
>
> 残云藉落日，隔岸明我衣。
>
> 平畴上余青，暝色合众微。

烟态如悦人，蔼蔼还自归。

长谣鲜所欢，涉江当为谁。（《湘上二首》其一）

实笔写景，明朗清新，颇具小谢风致。再如：

众青不断色，远响惊清秋。

朱陵竦孤崖，飞泉束崩流。

素湍照白日，玄涧映愈幽。

青天静无声，翠壁俯寒湫。

空雨忽破碎，高云偶迟留。

宛宛雌蜺蜷，荒荒烈飙休。（《朱陵洞瀑》）

取大谢雕炼之笔，而舍其理性议论。意境幽邃，笔墨清秀高古。
再如：

天根蟠轸虚，坤纪壮炎服。

鸿濛融朱光，高深闷神屋。

云观在冥杳，下视但苍绿。

浑沦自太古，厓峦尽奔伏。

风危人益高，日夕气相逐。

傥为苏门啸，恐惊龙湫谷。（《从南岳祠登吸云岭》）

清肃闷幽崖，喷薄漱泉根。

沉沉积石寒，暧暧残阳昏。

下方凉雨颓，上界晴云奔。

高天覆圆盖，黛色尽烟痕。

飞鸟堕我前，相与叩石门。

置身六合外，息影南斗垣。（《登南天门宿上封寺》）

上例及《与龙邓同游衡山舟中作》等作品，都能融谢鲍于一炉。这些作品与姚燮、魏源的作品相比，就可以显出恪守古范者与能创者之间的区别。王诗如临汉碑魏帖，能乱其真，然少变化。而姚、魏则能得汉魏高古的神彩，自出变化，笔墨已不同于汉魏，而尚有汉魏之风味者。然与明七子相比，王诗的艺术功力无疑要高出一筹。因此虽同为拟古，王闿运却颇小视明七子。曾说："明人拟古，但律诗可乱真，古体则开口便觉。"（《论诗示黄镠》）又有"强学鹦歌集凤条"之讥。

当然王闿运之学古，也并不完全局限于汉魏六朝，还有取于初盛唐。七律甚至取法李商隐，如前例《重悼师芳》便是。谭嗣同也有"迩者瓣姜先生嗣阮、左之响；白香、湘绮时振王、杨之唱。湖山辉耀，文苑有属"（《报刘凇芙书三》）之语。汪辟疆先生亦谓闿运："歌行雍容包举，跌宕生姿，则李东川之遗音也。实则闿运五言诗，游山之作，无惭谢客。其寄兴酬唱，明艳响亮，出入初唐，与刘希夷为近。"（《王闿运传》）陈衍亦称其五律"必杜陵秦州诸作"（《近代诗钞》），此即"指《发祁门杂诗二十首》也"（钱仲联《论近代诗四十家》）。而如《圆明园词》则是"长庆体名作"。再如《独行谣三十章四百四十八韵凡四千四百八十五字感赠邓辅纶》（以下简称《独行谣》）则已非汉魏六朝和唐诗所能限制，诗中甚至还采用了"北极球"之类的新名词。而如《黄学正游印度还言黑水入南海状兼言俄德形势感赋长句时黄居赵侯洗马池故并及魏蜀往事》"三危黑水禹甸里，越国反被伦敦收""北师南鹿等健鸡，反手旋倾英吉黎"之类，也竟是用新名词，写新事物。五律学杜陵，"亦不仅貌似"（钱仲联《近百年诗坛点将录》）。又自称其寄赠金殿臣五古"不古、不唐、不清，适成为自由诗耳"（《湘绮楼日记》）。更何况王闿运论诗亦有言："诗则有家数，易模拟，其难亦在于变化。于全篇模拟中，能自运一两句，久之可一两联，久之可一两行，则自成家数矣。"（《湘绮楼论文》）亦有创新之意，只是他过分强调了创新之不易。当然从总的创作倾向而言，王闿运由追求艺术形式的"古雅"，而把汉魏六朝诗作为范式加以模拟，与明七子在本质上是一致的，都不可能引导诗歌走向未来。虽然汉魏六朝诗歌有独特的不可替代的艺术效果，但它只属于汉魏六朝，非王闿运的时代所有，并不能成为新时代的审美理想。假如不是在整体上，而只是在某一方面吸取汉魏六朝诗歌的特色，用新的创作意识加以改造，也许会有新的收获。可惜的是，自命不凡的王闿运并未能这样去做。然而，王闿运毕竟还是以汉魏六朝以及初盛唐的"古格"，表现了诗人对现实时世的感悟。《圆明园词》《发祁门杂诗二十二首寄曾总督国藩兼呈同行诸君子》《愁霖六章》《壬子七月乐平县作》《石泥塘是高曾旧居道光卅年闿运入县学始诣宅访诸父兄弟宗门衰弱多不能自存者耳目闻见为此篇》《招隐诗寄谭公子》《游仙诗》《感时和百合花韵二首》《和议将成念清卿为之失笑又得一首》《感事诗》以及《独行谣》等皆是感时纪事之篇，非无病呻吟的拟古之作可论断。故陈衍虽讥其诗"杂之古人集中，直莫能辨，正惟其莫能辨，不必其为湘绮之诗矣"，但也肯定其诗"于时事有关系者甚多"（《近代诗钞》）。钱仲联师也认为"刘诒慎《读湘绮楼诗集》云：'白首支离将相中，酒杯袖手看成功。草堂花木存孤喻，芒屩山川送老穷。拟古稍嫌多气力，一时从学在牢笼。苍茫自写平生意，唐宋沟分未敢同。'褒贬差得其平"（《近百年诗坛点将录》）。

王闿运友邓辅纶是汉魏六朝派中另一位开派诗人。他生于1828年，比王闿运长五岁，死于1893年，比王早逝二十三年。字弥之，湖南武冈人。副贡。早年曾投笔从戎，助父江西按察使邓仁堃守城。后为浙江候补道员，不久因事被免，遂不复出。晚年应邀主讲文正书院，终于讲席。有《白香亭诗集》行世。

邓辅纶少年时与王闿运同学于长沙城南书院。王家寒，邓氏兄弟多有资助，且订交。王闿运在耄耋之年为李寿蓉遗诗作序，回忆当年而谓："余与其（龙友夑）长子皣臣交，及武冈二邓子，皆在城南讲舍，李君篁仙亦从其外兄丁果臣居院斋……邓弥之尤工五言，每有作皆五言，不取宋、唐歌行近体，故号为学古。其时，人不知古诗派别，见五言则号为汉魏，故篢仙以当时酬唱多者自标为'湘中五子'。"可见师宗汉魏六朝诗风之起，与邓辅纶有很大的关系。唯邓辅纶不喜谈诗，交游又不如王闿运广泛，因此后来诗名远在王闿运之下，但其实际创作成就在许多方面都超过王闿运。谭嗣同称邓辅纶"本原深厚，虎视湘中，当代作者，殆难相右"（《报刘淞芙书一》）。即使睥睨一世的王闿运自己，对邓诗也十分倾倒，有时甚至还自叹弗如。

在创作上，邓辅纶也是由拟古入手，集中拟题极多。拟古诗，拟曹氏兄弟，拟阮籍，拟张华，拟陆机，拟陶潜，拟大小谢，拟鲍照。而且还有《和陶诗》一卷，尤得力于陶、谢、鲍诸家。谭献曾说："使生晋宋间，不为鲍则为谢矣。"（《复堂日记》卷一）也许是由于另外还深受陶诗的影响，邓诗与王诗相比，语言比较朴实，读他的《述哀诗》《鸿雁篇》之类的作品，不难获得这样的印象。但他的山水诗却要比陶诗华美，如：

> 修栈竹气青，颏照垣粉赤。
> 长阴带城隐，秋心落江碧。（《登小孤》）
> 金光一吐耀，大壑无霾踪。
> ⋯⋯⋯⋯⋯⋯
> 青红错灵气，升降如虚空。（《雨霁登祝融峰》）
> 散缬日浮动，渴壁虹睥睨。（《朱陵洞观瀑》）

等等，皆色彩绚丽，能在淳雅中见高华。然而，相对来说，他的山水之篇也并不深奥艰涩。如：

> 阴连荷气润，梦坠叶声凉。
> 晚照多为影，闲庭过一香。（《听雨轩坐秋》）
> 既穷陵阜势，始尽空水碧。
> 轻轻积舸下，澹澹远山没。（《入左蠡登龙头山》）

烟郁雨气深，灯过露光的。

元谷生虚籁，丛箓闻疏滴。（《夜宿上封寺》）

雾深时断径，云倦欲栖楹。

冷雨湿灯色，寒烟闻语声。（《岳寺》）

这些诗句的语辞虽然经过精心选择，但并不冷僻生涩，而且细加辨味，就可发现，邓辅纶对于形容词尤其是动词谓语的锤炼，并不像谢灵运那样好用重力雕琢。谢诗有时还借用其他词性，作动词谓语，如"原隰黄绿柳""荒林纷沃若""青翠杳深沉"之类，在生造中出新意，而邓辅纶比较重视整章整句的整体表现力，重视从总体上捕捉生动的物象。在这方面，邓辅纶与谢朓比较接近。究其原因，一方面固然是其取法小谢颇有心得，另一方面恐怕还与学陶有关。陶诗一般并不讲究个别的动词、形容词的雕炼。"采菊东篱下，悠然见南山"，胸臆己出，不在于一字一辞的精雕细琢。然而，陶渊明毕竟不以雕刻山水见长，邓辅纶却喜绘山画水，而且他到底还是学谢能手，总的趋向还是镂刻雕炼一路。在表现方法上，邓辅纶也深得汉魏六朝之精神。邓诗一般并不驰骋幻想，也较少采用喻拟手法，尤其是明喻手法运用得更少，主要是从正面直现对象，在这方面，他与王闿运是基本一致的。其诗如：

天地中恍惚，川陆接灵气。

烟中物象远，树杪白光衣。

青冥澹一影，窈黝幻深蔚。

重阴储蓄泄，灵景错经纬。

悬帆带云隐，连江尽天卫。

逼视始微辨，遥立若无际。

客心盈太虚，山貌霭朝霁。

叩舷时一歌，鼓枻从此逝。（《早发新市入支江二十里作》）

　　首两句从虚处传神，下四句实写晨中景色，有全景，有特写，有远景，不断变换角度和焦距。"树杪白光衣"一句似采用比拟手法，其实也可作为动词的活用。"衣"字作动词用，其基本义虽然限于"穿着"，但也可引申为"遮盖"。说"树杪上笼盖着白光"，就很难认为采用了比拟手法。谢、鲍也常借用动词和形容词，或者变换词性来突现某一种状态，但一般并不是为了引起对它物的联想，让人们间接地感受到本体的性状，而仍然是为了直接表现对象的性状，因此，不能作为喻拟手法来看。邓辅纶也与谢鲍一样较少使用喻拟手法，但在章法上，较注意有所变化。该诗的七八句与首两句一样重在传达晓色之神理，下四句实写江中所见，两句写景，两句写主观体验，最后四句抒怀。全诗不断变换描写重心，或近或远，或整或散，或全景，或特写，或形态，或神理，或具体，或抽象，或景色，或情怀，力求避免板滞冗沓。邓辅纶的叙事诗虽然语言质朴如陶潜，但叙写手段却非陶潜可囿。其诗如：

　　　　况当子出腹，调护违所宜。
　　　　声嘶颜惨戚，气血亦俱衰。
　　　　入室别阿母，长跪牵母衣。
　　　　婢妾相宽大，母病良易差。
　　　　儿生十五年，今始与母辞。
　　　　拭眼泪已枯，不语中肠悲。
　　　　母送不逾户，回首迷瞻依。
　　　　宁知母子恩，割绝当斯须。
　　　　…………
　　　　儿时滞长沙，母死魂来窥。
　　　　灯炖忽微明，中见母泪垂。
　　　　瞑目即见母，心魄成惊疑。
　　　　数日凶耗至，号痛发狂痴。
　　　　奔还三绕棺，长为无母儿。（《述哀诗》）

描写具体细致,情感沉痛哀至,非陶诗所有,也非汉魏所有。再如:

> 儿绕空筐啼,饭儿以黄埃。
> 生短饥正长,鬼路难迟回。
> 一朝弃儿去,委质沉蒿莱。
> 客请听儿述,母死身无缞。
> 死母怀中儿,抱母啼愈哀。
> 生儿吮死乳,见者心为摧。(《鸿雁篇三首》其一)
> 问妇何为然,别儿临荒衢。
> 阿耶嗔儿号,鞭挞儿为奴。
> 鬻儿易炊爨,莫塞中肠枯。
> 妇死方旦夕,宁不少踌躇!
> 夜中寒飙穿,两耳疑啼呼。
> 亦忧难汝活,但冀聚黄垆。
> 骷颅得因依,犹胜生羁孤。(《鸿雁篇三首》其二)

人间惨象,惨不忍睹。如此细致深刻的叙写,《悲愤诗》中没有,《七哀诗》中也没有,无怪乎王闿运叹曰:"古人无此制也。"(《湘绮楼说诗》)其实这种描写方法与邓辅纶对山水的刻画是一致的。邓辅纶正是用那镌刻山水的笔墨来表现人事,从而别开生面。而邓辅纶的山水诗开出的意境大多秀奇高古,其诗如:

> 崖门壮天险,奔湍隘削壁。
> 磴危百丈盘,径袅一线窄。(《登小孤》)
> 岭攒天四阻,石隘水争趋。
> 古脉连千嶂,奇峰贡一隅。(《岳秒》)
> 群岫尽奔朝,却视皆首俯。
> 峭势奋千仞,危磴悬一缕。(《独秀峰怀古》)

尤其是他的《登衡山南天门》：

> 出没苍烟根，端倪太古脉。
>
> 枢维洞穴牖，虚无削高壁。
>
> 繁采垂五光，远影带一碧。
>
> 芝菌蔚霞气，土石为天色。
>
> 元雾共昏晓，幽苔无今昔。
>
> 鸣壑响易秋，绝巘气先夕。
>
> 险通崩剥痕，冥会神鬼迹。
>
> 宁知下界雨，但睹上方黑。
>
> 盘涡绕一线，颎洞塞四极。
>
> 寥虚冥我心，元化培我翼。
>
> 二气岌相缠，万象陡然立。
>
> 倒觉鸿濛合，俯愁象纬侧。
>
> 骖驾九神君，龙虎来迎接。

可谓融二谢颜鲍于一手，遂令王闿运缩手三十年。徐世昌则以为"沉郁幽愤，直逼杜陵"（《晚晴簃诗话》）。

毫无疑问，邓辅纶之师法汉魏六朝已取得了极高的造诣，若早生千余年，邓辅纶无疑是中国文学史上的杰出作家之一，其地位也许不在谢鲍之下。另一方面，《白香亭诗集》变化不多，"终编只是此副面目"（钱仲联《梦苕庵诗话》），同样使人惋惜不已。

相对来说，在汉魏六朝派诗人中，当以王、邓两人为最能严守古法，拟古功力深湛，在追求古雅的道路上走得最远。好古者爱其格高，求新者厌其过似。然而，由于同光诗坛是一个允许各种流派争奇斗妍的"大世界"，并没有哪一派能够独领风骚，因此，不会出现明七子垄断诗坛的单调局面。在这样的背景下，王、邓的创作虽然有拟古之嫌，但却有自己的特色。就像在一个富有的别墅里，摆设了几件秦汉古彝，反能增添几分文雅的气息，所以作为点缀，也无须一概废弃。

第四节 在追求古雅中立异：高心夔、刘光第诗

不产于湖湘，而诗学汉魏六朝，下及三唐，又稍加变化的诗人，则有高心夔和刘光第。

高心夔生于 1835 年，比王闿运小二岁，死于 1883 年，比邓辅纶还早逝十年。字伯足，又字碧湄，号陶堂，江西湖口人。咸丰进士。早年客于肃顺幕，后曾举兵镇压太平军。成进士后，曾二权吴县，因强项罢去。刊有《陶堂志微录》。高心夔虽曾与王闿运同为肃顺门客，且同宗汉魏六朝，但高有意自创。王对高的诗风也不甚欣赏。高心夔《陶堂志微录·述目》自谓："心夔弱而好诗，尤好渊明。溯焉而上，游焉而下，不耻其不似也。"他虽然和邓辅纶一样爱好陶诗，甚至以"陶堂"颜其室，但其诗貌却与陶潜大不相同，所谓"不耻其不似也"。而王闿运的学古趋向却是"求似"，这是高、王的分歧所在。王闿运曾说："高伯足诗少拟陆、谢，长句在王、杜之间。中乃思树帜，自异湘吟。尤忌余讲论，矜求新古。"（《湘绮楼说诗》）而高心夔《陶堂志微录》与王、邓诗集的一个最明显的区别就是极少拟题之作。正因为高心夔"不耻其不似"，故王闿运论高诗颇有微辞："饶思秀涩开新派，终作楞严十种仙。"（《论诗绝句》）认为高诗尚未证道。然而若以发展的观点来衡量高诗，那么"不耻其不似"却正是他的佳处。高心夔作诗相当严谨，李鸿裔称其作诗："一字未惬，或至十易。及其辞与意适，天然奥美，熔炼之极，造于幽微。"（《陶堂志微录序》）高心夔也是一个苦吟诗人，但高诗"奥美"有余，而"天然"不足，"志既多困，其言日微"（高心夔《陶堂志微录·述目》）。为了追求含蓄隐微之境，高心夔也同样遵循着"以辞掩意"的原则。高集颇多关涉时事之作，如《汉家四首》"感英法联军入寇，文宗出奔热河而作也"（钱仲联《梦苕庵诗话》）。起二句"汉家新乐舞云翘，酒醒丁沽万里潮"，"讽刺义深"，"四诗合

杜陵《秋兴》《诸将》，义山《随师东》《重有感》《咏史》《茂陵》于一手，沉郁苍凉，兼藻彩丽泽而有之，诗史为之生色矣"（同上）。然而"骤而陈之，渊冥靡涯"（傅怀祖《陶堂志微录序》），非一目了然之作。他如《城西》二首写肃顺事亦同样"托旨遥深"，而如《观生二十首》之类就更令人费解。然而如《汉家》《城西》等还主要是通过运用典实曲折地来表现时事，虽思深意微，而诗句语辞尚并不生僻奥涩。至如他的山水篇章就大多棘涩生创，不仅是意深，而且辞亦深，讥者以为"五字相连，皆不能解；一二仞之，固自可识"（王闿运《湘绮楼说诗》）。甚者更以为"无二字相连者"（夏敬观《学山诗话》引张之洞语）。当然这些评论都使用了夸张手法，不可尽信，然而，高诗却正以其字字雕炼达到了一个不易造就的险境。高诗与王诗、邓诗相比，不仅注意动、形、副词的锻炼，而且还相当注意名词，尤其是名词性词组的雕炼，高心夔似乎不太喜欢运用现存的双音节名词，而常常重新构造双音节词组作为主宾成分。由于较多使用单音节词，所以张之洞要讥之为"无二字相连者"。的确，阅读高诗，有时需要一字一字读，而不能一句一句读，这是造成高诗棘涩生创的一个重要原因。然而，由于高心夔不放过对每一个字的推敲，因此他的诗歌常常能透进数层，深入骨髓，其诗如：

> 佚灵牖冥宇，丹署契天巧。
> 石霞映余致，文著心窈窕。（《清虚洞》）

"佚灵"虽然比较抽象，"牖"字作动词用也显得生硬，然而若把"佚灵"换成某一实在具体的动物，把"牖"换成"窥"字，也许未尝不可，但如此一来，既不足以概括整个山脉洞府的幽古神秘，又不能将洞府与山脉的关系传达出来。清虚洞乃是庐山之精灵窥视冥宇的窗户，改换其他字词就很难简括凝炼地用五个字把这层意思表达出来。再如：

黰宊洞无柢，倏忽升轮光。
初缀露綖飞，稍随松盖张。(《天池》)

“黰”为釜底之黑。如把“黰”改为“黑”,就不足以显示黑之程度。“綖”为冕之前后垂覆，如将“露綖”改成“露珠”之类，也同样不足以状“圣灯”初起之貌。再如：

奇心撰葱峭，叠阁泠风盘。
龙蝺改清化，据谷俨洼尊。(《栖贤谷》)

“奇心”语出鲍照《从登香炉峰》:“殊物藏珍怪，奇心隐仙籍。”虽然比较抽象，但联系鲍诗却颇能传达栖贤谷之精神氛围：葱笼的山峰似乎正是所栖之贤的“奇心”所撰之文章。

再如：

纤葛寒濛青，雪沫四飞飏。
盈孚万窦迸，渫利两渠壮。
交陿輂奔霆，百控争一放。(《谷帘泉》)

“孚”字,《集韵》释为玉采,“玉之为物孚尹于中，而旁达于外”,如将“盈孚”改成“盈满”之类，就不能显示泉之色泽、泉之气韵，泉之充厚。“輂”字,《说文》释为“却车抵堂”。这个字虽然生僻，但也有一定的形象性，能触发联想。试想在一个狭隘的口子，像赶车进堂一样驱赶着“雷霆”奔跑，又将是怎样一种场面！由此可见，高诗虽有棘涩之嫌，但下语雕炼而精切，能产生特有的艺术效果。高诗不仅辞语生创，而且造句曲折，其诗如：

裂壁沉中阴，孤花静旁袅。(《清虚洞》)

> 鸿飞半湖尽，海月吐其腹。
>
> 三垣湿蒸岚，冷结采珠缩。（《五老峰》）
>
> 一壑滂千曲，浅之万余尺。
>
> 轐辚十道车，声此怒淙赫。（《黄崖》）
>
> 飞衢际屯云，宅土周震电。（《陶然亭集诗》）

诸如此类，通过曲折倒置，使对象的某些特征得以强调，而变得更加深刻，但同时也增添了奥涩的色彩。下面再录《金竹坪》一首，以见其选辞造句的整体风貌。

> 连峰距剑棘，及颠失诸巉。
>
> 烈风非时集，芥垢不足沾。
>
> 岩岩无垠天，侧映窝谷谽。
>
> 石竹皴铁画，和煦绝律渐。
>
> 桀哉双斗它，涌奋罳我阽。
>
> 纵横僵杈踏，踡霓绳红蓝。
>
> 丛生一气中，猛噬沸相歼。
>
> 荒陋苦异性，六沴钟贪婪。
>
> 坤德既臧疾，察渊智者惭。
>
> 愿续九牧贡，铸作明堂监。

雕炼如此，令谢鲍缩手。当然高诗也并非每首如此，《陶堂志微录》中也有一些诗比较清新明朗，如：

> 阴壑上千蹬，疏雨生空烟。
>
> 樵担鸟外归，稚子树下餐。
>
> 钟鱼四山响，不离翠微间。（《冷泉亭》）
>
> 片帆拂镜潭，山雪若明嫭。

烟浦飞轻缟，松叶疏更碧。(《黄石港暮思》)

遥山青半笠，练素横如带。

池水波清秋，空香驻云桂。(《妙相庵坐雨同张征君黎知州》)

　　比较接近于小谢，但最能见创作个性的还是他的《匡庐山诗七首》。在描写手法上，高诗也较多地使用了喻拟手法，其诗如：

飞盖杏花林，林花笑行子。

霞雪光参差，出入香腹里。(《春日游京西山寺四首》)

偶然似出世，指就青霞栖。

鹤梦不到境，薜萝吟兴微。(《孤山》)

峰峰立笋森森束，帆帆侧翼鸟趋谷。

春舟箭过今溯回，朦碧亲人迟胜速。(《峡山寺寄郭中丞》)

　　再如前例《天池》"初缀露綻飞，稍随松盖张。翻倾百冶液，耀射星榆乡。阴礁然海火，荥河恢景阳"之类，皆非谢鲍之惯用手法。而且诗人有时还要飞腾幻想，如：

谲龙息形生，天蛟紫水脉。

…………

鲛绡摄潭底，綷縩曳天脊。

仰头逝仙群，铃佩吟雾帘。

朗悟源上源，鸤浆梦今夕。(《黄崖》)

百丈老平仲，磊落摔天闿。

独云帝者征，恍智难尔详。

北斗躏上枝，珠纬贯四傍。(《春日游京西山寺四首》)

　　当然，这些幻想还是相当有节制的，毕竟不同于李白、韩愈、李贺、卢仝、马异一路。显然，高心夔的创作与王闿运、邓辅纶已有所区别，有"自寻蹊径"（徐景福《陶堂志微录题跋》引高心夔语）之意。李慈铭甚至说："自谓最喜渊明诗，故号陶堂，然其诗绝不相似，大抵诗文皆取法于近人刘申甫、魏默深、龚定庵诸家。"（《越缦堂读书记》卷八）竟认为高心夔实际上并不以汉魏六朝为宗，乃是师法刘、龚、魏，这个评价显然是不确切的，但也间接地反映出，高诗已经非汉魏六朝诗所能限制。然而，高心夔所取之途，过于崎岖陡险，缺乏不断展开的光明前途。过分的雕琢也有损于自然生趣和行文气势，而且整部诗集与邓辅纶一样，比较单调，缺少变化。而其后，刘光第的创作风格却与高心夔形成了比较鲜明的对照，如果说，高心夔是沿着谢鲍镂刻雕炼的途径，变本加厉地加以发展，那么，刘光第则由镂刻雕炼而渐趋于自然流畅，但他们在创作精神上都"不耻其不似"。

　　刘光第生于 1858 年，比邓辅纶小整整三十岁。字裴村，四川富顺人。光绪九年（1883）进士。光绪二十四年（1898）由陈宝箴引荐，与谭嗣同等同授四品军机章京，参与变法。变法失败，被害。是著名的"戊戌六君子"之一。有《衷圣斋诗文集》遗世。刘光第不仅在行动上参与变法，是维新派的重要人物，而且还以他的诗歌"大声疾呼"，揭露时政的腐败，抨击权贵之横恣，甚至将矛头直指西太后。其诗如《城南行》暴露上层社会的横行不法："髻上绾瑶簪，腰中佩金印。彩辔飞飙连，香轮流波迅。火雷助声焰，沙尘动纷衅。路有殴死人，可抵蝼蚁命。将相勒马过，台谏尽阿顺。余曰辇毂下，乃有此暴横。"《杂诗二十首》其一，托物寄兴，嘲讽慈禧："玉女妙成双，变为枭与蛇。阴精虽不老，已蚀众蛤蟆。姮娥击白兔，正气为咨嗟。"其五又曰："阳刚抱龙德，阴气散乾坤。主山遭厄圮，五岳噤不言。"其十又曰："妲己倾有商，褒姒灭宗周。天意信遐邈，女祸亦因由。慨当伐国日，献此美无俦。山川享精气，民物含怨愁。并泄于一身，钟物岂非尤。方寸之祸水，胥溺及九州。"再如《万寿山》："每蒙王母笑，更携上元祝。天上多乐方，奇怪盈万族。维昔经营日，淫潦迷川陆。海雨吸垂龙，村氓乱浮鹜。鼋头大如人，出水听众哭……膏血为涂丹，皮骨为版筑。请分将作金，用振灾黎谷。天容惨不欢，降调未忍逐。海军且扬威，嬉此明湖曲。仙人且弄姿，媚此西山绿。"矛头皆直指独揽大权、顽固腐朽的慈禧太后。讽刺尖刻，令人心惊骨折。他如《美酒行》《送张安圃师由给事中出任桂平梧道》《送云坳出守梧州》等也皆是感慨生民，愤世疾俗的力作。

　　然而，最能体现刘诗艺术造诣和特色的还是他的山水作品，尤以峨眉纪游诗为最工。刘光第的学古范围广于王、邓，学汉魏六朝而下及三唐，甚至还阑入宋诗。笔墨研炼而自然，设色高华明朗。其诗如：

> 香象河流腾白足，潧峨江影照青衣。
>
> 寸心尘外寻烟客，一笑云端见玉妃。(《望峨眉山》)
>
> 下界云霞招杖屦，夕阳红翠动杉松。(《华严顶》)
>
> 涧草碧如烟，僧楼红在树。(《溪桥》)
>
> 缺月共青嶂，挂虹摇紫烟。(《双飞桥》)
>
> 九叠屏风回日月，一螺苍翠见东南。
>
> 下方鸟泛红云海，上界龙分白石潭。(《金刚台》)
>
> 碧波瑟瑟情无限，玉佩珊珊望不来。(《白莲》)

　　色彩鲜明，句调流畅，与高心夔的作品迥然相异。刘诗以选用粹美雅洁而又平易的双音节词为主，并不以生造为工。其诗如：

> 道旁有遗衣，疑是虎迹过。
>
> 风林响暗叶，切切如牙磨。
>
> 脱险力已疲，赏胜气翻和。
>
> 山谷苍雪炼，松顶翠雨摩。(《大坪》)
>
> 客冲冷磬步，雉带泫露飞。
>
> 俯石交流乱，回溪抱烟微。
>
> 岩草恋宿雾，林花媚晨晖。(《洪椿坪》)

云雷一以合，天笑与相声。

绝壁音空圆，乱山响纵横。

裂岩散冷雹，悬空划阴晴。(《雷洞坪》)

不仅语言晓畅，而且句律整齐对偶，有齐梁诗体的特色。而且诗人所辟境界也丰富多彩。或灵秀高古，如：

泉分太始雪，人立过来身。(《双飞桥》)

我心欢素闲，山灵助孤赏。

鸟负溪日飞，鱼吞浸霞响。

岩语落猱玃，潭气发蛟象。

藏天水心宽，胎云石神长。(《独临宝见溪危石上小坐》)

绝壑骄阳亦冻姿，云如潮白涨无时。

倒嘘人影龙初过，半没松身鹤不知。(《大小云壑》)

不知松柏云中绿，疑是蓬莱海上青。

客子瘦筇阴磴雪，仙娥宝瑟夜池星。(《大坪》)

冰蚕抱倒景，雪虹飞岩陬。

寒晕一何阔，玉海皓以幽。

吹冰风无春，化石木万秋。(《接引殿》)

或荒怪神异，其诗如：

丹黄粉碧青千状，龙虎龟蛇鸟一家。

鲊瓮落穿嬉鬼国，箭船飞过簸雷车。(《峡江巨石奇恶赋诗纪之》)

雕眼射人风力劲，木皮衣屋雹声微。(《古化成寺》)

鬅鬙似鬼阴崖树，拗怒冲人大壑鹰。(《罗汉三坡》)

岂拔琉璃弦，圣凡为舞遍。

岂奏隐形钟，声闻不可见。

黑蛇出阴火，黄獐窜僧院。

荒涂遘新骏，元响遗旧恋。(《仙姑弹琴池》)

怪石天门排虎豹，大云香塔护龙蛇。(《由八十四盘阅沉香塔天门石诸胜渐达山顶》)

日光射井生虹气，风力飞人带虎腥。(《宝云庵》)

或淡远宁静，其诗如：

野水照天浮塔去，江云留雨入城飞。

客心清镜开尘沼，人语疏钟共翠微。(《游东山寺偕放廷山下人家有花不入》)

壁雨长垂画，溪云不隐钟。

石桥渔唱远，相送过西峰。(《福田寺》)

老猿抱子求僧饭，闲客看人打佛钟。(《华严顶》)

曲罢暮烟岩壑满，樵歌踏叶出西林。(《罗浮山中听客弹琴》)

　　虽然境界各异，但无不具体鲜明，宛然在目。刘诗与高诗相比，较容易唤起再造想象。在表现手法上，也更多地采用了喻拟等修辞技巧，而且也较多驰骋幻想，故非汉魏六朝诗所能限制。然而，最能体现诗人高超艺术造诣的还是运思构想的新颖深刻，其诗如前引"鸟负溪日飞，鱼吞浸霞响"，通过水空相映成趣的曲折手法，勾通天地之物，可与江湜媲美。再如"倒嘘人影龙初过，半没松身鹤不知"，描写人影投射在从脚下飞过的白云之上的景观，设想新奇，恍惚如临神仙之境。所处之高，云之动荡而无声无息，松之挺拔，鹤之超然，皆被轻松而充分地表现了出来。再如"如丝龙气南天雨，小咳儿声下界雷"(《雷洞坪》)，通过上下之间同一事物的转化对比，强烈地突出了雷洞坪的形势和气象，同时又颇具人世哲理，耐人寻味。而如《白莲》："野风香远忽吹回，一片明湖净少苔。残月自和烟际堕，此花方称水中开。碧波瑟瑟情无限，玉佩珊珊望不来。姑射神人藐天末，乾坤可爱是清才。"花耶？月耶？人耶？一片浑然，神韵悠扬。诗思之高，意境之超，可谓消尽尘埃，不在王士祯《再过露筋祠》之下。再如《游方山题名庆云岩下览新旧云峰二寺》:"紫天高悬墨屏风,卷收老日青冥中,四角塞天天欲穷。嚼云入毫写龙背,万田翦碧玻璃碎,乱磬浮空戛瑶佩。"描写岩高遮日,设想神奇。山如垂天之"墨屏风",已自不凡,又四角塞天,吞卷老日,更是奇特。而诗人嚼云挥毫在"苍龙"背上作书,又是何等豪迈。俯视下界,万田之水如剪碎之玻璃,闪闪发光,空中又飘来仙人瑶佩晃动般的磬音,又怎不令人心驰神往。诸如此类,从多方面体现了诗人镌刲造化,不落凡近,却又驰荡自然的艺术表现力。与魏源相比,刘诗的表现手法虽然还并不十分丰富,雄健奇崛处也非其所长,但语言意境的精严粹美,灵秀隽妙则要高出一头。

刘诗以汉魏六朝植其气骨,而出之于唐诗之貌,又下涉东坡以博其趣。其诗如"雪龛好供低眉佛,池镜曾窥大胆人。得道天怀甘白水,出山云气杂红尘"(《白水寺》)、"长螺泛清涎,曲蚌浮半壳。片秀吐波心,白云随涨落。群山若渴龙,一一俯头角"(《泸州忠山访来青园过江山行泛龙马潭游古冲虚宫四首》)等,颇有苏诗神采。可以说,刘光第是汉魏六朝派中的改良人物,比高心夔具有更大的离心倾向。然而这种离心的结果,是趋向于唐诗。

汉魏六朝诗作为一种艺术传统,曾经是唐人最直接的通变对象,后来又为明七子所重视,但明七子的学古成就并不高,并未能得到汉魏六朝诗的精神。现在,又一次成为王闿运辈的学古典范,虽然他们的学古造诣已经达到了维妙维肖、出神入化的地步,但他们并未能因此而开辟一条新路,即使是高心夔和刘光第也同样不足以成为披荆斩棘的先导。汉魏六朝诗虽然与唐宋诗相比,在艺术形式上显得朴素简单,似乎不以法胜,但是,对于后人来说,这朴素简单,无法之法,却同样是一种有力的束缚,稍一施展手脚,也许就会越出其范围。而宋诗相对来说虽以技巧细密见称,但宋诗的趋向是打破唐诗的艺术度域,予人心智才力以更多的自由,因此反而是开放的。从学古的角度而言,学汉魏易入而难精,学宋难入而易化;学汉魏格调易高,学宋则便于变化。这就是在艺术形式上学汉魏和学宋的重要区别。

第六章
全面的历史反省中对新雅的追寻
——同光时期的同光体

第一节　同光体述要

"同光体"之名称,始于陈衍与郑孝胥的戏言。陈衍在《沈乙庵诗叙》中曾说:"'同光体'者,苏戡与余戏称同、光以来诗人不墨守盛唐者。"所谓"不墨守盛唐"是相对于"恪守盛唐"而言,其实也就是相对于明七子以来的学唐流派而言。具体地说也就是"以宗宋为主而溯源于韩、杜"(钱仲联《论"同光体"》)的流派。陈衍曾与沈曾植论诗而谓:"盖余谓诗莫盛于三元:上元开元,中元元和,下元元祐也。"(《石遗室诗话》卷一)这就是所谓"三元说",其重心是在中、下二元,上元乃各派所共尊。陈衍曾在《密堂诗钞序》中说:"顾道、咸以来,程春海、何子贞、曾涤生、郑子尹诸先生之为诗,欲取道元和、北宋,进窥开、天以得其精神结构之所在,不屑貌为盛唐以称雄。"这番议论正是对"不墨守盛唐"和"三元说"的极清楚的注释。同光以来不墨守盛唐一派其实正是道咸诗坛学宋诗派的延续和发展,这一派论诗一般都取发展的观点。陈衍也不例外,他正是以发展的观点来肯定宋诗之变。他曾说:"诗至唐而后极盛,至宋而益盛。"(《自镜斋诗集叙》)又以子孙之变祖父为喻,认为宋之变唐乃出于必然。"天地英灵之气,古之人盖先得取精而用宏矣,取之而不能尽。故三百篇、汉魏六朝而有开、天、元和、元祐以至于无穷,在为之至与不至耳。"(《剑怀堂

诗草叙》）另一位同光体诗人沈曾植也认为"三元皆外国探险家觅新
世界、殖民政策、开埠头本领"（《石遗室诗话》卷一引），由肯定宋
之发展变化，又进而反对厚古薄今，陈衍说：

> 汉魏至唐宋，大家诗已多。
>
> 李杜韩白苏，不废皆江河。
>
> 而必钞近人，将毋好所阿。
>
> 陵谷且变迁，万态若层波。
>
> 情志生景物，今昔纷殊科。
>
> 染采出间色，浅深千绮罗。
>
> 接木而移花，种样变刹那。
>
> 爱古必薄今，吾意之所诃。（《近代诗钞刊成杂题六首》

其二）

这是一种比较彻底的发展观点。从总的创作方向上，要求不断突
破，有新的艺术创造，与道咸时期桐城派和宋诗派一脉相承，都体现
了诗歌发展"踵事增华"的趋向。叶燮论诗曾说："譬诸地之生木然，
三百篇则其根，苏、李诗则其萌芽由蘖，建安诗则生长至于拱把，六
朝诗则有枝叶，唐诗则枝叶垂阴，宋诗则能开花，而木之能事方毕。
自宋以后之诗，不过花开而谢，花谢而复开。"（《原诗·内篇下》）对
宋以后诗尚不能一意肯定。而陈衍则认为变化不尽，发展无穷，"近代"
仍能出新样，因此说，他的发展观是比较彻底的。叶燮所处之时，诗
歌刚刚走完一段曲折的弯路，鉴于明诗成就不高的具体情况，所以只
能有所保留，体现了时代的局限。

在强调发展变化的同时，陈衍等论诗也同样以性情为本。陈衍
曾说："作诗文要有真实怀抱，真实道理，真实本领，非靠着一、二
灵活虚实字，可此可彼者，斡旋其间，便自诧能事也。"（《石遗室诗
话》卷八）又曾批评以学宋为高的趋附者而谓："咸同以降，古体诗

不转韵，近体诗不尚声貌之雄浑焉尔！其敝也，蓄积贫薄，翻覆只此数意数言。或作色张之，非其人而为是言，非其时而为是言，视貌为汉魏六朝盛唐之言者，无以胜之也……余于诗文，无所偏好，以为惟其能与称耳！浅尝薄植，勉为清隽一二语，自附于宋人之为，江湖末派之诗耳！"（《文莫室诗续集叙》）显然，陈衍论诗也并非唯宋、唯学宋是好。陈衍在这里着重强调的是"有感而发""言必己出""言之有物"。而郑孝胥则强调了作诗必须有个性，他说："为己为人之歧趣，其征盖本于性情矣！性情之不似，虽貌合，神犹离也！夫性情受之于天，胡可强为似者！苟能自得其性情，则吾貌吾神，未尝不可以不似似，则为己之学也。世之学者，慕之斯貌之。貌似矣，曰异在神；神似矣，曰异在性情。嗟乎！虽性情毕似，其失已不益大欤！"（《书韦诗后》）这些都表明同光体开派者之学宋并不是以拟宋为能，相反却是以性情个性为本，因此，他们反对趋骛时尚。陈衍曾提倡"寂者之诗"。他认为诗之于世，"其为之也惟恐不悦于人，其悦之也惟恐不竞于人，其需人也众矣"（《何心与诗叙》），故易流同为"利禄"之途，此实为诗之大害。早时，潘德舆曾指出过为"悦人"而作诗之病，因此，陈衍强调自得。"一景一情也，人不及觉者，己独觉之；人如是观，彼不如是观也；人犹是言，彼不犹是言也。则喧寂之故也。"因独自有得而"寂"；又因内中有我，不随影附响，故"困"，然而"有诗焉，固已不寂；有为诗之我焉，固已不困。"（同上）因为是真我自立的真诗，因此，即使于世独立，不为世诱，也是真正的"不寂""不困"。陈衍发挥了清初叶燮和嘉道之际潘德舆的"为己"之说，这是有积极意义的。但必须指出，陈衍之强调自得，"为己"，并不意味着要求诗人脱离社会，回避现实。相反，陈衍十分重视生活体验和表现现实问题。他认为"唐诗极盛""宋诗益盛"的重要根据就是"盖自次山、少陵、元、白、苏、黄、陆、杨之伦，号大家者，类无不感讽引谕，长言嗟叹"（《自镜斋诗集叙》）。又认为郑珍诗之所以不同寻常，乃是因为郑珍"颇经丧乱，其托意命词又合少陵、次山、昌黎而熔铸之"（《秋蟪吟馆诗跋》)。又称赞金和之诗，其原因也是由于金和"所历危苦，视古之杜少陵，近之郑子尹，盖又过之"，"而一种沉痛惨澹阴黑气象又过乎少陵、子尹"(《近代诗钞》)。而他之所以并不一笔抹杀王闿运，也是因为王氏所作"于时事有关系者甚多"(《近代诗钞》)。陈衍的著作中类似的见解比比皆是，无须一一拈出。强调个性之郑孝胥也同样重视诗人对现实生活的感发。他曾驳斥张之洞论诗"务以清切为主"的观点，认为："余窃疑诗之为道，殆有未能以清切限之者。世事万变，纷扰于外，心绪百态，腾沸于内，宫商不调而不能已于声，吐属不巧而不能已于辞，若是者，吾固知其有乖于清也！思之来也无端，则断如复断，乱如复乱者，恶能使之尽合；兴之发也匪定，则倏忽无见，惝怳无闻者，恶能责以有说。若是者，吾固知其不期于切也！并世而有此作，吾安得谓之非真诗也哉！噫嘻！微伯严，孰足以语此。"(《散原精舍诗叙》)不仅表明了他自己的看法，同时也说明了陈三立的观点。尽管这些主张都并不新鲜，但足以表明，同光体诗人并不是可以用"形式主义"四字简单地加以抹杀的。

同时，在强调艺术个性、追求新变的时候为了保持高雅的品格，同光体诗人还相当重视学问。因为只有在广博的学识的滋养之下，才能形成"支援意识"，以支持有价值的高雅的艺术创造活动。陈衍曾标榜"学人之诗"与"诗人之诗"合一的观点(参见《近代诗钞叙》)，又曾说："余生平论诗以为必具学人之根柢，诗人之性情，而后才力与怀抱相发越。"(《聆风簃诗叙》)在《瘿唵诗叙》中又驳斥严羽"诗有别才，非关学也"之说，认为"诗也者，有别才而又关学者也"，这同样不是一个新鲜的观点。清初自钱谦益、吴伟业、黄宗羲、朱彝尊起，到乾嘉时期的姚鼐、翁方纲，下及道咸诗人，绝大多数诗人都重视学问，要求性情与学问相结合。清初钱谦益有"诗人之诗"与"儒者之诗"的提法，黄宗羲又有"诗人之诗"与"文人之诗"的提法，在实质上都类似于陈衍所说的"诗人之诗"与"学人之诗"。而乾隆初方世泰在《辍锻录》中则更明确地提出了"诗人之诗""学人之诗"

和"才人之诗"这三种类型，方氏认为只有"诗人之诗"才是"风雅之正传"。其实不管是"儒者""文人"，还是"学人""才人"，都必须有诗人之"性情"，诗人之"别才"，方能成为真正的诗人。而"诗人"自然也需要有"儒者""文人""学人""才人"的学问和才识，才能创作出有价值的杰作。陈衍的"诗人学人合一"之说，虽有高自位置之嫌，但其所论是对清初以来诗学思想的一种继承，正确地概括了诗歌创作与学问的关系，自有其价值。

上述这些主张往往是许多流派所共有的，尚不能见出同光体的特征，因此我们必须回到陈衍对同光体所作的解释。比较能显示出同光体特征的是他们的学古趋向。当然，学古并不是同光体的最终目的，而只是明辨诗歌正变发展，把握艺术传统和艺术规律以臻新雅之境的一种手段。相对来说，同光体的学古面比较广泛。而具体到不同的作家，又各有自己的侧重点。陈衍曾说："古之诗人亦然，一人各具一笔意，谢之笔意绝不似陶，颜之笔意绝不似谢，小谢之笔意绝不似大谢。初唐犹然，至王右丞而兼有华丽、雄壮、清适三种笔意。至老杜而各种笔意无不具备，大历十子笔意略同。元和以降，又各人各具一种笔意，昌黎则兼有清妙、雄伟、磊砢三种笔意。"（《石遗室诗话》卷十八）一个作家既有几种"笔意"，而况作家之多，因此学古是一件十分复杂的事情，后人往往以自己的爱好或者所缺，加以选择。同光体诗人同样有不同的选择，按选择的重点及地域，习惯上大致分成三派。一是闽派，"这一派以陈衍、郑孝胥、沈瑜庆、陈宝琛、林旭为首，最后有李宣龚诸人为殿。这一派的学古方向，溯源韩、孟，于宋人偏重于梅尧臣、王安石、陈师道、陈与义、姜夔，沈瑜庆则偏宗苏轼，陈衍又接近杨万里"（钱仲联《论"同光体"》）。一是江西派，"这一派大都是江西人，远承宋代的江西派而来，以黄庭坚为宗祖。其首领为陈三立。稍后一些有夏敬观，却不学黄庭坚而学梅尧臣。华焯、胡朝梁、王易、王浩诸人，都属三立一派。三立的儿子衡恪兄弟都能诗，但不是江西派诗"（同上）。一是浙派，以沈曾植为代表，沈的同派是袁昶，继承者是金蓉镜，都是浙西人，学谢灵运、韩愈、孟郊、黄庭坚（参见《论"同光体"》及钱仲联撰《中国大百科全书 中国文学》"同光体"条）。这三派外，"范当世学黄庭坚，陈曾寿学韩愈、李商隐、黄庭坚，俞明震学陈与义。不属于此三支，而一般也认为是"同光体"的诗人"（同上）。

而在同光体以外，年辈较高的学宋诗人还有翁同龢（1830—1904），字叔平，江苏常熟人，咸丰六年（1856）状元。曾是同治、光绪两帝师傅，官至户部尚书协办大学士。维新变法中，站在光绪一边。戊戌政变前夕，慈禧将其"开缺回籍"。政变后又下令"着革职，永不叙用，交地方官严加管束"。有《瓶庐诗稿》。陈衍称其诗"清隽无俗韵"（《近代诗钞》），钱仲联称其诗"以有关书画金石之作为最工，时抒悲愤"（《论近代诗四十家》），"七绝最妙，多托兴萧寥之作"（《梦苕庵诗话》）。"《出宿一舍回首黯然》（按，当为（《江行》）云：'风帆一片傍山行，滚滚长江泻不平。传语蛟龙莫作怪，老夫惯听怒涛声。'感群小之相厄，郁怒之声，如在纸上。《叠前韵题陈章侯博古碑刻本》（按，'碑'当作'牌'）云：'披发行吟楚大夫，不堪羸病恕狂奴。篋中图书捐都尽（按，'书'当作'画'），卖到长江万里图。'《题载文节画扇》（按，'载'当作'戴'）云：'愈涩愈生笔愈灵，当年妙语我曾聆。可怜十月江南景，一角残山分外青。'《题蒋文肃画花卉卷》云：'矮纸曾题字数行，旁人怪我语苍凉。湖山自是幽人福，漫与前贤并较量。'（注略）《临吴渔山真迹》云：'二百年来有后生，庙堂拜疏乞归耕。尖风凉雨秋如此，谁识挑灯作画情？'《临倪文正画》二绝句云：'要典焚残士路清，一篇党论太分明。相公煞费推挤力，破帽骑驴了此生。''逐客偏蒙诏语温，论兵筹饷已无门。萧寥数笔云林画，中有忧时血泪痕。'明担当和尚句云：'不待西风摇落尽，笔尖动处有秋声。'似为松禅咏。凄楚之音，不堪卒读。荆公、玉局，共怀抱于千载之上尔。"（同上）翁氏的作品，显示了道咸以来学宋诗人的又一种风格。

第二节　贯通三元求新雅：闽派诗人

闽派代表人物陈衍，生于1856年，比王闿运小二十三岁，死于1937年，已是抗战之初。字叔伊，号石遗，侯官人。光绪八年（1882）举人。戊戌变法时在京，作《戊戌变法榷议》十条，曰《议相篇》《议兵篇》《议卒篇》《议将篇》《议械篇》《议税篇》《议农篇》《议学篇》《议译篇》《议上书言事篇》，相当详细地阐述了自己的变法主张。变法失败后，应湖广总督张之洞之邀，前往武昌，任官报局总编纂。曾为张之洞财政出谋划策，有实效。后为学部主事，京师大学堂教习。清亡后，讲授南北各大学。最后寓居苏州，与章炳麟、金天翮共同创办国学会，任无锡国专教授。卒于乡。刊有《石遗室诗集》《石遗室文集》等。

陈衍少时读书极博杂，于文学，除唐宋诗文集外，还常"私看小说传奇"，曾戏作《水晶宫》《雁门关》两传奇（参见《石遗先生年谱》）。年长学富，除诗文集外，还著有《说文举例》八卷、《石遗室诗话》三十二卷、另有《续编》六卷、《辽诗纪事》十二卷、《金诗纪事》十六卷、《元诗纪事》二十四卷、《石遗室论文》五卷、《史汉文学研究法》一册、及《近代诗钞》二十四册等。尤喜说诗，上下古今，涉及极广，尤其是对同时代诗人也有相当广泛的评述，为后人研治清代诗歌提供了较丰富的资料。论诗大旨已见前述，具体的谈艺见解也极为丰富，对古今诗人的艺术分析有相当的启发作用。

陈衍本人正面持论比较通达，对历代著名诗人的褒贬相对来说并不偏执、溪刻。而他自己的爱好和师法当然并没有其所论那么广泛，他曾对人说："江右诗家，五十年来，惟吾友陈散原称雄海内，后生英俊，谬以余与海藏侪诸散原，方诸北宋苏、王、黄三家。以为海藏服膺荆公，遂以自命；双井为散原乡先哲，散原兀傲僻涩似之，皆成确证；因以坡公属余，余于诗不主张专学某家，于宋人固绝爱坡公七言各体，兴趣音节，无首不佳，五言则具体而已，向所不喜，双井、后山，尤所不喜，日本博士铃木虎雄特撰《诗说》一卷，专论余诗，以为专主张江西派，实大不然！余七古向鲜转韵，七律向不作拗体，皆大异山谷者，故时论不尽可凭。"（钱基博《现代中国文学史》引）可见苏轼、黄庭坚、陈师道诸家并非其刻意师法的对象。他虽未明言自己实际趋向所在，然就其诗歌风格而言，近于王安石、杨万里。他曾说："诗直不可为，为直不可工矣乎。"（《丁戊山馆未定稿叙》）又说："宋诗人工于七言绝句，而能不袭用唐人旧调者，以放翁、诚斋、后村为最。大略浅意深一层说，直意曲一层说，正意反一层、侧一层说。诚斋又能俗语说得雅，粗语说得细，盖从少陵、香山、玉川、皮、陆诸家中一部分脱化而出也。"（《石遗室诗话》卷十六）相当重视用笔的曲折，而陈衍从王安石、杨万里那里得到的也主要是用笔的曲折。

然而虽同擅曲折，陈诗与江湜的诗歌却并不一样，江诗善于白描，而陈衍却用典较多，有时还点缀以僻语。其诗如"名滩高下渐钩辀"（《将至水口山势其峭》），"钩辀"本指鹧鸪之声。李群玉诗云："正穿屈曲崎岖路，更听钩辀格磔声。"（《九子坡闻鹧鸪》）陈诗似檃栝李诗，转用"钩辀"一词来表现溪滩的曲折多变。而"骹骱村楼依树杪，躴躿岸影压孤舟"（同上）中的"骹骱""躴躿"两词，一意曲折，一意身长，皆极罕用之辞汇。再如"登顿已百步，尚未艮其背"（《同人泛湖至孤山》）中的"艮其背"语出《易经》，在诗中也鲜用。再如"风平帆张鲞"（《吴山晚眺》）之"鲞"，"緪如偪阳布忽悬"（《水帘洞歌》）之"偪阳布"等皆非习用之字面。然而陈衍也有以白话和新名词入诗的例子，如《壬戌冬月与宗孟会于京师属以白话诗成十八韵》《畏庐同年书来劝省食报以长句》《元旦见桃开效香山体》等皆是明白如口语的作品；而如《岁除诗二首一次梅泉韵一倒次梅泉韵》"懒把电光替灯火，照将须鬓倍如银"，《残腊偕子培过江宿苏戡铁路局楼上约暇时相督为律诗新正卧病连日读荆公诗仿其体寄苏戡》"与君隔水上高层，斜角相望认电灯"，《苦热》"电扇终嫌风力微，未能勉强着单衣"等，又以新事物、新名词入诗，由此亦可见同光体诗人亦非冥顽不化之辈。陈诗的句式比较流畅，时常以虚辞疏通气势。其诗如：

如此弦歌堪坐啸，翻然归去不斯须。(《江上望彭泽县》)

未知太华如何碧，想见洞庭无限秋。(《雨后同子培子封
对月怀苏戡兼寄琴南》)

未遭田父缘多病，屡简吴郎益近题。(《再答子培》)

久狎风涛轻险阻，惯凌冰雪踏纵横。(《夜过泰山下作》)

便教但作梅花看，破费天公已不赀。(《自浦口至京师
三千里大雪一色》)

故有以东坡论拟其诗者。这种表达方式其长在气势贯畅自如，其
短在影响诗句容量，利弊互见。而其章法运思颇能洄湾曲折，故能避
免坦直泄泻之弊。其诗如《江上望彭泽县》，前两联："一幅江城好画
图，江南江北古今无。青山奔赴来彭泽，湖水清泠接小孤。"从正面
渲染彭泽湖风光。颈联出句"如此弦歌堪坐啸"承上，对句却猛然一
转"翻然归去不斯须"，令人莫知思路所去。于是有尾联："南窗寄傲
平生志，未有田园可暂芜。"经过前面一跌，有力地强调了田园之志，
与题意相呼应，这比从正面直叙题旨要巧妙得多。再如《夜过泰山下
作》首联"天寒岁暮复长征，朋好依依惜此行"，写岁暮去家时的依
依惜别之情。颔联"久狎风涛轻险阻，惯凌冰雪踏纵横"，戛然一折，
斩断情丝。颈联叙写自己的经历，抒发遨游四方的豪情。这豪情理应
受到熟悉的山川盛情款待，然而，沧海桑田，眼前的一切却是那样的
陌生："济河淮海联新轨，江汉萦波厌旧程。"高振的情绪与陌生的现
实形成对照，诗思至此似乎是"旋旋洄湾似尽头"(《将至水口山势甚
峭》)，然而，诗人又出乎意料地巧驾诗舟"更向青山里处游"(同上)：
"惟有岱宗曾识我，炎凉不改送迎情。"经过颈联一顿，尾联显得特别
有力，突出了诗人见到泰山时的万千感受，融进了诗人对世态炎凉苦
涩的体味。

如果说上述两个例子是通过比较明显的章法转折来开掘诗意，那
么下面的例子却是不露形迹地让诗思盘旋于空中：

卅年不到国花堂，万事人间未足伤。

闻说杜秋垂老日，扫眉重换内家妆。（《极乐寺是二十九年前旧游海棠数十株大皆合抱今十无一二矣国花堂匾尚存》）

诗人完全是用反语寄托他的无限伤感。罗隐诗有"杜秋在时花解言，杜秋死后花更繁"句，即使是杜秋本人，于垂老之日尚换上了艳美的宫装。可是而今又是怎样的一种景象呢？诗人虽一字未言，但是强烈的情，深沉的意却在这空白之中荡漾开来，引起无限的伤感。再如：

昔者杜少陵，万卷读已破。

所以浣花溪，并无楼一个。（《题王石谷十万图册后十首·万卷书楼》）

闽有万松关，浙有万松岭。

岭上无一松，禅关足清景。（《题王石谷十万图册后十首·万松叠翠》）

两诗皆诙谐幽默。前一诗由"破"字着眼，生发诗意："万卷书楼"何在？——在少陵诗笔里。后一诗从"禅"字开掘："万松叠翠"何在？——在一片禅机里。

陈衍善用曲笔，造成诗意的回旋含蓄，对于表现对象的把握，不以缒幽凿险、雕肝镂肾见长，而以中距离的整体概括为主。其诗如：

晴湖青濛濛，澄江白晃晃。

烟开塔旋螺，风平帆张鲞。（《吴山晚眺》）

赭山不能云，逭暑苦无计。

夜谋月湖宿，晨鼓渡江枻。

有路入万荷，有台蠹水际。

稍觉窗棂间，新翠欲染袂。

晚来隔江雨，欲至旋开霁。

终分雨余气，烟水澹摇曳。

风萤升复沉，云月出还闭。（《沈乙庵招游月湖夜话达曙》）

昨闻东山下，寒色足泆溇。

千松聚一壑，中有一泉响。

稍为群赭山，一洗貌粗犷。（《冬述四首视子培》）

诗境并不新颖奇特，但"兴味高妙"。陈衍论诗曾有"四要三弊"之说："骨力坚苍为一要，兴味高妙为一要，才思横溢、句法超逸各为一要。然骨力坚苍其弊也窘，才思横溢其弊也滥，句法超逸其弊也轻与纤，惟济以兴味高妙则无弊。"（《石遗室诗话》卷二十三）可见"兴味高妙"乃是他所追求的一个重要目标。因追求"兴味"，故其造语也时有妙趣，即使如论诗之作，也并不枯燥乏味。如《审言见示论诗之作次韵奉答》：

文章变化无定形，夜行冥索天不醒。

可怜百眇引千瞽，下箸莫辨熟与腥。

载籍极博欠格致，空谈腔子常惺惺。

何尝昆仑遗星宿，未导岳渎泛沧溟。

散原蛟鼍跋巨浪，海藏玄鹤梳修翎。

闻风江表竞兴起，滕薛争长笋惊霆。

浔阳九派接江汉，注河八水首渭泾。

嗟余疏凿不自量，欲追禹迹穷桑经。

陶熔万卷入千首，写定忽忽侵颓龄。

要从残夜生海日，启明以后稀晨星。

多君谬瞻余马首，愿出兵甲农抽丁。

如荼如火赤白羽，胜看孔雀张围屏。

议评陈三立、郑孝胥及他本人在当日诗界的声望，生动诙谐，得意之情溢于言表。

陈衍也有一些诗设想颇新奇。其诗如：

> 此雨宜封万户侯，能将全暑一时收。
> 未知太华如何碧，想见洞庭无限秋。（《雨后同子培子封
> 对月怀苏戡兼寄琴南》）
> 中峰劈成青玉峡，见说白龙出其内。
> 我观是龙还是剑，雷焕张华昔所佩。
> 延津飞跃去何之，还过丰城艮其背。
> 尚余双鞘化双峰，夹峙香炉峭天外。（《雨后重过开先观
> 二瀑布》）

前一首不传雨之神形，却写雨之功，而想象超远。后一首也不写山水形态，而着眼于山水的精神气势：水如脱鞘之飞剑，峰犹出剑之神鞘，比喻独特，神彩四溢。然而在整体上，陈诗并不以新奇深刻取胜，也很少通过大胆奇幻的想象去开辟一个灵异缥缈、光怪陆离的世界，即使如较多采用喻拟手法的《水帘洞歌》，也并不神异。陈诗表现客观对象的变形幅度不大，然而也并不是纯客观的描写。诗人对于客观对象的描写叙述，以及对于主观情怀的抒发，或交替出现，或融为一体。诗思曲折含蓄，诗境超旷，而颇乏激楚苍凉，沉痛哀至之作。

在当时陈衍以说诗著称，而得大名。汪辟疆先生《光宣诗坛点将录》目之为"广大教主"，陈衍本人则隐然以陈三立、郑孝胥和他本人为同光诗坛鼎足而三的巨子。其实，在闽派之中，陈衍的实际创作成就，尚不能居首，郑孝胥和陈宝琛的成就，不在陈衍之下。而陈宝琛的成就又不在郑孝胥之下，钱仲联师《近百年诗坛点将录》认为："其诗在闽派中并不被推为首领，实则太夷、石遗诸家，皆不能驾其上也。"刘成禺《洪宪纪事诗本事簿注》至称："《光宣诗坛点将录》上散原而

次弢庵，似疑失置。"

陈宝琛生于 1848 年，比陈衍长八岁，死于 1935 年，比衍早逝二年。字伯潜，号弢庵，又号橘隐，福建闽县人。同治七年（1868）进士，光绪元年（1875）大考二等，记名遇缺题奏，回翔翰詹，光绪八年（1882）以侍讲学士简江西正考官，转侍读学士，就简江西学政。陈三立即是其所得士。翌年擢内阁学士，光绪十年（1884），中法衅起，与张佩纶、吴大澂同受命参军务。陈宝琛在朝时，与张佩纶、张之洞等以敢于言事著称，号为"清流"，陈与张佩纶尤为风厉。光绪六年（1880），慈禧侍奄李三顺一案，陈宝琛于西太后盛怒之下，抗疏力诤，稍杀奄竖之焰，尤为士林称誉。后因曾保荐唐炯、徐延旭而被贬，遂归居二十余年。宣统元年（1909）被征再起，授读毓庆宫，为溥仪师傅，官至弼德院顾问大臣。辛亥革命后，成遗老。一说当溥仪被挟至天津，欲去东北时，陈宝琛伏地陈七不可，痛哭而返，伪满洲国成立，屡征不出，饶有风节。有《沧趣楼诗集》行世。

陈宝琛虽能诗，而不以诗相标榜，论诗之言极少。其诗初学黄、陈，后喜王安石。陈衍曾说："弢庵意在学韩，实似荆公，于韩专学清隽一路。"（《知稼轩诗叙》）陈宝琛学王安石，能得其"深婉不迫之趣"。陈三立称宝琛诗"感物造端，蕴藉绵邈"（《沧趣楼诗集序》），汪辟疆亦谓"深醇简远，不务奇险而绝非庸音，不事生造而决无浅语，至于抚时感事，比物达情，神理自超，趣味弥永"（《光宣诗坛点将录》）。《沧趣楼诗集》造语自然隽永，属对流畅精严。其诗如：

此别岂徒吾辈事，即归能复曩时欢。
数声去雁霜将降，一片荒鸡月易残。（《七月廿五夜山中怀黄斋》）
梦中相见犹疑瘦，别后何时已有髭。（《黄斋以小像见贻题寄》）
断钟坠涧无寻处，佳月笼云恣赏难。（《十一月十四夜听

水斋同苏庵待月即送北行》)

　　国门一出成今日，泉路相思到此山。

　　月魄在天终不死，涧流赴海料无还。(《鼓山觅竹坡题句
不得怆然有赋》)

　　人世阴晴那可料，山门钟梵故依然。(《石鼓山中送瑞裕
如户部丰还京》)

　　诸如此类，皆一气贯注，妙手偶得，非刻意造对者可比。情景浑
成一片，尤善于以景写情，令人回味无穷。即使如长篇七古，也不好
大段铺张，而以夹景夹情、夹事夹意为主，融情景、事意为一体。其
诗如《次韵答俶玉》《次韵答几道即以赠别》《珍午和诗感及昔游因叠
前韵奉答》《幼点风雨中挐舟枉存见和前作并示去夏寄太夷词再叠以
答》等无不如此，而且用韵轻松贴切，游刃有余，功力极深。写景长
篇如《游方广岩》也以洗炼简远取胜，造语之精如"烟丝蠡屋动丹碧，
忽讶白点晴溅裾。穿松踏苔饱古绿，入门绕殿相惊呼"等皆深得王安
石炼字之法。而最能见陈诗之长的是寄思深远。作于光绪二十一年
（1895）的名篇《感春四首》以春事寄兴，寓喻时事。其一：

　　　一春谁道是芳时，未及飞红已暗悲。

　　　雨甚犹思吹笛验，风来始悔树幡迟。

　　　蜂衙撩乱声无准，鸟使逡巡事可知。

　　　输却玉尘三万斛，天公不语对枯棋。

　　春天本是万物欣欣向荣之日，然而，在这艰难的时世，却无一日
可展其眉。暴风骤雨摧花扫叶，令人生悲。虽欲吹笛止雨，然而事与
愿违，中日一战，一败涂地，最后被迫议和，受尽耻辱，赔款二百兆
以结。其二：

阿母欢娱众女狂，十年养就满庭芳。

那知绿怨红啼景，便在莺歌燕舞场。

处处凤楼劳剪彩，声声羯鼓促传觞。

可怜买尽西园醉，赢得嘉辰一断肠。

甲午海战之败，与慈禧太后挪用海军经费三千万两营造颐和园，致使军费欠缺，武备不振大有关系。该诗讽刺慈禧在颐和园中挥霍无度，纵情娱乐的丑行。最后一联以兵败断肠为慈禧六十嘉辰之祝，辛辣尖锐，殊无余地。后两首亦围绕战争以后的时局抒发感叹，诗情沉痛哀伤，而诗意却蕴藉含蓄。再如《大悲寺秋海棠》：

当年亦自惜秋光，今日来看信断肠。

涧谷一生稀见日，作花偏又值将霜。

此诗作于宣统二年（1910），此时诗人虽被重新起用，但清王朝已经奄奄一息，毫无希望。第一句明写秋日海棠自惜无多之时光，而暗寓诗人当年曾为已入残秋的清王朝尽过心力。第二句明写诗人重游故地，来赏又名"断肠花"的海棠，而双关朝政日非，真堪断肠。第三句明写海棠生长环境，而暗喻自己二十多年乡居鼓山听水斋，未得一睹天颜。最后一句又明写海棠花发之时，而暗寄自己虽被召用而已难补清室之衰运的感慨，无一句不扣题，又无一句黏于题。诗思深曲，寄情邈远。他如：

江心忆拜张都像，热泪如潮雨万丝。（《黄斋以小像见贻题寄》）

记取吴淞灯里别，不须寒雨忆洪塘。（《沪上与黄斋会话》）

颇闻休暇中，诗卷自料理。

思旧蒐遗文，无人会微旨。（《寓斋杂述》）

　　书壁会当思鲁直，裂麻竟不相延龄。

　　陔余未乏酬恩地，勤与乡邻讲《孝经》。(《送江杏村归养》)

　　不是侍中归五柞，柄臣学术有谁知。(《读汉书》)

　　谁分梨园烟散后，白头及见跳灵官。(《六月初一日漱芳斋听戏四首》)

　　委蜕大难求净土，伤心最是近高楼。(《次韵逊敏斋主人落花四首》)

　　平生相许后凋松，投老匡山第几峰。

　　见早至今思曲突，梦清特地省闻钟。(《散原少予五岁今年八十矣记其生日亦九月赋寄庐山》)

　　这些诗句皆用典切当，诗意深微，而思绪委婉不迫，却又感慨万端。真切地吐露了这位末代老臣复杂的心曲。在艺术上都有很高的造诣。与陈衍相比，陈宝琛更长于抒情寄兴、寓言时政，诗情也更为感伤沉郁，造语也尤为精严自然。

　　闽派的另一位巨子郑孝胥，生于苏州胥门，故以孝胥名。生于1865年，比陈衍小九岁，1938年毙于伪满洲国。字太夷，号苏戡，又号海藏。祖籍福建闽县。郑氏一生比较复杂，十八岁中解元。驰誉京国，为部郎。好新政，主立宪。尝保萨镇冰堪大用。后赴湖北，从张之洞游。曾渡日本，通立宪之政，归国后，又赴广西为边防督办。解职后，客于上海，与张謇等组建立宪公会。既而出任湖南布政使，辛亥革命后为遗臣。然当冯国璋奉清室之命攻打武汉三镇时，又曾致电海军将领萨镇冰，劝其毋以政治种族关系祸及人民，则有益于民国。后入商务印书馆，先后十余年，袁世凯屡征不出。而晚年竟效忠溥仪，经营伪满洲国，受庇于倭寇，进退失据，大节有亏。程康先生有诗讽曰："高名一代海藏楼，晚节千秋质九幽。片语救亡臣有策，终身为虏我何尤。宁将国命酬孤注，未必行藏不赘疣。谁识南台起长夜，陆沉久已志神州。"(《哀郑重九》)然"就诗论诗，自是光宣朝作手"(汪国垣《光宣诗坛点将录》）。

钱基博先生论其诗学而谓"三十以前专攻五古，规摹谢灵运而浸淫于柳宗元，又以孟郊琢洗之。沉挚之思，廉悍之笔，一时殆无与抗手。三十以后，乃肆力于七言，自谓为吴融、韩偓、唐彦谦、梅尧臣、王安石，而最喜王安石"（《现代中国文学史》）。而陈衍又比之以元好问，云："昔赵瓯北谓元遗山专以精思健笔，横绝一世，苏戡之精思健笔，直逼遗山。黄仲则诗云：'自嫌诗少幽并气，故作冰天跃马行。'苏戡少长都门，自具幽并之气。"（《近代诗钞》）郑诗与陈宝琛诗相比，思深是其所同，然笔墨尤洗炼入骨。其诗如：

> 天风海色飒成围，独倚三更万籁稀。
> 不觉肺肝生白露，空怜河汉失流晖。
> 东溟自窜谁还忆，北斗孤悬讵可依。
> 今夕太虚便相见，屋梁留照梦中归。（《望月怀沈子培》）
> 幽人独卧意殊适，江声入梦含苍茫。
> 惊回云气忽逼帐，雷奔电激还绕床。（《八月十一夜雷雨》）
> 平生纵眼殊有力，超海穿山随所击。
> 目光注射遂无坚，何物相遮笑墙壁。
> 去年连城千万峰，溃围为我皆辟易。
> ⋯⋯⋯⋯⋯
> 只今边帅用诗人，端遗书生来岸帻。
> 欲凭秀句洗瘴疠，复恃丰年抛剑戟。
> ⋯⋯⋯⋯⋯
> 沉吟远意当语谁，的的飞鸿黯将夕。（《题西厅新作二窗》）
> 水痕渐落露渔汀，秃柳枝疏也自青。
> 唤起吴兴张子野，共看山影压游萍。（《吴氏草堂》）

思致深入物表，勾摄神魄，而锻炼洗削之功极深，得力于谢灵运、孟郊、王安石三家。又善写重九登高诗，故雅号"郑重九"，其诗如：

> 新霁云归江浦暗，晓风浪入石头腥。
>
> 忍饥方朔非真隐，避地梁鸿自客星。（《九日独登清凉山》）
>
> 秋怀闭户兀嵯峨，都付登临眼底过。
>
> ……………
>
> 楼西地尽邻斜日，海上帆收展夕波。（《九日爱宕山登高同秋樵袖海》）
>
> 端居秋气最先感，起与虫鸟争号翔。
>
> ……………
>
> 登高聊欲去浊世，负手天际终旁皇。
>
> 空中鸟迹我今是，底用著句留苍苍。（《九日大阪登高》）
>
> 此州乃井底，无处见天日。
>
> 从隮万山巅，犹在千丈窟。
>
> 三秋不易过，业满当自脱。（《九日不出》）
>
> 国亡安用频伤世，病起犹思一仰天。
>
> 几换园林吾亦老，休谈人物梦何年。（《九日病愈出游》）
>
> 十年几见海扬尘，犹是登高北望人。
>
> 霜菊有情全性命，夜楼何地数星辰。
>
> 晚途莫问功名意，往事惟余梦寐亲。
>
> 枉被人称郑重九，更无豪语压悲辛。（《九日》）

登临感慨，诗意苍凉，眼底情景皆化作诗人主观意绪盘郁而出。然而又并非虚构的神幻世界，一切都是实闻实见，却又非尘垢包裹着的凡目所见，而是脱去凡表的心灵所见。精思隽骨，体会渊微，与明七子的"高调"迥然大异。又喜作夜起诗。诗人早眠早起，寒暑无间。《石遗示早睡早起二诗》云："寐叟深言夜坐非，石遗极道晓行奇。海藏夜夜楼头坐，却是晨钟欲动时。"早岁读书福州时亦有诗云："海日生未生，有人起长夜。"故又自题所居曰"夜起庵"，其诗如：

望前及望后，未晓见月落。

明镜斜入窗，可爱伴寂寞。

连宵光渐缩，半规尚抱魄。

一瘦成蛾眉，悄然傍帘幕。

吾斋不施灯，幽若在岩壑。

夜起定何心，无心亦无着。（《夜起庵杂诗》）

立于万物先，向明我得天。

衰残何足叹，暾日在窗前。（《夜起》）

沉吟送尽西窗月，回首东方白竟天。（《十六晓月》）

诗格亦如黎明前的清景一样幽邃，后两诗竟充满了对黎明的希望。当时的中国，正处在新时代黎明前最黑暗的时刻，郑孝胥自然不可能自觉意识到未来新中国的诞生，但他的夜起诗却仿佛是诗谶一般，隐含着一种预言未来的哲理。当然，这只能是后人的体会和领悟，是诗本身的历史效应。

比较而言，郑诗虽然比陈宝琛诗更洗炼隽深，但却不如陈诗真挚质实。林庚白评郑诗曾谓："如郑珍、江湜、范当世、郑孝胥、陈三立皆不尽雕琢，能屹然自成一家，固矣……而孝胥诗情感多虚伪，一以矜才使气震惊人。"（《丽白楼诗话》上编）当然，我们并不能认为郑诗因此就真全是虚伪的，我们应该看到诗人的复杂性和矛盾性。《海藏楼诗集》中有一些诗的情意和他的行为有所不合，有许多诗真挚感不强，但应该承认郑诗基本上真实地表现了他的曲折矛盾的心情，从中我们可以看到封建末世士大夫灵魂的一个侧面。

第三节　山谷神传，西江杰异：陈三立诗

江西派以陈三立为"都头领"，其余诸家皆非其敌手，故并不能

形成类似闽派群雄鼎峙的局面。

陈三立生于 1852 年，比陈衍长四岁。1937 年抗战爆发，陈衍死于南，而陈三立则在沦陷的北平绝食而死，表现出了崇高的民族气节。三立字伯严，号散原。江西义宁人。光绪十五年（1889）进士。官吏部主事。后以浮沉郎署，难有展布，遂翕然引去，侍父陈宝箴任所。光绪二十一年（1895），康有为等在上海筹立强学会，陈三立亦列名会籍。此年陈宝箴在湖南创办新政，提倡新学。三立佐其父，奔走于幕后。黄遵宪摆脱江宁洋务局之事赴湘，即应三立之约。梁启超主持时务学堂亦为三立所荐。诸君"皆以变法开新治为己任"（《先府君行状》），为湖南新政的施行作出了重要贡献。戊戌变法失败，陈三立以"招引奸邪"罪，与其父同被革职。三立七十寿辰时，康有为祝诗有"戊戌党人存几辈，月泉吟社祝良辰"的慨叹。逝世后，胡小石作挽诗三首，其一曰："绝代贤公子，经天老客星。毁家缘变法，阅世凤遗型。沧海吞孤愤，讴歌役万灵。纤儿那解事，唐宋榜零丁。"并不仅以诗论定陈三立，颇有具眼。革职后，陈三立飘游南北。光绪三十年（1904），诏戊戌以党案获咎者，除康梁外，悉予开复原衔。有荐起用陈三立者，坚谢之。其诗云"凭栏一片风云气，来作神州袖手人"（《高观亭春望》），反语中隐藏着深沉的悲慨和失望。夏敬观有诗云："雨余钟鼓过秋陂，袖手凭楼晚更悲。"（《怀陈伯严》）颇能体现陈三立被贬以后的情怀。清亡后，三立以遗老自隐，然亦曾与革命党人李烈钧等往还，赠与诗篇。对西方新文化的输入亦持赞赏态度。他曾在《读侯官严复氏所译英儒穆勒约翰群己权界论偶题》中说："卓彼穆勒说，倾海挈众派。砭懦而发蒙，为我斧天械。又无过物忧，绳矩极显戒。萌芽新道德，取足持善败。"《题张季直荷锄小照》一诗则表现了他对社会主义学说的理解："许行学派开天下，振古无人识绪余。独契微言张季子，升平持世一耰锄。"严复逝世，陈三立作诗挽悼云："埋忧分卧蛟蛇窟，移照曾开蠛蠓天。众噪飞扬成自废，后生沆被定谁贤？"高度评价了严复介绍西方新文化的启蒙伟绩。这些都表明陈三立与顽固不化的封建士大夫并不相同。陈三立以遗老终身，这是历史的局限。中国士大夫自古以来就有不仕二朝的气节观念，这种观念像一条无形的绳索束缚了多少士大夫的手脚。陈氏父子曾受清室之禄，虽遭严谴，但不足以改变其食禄清室的历史，因此三立之以遗老终身是完全可以理解的。"父子俱逐臣，胸腹藏隐痛。怀忠默不襮，郁郁常内讼。"（夏敬观《题陈散原遗墨后》）这就是陈三立这样一个前清遗老痛苦矛盾的内心世界。有《散原精舍诗集》《续集》《别集》《散原精舍文集》遗世。

陈三立正面的论诗之语极少，沈曾植为他的七十寿辰赋诗有句云："诗句流传十洲遍，文心不立一言云。"然而可以从他间接的诗学批评中来了解他的基本观点。陈三立曾在《顾印伯诗集序》中称赞顾诗"务约旨敛气，洗汰常语，一归于新隽密栗，综贯故实，色采丰缛，中藏余味，孤韵别成其体，诚有如退之所谓能自树立不因循者也"。肯定了独创的精神。又说："自周汉以来，积数千余岁之诗人，固应风尚有推移，门户有同异，轻重爱憎互为循环，莫可究极。然尝以谓凡托命于文字，其中必有不死之处，则虽历万变、万哄、万劫，终亦莫得而死之，而有幸有不幸之说不与焉。"也就是要有独到的真诣，非剽窃附响者之肤廓浮华。正因此，他也高度赞赏黄遵宪的"新派诗"，而谓："驰域外之观，写心上之语，才思横轶，风格浑转，出其余技，乃近大家，此之谓天下健者。"（《人境庐诗草跋》）并不以自己的艺术趣味作褒贬的准则。同时，陈三立与陈衍等一样，也肯定"愤悱"之音。他在《梁节庵诗序》中说："天下之变盖已纷然杂出矣！学术之升降，政法之隆污，君子小人之消长，人心风俗之否泰，夷狄寇盗之旁伺而窃发，梁子日积其所感所营未能忘于心……所以发情思、荡魂梦，益与为无穷。梁子之不能已于诗，傥以是与，傥以是与！虽然，梁子之诗既工矣，愤悱之情，噍杀之音，亦颇时时呈露，而不复自遏。吾不敢谓梁子已能平其心，一比于纯德。要梁子志极于天壤，谊关于国故，掬肝沥血，抗言永叹，不屑苟私其躬，用一己之得失进退为忻慽，此则梁子昭昭之孤心，即以极诸天下后世而犹许者也。"且不管梁鼎芬是否能当得起这番评论，但从中却可见陈三立对感慨时世之作的态度，因此其咏陶渊明亦谓："此士不在世，饮酒竟谁省。想见咏荆轲，了了漉巾影。"（《漫题豫章四贤像拓本·陶渊明》）与屈大均，龚自珍本于同一精神。陈三立虽然息影于政治舞台，然而却并没有忘怀时世，他的许多作品不只是表现了个人的痛苦，而且还反映了他对时世的忧伤。"百忧千哀在家国，激荡骚雅思荒淫。"（《上元夜次申招坐小艇泛秦淮观游》）即是他的自喻。"如《书感》《孟乐大令出示纪愤旧句和答二首》《人日》《次韵和义门感近闻》《十月十四日夜饮秦淮酒楼》《江行杂感五首》之三之四等诗，是对庚子国难忧愤心情的抒发；《园馆夜集闻俄罗斯日本战事甚亟感赋用前韵》《小除后二日闻俄日海战已成作》《短歌寄杨叔玫时杨为江西巡抚令入红十字会观日俄战局》，是关于日俄在中国国土上进行战争的愤怒的控诉，后一首更称奇作；而《留别墅遣怀》则是反映了北洋军阀军队攻入南京后人民遭殃的现实。其他如'露筋祠畔千帆尽,税到江头鸥鹭无'（《寄调伯戣高邮榷舍》),'更堪玉笛关山上，照尽飘零处处鸿'（《十六夜水轩看月》）等关心人民苦难的诗句，在集中也常接触到。""如《挽周伯晋编修》《晓抵九江作》《哭季廉》《病起玩月园亭感赋》《遣怀》《伤邹沉驷》等反映了旧时知识分子的坎坷不幸遭遇和作者沉郁的诗情……《感春五首》论学谈政；《除夕被酒奋笔写所感》揭清王朝限权立宪的欺骗性。"（钱仲联撰《中国大百科全书　中国文学》"陈三立"条）这些都表明陈诗具有充实的内容，并非只是玩弄文字技巧的"形式主义"作品。

在诗歌艺术上，陈三立主张以人工造天巧，其论山谷诗曰："镵刻造化手，初不用意为。"（《漫题豫章四贤像拓本·黄山谷》）又说："我诵涪翁诗，奥莹出妩媚。冥搜贯万象，往往天机备。世儒苦涩硬，了未省初意。粗迹持毛皮，后生渺津逮。"（《为濮青士观察丈题山谷老人尺牍卷子》）能透过山谷诗涩硬的外表而看到它的自然妩媚。同时还继承了曾国藩的观点，认为黄庭坚诗能学李商隐，"奥缓生光莹"。他在《六月十二日山谷生日乙庵作社集于泊园观宋刻任天社山谷内集诗解用集中观刘永年团练画角鹰韵》诗中也曾明确指出，黄庭坚"咀含玉溪蜕杜甫"。这是桐城派的基本看法，体现了陈三立与桐城派的相通之处。陈三立作诗，借径于魏晋六朝而至黄庭坚，致力于黄庭坚尤深。陈锐评其诗云："气骨本来参魏晋，灵魂时一造黄陈。"（《题伯严近集》）陈衍亦谓其诗"与其乡高伯足（心夔）极相似"。自称"从翁学诗二十年"（夏敬观《寿散原先生七十生日》）的夏敬观则谓："南皮昔论诗，譬君高陶堂。㧰庵荐君者，或譬苏门黄。二君皆学人，岂不谙文章。戏语诚可味，毁誉两无伤。君诗正面兵，旗鼓谁相当。我善太夷言，直取甘苦尝。"（《题陈散原遗墨后》）并不以比附为满足。而以高心夔相比拟的则不仅是陈衍，还有张之洞。陈曾久居张幕，看来这是他们一致的意见。

　　当然，陈三立的诗歌创作已自成一家，非黄庭坚所能限制，尤非高诗所能掩盖，但他们在精神上有相通之处。陈三立作诗善于雕炼辞语，尽量刊删一切可有可无的浮言凡语，选用新鲜而富有概括力和表现力的辞语和典故。其诗如：

> 昨夜孤篷微雨寒，窥人今肯近阑干。（《十六夜水轩看月》）
>
> 江湖意绪兼衰病，墙壁公卿问死生。（《人日》）
>
> 藏舟夜半负之去，摇兀江湖便可怜。
>
> 合眼风涛移枕上，抚膺家国逼灯前。（《晓抵九江作》）
>
> 窥襟了了半池水，挂鬓腾腾一角霞。
>
> 久客情怀依破甑，新年云物入悲笳。（《正月十九日园望》）
>
> 海涎千斛鼋龙活，血浴日月迷处所。
>
> 吁嗟手执观战旗，红十字会乃虿汝。（《短歌寄杨叔玖时杨为江西巡抚令入红十字会观日俄战局》）
>
> 庐峰长影插江流，涛白烟青咳唾秋。（《由九江之武昌夜半羁邮亭待船不至》）
>
> 谁听马肝终不食，尚余鸡肋欲论功。（《雪夜感述》）

诸如此类，在《散原精舍诗集》中是比较普通的例子。诗中"窥人""墙壁公卿""藏舟""窥襟""挂鬓""依破甑""虮汝""咳唾""马肝""鸡肋"等典故和辞汇的运用都富有新意，而且形象鲜明，富有概括力。在造句方面，诗人常采用倒置手法来强调和突出重要的关键的句子成分，强化诗意。其诗如：

孤篷寒上月，微浪稳移星。

灯火喧渔港，沧桑换独醒。（《夜舟泊吴城》）

高枝嗫鹊语，欹石活蜗涎。

冻压千街静，愁明万象前。（《园居看微雪》）

支离皮骨残宵见，生死亲朋一念收。（《由九江之武昌夜半羁邮亭待船不至》）

际天草树飞光影，冲潦牛驴入画图。（《北极阁访悟阳道长》）

万里书疑随雁鹜，几年梦欲饱蛟鼍。（《黄公度京卿由海南人境庐寄书并附近诗感赋》）

皆通过程度不同的倒置，造成新颖的艺术效果。当然如不解此妙，也会引起误会。如陈三立从张之洞游南京燕子矶，作《九日从抱冰宫保至洪山宝通寺饯送梁节庵兵备》诗，有句云："飘髯自冷山川气，伤足宁为却曲吟。作健逢辰领元老，下窥城郭万鸦沉。"张之洞哂曰："元老那能见领于人。"可谓文坛佳话。高心夔诗也好作倒置，成句拗折，陈三立亦有近似者，故有人相比附。不过这些方面并非陈诗的主要特征，而是较次要的方面。陈诗与高诗相比，造句构章更富有跳跃性，意象与意象之间组接突兀，内在联系深隐，非一目可以了然。其诗如：

宝书百国斛孤抱，冷月千江寄此身。

明灭鲸鲵横马尾，海涛点鬓漫沾巾。（《赠别梅庵经苏浙

入闽》)

　　卅年涕笑挑灯尽，百里风涛中酒初。(《喜芰老自丰城至
次见赠韵》)

　　蚁穴河山他日泪，龙楼钟鼓在天灵。(《孟乐大令出示纪
愤旧句和答二首》)

　　吹叶可知风振海，醉花新有月生衣。(《东城驰道晚眺遣
怀》)

　　一片匡庐挥不去，来扶残梦卧云烟。(《发九江车行望庐
山》)

　　留咏荆轲一楼影，哀迎终古海涛声。(《哭沈乙庵翁》)

　　诗情诗意皆不显露于物象的表面，需要透进一层方能发掘出内在
的蕴藏，找到意象与意象之间的联系。而且在章法上也以泠然空中，
潜气内转见长。如《次韵答王义门内翰枉赠一首》，起四句表明自己"已
将世变付烟云"，下接"后生学徒谁导之？古有明训论何说"，从字面
上看不出转折痕迹，显得突兀，其实诗意贯通，针对自己的退隐而发。
下接"翻恐面墙堕尘垢，如鸟着笼骥受鞿"，又似自天而降，诗人反
用《书·周官》之典，表明了自己的担忧，虽有明训说论在，然而，
如若学不得宜，岂不要误入歧途，使自己的天机灵性受到束缚。因而
下面又有"要知天机灿宇宙，海底星辰搜一网"的发挥。如此在空中
转来曲去，将诗意不断展开，而表面却不落痕迹，诗句简约含蓄，开
拓了广阔的再造空间。再如《得熊季廉海上寄书言俄约警报用前韵》：

　　满纸如闻呜咽辞，看看无语坐衔悲。
　　黄云大海初来梦，白月高天自写诗。
　　已向蒿莱成后死，拼供刀俎尚逃谁。
　　痴儿只有伤春泪，日洒瀛寰十二时。

　　一、二联看似并不相干，而其实不过是省去了一些过渡的词语。如电影蒙太奇中的"化"改成了"切"。也就是说，（读了熊季廉的信），我仿佛看到了战云翻腾的场面，（即使无人作诗），这战乱的时代本身就是一首悲壮的诗。第三联又从世乱转为对满腔激愤悲慨的抒发。再如《过黄州因忆癸巳岁与杨叔乔屠敬山汪穰卿社耆同游》：

> 提携数子经行处，绝好西山对雪堂。
> 胜地空怜纵歌咏，诸峰犹自作光芒。
> 黾勉夜立邀人语，城郭灯疏隔雨望。
> 头白重来问兴废，江声绕尽九回肠。

　　首联倒叙当年之游览，第三句承上启下，转入眼前，诗意也是凭空而渡。过去的一切已成为美好的回忆，（然而这回忆又会引起多少感慨和惆怅）但是，这眼前无情的山川却偏偏像往昔一样光彩动人。（又怎能不勾起回忆和心酸呢！）第三联又转写荒凉景象，烘托心绪。尾联拓展到对时世苍桑的感慨，最后一句情景融成一气，人和物互相交流呼应，酸楚无穷。陈诗不仅浓缩、凝炼，具有很强的空间跳跃性，而且观察细致入微，表现深刻入骨。其诗如"聊信风痕飘独梦，不成雪意放微晴"（《吴城作》），不是"劲风""疾风"，而是风之"痕"，可谓细微之极。再如"高枝噤鹊语，欹石活蜗涎"（《园居看微雪》），诗人不是一般地只感受到微雪轻盈飘落，而是深入地观察到雪落石上倏忽即化，旋积旋灭的变化状态，独特地联想到蜗涎的流动，比喻新奇而深刻。再如"暗灯摇鼠鬣，疏雨合虫声"（《枕上》），鼠本细物，而诗人之诗眼尤细，竟捕捉到昏黄飘忽的灯光之下鼠鬣的晃动，从而从侧面有力地强化了环境的冷寂和诗人心境的孤独凄凉。再如《十一月十四夜发南昌月江舟行》：

> 露气如微虫，波势如卧牛。

明月如茧素，裹我江上舟。

喻体如"微虫""卧牛""茧素"，皆人所习见，但一旦与"露气""波势""明月"这些本体相联系便产生了前所未有的趣味盎然的诗境。月夜的宁静和景色的微妙，纤毫毕现，如可俯掬。当然诗人创造的诗境总的来说是苍凉排奡的，与竟陵派的深幽孤峭、凄声寒魄不同。其诗如：

别来岁月风云改，白日雷霆晦光彩。

乖龙掉尾扫九州，掷取桑田换沧海。

崎岖九死复相见，惊看各扪头颅在。

旋出涕泪说家国，倔强世间欲何待？

江南九月秋草枯，饭了携君莫愁湖。

烟沙漠漠城西隅，巨浸汗漫没菰芦。

颓墙坏屋挂朽株，飘然艇子浮银盂，兀坐天地吟老夫。

（《与纯常相见之明日遂偕寻莫愁湖至则楼馆荡没巨浸中仅存败屋数椽而已怅然有作》）

涛澜翻星芒，龙鱼戛然警。

峨艑掀天飙，万怪伺俄顷。

中宵灯火辉，有涕如縻绠。

胶漆平生心，撼碎那复整。（《江行杂感五首》其一）

泛滥百郡国，鼋鼍撞天浮。

席卷其井闾，茕弱葬洪流。

牛犬枕藉下，骸骼撑不收。

至今寒潦清，呫呻散汀洲。

司牧颇仰屋，四出烦追搜。

取以实强邻，金缯结绸缪。

天王狩安归，谁复为汝忧！（《江行杂感五首》其四）

兵燹灾荒，外族凌夷，民不聊生，而统治者却搜括民膏，卖国求荣，怎不叫诗人悲愤填膺！

> 咄嗟渤海战，楼橹涌山岳。
> 长鲸掉巨蛟，咋死落牙角。
> 腾挟三岛锐，其势疾飞雹。
> 立国何小大，呼吸见强弱。
> 稍震邦人魂，酣梦徐徐觉。
> ⋯⋯⋯⋯
> 奋起刀俎间，大勇藏民瘼。
> 兹事动鬼神，跃与泪血薄。
> 一士沧瀛归，苍黄发装橐。
> 携取太和魂，佐以万金药。
> 曰举国皆兵，曰无人不学。（《感春五首》其四）

甲午一败，震醒国人，诗人志欲吸取日本变法维新的精神，振兴民族，在当时称得上是"先进的中国人"之一。这些诗作不仅有充实的思想内容，而且境界奇崛雄肆，继承了杜韩苏黄的精神。即使如山水之篇也非持扯山谷皮毛者能有，如《江上望九华》：

> 挂眼九华峰，云气幻殊状。
> 朵朵金芙蓉，缨旒四飘飏。
> 传有铁色虬，月宵间引吭。
> 沫吐雾雨昏，榜人迷所向。
> ⋯⋯⋯⋯
> 仙人鸾鹤背，下视费裁量。
> 罪减食月蟇，系取纳瓮盎。
> 然否姑置之，襟趣不相妨。

吹晴落青苍，天风为振荡。

桃核恣戏掷，倒彩定织浪。

手杯酌芳沥，卧游已神王。

何当摩其颠，一播荆国唱。

神思飞越，豪情流溢，显示了诗人风格的又一面，杨声昭称其古体"工组织，富词采，似从汉赋得来，与世之以俭腹学西江者迥异"（《读散原诗漫记》），颇能说明陈诗艺术特征的一个方面。

在总体上，陈诗偏重于主观的抒情写意，诗人的最终目标并不是为了创造一种浑然天成的"绘画"境界。由于陈诗好用典故，又相当洗炼，所以意象与意象之间的联系往往并不露于字面，而且还具有相当的跳跃性，有时并不容易交织成一幅宛然目前的画面。如《书感》，忽八骏西游，忽关河中断，忽晁错，忽郭隗，忽芽蘗蒿莱，忽飘零旧燕，诸多表面杂乱的意象，虽不能产生一种浑然一体的画境，但却曲折地传达了作者希望执政改弦更张，振兴家国的思想和感慨。他如《次韵答王义门》《江行杂感》《园馆夜集闻俄罗斯日本战事甚亟》《闻熊季廉于江西乡试榜列第一因赋》《感春》等都有类似的特点。当然这也并不意味着陈诗要全然摆脱画境。事实上，《散原精舍诗集》中有一部分诗，还是有比较完整的画境的。如《十六夜水轩看月》《晓抵九江作》《正月十九日园望》《吴城作》《江上杂诗》等，在景物描写之中，饱含着诗人主观的情意。

当然，这种借景抒情，移情入景的方法是我国古典诗歌的传统方法，并非陈三立所独擅。但陈三立在运用这种方法的时候，相当纯熟，又洗炼入骨。诗人真切而强烈的悲慨苍凉的感受，并非喷薄而出，而往往是含而不露，引而不发，把高度聚积而强化的情势凝结成相对间接的意象系列，由读者的理解力，感悟力去穿透引爆。如《人日》：

寻常节物已心惊，渐乱春愁不可名。

煮茗焚香数人日，断笳哀角满江城。

江湖意绪兼衰病，墙壁公卿问死生。

倦触屏风梦乡国，逢迎千里鹧鸪声。

　　首联用递进法，强调了人日对人心特别强烈的触动。第三句不写今日人日的万千愁绪，反以闲适的笔墨写人日本应有的情景。第四句又猛然一转，描写如今人日的悲凉景象，与三句形成强烈对照，从而强化了首联引发的愁绪。第三联由外及内，叙写自己的处境和内心的痛苦。尾联又递进一层，诉说自己衰病潦倒，失意落魄，甚至连思乡之梦，也为"行不得也"的鹧鸪之声所阻而难返故乡。诗人内心满腔哀愤，经过曲折延宕，愈聚愈浓，到最后也并没有直言抒发出来，而是化作尾联意蕴充溢的形象，让人在鹧鸪声中释放聚积在诗中的全部情感，显得特别深沉。

　　《散原精舍诗集》中也有白描客观对象的诗篇。如：

钟山亲我颜，郁怒如不平。

青溪绕我足，犹作呜咽声。

前年恣杀戮，尸横山下城。

妇孺蹈藉死，填委溪水盈。

谁云风景佳，惨澹弄阴晴。

檐底半亩园，界画同棋枰。

指点女墙角，邻子戕骄兵。

买菜忤一语，白刃耀柴荆。

侧踞素发母，挈婴哀哭并。

叱咤卒不顾，土赤血崩倾。

夜楼或来看，月黑燐荧荧。（《由沪还金陵散原别墅杂诗》）

麦屑香浮野菊根，分羹擎钵倚篱门。

为言乱后头条巷，淘米人家一二存。（《步门前菜圃看晚

食于露地者》）

　　　衰鬓迎残照，听虫废垒间。

　　　苇根埋碎弹，人气冷秋山。

　　　野哭孤云驻，钟声一杖还。

　　　寻僧来往径，谁及半山间。（《步郊外山脚》）

　　诗人采用文从字顺的笔墨，深刻地记录了时代的浩劫，体现了诗人艺术风格的又一面。宁乡程颂万有五言长古评赞陈三立，极工切，有句云：

　　　万物并尔假，惟诗造元真。

　　　当其渺而冥，倏忽渊且沦。

　　　如电迸树出，如雷隐山嶙。

　　　如大呼陷阵，如狂啸堕巾。

　　　如两三重花，如千亿万身。

　　　撼之为长城，攻之为奇军。

　　　天骨既老硬，无皮肤可皲。

　　　物情尽钩剔，无幽怪可扪。

　　　尺幅不裁缩，千里犹奔浑。

　　　人锲古人旧，诗轶古人新。

　　　散原胡构此，坐昔党锢论。

　　　心灵日灌辟，包唐宋明元。

　　　身命勇一掷，治诗专策勋。

　　　突出江右豪，荆涪抗其传。（《五言散文八十韵寄陈伯严》）

　　陈三立不愧是同光诗坛之杰出者。

第四节 冲破"三关"自有"解脱月"：浙派诗人

浙派首领沈曾植，曾被陈衍誉为"同光体之魁杰"，但沈曾植的诗学主张和诗歌风格与陈衍颇有异同。陈融论沈诗曾谓："可怪同光诗体称，宝虽珍贵器难名。眼中屑构空中语，功力平参学力精。"（《读晚清人诗集分赋》）沈诗风格独特，为前所未有，令人难以名状，造"学人之诗"之极。

沈曾植生于1850年，比陈衍长六岁，死于1922年，已是辛亥革命后十一年。字子培，号乙庵，晚号寐叟。浙江嘉兴人。光绪六年（1880）进士。官至安徽布政使，护理安徽巡抚。沈曾植八岁丧父，家境特艰。而刻苦好学，及长遂通汉、宋儒学，及文字音韵。后治刑律、辽金元史、西北南洋地理，对佛学也有精深的研究，于元史、蒙古史尤有创获。著有《蒙古源流笺证》八卷，《元秘史笺注》十八卷，是晚清著名的学者。胡先骕尊之为"同光朝第一大师"，而"章太炎、康长素、孙仲容、刘左庵、王静庵诸先生，未之或先也"（《海日楼诗集跋》）。有《海日楼诗集》《海日楼文集》行世。

沈曾植早年即主张学习西欧，光绪十四年（1888）康有为"上书请变法，朝野大哗，将逮捕，曾植力诤其括囊自晦得全"（汤志钧《戊戌变法人物传稿·沈曾植》）。曾植逝，康有为曾有诗挽曰："戊子初上书，变法树齿牙。先生助相之，举国大惊哗。恂传下刑部，纷来求衅瑕。君力劝括囊，金石穷幽遐。"即记当年之事。甲午秋，又助康有为发起强学会于京师，"有正董之名"。然沈曾植"实主和缓行之，不惬于康梁之激进"（同上）。光绪二十四年（1898）春，应湖广总督张之洞聘，主武昌两湖书院史席。戊戌政变，幸免于祸。宣统二年（1910），辞官归里。辛亥革命后成遗老，袁世凯每欲罗致，皆辞却之。然曾被迫参与张勋复辟之役。

沈曾植论诗提倡"三关"说。在《与金潜庐太守论诗书》中曾说："吾尝谓诗有元祐、元和、元嘉三关。公于前二关均已通过，但着意通第三关，自有解脱月在。元嘉关如何通法？但将右军《兰亭诗》与康乐山水诗打拼一气读。刘彦和言：'庄老告退而山水方滋。'意存轩轾，此二语便堕齐梁人身份。须知以来书意、笔、色三语判之，山水即是色，庄老即是意。色即是境，意即是智。色即是事，意即是理，笔则空、假、中三谛之中，亦即遍计、依他、圆成三性之圆成实性也……记癸丑年同人修禊赋诗，鄙出五古一章，樊山五体投地，谓此真晋宋诗，湘绮毕生何曾梦见。虽谬赞，却惬鄙怀。其实只用《皇疏》'川上'章义，引而申之。湘绮虽语妙天下，湘中选体，镂金错采，玄理固无人能会得些子也……在今日学人当寻杜韩树骨之本，当尽心于康乐、光禄二家（自注：所谓字重光坚者）。康乐善用《易》，光禄长于《诗》（自注：兼经纬）。经训蓄奓，才大者尽容耨获。韩子因文见道，诗独不可为见道因乎（自注：欧公文有得于诗）？鄙诗蚤涉义山、介甫、山谷，以及韩门，终不免流连感怅。"这番议论比较集中地表现了沈氏的诗学主张，有以下几点值得注意。一、要求上溯元嘉，不同于陈衍止于开元，而与方东树及汉魏六朝派有共通之处。二、学习元嘉，不仅仅是要吸取语言表达方面的技巧，而且还要融玄学、经学、理学入诗，因诗见道。因此，沈曾植曾对学生蒯寿枢说："俟盖棺后，子为我序之。吾诗即语录，序必记此言也。"（蒯寿枢《海日楼诗集叙》引）可见沈氏自己所造，明显与王闿运为首的汉魏六朝派不同，故沈氏并不把究心于魏晋之表的王闿运放在眼里。三、强调"境""事"与"智""理"的统一，强调理性的感性显现。四、表明自己早年学诗取径，曾致力于李商隐、王安石、黄庭坚、韩愈诸家，而最后又上溯谢灵运、颜延之。

　　在创作实践中，沈氏以其渊博的学问为基础，磅礴而出，"凡稗编脞录，书评画鉴，下及四裔之书，三洞之笈，神经怪牒，纷纶在手，而一用以资为诗……其蓄之也厚，故其出之也富"（张尔田《海日楼诗注序》）。其诗艰深奇奥，力避平庸，"以意为轵而以辞为辖"（张尔田《寐叟乙卯稿后序》），颇难理解。然于"聱牙钩棘中，时复清言见骨，诉真宰，荡精灵"（陈衍《沈乙庵诗序》）。沈氏造语不仅大量选用佛典、僻典，而且特别洗炼，语辞容量极大，往往具有独立自足的概括力和表现力。其诗如：

> 日入烛代明，轩窗吠琉璃。(《日入》)
> 夜花收露静，深树闪星明。(《初十夜月》)
> 春远浮花下，宵明照月孤。(《发汉口》)
> 波光潜内景，林气蒸元霄。(《石钦证刚诗咏斐疊读之有
> 见猎之喜晨兴忍寒复得古体五首》)
> 露砌清残暑，盆池晕细花。(《七月晦日俗称地藏生日》)
> 圣因寺古佛无语，一杵残钟摇夕阳。(《乙卯五月重至西
> 湖口号》)

诗中动词谓语，或因用典，或因雕炼，而与惯常用法有异，主谓、动宾之间的关系也显得不同寻常。由于动词谓语非主语，或宾语固有的搭配，所以主谓、动宾关系往往不是直接的，需要通过想象、联想的转换才能实现语法逻辑。这样作为动词谓语的语辞，其实常常是需要想象、联想去补充的诗意的浓缩，因而容量很大。而诗句因此也高度洗炼，造语也生崭新颖，然而有时也会影响诗句的清晰度，造成理解的困难。另一方面，沈曾植与陈三立一样，也喜好采用倒装句式，突出和强调重要成份。其诗如：

> 稽山未许归狂客，稷下新闻迓老师。(《问爱伯疾》)
> 虚室夜生白，千岩静天光。(《题唐子畏雪景》)
> 风云塞上遥相接，鼓角军前惜未忘。(《入城》)
> 麻衣我断蜉蝣世，醮瓮君为果蠃师。(《长素海外寄诗次
> 韵答之》)
> 浩劫微生聚散看，空江老眼对辛酸。(《石遗书来却寄》)
> 瓶钵老依僧计腊，轩窗晴喜日随人。(《庭前碧桃花》)

　　句式的倒置错位,不仅能使诗意拗曲,而且,由于结构的变换,有时还能生发出一些新鲜的意味。

　　然而,这一切都必须本于诗人深刻的感悟才有价值。沈曾植对"色意"的表现,并不满足于表面的"拍摄",而常常能透进数层,深入到"色意"的精髓,其诗如:

　　　心光脉脉穿千古,履迹冥冥混众流。(《和爽秋将泛潞河留别诗》)

　　　宁知天地闭,肝膈森清凉。(《题唐子畏雪景》)

　　　海王村里杨风子,电眼人间三十年。(《书扇赠杨惺吾》)

　　　秋心总在无人处,坐看凫翁没野塘。

　　……………

　　　至竟海门原咫尺,浪花何事白人头。(《道中杂题》)

　　　背舍有暗虚,众芳敛暝姿。

　　　微风定香过,未见心自知。(《日入》)

　　　清风北陆来,吹我梧上月。

　　　石台倚倒影,零露在衣发。(《月夕寄五弟》)

　　　尽作朱看无碧处,偶然水静见枝斜。

　　……………

　　　不从月地矜奇夜,自向霜余得冶思。

　　……………

　　　余妍竟作千红秀,先醒难留一染身。(《红梅》)

　　　舶郎人喧伧楚语,水宿月上于湖山。(《发京口至芜湖》)

　　　江流不隔中原望,塔影难回万劫春。(《湖楼公宴奉呈湘绮》)

　　　雨后百科争夏大,风前一叶警秋蘦。

　　　五更残月难留影,起看苍龙大角星。(《阁夜示证刚》)

　　　枫林一叶吊霜艳,竹翠万梢矜雪腴。(《西湖杂诗十六首》)

　　秋潮异僧魂，秋树猛士血。

…………

　　湖山二定时，乾坤一发绝。（《和谢石卿红叶诗》）

　　作作星芒动，诸天努眼睛。（《寒析》）

　　山贯四时青，月涌千泉珠。（《题倦知山庐图》）

　　诸如此类，造语构想都十分新颖别致，或突出某一侧面，或强化某一特征，或采用奇特比喻，或利用相对关系，或借用某一性状特别鲜明的语辞作新的组合，以期淋漓尽致地传达诗人新奇独特的深刻感悟。沈曾植的大量诗作都能给人以哲理的启迪，上述这些例子也是耐人寻味的，所以诗人自称己诗即"语录"。然而，诗人毕竟尚未割断尘根，依然"缠绵往事"，"情故难忘"（沈曾植《与金潜庐太守论诗书》），所以他的诗作也时有浓郁的抒情色彩，如《柬黄公度》《游仙词用前韵和公度二首》，都是因英德二国无理阻挠黄遵宪出使而大发其愤慨，戊戌所作《野哭五首》是感伤变法失败，六君子的被害"（钱仲联《论"同光体"》）。而"绝笔之作"《壬戌七月薄感时行三日而心志身力尽失几庄子之所谓吾丧我者然起坐故犹如常八月初二便皆闭腹涨欲死又恍悟卢升之自投颖水非无由也佛兰谢医以欧法治之残喘懂懂呻吟病榻又十余日矣病中得樊山老人寄诗五首虽呻楚不忘在口时和一二韵积日成此》更是"幽奥凄苦"（钱仲联《梦苕庵诗话》）。然而沈诗毕竟用典过多，欣赏时若无渊博的知识，就难免有隔一层之感。即使是抒情之作也不够亲切，这是沈诗的局限，与陈三立相比，沈诗更加深奥晦涩，也更侧重于言理，故"人亦不能好之"。"与散原齐名，而后辈宗散原者多，宗乙庵者绝无。有之，仅一金甸丞蓉镜，亦不过得其一体，岂以其包涵深广，不易搜穷故耶？"（同上）

　　同辈诗人中，与沈氏风格相近的则有袁昶。袁昶生于1846年，比沈曾植长四岁，死于1900年。字爽秋，号渐西村人，又号芳郭钝叟。浙江桐庐人。光绪二年（1876）进士，由户部主事转总理衙门章京，办外交事务多年。光绪二十三年（1897）底，德国强占胶州湾，袁昶上疏二万余言。八国联军进攻大沽，朝议和战，他与徐用仪等反对围攻使馆，被杀。有《渐西村人集》《安般簃集》《于湖小集》《袁忠节公遗书》等。袁昶生前极推许黄遵宪，薛福成出使英、法、义、比，昶曾密荐黄于薛。对黄诗也评价很高，有"正音一洗岭南诗"（《送黄公度再游欧西绝句十首》）句。袁昶学诗取径亦由晋宋而至北宋诸贤。曾自称："亦颇宗尚阮籍、孙绰、许询、帛道猷、高允、颜黄门、王无功、柳子厚之徒。于庄老靡谢，山水未滋，勃窣回穴，泫峥萧瑟之际，致其艆理，发其兴趣焉。"（《于湖小集题词》）陈衍则以为："爽秋诗，根柢鲍、谢，而用事遣词，力求僻涩，则纯于挑唐抱宋者。"（《近代诗钞》）金天羽以为"能从山谷溯太白，而得蒙庄之神"（《再答苏堪先生书》）。他们从不同的侧面揭示了袁诗的特征。袁诗与沈诗一样好用道藏佛典，但与沈诗相比，较重视整句的表现力，其诗如：

> 道旁花枝偶一笑，嫣如姑射衣裙单。
>
> 山椒何处动清磬，道人晚课经卷残。（《正月十六日游虎丘》）
>
> 黄柳摇星水凌乱，苍鼯啼竹山冥濛。
>
> 空村寂寂稀人语，渔火星星入苇丛。（《泊陈家漩》）
>
> 却忆天寒采松子，忽看苍鼠堕荒蹊。（《感旧绝句》）
>
> 时有鹊衔花一片，空庭飞堕野梅香。（《春风》）
>
> 沧江号秋虫，轻阴笼淡日。
>
> 秋花虽烂漫，气象亦萧瑟。
>
> 蕉林匝地暗，翠扇展横逸。（《清晨偶书》）
>
> 微茫辨远岫，薄烟霏冉冉。
>
> 搴携清夜游，佳气欲泛剡。
>
> 潭馨荷盖残，村火松明闪。（《和友人夜出至湖堤小桥上望月》）

诸如此类皆非凭借单词的雕炼、凝缩来达到艺术目的。造句相对来说，还是比较自然的。然而，袁昶有时也采用长短参差的排奡之笔，最突出的是他的《地震诗》：

> 黄后之府，亦有大臣，胡为战战兢兢如砍冰而临渊。上不敢眠天，俯不敢画地，任汝怪物啮地柱，排天根。重黎氏小臣涕泣于庭而言曰：地行贱臣，再拜后皇武且神……又闻欧罗巴人，算天九，算地九，又测五纬之外新五大星……管仲能知地圆，不能知大地如球形。东有苍色龙，福德为汝名。何不以牙角触五星，潴五星宫毋使停。南有赤翅乌，嘴赤翼绀啄大鱼，能食相柳肉，不能咮加五星使西驱。中央大黄精，镇压嵩高山。下有后土祠，汝行垒培九地之关。西有於菟鬈髦，背负太阴，汝不能使五精霣如坠雨，踣于北而潡于南。北有大玄龟，七十二钻无遗谋。尔何不沉五精于大冰海？图尔于旂尔毋羞。钩陈为羽林，作卫于王家，胡为地动不自觉？食于虎贲自委蛇，房为天驷精，骖服天闲无震惊？胡为踣地不自备，啮于王刍曳蹄行？此皆内外官，请皆鞭棰之，臣请助殄除，毋令上天忧。

当然句式的排奡拗折只是最表面的特征。诗人在诗中通过驰骋神奇的幻想，来影射时政，这才是该诗采用的主要艺术手法。"是时秉中枢者，李鸿章以直隶总督任大学士，满人文祥为协办大学士，军机大臣为恭亲王奕䜣、文祥、宝鋆、沈桂芬、李鸿藻诸人，皆非栋梁之材也。"（钱仲联《梦苕庵诗话》）这首诗正是对这些当政者的"隐刺"。另一首《龙女图为黄仲弢题一首》采用同样的艺术手法，"借龙女行雨，寄托上年甲申以来中法战争台湾、马尾诸役之事，奇丽诡谲，为诗史别开生面"（同上）。袁诗思绪深入窈妙，精清旷朗，颇耐讽咏。其诗如：

> 竹闲残雨犹滴沥，竹下湿萤黏一点。
> 萧然夜起无一事，河汉欹斜波潋潋。

> 槐中万蚁战方酣，井底四蛇眠未慊。
>
> 清露沾衣还入扉，晓风欲起城鸦飐。（《夜起》）

意味深远，殷忧时局，孤怀悄然。再如：

> 奇情不在山，好景不在水。
>
> 此寺独于尘壒中，辨作萧然出尘理。
>
> 梦回月澹树阴移，微钟忽度青松枝。
>
> 苍茫危坐不肯曙，兔角焦芽何所思？（《邻寺》）

境界超然，遗情于尘表之外，颇有哲理的启迪。再如：

> 动摇海碧荡微月，神女踏波炼金骨。
>
> 飘然自着六铢衣，升降长烟奏天阙。
>
> 夜分潭洞绝行人，呵壁荒唐事岂真？
>
> 问君海上涛何气，并入朱丝一损神！（《听同年生钱蔚
> 也弹天问之操》）

神思破空，凌虚而行，而情意深沉，令人暗然神伤。再如：

> 长笛一声出烟雾，穿我藓阶青竹丛。
>
> 浑疑夜舫泊浮玉，欹枕江涛浩渺中。（《卧闻吹笛》）

皆非句上求远之作，以构思窈妙，意境深远取胜。始信金评独具只眼。袁昶集中如《近事书愤和友人作》《哀旅顺口》《哀威海卫》等皆是有慨于中日战事而作，表现了诗人对时世的深切忧虑和对朝政腐败的愤叹。而如《火轮船行》一首则以极古雅的四言体来写新事物、新文明，独标一格，突出地体现了旧风格与新意境的交融。

第五节　开新境于放炼之间：范当世诗

上述三派之外的同光体作手当首推范当世。范当世生于 1854 年，

比陈三立小二岁,死于 1904 年,在世五十年。字肯堂,初名铸,字铜士,又字无错。江苏南通人。岁贡生。早岁与弟钟、铠齐名,号称通州三范。曾九试秋闱不得一第,三十五岁后,遂绝意科举。曾应吴汝纶之荐为李鸿章教子。陈三立序其文集而谓:"君虽若文士,好言经世,究中外之务。其后更甲午、戊戌、庚子之变,益慕泰西学说,愤生平所习无实用,昌言贱之。"然其一生虽获文章大名,而碌碌无所用,飘泊南北,穷困贫病而终。后人辑有《范伯子全集》。

范当世在晚清诗坛有较高的地位。汪辟疆《光宣诗坛点将录》以马军五虎将之一"天猛星霹雳火秦明"属之;钱仲联《近百年诗坛点将录》则以"天雄星豹子头林冲"属之。皆非凡比。范当世不仅是同光体诗人,而且还是桐城派诗人,具有双重身份。范当世曾在《通州范氏诗钞序》中说:"初闻《艺概》于兴化刘融斋先生,既受古文法于武昌张廉卿先生,而北游冀州则桐城吴挚父先生实为之主。"范当世既师张裕钊,又得吴汝纶"上下其议论","造诣由是大进"(徐昂《范伯子文集后序》)。吴汝纶特别赞赏他的诗歌,认为"纯乎大家"(《答范肯堂》)。后范当世又婿于姚浚昌,浚昌为桐城派中期著名作家姚莹子,其诗亦为宋诗派著名诗人莫友芝及吴汝纶所重。而浚昌子永朴、永概亦学于吴汝纶,时与当世切磋诗艺。范当世既与姚家父子时相唱和,因而益得桐城遗绪,故其赠阳湖张仲远婿庄心嘉诗自称:"桐城派与阳湖派,未见姚张有异同。我与心嘉成一笑,各从妇氏数门风。"以能承妇家文学而自鸣得意。后其学生徐昂序其集而谓:"夫异之、伯言而后,江苏传桐城学者,当巨擘先生焉。"洵为知师之言。范当世既为桐城派作家,而其诗又为同光体"都头领"陈三立所大为推重。范、陈两人既有亲家之谊,而且艺术趣味相投,梁启超就认为范、陈二家皆传郑珍衣钵,将他们视为同道。陈三立《肯堂为我录其甲午客天津中秋玩月之作诵之叹绝苏黄而下无此奇妙用前韵奉报》诗曰:"吾生恨晚生千岁,不与苏黄数子游。得有斯人力复古,公然高咏气横秋。"如此评赞当世,出自不喜阿好的三立之口,绝非偶然。

范当世论诗本于桐城派宗旨。曾自述因与张裕钊、吴汝纶游而"窥见李、杜、韩、苏、黄之所以为诗，非夫世之所能尽为也"（《通州范氏诗钞序》）。并进一步阐扬姚鼐、梅曾亮、曾国藩等主张生造、独创的绪论。他在《采南为诗专赠我新奇无穷倾倒益甚再倒前韵奉酬以其爱好也亦稍为戏语调之》诗中说："君知桐城否，所学一身创。"认为桐城派的精神在于创造。又在《稍与采南和度论文章生造之法再叠前韵奉诒》诗中说"独笑惟蜘蛛，容身必自创。蚕死囝囵中，愚知曷能两。遂令古圣人，效法网公网"，再一次肯定了独创的精神，以及"搓摩日月昭群动，折叠河山置太空"（范当世《再与义门论文设譬一首》）的胆识与魄力。因此，当世"于李诗独尝三复"（同上），试图从上天入地、纵横驰骋的李太白诗中去领悟独创者的精神。

然而这种创造决非轻率任意，肤浅浮滑的，因此，范当世在艺术形式上又主张参之于"放炼"之间。其《除夕诗狂自遣》诗曰："我与子瞻为旷荡，子瞻比我多一放。我学山谷作遒健，山谷比我多一炼。惟有参之放炼间，独树一帜非羞颜。"居然欲集东坡、山谷之长而自树一帜，真是胆识超群。过分"放"易成轻率，过分"炼"易致聱牙，两者殊途同归，皆失自然浑妙之度，故范当世在学东坡、山谷的同时，还曾究心于"海大山深"（《穷十宵之力读竟义山诗用外舅偶成韵》）、"诗思层层入邈绵"（《次韵旭庄舟行苦雨四首》）的李商隐诗，济之以含蓄柔婉，以免"放""炼"之弊。这些艺术见解与桐城家法及同光体的基本观点完全相契。

范当世在诗歌艺术上所努力追求的也正是上述这种奇创与浑妙相统一的境界。

这首先表现在范当世作诗，设想力求新奇。但范当世的设想一般并不像李白、李贺那样往往带有迷离惝恍的神话色彩。从这里我们可以略窥以"惊创"为奇的黄庭坚以及同代郑珍对他的影响。

如其描写泰山：

蜒蜿痴龙怀宝睡，蹒跚病马踏砂行。

嗟余即逝天高处，开阖云雷傥未惊。(《过泰山下》)

无论是正面直笔描摹，还是侧面曲笔形容，前人几乎已写尽了泰山雄奇的姿态。而没有料到晚出之范当世会从天上激发云雷，去撼动酣睡着的泰山。设想之奇可谓前所未有。

再如经过赤壁，大凡诗人总要高吟数首，但却几乎无人像他这样来抒怀：

江水汤汤五千里，苏家发源我家收。

东坡下游我上溯，慌忽遇之江中流。

不遇此公一长啸，无人知我临高秋。

公之精灵抱明月，照见我心无限愁。(《过赤壁下》)

苏轼有诗云："我家江水初发源，宦游直送江入海。"(《游金山寺》)范当世活用该句意，以两家所处的独特地理位置来总括浩浩荡荡五千里江水，设想已是巧妙。又进而想象两人下游上溯以期会于赤壁，益见不凡。然这样来写犹有作手，不料诗人又猛然一转，从幻想的自由王国跌入到斯人已去、缺乏知音的使人失望的现实世界。至此，似乎已是途穷，哪知柳暗花明又一村，诗人将笔锋一转，让坡翁飞到天上，抱起明月以照我愁，真是既新奇又含蓄，既流荡而又凝炼。再如其写雷雨既不像东坡那样说："黑云翻墨未遮山，白雨跳珠乱入船。"又不似姚燮所吟"海上晴天雷雨豗，惊涛奔入乱山开"(《河上杂诗》)，而是如此诙谐地写道：

雷公半夜张馋口，攫我当门二酒斗。

轰然一醉天河翻，驱走风云更不还。

我往从之点滴尽，只令陷我淤泥间。(《二十三日即事再

次一首盖效山谷七篇终矣》》

从嘴馋的雷公醉酒落笔以显示雷雨声势之猛，以及乍起骤止的势态，并又巧妙地以"点滴"双关酒尽雨尽，形象极为生动。如此设想恐怕太白、山谷也要为之倾倒。

而作者设想之奇，也并不仅仅只是一两个意象之奇，倘若只是如此，那么即使像刘大櫆《海峰集》中甚至也不乏其例。作者设想之奇，更表现在他的整个诗境的意象组合往往出人意表。

如前所示，诗人纵身入天，开阖云雷的意象固然奇，但这并非诗人所欲表现的最终境界。诗人之奇更奇在从诗的整体上想通过开阖云雷来震惊泰山，而泰山却不为所惊，以此来显示泰山之沉稳气象，同时生发出象征意义。东坡抱月的意象固然奇，但更奇在作者从总体构思上通过心会东坡，让这位曾作过超旷的《赤壁赋》的诗人体察他内心之愁，以见愁绪深广。雷公醉酒之意象固然奇，但更奇妙的是诗人从眼前旗斗为雷雨所折，而设想出雷公攫此酒斗，发酒疯掀翻天河，驱走风云，断了人间诗人的濡唇之酒。在这些方面，范诗与苏轼、黄庭坚、郑珍等诗人之间有着一股相互贯通的精神气韵。

诗人的想象构思不仅新奇深刻，脱去数层，并且在艺术表现的表层形式上还是比较自然的。

这种"自然"首先表现在他选辞造句准确贴切，不做作，不硬凑，正所谓能参之"放炼"间。这由前示数例已可见大略。再如其《南康城下作》：

> 日日登高望北风，北风夜至狂无主。
> 似挟全湖扑我舟，更吹山石当空舞。
> 微命区区在布衾，浮漂覆压皆由汝。
> 连宵达昼无人声，卧中已失南康城。
> 眣眼惊窥断缆处，惟余废塔犹峥嵘。

诗人用"无主"喻北风失控而狂吹;用"挟""扑"状风势之猛;用"无人声"言风威之怖;用"断缆"示风力之巨;用"失""眯"现风沙之迷漫。遣辞造语一无雕琢之痕,极其轻松,而又生动凝炼。相比而言,曾国藩或有韩愈之峻嶒,范当世则能得太白、东坡之流畅自如。这种"自然",还表现在作者用典、对仗、押韵也能举重若轻,贴切严谨。其诗如:

> 怕萦春草池塘梦,何止桃花潭水情。(《闲伯送余至庐陵途中作赠》)
> 一世闾人齐下拜,八方园实竞前投。(《光绪三十年中秋月》)
> 一从白地腾枝出,日对青天倚树吟。(《栀子花》)
> 字里鲲鹏翻积水,眼中鱼鳖撼骄阳。(《和俞恪士》)

诸如此类,皆可谓自然浑妙。再如作者好作次韵诗,如其次曾国藩前后《岁暮杂感》诗就有十五首之多。作次韵诗往往易流于生硬,或顾韵而失意,或顾意而失韵。然范当世的次韵诗则大多意韵切合。次《岁暮杂感》是这样,再如他的二首次下平声九青韵的作品,依次复用"丁""零""听""馨""萤"数字,且作者已有数十,实难下笔,但作者写来却同样自如。其中之一曰:

> 向来花事付园丁,曾未看花雨既零。
> 素壁并无天可问,空弦犹有客能听。
> 生愁云杳身无类,剩恨霜凄德不馨。
> 万事已同秋扇弃,暴风还复打流萤。(《丁字韵作者数十搜索尽矣林菽原复来征和强试成吟居然哀恻所谓诗钟派也》)

怀念戊戌变法中被害的林旭,感慨当时的政治风云,情意贯通,哀恻动人。而所次韵脚又毫不牵强，显示了作者深厚的艺术功力。

　　这种自然，更表现在作者运思造境，谋篇布局浑然无痕。如前示《二十三日即事再次一首》描写雷公攫走酒斗，暗喻龙王庙前旗杆为雷雨所折的实景，便堪称浑妙。再如其《吾所植荷既开尽而风雨频至坐见其萎谢慰别以诗》一篇，由眼前荷为风雨所凋，追忆其萌芽而至花发结实的一生，写得灵气洋溢，接着又化实为虚，由深怜荷花而至梦幻：

> 潇湘洞庭上，弥路花漫漫。
> 传闻有司命，乃是神仙官。
> 五更得月际，大士乘飞鸾。
> 停云拂素袖，洒露当花冠。

由此而生疑窦：

> 嗟兹一华植，岂有高灵看。

进而又省悟：

> 哀哀楚骚子，抱石沉急湍。
> 奇躯不得腐，化作荷根蟠。
> 传为万万本，七窍心犹完。

　　把屈原与荷花糅合起来，从而突出地显示和赞美了荷花高尚的精神品质，开拓并延伸了诗歌意境，丰富和深化了荷花这一艺术形象的象征意义。而诗意的前后过渡，意象的不断展现、变幻又极自然。如天然丽姝，随意顾盼，神韵流荡，绝不如市姑涂脂抹粉，忸怩作态，令人作呕，真所谓是"提挈灵象，养空而游"，堪当"仙乎仙乎之笔"（钱仲联《清诗三百首》）。

然而，范当世作诗也不仅仅是在艺术上追求一种自然奇妙的境界而已。范当世虽为一介寒士，却十分关心时政，同情维新志士，重视西学，反对投降卖国。虽曾是李鸿章的西席，但对李鸿章的和戎政策也有微言，他在甲午后所作《和顾晴谷六十述怀》诗中曾说："自我言从李相公，短衾夜夜梦牛宫。进无捷足争时彦，退有愚心愧野翁。涕泪乾坤焉置我，穷愁君父正和戎。时危复有忠奸论，俯仰寒蝉只自同。"表现了其涉足李幕的苦闷。他的诗歌所表现的不只是个人"身世逼塞"，曾克崇认为他的诗："忧伤愤叹在邦国之兴替，人才之消长。"（《范伯子诗集序》）金天羽亦认为他的诗："涕泪中皆天地民物。"（《答苏戡先生书》）这些评论皆合乎实际。当世生当末世，虽有用世之心而终难见用。其时行将崩溃的清王朝由凶狠顽固、骄侈淫逸的慈禧柄国，多行不义，一些维新志士则企图依靠光绪推行新政，挽救国运，难免处处碰壁。这样的社会现实不能不使范当世痛心疾首，因此他的诗歌的情感基调是激愤而悲伤的。他的激愤是为混浊的时世而激愤：

> 君不见，长安令，日月章台醉不还，骢马御史不敢弹。
> 只用黄金作阶级，朱门廉陛非难攀。
> 看汝康衢老师老为客，一日见逐饥毙无归山。（《太息一首再次韵》）
> 何用千金买骏骨，真能一饭扬名声。（《以保生厘东荐之伯谦》）
> 如今马阮成芳姓，绝叹沧浪孺子歌。（《仲实书中尤推美马月樵阮仲勉以为吾独赖此两君谈道往还襟抱不俗耳惟当世亦夙钦此两人而未之见乃叠韵一首资仲实以求通》）
> 怪怪奇奇尽偶然，昏庸柄国已千年。（《元旦叠韵自占》）

这就是当时腐败的官场，黑暗的统治，矛头所向直指慈禧。再如：

公乎来游听我告，安石正论经天垂。

⋯⋯⋯⋯⋯⋯

天仙化人一方语，今来竟作奸邪资。(《东坡生日临觞有感复和敬如》)

百国皆是青春人，独我残年未教送。

岁时月日谁为之，积习如山推不动。(《消寒第七集》)

汝羿已射九日落，那不释此常区区。

纵灭其形难灭影，到今反笑奸雄愚。

贯通三才作王字，看渠能抹青天无。

看渠能抹青天无，不用怏怏持戈趋。(《善夫以次韵少陵杜鹃行索和余患词意之将竭也用其韵为三足乌行》)

这就是当时乌云密布的政治。作者站在光绪周围的维新人物一边，反对慈禧，赞成变法，为光绪被幽而愤叹。

他也为国事民瘼而悲伤：

商声各自华天地，那更兴亡到砌虫。(《吾欲日课一诗四叠前韵以速内子》)

闭门忍死谁能免，遍地荆榛何处游。(《读曾文正道光乙未岁暮杂感诗慨然毕次其韵十首》)

翕合文章真欲涕，迷离家国更何言。(《余以许仙屏中丞促赴广东至则渠以裁官去矣初宴赋赠二首》)

为爱迁书语杨卯，人间无地著哀伤。(《为庄秉瀚题其外祖张仲远先生道光戊戌海客琴樽图因有感于时事即以砭庄生之狂》)

国事靡烂，新法难行，哀鸿遍野，民不聊生。诗人的热血碰到这冰冷的现实化成了满眶悲伤的泪。

人弱将天困，医多奈病何。

吾知百无用，径合死岩阿。(《有所愤叹再次曾文正后岁暮杂感五首》)

便将巢作姓，不问舜何年。

忍死吟吾句，含悲入此筳。(《正月四日雨稍止一山拉入市买报阅之因晤诸子同饮次善夫元日二首韵》)

若将泪与秋霖注，后土何时更得干。(《苦雨牢愁和方小汀述事》)

这是一个步步走向黑暗，无可挽救的时代，虽然光明就在黑暗的彼岸，但作者已经泪眼朦胧，心力交瘁。他已无法感受那正在向人们招手的希望，甚至连自然界烂漫春光也不能使他振奋精神，相反只能增添他内心的伤感："欲问山灵此何世？尚将晴翠扑江南！"(《过焦山内人扶病眺望》)美好的春色与这萧瑟的世界是那样的不协调。诗人终于在光绪三十年(1904)冬天唱完了他悲伤的歌，离开了这令人绝望的世界。

但范当世与孟郊、贾岛的诗风不同。他的诗不仅为时代而激愤悲伤，而且其境界往往还是壮阔的。夏敬观评其诗曰："伯子丁世衰微，愁愤悲叹，一寓于诗。其气浩荡，若江河趋海，群流奔凑，滋蔓曲折，纳之而不繁。审而为渊，莫测其深。"(《范彦殊蜗牛舍诗集序》)范诗的气势及其境界之浩荡壮阔由前面部分示例已约略可睹。再如：

有文支拄山与川，恍人有脊屋有椽。

我立此语非徒然，眼下现有三千年。(《天津问津书院姜坞先生主讲于此者八年外舅重游其地感欲为诗乃约当世同用山谷武昌松风阁韵》)

世说小范十万兵，不能战胜徒其名。

空提两拳向四壁，推排日月驱风霆。(《睿博用山谷送范

庆州韵谢余评其诗因自陈其夙好义山为之已久不能骤改愿以
吾说剂之而盛畏古文之难曰形迹易求神明难测余既面与之诤
又次其诗馨余意亦盛夸其辞以为戏也》）

　　四海疮痍今若何，九疑云物皆如梦。（《消寒第七集》）
　　嵯峨两鬓雪山白，飘泊一身江水寒。（《下关迟番船再作》）

　　如此之类显然不同于荆天棘地、奇僻凄寂的孟郊、贾岛诗的风格。
　　这种壮阔的境界，激愤而又悲伤的情感基调与其奇妙的艺术形式
有机统一起来，就形成了他诗歌悲壮而奇妙浑成的风格。范当世正是
以他独特的成功创造确立了自己在当日诗坛上的实际地位。并以其双
重身份成为同光体与桐城派联系的具体表征。
　　从上面对同光体各种类型的代表作家的分析评述中，我们可以看
到，他们分别不同程度地表现了时世的严重危机，揭露了清王朝统治
的腐败，同时也真实地表现了他们自己心灵中的矛盾和痛苦，抒发了
时世动乱激发起的满腔悲伤。而且尽管各自的艺术风格并不相同，但
他们都力求在继承中创新，在求雅中创新。因此他们所创造的艺术境
界大多深刻而新颖，具有很强的艺术魅力。这就是他们的艺术成就。
然而同光体诗人与汉魏六朝派诗人一样，从小就深受传统文化的熏
陶，他们是吸收着传统文化的营养成长起来的，以后又大多生活于国
内，研究传统文化。同光体诗人大多出生于十九世纪五十年代，在戊
戌以前，他们的文化观念、文学意识、创作趣味早已定型，以后很难
有较大的改变。西方文化的介绍引进，在戊戌以前主要侧重于宗教和
自然科学知识方面，这由梁启超所编《西学书目表》可以为证。真正
属于文学的大规模翻译开始于二十世纪初以后，以林纾的文言翻译为
代表，而且林纾的主要贡献在于使中国人知道在海外原来还有那么多
动人的故事，从而有志于进一步去探求研究海外的文学。而林译本身，
在艺术上是"两重的歪曲"（茅盾《直译·顺译·歪译》）了的，已非
庐山真貌。诗歌的大规模翻译当以苏曼殊为代表，在艺术上也同样是

被古典诗歌的形式加工改造过了的。鲁迅曾评论说："但译文古奥得很，也许曾经章太炎先生的润色的罢，所以真像古诗。"(《坟·杂忆》)。可举一诗为例：

> 孤鸟栖寒枝，悲鸣为其曹。
>
> 池水初结冰，冷风何萧萧。
>
> 荒林无宿叶，瘠土无卉苗。
>
> 万籁尽寥寂，唯闻喧挈皋。(《译师梨冬日》)

这样的作品已完全失去了异国风味。由此也可见文学形式的力量。这样的译作当然还不可能在艺术形式上对古典诗歌发生强大的直接的穿透作用，所以，同光体诗人在当时主要通过对传统的反省来寻找出路是完全可理解的，我们没有必要过分地求全责备。

第七章
全面的历史反省中对中和之境的向往
——同光时期的唐宋调和派

第一节　唐宋调和派暨西昆派述要

这一派,钱基博《现代中国文学史》称之为中晚唐派,汪辟疆《近代诗人述评》则称之为河北派,因其首领张之洞为河北南皮人。然名称是虚,无须多辩,关键要看他们实在的宗旨是什么。钱基博介绍说:"张之洞总督两湖时尝谓:'洞庭南北,有两诗人。壬秋五言,樊山近体,皆名世之作。'樊山者,恩施樊增祥也。早岁崇清诗人袁枚、赵翼,自识之洞,皆悉弃去。从会稽李慈铭游,颇究心于中晚唐。吐语新颖,则其独擅。龙阳易顺鼎,固能为元白温李者。于是流风所播,中晚唐诗极盛。"(《现代中国文学史》)认为这一派主要究心于中晚唐。汪辟疆则认为:"近代河北诗家,以南皮张之洞,丰润张佩纶、胶州柯劭忞三家为领袖,而张祖继、纪钜维、王懿荣、李葆恂、李刚己、王树枏、严修、王守恂羽翼之……此派诗家,力崇雅正,瓣香浣花,时时出入于韩苏,自谓得诗家正法眼藏,颇与闽赣派宗趣相近。惟一则直溯杜甫,一则借径涪皤,斯其略异耳……然以力辟阴怪生涩之故,颇不满意于同光派之诗。尝云:'诗贵清切,若专事钩棘,则非余所知矣。'又云:'诗家当崇老杜,何必山谷?'"(《近代诗派与地域》)又云:"若夫樊易二家,在湖湘为别派……实甫才高而累变其体,初为温李,继为杜韩,为皮陆,为元白,晚乃为任华,横放恣肆,至以诗为戏……

樊山胸有智珠，工于隶事，巧于裁对，清新博丽，至老弗衰，迹其所诣，乃在香山、义山、放翁、梅村之间。"（同上）因为地域所囿，故未将樊、易二家直接隶于张之洞名下。汪辟疆所论河北诸家，诗名唯二张为最。之洞外之张佩纶，字幼樵，号篑斋。早与陈宝琛等以敢于言事被目为清流，后因马江之役获罪遣戍。陈衍称其诗"用事稳切，与张文襄并驱中原，未知鹿死谁手"。遭谴后，"诗笔剽健，所谓精悍之色，犹见眉间，与凄惋得江山助者，兼而有之"（《近代诗钞》）。张佩纶诗学李商隐、苏轼，非恪守三唐者。可见汪辟疆所论这一派，学诗宗旨，不限于中晚唐。而钱基博论及的李慈铭，以好骂著称，于前后、同时之诗人很少有首肯者，唯对弟子樊增祥大加褒扬。李氏本人兼学汉魏以来各家，重点实在唐，而"不能自创新面目"（钱仲联《近百年诗坛点将录》）。但一般并不把李慈铭作为这一派作家。

因这一派在实际的创作中，有意调和于唐宋之间，故本书以为将这一派称之为唐宋调和派较为妥贴。该派创作成就最著者为张之洞、樊增祥、易顺鼎三家。

这一派与同光体的最大区别，就是不喜欢黄庭坚及江西诗派。张之洞论黄庭坚诗有句云："黄诗多槎牙，吐语无平直。三反信难晓，读之鲠胸臆。如佩玉琼琚，舍车行荆棘。又如佳茶荈，可啜不可食。子瞻与齐名，坦荡殊雕饰。"（《摩围阁》）扬苏抑黄。他之所以如此，乃是不喜欢黄庭坚一派拗硬槎牙的诗风，而欣赏中和清切之美。陈衍论诗曾谓："长公之诗，自南宋风行，靡然于金，元明中熄，清而复炽，二百余年中，大人先生殆无不擩染及之者。大略才富者喜其排奡，趣博者领其兴会。即学焉不至，亦盘硬而不入于生涩，流宕而不落于浅俗，视从事香山、山谷、后山者受病较鲜，故为之者众。张广雅论诗，扬苏斥黄……亦可见大人先生之性情，乐广博而恶艰深。"（《知稼轩诗叙》）又说张之洞"见诗体稍近僻涩者，则归诸西江派，实不十分当意者也"（陈衍《石遗室诗话》）。张之洞吊唁有取于黄庭坚的袁昶，不忍诋諆，故一方面斥"江西魔派不堪吟"，另一方面又说"北宋清

奇是雅音"，认为袁诗不失为"清奇雅音"，所肯定的是北宋的清奇之
音。所以，郑孝胥序陈三立《散原精舍诗》即称张之洞论诗"务以'清
切'为主"。具体来说，张之洞论作古今体诗有十二大忌：一、"忌无
理无情无事"；二、"忌音调不谐（古诗尤忌有律句）"；三、"忌体制
杂糅"；四、"忌多用宋以后事、宋以后语（此自修辞要诀，何大复诸
人持此说，后人诮之，非也。论史事者不与）"；五、"忌以俗语冒为
真率"；六、"忌以粗犷语貌为雄肆"；七、"忌陈熟落套"；八、"忌纤
巧"；九、"忌险怪苦涩（李昌谷诗，乃零句凑合者，见之本传。贾长
江诗，乃散联足成者，见之《唐诗纪事》。岂特去诗教太远，古来大
家直无此作法。其险怪不平易，苦涩不条达，正其才短，非其格高也）"；
十、"忌虚造情事景物将无作有"；十一、"忌貌袭古而无意（体制必
当学古，惟在有意耳，明钟谭诋七子，近人主性灵，变本加厉，尤非）"；
十二、"忌大言不惭"。（参见《輶轩语·语文第三》）这些禁忌，比较
全面地反映了张之洞追求中和之度，反对偏锋的创作主张和艺术趣味，
其中有合理的一面，如禁忌之首条，但也有保守、狭隘的一面，如禁
忌之四等。总的倾向是保守的，限制过严、过死，不利于诗歌艺术的
创新，这些禁忌可以看作是对他的"清切"之说的注释和充实。樊增
祥论诗也持"清新"之论，其《余论诗专取清新以为古作者虽多于诗
道固未尽也赋此示戟传午诒》云："句律原参造化工，两间光景信无穷。
若无盐豉莼何味，为有梅花月不同。略取蜀姜生辣意，定须越纸熟槌
功。今当万事求新日，故纸陈言要扫空。"求新而要求趋于自然，与
张之洞小有区别。

　　这一派与汉魏六朝派的主要区别在于，王闿运辈无取于宋，而张
之洞辈并不一笔抹倒宋诗。张之洞固然肯定北宋清音，而樊增祥也
不愿界划唐宋，有诗云："独厌耳食界唐宋，唐固可贵宋亦尊。"（《冬
夜过竹箦侍讲论诗有述》）但这一派无取于汉魏。夏敬观序陈锐《抱
碧斋集》曾说陈锐谒张之洞，"座上论诗以王派见薄"，且谓"文襄不
喜人言汉魏"。对此，夏氏颇有微词，以为"居显达能文章如文襄者，

物望所归，宜不偏于憎爱，然其操世藻鉴，固犹是承乾嘉诸老余习"。张之洞既不愿返于汉魏，又不愿像陈三立辈沿着黄庭坚一派的创作倾向前进，同时又不愿趋于俚俗，在创作倾向上似调适于"由疏趋密"与"密后求疏"这两种基本的创作倾向之间，不敢大胆地突破传统的艺术原则和艺术度域，企图保持不过不偏的中和之度。在中国古典诗歌步履维艰的时候，若无大胆的穷新极变的生造精神，很难在艺术上有较多的突破，恰如逆水行舟，不进则退。夏氏之讥，也并非苛责之论。

而西昆派，其实可以看作是唐宋调和派中的一个支流，他们专以晚唐李商隐为宗，艺术趣味比较单纯，学古面比较狭窄，风格也比较单调。在清代，最早提倡李商隐的是钱谦益。他曾在《注李义山诗集序》中说："少陵当杂种作逆，藩镇不庭，疾声怒号，如人之疾病而呼天呼父母也，其志直，其词危。义山当南北水火，中外钳结，若暗而欲言也，若魇而求寤也，不得不纡曲其指，诞谩其辞，婉娈托寄，颭迷连比，此亦风人之遐思，小雅之寄位也。"肯定了李诗的艺术风格。而其自作亦有取于李商隐。然牧斋以转学多师为原则，学古面较广，并不囿于李商隐。其后冯班则发挥牧斋余绪，侧重于学习李商隐。钱谦益称其诗："沉酣六代，出入于义山、牧之、庭筠之间。其情深，其调苦，乐而哀，怨而思，信所谓穷而能工者也。"(《冯定远诗序》)影响所及，虞山诗人多受熏染者。杨际昌曾谓："常熟多诗人，大抵师法中晚。冯定远班表章《才调集》，寝食以之，尤工为艳词。"(《国朝诗话》卷二)而除钱、冯之外，桐城姚范也推重李商隐，其侄姚鼐继承家法，亦兼取义山。曾国藩出，重扬桐城余绪，在提倡黄山谷的同时，也意识到山谷原与义山有相通之处。李希圣有诗云："一棹湘江去不还，杜陵高峻苦难攀。曾侯老眼分明在，解道涪翁学义山。"(《题山谷集》)其后同光体诗人亦不废李商隐。而湘中诗派，本重绮采，王闿运标榜汉魏六朝，又下撷义山之英，易顺鼎亦较多取法义山。然这些诗人皆并不专学李商隐，至西昆派方专奉李商隐为不祧之祖，庶几为宋初西昆体的翻版。西昆派诗人有湘乡李希圣，曾广钧，常熟张鸿，徐兆玮，吴县曹元忠，汪荣宝等，诸人于光绪末同官京曹，结社于张鸿所居之西砖胡同，仿宋初《西昆酬唱集》而结集曰《西砖酬唱集》。故此派不妨亦可称之为"西砖派"，以其唱酬所标名之也。张鸿弟子孙景贤虽不入《酬唱集》，然亦尚西昆，所作青出于蓝。该派诗学大旨略见于汪荣宝为《西砖酬唱集》所作序，曰："宾既骏发，主亦淡雅。咸以诗歌之道，主乎微风，比兴之旨，不辞婉约。若其情随词暴，味共篇终，斯管孟之立言，非三百之为教也。历观汉晋作者，并会斯指。迄乎輓近，颇或殊途。至乃饰席上之腐词，摭柱下之玄论，矜立名号，用相眙愕，则先世雅音几于息乎。有宋杨刘之作，时曰西昆。导玉溪之清波，服金荃之余藻。雕鎪费日，虽动壮夫之嘲；主文谲谏，庶存风人之意……凡所造作，不涉异家，指事类情，期于合辙。名曰《西砖酬唱》者，既义附窃比，兼地从主人，无所取之，取诸实也……而今之所赋，有异前修，何则？高丘无女，放臣之所流涕；周道如砥，大夫故其潜焉。匪曰情迁，良缘景改。故以流连既往，慷慨我辰；综彼离忧，形之咏叹。虽复宫商繁会，文采相宣，主工宛转之吟，客许飘飘之气。而桃花渌水，不出于告哀；杂佩明珰，宁关乎欲色。此则将坠之泣，无假雍门之弹；欲哭不忍，有同微开之志者也。嗟乎！沧海横流，怨舫人之无楫；风雨如晦，惧胶嗒之寡俦。于是撰录某篇，都为一集。侧身天地，聊以写其隐忧；万古江河，非所希于曩轨。"意在本诗三百比兴微讽之旨，取玉溪生华文谲喻之体，寄乱离衰世之悲愤忧伤，与钱谦益之论义山有同一精神。然而他们对诗歌形式的理解毕竟太偏执、狭隘了，李商隐的诗体只是千姿百态的诗歌形式中的一种。以为舍此就不能寄离乱衰世之悲愤忧伤，是不正确的。事实上，后来西昆派中人也认识到了这一点，如就是作上面之序的汪荣宝，后来在复王揖唐的信札中曾反省说："弟之好训诂词章，第不能为诗。及官京曹，与乡人曹君直、张隐南、徐少玮诸君往还，始从事昆体，互相酬唱。尔时成见甚深，相戒不作西江语，稍有出入，辄用诟病。故少壮所作，专以隐约缛丽为工。久之，亦颇自厌。复取荆公、山谷、广陵、后山诸人集读之，乃深折其清超遒上。而才力所限，已不复一变面目。公试观吾近诗，略可见其蜕化之迹。"（王揖唐《今传是楼诗话》引）其余诸家，如曾广钧、张鸿、孙景贤后亦时出入于西昆之外。当然这一派的基本倾向还是学李商隐，其中成就较特出的有李希圣、曾广钧、张鸿、孙景贤诸家。

第二节　寄宋意于唐格：张之洞诗

张之洞，生于 1837 年，比王闿运小五岁，比陈三立长二十五岁，死于 1909 年，已是辛亥革命前夕。字孝达，号香涛，一号壶公，又称广雅。河北南皮人，同治二年（1863）进士。官湖南总督，两江总督，体仁阁大学士，军机大臣。后人辑有《张文襄公全集》。张之洞是晚清洋务运动的重要代表之一。光绪初年，与陈宝琛等同为清班中最敢言事者，时称清流。而张之洞言事以时务为主，较少纠弹抨击。甲午以后亦主变法维新，曾上疏阻和议。且谓："凡我普天臣庶，遭此非常变局，忧愤同心，正可变通陈法，以图久大，不泥古而薄今，力变从前种种积弊，其兴勃焉，又何难雪兹大耻。"（《普天忠愤集叙》）又"助资《时务报》，条陈'新疏'章疏，举办'新政'事业，俨然一'维新'大员"（汤志钧《戊戌变法人物传稿》）。政变后，以先著《劝学篇》，得免议。后站在慈禧一边。唐才常领导自立军起义于武汉，即被身为湖广总督的张之洞扼杀。但戊戌以后，维新之政能有复燃之望，废科举、兴学校、办工厂之各项新政，得以实施、推行，又多赖张氏之力。如果说辛亥革命的成功需要一定的客观历史条件，一是清王朝的溃败，一是西方民主思想日益深入人心，具有相当的群众基础，那么，张之洞在戊戌以后，能使新政再度兴起，在客观上，正有不以个人意志为转移的促成西方新文化进一步传播的作用。胡先骕曾说："忆辛亥革命之秋，尝见市上有一种极可笑之图画，以张文襄派遣学生出洋为有心颠覆清室张本。"（《读张文襄广雅堂诗》）此图画确实耐人寻味。陈衍为张之洞作传曾说："为专制之说者,至谓开学堂,遣派游学,练兵造械为乱阶。"张之洞始所未料的后果,正在于这客观上的"乱阶"。

张之洞的诗歌亦能反映时世,林庚白曾例举《九曲亭》《焦山观宝竹坡侍郎留带》《读宋史》《崇效寺访牡丹已残损》《中兴》等诗,说:"诸作,皆沉郁苍凉,其感叹之深,溢于言表。盖之洞夙主中学为体,西学为用者,丁满清末造,知国事之不可为,其主张之无补于危亡,而身为封疆大吏,又不得不鞠躬尽瘁以赴之。后二首居宰辅时之作,时势益艰,故危苦益甚。"(《丽白楼诗话》)陈曾寿读张之洞诗毕,有句云"晚节艰难诗愈好,遗音哀惋世宁闻""忧伤小雅繁霜后,此卷千秋合让专"(《书广雅诗集后》),皆指出张诗能忧伤时世。

张诗在艺术上造诣颇深,以流畅自如为其表。胡先骕认为张之洞《广雅堂诗》脱胎于白氏长庆体,由《送王壬秋归湘潭》《花之寺看海棠坐中同年董兵备将有秦州之行》诸诗可见端倪。胡氏主要着眼于张诗好用典以铺叙其事,而指出其与长庆体相仿佛。的确,张诗常并列地连用数典以渲染题旨。如《送王壬秋归湘潭》句云:"东宫绝艳徐陵体,江左哀思庾信文。笔毫费尽珊瑚架,墨沈书残白练裙。"连用徐陵、庾信之事来形容王闿运的声名及才华。再如《误尽四首》之一:"后主春寒弄玉笙,章宗秋月坐金明。词人不管兴亡事,重谱师涓枕上声。"又连用李后主及金章宗,卫灵公与师涓事,讽喻上下酣嬉之患。而且张诗往往正面采用典故,借古喻今,如《金陵杂诗》通篇采用王安石事刺翁同龢。《元稹》则以咏元稹而刺瞿鸿禨。不似江西派诗人用典好作变化,另翻新意。然张诗用典一般比较贴切,如《四月下旬过崇效寺访牡丹花已残损》:

　　一夜狂风国艳残,东皇应是护持难。
　　不堪重读元舆赋,如咽如悲独自看。

《新唐书·舒元舆传》:"元舆为《牡丹赋》一篇,时称其工。死后,帝观牡丹，凭殿阑诵赋，为泣下。"诗人借用唐文宗时谋诛宦官的"甘露之变"，非常巧妙地暗指戊戌变法时维新党人谋诛慈禧等守旧党人未遂，反遭惨杀的"戊戌政变"，并以此怀悼刘光第。用典浑然无痕，极工切。再如《读史四首·张孝祥》：

> 射策高科命意差，金杯劝酒颤宫花。
>
> 斜阳烟柳伤心后，仅得词场一作家。

通篇虽咏张孝祥事，而实暗喻文廷式。首句指光绪预定文廷式为甲午大考第一名，第二句指文廷式不自检点，有所谓"与内监往来"事。末二句指文廷式为慈禧所疾，终为李鸿章等所乘，被弹劾"革职永不叙用"。"德宗因此案而卒酿宫掖之变。伤心之极，所换得者，仅云起轩一卷词耳"（黄濬《花随人圣庵摭忆》），用典亦深微工切。

除用典外，张之洞还较注重辞彩色泽，工于修饰。其诗如：

> 城隅积水八寸绿，照见凫鹥白如玉。
>
> 高轩恰可临漱浣，浅濑聊堪濯缨足。
>
> 足底葭萌何短短，碧烟如縠昼阴暖。（《南洼修禊送客》）
>
> 丁香丽颗千珠圆，海棠霞晕扶春烟。
>
> 至今纸上斗香色，疑骄似妒如能言。（《秦子衡为孙驾航
>
> 画崇效寺丁香海棠卷》）
>
> 我来江上望，花竹笼春烟。
>
> 万罫同一绿，菜畦间秔田。
>
> 江平碧瑟瑟，山远青娟娟。（《忠州东坡》）
>
> 明镜三面抱城郭，锦屏九叠临汀洲。
>
> 江深石润树葱蒨，帝子飞盖时来游。（《锦屏山》）
>
> 太行随我向南行，渐有烟霏含青紫。
>
> 王楼营外三家村，泼眼春光百鸟喜。
>
> 柳叶作态杏花骄，人马风沙一时洗。（《王楼营见杏花新
>
> 柳是日济河微雨》）

花红柳绿，水白山青。张之洞常用明丽爽目的自然色彩来点染他的诗篇。吟诵之间，很容易使人联想起白居易《钱塘湖春行》这类诗篇。

在句法方面，张诗也与取径于黄山谷的陈三立诗歌形成鲜明对照。陈诗常常采用拗折硬截，曲折倒置的句法别开生面。而张之洞最难以接受的也许就是这种句法。因此张诗不仅鲜有倒装句式，而且语法成分比较完整，相互之间的关系也较明确自然，主谓、动宾等结构搭配也力避生硬。这由前面的示例已可见大略。

当然，张诗如果仅有此肤鞹，那么与沈德潜的学唐也就并无大的区别。张氏论蕲水范昌棣诗云："能将宋意入唐格。"殆可以自写其诗。其诗如：

> 神皋荡无险，险自散关始。
> 万壑共一井，行人在其底。(《凤岭》)

四围山势的高峻壁立，在诗人的联想中倾刻化作一种新奇而又可捕捉的强烈感受。又如：

> 佛法一线在戒坛，叩门先听松声寒。
> 横广平台五十步，穆穆护法排苍官。
> 墨云倒垂逾万斛，压折白石回阑干。
> 潮音震荡纤壒扫，气象已足肃群顽。
> 矫如神龙下听法，赫若天王司当关。
> 十松庄慢皆异态，各各凌霄斗苍黛。
> 一株偃蹇甘独舞，不与群松论向背。(《戒坛松歌》)

如果说前一首用的是巧劲，那么这首诗则是从正面着意形容，以尽夺老松之神形。

对于气势不凡的对象，诗人固然能与之精神交通，融而化之，对于习见的景物，诗人也能以敏感的心灵发隐探秘，其诗如：

灌木骄平川，轩轩出新沐。

浅涨萦危矶，瘠坂冒妍绿。(《雨后早发天津至唐官屯》)

明光曳地来，长如一匹练。

不登石头城，几疑天堑诞。

丘垤齐敛避，形势顿涌现。

是日积雨晴，千里无阴暗。

夕阳生金采，青绿染郊甸。

尺树藏百村，片岚连数县。

南北交映发，不为洲渚间。(《翠微亭》)

皆极精粹，非唐诗中肤泛之作可比。而如庐山这种几乎为人发尽其秘的对象，在诗人的眼里也能有其新的感受。如：

朝见庐山临江浒，青翠腾跃来迎人。

暮见庐山忽杳霭，首尾隐若龙登云。

从来倔强五岳外，彭蠡作杯江为带。

内蓄百涧包灵奇，外切太虚定澎湃。

江表名山数第一，俨如大贤兼通介。(《江行望庐山》)

经过主观喻拟改造，神气已被历代诗人摄去的庐山，重又焕发出勃勃生机。

再有一类咏物写景之作，则能在平凡中见出远意。其诗如：

楚泽多香草，一香为之祖。

风露霭清晨，静贞出媚妩。(《湖北提学官署草木诗十二首·兰》)

龙性生已具，森然蓄鳞爪。

榉柳及杨梅，难较年大小。(《忆岭南草木诗十四首·广益堂双松》)

一种人格精神正从其中渗透而出。再如：

> 阶泉锵玉声，松雪耀积素。
> 劳人逢幽境，聊作蘧庐住。(《乙卯除夕宿紫柏山留侯祠》)

一种人生哲理借留侯祠这个"蘧庐"现出光彩。

从总体上看，张之洞与陈三立相比，较侧重于描写和表现客观对象，不像陈诗那样大多具有浓郁的抒情色彩。当然，张诗也非纯客观的白描，客观对象常常经过比较明显的主观变形而得以焕发其精神。而如：

> 诚感人心心乃归，君臣末世自乖离。
> 岂知人感天方感，泪洒香山讽谕诗。(《读白乐天以心感人人心归乐府句》)
> 殡宫春尽棠梨谢，华屋山丘总泪痕。
> ⋯⋯⋯⋯
> 劫后何曾销水火，人间不信有平陂。(《过张绳庵宅四首》)
> 故人第宅招魂祭，胜地林亭掩泪过。
> 前席顿怜非少壮，小忠犹得效蹉跎。(《中兴》)
> 鬓边霜雪秋摧白，山势龙蛇雨洗青。
> 剩与读碑思岘首，不辞攒泪洒新亭。(《胡祠北楼送杨舍人还都》)

以及前例《四月下旬过崇效寺访牡丹花已残损》等也皆有较明显的抒情色彩，但一般都不像范当世、陈三立诗那样悲愤。

张之洞虽主清切流畅，但其所作皆非信手拈来，无不凝结了诗人独到的匠心。虽"以风致见胜处，亦隐含严重之神，不剽滑"(钱基博《现代中国文学史》)。在唐宋以后，要想不费心力，就能独出新意，几乎是不可能的。在这几乎已为前人开拓完毕的天地里，每开发出一小块新角都必须花费几倍于前人的心力。艺术形式的局限将阻碍诗境大规模的新开辟。由于张之洞在选词造句，谋篇布局等方面要求与唐诗的传统相协调，在唐宋之间选取一个中和的艺术度，束缚甚多，因此不可能大幅度地改变习惯的格式，大胆广泛地选用和创造新鲜的语言，构建不拘一格的章句形式，这样也就会影响诗歌内在表现力的突破。张之洞的许多诗篇，虽然在意境方面有新的开辟，但由于艺术形态比较陈熟，尤其是表层形态比较陈熟，因此，即使是那些新开辟的诗境也仍然笼罩于传统艺术定势的阴影之下。仿佛是在南国春天的同一片原野里，新发现了一些原来为人忽略的景物，而不是在北国天地里的开辟，更不是在人迹罕至的绝域异境里的冒险，尤非是对不知秋冬，无论春夏的外星球的探索，相对而言，张诗在艺术独创性方面要比郑珍、江湜、陈三立、沈曾植等略逊一筹。郑珍他们的创作虽然也没有跳出古典诗歌的基本模式，但由于他们已经注意到在艺术形态的表层拓宽构造领域，扩大取象范围，增加表现角度，因而他们有可能丰富诗歌的内在表现力，创造出更新颖的诗境。胡先骕评张诗曾谓："公诗脱胎于白傅而去其率，间参以东坡之句法者也。其渊源如此，从未经郊、岛、黄、陈镌刻肝肾之途径。故此类诗之独到处不能领解，即韩诗排奡奇崛之境界，亦所未经。故习于宋诗者尝觉其诗不深至。差幸规模宏大，学问赅博，有以掩其所短耳。"(《读张文襄广雅堂诗》)此评值得品味。

第三节　无法束缚的诗才：樊增祥、易顺鼎诗

樊增祥、易顺鼎为张之洞的门人，虽与之洞同派，而风格并不相同。樊、易之诗以才情富艳见长。

樊增祥生于 1846 年，比陈三立长六岁，死于 1931 年。字云门，号樊山。湖北恩施人。光绪三年（1877）进士。官至江宁布政司，护理两江总督。与易顺鼎齐名，号称"樊易"。樊增祥久为地方官，为

政尚严，宅心平恕，尤长于判狱。"每行县，一马一仆，裹粮往反，不费民间一钱，其治盗皆身自捕逐，立就擒缚。"（余诚格《樊山集叙》）与袁枚一样，称得上是一个好官。而其学诗，早年也濡染于袁枚及赵翼。有《樊山全集》刊行。

樊增祥自叙《樊山续集》曰："余九岁始就傅，七岁已能属对。时方读唐诗，先君曰：'汝能对"开帘见月"否？'余应声曰：'闭户读书。'先君心喜之，而虑其狂也，诃曰：'书可对月耶！'时架上所有，自太白、香山、放翁、青邱而外，惟袁、蒋、赵三家。余不喜蒋而嗜袁、赵，放言高咏，动数百言，长老皆奇赏之……自丁巳迄己巳积诗千数百首，大半小仓、瓯北体，自余则香奁诗也。庚午岁从南皮师游，始有捐弃故技，更授要道之叹，举前所作悉火之，故存稿断自庚午……自壬午冬迄癸未凡十阅月，与子珍同在鄂中书局，子珍叹余诗益高澹，因忆宋人'诗须放淡吟'之句，命之曰《淡吟集》……余三十以前颇嗜温李，下逮西昆，即《疑雨集》《香草笺》亦所不薄，闲情绮语，传唱旗亭，化身亿千，寓言十九，别为一册，如古人外集之例，附于诸集之后。"由此可见其学诗大致趋向，其集中尚存重读袁集之章。诗云：

吾少爱随园，雄名震白下。

落落开济才，抱书隐岩野。

稍长习高论，贱彼不羁马。

殷浩束高阁，中心罢藏写。

要其透背力，鞭至石可赭。

妖姬曳云袿，俊鹘蹲秋华。

后生扬颓波，殆非公意也。

安得惩郑声，并令笙簧哑。

今我嗜古人，毁方合以瓦。

馈贫感高义，青灯卷重把。（《云生以随园诗文集见惠三叠前韵奉谢》）

可见其对袁枚尚眷念不忘。樊增祥虽然欲"更授要道"，但其始终未弃言情艳体。即使是《染香集》外的大量诗作，也重才情，以风调流转自如为旨趣。其《与翰臣论诗用差字韵》云："诗到天然始是佳，玉为底盖两无瑕。衣裁须取全身称，棋力难教半子差。水里着盐知有味，树头剪彩不为花。性灵即是良知说，要读奇书过五车。"见解与袁枚非常接近，只是更强调了学问。

樊增祥一生"以诗为茶饭，无日不作，无地不作。所存万余首，而遗佚盖已不少矣"（《近代诗钞》）。实遗诗三万篇，为古来罕有的高产作家，然视作诗为易事，难免庸滥，其佳者或为所掩。

樊诗语言以富丽为主，所谓"高澹"之境其实尚未造及。即使如幽清之月夜，在其笔下亦未必"高澹"。其诗如：

尺八横吹缥渺音，满衣风露此登临。
月如秦镜无圆缺，天与紫窑孰浅深。
烟霭四垂碧罗幕，山川全镀紫磨金。
碧城十二无消息，空负阑干万里心。（《八月十六夜城上望月》）

月夜清辉也被渲染得色彩斑斓。其著名的七言歌行前后《彩云曲》，则更如"百宝流苏，令人目眩"。篇长不录。樊增祥也善于隶事用典，裁对工稳。王揖唐谓"近代诗人其隶事之精，致力之久，益以过人之天才，盖无逾于樊山者"（《今传是楼诗话》）。其诗如《都门杂感八首》《感事二首》《春兴八首》《庚子五月都门纪事》《闻都门消息》等诗皆是借助典事讽喻现实的作品。佳句如：

欲去徘徊端正树，忧来吟讽董逃行。
…………
不虞建业金瓯缺，更比澶渊瓦注轻。

　　鳌禁月明闻鬼哭，凤城白日断人行。

　　宫奴不念家山破，犹道如今是太平。（《庚子五月都门纪
事八首》）

　　市有醉人称异端，巢无完卵亦奇殃。

　　犬衔朱邸焚余骨，乌啄黄骢战后疮。（《闻都门消息》其一）

　　旧宅不归王谢燕，新亭分守楚梁瓜。

　　蛾眉身世惟青冢，貂珥门庭但落花。（《闻都门消息》其二）

　　崇恺珊瑚兵子手，宋元书画冷摊中。

　　金华学士羁僧寺，玉雪儿郎杂酒佣。（《闻都门消息》其三）

　　诸如此类，皆有感于庚子事变，沉痛苍凉，刻画入骨。但相对来说，樊诗长于情调氛围的传达。其诗如：

　　柳色黄于陌上尘，秋来长是翠眉颦。

　　一弯月更黄于柳，愁煞桥南系马人。（《八月六日过灞桥
口占》）

　　一、二句传达秋天萧瑟的气氛，三、四句采用递进手法，强调昏黄的月色给人的印象。诗句未必凝炼，然字里行间却能发散出一种令人沉醉的忧情愁绪，能唤起人们对萧条时代的喟叹。难怪谭嗣同"读竟狂喜"，以为"意思幽深节奏谐"，"所见新乐府，斯为第一"（谭嗣同《论艺绝句》）。再如：

　　垂虹如月卧桑干，独客临流拥玉鞍。

　　骏马嘶风骄不渡，一时回首望长安。（《桑干》）

　　一丝忧虑，一线留恋，一种莫名的惆怅，在诗中弥漫开来，令人回味。再如：

楼阁濛濛影碧池，林风吹水故参差。

即看明月初生夜，何似空山独往时。

肺病经时常断酒，苦心二字总能诗。

渔阳桑叶今全落，未拟栖乌借一枝。(《莲池月夜柬叔寅

再同》)

写景未必奇特，而情调蕴藉绵远，感人亦深。即使如《华山》这类供人穷形尽相，施展雕刻之才的诗题，在诗人的笔下也是由虚处展现其艺术魅力。诗曰：

三峰如削秀天葩，帝座微茫信不遐。

拂晓仙云围玉女，极天秋雪照莲花。

瞳瞳白日临关迥，浩浩黄流入豫斜。

欲扫游氛瞻北极，巨灵高掌莫相遮。

并不是从正面镌刻华山之貌，而是通过侧面气势、氛围的渲染来传达华山的精神，与魏源的华山诗有明显的区别。笔墨轻松，色调华妙。樊增祥与左绍佐论诗有句云："君不见兰子七剑两手中，中有五剑常在空。巧手能虚以运实，开凿浑沌皆玲珑……兵家在以少克众，权家在以轻起重。道家在以静制动，诗家在以独胜共。"(《与笏卿论诗长歌》)这正是樊增祥在艺术上所追求的境界。以巧笔巧思，化实起重，与邓辅纶、高心夔的艺术追求迥异。

《樊山集》中还剩有一些接近性灵派的作品。如：

云鬟金钗出左家，清明随分看桃花。

谁知螺钿溪边女，一月蓬头自采茶。(《采茶词二首》)

大田更比相如渴，何止思量露一杯。(《纳凉作》)

城已再倾缘巧笑，户经三免即良家。

　　填词小宋垂垂老，触拨闲情为杏花。(《有赠》)

　　打枣黄竿袅袅轻，草头蝴蝶晒霜晴。

　　秋光只合村中看，不许行滕载入城。(《即事》)

　　小弄狡黠，颇有生趣，口吻神肖袁枚，可见青少年时代所受影响之深远。

　　陈衍《近代诗钞》所选，尚有不少"欢娱能工"之篇，写生活乐趣，甜润滑腻，风骨不高。

　　如果说樊增祥之才为轻巧之才，那么易顺鼎则为惊艳狂诡之才。

　　易顺鼎生于1858年，比樊增祥少十二岁，死于1920年。字实甫，又字中实，自署曰忏绮斋，又自号眉伽，晚号哭庵。湖南龙阳人。天生奇慧，三岁读《三字经》琅琅上口，五岁能作对。有神童之目。自谓张梦晋、张船山、张春水后身。以为王子晋再世为王昙首，三世为梦晋，四世为船山，五世为春水。诸人皆为才情烂漫，操行独特，富有传奇色彩的人物，可见易顺鼎心之所好所尚。十五岁刻诗词各一卷，十七岁中光绪元年（1875）举人。游金陵，一日成《金陵杂感》七律二十首，可见其才思之敏捷。甲午战败，割辽东、台湾以媾和，顺鼎慷慨上书，以为此乃"揖盗于门内"，"纳虎于室中"，"中国将来必无可固之人民，可守之山河"（《劾权奸误国奏》）。书上，不省。则间关航海，走台湾，欲赞刘永福军为海外扶余。既至，见事已不可为，乃脱身归国。年三十，以同知候补河南，寻捐道员，希冀大用，不得，慨叹曰"三十功名尘与土，五千道德粕兼糟"（《次韵江俶戏成一首》）。后弃官，入庐山，筑琴志楼居之。作《哭庵传》自道生平曰："所为诗歌、文词，天下见之，称曰'才子'。已而治经，为训诂考据家言；治史，为文献掌故家言；穷而思返于身心，又为理学语录家言。然性好声色，不得所欲，则移其好于山水方外，所治皆不能竟其业。年未三十而仕，官不卑，不二年弃去，筑室万山中，居之，又弃去。综其生平二十余年内，初为神童，为才子，继为酒人，为游侠少年，为名士，为经生，为学人，为贵官，为隐士，忽东忽西，忽出忽处，其师与友谑之称为神龙。其操行无定，若儒若墨，若夷若惠，莫能以一节称之。为文章亦然，或古或今，或朴或华，莫能以一诮绳之。要其轻天下、齐万物、非尧舜、薄汤武之心，则未尝一日易也！"不以狂诡为非，颇有自知之明。后入张之洞幕，又媚荣禄，出为广西右江道，寻为岑春煊劾罢。遂益游戏人间，放废颓唐，无视操守，沉醉于醇酒妇人之中。其《买醉津门雪中成咏》诗曰："焉知饿死但高歌，行乐天其奈我何。名士一文值钱少，古人五十盖棺多。"可见其人行迹之外的衷心。夏敬观《题易实甫琴志楼编年诗》曰："文章出手即纵横，贼垒逃归世已惊。梦晋后身童自圣，夏卿奇疾缩如婴。谁怜画饼遭飞语，终觉援琴过溺情。一卷《魂南》招不得，九原知否返台澎？"（自注：易函叟梦明张录托生其家而生实甫。童时为洪杨别将掳以为子。甲午佐台湾唐景崧幕有《魂南集》。其后，官广西右江道，岑帅以名士画饼劾罢。卒潦倒以终，殁后身缩如小儿。）颇能概括其生平、文章。刊有《琴志楼易氏丛书》。

易顺鼎与樊增祥一样，一生创作沉沉夥颐，达万余首，屡变其体。"为大小谢，为长庆体，为皮陆，为李贺，为卢仝，而风流自赏，近于温李者居多。"（陈衍《近代诗钞》）近体以属对工巧为宗，又能以成语熟典生发新意，最自负其《四魂集》，自谓："余所刻《四魂集》，誉之者满天下，毁之者亦满天下。湘绮、樊山皆极口毁之者也。然文章千古事、得失寸心知，余自信此集为空前绝后、少二寡双之作。（参见钱基博《现代中国文学史》）其中《魂南集》为诗人航海走台湾时所作，尤多悲愤之语。陈锐序曰："宜乎易君，哀时九叹，侧身四愁，睹歧路以回车，问金庭而呵壁也。"（《魂南集序》）诗人曾广举《四魂集》中句云："'竟同鹏举死冤狱，无怪马迁修谤书'……'中朝旧议封关白，上相新闻使契丹'……此皆属对工巧，而用典隶事又极精切"，且"《四魂集》中不仅以属对工巧为尚也。其隶事之精切，设色之奇丽，用意之新颖，皆兼而有之。如……'此日盟犹存白马，何人塞欲卖卢龙''海

上鱼龙真跋扈，淮南鸡犬岂平安'……'棘门灞上皆儿戏，太液昆明
是水嬉'……'痛哭珠崖原汉土，大呼仓葛本王人'……何其隶事之
精切也！……'雌龙雄凤曾北走，铜驼金狄有东迁'"重攀碧柳重魂
断，一步红桥一泪流"……'胭脂坐令输胡地，翡翠何曾赚越装''馆
问碧蹄平秀吉，城寻赤嵌郑成功'。何其设色之奇丽也！……'露布
定寒西夏国，云台应画富春山'……何其用意之新颖也！……更有奇
句创格，开古人所未开之境者，如'庆历众贤之进日，元和惟断乃成
年''布衣臣本南阳者，冠冕人皆北斗之''与诸君饮黄龙耳，若有人
乘赤豹兮'，此与《四魂集》中'北海知刘豫州否？南朝有李侍郎无'
一联及'南朝可谓无人矣，北海犹知有备耶'一联，皆可以横绝千古
也！……"高自标置，誉不容口，难副其实也。（参见钱基博《现代
中国文学史》）

易集中比较而言，还是古体瑰奇宏丽。

易顺鼎好游历名山大川，足迹几遍天下。曾赋《宿顶诗十首》以
志其所登之峰。每游历必有所作，可谓登山则情满于山，观海则意溢
于海。诗句或整或散，或长或短，任凭才情挥洒。如：

　　君不见上界三峰，飞云峰、孤青峰、老人峰、了髻峰以
及香台、会真、钵盂、锦绣之诸峰，乃是海中之岛屿，正如
蓬莱、方丈、方壶、圆峤数点金芙蓉。华首台、拨云寺、延
祥寺、宝积寺，冲虚观、白鹤观、黄龙观、酥醪观，正如华
严楼阁弹指即现，中有金银台，又如蜃楼海市忽隐忽现，中
有贝阙兼珠宫。铁桥峰，乃是秦皇鞭海所驾之鼋鼍；石楼峰，
乃是八仙过海所跨之长虹。白水门、滴水岩、五龙潭、水帘
洞，乃是鲛人龙女所啼泪痕，明珠颗颗，生绡幅幅，织成非
烟非雾之帘帏。绿毛凤、碧鸡鸟、五色蝶、五色雀，乃是石
华海月化为翎毛与草虫。千株松、万株榕，乃是海中绿苔荇
藻相横纵。石榴花、刺桐花、木棉花、杜鹃花，一切荔枝龙

眼以及九节菖蒲花紫茸,乃是海底千树万树珊瑚红。

(《黛海歌赋罗浮》)

才思如泉喷涌,无所抑止。他如《阿育王寺观舍利塔歌》《端州七星岩》《鼎湖山观瀑布歌》《游白水门观瀑布作歌》等诗,句式皆有类似之奇,而晚年应梁启超之邀,于三月三日修禊京师之万生园,所赋长句,亦诗文夹杂,引说兼糅,或长或短,恣肆恢诡,章句奇拗,为韩愈以来所少有,可与钱载之古体章句相轩轾。诗人在章法上长于铺叙渲染,而短于剪裁、锤炼。

诗人创作的大量长篇巨制,在描写对象方面,不是以镵刻雕炼的正面摹状取胜,而是以其奇思异想,令人惊叹。如果说,他的五言诗,如《冒雨自伏虎寺入山至万年寺》:

> 冥冥不见寺,冷翠天微漏。
>
> 飞雨何萧寥,千岩尽奔溜。
>
> 人行烟涛中,势与蛟龙斗。
>
> 松杉转青气,润逼孤襟透。
>
> 坠叶添寒声,铿然履边奏。
>
> 人语迥不闻,疏钟如隔岫。

尚比较重视正面的直接刻画,多少透发出湖湘汉魏六朝派的一点风味,那么如:

> 时时见宝刹,烟际迷青红。
>
> 笋舆得云气,挟我疑行空。
>
> 万翠裹一身,不辨来何峰。
>
> 天门甫过二,已据猿巢颠。
>
> 到此忽天尽,倒行为地仙。
>
> 松涛震左右,压我双吟肩。

> 忽惊地又尽，绝壁仍巉岏。
>
> 低头视来路，漠漠飞鸦盘。
>
> 百盘百勇赴，一步一险添。
>
> 空中悬半趾，恐被飞鸢馋。
>
> 天光自穴入，压首如崩岩。（《侍大人登岱敬和元韵八首》）
>
> 跌破鸿濛魂，斩断象罔脉。
>
> 窍异浑敦凿，掌同灵胡擘。
>
> 五色逃娲炉，二仪辟羲画。
>
> 胞胎日月斗，胸腹风雷坼。
>
> 惊看斧劈皱，恍听刀奏砉。
>
> 万古难黏胶，累劫不合璧。（《会仙石》）
>
> 旁有一小儿，自名为青童。
>
> 窃据三神山，争帝如共工。
>
> 羲和尸厥官，后羿射无功。
>
> 夸父与鲁阳，不得倾葵衷。（《望日石》）

等等，已一首比一首远离汉魏六朝，而归于韩愈诗派。在湘中，则较近于魏源。这些诗已较多采用多种修辞手法，来突出对象。

诗人善用夸张喻拟手法。其诗如：

> 我观罗浮三千六百丈之瀑布，如读皇甫一十二万年之帝
> 纪。上自九天，下至九渊，吾不能见其首，亦不能见其尾。
> 前有千古，后有万年，吾不能知其终，亦不能知其始。
>
> （《游白水门观瀑布作歌》）

将一个空间形象转化成无始无终的时间形象，新颖奇特，为古来罕有。再如：

> 居然一星一世界，千奇万怪咸包藏。
>
> 或如麒麟与凤凰，或如狮象黑貔狼，

或如华鬘璎珞装，或如华盖如纛幢，

或如玉几兼金床。（《端州七星岩歌》）

松耶云耶瀑耶皆化为白龙，云之龙横而松瀑之龙纵。

电如万蛇，雨如万蜂，雷如万鼓，水如万春。（《雨中发小白岭宿天童寺作歌》）

广譬博喻，上继昌黎、东坡。但这些尚不足以显其诗才之纵横。诗人尤长于精骛八极，心游万仞，无所拘牵地驰骋幻想。如其描写诸瀑布的佳篇：

何年共工陷鳌极，海水倾向东南斜。

九州天惊雨脚逗，袖手颇复哀神娲。

青霄倒垂星宿海，客欲往泛愁无槎。

力穿深潭九地破，对足或抵欧罗巴。（《喷雪亭瀑》）

云霞精魂日月液，铸此空中数拳碧。

斑驳疑经女娲炼，峥嵘想见灵胡辟。

…………

鸟道横空一万里，石梁卷尽昆仑水。

龙愤雷霆斗穴骄，猿惊冰雪喷崖起。

鬓边河汉似西流，脚底须弥欲东徙。

误道天公大笑声，投壶玉女输骁矢。

仙魅行霄瀑作梯，虹霓饮涧山如绮。（《登五老峰观三叠泉即送陈范罗三君别》）

急雷破山群龙飞，龙女嫁作何人妃。

有帘水晶天半挂，仿佛择婿张屏帏。

龙王添妆用何物，乱撒百宝抛珠玑。

冰绡雪谷一万匹，鲛人涕泪穿成衣。

银河奔流几千丈，乘槎去借天孙机。

…………

仙人垂帘但端坐，帘外世界方斜晖。

返景射壁壁若镜，照见城廓人民非。(《朱陵洞观瀑布》)

虽都是描写瀑布，而瀑瀑迥异，可见诗人才源之渊深浩渺。再如诗人眼中所见香港之万家灯火：

或言龙宫开夜市，罗列金刚鍮石以及琉璃云母火齐与木难。或言蜃楼海市之所为，海中雾阁而云窗，窗中雾鬓而云鬟。从来南荒火维足妖怪，况复南海水府藏神奸。惜哉神皋奥区不知何年。鹑首剪兮左股割，妖黿怪蜃磨牙吮血而流涎。天以祝融火德配壬女，更以一日一月朝夕沐浴孕生百宝于其间。安得牛渚灵犀照百怪，使彼天吴海若屏息匿影不敢妄动窥人寰。得非海中阴火燃，烛龙委羽衔蜿蜒。否则阿廖万斛萤，放此雷塘十亩田。否则鱼膏作灯烛，秦皇邀我游三泉……忽看海上星，正与天上星相连，天上之星似已一半走下天。寻常只有一北斗，今宵乃有无数北斗烂漫纵横悬……

(《香港看灯兼看月歌》)

景观是何等神奇。然写景之中，又时寄对时世衰乱，民族受辱，国土日损的悲愤。诗人几乎是空所依傍，完全驰骋于神幻的想象世界之中，眼前的一切已经转化为由传统文化酿造而成的主观的心灵世界，而且诗人在作品中塑造的抒情主人公也是神奇不凡的。试看：

西南万古青濛濛，鸟飞不到人能通。

使当倚剑临崆峒，长歌直挂天山弓。(《自青城归过笮桥登玉垒关观岷山大江作歌》)

欲今震旦醒，起击诸天钟。(《宿上封寺》)

大材讵肯腐山林，神物犹思避菹醢。

吾闻豫章生七年，便可与龙斗沧海。

何况此树世稀有，寿过凡樟逾百倍。

愿为楼船击西夷，知君九死终不悔。（《万杉寺五爪樟》）

瀑似天龙下听讲，我如佛坐围袈裟。（《喷雪亭瀑》）

琴志楼头飞雨悬，日呼五老同杯酒。

…………

青天涕唾六鳌背，白日歌呼五老颠。

君卧太虚犹衽席，我凭倒景作阑干。

梦魂不逐斜阳去，相与提携十万年。（《登五老峰观三叠泉即送陈范罗三君别》）

争光日月齐天地，始是昂藏一丈夫。（《念庵松歌》）

手摩日月顶，念尔有疴恙。（《祝融峰顶石》）

瀑兮瀑兮，我所恨者，尔不应飞雪上我之头颅，又不应飞流溅沫十二万年使彼沧海枯。何当骑尔更游黄山访天都，然后合符釜山大开明堂快睹群灵趋。（《鼎湖山观瀑布歌》）

这自然可视为诗人一时兴到之豪语。然而唯有诗人能在创作时摆脱现实的束缚，不为物役，在想象世界中去虚拟主宰万物的主体人格，才可能取得随意驾驭自然，挥斥万有的自由，也才有可能让千山万水超越实在的限制，焕发蓬勃的生机，在精神意志的海洋里任意遨游。易诗所创造的想象世界是神奇巨大的，与客观实在相比，无论从时间角度，还是空间角度去看，都要远远溢出实在的躯壳，因此，它是一个被极大地夸大了的世界。天地炎黄，日月星辰，四海古今，百怪千神，飞禽走兽，鼋鼍鱼龙，三皇五帝，豪杰英雄，纷至沓来，交错于须臾，杂聚于一瞬，令人目不暇接。宇宙间的一切在这个世界里是完全自由的，不受任何限制约束。

这一切固然能使人感受想象力的伟大，并陶醉于它的魅力之中。

然而这一切毕竟又是虚幻的，它有时会掩盖实在对象的真实个性。夸张喻拟和驰骋幻想，本来是为了加深人们对客观对象个性的感受，然而，当人们完全生活于一个虚拟的世界里的时候，往往要忘却它背后那个实在的世界，其长处在此，短处亦在此。如果将两者中和，那么其短也就不足为短，而长也就不足为长。艺术也许正是这样永远难以达到囊括众美而无一瑕的完美境地，也永远难以适合一切人的审美需要。因此，在我们指出其所短的时候，并不指望将有一种完美的境界出现，然而，却暗暗地期待着艺术世界无限的丰富多彩，只有这无限的丰富多彩才能构成一个完美的世界，才能满足一切人的审美需要。

就易诗本身来说，它的风格也是较丰富的。如《四鼓发顺德月中行三十里作》：

昼行恒苦风，夜行每思月。

灵蟾真有灵，衔镜出天阙。

如行冰壶中，清光鉴毛发。

净洗尘土魂，寒入山水骨。

片云卷瑶宇，低向碧海没。

烟丝飘空青，客梦与之结。

诗境极幽清，笔墨也较洗炼清新，与前例境界大异其趣。而如《天童山中月夜独坐六首》，诗笔就更朴素：

青山无一尘，青天无一云。

天上惟一月，山中惟一人。

此时闻松声，此时闻钟声。

此时闻涧声，此时闻虫声。

青山如水凉，绿阴如水凉。

碧天如水凉，白云如水凉。

诗人故意用极其简单而又重复的笔墨，去强调异中之同。诗意不是在诗人的想象中孕育，而是在诗人的发现中诞生，完全不同于他的山水长篇，当然这种类型并非诗人创作的主导倾向。

诗人还创作过大量的言情篇章。在鼎革以后尤多游戏庸滥之作，且有诲淫之嫌，这些都是应该严加删削的，但不能将宝珠也一同抛弃。易诗的主导风格还是较明显的，陈融评其诗曰："胸中庐瀑天龙势，袖里浮村仙蝶痕。春水后身莫须有，云门才调试同论。张颠得意头濡墨，狂草狂吟殆一源。"（《读晚清人诗集分赋》）既指出了他与樊增祥的共性，又区别了他的个性。陈三立则云："破碎老怀笛柝外，销磨残世贩佣前。歌呼都有凌云气，漫品楞严十种仙。"（《楼外楼茗坐和实甫》）进一步指出了易诗绮艳瑰奇之表所包裹着的慷慨愤世之心。

唐宋调和诗派中各人的艺术风格皆不相同，但都不限于学唐。而他们的诗歌大多句调流转，以才情气势见长，与同光体的精深洗炼、清健生峭者不同，故能为同光诗坛又添华彩。

第四节 华文谲喻：西昆派诗人

西昆派中专学李商隐，可以乱真的大手笔当推李希圣。李希圣生于1864年，比张之洞小二十七岁，死于1905年。字亦元。湖南湘乡人。光绪十八年（1892）进士，官刑部主事。志在用世，然浮沉郎署，卒不得逞。除《雁影斋诗存》外，尚著有《光绪会计录》《庚子传信录》等。

李希圣学诗较晚，所作大多是七律。其诗学李商隐，"得其神髓，非惟词采似之，即比词属事，亦几于具体"（汪辟疆《光宣诗坛点将录》），而且"寄怀绵邈"（徐世昌《晚晴簃诗话》），多寓晚清国事。

李诗语言锦丽。其诗如：

> 金鞭宝玦走天涯，紫塞黄尘日又斜。
> 北去铜驼惟有泪，西来玉马已无家。（《哀王孙》）

玉碗已随芳草出，銮舆曾为看花来。

残灯不照秦鸟返，落日惟余汉雁回。（《曲江》）

城草渐随乌尾长，陌花留送翠翘归。

黄金海舶倾车出，赤羽梁园夹道飞。（《故宫》）

谁遣故君成杜宇，坐愁春事到荼蘼。

阑风伏雨真无奈，剩碧零红恐不支。（《王聘三侍御秦右衡郎中邀同崇效寺看牡丹有事不得与》）

好用花鸟、庭园、宫殿、车舆、服饰方面的辞汇，又多用华美贵重的事物加以修饰。对偶工整，句式平稳，节奏和谐。当然这些都是最表层的特征，但没有这些特征，也就不能称其为"昆体"。除此以外，李诗还善于用典，能融化入诗。而且诗意含蓄，情调哀婉缠绵。其诗如：

芙蓉别殿锁瀛台，落叶鸣蝉尽日哀。

宝帐尚留琼岛药，金钉空照玉阶苔。

神山已遣青鸾去，瀚海仍闻白雁来。

莫问禁垣芳草地，箧中秋扇已成灰。（《西苑》）

首联以明写庚子事变后西苑的凄凉景象为背景，而暗寓珍妃之死。起句写光绪曾被幽禁瀛台，承句用晋《拾遗记》所记汉武帝作《落叶哀蝉曲》怀悼李夫人事，写如今光绪对珍妃的痛悼。颔联承上，以具体细写西苑的死寂景象作为明线，而以追叙庚子以前帝、妃的情形为暗线。出句用"琼岛"双指太液池中琼华岛及渤海三神山，以《史记·封禅书》关于三神山有不死之药的传说，写光绪曾患病于瀛台，对句隐栝李白"金钉青凝照悲啼"（《夜坐吟》）及班婕妤"华殿尘兮玉阶苔"（《自悼赋》）句意，写当年珍妃被迫与光绪分隔，影形相吊，寂寞悲凉。颈联写眼前庚子事变。出句暗示珍妃为慈禧所害，对句写国难未已，用南宋民谣"江南破破，白雁来过"之典，白雁为元帅"伯颜"之谐音，以示帝国主义的侵略并未结束。尾联呼应开头，强调珍妃已逝以及禁苑的荒凉。诗意蕴藉绵渺，虚实呼应，若接若离，令人回味。再如：

> 青枫江上古今情，锦瑟微闻呜咽声。
> 辽海鹤归应有恨，鼎湖龙去总无名。
> 珠帘隔雨香犹在，铜辇经秋梦已成。
> 天宝旧人零落尽，陇鹦辛苦说华清。（《湘君》）

该诗亦是写光绪与珍妃事。起句由湘君写到如今的光绪及珍妃之逝，承句隐栝《楚辞·远游》"使湘灵鼓瑟兮"及李商隐《锦瑟》之悼亡意，寄托哀悼之情。句面意境也相当鲜明凄楚。颔联承上写光绪之死，出句设想珍妃之魂魄归来也将为八国联军入侵之劫而愤恨不已，对句写光绪之死不明不白，突出了宫廷斗争的残酷尖锐。颈联抚今追昔，出句用李商隐"红楼隔雨相望冷，珠箔飘灯独自归"（《春雨》）诗意，写珍妃生前因慈禧之迫害而与光绪分居两地，对句写光绪之去已久。尾联借唐玄宗事，感叹光绪一朝已成历史陈迹，所谓"万千感慨集于今"者。

这些诗篇，虽然字面形象都相当鲜明，有很强的可感性，而且境界浑成，但诗意却深微朦胧，并不能在句面形象中直接显现。犹如香发于花，可嗅而不可睹。由花之貌并不能见其味，而香气却由花之体弥漫开来。这就是昆体的艺术精神，李希圣无疑是相当成功地把握了这种精神，其佳篇杂于李商隐集中几可乱真。

李希圣的同乡曾广钧（1866—1927），为曾国藩之孙。字重伯，号馥庵，别号旧民。光绪十五年（1889）进士，官至广西知府。曾广钧天赋甚高，少有"圣童"之目。其诗承湘中本色，沉博艳丽。而其局度要广于李希圣，能兼诸体。传诵一时的《庚子落叶词》十二首盖为珍妃沉井而作，哀艳动人。其句如：

凤尾檀槽陪玉碗，龙香璎珞殉金钿。

文鸾去日红为泪，轻燕仙时紫作烟。（其一）

赤阑回合翠沦漪，帝子精诚化鸟归。（其二）

银床玉露冷金铺，碧化长虹转鹿卢。（其三）

鸥波亭外风光惨，鱼藻宫中岁月长。

水殿可怜珠宛转，冰绡赢得玉凄凉。（其四）

玉娘湖上粘天草，只托微波杀卷施。（其五）

　　色泽更为浓艳，笔墨也较恣肆，风致稍远于玉溪生。《游仙诗和璧园艳体》则具玉溪无题之旨，讽咏权贵之暴黜。"楚国佳人号绛绡"一首暗指湖南瞿鸿禨，"桂海争传萼绿华"一首暗指广西岑春煊，"圣女祠前宝扇回"一首暗指河南袁世凯，"琼岛天风紫电光"一首暗指满州端方。融化典实，思远言微，意在象外。

　　再如《辛亥九月十一日登天心阁》：

海鹤存亡六十秋，西风独上驿南楼。

马殷霸业同残照，崔颢佳篇在上头。

倏忽陵风朱点鲤，须臾失势白符鸠。

秦丝已应柯亭尾，何止骊珠得益州。

　　为辛亥革命而作。起句用柳宗元"海鹤一为别，存亡三十秋"句意，该诗题为《长沙驿前南楼感旧》，而清王朝从太平天国兴起至宣统三年（1911），由危转存，由存至亡，凡六十年，故曾诗借柳诗既切地，又切事。第二联承上，发挥登临感慨意，出句用马殷典，暗指当时镇守湖湘的清王朝将帅，对句取崔颢"昔人已乘黄鹤去，此地空余黄鹤楼。黄鹤一去不复返，白云千载空悠悠"句意，指清王朝的统治将一去不复返。第三联具体概括武昌起义，出句以"鲤"谐"黎"，指武昌新军起义后，黎元洪一日而为革命元勋，对句活用"可怜白符

鸠，枉杀檀江州"意，以清王朝新内阁奕劻之流的失势作为武昌起义
胜利的对照。尾联暗用《古诗十九首》"弹筝奋逸响，新声妙入神"意，
写革命新声继清王朝在武汉的溃败后，愈益高涨，必将南北呼应，席
卷全国，清王朝的统治已是土崩瓦解，不可收拾。曾广钧虽为清室食
禄之臣，但已经看清了当时的形势，这说明他是清醒的。再如《哀江南》：

> 虎踞龙盘地宛然，孝陵鬼语痛降船。
> 黄天当立三千载，青盖重来六十年。
> 蜡屐漫寻江令宅，箭锋终落本初弦。
> 一篙春水粘天柳，同绿秦隋夕照边。

亦为辛亥革命而作。"对当时南北和议，袁世凯夺取革命果实……
及其野心……有所揭露"（钱仲联《梦苕庵诗话》）。而长篇七言歌行《纥
干山歌》"以美人香草之词，寓隐文谲喻之义"，叙张勋复辟事，多有
讽刺，"盖诗史也"（钱仲联《梦苕庵诗话》）。在艺术上为寓言象征体。

在意象和境界方面，曾诗以雄丽阔大为主，其诗如：

> 八年去国身包胆，四十专城颊有须。
> …………
> 洗兵海岛词人憾，立马吴峰索虏图。（《和侍郎伯次韵酋
> 王壬丈》）
> 海水群飞沸冀州，军书铁剑压衣构。
> 风云助我飘姚气，戎马从兹汗漫游。（《发桂林作》）
> 今宵已宿湘源地，不是题桥是枕戈。（《逾兴安抵唐桥》）

诸如此类，皆气势不凡，有将军戎马之风。即使如绮丽之篇，其
境界亦大多宏阔。其诗如：

宝山珠殿插青天，万朵红莲礼白莲。

一片空岚罩云海，全家罗袜踏苍烟。（《观音岩》）

晴日胭脂悬绝峤，惊波空碧散余霞。（《逾成山望之罘》）

碧海盈盈人万里，钟山眉黛助相思。（《赠内诗》）

一扫纤巧柔媚的倩女之态，而在华采中输入丈夫的慷慨英特之气。"横刀怒搤倒潮兵，且免流波洗燕赵。"（《督队抵双台子是日见湘豫溃兵四五万人焚劫为食余策马弹压诸军始能收队》）曾广钧毕竟不是仅能捻须作诗的书生，他的长篇如《铜柱行赋送潘琴轩中丞督防广西》《谭提督桂林有格林炮四尊从余假炮兵百人牛庄之败谭君殉焉百人者生还二十六人其中伤重仍死者七人伤轻残废者四人惨极哀之》等诗，亦雄健纵横。而其早年所作五古如《拟东城高且长同湘绮伯严诸公开福寺作呈玉池老人》《石廪东一峰是芙蓉最高顶》《阻雪万岁湖》等显然受到湖湘诗派的影响。王闿运称其诗："蕴酿六朝三唐，兼博采典籍，如蜂酿蜜，非沉浸精专者不能。异哉，其学养之深乎！湖外数千年，唯邓弥之得成一家，重伯与骖而博大过之，名世无疑。"（《题环天室诗集》），评价极高。

常熟张鸿，生于1867年，比李希圣少三岁，死于1941年。字隐南，一字师曾，号璚隐，晚号蛮公，又号燕谷居士。光绪三十年（1904）进士，官至外务部郎中，记名御史，日本仁川领事。初，中式己丑乡试，援例为内阁中书，迁户部主事，兼充总理各国事务衙门章京。"时朝政窳败，觇国者争言事。公年少，尤踔厉风发。甲午九月，东事亟，萍乡文道希集朝士松筠庵议具疏主战，公亦预焉，同邑沈北山之上疏劾三凶也，公实主之，为属稿。"（钱仲联《张璚隐传》）中年后，因出为仁川领事，遂谢归不出，致力于桑梓之教育事业。有《蛮巢诗词稿》。张鸿虽为西砖胡同居地主人，以学李商隐为职志，然初年曾取径于李贺，晚又研习王安石（参见徐兆玮《蛮巢诗词稿叙》）。

张诗语言缛丽，用典谨严，此乃昆体当行本色，学昆体者皆以此为肤鞲。而其诗也同样感慨时政，并不回避现实。其诗如《甲午九月出都》：

> 依然怒马出长安，一领青衫泪未干。
> 漫说凤池添姓字，惊闻鳄海起波澜。
> 请缨枉被嗤疯汉，筹国原知有达官。
> 只恨北来消息恶，严关烽火逼云端。

可见诗人对时世的担忧，以及因未能倾才报国而发出的悲愤。再如《游仙》七律五首也是为甲午战争而作。其一：

> 淮南霞举上璃霄，月珮星冠拥侍僚。
> 飞剑斩蛟江左重，吹箫引凤大郎娇。
> 朝朝靧面红桃雪，夜夜归心碧树潮。
> 莫说神州多弱水，跨麟乘鹤自逍遥。

讥讽李鸿章卖国求荣。"引凤"句谓鸿章子经方纳日妇为妻。"时论谓经方为日本驸马，鸿章与日本姻娅，乃始终言和。"第三联言李鸿章在日本用蒸汽浴，讽其不以国事为重。尾联讥李鸿章称病不入都，逍遥于外。（参钱仲联《梦苕庵诗话》）其二：

> 玉枢高捧领群仙，宝篆元文秘九天。
> 先遣赤龙迎柳毅，莫教白雀跨张坚。
> 八公丹表淮王起，三岛黄云汉使旋。
> 毕竟登盘只仙李，蟠根月窟已千年。

言当时朝廷人事变动。"赤龙"句指刘坤一督办东征军务，"白雀"句指张之洞移督两江，"淮王"句谓恭亲王入枢，"三岛"句言汉使为日人所拒，尾联讥李鸿章难脱和议之责。这些诗都带有个人强烈的主观情绪色彩，体现了诗人的爱憎态度。这些诗在艺术上采用寓言象征手法，当然虚实之间的联系还是比较确定和单一的。而且由于诗人还曾受到李贺的影响，因此诗人的想象有时也较"瑰诡"。其诗如：

> 持校帝城流血夜，此中犹是焰摩天。（《蔡村》）
>
> 万峰林立倚碧霄，黑云严锁山之腰。
>
> 泰安城头暗如漆，唐槐汉柏暗不骄。
>
> 倏忽雨师严驾至，白羽万箭如射潮。
>
> 我时独立泰山顶，当头旭日红霞烧。（《无恙属题岱顶观云图》）
>
> 玉女投壶天一笑，黑旗十万卷鱼蛇。
>
> …………
>
> 袖中更有飞虹剑，斩得西山大小青。
>
> …………
>
> 劫火洞烧情不断，泪波如雨泻云英。（《游仙》绝句五十首）

这些诗句显然并非李商隐诗面目。而其晚年所作五古如：

> 落日照西山，赭紫上沙面。
>
> 稚松顺岭腰，苍翠作山缘。
>
> 孤亭立烟中，暮色自远见。
>
> 明灭入丛树，干叶堕残片。（《晚步》）
>
> 向晚步幽麓，南风送微凉。
>
> 缘冈如荠树，随云为黑苍。
>
> 瘦松立旷野，赭花媚斜阳。
>
> 旁有磊磊石，菭衣染微黄。（《晚过小三台》）

"写景入画,得宛陵神理。"(钱仲联《梦苕庵诗话》)而小诗如《燕谷漫兴》之类,则有王安石风致。

张鸿弟子孙景贤,生于 1880 年,小张鸿近二十岁,然 1919 年即去世。清末曾在日本长崎领事馆任职,民国后,曾官司法部。有《龙吟草》。孙诗与张诗相比,则较清隽。藻采未必浓艳,而情调婉转缠绵,笔致细腻周密,实突过乃师。《客有道秋舫故妓事者感叹赋成四律》以近体咏赛金花事,风调极佳,能尽玉溪之能。其二云:

> 双凤城西一水斜,狄鞮妙绝旧倡家。
> 新妆巧作朝天髻,故锦轻縻奉使槎。
> 秘殿仓根深宿燕,明湖高树少藏鸦。
> 游人目送金车过,错认天家女史花。

渲染彩云盛时势态,能夺其精神,尽其风流。其四云:

> 车马阇门老大回,青楼大道驻轻雷。
> 前身因果三生石,小劫河山一寸灰。
> 镂骨容光夸绝世,画眉图史见惊才。
> 水天赌说长安酒,拥髻休灯有剩哀。

咏师师老来境况,一种曾经沧海之悲凉回荡其间,发人深省。

孙诗虽然也往往以间接用典的手法来叙事抒情,但与张诗相比,主观情意的渗透,浓郁而明显。经常要溢出物象的空间,抒发出来。如《读海盐王董庐遗诗赋呈稷堂昆仲》其二云:

> 津亭对泣去重围,生死相依千里归。
> 今日已无余涕泪,独吟古寺枣花飞。

其三云：

布帆无恙过瓜州，目送归人一叶舟。
此去若知千载别，定教江水不东流。

拳拳深情已不是凭借典实来传达，而是直接贯注于对友朋的回忆
和思念之中。当然他的多数抒情之章，也非长歌当哭，喷迸而出，诗
中情感依然是深沉含蓄的。如《南汇福城寺》：

午夜钟声出寺扉，仙人铅泪忽沾衣。
生憎银杏无情树，隆庆年中已十围。

诗人无限的历史感慨，皆凝结在这饱经苍桑的银杏树之中。而且，
诗人的想象也不以奇诡为尚，而更贴近于实在。其诗如：

午夜更筹梦乍惊，平阶伫立露寒轻。
庭花月过移秋影，禁树风多作雨声。
小巷蜂窠如昔日，昆池鲸甲是残生。
举头争向西山笑，石不能言亦有情。（《都门夜眺》）
甘泉玉树郁青葱，青史还传辟暑宫。
不惜水衡输国库，重教月斧试神工。
内人已见金盘泣，老监休愁镜殿空。
岁久连昌词客过，忍令惆怅落花风。（《览古》）

想象的翅膀负载着沉重的忧伤，始终无法远离现实的土地，振翮
逸举，诗人的想象常常只是在低空回翔。

孙诗与张诗相比，在风调上，更能传李商隐之神，如前例之《客
有道秋舫故妓事者感叹赋成四律》，及《杨花四首和曹麟角韵》等，

自然是昆体当行。而《都门夜眺》《览古》等也同样能取玉溪之神。同时，孙景贤与其他许多爱好李商隐的诗人一样，也有取于长庆、梅村。孙景贤的《宁寿宫》词，即"用梅村体，咏李阉莲英事，纬以晚清诸大史实，允称诗史"（钱仲联《梦苕庵诗话》）。

以上诸家，虽同宗李商隐，而风格同中有异，各有自己的艺术个性。当然，他们与其他流派相比，又具有典雅、密丽、蕴藉、工稳的特点。这一派诗人虽然在艺术上持论不免偏执，但他们并非只讲技巧的形式主义者，他们并没有回避现实，他们的作品具有充实的内容，有的甚至还比较尖锐。而且在理论上也强调有寄托，强调比兴、讽喻。这由《西砖酬唱集序》已可见一斑。再如曾广钧在《与梁任甫》诗中也明确指出："酒入愁肠惟化泪，诗多讥刺不须删。"只是在他们看来，李商隐诗的艺术精神，比较适合表现他们对时代的感悟，所以要加以吸取。其实也就是"文心古无，文体寄于古"的意思，不过这个"古"，对于他们来说，主要限于李商隐，因此是狭窄的。同时，他们也忽视了诗歌艺术的生命力在于不断创造的原则，因此，他们并未能在诗歌形式方面有新的推进，这样也会限制他们对现实生活丰富感悟的表现。这是他们的局限，但并不是形式主义的局限，而是艺术趣味的局限，审美观念的局限。这种局限使他们的创作不能成为中国诗歌发展的方向，而只能是一种点缀。

第八章
昭示未来的乘槎之举
——同光时期的诗界革命派

第一节　诗界革命派述要

由于多种原因，无论是汉魏六朝派，还是唐宋调和派和同光体，他们的创作眼光仍然局限在这个天朝大国的域内，仍然是在封闭的艺术环境之内步履维艰地探索着诗歌的前途。诗歌"踵事增华"与"返璞归真"的辩证运动，由于缺乏崭新的艺术灵光的照耀，而变得暮气沉沉。在此同时，那些曾经，或者仍然生活在海外的诗人，由于异质文化的新鲜刺激，终于睁开了探索世界的眼睛，他们的视野从来没有像现在那样开阔，几乎一直笼盖到太平洋彼岸。于是，一种激情、一种狂热的冲动终于从那久久被压抑和束缚的心底不可阻挡地升起。于是"诗界革命"的口号，有史以来第一次被一个生气勃勃、思想活跃的年轻人呼唤出来，他就是梁启超。

1899 年 12 月 20 日，梁启超由日本横滨乘香港丸轮船起程，目的地是美洲。他的《夏威夷游记》记载了舟行途中的感想。在 25 日那一天，作者写道："余虽不能诗，然尝好论诗，以为诗之境界被千余年来鹦鹉名士（余尝戏名词章家为鹦鹉名士，自觉过于尖刻）占尽矣。虽有佳章佳句，一读之，似在某集中曾相见者，是最可恨也。故今日不作诗则已，若作诗，必为诗界之哥仑布、玛赛郎然后可。犹欧洲之地力已尽，生产过度，不能不求新地于阿米利加及太平洋沿岸也……

要之，支那非有诗界革命，则诗运殆将绝。虽然，诗运无绝之时也。今日者，革命之机渐熟，而哥仑布、玛赛郎之出世，必不远矣。"梁启超的"诗界革命"理想几乎是与新世纪一起诞生的。而在这同一年，沈曾植与陈衍在武昌论诗，陈衍有所谓"三元"之说，沈曾植则称"三元"诗人"皆外国探险家觅新世界、殖民政策、开埠头本领"。显然，在沈曾植看来，唐宋以来诗歌的发展，正是不断向前开辟的结果。他虽然并未用"革命"这个词汇，但其意正与梁启超"不能不求新地于阿米利加及太平洋沿岸"的说法相同，当然沈氏在这里强调的是前人的新开辟，而其意也同样是要求今人吸取前人的这种开辟精神。但梁启超与沈曾植毕竟是有区别的，沈氏的局限在于他居于国内，较少受到海外新文化的影响，而没有意识到未来的新诗要从海外文化中寻求启示，吸取营养，才能形成自己崭新的风貌，这才是当今的"殖民政策，开埠头本领"。而梁启超自戊戌政变后流亡日本，至此已有年余。其时年方二十七，正是最敏锐，最容易接受新事物的年龄，而且梁启超的性格善于"趋时变"。他曾自叙说："启超学问欲极炽，其所嗜之种类亦繁杂……彼尝有诗题其女令娴《艺蘅馆日记》云：'吾学病爱博，是用浅且芜。尤病在无恒，有获旋失诸。百凡可效我，此二无我如。'"（《清代学术概论》）这种爱好接受新知识的个性特点使梁启超有可能在流亡期间，主动地、更多地接受海外新文化，从而形成崭新的"诗界革命"看法。如果把古典诗歌看作是一个小小的世界，沈曾植他们的"开埠头本领"还只是在这个世界内部探索新大陆，而梁启超他们则已经有乘槎飞出这个世界去探索更为广阔的宇宙的愿望，这就是他们之间最根本的区别。

　　本来在此以前，谭嗣同、夏曾佑等已试验过用新名词来写诗。梁启超在《饮冰室诗话》中曾回忆说："盖当时所谓新诗者，颇喜捃扯新名词以自表异。丙申、丁酉间（1896—1897），吾党数子皆好作此体。提倡之者为夏穗卿，而复生亦綦嗜之。"现在梁启超已并不以此为满足了。他认为："欲为诗界之哥仑布、玛赛郎，不可不备三长，第一要新意境，第二要新语句，而又须以古人之风格入之，然后成其为诗。不然，如移木星、金星之动物以实美洲，瑰伟则瑰伟矣，其如不类何。若三者具备，则可以为二十世纪支那之诗王矣。宋、明人善以印度之意境、语句入诗，有三长具备者。如东坡之'溪声便是广长舌，山色岂非清静身。夜来八万四千偈，他日如何举似人'之类，真觉可爱。然此境至今日，又已成旧世界，今欲易之，不可不求之于欧洲。欧洲之意境、语句，甚繁富而玮异，得之可以陵轹千古，涵盖一切。今尚未有其人也。时彦中能为诗人之诗而锐意欲造新国者，莫如黄公度……皆纯以欧洲意境行之，然新语句尚少。盖由新语句与古风格，常相背驰，公度重风格者，故勉避之也。夏穗卿、谭复生皆善选新语句，其语句则经子生涩语、佛典语、欧洲语杂用，颇错落可喜，然已不备诗家之资格……复生本甚能诗者，然三十以后，鄙其前所作为旧学，晚年屡有所为，皆用此新体，甚自喜之，然已渐成七字句之语录，不甚肖诗矣。"（《夏威夷游记》）很明显，梁启超之"诗界革命"的具体方案，其实是要效法宋、明人如苏轼那样熔铸佛典佛理入诗，而变之以熔铸欧洲的新事物，并不想彻底地从艺术形式上进行革命。

对世界文化的认识毕竟刚刚开始，而传统文化则是哺育梁启超们成长起来的母亲。他们的血管奔涌着母亲的血，这不能不使梁启超们的"革命"有重要的保留，这就是诗界革命派的局限和最终向传统屈降的内在原因。乘槎问津毕竟还只是一种美好的愿望，他们还不能设计出真正摆脱传统引力场，飞向新宇宙的崭新之"槎"，他们的设计思想，在根本上还具有严重的缺陷，这就是对旧风格的留恋。

1902年起梁启超陆续在《新民丛报》上发表《饮冰室诗话》，这时梁启超因"新语句与古风格，常相背驰"，连新名词也不太提倡了。他认为："过渡时代，必有革命。然革命者，当革其精神，非革其形式。吾党近好言诗界革命。虽然，若以堆积满纸新名词为革命，是又满洲政府变法维新之类也。能以旧风格含新意境，斯可以举革命之实矣。苟能尔尔，则虽间杂一二新名词，亦不为病。不尔，则徒示人以俭而已。"

（《饮冰室诗话》）在这里，梁启超有二点认识比较模糊。一是他把形式看得太狭隘，只注意到表层形式，主要是"语词"的新旧。其实即使是这表层形式，尚有节奏、韵律、句式等方面的内容。二是，他忽视了形式的极其重要的作用。即使就古典诗歌而言，长篇古体与近体诗的艺术效果也是很不一样的，何况是一种完全崭新的形式呢？一定的形式具有它特有的艺术表现力，也有它的局限。要想淋漓尽致地去表现新精神，就必须采用与之相适应的新形式。而且，即使是写新事物，光采用现存的词汇显然是不够的，力不从心的。新事物、新精神、新意境，在许多方面必然与新概念联系在一起，这就需要用新名词来表示。而诚如梁启超所说，新名词常常与古风格"相背驰"。因此，梁启超关于"诗界革命"的理论，有着内在的深刻矛盾。周作人曾说："（旧诗）是已经长成了的东西，自有他的姿色与性情……若是托词于旧皮袋盛新蒲桃酒，想用旧格调去写新思想，那总是徒劳……我总不相信旧诗可以变新。"（《秉烛谈·人境庐诗草》）但是，本书并不认为，梁启超的"诗界革命"便毫无积极意义。首先，这是一种崭新的呼唤，是"乱阶"的开始。其次，他意识到新诗要从海外新文化中吸取"精神"，这不仅大大地开拓了题材范围，而且，还指出了一个崭新的方向。佛教文化的输入，曾经促成了中国格律诗的诞生。现在，欧洲更广泛的文化输入也必将引起中国诗歌的真正革命。但作为他们本人来说，还尚未能摆脱旧传统。

梁启超固然最明确地提出了"诗界革命"的口号，但在梁启超之前，比梁启超长二十五岁的黄遵宪，在少年时期，已"有别创诗界之论"，自"譬之西半球新国"，为"独立风雪中清教徒之一人"（黄遵宪《与邱菽园书》）。因此，作为一种理想而言，黄遵宪的新创要求，显然要比梁启超早得多。他在二十一岁时又提出"我手写我口"的主张，1897 年五十岁时，又自称己诗为"新派诗"（《酬曾重伯编修》）。

黄遵宪二十九岁中举，明年即随何如璋出使日本。光绪八年（1882），黄遵宪三十五岁时又调任美国旧金山总领事。三十八岁解任回国后，在家写《日本国志》。四十三岁再度出仕，随薛福成出使英国。四十四岁调任新加坡总领事。四十七岁，甲午战争爆发，为张之洞奏调回国。近二十年的外交生涯，使黄遵宪较早较多地受到了海外文化的影响，因此形成了比较开阔的世界性眼光。而在海外的生活，也为他的诗歌提供了较为丰富的新内容，这是黄遵宪革新诗界在客观上的有利条件。黄遵宪在日本期间，于光绪五年（1879）曾作《日本杂事诗》一百五十四首，斯为原本。其中第七十二首议论日本人学汉诗的情况，云："几人汉魏溯根源，唐宋以还格尚存。难怪鸡林贾争市，白香山外数随园。"自注云："诗初学唐人，于明学李、王，于宋学苏、陆，后学晚唐，变为四灵，逮乎我朝，王、袁、赵、张（船山）四家最著名……文酒之会，援毫长吟高唱，往往逼唐宋。"可见中国诗歌对日本的影响。诗中洋溢着一种民族自豪感。而光绪十六年（1890）的修订本，有诗二百首，上诗也改成："岂独斯文有盛衰，旁行字正力横驰。不知近日鸡林贾，谁费黄金更购诗。"可以见出日本受西方文化的影响。而诗注则在原注"往往逼唐宋"后改为"近世文人变而购美人诗稿，译英士文集矣"，强调了日本诗学改从西法，革故取新的新变化。从这里，我们可以隐约看到黄遵宪文学认识的变化轨迹。黄遵宪在修定本自序中说："论者或谓日本外强中干，张脉偾兴……余所交多旧学家，微言刺讥，咨嗟太息，充溢于吾耳。虽自守居国不非大夫之义，而新旧同异之见，时露于诗中。及阅历日深，闻见日拓，颇悉穷变通久之理，乃信其改从西法，革故取新，卓然能自树立……颇悔少作，点窜增损，时有改正……嗟夫！中国士夫，闻见狭陋，于外事向不措意。今既闻之矣，既见之矣，犹复缘饰古义，足己自封，且疑且信，逮穷年累月，深稽博考，然后乃晓然于是非得失之宜，长短取舍之要，余滋愧矣！"作为一个深受古代传统文化影响的中国士大夫，面对海外近代文明的崛起，终于开始觉醒，这是一个了不起的进步。中国诗歌与中国的文明一样，只有在与世界最广泛的交流之中，才能有新的前途。日本诗学向来深受中国文学的影响，但仅有这种影响显然是不够的，因此，随着明治维新的开始，日本人也同时将自己的文学置于更广阔的世界性交流之中。黄遵宪注意到了这一变化的趋势。但是，他在当时却尚未明确指出，中国的文学也必须效法日本，努力吸收西方文学的营养，去开辟崭新的前景。

光绪十七年（1891），黄遵宪在伦敦使馆，为自己的《人境庐诗草》写了序。在这篇著名的序中，他提出了改革诗界的方案。他说："仆尝以为诗之外有事，诗之中有人；今之世异于古，今之人亦何必与古人同。尝于胸中设一诗境：一曰复古人比兴之体；一曰以单行之神，运排偶之体；一曰取《离骚》、乐府之神理而不袭其貌；一曰用古文家伸缩离合之法以入诗。其取材也，自群经三史，逮于周秦诸子之书，许郑诸家之注，凡事名物名切于今者，皆采取而假借之。其述事也，举今日之官书会典方言俗谚，以及古人未有之物，未辟之境，耳目所历，皆笔而书之。其炼格也，自曹、鲍、陶、谢、李、杜、韩、苏，迄于晚近小家，不名一格，不专一体，要不失乎为我之诗。诚如是，未必遽跻古人，其亦足以自立矣。"这番见解可以说是糅合了唐宋以来诗人多方面的创作主张。共七个方面。第一点，诗人重申比兴之义，但没有作新的发挥。第二、第四点，实际上是一个以文为诗的问题，诗人继承了韩愈以来的创作经验，在清代宋诗派比较重视这一点，诗人的乡前辈宋湘就相当善于"以单行之神，运排偶之体"。后来曾国藩也曾明确地提出过类似的主张，我们在前面已有论及。第三点，诗人强调兼取主观的浪漫想象和抒情风格，以及客观的叙事写实风格，这也是古代诗论所注意的一个问题，而黄遵宪的观点比较明确。第五、第六点，与龚自珍《送徐铁孙序》中的观点是基本一致的，同时又融合了袁枚、赵翼关于古有古之时，今有今之时，诗须开新境的精神，而宋诗派诗人等也主张开新境。在不废俚俗这一点上，也与公安派、性灵派基本一致。第七点，则继承了杜甫"转益多师""不薄今人爱古人"以及钱谦益"无不学，无不舍"的创作观点，又与梅曾亮《使黔草叙》中的提法十分相似，我们在前面也已经论及。所以就《人境庐诗草自序》的理论意义而言，并不是前无古人的创见，也并无划时代的价值，这是使人深感遗憾的。然而，黄遵宪在异国他乡，能够用诗歌较为丰富地表现他对海外生活的感悟，有许多题材可以说是前无古人的。明末以来，随着海外文明的渗透，有些诗人已开始在诗中讴歌那些新异的事物，如屈大均曾在《澳门》六首中描写过外国人的生活，还写到了望远镜。而康熙诗人孙元衡的《赤嵌集》、尤侗的《外国竹枝词》对海外土风物产的描写尤为广泛。后来阮元又写过《望远镜中望月歌》，表现了他对近代天体知识的了解。胡天游还写过《海贾篇》，叙写了海上通商。舒位则写过《鹦鹉地图》，描写了想象中的澳大利亚风光。而黄遵宪之友胡曦所作《火轮船歌》七古长篇，也比黄遵宪咏轮船、火车、电报、照相的《今别离》，要早十六年。这些只是其中的一些例子。他如写时鸣钟、眼镜等海外新事物的作品也早已有之。但是，在黄遵宪之前，似乎还没有人能像黄遵宪那样如此集中、丰富地描写海外新事物，因此，黄遵宪在创作实践上是对前人开拓新题材、表现海外文明的一次重大发展，当然是否已经产生质的飞跃还是可以商榷的。梁启超认为黄遵宪重视"古风格"，而少用新名词。其实，正是由于黄遵宪对"古风格"的留恋，所以尽管他早有"别创诗界"的愿望，然而却没有意识到，或者缺乏勇气要求中国诗歌在艺术上广泛吸取海外文学的营养，去开辟崭新的前景。相对来说，梁启超提出的"诗界革命"方案又前进了一步，这不仅是因为他在理论上更明确地要求表现海外新事物、创造新意境，而且，还意识到"惟将竭力输入欧洲之精神思想，以供来者之诗料"（《夏威夷游记》），这样才能提高"诗界革命"的水平，因而具有更深远的理论意义。但黄遵宪等人的创作实践则是梁启超"诗界革命"理论产生的物质前提和基础。

　　其后，康有为于1909年在槟榔屿与邱菽园论诗，再次指出："新世瑰奇异境生，更搜欧亚造新声。"（《与菽园论诗兼寄任公孺博曼宣》）虽然在理论上并没有新的推进，但康有为流亡国外期间，游迹甚广，因此，他在实践上创作了更多描写海外文明和山川风光、风俗民情的作品。在诗界革命派诗人中，康有为不仅作了最广泛的环球旅行，而且也在题材世界作了最广泛的环球"拍摄"。丘逢甲也创作了不少表现海外新事物的作品。梁启超主编的《清议报》专辟的《诗文辞随录》及《新民丛报》专辟的《诗界潮音集》里，表现海外新事物的作品就更多。而一般不列入诗界革命派的诗人，如文廷式，也创作了不少类似的作品，除梁启超在《夏威夷游记》所举"遥夜苦难明，他洲日方午"二语，"写出亚美二洲之昼夜相背，其言中国政治之黑暗，他国方值昌明"（夏敬观《映庵臆说》）之外，还有《暇阅西方史籍于二百年内得三人焉其事或成或败要其精神志略皆第一流也各赞一诗以写余怀》（按：三人即"俄罗斯帝大彼得""法兰西帝拿破仑第一""美利坚总统华盛顿"）、《题埃及断碑为伯希祭酒作》、《为徐仲虎建寅题海外归舟图图为无锡华翼纶作》、《过袄祠》等。而在黄遵宪、康有为、梁启超等人的影响之下，普通诗人尝试创作歌咏新文明的例子也很多，如钱仲联师在《梦苕庵诗话》中曾举山阳曹民父，甘泉毛元征仿《今别离》所作咏"蜡像""蒸汽循环""月球与地球""报纸""留声机""电话""望远镜""南北半球寒暑相反"等诗。甚至如同光体诗人夏敬观也有《新子夜歌》以及《自虹桥驰车西新泾遂登疗养院楼》《杂兴五首》《夜起闻罗马钟声》等作品，大写新文明，新事物。之后继承发扬"诗界革命"精神，创作成就尤为特出的，当推金松岑和许承尧。而早期如谭嗣同，夏曾佑等所作新诗，诚如钱锺书先生所评"若辈之言诗界维新，仅指驱使西故，亦犹参军蛮语作诗，仍是用佛典梵语之结习而已"（《谈艺录》）。

随着海外近代文明的输入和广泛传播，以现实生活为主要内容的诗歌，必然会愈来愈多地涉及旷古未有的崭新题材，这是一种必然的趋势。诗界革命派的可贵之处，在于他们能自觉地正视这一现实。他们的局限在于迷恋古风格，因而不能真正在艺术上超越旧传统，改变古典诗歌的性质。

第二节　止于对未来的昭示：黄遵宪诗

黄遵宪是维新派中的重要人物，生于 1848 年，比陈三立长四岁，死于 1905 年。字公度。广东嘉应州人。著有《人境庐诗草》《日本杂事诗》《日本国志》等。

黄遵宪长期持节海外，所以比较了解海外文明。甲午回国后，参加维新变法运动，为上海强学会成员，并创办《时务报》，聘汪康年为经理，梁启超为主笔。后为陈三立所邀赴湖南赞助陈宝箴推行新政，一人而兼盐法道、署按察使、保卫局、课吏馆诸事。成为湖南维新运动的领袖人物之一。曾为光绪召见，于御前奏曰："泰西之强，悉由变法。臣在伦敦，闻父老言，百年以前，尚不如中华。"（《己亥杂诗》自注）光绪笑颔之。后与日本驻华公使矢野文雄语政，而谓"二十世纪之政体，必法英之共主"。在湖南"南学会"上讲演时，又首创民治之说："亦自治其身，自治其乡而已。由一乡推之一县一府一省，以迄全国，可以成共和之郅治，臻大同之盛轨。"（参见钱仲联《黄公度先生年谱》）戊戌时，光绪曾命呈《日本国志》。六月，命以三品京堂出使日本大臣，复又特简三诏敦促黄遵宪回京，然因病滞于途。未至京，而政变已作。本当遭后党严办，因日本方面出面交涉而免于祸。从此退出政界，在家乡闭门著书。然黄遵宪并未忘怀时世。1902 年，尝致书梁启超说，其早年"盖其志在变法，在民权，谓非宰相不可为。宰相又必乘时之会，得君之专，而后可也。既而游欧洲，历南洋，又四五年，归见当道者之顽固如此，吾民之聋聩如此，又欲以先知先觉为己任，借报纸以启发之，以拯救之……既而幸识公，则驰告伯严曰：'吾所谓以言救世之责，今悉卸其肩于某君矣'……及戊戌新政，新机大动，吾又膺非常之知，遂欲捐其躯以报国矣。自是以来，愈益挫折，愈益艰危，而吾志乃益坚……虽然，吾仰视天，俯画地，仍守以待之而已……再阅数年，加富尔变为玛志尼，吾亦不敢知也"［《致梁启超函》（1902 年 11 月 30 日）］。由此可见其平生祈向。而其所主之政治路线，乃是"始以独立，继以自治，又继以群治"（《驳革命书》），"中国政体，征之前此之历史，考之今日之程度，必以英吉利为师……再历十数年、百余年，或且胥天下而变民主，或且合天下而戴一共主，皆未可知。然中国之进步，必先以民族主义，继以立宪政体"［《致梁启超函》（1902年12月）］。临终前，黄遵宪曾致书梁启超，就熊希龄函商"吾党方针，将来大计"，发表意见说："渠意盖颇以革命为不然者，然今日当道，实既绝望，吾辈终不能视死不救。吾以为当避其名而行其实。"［《致梁启超函》（1905年2月21日）］对清王朝已不再抱有幻想。

　　然而，在诗学方面，黄遵宪虽有"别创诗界"之想，然"年十五六，即学为诗"，深受传统影响自不待言。曾感叹说："士生古人之后，古人之诗号专门名家者无虑百数十家。欲弃去古人之糟粕，而不为古人所束缚，诚戛戛乎其难！……然余固有志焉而未能逮也。《诗》有之曰：'虽不能至，心向往之。'"（《人境庐诗草自序》）而以"华盛顿、哲非逊、富兰克令"之望属于年轻一辈（参见《与丘菽园书》）。黄遵宪虽曾说："诗虽小道，然欧洲诗人，出其鼓吹文明之笔，竟有左右世界之力。"（同上）而其内心深处，其实并不是把诗歌放在首位的，他的抱负并不在诗，而在于政治，故其临终前曾十分遗憾地叹息道："平生怀抱，一事无成，惟古近体诗能自立耳，然亦无用之物，到此已无可望矣。"（黄遵楷《人境庐诗草跋》引）在这方面他与前代以"诗为余事"的作家一样，不仅在客观上是个业余诗人，而且在精神意识上也是个业余诗人。黄遵宪在创作上主张"无不学，无不舍"。于前代诗歌如汉魏乐府、杜甫、韩愈、白居易、苏轼，以及清代诗人如吴伟业、宋湘、黄景仁、舒位等，皆有所借鉴。其诗中也经常采用前人诗句或诗意。除杜甫这位百家所宗的诗人外，如韩愈、苏轼，以及清代诗人的作品也常渗透进诗人的笔墨。如"沿习甘剽盗""但念废弃后，巧拙同泯泯"（《杂感》）、"为云为龙将翱翔"（《别赖云芝同年》）、"花开花落掩关卧"（《遣闷》）、"偶题木居士"（《新嘉坡杂诗》十二首）等，分别出于韩愈的"沿习伤剽盗""死后贤愚俱泯泯""我愿身为云，东

野变为龙,四方上下逐东野,虽有离别无由逢""归来陨涕掩关卧""偶
然题作木居士"等。而如"颠风断渡铃能语"(《寓汕头旅馆感怀寄梁
诗五》)、"黑风吹海海夜立"(《福州大水行同张樵野丈龚霭人丈作》)、
"打窗山雨琅琅响"(《即事》)、"要使天骄识凤麟"(《岁暮怀人诗》)、"朝
朝软饱后,行行扪余腹"(《寄女》)、"赤手能擒虎"(《天津纪乱十二首》)
等,则分别出于苏轼"塔上一铃独自语,明日颠风当断渡""天外黑
风吹海立""窗前山雨夜浪浪""要使天骄识凤麟""先生食饱无一事,
散步逍遥自扪腹""赤手真擒虎"等。再如"岭南好时节,不为荔支
留""最怜罗马拜,中妇乞钱号""监门图一幅,谁上九重看"(《武清
道中作》)分别出于宋湘"江南好时节,莫待落花来""乞钱中妇踞,
贱买小儿号""监门图一幅,谁奏九重看"。而如"泼海红霞照我杯"(《闰
月饮集钟山送文芸阁学士假归兼怀陈伯严吏部》)、"吾家正溪北"(《武
清道中作》)则出于黄景仁"红霞一片海上来,照我楼上华筵开""我
家云溪北"等。《人境庐诗草》采用龚自珍诗句者尤多,如"平生爱
尔风云气,倘既消磨不自禁"(《为诗五悼亡作》),"百千万树樱花红,
一十二时僧楼钟""垆香袅处瓶花侧""万绿沉沉嘒一蝉"(《不忍池晚
游诗》),"又闻净土落花深四寸""天雨新好花,长是看花时"(《樱花
歌》),"后二十年言定验""四百由旬海道长,忽逢此老怨津梁"(《己
亥杂诗》)等,分别出于龚自珍的"风云才略已消磨""一十三度溪花
红,一百八下西溪钟""瓶花帖妥炉香定""万绿无人嘒一蝉""又闻
净土落花深四寸""安得树有不尽之花更雨新好者,三百六十日,长
是落花时""五十年中言定验""过百由旬烟水长,释迦老子怨津梁"
等。他如"黄尘没马头"(《游丰湖》)、"复走江南江北饱看青山青"
(《放歌用前韵》)、"安知不署臣结名"(《和平里行和丘仲阆》)则分别
出于黄庭坚的"肯使黄尘没马头""江南江北饱看山""臣结春陵二三
策"等。"哀乐中年感,艰难远道书"(《人境庐杂诗》)、"四海复四海,
九州更九州"(《题樵野丈运甓斋话别图》)则出于王士祯的"哀乐中
年事,艰难远道书""四海复四海,九州还九州"等。"一家女儿做新

娘，十家女儿看镜光"（《山歌》）、"吟到中华以外天"（《奉命为美国三富兰西士果总领事留别日本诸君子》）则出自袁枚的"一家女儿迎新郎，千家女儿对镜光""吟到中华以外之天"等。甚至如高心夔诗，黄遵宪亦有所取，如"千帆张鸟翼"（《由潮州溯流而上驶风舟行甚疾》）句便出自高诗"帆帆侧翼鸟趋谷"句。诸如此类，在《人境庐诗钞》中大量存在，远不止上述例举的诗人诗句。这说明黄诗与前代的诗歌有着直接的密切联系，前人的诗作是他创作的历史营养和师法的范例。从章句到体裁风格，黄遵宪皆有所继承，也有所变化。比较明显的如"七古的《流求歌》《九姓渔船曲》《南汉修慧寺千佛塔歌》等，显然是梅村体的变调。以单行之气运用于七律，正是宋湘诗的专长，而作者生长在宋湘的家乡，很早从《红杏山房诗》中有所濡染，也是无可置疑的，所以在早期作品如《武清道中作》等五律里，还明显地保存着学习宋湘诗的痕迹。古诗才气纵横之处，与其说他是近于袁枚、赵翼，毋宁说他是受宋湘影响更为符合事实。从黄景仁诗夺胎而来的也有好几首，如《西乡星歌》《冯将军歌》等七古和《岁暮怀人诗》中的一些近体诗就是，不过因为青胜于蓝，人们也就忘却它的根脚了。龚自珍诗对作者的影响特别显著，那种雄奇的境界、瑰丽的藻彩、风雷鼓荡的生气,正是当时许多古典诗歌改革者的共有的特色"（钱仲联《人境庐诗草笺注前言》)。在诗歌艺术方面，黄诗仍然在传统诗歌的巨大阴影笼盖之下。

在语言方面，黄诗虽然比较丰富，但以典雅的古汉语书面语言为主，如《都踊歌》中的"磋磋""弃则那"之类就是《诗经》《国语》中的语汇，甚至如《小学校学生相和歌》十九章也写得古色斑烂。而被梁启超誉为"空前奇构"，欲题为"印度近史""佛教小史""地球宗教论""宗教政治关系说"的《锡兰岛卧佛》，更是大量采用经史佛典，非专家学者，难释其意，可谓"古文与今言，旷若设疆圉，竟如置重译,象胥通蛮语"（《杂感》)。其他诗歌也用典极夥。且大多贴切精严，为作者一大特长。其诗如：

扰扰无穷事，吁嗟景教行。

乍闻祆庙火，已见德车旌。

过重牵牛罚，横挑啮犬争。

挟强图一逞，莫问出师名。（《书愤》）

其中三、四句用《礼记》"德车结旌"之典，可谓一语双关，既在字面上写明因教案而导致德国兵船侵入胶州湾事件，又寄托了作者对事件起因的看法。可谓春秋之笔，一字千金。再如"更觉黄人捧日难"（《感事》），"黄人捧日"典出《太平御览》，本是外人来降之兆。而我国人恰为黄种人，该诗一语双关，表达了复杂的诗意，寄托了作者深深的忧虑。再如：

空庭树静悄无鸦，太白光芒北斗斜。

破碎山河犹照影，广寒宫阙定谁家。

光残银烛谈偷药，热逼金瓯看剖瓜。

满酌清尊聊一醉，漫愁秋尽落黄花。（《七月十五夜暑甚看月达晓》）

前六句以典写月，表现出兵气满天，山河破碎的特定时代氛围。最后两句故作超脱，表面上是写如今正值炎夏，不用为黄花落尽去犯愁，而实用《隋书·五行志》讽刺穆后之童谣："黄花势欲落，清樽但满酌。"表达了作者对慈禧的憎恨，深化了诗意。黄遵宪采用口头俚语的作品主要是《山歌》之类，表现了作者对民间通俗歌曲的重视。中国古代许多优秀的诗人都比较善于吸收民歌的营养，如唐代的刘禹锡，就是善于仿写民歌的一位著名诗人，顾况、罗隐、杜荀鹤、聂夷中等也非常善于运用通俗俚语入诗，宋代的杨万里、范成大，特别是杨万里，也极长于此道。明代的徐渭及公安派也相当重视民歌。如金銮、刘效祖、赵南星、冯梦龙等甚至还较多地仿效俚曲。即使如标置格调的李梦阳晚年作《诗集自序》也赞叹王叔武"真诗乃在民间"的见解。清初广东诗人屈大均也曾创作过大量的歌谣体作品，晚年所作尤夥，《广东新语》卷八还记录了他本人为"二妃""某氏妇""天濠街妇""四孝烈""麦氏"等而作的歌辞和本事，并在《广东新语》卷十二《粤歌》一章对粤地民歌作了采录以及很高的评价，认为"粤固楚之南裔，岂屈宋流风，多洽于妇人女子欤"。其后如宋湘也曾创作过不少具有民歌风味的作品。黄遵宪继承了唐宋以来，主要是粤地乡前辈的传统，不仅修改，创作了《山歌》，有时还以民谚入诗，如《聂将军歌》中便成功地采用当时民谚"一龙二虎三百羊"，熔铸入诗，表现了当时义和团的斗争目标及其历史局限。

黄遵宪与其他诗界革命派诗人一样也采用新名词入诗。如《罢美国留学生感赋》《纪事》《今别离》《感事》《以莲菊桃杂供一瓶作歌》等都是善用新名词的成功例子，所用新名词多系舆地、人物以及近代海外文明产物，也有少量社会科学和自然科学的术语和概念，如"总统""校长""合众""共和""自由""平等""动物""植物"，等等。这类诗大多在海外时所作，在诗集中所占比例也不大，这类新名词大多是一些难以替代，不得不采用的概念，从总的语言形态来看，黄诗的语言性质并未改变。

从形式上看，黄遵宪的诗歌除了在语汇方面，稍稍增添了新名词以外，在韵律、节奏、句式等方面均无重大突破。他的古体诗，吸取了韩愈以文为诗的手法，句式变化较多，有严整的"诗"句，有自由舒展的文句，或整齐和谐，或长短参差，拗硬不驯。如《西乡星歌》起句即以散文句式入诗："人不能容此嵚崎磊落之身，天尚与之发扬蹈厉之精神。"下继以整句，复又间入散句"当时帝星拥虚位，披发上诉九天阊阖呼不开""死于饥寒，死于苛政，死于暴客等一死，徒死何如举大计"，在诗行中生发出"嵚崎磊落"、兀傲慷慨的气势，使人在吟诵之际，即能在节奏上感受到全诗的精神特色。他如《赤穗四十七义士歌》《以莲菊桃杂供一瓶作歌》《和平里行邱仲阏》等皆属此类。而近体的节奏多为常格，变化不多，以气顺势畅为归。

黄遵宪创作了大量叙事记史长篇,如《西乡星歌》《冯将军歌》《降将军歌》《台湾行》《度辽将军歌》《聂将军歌》《锡兰岛卧佛》等皆是。这些诗篇在章法上吸收了"古文家伸缩离合之法",故叙事动荡曲折,波澜起伏。如《冯将军歌》从冯将军"少小能杀贼",写到他英勇抗击法军的侵略,可作冯子材生平传记观。该诗前六句交待冯将军当年的赫赫战功,作正面渲染,笔墨简括,叙写重点则是他抗击法军的事迹。七、八句稍作转折,写冯将军居安思危,不忘武备,为下文展示冯将军老当益壮,英勇善战伏笔。接四句,叙写形势由安转危,逼近核心,并交代冯将军重披战铠的缘由。而下面四句并没有顺势转入对冯将军阵前杀敌的描写,却将笔势一挫,转写反面受谤,既照应了史实,又增强了悬念,同时又能与下文形成对照,突现冯将军的个性以及他的骁勇,并生发出"春秋"之意。经过前面的"伸缩离合",作者方才具体描写冯将军统帅敢死之士与敌鏖战的场面。由于作者善用古文之法,所以他的诗歌在叙写纷纭繁复的历史事件的时候,能做到详略得宜,有条不紊,而且变化动荡,引人入胜,这是他的特长之一。在近体创作中,有时也能"以单行之神,运排偶之体"。如《夜饮》《到广州》《酬曾重伯编修》《寒夜独坐卧虹榭》等皆是,然相比而言,未必老练,与宋湘相比,尚逊一筹。其诗如:

> 废君一月官书力,读我连篇新派诗。
> 风雅不亡由善作,光丰之后益矜奇。
> 文章巨蟹横行日,世变群龙见首时。
> 手撷芙蓉策虬驷,出门惘惘更寻谁。(《酬曾重伯编修》)

一句一意,前起后承,一线贯穿,但思路较粗,有脱口而出之嫌。这类作品尚不能体现黄诗的造诣。黄诗较成功的近体,还是那些密织典实,富有波澜的作品。而就黄诗的表现对象来看,黄遵宪比较感兴趣的还是对客观事件的叙写。虽然他曾提出"复古人比兴之体",而且还创作了《雁》《杜鹃》《五禽言》这类通篇比兴的作品,但较能体现黄诗特长的还是"赋"体,当然,由于诗人大量隶事用典,所以他对客观事件的陈述叙写,除了一些长篇古体尚能直陈其事外,大量近体往往是间接的、含蓄的,其中介往往是浓缩古代历史事迹的典实,由此可以扩大时空范围,沟通古今四海的联系,丰富和延深诗意,使当前的事件具有历史的深度,但同时也会影响到所叙对象的清晰度,不能给人以真切实在的感受,与此同时,诗人想象的翅膀也往往受到典实的约束,不能自由舒展地翱翔在鲜明活泼的形象世界里。好在黄诗侧重于叙事写意,不在写景方面争奇斗胜。如《登巴黎铁塔》原是一个绝好的写景题目,但该诗的上篇把笔墨重点放在叙写铁塔方面,中篇虽写登临四顾,而诗思并不新奇,无非是"呼吸通帝座,疑可通胼蚤""离离画方罫,万顷开沃壤。微茫一线遥,千里走河广。宫阙与城垒,一气作苍莽"。这类描写人们并不生疏。下篇感叹欧洲历史兴衰,这是古人未曾梦见的。表明了诗人对近代世界的了解,但并非写景笔墨。

黄诗虽不以创造"画境"为目标,却注重表现重大社会事件。其胸襟气概又足以驾驭之,故其诗"天骨开张""大气包举",无论是用典之作,还是直叙之作,诗中产生的意象大多"正像山岳那样地峥嵘,又像江涛那样地奔放"(钱仲联《人境庐诗草笺注前言》)。其诗如:

> 黑云蓵山山突兀,俯瞰一城炮齐发。
> 火光所到雷硠磕,肉雨腾飞飞血红。(《悲平壤》)
> 敌军四围来环攻,使船使马旋如风,万弹如锥争凿空。
> 地炉煮海海波涌,海鸟绝飞伏蛟恐,人声鼓声噤不动。
>
> (《东沟行》)
>
> 长城万里此为堑,鲸鹏相摩图一啖。
> 昂头侧睨视眈眈,伸手欲攫终不敢。

谓海可填山易撼，万鬼聚谋无此胆。（《哀旅顺》）

忍言赤县神州祸，更觉黄人捧日难。

压己真忧天梦梦，穷途并哭海漫漫。（《感事》）

仰天击缶唱乌乌，拍遍阑干碎唾壶。（《仰天》）

任移斗柄嗟王母，枉执干戈痛国殇。（《再用前韵酬仲

阏》）

堕地金瓯成瓦注，在天贯索指银潢。（《四用前韵》）

千声檐铁百淋铃，雨横风狂暂一停。

正望鸡鸣天下白，又惊鹅击海东青。

…………

斗室苍茫吾独立，万家酣梦几人醒。（《夜起》）

笔墨雄奇，气势健举，诗情悲慨，作者其人在诗中呼之欲出。

诗人还有一些诗篇，不仅仅是能运用新名词，而且还能用新意识写新意境。如《纪事》写美国竞选总统，《番客篇》写海外人物风情，在当时都是比较新鲜的。再如《以莲菊桃杂供一瓶作歌》一诗，是对"《淮南子·俶真训》所谓'槐榆与橘柚，合而为兄弟；有苗与三危，通而为一家'；查初白《菊瓶插梅》诗所谓'高士累朝多合传，佳人绝代少同时'"（钱锺书《谈艺录》）的进一步发挥。诗人在诗中虽用拟人化手法，写出了诸花姿态，但其重点并不在描绘诸花合处之奇观，而是欲以诸花象征世界各民族，寄托诗人和平共处的愿望，与魏源在《偶然吟十八章》之八中表达的理想基本一致。下篇，诗人借用粗浅的自然科学知识作为想象的基础和触发点，展望未来："化工造物先造质，控抟众质亦多术，安知夺胎换骨无金丹，不使此莲此菊此桃万亿化身合为一。众生后果本前因，汝花未必原花身，动物植物轮回作生死，安知人不变花花不变为人。六十四质亦么么，我身离合无不可，质有时坏神永存，安知我不变花花不变为我……待到汝花将我供瓶时，还愿对花一读今我诗。"寄托了物无贵贱，万物平等的思想，而近代的

自然科学知识，杂糅着佛学意识，则丰富了诗人的灵感，开拓了想象空间。

再如《今别离》四首，也同样以近代科学知识作为依凭，展开想象翅膀，如其二咏电报：

> 寻常并坐语，未遽悉心事。
>
> 况经三四译，岂能达人意。
>
> 只有班班墨，颇似临行泪。
>
> 门前两行树，离离到天际。
>
> 中央亦有丝，有丝两头系。

笔墨之曲折，皆缘于新事物、新意识，而由电线沟通两地相思，乃是旷古未有之设想。其四，本于东西半球昼夜相反之理，进行构思：

> 昨夕入君室，举手搴君帷。
>
> 披帷不见人，想君就枕迟。
>
> 君魂倘寻我，会面亦难期。
>
> 恐君魂来日，是妾不寐时。
>
> 妾睡君或醒，君睡妾岂知。
>
> 彼此不相闻，安怪常参差。
>
> 举头见明月，明月方入扉。
>
> 此时想君身，侵晓刚披衣。

古人作相思之篇，往往是关山阻隔，梦魂未通，如今不仅关山阻隔，而且昼夜相反，连梦魂也无法相会，相思之苦比古人更深一层。崭新的诗歌艺术，不仅有待于诗歌表层形式的更新，而且还有待于深层的修辞（广义的）意识的更新，海外文化的传播，将会更加丰富创作的灵感，使想象的基础更加深厚。黄遵宪的这些以新意识为构思向导的诗篇，虽然在《人境庐诗草》中所占比重极小，但可以看作是一种前古未有的修辞意识即将崛起的信号，可以看作是对未来新世界的一种昭示。在世界文化广泛交流的基础上，人们的创作视野将会极大地拓宽，未来真正的新诗，将不再仅仅以固有的传统文化为生长的土壤，而将以世界文化作为土壤，以现代文明作为向导，传统的民族性，将为发展的民族性所取代。然而，在黄遵宪的时代，传统文化仍然占有统治地位，传统意识仍然相当顽强地坚守着阵地。就黄遵宪本人的整个创作而言，尚未能跳出传统的诗歌创作模式，但量变正在发生，海外文化、海外的近代文明，也正不可阻挠地层层渗透进来，为现代白话新诗的诞生准备着条件。

第三节　在题材世界作环球飞越的旧槎：康有为诗

康有为是著名的维新派领袖人物之一，生于1858年，比黄遵宪小十岁，死于1927年。原名祖诒，字广厦，号长素，又号更生。广东南海人。光绪进士，官工部主事。光绪十四年（1888），首次上清帝书，建议变法图强。甲午之战后，又发动"公车上书"，并建立强学会。戊戌时，参加百日维新。政变后，长期流亡国外，1913年回国。1917年参与张勋复辟。失败后，始退出政治舞台。刊有《南海先生诗集》《南海先生文集》等。

康有为五岁读唐诗，六岁读《大学》《中庸》《论语》及朱注《孝经》。十一岁随祖父于连州官舍，学习文史典籍，阅读邸报，渐知朝廷政事。十七岁始见《瀛环志略》及地球图等，开始了解世界。广州是最早的通商口岸，较早较多地受到海外近代文明的影响。这使康有为有较好的了解世界的外部环境。十九岁就学于著名学者朱次琦，研读宋儒书及经说、小学、史学、掌故词章。二十二岁，专攻道教佛教经典，初游香港，始知西人治国有法度，开始购读西学之书。二十三岁研读经籍及公羊学。二十六岁，研治近代东西方政治制度，并学习物理、化学等自然科学。二十七岁"合经史之奥言，探儒佛之微旨，参中西之新理，穷天人之颐变"开始形成改良思想体系。康有为在思想上持"公羊三世"的历史进化观和人权民主观，在政治上主张"君主立宪"，且谓"吾学三十岁已成，此后不复有进，亦不必求进。"所以，当资产阶级革命的条件成熟以后，康有为也仍然死抱着"君主立宪"的主张，沦为保皇党领袖。辛亥革命以后，虽然拒绝与袁世凯合作，但却参与张勋复辟之役。然而康有为又始终如一地反对外来侵略，反对投降主义，反对军阀割据、国家分裂，是一个坚定的爱国主义者。

在文学上，康有为深受杜甫影响。"能诵全杜集，一字不遗，故其诗虽非刻意有所学，然一见殆与杜集乱楮叶。"（梁启超《饮冰室诗话》）另外，康有为还受到龚自珍的影响。而且，尽管他与黄遵宪、梁启超等一样，要求表现新事物，但他的诗学观念，基本上还没有跳出传统的窠臼。他重视诗歌的社会政教功用。强调"感于哀乐""缘事而发"，而且也强调诗歌的抒情性（参见《日本杂事诗序》《人境庐诗草序》《梁启超写南海先生诗集序》）。但所有这些都并不是康有为的创见。写于1909年的《与菽园论诗兼寄任公孺博曼宣》三首，比较集中地展示了他的创作宗旨。其一云：

> 一代才人孰绣丝，万千作者亿千诗。
>
> 吟风弄月各自得，覆酱烧薪空尔悲。
>
> 正始如闻本风雅，丽葩无奈祖骚词。
>
> 汉唐格律周人意，悱恻雄奇亦可思。

这里强调了三点：一是要继承《诗》《骚》的精神，要有深厚的寄托；二是继承汉唐以来的艺术形式；三是要有文采，并推重情感深沉浓郁，境界雄阔奇伟的风格。在这里康有为尚未要求在艺术上摆脱传统的束缚。但是，时代变了，通向世界的大门已经被殖民主义者的炮火轰开，因此，诗人不愿局限于原有的题材范围，而希望进一步把目光投向世界，这样诗人又在该题其二，要求作家"更搜欧亚造新声"，这是诗界革命派的核心主张。将一、二首诗意结合起来，也就是梁启超用"旧风格写新意境"的精神。这种取之于欧亚的新境界，自然是李杜诗篇所没有的，因此诗人不由得豪兴勃发，仰天而歌。其三云：

意境几于无李杜，目中何处着元明。
飞腾作势风云起，奇变见犹神鬼惊。
扫除近代新诗话，惝恍诸天闻乐声。
兹事混茫与微妙，感人千载妙音生。

这就是康有为的创新主张。然而其着眼点是题材内容的拓展，并非是诗歌艺术的革命。康有为虽然在题材世界作了广泛的环球飞越，但所乘之"槎"仍然是传统的旧槎。正因此，康有为对新题材的表现也会受到极大的限制，只有在传统艺术形式的表现力能达到的范围内，才能使对象得到比较充分的展示。

康有为的创作实践与他的诗学主张基本一致。康诗也常用典，以经史为主，兼采佛家，但并不喜僻好奇，而且用典也往往只是正面大约的比附，随才情所至，少作精细周密的选择。如《除夕答从兄沛然秀才时将入京上书》有句云："新诗付与子由定，资斧能怜范叔寒。"前句以轼、辙相比，固是文人积习，而后句用《史记》须贾赠袍范雎之典未免不类。《东事战败联十八省举人三千人上书次日美使田贝索稿为人传抄刻遍天下题曰公车上书记是时主和者为军机大臣孙毓汶众怒甚孙畏不朝遂辞位》末句"椎秦不成奈若何"，用"椎秦"之典来说明朝野正直之士反对孙毓汶等人投降卖国，也实在勉强。《闻意索三门湾以兵轮三艘迫浙江有感》句云："凄凉白马市中箫，梦入西湖数六桥。"以伍子胥吴市吹箫，影附自己流亡日本，也并不贴切。可见康有为用典尚欠三思，有脱口随意之嫌。然而，诗意虽不够精密，而无论是"椎秦"，还是"白马吹箫"，都有着强烈的情感色彩，而且字面形象也比较鲜明,这是康有为用典的特长。另一方面,尽管康有为当年在澹如楼读书时曾发愿:"忏除绮语从居易,悔作雕虫似子云。"但只是空口许愿,他既没有从此戒诗,也没有刊删华美的辞藻,他的诗歌依然是那样文采斐然。其诗如:

> 瀑流千尺射龙炭,岩壑幽深隐绿茸。
> 日踏披云台上路,满山开遍杜鹃红。(《读书西樵山白云洞》)
> 黄莺接叶啼难歇,紫蝶寻香故自飞。
> 感旧京华成梦梦,送人流水更依依。(《送春》)
> 城堞逶迤万柳红,西山苕峣霁明虹。
> 云垂大野鹰盘势,地展平原骏走风。(《过昌平城望居庸关》)
> 贴地氍毹万玉声,回环哀艳日斜明。
> 舞衣乍解依人坐,垂柳枝枝总有情。(《饮酒城南》其二)
> 香梦如丝欲化烟,桃花楼阁不成眠。
> 芳心已作沾泥絮,犹触前尘一惘然。(《饮酒城南》其四)

康有为是工于装饰诗表的,而他的造句也比较自然流畅。句中语法成分配合和谐,较少拗折倒置。在这方面,康有为继承了唐诗的传统。另外,康有为描写海外风物人情的诗篇,往往运用当地的地名、人名、物名、建筑名称以及一些近代文明的产物如电灯、汽车之类,这些都增添了诗作新鲜的时代和异域色彩。而他在海外创作的许多长篇巨制,或五言、或七言,叙事周详,议论新颖,情感沉郁,吸取了杜甫《北征》的神髓,又兼采韩愈的叙写手段,形成了长江大河般的气势。这些诗篇大多是正面叙述自己的所经所历,所见所闻。诗歌的章句在凝炼中见流荡,整饬中见变化。诗意一气贯注,如文章然。诗句之间承转紧密,往往鱼贯相衔。其诗如:

> 岂知佛生中印度,千里无僧无一寺。

但见恒河东流水滔滔，摩诃末寺插天高。

婆罗梵志苦身躯，裸体仰天卧泥涂。

供祀妖像羊与猪，马身象首涂粉朱。

人持香花与灯俱，白牛入庙膜拜咨。

猕猴千亿杂人居，施以豆麦走群狙。

形俗愚诡可骇吁，如入地狱变相图。(《自阿喇霸邑寻佛教僧寺有人言刹都喇有之至则绝无寻至了忌喇爹利即古之舍卫也亦无佛迹大教经劫感慨而歌之》)

筑者所罗门，于今三千年。

城下聚男妇，号哭声咽阗。

日午百数人，曲巷肩骈连。

凭壁立而啼，涕泪涌如泉。

惨气上九霄，悲声下九渊。(《耶路萨冷观犹太人哭所罗门城壁男妇百数日午凭城泪下如縻诚万国所无也惟有教有识故感人深远吾念故国为之怆然》)

在章法结构上往往是夹叙夹议，由所见而有所叙，有所叙而有所感，有所感而有所议，直至发尽胸臆为止。康有为创作的最长的一首诗是《开岁忽六十篇》，共二百三十三韵，也是较难得的长篇，充分展示了康有为的诗才。

然而无论是长篇，还是短篇，都具有浓郁的主观抒情色彩，诗人很少不动声色地去冷静观照他的创作对象。所谓"正始如闻本风雅"，诗人重视有寄托之作，他不仅要在客观对象中寄托自己的改良之志，爱国之忧，故国之思，而且还时时直接以主观情意作为表现对象。当然这种主观情意的抒发，并不是直接的主观独白，而往往通过主观的想象，借助意象的系列得到表现。其诗如：

秋风立马越王台，混混蛇龙最可哀。

十七史从何说起，三千劫几历轮回。

腐儒心事呼天问，大地山河跨海来。

临睨飞云横八表，岂无倚剑叹雄才。（《秋登越王台》）

沧海惊波百怪横，唐衢痛哭万人惊。

高峰突出诸山炉，上帝无言百鬼狩。（《出都留别诸公》）

忽洒龙蠡翳太阴，紫微移座帝星沉。

孤臣辜负传衣带，碧海波涛夜夜心。（《八月九日在上海
英舰为英人救出得伪旨称吾进丸弑上上已大行闻之一痛欲绝
决投海写诗系衣带后英人劝阻谓消息未确请待之派兵船保护
至香港》）

这些诗篇都并不以描写眼前景物，或者叙述客观时事为目标，但
同时又非抽象概念组成的系列，诗中意象澜翻，但并不构成一幅浑成
统一的画面。如果仅就字面产生的形象而论，相互之间至少在表面没
有什么相关的联系。它们服从于内在的情感，由内在的情意交织成一
个统一的整体。因此仅就字面产生的形象而论，它们具有一定的象征
色彩。然而由于象和意之间的关系大多服从于某些典故，象、意之间
只有一座桥梁，因此，这些形象虽然在欣赏时能丰富再造想象，但实
际上只是一种借代体，并不是真正的象征体，而那些不以典故作为纽
带的形象，也由于受到主观明显的评判、操纵、驾驭，而具有明显的
情感倾向，它们可以在整体上补充、强化内在之立意，但也并不是一
个独立自主的象征体。上述这种表现方法，在中国古典诗歌中是常有
的。康有为比较偏爱这种方法。由于主观情意是通过形象系列被表现
出来，具有间接性，能产生含蓄沉郁，回肠荡气的艺术效果。而就诗
中意象的质地来看，主要具有二个特点。一是具有神异色彩。其诗如：

转大地于寸窍，噫万籁于碎琼。

沧海飞波黑山横，帝坐炯炯接长庚。

鼻孔喷火灭日星，羲娥辔走为之停。

囚龀百怪踏万灵，天龙血战鬼神惊。

神鼠蹴倒双玉瓶，金轮忽放大光明。

万千世界莲花生。（《戊子秋夜坐晋阳寺惊闻祈年殿灾今

五百年矣始议明年归政》）

海水夜啸黑风猎，杜鹃啼血秋山裂。

虎豹狰狞守九关，帝阍沉沉叫不得。（《己丑上书不达出

都》）

一曲苍茫奏水仙，灵飞鬼啸一千年。

木公虚拥扶桑日，金母高居紫焰天。

云雨不兴龙似睡，波涛暗涌鳄流涎。

只今东海灵鼍吼，哀怨如闻廿五弦。（《出都留别诸公》）

虹霓蔽白日，太微乱天经。

北斗绾枢衡，金镜荡其名。

王母宴瑶池，恻怆白玉京。

天龙多修罗，狰狞窥太清。

仙官三万籍，敛手空屏营。

香案有下吏，学道受血诚。

绿章夜上奏，欲整三垣星。

华盖接句陈，耿耿露光精。

徐徐见贬谪，仍许游赤城。

虽插尘寰脚，气象震百灵。

多谢紫皇恩，犹作钧天听。（《屠梅君侍御谢官归索诗为

别敬赋六章》其三）

遮云金翅鸟，啄食小龙飞。

海水看翻立，旻天怨式微。（《戊戌八月国变记事》）

在这方面，康诗受到了龚自珍、李贺以及屈骚的影响。在一个神

异的世界里，诗人能放胆去歌吟国家民族的哀痛，诅咒现实的黑暗，把矛头直指慈禧。

其二是雄奇阔大。除上述例子外，再如：

吸将四大海水尽，洗涤天河无寸埃。（《题黄仲弢编修龙女行云图》）

高立金轮顶，飞行银汉滨。

午时伏龙虎，永夜视星辰。（《送门人梁启超任甫入京》）

鞭石千峰上云汉，连天万里压幽并。

东穷碧海群山立，西带黄河落日明。（《登万里长城》）

老龙嘘气破沧溟，两戒长风万里程。

巨浪掀天不知远，但看海月夜中生。（《己亥二月由日本乘和泉丸渡太平洋》）

深碧地中海，渴揽同一勺。

汤汤太平洋，横海谁拏攫。

我手携地球，问天天惊愕。（《登铁塔顶与罗文昌周国贤饮酒于下层酒楼高三百尺处凭阑四顾巴黎放歌》）

俯视万丈乃至云，蓊蓊厚铺如海雪。

蔽亏合市数万家，截成半岛若环玦。

势若巨浪扑岩崖，侵袭冈陵顶欲灭。

分师略地两道出，白袍白马白旗揭。

汹涌腾奔无可御，山腰忽已被横截。

渐渐上侵迫峰顶，有若洪水涨汗溔。

怀山襄陵无不到，似泛巨舰听飘撇。（《槟榔屿顶夜看云》）

诗胆包天，运用夸张手法，纵情挥洒，能传李、岑及杜、韩之雄豪精神，同时也折射出了诗人的个性精神。康有为评黄遵宪诗"博以寰球之游历，浩渺肆恣，感激豪宕"（《人境庐诗草序》），庶可自状其诗。

相比之下，康诗比黄诗气势更豪放，诗境更鲜明辽阔，情感更激宕浓郁，然用典之精切，叙事之严密，运思之深入又皆逊黄诗一筹。康诗的境界虽然浩渺肆恣，但深曲奇妙非其所有。即使是那些描写海外风物人情和文明产物的诗篇，也未必特别奇异，尽管康有为善用夸张手法，但他缺乏崭新的修辞意识，因此不可能在构思方面有全新的突破，最多只能穷尽心力，凭借固有的文化素养去夸饰眼前的新事物，即使如名篇《登铁塔顶与罗文昌周国贤饮酒于下层酒楼高三百尺处凭阑四顾巴黎放歌》：

> 浩浩凌天风，高标卓碧落。
>
> 邈邈虚空中，华严现楼阁。
>
> 神仙蕊珠殿，人间误贬托。
>
> 高高跨苍穹，仍插尘中脚。
>
> 霓裳羽衣舞，夜夜月里乐。
>
> 玉女紫霞杯，一饮成大药。

　　读后只能唤起人们熟悉的联想，与唐代五诗人之咏慈恩寺塔，在艺术手法上也并无特异之处。所不同的只不过是康有为除了描写塔高以外，还渲染了纵酒歌舞的场面，这一点算是与慈恩寺塔下的情景有所区别。另外康有为在全诗中还简单介绍了巴黎的情况。这方面除了给人以世界知识以外，并不能产生艺术感染力。再如他对法国歌剧的描写：

> 铙歌过去作天舞，瑶台万电耀玉宇。
>
> 玉面霓裳八百女，羽衣八彩翩跹举。
>
> 四人作队次第前，八人合队散复连。
>
> 队队霞衣异样妍，国国奇装合色鲜。
>
> 百队盘旋缭云烟，大小垂手骈摩肩。

执拂执铎相蝉联，明眸皓齿粲嫣然。

玉腕轻攘文履便，香气氤氲步生莲。

飞红僛僛散连钱，惊鸿游龙妙难传。（《巴黎观剧易数曲各极歌舞之妙山海天月惨淡娱逸气象迫真感人甚深欲叹观止》）

如此大规模的歌舞，的确为国内罕见。而且如上例句之"灯光布景"也非中国歌舞所有，还有如"万人丛里涌身来，相吻惊魂若重现"之类也非我国之习俗，诗人毕竟是在写法国歌舞。然而诗中如"铙歌""瑶台""玉面霓裳""羽衣八彩""明眸皓齿""惊鸿游龙"之类形象也太使人熟悉了。这些都只能激起人们固有的联想，从而极大地减弱了歌舞的异国情调。再如：

阿房三百里，仿佛见秦皇。

迹是瑶台后，花繁上苑旁。

舞鸾犹镜殿，画象遍椒房。

拂拭金人泪，英雄事可伤。（《游微赊喇路易十四故宫》）

海山岩下紫藤斜，仙女飞飞舞碧霞。

弄罢风涛眠石上，满身衣袖压飞花。（《伦敦观剧有作海山仙女幽逸如离骚九歌者昔士卑亚曲多有之令人超超作出世想》）

这两首诗就更难以使人产生新的感受了，他如《大吉岭十六夜步月》《夕游意大利旃那祐连冈有公园一千四百年之故城尚存喷水池最大若怒涛之奔下水声甚大盖引山水为之此冈可望半城憩马临眺追思罗马霸业慨然有诗》《罗马访四霸遗迹》《三月五日在瑞士吕顺游阿尔频山晚步梨花压山芳草数里越山度涧幽绝无人徘徊花下远闻琴声湖波潋滟夕霞照山溯洄从之疑古桃源也雪旂花独阿尔频山产之游者珍之皆插襟上而归》等诗篇，除了一些地名人名，物名比较新鲜外，大多并无多少异域色彩。康有为毕竟深受祖国传统文化的薰陶，他的想象力已为传统文化所限制，无法在更广阔的世界里翱翔。他只能在传统文化指引下，用旧的创作意识去传达心中的感悟。而且在当时，即使康有为能将想象的翅膀飞翔在世界文化的天地里，国内的极大多数读者也是难以产生共鸣的，因为在当时，普通的中国人尚缺乏世界文化的修养。其时严复翻译西方社科著作，吴汝纶读后既赞叹不绝又指出其不足，云："盖自中土译西书以来，无此闳制，匪直天演之学，在中国为初凿鸿蒙，亦缘自来译手，无似此高文雄笔也！……顾蒙意尚有不能尽无私疑者，以谓执事若自为一书，则可纵意驰骋，若以译赫氏之书为名，则篇中所引古书古事，皆宜以元书所称西方者为当，似不必改用中国人语，以中事中人，固非赫氏所及知。"（《答严幼陵》）以严复之能通西学西语，尚在译著中以中国古代之典事相附会，而况康有为之创作诗歌乎！中国文人积习之深，非一朝所能更新。然而，真正的新诗不仅需要艺术形式上的变革，而且还需要意象的极大丰富和增新，以及创作意识的重大更新，传统文化中产生的意象和旧的创作意识将不能满足新诗创作的需要。而在本世纪最初几年，对于世界文化的输入仍然处在初级的介绍阶段，全面的消化吸收还要晚一些。许多作家和读者还不能用新的，至少是改良的创作意识和审美意识去看待诗歌。诗界革命派中的成员如康有为，自称在三十岁以前就形成了他的思想观点，以后很少有所变化。他们迈出了第一步，只是把笔触伸向了世界，但并没有迈出第二步，以至第三步，在艺术形式、诗歌意象和创作意识方面更多地吸收海外文化的营养。新名词、新事物虽然已经冲击了旧传统，但尚不足以改变古典诗歌的性质，尚不足以将中国诗歌从已经充实的古典躯壳里解放出来。这就是他们的历史局限。

第四节　从传统世界起飞，向传统世界回落：梁启超诗

梁启超是中国近代史上维新变法运动的著名宣传家，生于 1873年，比康有为小十五岁，死于 1929 年，比康有为晚二年。字卓如，一字任甫，号任公，又号饮冰室主人。广东新会人。十七岁中举。在这以前基本上接受传统教育。十八岁入京，始见《瀛环志略》及上海制造局所译西方书籍，心好之。是年秋识康有为，并执贽为弟子，此后益究心于新学。二十四岁为《时务报》主笔，后应陈三立、黄遵宪之邀，赴湖南长沙主讲时务学堂，并参与上海大同译书局的创建事宜。戊戌政变后流亡日本，并在横滨创办《清议报》，1901 年改办《新民丛报》。1912 年回国，组织民主党，1913 年加入共和党，并出任熊希龄内阁司法总长，翌年辞职，1915 年袁世凯等筹划称帝，乃启程南下，从事倒袁运动。1917 年张勋复辟，梁启超通电反对，并参与讨伐复辟之役。后出任段祺瑞内阁财政总长，同年即辞职，其后主要致力于教育事业。1915 年，梁启超曾回顾往昔而谓："吾二十年来之生涯皆政治生涯也……吾喜摇笔弄舌，有所论议……然匣剑帷灯，意固有所属，凡归于政治而已。"（《吾今后所以报国者》）然梁启超并无多少实际的政绩，他的最大贡献，乃在于用他那"常带感情"的巨笔，进行呼喊，并输进欧美近代文化的新鲜血液，鼓吹新民智、新民德、新民力，以唤醒沉睡的民众，从而在思想文化领域掀起了阵阵波澜。钱基博于 1930 年所写的《现代中国文学史》中说："迄今六十岁以下三十岁以上之士夫，论政持学，殆无不为之默化潜移者。"梁启超不愧为中国近代史上思想启蒙宣传的天才。无怪乎黄遵宪一见他，便将"先知先觉""以言救世"的责任拱手相让。后人辑有《饮冰室合集》等。

梁启超的学术思想是相当庞杂的，变化也较多，但其核心基本上是资本主义的改良思想。较康有为开通，能趋于时。最明显的是，他反对复辟，而且也不主张托古，曾说："中国思想之痼疾，确在'好

依傍'与'名实混淆'……康有为之大同,空前创获,而必自谓出孔子。及至孔子之改制,何为必托古?诸子何为皆托古?则亦'依傍''混淆'也已!此病根不拔,则思想终无独立自由之望。"(《清代学术概论·二十六》)这是他与康有为的分歧所在。

而在文学上,梁启超最早明确提出"诗界革命"的口号,希望从传统诗界起飞,到宇外去开辟一个崭新天地,然而他终于没有力量,超越传统引力场,又坠回到了传统世界。其后期向同光体靠拢。1912年创办《庸言报》,约陈衍撰诗话,又请陈衍酌定其诗。陈衍以为"疵病甚寡",其"诗如其文,学韩学苏,局势开展,笔力雄俊,古体长于近体,必欲吹求,则七律中对时有未工整处,古体诗用韵有上去声通押者"(参见陈声暨编《侯官陈石遗先生年谱》)。表明了梁启超在诗学方面的转向。其晚年手批《人境庐诗草》,也与《饮冰室诗话》中的极力扬揄不同,多有求全处,如称其《西乡星歌》"粗犷",称《樱花歌》"一篇中杂数体,最是文家所忌。起段略近韩苏,中幅挽以初唐,末又似仿香山,然皆不到,如天吴紫凤,颠倒裋褐,此其所以为少作欤","剿窃定庵尤恶俗"。可见其趣味已大不同于倡"诗界革命"之时。梁启超在政治上反对复辟,在诗学方面却正有复辟之势。陈声聪有诗讽刺说:"新词新意乍离披,梁夏亲提革命师。曾几何时看倒退,纷纷望古树降旗。"自注:"梁任公、夏穗卿诸人倡诗学革命,夏早世,任公中年后一意学宋人。"(《庚桑君近为诗渐不满于旧之作者毅然有革新之意此事言者近百年矣作此示之》)然而,在诗学理论方面,梁启超的认识却有了深化。1922年他写了《屈原研究》《情圣杜甫》《陶渊明》《中国韵文里头所表现的情感》,1924年又写了《中国之美文及其历史》。这些著述在思想方法上已经受到欧美文学理论的洗礼,而更多注意到文学自身的特征,文学观念开始得到自觉。他认为"艺术是情感的表现"(《情圣杜甫》)。虽然这称不上是最新的发明,然而他的论述却更加系统化了。尤其是他在《中国韵文里头所表现的情感》一文中,对中国古典诗歌的表情方法作了系统的分析,认为共有六大类。其一是"奔进的表情法";其二是"回荡的表情法";其三是"蕴藉的表情法";其四是"象征派的表情法";其五是"浪漫派的表情法";其六是"写实派的表情法",可谓一新天下人耳目。这不仅在研究方法上是古代所没有的,而且其研究心得在整体上也是发古人所未发,已具有真正的近代科学研究的学术气息。梁启超毕竟已经走到二十世纪二十年代,他的可贵之处在于他能不抱残守缺,而能勇敢地超越传统的思想方法。

然而,也许他已经沉醉于艺术之中,因而意识到古典诗歌乃是一种独特的艺术存在,尽管在中国诗歌发展的逻辑过程中,它是现代白话诗诞生的前提,但现代白话诗却是与古典诗完全不同的诗歌形式,它们各有自己的表现力。梁启超不会写白话诗,因而反把创作精力集中于古典诗歌;既是创作古典诗歌,也就需要讲究古典诗歌的艺术。这样梁启超就由"诗界革命",返回到古典传统之中。当然,梁启超之向同光体靠拢,还是由于"诗界革命"并没有在诗歌艺术上造就自己独立的形式,他们虽有革新的愿望,而实质上仍然依附于古典的艺术形式之上,只是不太讲究艺术成规而已。因而当少年的热情减退之后,重新冷静地正视古典诗歌的艺术性的时候,也就十分自然地要向学古派靠拢,讲究艺术形式,梁启超之请陈衍酌定诗稿,正表明他对艺术形式的重视。当年的诗界革命派成员,在白话诗兴起以后,除已经去世的以外,绝大多数人都不再作"越世高谈",而创作古典诗歌的立场反而更加明确,古典诗歌的艺术个性更加鲜明,其原因也正在于此。由此可见诗界革命派的局限。

在创作实践上,梁启超在戊戌变法前后,与谭嗣同、夏曾佑等人一起,创作过一些采用新名词的新诗,其中以《二十世纪太平洋歌》较有新意。该诗不仅采用了西方的地名、物名,而且还采用了抽象的理性概念,如"文明时代""四大自由""民族帝国主义""俎肉者弱食者强""门罗主义""物竞天择""东亚老大帝国"等。作《饮冰室诗话》前后,诗中新名词逐渐减少,如《留别澳洲诸同志六首》:

> 危矣前年事，尧台一发悬。
>
> 攀髯回浩劫，沥血赖群贤。
>
> 岂谓黄巾祸，更移白帝权。
>
> 天津桥畔路，肠断听啼鹃。

诗中用"白帝"指西方帝国主义，就颇能传出其中消息。他如《志未酬》《自题新中国未来记》《舟中作诗呈别南海先生》等也较少运用新名词，即使运用，也不过分刺目，如"进步""青年""希望"之类，乃是固有辞汇发展而来。中年以后作品如《戊申初度》《中秋前一夕送萧立诚归国》《毅安弟乞书》《欲雪》《秋风断藤曲》《朝鲜哀词》《南海先生倦游欧美载渡日本同居须磨浦之双涛阁述旧抒怀敬呈一百韵》《庚戌岁暮感怀》《瘿公见赠敦煌石室藏唐人写维摩诘经菩萨行品一卷口占奉谢》《自题所藏唐人写维摩诘经卷为敦煌石室物罗瘿公见赠者》《折屋行》《感秋行》等皆很少采用新名词，而旧风格则愈益鲜明成熟，已接近学宋诗派。

梁启超在创作上极喜欢用典，在上例诗篇中更是典实琳琅，而且选词造句也宁生毋熟，镂刻雕炼，深入密致。如为康有为赞叹不绝的《南海先生倦游欧美载渡日本同居须磨浦之双涛阁述旧抒怀敬呈一百韵》，叙写康有为从事维新变法的经历，概括维新变法的历史，无愧一代诗史。其句云：

> 正当令狐役，忆共孝廉船。
>
> 领袖争和战，锋芒耆佞便。
>
> 甘陵伤祸始，濠濮返天全。
>
> 桂树幽幽绿，衡云郁郁连。
>
> ············
>
> 谋曹惊百鬼，救宋走重跰。
>
> 冒死犹言事，孤忠竟格天。
>
> 启心容傅说，神武是周宣。

> 睿睿陈王道，兢兢捧御筵。
>
> 瞻依唐日月，整顿汉山川。
>
> 小子才无似，同时席屡前。
>
> 元良常握发，多士许随肩。
>
> 百日建新极，群生解倒悬。
>
> 文萌监二代，庙战慑三边。
>
> 谓是明良合，应将国耻湔。
>
> 妖谶来鸹羽，博祸起龙涎。
>
> 风折垂天翼，云霾太白躔。
>
> 车中惊有布，殿上失诛嫣。
>
> 痛哭承衣带，间关度陌阡。
>
> 未容身蹈海，空有泪如泉。
>
> ……………
>
> 消息房州断，忧伤绝域牵。
>
> 秦庭无路哭，吴市更谁怜。

悲愤哀痛，令人震动，非当事者，无以有此。然已不见"新诗"影子。再如《自题所藏唐人写维摩诘经卷为敦煌石室物罗瘿公见赠者》，叙写殖民主义者的文化掠夺：

> 碧瞳胡儿解望气，求遗乘传如陈农。
>
> 神物耀眼喜欲倒，万里芒屦镜鸿濛。
>
> 牛腰捆载渡西海，夺我燕支难为容。

亦纯是"古风格"，与学古派并无什么区别。

在章句结构方面也与早期不同。早期如《雷庵行·赠湖村小隐》仿龚自珍《奴史问答》，未脱町畦，采用长短参差、整散并举的章句，以造成一种自由兀傲，不拘一格的效果。如其上篇：

东台幽绝处，有庐曰雷庵。环庵之左右，有樱有枫有茶有棕有松有杉。庵内何所有，但见琳琅古籍阑架而溢签。有剑烁烁，有琴愔愔。雷声隐隐走篱角，云色冉冉起林尖。主人者谁？魄严魂舒，貌癯道腴。朝读书，夕著书，文章一出惊海内，立言矜慎恒踌躇。

《二十世纪太平洋歌》则汪洋恣肆，大笔淋漓，而章句形式也类似。后期作品则趋于严整。

而就梁诗所表现的内容来看，以抒发主观情怀为主，叙事为次，写景则非其所长。早期作品激昂慷慨，诗情喷薄而出，如《和夏穗卿》《去国行》等皆如此。试以《去国行》为例：

呜呼！济艰乏才兮，儒冠容容。佞头不斩兮，侠剑无功。君恩友仇两未报，死于贼手毋乃非英雄。割慈忍泪出国门，掉头不顾吾其东！……吁嗟乎！男儿三十无奇功，誓把区区七尺还天公！不幸则为僧月照，幸则为南洲翁。不然高山、蒲生、象山、松阴之间占一席，守此松筠涉严冬。坐待春回终当有东风！

后期则趋于悲凉回荡。如《庚戌岁暮感怀》六首其二：

鼎湖鸡犬不能仙，一恸龙髯岁再迁。
禹域大同劳昨梦，尧台深恨闷重泉。
杯弓蛇影今何世，马角乌头不计年。
忍望海西长白路，崇陵草劲雪漫天。

全诗言情之语，唯"恨""恸"两字，而其他诗句虽不用情语，而无一句不回荡着浓郁的情感。光绪之逝，是为一悲；自己不能尽忠，又是一悲；变法理想难以实现更是一悲；而国内形势紧张，自己流亡年久，不能大展身手尤是一悲。这万千悲哀，最后凝成"崇陵草劲雪漫天"，就这样一个苍凉而富有历史深度的意象，让人在咀嚼回味中去释放诗人无穷的忧伤。再如该题最后一首：

> 入骨酸风尽日吹，那堪念乱更伤离。
>
> 九洲无地容伸脚，一盏和花且祭诗。
>
> 运化细推知有味，痴顽未卖漫从时。
>
> 劳人歌哭为昏晓，明镜明朝知我谁。

也同样是对眼泪的品味。《感秋杂诗》六首则比较隐晦，托物咏怀，表现了诗人对武昌起义的看法，在字面上却无一字明言。可见这些诗作，往往是采用间接的方法，借助典实和自然物象来达到抒情写意的目的。在这方面，梁启超与康有为有相近处。但两人的诗风又是很不相同。康诗意象明朗，宏丽壮美。而梁诗就不如康诗鲜明，而是严酷悲凉，并不以宏美为归。其诗如：

> 已惊草泽妖氛急，况有萧墙隐祸藏。
>
> 俗变兰荃成粪壤，时来鸡犬坐堂皇。（《连夕与弱庵侍南
> 海先生话国事叠前韵再呈》其一）
>
> 淅米矛头炊剑头，彼昏方谓我何求。
>
> ………
>
> 落日长围吹败角，黑风独夜揽孤舟。（《连夕与弱庵侍南
> 海先生话国事叠前韵再呈》其二）
>
> 秋笳吹落关山月，驿路青磷照红雪。
>
> 大国痛归先轸元，遗民泣溅威公血。
>
> ………

宁闻鹬蚌利渔人，空余鱼肉荐刀俎。

大鸡铩冠小鸡雄，追啄虫蚁如转蓬。（《秋风断藤曲》）

擎雨万荷枯，战风千叶乱。（《感秋杂诗》其一）

哀彼鸥夷魂，睚眦存古愚。（《感秋杂诗》其三）

　　色调幽凉，氛围萧瑟，大不同于康诗。而且康诗自然流荡，典实能被诗情融化，而梁诗则用典密致，以典隐事寄情。即使如叙事诗也同样如此。如《秋风断藤曲》《朝鲜哀词》等，都较多采用典实去表现朝鲜当前的民族灾难和朝鲜人民的反抗。典实往往如峡谷明礁，不免影响气势的贯畅，但掩遏之中，亦有沉郁呜咽之声。

　　康诗境界往往辽阔，大气磅礴，而梁诗虽不乏雄劲之句，但整个诗境不以阔大见长，其诗则较康诗深曲，如《感秋杂诗》《庚戌岁暮感怀》等皆如此。《庚戌岁暮感怀》其三，前六句写春节气氛，渲染表面太平景象。尾联云："官家闲事谁能管，万一黄河意外清。"诗思在空中猛然一转，将纸糊的太平景象一下挑破，以国家危亡竟系于侥幸万一之望的反语，来表现自己对国家前途命运的深切忧虑。而这前后对照，又发人深思。再如该题之四，前六句写民不聊生，哀鸿遍野，尾联云："金穴如山非国富，流民休亦怨天公。"用深沉辛辣的反语，抨击清王朝卖国，以至酿成空前的民族灾难。这些作品都具有较强的艺术力量。

　　梁启超的后期作品与前期作品相比，在艺术上更精心，也更成熟了。然而对于"诗界革命"却似乎是一个嘲讽。显然按照梁启超"旧瓶装新酒"的方案并不能真正实现诗界的"革命"，但他们却在客观上能在正反两方面为年轻一辈提供许多有益的启示。其中重要的一条，就是必须进一步从艺术上借鉴海外文学，否则就不可能有革命性的突变。恰如政治上的洋务派，虽然希望引进西方的工业文明和教育方式，然而却不主张改革国体和政体，企图在政治形式不变的情况下富国强兵，其结果只能是失败，并不能给中国带来光明的前途。然而，他们对于西方工业文明和新教育的引进，却在客观上引起了人们对欧美的进一步关注，并更多地去接受欧美的新文化、新精神，从而也为封建王朝准备了掘墓人。诗界革命派的情形也极相似。

第五节　唱鲲洋悲歌，写"雪里芭蕉"：丘逢甲诗

　　曾被梁启超誉为"诗界革命一巨子"的丘逢甲，生于1864年，比梁启超长九岁，死于1912年。字仙根，号蛰仙，又号仲阏。别号南武山人、仓海君。台湾彰化人。光绪十五年（1889）进士，官工部主事。甲午战败，清政府与日本签订丧权辱国的《马关条约》，割让台湾。丘逢甲发动台湾各界爱国人士，联名向清廷"刺血三上书"，要求废约，不成。倡自主自救之说，建立了具有民主性质的"台湾民主国"，表示永戴中华。逢甲被举为义军大将军，守台中，抵抗日军侵略，最后由于孤立无援，终于兵败。后内渡，侨寓广东，致力教育事业。辛亥革命后，曾出任广东革命军政府教育部长，并作为广东代表，赴南京参加孙中山临时政府组织工作，当选为中央参议院议员。后因病南归，不久病卒。有《岭云海日楼诗钞》行世。

　　在诗学方面，丘逢甲亦怀有雄心。他的《论诗次铁庐韵十首》比较集中地表现了自己的诗学主张。其一云：

　　　　元音从古本天生，何事时流务竞争。
　　　　诗世界中几雄国，惜无人起与连衡。

其二云：

　　　　迩来诗界唱革命，谁果独尊吾未逢。
　　　　流尽玄黄笔头血，茫茫词海战群龙。

其五云：

北派南宗各自夸，可能流响脱淫哇。

诗中果有真王在，四海何妨共一家。

其六云：

彼此纷纷说界疆，谁知世有大文章。

中天北斗都无定，浮海观星上大郎。

其七云：

芭蕉雪里供摹写，绝妙能诗王右丞。

米雨欧风作吟料，岂同隆古事无征。

由此可见，丘逢甲论诗以天生"元音"为本，也即是以抒发真实的性情为本。而对"诗界革命"诸子并不十分倾倒，故有"谁果独尊吾未逢"语，并隐然以"人天绝代才"自命（参见其三）。在丘逢甲看来，诗国之中尚未有"真王"出现，所以各种风格难定于一尊，然无须攻战不休，真正的"大文章"在当今世界中，现实世界才是用武之地，故不必将诗学之争看得过于重要。而在当今门户开放的时代，既要作诗，最好能将"米雨欧风"之"芭蕉"，移来古典诗歌的"雪地"，融中西于一体，其意也即是康有为所说的"更搜欧亚造新声"。

然而，丘逢甲并非是藐视前古、目空一切的诗人。他虽然对"诗界革命"有"谁果独尊吾未逢"之叹，而"少陵、青莲、昌黎、王右丞、东坡以及西昆体，皆仓海所崇拜，而尤倾心放翁，每以自况……亦受同时诗人影响，仓海归粤后，先后与易实甫、陈伯严、陈宝琛、康南海、黄公度诸诗人游，造诣益深，诗格益高"（梁国冠《台湾诗人丘仓海评传》）。当然作为诗界革命派成员，其"诗格固规模前人"，然也同样采用"西洋史事，以至声光化电诸科学语"熔铸入诗。丘诗的语言比较丰富，与黄遵宪、康有为相比，因为履迹所限，表现"新

事物"的面较为狭窄,而且在整体上,题材也并不十分广泛,侧重于
叙写台湾抗日斗争,抒发满腔的悲愤,以及对故乡的思念。而其悲壮
激越的感人魅力却在康、梁之上。丘诗语言典丽,藻采飞扬。其诗如:

王母云旗缥缈间,冥冥龙去枉髯攀。

海中仙蚌流珠泪,天上寒鸦怨玉颜。(《秋怀八首次覃孝
方韵》其三)

雷雨神龙双剑化,关河戎马一身遥。

黄天讹立多新说,赤道回流有热潮。(《秋怀八首次覃孝
方韵》其八)

九夷何地容嬉凤?两曜兼旬厄斗麟。

赤县鸿流埋息壤,紫垣狼焰迫勾陈。(《岁暮杂感十首》
其二)

玉斧全功收画地,金轮余焰起遮天。

元王故国愁宫黍,白帝新都问岳莲。(《岁暮杂感十首》
其三)

黄金铸阙开藩部,碧玉通江建节楼。

十道分封诸将爵,五湖归老美人舟。(《秋怀次覃孝方韵》
其一)

海中故部沉苍兕,云里残旌失素蜺。

岁自周天天自醉,红墙银汉隔秋思。(《秋怀次覃孝方韵》
其四)

皆十分注意词语修饰,色彩点缀,气血充沛,神光焕发。而且典
实琳琅,贴切生动。其诗如:

昆仑山势走中华,赴海南如落万鸦。

缩地有人工幻术,通天何处觅灵槎。

沉冤鸟口空衔石，酣梦人心久散沙。

弹指光阴秋又老，长绳难系夕阳斜。（《秋怀次覃孝方韵》
其三）

颔联出句借用《神仙传》费长房缩地之典，讽刺投降派卖国偷安，
对句反用《博物志》典，抒发心中忧愤。台湾为清廷所割，炎黄子孙
竟无立足之地，怎不叫人抚膺顿足，悲痛欲绝！颈联出句用一"空"
字自状，又是何等深刻沉痛。尾联用鲁阳挥戈典，一方面是悲叹自己
恢复之志未遂，而日见衰老，另一方面又是为腐朽的清王朝唱挽歌。
全诗由于善用典实，使诗情既浓郁强烈，又沉郁回荡；既一唱三叹，
又深切透骨。再如：

酒迫桓温走老兵，诗看秦系破长城。

英雄失路群儿笑，独客逢秋百感生。

沧海桑沉栽后影，钧天乐断梦时声。

尉佗台上西风急，来写登高送远情。（《秋怀次覃孝方韵》
其八）

首联以历史上的英雄高士作渲染。颔联承上，融合古今，发出喟
叹。回想自己当年在台湾率义军浴血奋战，最后失败内渡，而今又空
衔木石，壮志未酬，心中自然百感交集。颈联出句抒发沧桑之感，对
句化用王维"来预钧天乐，归分汉主忧"句意，叙写当年成立台湾民
主国，立志抗日，分担国忧，而今却连梦中也难有这雄壮之声。尾联
从深沉的回忆中收回到眼前，在萧瑟的西风中，诗人伫立在尉佗台上，
登高望远，送别友朋，又是何等的慷慨悲凉！怎不叫人怆然而涕下。
然而这是一种英雄的悲慨，而非妇孺的啼泣。全诗在抒发悲凉怆楚的
情怀时，以其辽阔英迈的意象，挺拔动荡的句律，鼓动起了烈士的雄
风。再如：

衣冠文武眼中新，晏坐空山笑此身。

割地奇功酬铁券，周天残焰转金轮。

后庭玉树仍歌舞，前席苍生付鬼神。

细柳新蒲非复昔，更无人哭曲江滨。（《秋兴次张六士韵八首》其六）

首句借用杜甫"王侯第宅皆新主，文武衣冠异昔时"句意，讥刺卖国升官的新贵，第二句慨叹自己内渡后不能为国家民族效力。颔联出句嘲讽投降派，如李鸿章辈竟以卖国而得恩赐，对句则融佛典及《新唐书》所载武则天徽号"金轮圣神皇帝"为一体，影射慈禧太后。丘逢甲《日蚀诗》有句云"朱麟忽斗阻日驭，赤乌饥啄金轮旁"，康有为《寄赠王幼霞侍御》句云"金翅食龙四海水"，《戊戌八月国变记事》句云"遮云金翅鸟，啄食小龙飞"，皆指喻慈禧太后对光绪的迫害。其时慈禧虽已老朽，然余焰犹存，淫威不减，继续幽禁光绪，操纵朝政。颈联化用杜牧"商女不知亡国恨，隔江犹唱后庭花"及李商隐"可怜夜半虚前席，不问苍生问鬼神"句意，揭露抨击朝中达官贵人国难临头，依然醉生梦死，将天下百姓之命运寄托于神鬼之赐，且对仗巧妙，凝炼深刻。尾联活用杜甫"少陵野老吞声哭，春日潜行曲江曲。江头宫殿锁千门，细柳新蒲为谁绿"句意。当年杨贵妃祸国，导致安史之乱，杜甫为之失声痛哭，而今朝政日非，竟无人为之哀痛。这自然可视为激愤的夸张之语，当时维新派和革命派都在为拯救民族而奋斗。然而，如果说，当年弱女子杨玉环并非祸国之元凶，实在是一个令人叹惜的可怜替罪羊，那么，如今之慈禧凶残狠毒，独揽大权，祸国殃民，则是实实在在的民族罪人，这样的统治者，这样腐朽的政府，又哪里值得国人为之痛哭呢！

与黄遵宪相比，丘诗的用典虽然不如黄诗丰赡，但由上面示例可以看出，丘诗用典比较灵活，善于点化，而且意象鲜明，情感饱满浓郁，字里行间拂动着一股蓬勃的生气，黄诗则以立意精深、运遣老成见长。而与康有为相比，丘诗则较贴切，更富有概括力和启示力，康诗则更善用夸张手法。在章句方面，丘诗善于收纵开阖，尤善用副词、连词、疑问代词等增强力度。其诗如：

黄犀入贡非今日，白马驮经异昔时。(《岁暮杂感十首》其一)

终见神符兴赤九，不应流泪到铜仙。(《岁暮杂感十首》其三)

故应积气天难坠，何致清谈陆便沉。

上界不知人事苦，但闻开宴奏元音。(《岁暮杂感十首》其九)

当时但笑书生见，非策方今信鹿洲。(《澳门杂诗十五首》其三)

年来此意成萧瑟，匹马西风莽浪游。(《秋怀次覃孝方韵》其一)

不信平生飞动意，但将文字救饥寒。(《秋怀次覃孝方韵》其六)

芒砀片云应未散，蓬莱弱水几曾清。(《拟杜诸将五首用原韵》其二)

入梦人间无白日，洗愁天上有黄河。

茫茫四野穹庐底，来唱阴山勒勒歌。(《秋怀八首次覃孝方韵》其一)

休讹舜死与尧囚，环海居然更九州。

日月不随天左转，江河还向海西流。(《秋怀八首次覃孝方韵》其五)

诸如此类，真可谓是"开满劲弓，吹裂铁笛"(潘飞声《在山泉诗话》)。那些雄奇苍茫的意象，在诗人强劲的笔锋之下，奔腾翻滚，拂扬起一片倜傥英勃的风云气。柳亚子有诗赞曰："时流竞说黄公度，英气终输仓海君。战血台澎心未死，寒笳残角海东云。"(《论诗六绝句》) 丘逢甲不愧是"铁骑突出挥金戈"（丘菽园《诗中八友歌》）的抗日英雄。而且在章法上，诗人往往采用一唱三叹，反复吟诵的手法来抒发郁结在胸中的强烈情感，这由上面对示例的分析已可见其貌。诗人有着英豪的气概，也有着丰富神奇的想象。在这方面，前代诗人李白、韩愈、李贺等也曾给予他有益的启示。长篇如《日蚀诗》《莲花山吟》《七洲洋看月放歌》等都是驰骋幻想的力作。《日蚀诗》由日蚀作为想象的契机，将原有的一切关于天国星球的神话和天文知识重新加工改造成一个浑成的形象系列，中有句云：

> 罗睺左手出障日，中天竺国全无光。
> …………
> 百神闻之奏天帝，迄来叠肆群魔狂。
> 丰隆只今赐休假，太蔟莅职方治装。
> 时惟三元庆高会，列仙竞进朱霞觞。
> 迄欺天醉巧抵隙，举手更肆魔氛强。
> 前犹障月此障日，未可天度仍包荒。
> 佉罗行且涌海水，药叉罗刹争跳梁。
> 迦楼罗动鹏翩猛，乾闼婆耸龙头昂。
> 帝车窃据弄斗柄，妖党朋煽联天狼。
> 神州况复有伏莽，征妖召怪难为防。
> 共工头坚柱且析，蚩尤气横旂频扬。

境界神奇，是诗的"神话"。然而这种对天国的幻想，实在是对人间的象征，寄托了诗人对边患时政的忧虑。最后诗人期望道："要须中国圣人出，前驱麒麟后凤凰。大九州成大一统，万法并灭宗素王。四天下皆共一日，永无薄蚀无灾伤。"

而《七洲洋看月放歌》可算是"新派诗"的代表。诗人以古代和近代天体知识作为向导，展开想象的翅膀：

> 茫茫海水熔作银，着我飞楼缥缈独立之吟身。少陵太白看月不到处，今宵都付渡海寻诗人。月轮天有居人在，中间亦有光明海。不知今宵可有南去乘舟人，遥望地球发光彩。地球绕日日一周，日光出地月所收。此时月光照不到，尚有大地西半球。此时月光随我来南游，大千界中有此舟，更着此月来当头……四万八千修月仙，玉斧长劳竟何说。固知盈亏之理原循环，大地山河终古不改色。即今圆相虽未全，一出已令天下悦。天上之月海底明，上下两月齐晶莹。两月中间一舟走，飞轮碾海脆作玻璃声。

意境清朗明净，与前诗相比较近于实。诗人在欣赏明月的时候忘不了现实世界中的灾难："安知人海群龙方血战，蜗国蚊巢纷告变。"只有在这苍茫大海中的孤舟之上，不同种族的人才能"各抱月华共欢宴"。在这里诗人寄托了和平共处的理想。丘诗与康诗一样以抒发主观情意为主。而且还往往以主观变形的手法，间接曲折地来表现这种情意。即使如写景诗，也带有强烈的主观色彩。如《游罗浮》：

> 太行与王屋，离之自夸娥。
>
> 浮山海上来，谁为合之罗？
>
> 想见初来时，驱海生洪波。
>
> 连巢移凤鸾，闭穴潜蛟鼍。
>
> 仙山落人间，一失成蹉跎。
>
> 我亦海上来，今日相经过。
>
> 登高极远望，去日常苦多。
>
> 转眼沧与桑，麻姑齾应皤。
>
> 蓬莱渺何许，奈此仙山何！

并不以镂刻形态为指归，与邓辅纶的山水诗篇迥异，而与康有为的大笔夸张也不一样。丘诗把罗浮山当作一个整体，他并不想细细地去进行工笔彩绘，而把注意力集中在这个整体与它的外部世界的关系上。而这种关系又并非只是一种客观的空间关系，它是诗人主观想象中的产物，并与诗人发生着情意交流。这样也就赋予客体以强烈的主观色彩。

总之，丘逢甲在创作上形成了自己的艺术风格，他的许多作品艺术质量都比较高，感染力强。然而他的大多数代表作品，都属"旧风格"，在艺术上都没有超出古典诗歌的基本规范。诸如"黄人尚昧合群理，诗界差存自主权"（《题兰史独立图》）之类采用新名词的作品，在《岭云海日楼诗钞》中所占比重较小，并不代表丘诗的创作倾向。就丘诗的艺术造诣而言，他称得上是晚清古典诗歌创作的"神手"，但他与黄遵宪、康有为、梁启超等一样，其实并没有在艺术上亲手开辟出一个崭新的诗界，"诗界革命"只是他们豪迈的愿望而已。

第六节　接踵而起的新派后秀：金天羽、许承尧诗

受黄遵宪、梁启超"诗界革命"之说的影响，江苏的金天羽、安徽的许承尧也为开辟新诗界作出了各自的努力。

金天羽生于1874年，比梁启超小一岁，死于1947年，比梁氏晚逝十八年。原名天翮，字松岑，号鹤望生，天放楼主人。江苏吴江人。诸生。光绪戊戌，荐试经济特科，以祖老辞，归养不赴。金天羽的主要活动时间，晚于梁启超。他在政治上也与梁启超不同，不主张改良，而主张革命，与章炳麟、邹容、吴敬恒、蔡元培等交往甚密，曾写过鼓吹革命的《国民新灵魂》。民国以后，曾任江南水利局长。晚年与章太炎等在苏州成立国学会，从事讲学。著有《孤根集》《天放楼诗集》《续集》《天放楼文言》等。

在文学方面，金天羽与梁启超等一样，重视小说的社会作用，曾

写过《论写情小说于新社会之关系》，而且曾创作过《孽海花》前六回。其论诗主"有我"，曾说："吾友钱子泉撰《现代文学史》，以余名缀于石遗老人之后，则欲使余谬托为知己而不可得者。子泉固褊见，然吾亦尽其在我者而已。"（《笏园诗钞序》）他只愿为"我之诗"，而不愿附骥尾。比较集中地表现他诗学理论的文章是《梦苕庵诗存序》，他曾说："吾于诗无独至之才，而好为独至之论。曩序弢父、仲联诗，昌昌乎其言之无隐也。"（《两忘宧诗稿序》）在《梦苕庵诗存序》中，他认为："诗者尽人所能为也，所贵者在乎有诗人之心。诗人之心出幽入明，控古勒今，不局局于当前之境，恒与造化者游处，其心哲，其思虑沉。其德惝惝，夫是之谓诗人之心。诗人之心因其时而变……诗人之心因其世而变，治世之心广博而愉夷，乱世之心郁勃而拗怒。其或拨乱世反之正，则必以弘伟平直之心发为音声以震动天下。"又说："凡一诗人之心，必合众诗人之心以为长。无古无今，无中无外，去其疵累，撷其所长，而又必具有我之特长。不具有我之特长，是工也……自肖者，非特肖其诗人之为也。必有贤圣悲悯之心，豪杰天下之量，而隐文谲义，又往往得之春秋。"他首先注意到诗人与非诗人的区别，实质上，也即是注意到了诗歌自身的特征。他曾在《文学上之美术观》一文中说："余尝以为世界之有文学，所以表人心之美术者也；而文学者之心，实有时含第二之美术性……故夫肺脏欲鸣，言词斯发，运之烟墨，被之毫素者，人心之美感，发于不自已者也。若夫第二之美术者，则以人之心，既以其美术表之于文，而文之为物，其第一之效用，故在表其心之感；其第二之效用，则以其感之美，将俪乎物之美以传。此文学者之心所以有时而显其双性也。"其意与王国维提出的"第一形式""第二形式"的美学观极相似，反映了本世纪初，西方美学理论，如康德的美学理论对我国文学界的影响。金天羽的这番美术见解，简言之，实际上也就是指出了文学作品的"内容"美与"形式"美的问题，表明了金天羽对文学形式的重视。而在《梦苕庵诗存序》中，他发挥了这个美学观。在他看来，诗人不仅应该道德高尚、思想深刻，而且还要有"思接千载，视通万里"，不为物役，不粘于眼前实在的想象力和创造力。如此也就注意到了诗歌不同于其他文化类型的独特的表现方式。这样来看待诗歌，就比仅仅以"诗言志"来解释诗歌要深刻。其次，金天羽还注意到了诗歌与个人一生不同阶段的联系，以及诗歌与时代的联系。再次，他还强调，诗人必须广泛吸收古今，乃至海外的一切诗歌精华，同时又能空所依傍，发挥自己的创作特长，形成自己的艺术个性。最后，他认为作为一个诗人必须有强烈的社会责任感和同情心，以及阔大的胸襟，而且创作的诗歌必须有《春秋》的精神，历史的深度。金天羽的这番见解应该说是相当全面的，而且也较有理论深度。

金天羽在创作实践中，也能以他上述的理论作为原则，他曾说："余序仲联诗犹之自序也，非谓仲联之诗之一似余焉，诗心相印也。"因此《梦苕庵诗存序》也可看作他的创作大纲。金天羽是一个转益多师的诗人，曾说："我诗有汉、魏，有李、杜、韩、苏，有张、王小乐府，有长吉，有杨铁崖，有元、白，有皮、陆，有遗山、青丘，而皆遗貌取神，不袭形似，自幼学义山，人不知也，学明远、嘉州，人不知也，学山谷，人不知也。然于此数家功最深。而不知者动言似昌黎，似半山，犹皮相也。"（高圭《天放楼诗集跋》引）于清代诗人，颇推许顾炎武、屈大均、吴嘉纪、厉鹗、郑珍、江湜、袁昶、范当世、郑孝胥诸家，另外还受到黄遵宪的影响，较多地表现了海外的重要事件和历史人物，也能采用新名词入诗。其诗如《都踊歌》即仿黄遵宪《都踊歌》的形式，而用象征手法写英、日之同盟。而如《虫天新乐府》则以诙谐之笔，以昆虫禽鸟为兴，写一次世界大战以来国外大事，《黑云都》则为意大利首相墨索里尼作，《花门强》为土耳其总统凯末尔作。他如《狮须裘》《桃花官》《伞兵》《雪撬兵》等亦都是写海外时事的作品。金天羽生当黄遵宪之后，所以自然能比黄遵宪更多地了解世界，而能"极尽用旧形式写新内容的能事"（钱仲联《三百年来江苏的古典诗歌》）。然而，他与黄遵宪、梁启超等不同，对同光体诗人如陈衍、陈三立等颇有微辞,对陈衍等标榜声气、树立宗派则尤为不满。曾说:"又其甚者,举一行省十数缙绅,风气相囿,结为宗派,类似封建节度,欲以左右天下能文章之士。抑高唱而使之喑,摧盛气而使之绌,纤靡委随,而后得列我之坛坫。卒之儇薄者得引为口实,而一抉其樊篱,诗教由是而隳焉。"(《五言楼诗草序》)对同光体末流亦致贬辞,所谓"纤文弱植,未工模写,而瓣香无已,标举宛陵。洎夫临篇搦翰,乃不中与钟谭当隶圉"(《答樊山老人论诗书》)。持论可谓激烈。然而,对于趋于俚俗的创新者亦有微意。曾说:"诗至今日,难言之矣。创作者恶夫袭古人之貌,务破弃一切而为新制,其体乃不离乎小词俚曲之间。"(《五言楼诗草序》)言下之意,颇不欲厕身其中,而欲继承正宗的诗体形式。他的《田家新乐府》,虽然写得极通俗,但仍不失元、白、张、王、皮、陆之古格。晚年所作如《搜粟尉》《代竹金》《采薪忧》等更趋于雅。

而金诗之章句大多相当流畅,虽学黄庭坚,却不取其拗涩之貌。其诗如:

> 东征虚调万黄金,量见蓬莱水浅深。
> 樽俎思縻蕃馆使,烽烟已逼汉城阴。
> ············
> 秦代长城汉代关,分明眼底旧河山。
> 迁都竞献临安议,据地难争督亢还。(《感事》)
> 虚空走野马,视之行星球。
> 明月将死时,火云磅礴流。
> 海王一昼夜,人间百六秋。
> 种姓溯黄炎,远祖桃猕猴。
> 岂知洪水代,更作蛙黾游。
> 盘古与亚当,本是兄弟俦。(《杂感》)

由此可见其句调之一斑。金诗多用结构稳定、规范的双音节词，而且语法结构较完整，较少采用倒装句式，句与句之间承转紧凑，较突出地显示了流荡和谐的艺术效果。

金诗较注意整体的表现力，不以局部的镌刻为工，其诗境界瑰丽雄奇，"不局局于当前之境"，而善于驰骋幻想。其诗如：

> 火维地荒幻，蚩尤所遁藏。
>
> 轩辕张鼓旗，兵气遂销亡。
>
> 洞庭奏广乐，百灵趋走忙。
>
> 重华复来兹，望秩休玉堂。
>
> ············
>
> 朱鸟峙南宫，翼若鸾与凤。
>
> 罡风吹绝顶，六月天雨霜。
>
> 铁瓦盖宫殿，鬼火走长廊。
>
> 夜闻剑佩声，珠斗在我床。
>
> 起登望日台，凛冽寒难当。
>
> 白云如鸿蒙，重重盖扶桑。
>
> 须臾龙吐珠，万山头低昂。
>
> 吐吞山海间，失足陷大荒。
>
> 珠沉海阴黑，耳际风浪浪。
>
> 天鸡久始鸣，云霞宝镜妆。（《上南岳登祝融峰》）

虚实相间，幻想和比喻、夸张交融在一起，夺尽南岳之神。再如其描写玄妙观中弥罗宝阁之大火，亦令人惊心动魄：

> 火声隐隐如震霆，上烧天关煮列星。
>
> 天龙八部窜帝庭，二十八宿闯太清。
>
> 玄元皇帝踞灶稜，自夸入火不焦如定僧。

青牛烧尾脱辐衡，群仙乱踏天阊行。

长庚老子翻酒罂，或向慈航借净瓶。

海水滴滴杨枝生，禁敕祝融如律令。

融也掉头唤不应，火势已着最上层。

嫦娥月窟开银屏，老兔抱杵梦里惊。

红云楼阁天为赪，火凤四集张翅翎。《七月十六夜弥罗
宝阁灾》)

　　荒怪瑰谲，可谓韩愈《陆浑山火》之遗响，体现了诗人想象力的
丰富。再如《黄山歌》，一开首即从虚处落墨：

轩辕皇帝天为徒，手提大化还洪炉。

乾坤六子试胚朕，溥峙飞走呈形模。

丹成掷钵上仙去，元精夜出干斗枢。

游戏人间作狡狯，化身百亿朝天都。

　　神思凌空而行，全凭幻想来渲染黄山的奇异风采。灵气洋溢，一
开始就将人置身于超脱凡尘的仙界之中。接着诗人又采用排句和广比
博喻，尽情地从各个角度、各个方面具体地形容描绘黄山的千姿百态。
在章法上忽而返虚，忽而写实，忽而幻想，忽而逼真。笔墨自由纵恣，
气势磅礴。试看其诗中之排句博喻：

为云为松为瀑布，瀑作长虬松矮奴。

为鸾为龙为狮子，龙翔狮蹲鸾尾舒。

为仙为佛为魔怪，仙行佛坐魔轩渠。

············

是药是草皆芙蕖，是峰是石皆净居。

是云是海皆天衢，是道是释皆文殊。

…………

> 一松迎客恭而迁，如傧如介当门间。
>
> 一松送客低厥株，如卑如幼循墙趋。
>
> 一松接引艰危须，如手如臂峰尖扶。
>
> 一松蒲团矼上敷，如针如线如氍毹。
>
> 一松聚音风来梳，如吟如啸如笙竽。
>
> 更有扰龙之松肩臂粗，松蟠石膝龙在笈。

而在每一段排句之间，则穿插进神奇的幻想，以避免章法的板滞，使全诗动荡变幻，富有生气。在《南山》以后，又开一境。金诗与康有为等相比，更擅长表现山川景物，而在写景方面也更长于虚处传神和驰骋奇幻的想象。

另一位善写黄山的诗人是许承尧。当然许承尧之作为诗界革命的后劲，并不是因为他创作了独步古今的黄山诗，而是因为他也同样创作了不少写新事物的诗篇。如果说，黄遵宪、康有为、金天羽等人之写新事物，尚侧重于新事物之"形而下"，较少"新理致"，那么，许承尧的一些诗篇则颇有"新理致"。

许承尧生于 1874 年，与金天羽同年，死于 1946 年，比金氏早去世一年。字际唐，号疑庵。安徽歙县人。光绪三十年（1904）进士，官翰林院编修。有《疑庵集》。

马其昶序《疑庵诗》，称其："初学唐人温庭筠、李长吉之所为，继乃专主昌黎，赋五言古诗赠余，不谓之韩不可也。"指出了许诗取径。许诗长于雕炼。《言天》一诗，以西方近代天体知识为依据，叙写了诗人对星球形成，物质转化的看法。有句云：

> 星球有老少，斯语匪我欺。
>
> 试观流与彗，确证何然疑。
>
> 原质不生灭，游衍无边陲。

> 最初果何有？名爱耐卢尼。
>
> 此爱耐卢尼，非出真宰为。
>
> 更思求其朔，冥阒不可窥。
>
> 万球本一祖，盈缩相推移。
>
> 为有互吸力，遂生成毁期。
>
> 成毁递相禅，年寿亦不齐。

叙写了星球作为一种客观物体有生有灭的运动过程，而物质不灭，乃为星球之本。最后诗人又大胆设想：

> 茫茫大宇中，脑电纵横飞。
>
> 如金合一冶，如水合一卮。
>
> 为同一原质，不受迹象羁。
>
> 云何得比例，光线无差池。
>
> 灵魂较光线，速率尤神奇。

诗人把精神运动也看作是一种物质的运动形式，它像光电一样，以极高的速度在空间运行。虽然这些设想是极幼稚的，但可见诗人已从传统的神鬼迷信中解放出来，承认了物质世界的客观性。而《灵魂》一诗，则侧重对精神运动的遐想，认为："我观各植物，实缘光热滋。有形与无形，试作比例推。"这些诗篇言自然科学之"新理致"，阐发自然科学思想。尽管与文学的功用不尽相合，但也可以看出西方自然科学知识在观念方面的渗透，其结果必将会孕育出全新的宇宙观、世界观。

然而在《疑庵集》中最有诗味、最有艺术性的作品还是刻画黄山的诗篇。其诗如：

> 我乃穴其腹，于中得盘旋。

扪暗出鳌口，芒鞋湿腥涎。(《天海至文殊院道中》)

龙尾屋角拂，湿翠僧眉雨。

江生琴响终，鸣泉尽琴趣。(《欲访龙峰庵故址及江丽田墓未果》)

松乃肖石形，石亦似松族。

支离不可名，鲜秀出新沐。(《由狮林精舍登清凉台》)

肩顶着松枝，矫矫栖群龙。

云来樋之走，飘忽无常踪。(《再登清凉台》)

回顾天倒垂，低蓝幂丛碧。

离离复莽莽，吞吐入肝膈。(《始信峰》)

诗笔镌刻，而想象奇异，能合晋宋与孟郊、李贺于一手，"足与姚燮、高心夔、刘光第诸家刻画山水之作争长黄池矣。"(钱仲联《论近代诗四十家》)。他如《华阴庙望太华》：

鸾章写灵液，雄丽张银屏。

峥嵘望岳楼，射眼仙掌明。

端然古冠冕，肃穆涵金精。

剑锷富秋气，天衢此司刑。

则更具有李贺诗的色彩。与金天羽相比，他的"诗界革命"倾向不太明显，晚年自订《疑庵集》甚至删去了早年写"新理致"的诗篇。诗界革命派成员的归宿，大都是向传统靠拢，而不是向新诗前进。

第七节 冲出传统引力场的三个尝试

前面我们着重分析了诗界革命派诗人的创新愿望、诗学主张，以及创作实践。这里还将就前面已经涉及的"新名词""流俗语""歌词"

诸问题，作进一步的探讨。

一、新名词

诗界革命派最早的"革命"尝试是采用新名词，以谭嗣同、夏曾佑为代表。谭嗣同（1865—1898），字复生，号壮飞，湖南浏阳人，是维新变法运动的重要人物。戊戌政变发生，被捕。与林旭、刘光第等同时被害，为"戊戌六君子"之一。在思想史上有较重要的地位，著名的思想政治著作有《仁学》。谭嗣同的诗歌造诣远逊于他的政治思想成就。三十以前，他的诗歌以学古为主。"丙申（1896）在金陵所刻《莽苍苍斋诗》，自题为'三十以前旧学第二种'。"（梁启超《饮冰室诗话》）而谭嗣同的存诗主要是《莽苍苍斋诗》。他在《报刘淞芙书二》中曾自叙其诗学取径："初亦从长吉、飞卿入手，旋转而太白，又转而昌黎，又转而六朝，近又欲从事玉溪，特苦不能丰腴。"又自评其诗："大抵能浮而不能沉，能辟而不能翕，拔起千仞，高唱入云，瑕隙尚不易见。迨至转调旋宫，陡然入破，便绷弦欲绝，吹竹欲裂，卒迫卞隘，不能自举其声，不得已而强之，则血涌筋粗，百脉腾沸，岌乎无以为继。此中得失，惟自己知之最审，道之最切。"这可以看作是他对三十以前创作艺术的评价。谭嗣同三十二岁即罹难。"故所谓新学之诗，寥寥极希。余所见惟题麦孺博扇有《感旧》四首之三。"（梁启超《饮冰室诗话》）梁启超认为："吾谓复生三十以后之学，固远胜于三十以前之学；其三十以后之诗，未必能胜三十以前之诗也……其《金陵听说法》云：'纲伦惨以喀私德，法会盛于巴力门。'喀私德即Caste之译音，盖指印度分人为等级之制也。巴力门即 Parliament 之译音，英国议院之名也。又赠余诗四章中，有'三言不识乃鸡鸣，莫共龙蛙争寸土'等语，苟非当时同学者，断无从索解，盖所用者乃《新约全书》中故实也。"（同上）由此可见谭嗣同所作"新诗"之面貌。

而夏曾佑（1863—1924）的诗歌成就也并不高。夏氏字穗卿，一字遂卿，号碎佛，笔名别士。浙江钱塘人。光绪进士。曾参与维新变法运动。在文学方面，重视小说的社会作用。诗作较少，有《碎佛师杂诗》，约百余首。夏诗纡徐不迫，深于言情，也富有玄理。梁启超举其"新诗"云："穗卿赠余诗云：'滔滔孟夏逝如斯，亹亹文王鉴在兹。帝杀黑龙才士隐，书飞赤鸟太平迟。'又云'有人雄起琉璃海，兽魄蛙魂龙所徒。'此皆无从臆解之语。当时吾辈方沉醉于宗教，视数教主非与我辈同类者，崇拜迷信之极，乃至相约以作诗，非经典语不用。所谓经典者，普指佛、孔、耶三教之经。故《新约》字面，络绎笔端焉。谭、夏皆用'龙蛙'语，盖时共读约翰《默示录》，录中语荒诞曼衍，吾辈附会之，谓其言龙者指孔子，言蛙者指孔子教徒云，故以此徽号互相期许。至今思之，诚可发笑。"（同上）

这是最早的所谓"新诗"，与前人以蛮语、佛语入诗在本质上并无区别，梁启超对这类诗颇不以为然，认为："此类之诗，当时沾沾自憙，然必非诗之佳者，无俟言也……穗卿近作殊罕见，所见一二，亦无复此等窠臼矣。浏阳如在，亮亦同情。"（同上）因此，梁启超后来只强调写"新意境"。而所谓"新意境"，我们在前面分析他们的创作的时候，已经介绍过，它的核心主要是海外的新事物、新文明，而对于这种新事物、新文明的表现，依然服从于传统的创作意识，对于它们的理解，依然笼罩于传统文化的巨大阴影之下。即使是极少部分具有"新理致"的作品，也侧重于比较客观的介绍，它们在总体上尚未融化成想象和构思的方式，尚未融化为崭新的感悟能力。这是他们创作的客观现状。然而，本书认为，真正的革命方向，应该是用新语言，去表现在世界文化交流中孕育诞生的崭新的感悟。所以，仅仅采用少数的新名词是不够的，仅仅是介绍新事物、新文明也是不够的。梁启超作《饮冰室诗话》的时候对新名词采取冷漠的态度并不见得是对"诗界革命"的深化。

回顾中国诗歌的发展历程，我们应该注意到语言的发展对诗歌新形式的诞生发生的重要影响。汉魏以后语言的丰富，双音词的增加，句法结构的更加发达，曾经成为五、七言诗体形成、巩固、发展的重要物质基础。而印度佛学文化的影响，不仅促成了声韵学的质的飞跃，从而影响到格律诗的形成。而且，还丰富了语言的库藏。六朝以后在诗歌中采用佛学语言和融化佛理的作品日趋增加。特别是宋以后的诗歌，这种情况就更加普遍。"常用的典故，如火宅、化城、三千世界、观河皱面、华严楼阁、弹指即现、天女散花、拈花微笑、罗刹鬼国、诸天、极乐世界、现身说法、众盲扪象、三十三天、诵帚忘笤、百城烟水、五十三参、天龙八部、口吸西江、泥牛入海、香南雪北、千手千眼、舍筏、崖蜜、井中捞月、擎拳竖拂，等等，常用的语言如因缘、三昧、公案、刹那、劫灰、功德无量、一切皆空、净土、华鬘、丈六金身、五体投地、顶礼、一念万年、恒河沙数、烦恼、解脱、薰染、回向、供养、授记、涅槃、资粮、神通、三生、方便、大慈大悲、隔靴搔痒、拖泥带水、大吹法螺、彼岸、不二法门、不生不灭、不即不离、味彻中边、生老病死、六根清净、心猿意马、得未曾有、本地风光、立地成佛、唯我独尊、骑驴觅驴、快马一鞭、不可思议、一超顿悟、冷暖自知，等等，几乎数之不尽。"（钱仲联《佛教与中国古代文学的关系》）可见吸收、化用外来语，本是中国诗歌发展过程中的一个优良传统，所以对新名词不该采取冷漠的态度。

而鸦片战争以来，海外文化对中国的影响，相比佛学文化的影响，要远为广泛和深刻，当然在戊戌以前，这种影响主要是在宗教和自然科学方面，梁启超在《夏威夷游记》中曾说："其所谓欧洲意境、语句，多物质上琐碎粗疏者，于精神思想上未有之也。虽然，即以学界论之，欧洲之真精神，真思想，尚且未输入中国，况于诗界乎。"在《饮冰室诗话》中又说："当时在祖国无一哲理、政法之书可读。吾党二三子号称得风气之先，而其思想之程度若此（按，指只能运用西方宗教名词和极有限的自然科学知识）。今过而存之，岂惟吾党之影事，亦可见数年前学界之情状也。"而梁启超在 1896 年所撰《西学书目表》除宗教外，列算学 22 种、重学 4 种、电学 3 种、化学 13 种、声学 3 种、光学 5 种、汽学 3 种、天学 6 种、地学 9 种、全体学 11 种、动

植物学 7 种、医学 39 种、图学 6 种、史志 25 种、官制 1 种、学制 7 种、
法律 13 种、农政 7 种、矿政 9 种、工政 38 种、商政 4 种、兵政 54 种、
船政 9 种、游记 8 种、报章 6 种、格致总 11 种、西人议论之书 11 种
（按，主要是时政议论）、无可归类 18 种。由这张书单，就可知通商
以来，中国学界的翻译情况，和海外文化对中国的影响情况，可以进
一步证明梁启超对当时中国学界的评论。仅凭这些译著，显然是不足
以使传统文化发生质变的，也不足以使中国的思想界发生质变，当然
也不足以使文学界发生质变。而在中国当时的生产关系中，资本主义
的因素尽管正在日益壮大，但自发产生的资本主义思想，仍处在不发
达的、次要的地位，如果没有先进的西方近代文明的进一步地强有力
地输入和冲击，只凭中国生产力、生产关系的自然进步，显然，还要
经过漫长的时期，才能使中国进入资本主义社会。所以要使中国社会
能较快地进步，就必须接受西方的影响，向先进的西方学习。而中国
的文学（诗歌），如果只是在封闭的文化环境里，自发地进化，那么，
显然也要经过相当漫长的时期，才有可能产生质的变革，具有现代新
诗的形态。然而，西方近代资本主义的迅速发展，必然地要打破闭关
自守的局面，必然地要使世界各国发生广泛深入的交流，必然地要创
造世界市场和世界文化。因此，中国社会之受西方近代文明的冲击是
必然的和不可避免的，要想离开西方近代文明的影响来认识中国社会
的进步是不真实的，要想离开西方近代文化的影响来认识中国文学和
中国诗歌的突变也是不真实的。然而，悠久的历史，辉煌而又庞大的
历史文化，作为一个具有鲜明个性的整体，也有着极强的独立性和排
它性。因此，西方文化的全面"侵入"是相当不容易的，中、西文化
的融会必将经过相当长时间的撞击过程才能实现，当然，这并不意味
着要抛弃我们民族文化的精华，相反，是要在光大民族文化的精华和
吸收西方近代文明的基础上，发展民族文化。

在戊戌前后，具有进步意识的中国人已经有意识地开始吸收西方
近代文明，在思想文化方面，梁启超、严复等人作出了重要的贡献，

当然这种贡献主要表现在介绍和启蒙方面。但是梁启超在著《饮冰室诗话》时，对新名词采取冷漠态度，是一种失误。然而，在散文创作方面，梁启超却"时杂以俚语、韵语及外国语法，纵笔所至不检束"（《清代学术概论》）。自然也较多运用新名词，由于这些文章多刊于《新民丛报》，因而曾被称为"新民体"。由此可见，即使是就文辞而论，对于不同体裁也不能一概而论。这说明，梁启超在诗歌方面尚未能摆脱旧风格的成见。

在戊戌前后，由于译著以较快的速度递增，新名词也必然也要同步递增。王力先生说："现代汉语新词的产生，比任何时期都多得多。佛教词汇的输入中国，在历史上算是一件大事。但是，比起西洋词汇的输入，那就要差千百倍"，"从鸦片战争到戊戌政变，新词的产生是有限的。从戊戌政变到五四运动，新词增加得比较快"，"现代汉语新词的产生，有两个特点：第一个特点是尽量利用意译；第二个特点是尽量利用日本译名"。（《汉语史稿》）如革命、教育、文学、文化、文明、经济、封建、机械、机会、唯一、演说、同志、精神、具体、专制、社会、劳动、表象、环境、保险等都是利用古代汉语原有的词语，而给以新的涵义，成为新的词。再如哲学、科学、企业、历史、政策、系统、政党、警察、物质、成分、条件、意识、概念、观念、直觉、目的、主义、原则、代表、前提、进化、意图、现象、现实、关系、单位、反应、绝对、抽象、肯定、否定、积极、消极、主观、客观、直接、间接、内容等则是利用两个汉字构成按照汉语原义讲得通的新词，上述这些在现代汉语中使用频率极高的常用词还只是属于利用日本译名的一类。现代文学（包括现代诗歌）如果舍去了戊戌以来大量递增的新名词，也就失去了它存在的语言基础，也就不成其为现代文学（现代诗歌），至少也会使它黯然失色。因此，对于新名词采取排斥或者冷漠的态度是不可取的。当然诗界革命派诗人在创作上还是相对较多地运用新名词，然而绝对量还是相当有限的。尽管现代汉语正处在逐步的形成过程中，但在五四以前书面语言应该说尚未发生质变,这由当时大量的散文作品可以证明。当然,如梁启超的"新民体",可以看作是古汉语书面语言向现代汉语书面语言进化的过渡形态。然而,由于诗歌在文学体裁中处在最高的层次,而且是一种最精炼、最典雅的文学形态,对语言的选择要求比较高,往往采用比较成熟的、规范的语言,因此,对刚出现的新名词具有较强的排斥力。在历史上,如佛学词汇也是首先较多地出现在散文中,然后再逐步渗透进诗歌,在近现代的情形也是如此。当新名词逐步成熟,比较地为人习惯以后,才可能大量地出现在诗歌中。就这一点来看,梁启超对新名词采取的态度也是可以理解的。但是真正要进行诗歌的革命,就必须主动地尽量运用新名词,以促进新名词的成熟,促进汉语言对外来语的消化吸收。因此诗界革命派的"革命",在"新名词"问题上,并没有革命性的进展,尚不足以改变诗歌语言的性质,基本上仍处在与驱使蛮语、佛典同一的水平上。

二、流俗语

黄遵宪在二十一岁时写了著名的《杂感》,在诗中,他首先批判了唯古是尊,剽窃古人的写作方法:"俗儒好尊古,日日故纸研。六经字所无,不敢入诗篇。古人弃糟粕,见之口流涎。沿习甘剽盗,妄造丛罪愆。"接着又提出了他的正面主张:"我手写我口,古岂能拘牵。即今流俗语,我若登简编,五千年后人,惊为古斓斑。"其精神实质是要求"言文合一",用现在的语言写当前的事。后来又在《日本国志》卷三十三《学术志二》一章中进一步发展了"我手写我口"的主张,认为:"周秦以下文体屡变,逮夫近世,章疏移檄,告谕批判,明白晓畅,务期达意,其文体绝为古人所无,若小说家言,更有直用方言以笔之于书者,则语言文字几几乎复合矣。余又乌知夫他日者不更变一文体,为适用于今,通行于俗者乎。嗟乎!欲令天下之农工、商贾、妇女、幼稚,皆能通文字之用,其不得不于此求一简易之法哉!"已有创造通俗文体的愿望。黄遵宪的《日本国志》完成于 1887 年(光绪十三年),

因此黄遵宪的这个愿望在近代可谓是开风气之先的。其后，裘廷梁于1897 年(即戊戌变法前一年)在《苏报》上发表了《论白话为维新之本》的著名论文，更加明确地要求"崇白话而废文言"，并编辑《白话丛书》，创办《无锡白话报》，当时如王照、陈子褒等都是同道者。在他们的倡导下逐步形成了一个颇具规模和声势的白话运动。在十九世纪末，二十世纪初涌现了许多以提倡白话为己任的报刊。除裘廷梁创办的《无锡白话报》以外，重要的刊物还有《觉民》《中国白话报》《湖州白话报》《杭州白话报》《苏州白话报》《安徽白话报》《福建白话报》《江苏白话报》《直隶白话报》，等等，"真是万口传诵，风行一时，如半阕《西江月》所咏：'爱国痴顽肠热，读书豪侠心坚。莫笑俺顺口谈天，白话报章一卷。'"(阿英《风行一时的白话报——辛亥革命文谈之三》) 这是中国历史上从未有过的局面。

　　语言的发展，本来就是一个不断建构的过程，即是一个不断突破和不断规范的过程。生动的活生生的言语总是作为一种革命力量向前突破，而书面语言则总是作为一种规范的力量使新的言语系统化。因此，随着言语的发展，书面语必然也会随之而发展。在历史上，"言文合一"的要求，也是语言文字发展进程中的一条基本线索。孔子所说的"辞达而已矣"，即可看作要求言文统一，不致过分相离的观点。其后随着先秦言语的发展，在汉代王充又提出了"口则务在明言，笔则务在露文"，"文字与言同趋"（《论衡·自纪》）的要求。晋代葛洪也反对文字拟古，主张趋今"易晓"，认为"古书之多隐，未必昔人故欲难晓，或世异语变，或方言不同……是以难知，似若至深耳"（《抱朴子·钧世》）。故不必故作"文隐""至深"之文而为古人之优孟。而汉魏的散体文也与先秦散文有较明显的区别。在唐代，刘知几又复倡言文合一之说，矛头是针对南北朝以来好用古语代替今词，华而失实，书面语与口头语差距愈益增大的倾向而发。他以"江芈骂商臣""汉王怒郦生"，以及"单固谓杨康""乐广叹卫玠"之口语为例，指出："斯并当时侮慢之词，流俗鄙俚之说，必播以唇吻，传诸讽诵，而世人皆以为上之二言，不失清雅，而下之两句，殊为鲁朴者，何哉？盖楚汉世隔，事已成古，魏晋年近，言犹类今，已古者即谓其文，犹今者乃惊其质。夫天地久长，风俗无恒，后之视今，亦犹今之视昔。而作者皆怯书今语，勇效昔言，不其惑乎？"（《史通·言语》）其后的唐宋古文运动，一个重要任务就是要创作比较接近口语的散体文以取代言文差距过大的骈体文。其结果，使唐宋古文与汉魏古文有了较多的区别。至宋代的道学家竟直以口语为文，有所谓"语录体"。明代前后七子，因求雅而拟古，效法秦汉古文，使他们的散文佶倔聱牙，难以卒读，又增大了言文之间的距离。故先有唐宋派以"文从字顺"为宗旨，起而矫七子之弊。唐顺之肯定了"直据胸臆，信手写出，如写家书，虽或疏卤"却"具千古只眼"的文章，"是宇宙间一样绝好文字"（《答茅鹿门知县二》）。继之，又有公安派标举性灵，破除复古陈见，进一步要求言文合一。袁宗道认为："口舌代心者也，文章又代口舌者也"，"唐虞三代之文，无不达者。今人读古书，不即通晓，辄谓古文奇奥，今人下笔不宜平易。夫时有古今，语言亦有古今。今人所诧谓奇字奥句，安知非古之街谈巷语耶？……左氏去古不远，然传中字句，未尝肖《书》也。司马去左亦不远，然《史记》句字，亦未尝肖左也。至于今日，逆数前汉，不知几千年远矣。自司马不能同于左氏，而今日乃欲兼同左、马，不亦谬乎？"（《论文》）袁宏道也认为："文之不能不古而今也，时使之也……夫古有古之时，今有今之时，袭古人语言之迹而冒以为古，是处严冬而袭夏之葛者也。"（《雪涛阁集序》）又说："大都入之愈深，则其言愈质，言之愈质，则其传愈远。"（《行素园存稿引》）而公安派的诗文也以文从字顺，近于口语为特点。如果再着眼于文学作品本身，上溯到唐宋以来的现状，我们很容易发现，在诗歌方面，唐代就有近于口语白话的作品，如寒山、王梵志、白居易、张籍、王建、皮日休、聂夷中等都创作了不少白话的或接近白话的诗歌作品。在宋代，苏东坡、杨万里，甚至如黄庭坚都有点化俚俗口语、民谣杂说入诗的作品，苏、杨较为突出，而杨尤以善写口语著名。而理学家如邵雍之流，更写作了大量的口语诗。而在"俗文学"方面，唐代变文，宋代平话，元明杂剧传奇，直至明清长篇章回小说，也都是趋近于白话的文学样式。这样来看清季的白话运动，就不仅能注意到海外文化的巨大影响，而且还能认识到历史文化的前提。

我们在前面侧重强调了言文合一的方面。但事实上，书面语与口语之间是不可能完全合一的，它们之间的合一只是相对的，而保持一定距离则是绝对的。我们前面已经指出，书面语是一种规范化的语言。由于规范化，一定的语言，才能保持其相对的稳定性，才能具有更广阔的时空范围，才能成为一种准确的思想交流工具。中国是一个地理条件相当复杂，领土辽阔的国家，山川、河流将这个国家切割成许多大小不等的自然区域。落后的交通，又使这些自然区域处在相对封闭的环境之内，于是形成了许多复杂的差异很大的方言口语。如果没有一种统一的规范化的语言，人们的社会交流将会发生很大的困难。所以阮元曾说："是必寡其词，协其音，以文其言，使人易于记诵，无能增改，且无方言俗语杂于其间，始能达意，始能行远。"（《文言说》）而统一规范的国语，也确实是使我们这个地理条件复杂的国家保持高度统一的一个重要力量。因此，当生动的口语突破了原来的规范，有了较大的发展以后，就要作新的规范，这实际上是书面语与口语之间调节距离的过程。言文趋一与规范化是一对基本矛盾，它们构成了语言发展的内在辩证运动。孔子在注意到"辞达"的同时，又注意到"文"的一面，重视修辞，这实际上就是一个规范化问题。魏晋时代的文笔之争，文体的区分，实际上也是从体裁的角度，对各种类型的书面语进行规范化，对发展了的言语进行规范化。唐宋古文家虽然反对言文的过于分离，但也重视"文"，不赞成趋于俚俗。清代的桐城派，强调"义法"，主张"雅洁"，也是要求文体和语言的规范化，所以他们不满意公安派以俚俗为文。总的来说，在戊戌以前，中国古代的语言发展中，规范化的力量大于言文趋一的力量。因此，书面语与口头语之间一直保持着较大的差距。语言发展，尤其是书面语的发展比较缓慢。而戊戌以后，受到海外文化的强烈刺激，新语词数量激增，使固有的书面语结构难以容纳急剧丰富起来的新思想、新感受，而口语与书面语之间本来已经差距较大的情况便更加严重。因此，终于逐步酝酿起了真正的语言革命，其目标就是要极大地缩小言文之间的距离。然而对于黄遵宪乃至于裴廷梁、王照他们来说，在写作实践上尚未能克服潜在的规范化势力，他们自己所作，仍采用文言文，其情形恰如古文运动的前驱刘勰、苏绰、萧颖士、李华等惯用骈体文一样，他们还只是呼唤者，还不是身体力行的实践者。即使是在理论上，黄遵宪的主张，也尚未能超出唐代刘知几、明代公安派的认识范围，在诗歌创作方面，甚至还不如公安派能够言行一致，这就使"诗界革命"的旗帜大大地减了色。就当时的客观条件而言，他们本是有可能在创作实践上比前人向白话方面迈进一大步的。当然如梁启超在散文创作方面还是有很大成绩的，"新民体"是文言文体向现代白话文体过渡的一座桥梁。然而，在诗歌创作上，他仍然比较保守，甚至在白话新诗取得了相当成绩的二十世纪二十年代，他还是不能完全站在白话新诗一边，坚决地倡导白话新诗，他曾吞吞吐吐地表示："其实白话诗在中国并不算甚么稀奇……那些老先生忽然把他当洪水猛兽看待起来，只好算少见多怪。至于有一派新进青年，主张白话为唯一的新文学，极端排斥文言，这种偏激之论，也和那些老先生不相上下……我不敢说白话诗永远不能应用最精良的技术，但恐怕要等到国语经几番改良蜕变以后。若专从现行通俗语底下讨生活，其实有点不够……我想白话诗将来总有大成功的希望，但须有两个条件：第一，要等到国语进化之后，许多文言，都成了'白话化'；第二，要等到音乐大发达之后，做诗的人都有相当音乐智识和趣味。"（《晚清两大家诗钞题辞》）这一番议论在梁启超而论，自然是十分通达的，然而，就当时的情形来说，白话文学不是太多，尚需要进一步努力去实践，去探索。靠等待是不会迎来梁启超期望出现的条件的，只有在实践中，现代白话才能成熟起来，现代文学才能成熟起来。文言在整体上已经不适合新时代，它们只能作为一种语言的历史养料，为现代白话消化吸收，这是一种历史的趋势。当然，当改革文言文的时代要求出现的时候，黄遵宪他们能在理论上顺应这一要求，进行倡导和呼唤，为1917年白话运动的兴起，作了观念意识方面的铺垫，而当时出现的大量"白话刊物"，也为现代白话的形成和现代文学的诞生，作了语言方面的物质准备，对于这份功劳，我们还是不应当抹杀的。

三、歌词

诗界革命派诗人除了创作传统的古体、近体、乐府体以外，还尝试创作了一些"歌词"，严格地来说它们不属于狭义的诗。梁启超在《饮冰室诗话》中曾例举黄遵宪的《出军歌》、《军中歌》、《旋军歌》二十四首、《小学校学生相和歌》十九章，这些歌词在形式上有相当的独创性。如《出军歌》其一、其二：

> 四千余岁古国古，是我完全土。
> 二十世纪谁为主？是我神明胄。
> 君看黄龙万旗舞。鼓鼓鼓！
>
> 一轮红日东方涌，约我黄人捧。
> 感生帝降天神种，今有亿万众。
> 地球蹴踏六种动。勇勇勇！

采用七、五间杂句式，句句押韵，句尾用叠词作呼语。二十四首末字相连为"鼓勇同行，敢战必胜，死战向前，纵横莫抗，旋师定约，张我国权"。鲍照《行路难》"泻水置平地"一首，在形式上也采用五、七言相间句式，但并非句句押韵，当然结尾也不同。黄诗具有极强的咏叹性，激昂慷慨，是很有力量和气势的军歌。再如《小学校学生相和歌》其一：

来来汝小生，汝看汝面何种族。

芒砀五洲几大陆，红苗蜷伏黑蛮辱。

虬髯碧眼独横行，虎视眈眈欲逐逐。

於戏我小生，全球半黄人，以何保面目。

也以五、七言句式结构成章，韵律也较紧凑，适宜于歌唱。然而语言仍较文雅，非通俗流行之歌。

黄遵宪在 1902 年曾写信给梁启超，建议说："报中有韵之文，自不可少，然吾以为不必仿白香山之《新乐府》、尤西堂之《明史乐府》，当斟酌于弹词、粤讴之间，句或三或九或七或五、或长或短，或壮如'陇上陈安'，或丽如'河中莫愁'，或浓如《焦仲卿妻》，或古如《成相篇》，或俳如俳技词，易乐府之名，而曰杂歌谣，弃史籍而采近事。"（《与梁任公书》）梁启超接受了这一建议，在 1902 年创办《新小说》月刊时，特辟"杂歌谣"专栏。而黄遵宪本人的歌词创作，正是他这种愿望的具体实践。在艺术形式上师法民间的说唱文艺，在艺术风格和精神上则以汉魏晋唐乐府为典范，因此实际上仍未摆脱古典文学的束缚。另外，由于黄遵宪本人"不能音律"，所以尚不能为这些歌词谱曲，对此梁启超不无遗憾地说："使其解之，则制定一代之乐不难矣。此诸编者，苟能谱之，以实施于学校，则我国学校唱歌一科，其可以不阙矣。"梁启超并且还设想："今日欲为中国制乐，似不必全用西谱。若能参酌吾国雅、剧、俚三者而调和取裁之，以成祖国一种固有之乐声，亦快事也。将来所有诸乐，用西谱者十而六七，用国谱者十而三四，夫亦不交病焉矣。"（《饮冰室诗话》）很明显，他们创作歌词是为歌唱而用。黄遵宪所作歌词不知当时是否有谱，而梁启超自己所作《爱国歌》《黄帝》《终业式》诸歌皆有谱。《爱国歌》实为乐府体杂言，后两首则仿黄遵宪《军歌》，采用七五言相间句式，当然结尾不同（见《饮冰室诗话》）。这些歌词在章句方面虽然不同于汉魏"歌辞"，但笔调气息颇能传汉魏歌辞庄重文雅的精神。如梁启超的《黄帝》四章就颇有《大晋篇》的神采，当然梁歌的体制小于《大晋篇》。至如康有为的《演孔歌》在体裁风格方面则基本模仿汉魏郊庙歌辞。

　　为了给歌词创作张目，梁启超甚至以前古诗、歌合一为证，说明词与乐相结合的合理性。但是事实上，诗与歌的分化异途是客观事实。当然自从诗成为案头阅读欣赏的诗以后，各代也仍有歌词创作，如汉代的《郊庙歌》《铙歌》《鼓吹曲》《相和歌辞》《琴曲歌辞》等便是属于歌唱性的体裁。而且歌词的形式也给诗歌艺术以重要的影响，如"乐府"，后来就成为诗歌的一种重要体裁。晚唐的词起初也即是歌词，以后逐渐失去了它的音乐性，而成为一种独立的文学样式。继起的曲，其始即承担了词的歌唱职能，后来也逐渐文字化、案头阅读化了，当然它的歌唱性相对较强。而在民间，民歌小曲则一直保持着它的歌唱性，因为文化层次较低的普通平民百姓，他们的娱乐和文艺欣赏一般不是通过阅读品味和神思遐思来实现的，而主要是依靠视听感官的直接感知来实现的。民歌小曲正是以它的歌唱性来满足平民百姓的需要，而具有存在的价值。但民歌小曲比较短小，不适合叙事，它主要满足平民百姓抒发爱情的需要。为满足平民百姓（也包括士大夫）更广泛的文艺需要，一种长于叙事而兼有音乐性的歌体也就应运而生了，宋元的"鼓子词""诸宫调"便属于这种说唱性的文艺。明清出现的"宝卷""弹词""木鱼书""鼓词""子弟书""道情""粤讴"之类也属于说唱性的文艺，当然说与唱的比重不同，如"子弟书""道情""粤讴"等皆以唱为主，这些文艺样式往往由艺人演唱为主，不宜于平民百姓日常的歌唱，而民歌小曲几乎充斥着缠绵的爱情主题，因此总会产生一种缺憾。

　　黄遵宪、梁启超这些人由于长期生活在国外，因而有可能了解到国外的歌曲。梁启超认为："盖欲改造国民之品质，则诗歌音乐为精神教育之一要件……至于今日，而诗、词、曲三者皆成为陈设之古玩。而词章家真社会之蠹矣。"又抱憾说："昔斯巴达人被围……此教师为作军歌，斯巴达人诵之，勇气百倍，遂以获胜。甚矣，声音之道感人深矣。吾中国向无军歌……于发扬蹈厉之气尤缺。"后"读杂志《江苏》，屡陈中国音乐改良之义，其第七号已谱出军歌，学校歌数阕，读之拍案叫绝，此中国文学复兴之先河也"（《饮冰室诗话》）。由此可见梁启超对歌唱文学的重视，其宗旨在激厉国民精神。为此他认为："今日不从事教育则已，苟从事教育，则唱歌一科，实为学校中万不可阙者。"（同上）并且尝试创作了前述那种不同于民歌小曲和说唱歌词，却取神于汉魏歌诗的作品，称得上是一种文人化的风骨端严庄重的歌曲。从而为现代歌曲的形成，作出了开创性的贡献。然而黄遵宪、梁启超所创作的歌词，显然还不够通俗。梁启超所引曾志忞《告诗人》中有言："近数年有矫其弊者，稍变体格，分章句，间长短，名曰学校唱歌，其命意可谓是矣。然词意深曲，不宜小学……欧美小学唱歌，其文浅易于读本。日本改良唱歌，大都通用俗语。"而梁启超则欲调适于雅俗之际，认为"盖文太雅则不适，太俗则无味。斟酌两者之间，使合儿童讽诵之程度，而又不失祖国文学之精粹，真非易也"（同上）。

从前面的分析中可以看出，黄遵宪、梁启超等尝试创作的"歌"体，可以看作是一种新兴歌曲的滥觞。但如以此一点，而加以过度演绎，认为这就是代表"诗界革命"成果的新兴诗体，是"诗界革命"所实现的革命目标，甚至是古典诗歌与现代白话新诗之间的过渡形态，这似乎不太确切。如果真是这样，"诗界革命"的艺术突破，也实在是太可怜了。这不仅因为黄遵宪、梁启超、金天羽等所作歌体数量很少，在他们的整个诗歌创作中所占比重也相当有限，而且，在语言艺术上除了采用有限的新名词外，也并无多少新进展。如果放在整个中国韵文发展的背景里作对照，它们与历史上词、曲以及说唱体的兴起相比，显然大为逊色，而词曲、说唱体的兴起，尚且并未享有诗歌革命之誉，又何论其亚呢？当然我们也不想抹杀这些歌体对新式歌曲的开启之功。歌曲是海外文艺对传统文艺发生直接影响的最早突破口之一。王韬与张宗良于 1871 年合译《普法战纪》时，曾随译德国、法国国歌各一首。译者虽然无心，而在梁启超看来却极有意义，认为"于两国立国精神大有关系者"(《饮冰室诗话》)。梁启超曾在《新民丛报》第二号,以"棒喝"为题刊登《日耳曼祖国歌》《日本少年歌》《德国男儿歌》及日人中村正直所作《题进步图》诸译作。这可以看作是自觉的歌诗翻译。梁启超等创作歌体,也正是受到海外歌词影响的结果。只是在形式上尚未能真正对海外歌词有所借鉴,因为即使是译作也仍然采用古典诗歌的形式,与原作有相当的距离,与稍后马君武、苏曼殊的译诗属于同一类型。其启发作用主要是使人能有意识地去创作歌词。

从整体上来说,诗界革命派还未能设计出真正的新诗形式,甚至连雏形也尚未形成,而且在实践上也未能跳出古典诗歌的手掌。但诗界革命派在诗外为介绍海外文化所作出的努力,以及"诗界革命"的呐喊,却在客观上预告了春天的消息,并且为春天的到来作着耕耘的准备。他们对青年一代进行了"诗界革命"的启蒙,新文学运动的重要倡导者,几乎都受到过梁启超的影响。后继的年轻人,更容易也更多地接受了海外文化的影响,而且现实也为他们准备了比启蒙者好得多的客观文化条件。既然在最寒冷的时代已有人喊出了"革命"的口号,呼唤着春天,那么当春气拂动时,血气方刚的青年人自然更有勇气高举文学革命大旗,向真正崭新的文学世界挺进。

第八节 同光时期各派概要比较

同光诗坛是中国古典诗歌最后历程中,最复杂、最丰富多彩的一驿。汉魏六朝派、同光体、唐宋调和派、西昆体,以及诗界革命派,各以自己的创作为夕阳西照的诗空绣上绚丽的色彩。尽管他们各自的成就有大有小,但掩盖掉任何一方都有损于晚霞的美丽。在艺术上,流派越多越好,单调划一则意味着艺术的衰落。因此艺术王国,应该是不同的艺术个性和平共处的王国。一种流派、一种风格只要能存在,就有存在的理由,说明它仍然享有读者市场,而对于读者的艺术爱好实在无须强行纳入某种个人意志的范围。

艺术享受在人们的生活中有着重要的地位，但是决定一个国家一个民族前途和命运的，并不是文学家，也不是文学，任何一种艺术风格都不足以保护一个政权，也不足以推翻一个政权。艺术毕竟主要是精神上的一种享受。当然，文学作为一种心声，它可以反映人们的喜怒哀乐，反映人们的愿望，当某种感情，某种愿望引起强烈共鸣的时候，就说明这种感情，这种愿望具有普遍性。因此，在先秦时代就有采风以观民隐的政治方法。如果只是企图通过对文学中某种感情，某种愿望的抑扬来巩固政治，那是以叶障目的做法。时乱而变风变雅作，并非变风变雅作而时乱。真正巩固政治的措施，并非是抑扬某种文学，相反是由文学而知民情，由民情向背而知治本所在。文学对政治家的帮助无非如此。然而，诗人往往好为大言，时时以天下为己任，而其实如李白、杜甫，以其诗可以流传千古，然未必能知一州，宰一县。同光诗坛，有以政治家而兼诗人的，亦有以诗人而从事政治的，也有一生而为诗人的（尚非职业诗人）。他们大多数人（不管属于哪一个流派）几乎都主张表现自己对生活的真实感受，都愿意反映时政中的重大事件，也并不回避生活中的尖锐问题，其中梁启超更为重视文学的政治作用。然而事实上他们都并未能以他们的诗歌拯救时世，相反倒是对诗歌、小说并不感兴趣的孙中山对历史发展作出了重大贡献。而当时人们对文学的认识也并不纯粹，大都把政论一类文章都纳入文学的范畴，并因此而扩大了文学的政治功用。梁启超有关文学本体论的认识也仍然是比较模糊的，他本人对后世的思想启蒙之功，主要依靠他的学术文和政论文，而并非是他的诗歌和小说。因此，本书并不打算以各流派所作诗歌的"政治功绩"来论定各流派的功过，而主要看各流派的诗歌是否能真实地表现诗人自己对生活的感悟。

由前面对各重要诗人创作的分析，我们认为各流派的艺术风格虽然不同，但他们的作品基本上是真实的。但对题材的择取各有侧重，汉魏六朝派诗人中邓辅纶、高心夔较多地描写了祖国壮美的自然山水。

同光体诗人中陈衍的作品对重大题材的表现相对少一些，而陈三立、范当世则比较尖锐地表现了时政，情感激愤悲壮。唐宋调和派中的张之洞、樊增祥的诗篇则相对温和一些。西昆体一派则较为深沉，但题材面相对狭窄一些。诗界革命派诗人的题材则相当广阔，他们较好地利用了他们在海外生活的有利条件，较多地表现了海外新事物、新文明，以及异域风土人情，康有为诗集中的海外题材尤为丰富，而黄遵宪对国内重大事件的叙写也相当广泛全面，称得上是晚清社会的"诗史"。

在创作精神方面，汉魏六朝派和西昆体诗人较为保守，其中尤以王闿运和李希圣为最，然而如高心夔、刘光第、曾广钧、张鸿、孙景贤等也并不完全囿于他们的学古对象，也能立意自创。其中以高、刘为最有离立之势。同光体和诗界革命派都有比较明显和强烈的创新要求，他们之间的区别在于：同光体诗人企图沿着诗歌发展的传统的通变路线，再向前迈进一步；而诗界革命派则已开始有世界眼光，他们希望通过吸收新名词，尤其是描写新事物，来开创新的诗界。然而，他们虽然形成了自己的艺术风格，但都没有使中国诗歌超越古典的艺术规范，产生质的飞跃。而唐宋调和派，尤其是张之洞，受艺术成规的束缚较多，独创意识不如同光体和诗界革命派来得强烈，更不可能使中国诗歌有较大的突破。比较而言，还是诗界革命派朦胧地意识到了中国诗歌的新前途，在二十世纪文化开放的时代，中国诗歌不仅应该从传统中吸收营养，而且还应该吸收海外文化的营养，才能产生突变。而向世界学习，不仅仅是吸取新题材而已，用旧的形式、旧的语言、旧的创作意识是不可能从新题材中发掘出新诗来的。诗界革命派尚未清醒地意识到这一点，这就是他们的局限。

在诗歌创作的艺术倾向方面，汉魏六朝派诗人基本以求雅为目标，他们追求汉魏六朝的高格。在艺术手法上，如王闿运、邓辅纶等都尽量避免新巧的修辞方法，而依靠语词本身的直现力去直接刻画对象，在总的倾向上，属于"返璞归真"的一路。当然具体意向是以古格为我格，因而并不可能真正消除异化，有新的艺术突破。同光体诗人企图在不失文雅的前提下，求生、求新、求深，他们尽量利用前人的修辞成果，发扬光大，在总的倾向上，属于"由疏趋密"的一路，而且取得了一定的成绩。而唐宋调和派则调适于两种倾向之间，追求中和之美，以流畅自如、情彩生动、气势充沛为目标，在风格上接近唐诗，由于他们不能在艺术上一意向前，在开辟余地极小，而惰性很大，前进困难的情况下，恰如逆水行舟，不进则退，因而在艺术上就很难有较多新面貌。西昆派总的倾向与唐诗派相近，但他们是学李商隐的专家，以华文谲喻为目标，比较而言，其创作取向显得更为狭隘。诗界革命派诗人似无意在艺术形式、修辞方法上争奇斗巧，但都喜欢隶事用典，而且在语言的选择上比较博杂，不拘一格，艺术质量或有粗疏之病，他们对待传统的态度比较复杂，前后变化也很大，所以不能一概而论。黄遵宪、金天羽学古面较宽，几乎无所不学，而康有为、丘逢甲则偏重于唐诗，梁启超则偏重于宋诗。当然从总体上来说，他们比较重视"以我为变"，要求摆脱传统形式的束缚，尽管在实践上进展不大，但对于他们的努力和创新的精神，还是应该肯定的。就各自擅长来说，黄遵宪以叙事胜，康有为、丘逢甲以抒情胜，梁启超以写意胜，金天羽则以传神写景胜，当然这都是相对而言，这一派各家格局都比较阔大。

在相互之间的关系方面，各派在整体上都不存在势不两立的敌对关系。诗界革命派的谭嗣同称王闿运诗"高华凝重，赋丽以则，擎孤掌以障奔流，上飞云而遏细响，四杰不作，舍湘绮其谁与归！"（《报刘淞芙书三》）又称邓辅纶诗"本原深厚，虎视湘中，当代作者，殆难相右"（《报刘淞芙书一》）。又读樊增祥《八月六日过灞桥口占》一诗，以为"所见新乐府，斯为第一"（《论艺绝句》）。梁启超则称陈三立诗"不用新异之语，而境界自与时流异，酿深俊微，吾谓于唐宋人集中，罕见伦比"（《饮冰室诗话》）。又称同光体闽派诗人林旭："少好为诗，诗孤涩似杨诚斋，却能戛戛独造，无崇拜古人意。"（同上）又称李希圣感事诗"芳馨悱恻，湘累之遗也"，"其风格在少陵、玉溪之间，真诗人之诗也"（同上）。又好曾广钧诗，《饮冰室诗话》中多有采录。
而金天羽亦认为："泊夫晚叶，肯堂穷老，胞与民物之怀，渐西吏隐，
天际真人之想。两贤徂往，遗文可玩。而执事与中实，惊才绝艳，并
辔诗衢。"（《答樊山老人论诗书》）极推崇范当世、袁昶、樊增祥、易
顺鼎，又称郑孝胥诗"足千古矣"（《再答苏戡先生书》）。学古派中许
多诗人亦极赞黄遵宪诗，如陈三立称黄诗："驰域外之观，写心上之语，
才思横轶，风格浑转，出其余技，乃近大家。此之谓天下健者。"（《人
境庐诗草跋》）俞明震则谓："五古具汉、魏人神髓，生出汪洋诙诡之
情，是能于杜、韩外别创一绝大局面者。"（《人境庐诗草跋》）范当世
亦称其诗："诗言起讫一生事，眼有东西万国风。"（《旅中无聊流观昔
人诗至于千首有感于黄公度之人之诗而遽成两律以相赠》）又谓："吴
挚父、陈伯严皆尝谬称吾诗，以为海内无两，及是，而知其信不然也。"
（《人境庐诗草跋》）自叹弗如。相互之间倾倒如此，怎么会水火不容
呢？辛亥革命以后，这些不同流派之间的在世诗人更是经常聚会唱和。
1913 年农历三月三日修禊日，在上海、北京两地各派诗人会聚一堂
仿东晋兰亭故事，分韵唱和，堪称诗坛盛事。陈衍有《京师万生园修
禊诗序》一文纪其事，重要诗人如梁启超、易顺鼎、沈曾植、樊增祥
等皆参加了集会，显示了相互之间的良好友谊。他们毕竟同属于古典
诗歌营垒里的左邻右舍，虽各有自己具体的诗学宗旨，而无根本的利
害冲突。

　　诗界革命派虽标举"革命"两字，但这个"革命"实质上充其量
不过是"改革"而已。"革命"一词由来已久，早在《书》《易》中就
已出现。当然，梁启超这时所使用的"革命"一词，已是日本人对英
语"Revolution"的意译，这是在明治维新以后，日本非常流行的一
个词汇。梁启超自 1898 年戊戌变法失败，逃亡日本后，更多地接受
了欧美新文化的薰染，1899 年间又与孙中山过从甚密，在政治上渐
有赞成革命的趋向，受到康有为严厉批评后，终于放弃了与孙中山合
作的念头。他一方面认为"革命"与旧王朝之间易姓争斗不同，乃是"从

根柢处掀翻之，而别造一新世界"（《释革》）。同时又认为不易姓也可以收"革命"之效，所以在政治上主张保留清王朝的皇统，进行所谓不流血的"变革"。梁启超对于"革命"的这种理解，集中地体现在1902年写的《释革》一文中。而在诗界中进行的"革命"，也同样受到这种理解的限制，指望在保留传统的"古风格"的前提下实现革命的目的。其核心也就是"旧瓶装新酒"，并非真正彻底的革命。而且在实践上"诗界革命"之"革命"，甚至还落后于他的政治"变革"。因为在政治上梁启超已有"群治"的要求，这说明他有意变革政体形式，而"诗界革命"却仍然要保持旧的艺术风格。革命要求只是写新事物。与洋务派之引进西方科技、办工厂相去甚迩。在政治上，梁启超尚能参加辛亥革命后的新政府；在诗歌方面，却不愿加入创作白话新诗的行列。这说明他的诗学观其实要比政治观保守，此所以与学古派无最本质的区别，最终而能与学古派同声大合唱。当然，在客观上，把"革命"一词引进诗界，还是破天荒，"诗界革命"的口号在中国文学史上被第一次呐喊出来，这是对未来的呼唤，在蠛蠓天里吹响了春声。诗界革命派之筚路蓝缕在客观上为开启未来真正的诗界革命之先河作出了努力。这就是他们为现代新诗的诞生作出的贡献。

第九章

古典诗歌的余辉远霭
——宣统民初时期的古典诗歌创作

第一节 宣民诗坛概说

这一时期，从政治形势来看，清王朝已经腐朽至极，而资产阶级的思想启蒙也已取得了相当的成绩，宣传海外新文化的报刊杂志数量日增。"民智程度亦渐增进，浸润于达哲之理想，逼迫于世界之大势，于是咸知非变革不足以救中国。"（梁启超《释革》）革命之机日渐成熟，革命派在国内经过多次起义，终于在1911年取得了武昌起义的胜利，1912年元旦，中华民国宣告成立。不久袁世凯窃取辛亥革命果实，中国又开始了漫长的军阀割据、战乱频繁的动荡岁月。

在政治上动乱无序的状态下，文化界却空前地活跃，形成了颇为热闹的场面。首先是报刊杂志的繁荣。清末民初，各种报刊杂志如雨后春笋，大量涌现，不下数百种，这是中国历史上从未有过的事情。报刊的传播内容空前丰富，传播范围空前广泛，传播速度空前迅速。黄遵宪早在写《日本杂事诗》的时候，就已经敏感地意识到了报刊的巨大作用,他说:"欲知古事读旧史,欲知今事看新闻。九流百家无不有,六合之内同此文。"自注云:"新闻纸以讲求时务,以周知四国,无不登载。五洲万国,如有新事,朝甫飞电,夕既上板,可谓不出户庭而能知天下事矣。其源出于邸报,其体类乎丛书,而体大而用博,则远过之也。"甲午回国以后，为开启民心，以言救世，于1896年8月在上海创刊了《时务报》，为宣传维新变法起了重要作用。后来梁启超在日本创办的《清议报》《新民丛报》等也曾发生过相当广泛的影响。可以说，晚清的思想文化启蒙是以报刊作为主要工具的，没有报刊就不可能在较短的时间内，使资产阶级的思想文化启蒙产生广泛的影响，辛亥革命也不会来得那么早。从这个意义上来看清季报刊的大繁荣，就具有巨大的价值。其次是通俗文学（以小说和戏曲说唱文学为主）的繁荣。1902 年，梁启超创刊《新小说》，并在创刊号上发表了著名的《论小说与群治之关系》，用夸张的笔墨，宣传的口吻，强调了小说的社会政治作用，认为"欲新一国之民，不可不先新一国之小说。故欲新道德，必新小说；欲新宗教，必新小说；欲新政治，必新小说；欲新风俗，必新小说；欲新学艺，必新小说；乃至欲新人心，欲新人格，必新小说"。随后又有狄葆贤、金天羽、夏曾佑等起而鼓吹，在较短的时间内，促成了通俗小说创作的风靡。吴沃尧说："吾感夫饮冰子'论小说与群治之关系'之说出，提倡改良小说，不数年而吾国之新著新译之小说，几乎汗万牛充万栋，犹复日出不已而未有穷期也。"（《月月小说序》）与此同时，戏曲、说唱体文学也是方兴未艾。如李伯元的《庚子国变弹词》，邹容的《革命军》，陈天华的《猛回头》《警世钟》，陈季衡的《非熊梦》，感惺的《断头台》，吴梅的《风洞山》，萧山湘灵的《鉴湖女侠》等等不断涌现，据阿英《晚清戏曲小说目》统计，在 1908 年一年竟有二十种以上戏曲作品问世，而宣统元年（1909）小说创作更达九十七种以上。再次是翻译文学的繁荣。林纾自 1899年翻译《巴黎茶花女遗事》以来，一发而不可收，到他 1924 年去世，共翻译小说达一百八十三种之多，涉及的国家有英、美、法、俄、希腊、挪威、西班牙、日本等，而其译作多采用古文转译。在林纾以外，翻译作家还有许多，如曾朴对法国小说的翻译也极有成就。在诗歌方面，则略为逊色，较早较多翻译欧美诗歌的有苏曼殊和马君武。1909年苏曼殊出版了《拜伦诗选》，另外他还在报刊零星发表过雪莱、彭斯、歌德等人诗歌的译作，前后共计十余首。1914 年《马君武诗稿》

出版，其中有马君武译拜伦、歌德等人诗作三十八首。然而，他们的翻译完全采用古典诗歌的形式，比林译小说更难传达庐山真貌。其最大的积极意义是把人们的眼光引向了欧美的诗歌，使世人意识到在中国以外，还有很大的文学天地。所有这些，伴随着白话的提倡，有力地促进着现代白话语言的形成。而更多的青年人出外留学，接受海外新文明、新思想的洗礼，又为清末民初的时代大变革准备着各式各样的人才，其中也包括文学方面的人才。特别是少年时期已经在国内受到资产阶级启蒙思想教育的一代，后来又在国外进一步受到海外新文化的薰陶，其中许多人都成为民国以后政治文化方面的先锋骨干。现代文学中最重要的作家，几乎大多数人都属于这样的人物。

　　然而，中国之接受海外新文化的影响，是沿着宗教—自然科学—社会科学—文学艺术，这样一条线索逐步扩展开来的。在戊戌以前侧重于宗教和自然科学，戊戌以后由社会科学逐步扩大到文艺。而在文学艺术方面，则是由小说戏剧逐步漫延到诗歌。与此相适应，各种人才的成熟，也是沿着这一条线索，一阶段一阶段地，一批一批地逐步扩展开来。戊戌前后出现的"先行"人物，大多侧重于社会科学领域，严复、章太炎等就是如此。诗界革命派也侧重于社会科学方面的宣传，所以在"诗界革命"方面还处于极幼稚的阶段，明显地落后于他们在社会科学方面的进展。而当新一代在他们的启蒙之下成长起来，并扩大到接受海外文学影响的时候，原先的启蒙导师却开始失去青春的活力，为自己固有的文化体系、知识结构所拘限。清末民初之际，早先的诗界革命派诗人并没有继续前进，相反还有所后退。

　　而在文艺理论方面，西方的美学观点也开始在悄悄地渗透进来。其中以王国维对西方哲学、美学的研究最为深入，并达到了融会贯通的境界。王氏早年曾受日本教师藤田丰八、田冈佐代治的启蒙，受他们的影响，有心研治西洋哲学。曾攻读过巴尔善的《哲学概论》，文特尔彭的《哲学史》，康德的《纯理批评》，叔本华的《意志及表象之世界》《充足理由之原则》《论自然中之意志论》等著作。能有意识地把美从伦理和其他社会功利中分离出来,认识到它的独特品质和价值。在中国历史上尽管有唯美主义的倾向存在,然而,由于在社会科学的学术领域,主要只有"经"和"史"的分离,哲学、伦理、政治,乃至于文学常常混杂在一起,处在经学的统帅和笼盖之下,没有得到明确的分离,缺乏各自独立的个性,因此,美和美学也从来没有成为一个独立的专门的研究对象。中国的思想文化具有高度的整体性,但缺乏细密的分类,因而也就影响了学科专门化的实现,影响了思想文化的各个方面向纵深开掘,这是中国思想文化的一大缺陷。从这个意义上来看王国维的哲学和美学研究的成果,就有了重大的价值。由于王国维已经开始具有独立的美学意识,和独立的文学意识,因此,他能比前人更清晰地把握美和文学的特殊性质。例如,他论文学而认为:"文学中有二原质焉:曰景,曰情。前者以描写自然及人生之事实为主,后者则吾人对此种事实之精神的态度也。"(《文学小言》)"情"和"景"在古代诗论中原是两个重要的基本概念,王国维的贡献在于能把"情"和"景"统一起来,并上升成为文学的基本"原质",从而在一个更高的层次上从整体上揭示了整个文学的特征。而由《文学小言》所论及的范围可知,王国维的文学范畴已具有现代意义,不再是一个含糊的,边缘不清的,常常与"文章"相混淆的范畴。王国维已经把诗词、小说、戏曲纳入文学这个整体中进行考察。因为他对文学"原质"进行了揭示,所以他的"文学"概念自然比前人有了更高的抽象和涵盖性。在这里王国维与前人相比,有了质的飞跃。王国维论文学强调真,重视自然发露,因此他推崇自然朴素的文学,推崇后起的文学样式,如戏曲小说,他的文学进化观,是与文学体裁的不断新生更替相统一的。他在《文学小言》和《宋元戏曲考》中比较集中地阐明了他的这些主张。因此,尽管王氏的见解中尚有其片面性,但是,与梁启超之从宣传的、社会功利的角度来推崇小说,无疑更具有理论深度。王国维认为美在于"形式",而"形式"有两个层次,分别为"第一形式"和"第二形式",所谓"第一形式"即对象的感性显现能唤起美感者,所谓"第二形式"即艺术形式，也即是为表现第一形式而需要的形式。王国维十分重视这第二形式，认为"惟经过此第二之形式，斯美者愈增其美"（《古雅之在美学上之位置》），同时也十分重视"第二形式"中的"古雅"之美。因而，王国维又十分推重古代的高格。这样王国维在文学体裁样式方面持进化发展的观点，而对于诗歌体裁样式却又具有复古的倾向。因此，王国维并不是一个彻底的发展论者。这样他在诗歌创作实践上也就没有革新诗界的愿望，仍然是学古的。不过王诗颇能传达他因研究西方哲学而产生的新颖感悟。如《杂感》《出门》《蚕》《偶成》等皆颇有"西学义谛"者（钱锺书《谈艺录》）。然王国维虽重视形式，自己所作反在艺术形式方面尚欠功候，不免"笔弱词靡""文秀质羸"（同上）。王国维在诗学方面，其贡献主要是理论上的进展，它体现了中国文艺理论的转变趋向。中国的现代文艺理论当以王国维为开山。

　　而在这时期正式成立的文学社团——南社，其宗旨主要是宣传革命，反对清王朝。故取"钟仪操南音，不忘本也"（宁调元《南社集序》）之意，而名之曰"南"社。柳亚子也曾明确地解释说："它底名字叫南社，就是反对北庭的标帜了。"（《新南社成立布告》）高旭曾有诗悼唐才常，句云"汉儿发愿建新邦"，昭示了他们共同的理想。其主要成员多为同盟会员，故又有同盟会"宣传部"之别称。

　　南社于 1909 年 11 月 13 日，由柳亚子、陈去病、高旭等发起，正式在苏州虎丘集会成立。成立初期有社员十七人，辛亥革命前发展到二百多人。辛亥革命后激增至一千多人，是当时最庞大的文学社团，而社员却良莠不齐。文学观点也并不统一，但"依然笃古"（钱基博《现代中国文学史》）。在诗歌方面，主要有学唐、学宋两种类型，并没有比诗界革命派更前进一步。高旭曾说："诗文贵乎复古，此固不刊之论也，然所谓复古者，在乎神似，不在乎形似……今之作者有二弊：其一病在背古，其一病在泥古。要之，二者均无当也。苟能深得古人之意境神髓，虽以至新之词采点缀之，亦不为背古，谓之真能复古可也。故诗界革命者乃复古之美称。"又说："世界日新，文界、诗界当造出一新天地，此一定公例也。黄公度诗独辟异境，不愧中国诗界之哥仑布矣，近世洵无第二人，然新意境、新理想、新感情的诗词终不若守国粹的、用陈旧语句为愈有味也。"又说："国事日亟，吾党中才足以作为文章，鼓吹政治活动者，已如凤毛麟角。而近犹复盛持文界革命、诗界革命之说，下走以为此亦季世一种妖孽，关于世道人心靡浅也。吾国文章实足称雄世界。日本固无文字，虽国势甚至今日，而彼中学子谈文学者，犹当事事丐于汉土。"(《愿无尽庐诗话》)这番议论，表面上看，似有矛盾，但就其实质而论，学古而能有所创新，创新而又不失古人之精神，乃是其诗学主张的真面目。所谓"诗界革命"者，不过是学古主张的"美称"而已。因此，他是不主张真正的诗界革命的。在文学方面，他们仍然还不能正视欧美的成就，只看到日本之受中国的影响，而不知日本之外，还大有值得借鉴的文学艺术在。而且在他看来，当务之急，是"鼓吹政治活动"，而不是什么文界革命、诗界革命。这种观点不利于海外文化影响扩大到文学领域，尤其是诗歌领域。在当时，如狄葆贤这样一个极重视小说地位的改良人物，甚至还倡言"爱古即属爱国"。他说："余每读南华楚骚，迁史杜诗，宋词元曲，辄爱慕古人不置。盖以此等文词美术，乃吾国之菁华，故爱古即属爱国。其不知爱美术者，必其人素无国家之感念焉耳。"(《平等阁诗话》)而高旭虽无此言，却有此意，所谓"称雄世界"云云乃词异神合。有此等文学观，也就必然会阻碍诗歌艺术的革命。当然，他们也反对死模仿。正是基于这种学古而能自创的诗学愿望，以及冲破个性束缚，放言高歌的要求，他们十分崇拜龚自珍的那种无拘无束、高吟肺腑、亦箫亦剑的浪漫风度。他们不仅学其人，还学其诗，最明显的是集龚句为诗。据1936年出版的《南社诗集》统计，这类诗竟达三百余首之多。柳亚子曾仿龚自珍《三别好》诗，作论诗三绝句，其三咏《定庵集》，诗云："三百年来第一流，飞仙剑客古无俦。只愁孤负灵箫意，北驾南舣到白头。"可以看出他们的爱好心仪所在。

南社以外的革命诗人，还有著名的诗人秋瑾。而如章炳麟等，我们已在前文论及，这里不再赘述。前面论及的一些同光诗人，这时期依然健在，继续作着他们的浅唱低吟。而那些继承同光诗老之学古精神的较年轻一辈的著名诗人，则也是本时期应该论述的对象，主要有杨圻，夏敬观、陈曾寿诸家，这些人虽然在光绪时已有科名，年龄也不比梁启超小几岁，但成名要比梁启超晚，主要是在清末民初之际崛起于骚坛。为略示与同光诗老的区别，故留在本部分加以述评。

第二节　五色纷呈的南社诗人

南社诗人中，学古趋向并不一致：柳亚子"尊唐抑宋"；黄人则取径于李贺、卢仝、马异、胡天游、王昙、龚自珍诡诞奇肆一路；黄节、诸宗元则颇得力于宋人；而苏曼殊则有晚唐人哀感顽艳的风致。

柳亚子生于1887年，比梁启超小十四岁，1958年去世。初名慰高，字安如，更名人权，字亚卢，又名弃疾，字亚子。别置稼轩、南明遗民、秣陵悲秋客、中国少年之少年等。江苏吴江人。柳亚子的父亲"头脑很新，在戊戌政变时代，左袒康梁，大骂西太后"。亚子"受他的影响很多"（柳亚子《南社纪略》），颇崇拜梁启超。1903年后开始对梁启超失望。1906年加入同盟会和光复会。辛亥革命后，参加反袁斗争，先后主编上海《天锋报》《民声报》《太平洋报》。曾任孙中山总统府秘书。以后又参加民主革命活动。新中国成立后，曾任中央人民政府委员、人大常务委员等职，刊有《磨剑室诗词集》。

柳亚子在诗学方面主要得力于唐诗。"幼年得力于母教，授以唐诗。十二岁已读完杜甫全集。"（陈迩冬《柳亚子遗事》）"从健行公学回来，很念了一些旧书，史部以外，最喜欢的还是诗，唐朝是李太白、李义山、杜牧之，金元之间是元遗山，明朝是陈卧子、夏存古、顾亭林、黄梨洲、钱牧斋、吴梅村，清朝是王渔洋、朱竹垞、沈归愚、袁子才、黄仲则、舒铁云、王仲瞿、陈文伯、龚定庵，都看了一些，尤其喜欢夏存古、顾亭林和龚定庵。这样，人家便以为我是龚派了。最古怪的，是对于六朝最著名的《昭明文选》以及宋朝有名的王荆公、苏东坡、黄山谷之类的诗集，却从未看过，至多，不过读读陆放翁、谢皋羽、郑所南诸家的著作罢了。因为这些人都是爱国诗人，使我油然生敬爱之心，因其人而重其诗。至于讲到诗的派别来，我是主张尊唐抑宋的，同时却也崇拜那非唐非宋的龚定庵。在这个时候，我的诗恐怕已经有了定型了吧。"（《我的诗和字》）柳亚子还曾说过："直到十六岁那年，读了梁启超《新民丛报》内的《饮冰室诗话》《诗界潮音集》，热心于诗学革命，便把以前所作的东西，付之一炬。在作风转变的中间，还记得有一首七言古诗，开首几句是：'嫁夫当嫁英吉利，娶妻当娶意大利，一点烟士披里纯，愿为同胞流血矣。'这便是我当时的代表作品，在现在看来，自然是非常幼稚可笑的。"（《我对于创作旧诗和新诗的感想》）这些回忆都是十分坦率的，并没有想把自己打扮成"诗界革命"的英雄。柳亚子在诗歌创作方面仍然走的是传统的学古道路。1947 年他在香港组织扶余诗社时，也曾说："余雅重新诗，苦不能为效颦学步之举，正以中旧诗之毒太深。"（《扶余诗社社启》）但创作传统的旧诗并不妨碍他成为民主革命的战士。

在学古趋向方面，柳亚子是"尊唐抑宋"的。因此，他对于学宋诗派曾大加抨击。在《胡寄尘诗序》中曾说："曩者畏庐老人序林先生述庵诗曰：'近十年来，唐诗祧矣。一二巨子，尚倡为苏黄之派；又降则力摹临川；又降则非后山、简斋，众咸勿齿。忆壬寅都下与某公论诗，竟严斥少陵为颓唐。余至噤不能声，知北地、信阳在今更刍狗耳。'呜呼！何其言之痛也。虽然，今日诗道之弊，其本原尚不在此。论者亦知倡宋诗以为名高，果作俑于谁氏乎？盖自一二罢官废吏，身见放逐，利禄之怀，耿耿勿忘。既不得逞，则涂饰章句，附庸风雅，造为艰深，以文浅陋……后生小子，目不见先正之典型，耳不闻大雅之绪论，氓之蚩蚩，惟扪盘逐臭者是听，而黄茅白苇之诗派，遂遍天下矣……余与同人倡南社，思振唐音以斥伧楚，而尤重布衣之诗，以为不事王侯，高尚其志，非肉食者所敢望。"矛头所向其实即是同光体。

同光体诗老多为清室官僚或废臣，在政治上虽然许多人曾有变法维新之志，但对于清室尚怀有忠心，而南社诸子，有志于推翻清朝，与清室势不两立，不共戴天。因此在政治上，双方存在着严重的分歧。而学古趋向又大异其趣。且同光体门户既立，有附响者，亦必为后来揭竿而起者所抨击，古来宗派无一例外。这种种原因便是柳亚子这篇诗序的触发点。不仅是同光体为柳亚子所不喜，即使是康有为和梁启超，也因为政治上的保守，为柳亚子所不满。其《论诗六绝句》之三云："一卷生吞杜老诗，圣人伎俩只如斯。兰陵学术传秦相，难免陶家一蟹讥。"便是针对康有为而发。《题饮冰室集》云："逐臭吞膻事可怜，淮南鸡犬早成仙。荒江却有鸿文在，饱死蟫鱼不值钱。"则表示了他对梁启超的评判。

在诗歌风格上，柳亚子喜欢激昂慷慨之音。曾说："存古（夏完淳）是明末陈子龙的学生，以神童著名，十五起兵抗满，十七殉国，所作都是激昂慷慨之音。亭林是经学家和政论家，他的诗脱胎杜甫，敦厚深挚，一方面又是反抗满清，不少故国故都之感，在当时是很合我脾胃的。"（《我对于创作旧诗和新诗的感想》）又说："时流竞说黄公度，英气终输仓海君。"（《论诗六绝句》）在黄遵宪与丘逢甲之间，他推重后者，因为丘诗尤富有悲壮昂扬的激情，柳亚子自己的作品也是"意气风发，声调激扬。"（郭沫若《柳亚子诗词选序》）柳诗句律畅快，纯以激情行之。其诗如：

恶耗惊传痛哭来，吴山越水两堪哀。
未歼朱果留遗恨，谁信红颜是党魁。
缺陷应弥流血史，精魂还傍断头台。
他年记取黄龙饮，要向轩亭酹一杯。（《吊鉴湖秋女士》）
滚滚胡尘黯四方，忍看鳞介易冠裳。
最难义侠求沧海，如此河山对夕阳。
流血千秋侪武穆，复仇九世重齐襄。

　　锄非两字分明记，耿耿精灵倘未亡。(《吊刘烈士炳生》)

　　伤心今日是何日，忍死遗民泪眼枯。

　　从此中原虚正朔，遂令骄虏擅皇都。

　　魂依凤辇排阊阖，血洒龙髯泣鼎湖。

　　二百年来仇未复，普天犹自奉胡雏。(《四月二十五日》)

　　一士不得志，烦忧天地同。

　　归心湖海壮，灵想鬼神通。

　　樊哙犹屠狗，荆卿未化虹。

　　送君无别物，红泪洒春风。(《送秋叶归闽次留别韵》)

　　忽复吞声哭，苍凉到九原。

　　斯人如此死，吾党复何言。

　　危论天应忌，神奸世所尊。

　　来岑今已矣，努力殄公孙。(《哭宋遁初烈士》)

　　热血胸中吹不凉，年年忍见柳丝长。

　　华泾亦有邹容墓，一样秋坟吊夕阳。(《天梅以和巢南西泠吊秋诗见示即次其韵并寄秋社诸子》)

　　袁安高卧太寒酸，党尉羊羔未尽欢。

　　愿得健儿三百万，咸阳一炬作消寒。(《消寒一绝》)

　　道胜魔高柱万端，光明终古属延安。

　　骨灰归葬遗言在，莫作胥门抉目看。(《七月二十四日为韬奋逝世周年纪念补赋挽诗四截句》)

　　风潮莽荡太平洋，旧地重来漫感伤。

　　百万大军金鼓震，江淮河汉尽壶浆！(《十月十八日自上海至香港机中口占》)

　　这些诗歌激荡着诗人从事民主革命的慷慨悲壮之情。文采斐然，气势奔腾而下，如烈飙席卷大地。律体中幅也往往不为俳偶束缚，一气贯注，随意收纵挥洒。所用典故以熟为主，不事生僻，且都为激情融化，故在整体上比较晓畅。然集中长篇巨制较少，风格变化也不多，尚有美中不足之憾。

南社中另一位艺术个性突出鲜明的诗人是黄人。

黄人生于 1866 年，比柳亚子长二十一岁，在南社中年辈较高，1913 年冬去世。原名振元，字慕韩，中年易名曰人，字摩西，号野蛮。江苏常熟人。有《石陶梨烟阁诗》《摩西词》遗世。早慧，有"神童"之誉。书无所不读，名学、法学、医学、道书、佛经、小说、诗词无不穷。又习剑术，独入山中，数月不返。早年曾与曾朴、张鸿等交游。平生仰慕同姓学者黄石斋（道周）、黄陶庵（淳耀）、黄梨洲（宗羲）、黄九烟（周星）诸人，故颜其书斋曰"石陶梨烟室"。书室悬一联："黑铁裔神州，盘古留魂三万里；黄金开鬼市，尊卢作祟五千年。"思想学行"狂诞不经"，与流俗迥异。1900 年，东吴大学创办，聘请章太炎和黄人为文学教习，两人朝夕晤谈，黄遂倾向于革命。极推崇富有平民干政精神，抨击君主专制的进步思想家唐甄。在东吴大学曾编著《中国文学史》，为中国史上最早之文学史。又编选《国朝文汇》凡二百卷。另外还编写过《普通百科新大辞典》。1907 年《小说林》创刊，黄人为主编。该刊物以登载翻译作品为主。其所撰《小说林发刊词》一文，阿英认为"对于小说的认识，较之前十年夏穗卿、康有为、梁启超辈，有了较深刻的进一步理解"（《晚清文艺报刊述略·小说林》）。在《发刊词》中，黄人认为："小说者，文学之倾于美的方面之一种也。"把小说提高到美学的高度上来认识，不能不说是一种进步。在文学观念上又推重自由争鸣的独立意识，认为春秋战国之际"文界上能矫其弊者惟楚，故南北学派分峙。而使春秋以上阀阅之文学，一变而为战国处士之文学；博物数典之自然文学，一变而为穷理尽性之爱智文学；樽俎坛坫折冲之文学，一变而为名山大川传人之文学。冲决周公、孔子以来种种专制之范围，人人有独立之资格，自由之精神，咸欲挟其语言思想扫除异己，而于文学上独辟一新世界，而志均力敌，遂亦成为连衡合纵之大战国……然其中最有实力者，自在名、法、兵、计数

家，故其效果为最大。且专重适时而深斥道古，嬴氏卒赖之以囊括宇
内，成开辟以来未有之大业"（《中国文学史》）。而其诗歌，亦以其不
愿受束缚的个性和博杂新奇、"离经背道"的学识为本，自由驰骋，
瑰奇幻诞。"有青莲之逸，昌黎之奇，长吉之怪，义山之丽，求之近世，
王仲瞿、龚定庵其俦也。"（萧蜕《摩西遗稿序》）其诗如：

> 鸟扶残梦飞还坠，虫感秋凉语渐哀。
>
> 列宿足陪传舍客，片云自养作霖才。（《夜坐》）
>
> 牙签十万列如屏，摆脱语言入杳冥。
>
> 当世何人知意趣，前身疑我是精灵。（《独坐和龚定庵韵》）
>
> 纷纷儒释老，荒荒经子史。
>
> 十二万年中，留得几张纸。（《咏怀》）
>
> 手中一卷剑南诗，压在腰间浑未觉。
>
> …………
>
> 青天荡荡带露色，睁眼四顾无一人。
>
> 清气飞来咽几口，张口还为狮子吼。
>
> 庭中顽石乱点头，枝头鸦鹊都惊走。
>
> …………
>
> 小梦不妨入，大梦何时出。
>
> 思之思之无一言，天东送上金轮赤。
>
> 先生无言只作诗，又在梦中过一日。（《早起戏作》）
>
> 君民皆瘦百官肥，举国若狂天亦醉。
>
> 宰相一手握盘珠，公用为乘私为除。
>
> 乘除不须计，一官可得十倍利。（《短歌行》）
>
> 久分好头论价值，从他谬种竟生存。
>
> 自由思想超天演，碎磔河山重国魂。（《送章太炎归浙江》
> 其一）
>
> 缮茸高文破坏才，擘空飞去挟山来。

金时笑倒新天国,铁血期登大舞台。(《送章太炎归浙江》其二)

沥血发宏誓,九幽成十州。

别标三位体,须漆万王头。(《题李觉尔秘密结社和同国遗民元韵》)

诗语恣肆,不拘一格。抒发了诗人胸中郁勃的剑气。而且诗人的想象也光怪奇伟。如其著名的《元旦日蚀诗》句云:

不料怪事发,烦冤啼血盆。老晴陡阴晦,白昼成黄昏。碧海从古无渣滓,乃如火敦脑儿泡泡而浑浑。不见金轮银轮铜轮铁轮轮转四天下,但见弹丸黑子颠倒相并吞。得非倚天剑,误断红桑根?否则稀有鸟,展翅翻昆仑。或疑夸父操蛇咄咄来相逼,不管赤道黄道黑道白道六龙且作惊鳞奔。……王母醉梦百怪喜,侵蚀一日无精光。……佞口善粉饰,似云交食轨有常。母子相食极人变,日为月蚀岂吉祥。日自救不遑,乃与世人商。扣槃扪籥者,献策何周详。或推女娲氏,七十二变最擅长。煮石作胶漆,积金如山冈。金多则富,火烈则强。铸为利器御侵犯,补平天路成康庄,从此日驭无所妨。吾谓巾帼见,只堪补衮裳,补天未补日,长夜殊茫茫。……臣有一方可治天眼睛。欲去蒙蔽患,先正贪饕刑。月止薄薄蚀,自月以下相率食人膏血成妖精。……愿帝一一穷治之,贤于十百上池之水千空青。

以瑰诞的幻想象征现实,矛头直指慈禧,"诚诗家之董狐也"(钱仲联《梦苕庵诗话》),"可匹袁昶《地震诗》,而藻采过之"(钱仲联《近百年诗坛点将录》)。他如《时疫盛行戏作》《暑剧戏作参用昌谷玉川体》《题长吉集》《过湖荡纪事》等古体亦皆奇诡,不同凡响。惜其诗作经兵燹大多散佚，已无从窥其全璧。

南社中另外两位比较著名的诗人，黄节和诸宗元的学古宗旨倾向于宋诗。

黄节（1873—1935），又名晦闻，字玉昆，号纯熙，别署晦翁、黄史氏。广东顺德人。1900年后留学日本，从事革命，与邓实等人成立国学保存会，宣传反清思想，以诗文鼓吹革命。民国时曾任广东教育厅长，北京大学、清华大学教授。晚年从事笺注，有《蒹葭楼诗》《汉魏乐府风笺》《鲍参军诗注》《谢康乐诗注》等。

陈三立称其诗"于后山为近"，黄节自己也尝刻印一方曰"后山以后"。其诗悲慨苍凉，笔致深折，能通阮籍之神理而遗其貌。其诗如：

> 何必怙舟师，何必畏利器！
> 苟得死士心，无敌有大义。
> 天下岂无人，苍苍果谁寄。
> 边风吹虫沙，霾雾走魑魅。
> 壮士怀关东，举酒问天醉。
> 花落竟何言，奈何夜不寐。（《宴集桃李花下兴言边患夜分不寐》）
> 强年岂分心先死，倦客相依岁又寒。
> 试挈壶觞饮江水，不辞风露入脾肝。（《岁暮示秋枚》）
> 江湖乍见初冬雪，天地难为一室春。（《题天梅万树梅花绕一庐卷子》）
> 一湖山色分明好，两姓碑题俯仰生。
> 酒气浃坟秋酹祭，烛光摇树鸟悲鸣。（《南屏谒张苍水墓》）
> 愁入蒹葭不可寻，闭门谁识溯洄深。
> 江湖一往成回首，风露当前独敛襟。
> 遗世尚多今日意，怀人空有百年心。（《自题蒹葭图寄黄宾虹索画》）

缤纷落木行俱尽，憔悴残秋强自妍。

一叶枯荣视天下，满楼风雨忆江边。(《题黄叶楼报刘三为予题兼葭图之作》)

不雪冬旸知有厉，未灯楼望及初昏。

意摧百感将横决，天压重寒似乱原。(《闭门》)

岁岁望秋荣，一秋岁复换。

岁换根不移，花开亦多恨。(《题霜腴图为朱疆村先生寿》)

眼中三十年来事，又见虾夷入国门。(《书愤》)

国亡身老甚须臾，楼外风来雨打湖。

湖水荷花三百顷，万鱼齐泣过河枯。(《五月十六日作》)

强烈的民族意识和对时世的忧虑，在诗歌意境的深处，层层向外散发开来，透进读者的心灵深处，使人久久不能平静。

诸宗元（1875—1932），字贞壮，号大至居士，浙江绍兴人。有《大至阁诗集》。诸宗元少时"才力横辟，好魏源、龚自珍之学，颜所居曰'默定书堂'。中岁始更名大至阁"(夏敬观《大至阁诗序》)。"平生所为诗，奚翅数千首，不务巉刻，而自然意远。融景于情，寓奇于偶，使读者有惘惘不甘之情，则以才逸气迈，吐语自不凡也。"(汪辟疆《光宣诗坛点将录》)与夏剑丞有二俊之目。其诗如：

有舌尚存言变法，此心未死莫悲秋。(《戊戌秋中寄东虚》)

草间求活留花种，云外遗音有雁声。

不信南东金粉地，供人挥涕说神京。(《感纪》)

窃愤无端供涕泪，远情何事苦喧豗。

松阴幽室求文稿，猛士终题廿一回。(《窃愤》)

我虽强不悲，泪欲夺眶出。

几忘殡在野，忽念抱置膝。

我初闻汝病，得书恍有失。

南还促宵征，入门不敢诘。

见汝能笑啼，若脱械与桎。

无何病中变，不谓救无术。（《四月三日哀迈》）

凡楚存亡任天意，曹刘吞攫谢时流。

四年两度逢多难，十口全家住一楼。（《将挈家去杭感赋》）

长夜筑声逢晓静，一春花事任风飞。

越中剑气今沉歇，耻着曼胡短后衣。（《寄晦闻》）

其诗与黄诗幽深者不同，比较明朗，而情感亦较深沉，且有豪迈之气。

南社中的情僧苏曼殊，诗歌创作的数量较少，但在南社中亦能独具一格。

苏曼殊（1884—1918），原名戬，字子谷，小名三郎，后改名玄瑛，别署燕影、燕子山僧、糖僧、玄珠、心印等。生于日本横滨。原籍广东香山，父苏杰生，为旅日华侨。母河合若子，为日本人。1902年入东京早稻田大学预科，是年加入中国留学生革命团体青年会，次年加入拒俄义勇队和军国民教育会。1903年回国。二十岁削发为僧，法号曼殊。在上海与陈独秀、章太炎、柳亚子交游甚密。任《国民日日报》翻译，与陈独秀编译法国雨果的《悲惨世界》。1912年应聘为《太平洋报》主笔，遂加入南社。后人辑有《曼殊全集》。曼殊擅长翻译和小说创作，亦能作画。其诗歌情采缠绵绮丽，忧郁哀伤，笔调自然和谐，体格轻灵明隽。箫心有余，剑气不足。其诗如：

桃腮檀口坐吹笙，春水难量旧恨盈。

华严瀑布高千尺，未及卿卿爱我情。（《本事诗》其五）

碧玉莫愁身世贱，同乡仙子独销魂。

袈裟点点疑樱瓣，半是脂痕半泪痕。（《本事诗》其八）

春雨楼头尺八箫，何时归看浙江潮。

芒鞋破钵无人识，踏过樱花第几桥。(《本事诗》其九)

契阔死生君莫问，行云流水一孤僧。

无端狂笑无端哭，纵有欢肠已似冰。(《过若松町有感示仲兄》)

白水青山未尽思，人间天上两霏微。

轻风细雨红泥寺，不见僧归见燕归。(《吴门依易生韵》)

流萤明灭夜悠悠，素女婵娟不耐秋。

相逢莫问人间事，故国伤心只泪流。(《东居杂诗十九首》)

曼殊是一个情感十分浓郁的人，而素性又极单纯。早年生活的隐痛，不幸时世的摧折，出家生活的压抑，使诗人的内心世界变得十分丰富。溢之于诗，总是带有一种深切的伤感，虽哀乐无端，而字字真切，只是缺乏气势和力度。高旭称其为"定庵一流人"(《愿无尽庐诗话》)，其实曼殊只有定庵的箫心，却无其郁怒的剑气，勉强可算半个"定庵一流人"。

南社中的这些重要的诗人，尽管或多或少地以他们的诗歌传达了革命的激情，但在艺术上并没有沿着诗界革命派朦胧地意识到的方向作新的推进，像苏曼殊这位虽曾翻译欧洲诗歌的诗人，在创作上却尚未能吸收欧洲诗歌的艺术营养，而他们对于古典诗歌，在艺术上也并没有更新的奉献。在这里，中国诗歌基本上处于停滞的状态。

第三节　雄威不减，遗风流存：南社外诸家诗人

南社以外的诗人，就数量而言自然是很多的。诗文创作是传统教育的一个相当重要的内容，因此在传统教育中成长起来的儒生，多数人能写上几句旧诗，当然真正杰出的作品是不会很多的，有造诣的诗人也就更少。这里只想概要分析一下四位诗人的创作，他们分别是秋

瑾、杨圻、夏敬观、陈曾寿，可谓是挂一漏万。

秋瑾是一位富有传奇色彩的女革命家。生于1875年，1907年遇害。原名闺瑾，字璿卿，小字玉姑，号竞雄，别置鉴湖女侠。浙江绍兴人。天资颖慧，性格豪爽，常以花木兰、秦良玉自况。1903年随夫进京，接触到了大量新书报刊。尤喜欢阅读《新民丛报》和《新小说》，受到资产阶级民主思想的影响。对欧美小说中的女性英雄尤为崇拜。1904年，毅然冲破封建家庭罗网，变卖首饰，东渡日本留学，并加入同盟会，组织妇女爱国团体共爱会。1906年回国，在上海创办《中国女报》，提倡女权。曾谓："女子当有学问，求自立，不当事事仰给男子。今新少年动曰'革命，革命'，吾谓革命当自家庭始，所谓男女平权是也。"（吴芝瑛《纪秋女侠遗事》）而她自己的行为也正体现了她的主张。在男尊女卑的时代，居然有如此自信独立的人格精神，本身就是一种前古罕有的革命之举。她曾创作弹词《精卫石》，描写主人公黄鞠瑞接受维新思想，摆脱封建家庭的桎梏，留学日本，寻求救国真理的故事，其实就是她本人的自传。1907年春，回绍兴主持徐锡麟创办的大通学堂，联络会党，组织光复军，准备起义。同年六月，安庆起义失败，徐锡麟英勇殉国，光复军的起义计划因之泄漏，七月十三日被捕，十五日凌晨就义于绍兴轩亭口。成为在民主革命中"第一个被杀头的革命女性"（夏衍《秋瑾不朽》）。后人辑有《秋瑾集》。

秋瑾的诗歌颇有丈夫须眉的气概，一扫纤细柔婉的缠绵情态，与其豪侠的个性互相呼应，其诗如：

> 万里乘风去复来，只身东海挟春雷。
> 忍看图画移颜色，肯使江山付劫灰。
> 浊酒不销忧国泪，救时应仗出群才。
> 拼将十万头颅血，须把乾坤力挽回。（《黄海舟中日人索句并见日俄战争地图》）
> 漫云女子不英雄，万里乘风独向东。

诗思一帆海空阔，梦魂三岛月玲珑。

铜驼已陷悲回首，汗马终惭未有功。

如许伤心家国恨，那堪客里度春风。（《日人石井君索和即用原韵》）

莽莽神州叹陆沉，救时无计愧偷生。

抟沙有愿兴亡楚，博浪无椎击暴秦。

国破方知人种贱，义高不碍客囊贫。

经营恨未酬同志，把剑悲歌涕泪横。（《感愤》）

诗笔雄健，诗情激昂慷慨，与苏曼殊形成了鲜明的对照，其古体尤为雄豪。《宝刀歌》句云：

白鬼西来做警钟，汉人惊破奴才梦。

主人赠我金错刀，我今得此心雄豪。

赤铁主义当今日，百万头颅等一毛。

沐日浴月百宝光，轻生七尺何昂藏。

誓将死里求生路，世界和平赖武装。

…………

愿从兹以天地为炉、阴阳为炭兮，铁聚六洲。

铸造出千柄万柄宝刀兮，澄清神洲。

上继我祖黄帝赫赫之威名兮，一洗数千数百年国史之奇羞。

识见卓特，强烈的民族自尊心，和谋求生存和平的愿望，与悲壮的献身精神及铁和血的呼唤紧紧地融合在一起，形成了辛亥革命前夕特有的革命自由观和人生观。人们是那样地渴望着自由，又那样地渴望着捐躯。索求和奉献的矛盾完全融化在国家意识和民族精神之中。再如：

登天骑白龙，走山跨猛虎。叱咤风云生，精神四飞舞……
不见项羽酣呼巨鹿战，刘秀雷震昆阳鼓。年约二十余，而能
兴汉楚。杀人莫敢当，万世欣英武。愧我年廿七，于世尚无补。
空负时局忧，无策驱胡虏。所幸在风尘，高气终不腐。每闻
鼓鼙声，心思辄震怒！（《泛东海歌》）

豪言壮语，压倒须眉。这样的诗篇在历代闺秀诗中可以说是难以
见到的。掩去作者之名，有谁能想到它竟发自一位大家闺秀的肺腑。
虽然在艺术上也许未必精工，但诗中的气概自有一种震撼人心的力量。
辛亥革命时期许多革命诗人的作品，都主要是以他们怀有的对民族和
国家的赤胆忠心和勇敢的牺牲精神来打动人心的。它们已经超越了艺
术的范围，成为民族精神的惊雷。

如果说秋瑾可视为社外革命诗人的代表，那么杨圻、夏敬观、陈
曾寿则可视为学古诗人的代表。

杨圻（1875—1938），榜名朝庆，字云史，号野王。江苏常熟人。
光绪二十八年（1902）南元。官邮传部郎中，新加坡总领事。民国时
曾为吴佩孚秘书长，然其诗中却对强藩割据，生灵涂炭颇有感慨："历
数虽有归，英雄徒虚伪。邓艾来阴平，兴亡如儿戏。天意本无常，人
事亦何为。得土必杀人，螳雀争觊觎。一姓岂终极，孤城几易帜。宁
令万骨枯，成我数年事。所谓吊伐心，大盗胜者贵。逐鹿满今古，心
迹岂同异。哀哉众生灵，浩劫将焉避。"（《登徐州陶公阁》）表现了诗
人个性的矛盾。刊有《江山万里楼诗钞》。

在诗学方面，杨圻欲重振唐音，"廓清近人摹宋之病"。尤善作梅
村体，如《檀青引》《金谷园曲》《天山曲》《长平公主曲》，"缘情绮
靡，直欲突过梅村"（钱基博《现代中国文学史》）。《天山曲》记香妃
事，吴焘跋其诗曰："以文作诗，以诗作史。气体如长江大河，音节
如鹃啼猿啸。明丽则秋水为神，情韵则行云无迹。一气贯注，达二千
余言，有诗以来，千余年无此巨制矣。讽诵一过，如见古锦百端，明

珠十斛，令人动色。以龙门之史笔，太白之仙才，少陵之学力，温李之藻艳，合为一冶，自成大家。复取摩诘画中之神，以写湘灵弦外之怨，当使白傅、梅村，一齐拜倒。'绝代江山'，夫岂过誉（南海称君词'上下千古，横绝四海'，题其《江山万里楼诗集》曰'绝代江山'），评价之高，可谓无以复加。的确，杨圻之学唐，与沈德潜以及明七子不同，并不是字摹句拟，而能取其精神。艺术造诣，还是比较高的。二十一岁时所赋《檀青引》，以歌者檀青为引线，叙写咸丰史事，"包罗一代掌故，可作咸丰外传读。《长恨歌》《永和宫词》并此鼎足而三，称之诗史，洵无愧色。"（《江山万里楼诗钞》附易顺鼎评点）。有句云：

> 建康杀气下江东，百二关河战火红。
>
> 猿鹤山中啼夜月，渔樵江上哭秋风。
>
> 军书旁午入青锁，从此先皇近醇酒。
>
> 花萼楼前春昼长，芙蓉帐里清宵久。
>
> 三山清月照瑶台，夹道珠灯拥夜来。
>
> 一曲吴歌调凤琯，后庭玉树报花开。
>
> ……………
>
> 当时海内勤王事，慨慷誓师有曾李。
>
> 未见江头捷骑来，忽闻海畔夷歌起。
>
> 避暑温泉夜气清，宫花露冷月华明。
>
> 惊心一曲长生殿，直是渔阳鼙鼓声。
>
> ……………
>
> 来朝胡骑绕宫墙，凝碧池头踞御床。
>
> 昨夜采莲新制曲，月明多处舞衣凉。
>
> 太白睒睒欃枪吐，云房水殿都凄楚。
>
> 咸阳不见阿房宫，可怜一炬成焦土。
>
> ……………
>
> 鼎湖龙静使人愁，福海悠悠春水流。

山蝶乱飞芳树外，野莺啼满殿西头。

…………

十年血战动天地，金陵再见真王气。

南部烟花北地人，天涯那免伤心泪。

　　音节谐畅，藻采华美，而情感哀怨，"婉而多讽，与香山有同志焉。缘情绮靡，其余事矣"。（同上）由此亦可见诗人创作之天才。而其七言近体，又极有气象。《泰山玉皇顶》云：

鸡鸣日出接天关，绝顶疏钟云汉间。

气合大荒心似海，身临上界目无山。

九州寂寂孤僧睡，片石峨峨万古闲。

便欲抠衣通帝座，手扶碧落看人寰。

　　体格谨严，境界辽阔，气概非凡，直造盛唐之室。七古《题五洲地图》则构思立意颇有新意。诗云：

入门屋大乾坤窄，八荒四极在我室。

手扪五岳皆平地，坐视沧海忽壁立。

恍如上界一俯瞩，三分尘土水居七。

又如置身洪荒前，当时不见一人迹。

…………

图中斑驳五色分，人种国界辨明晰。

世上沿革血染成，此图变更乍朝夕。

人间无日无干戈，一万年后知何色。

起来取图裂粉碎，无地存身计亦得。

回头新月照空墙，似闻吴质嫦娥微叹息。

着眼于地图之特色，展开巧妙的设想，并对世界历史有着石破天惊的认识，表现了诗人对人生的忧虑和感叹。

五言如《洋县谢家山谢处士舍留别》《京口遇范肯堂先生》《得幼儿丰祚贞祚家书》《江楼约子才饮》等，诗语朴素真切，又颇有余意韵味。其句云：

> 乱后知何世，闲中过一生。
>
> 为烧菰米饭，邀我说神京。（《洋县谢家山谢处士舍留别》其一）
>
> 山光明酒店，雨色入贫家。
>
> 不到襄阳市，庸知换物华。（《洋县谢家山谢处士舍留别》其二）
>
> 忧乐谁先后，含情未忍言。
>
> 与君看落日，为我话中原。（《京口遇范肯堂先生》）
>
> 自忘为客久，只解劝人归。
>
> 早晚买山去，移家入翠微。（《得幼儿丰祚贞祚家书》）
>
> 春色烽烟里，江流雨雪中。
>
> 故人诗鬓白，旅馆夜灯红。（《江楼约子才饮》）

能得唐诗之长。然诗人毕竟在诗歌艺术方面，并未有多少新的创造，不免过于囿于唐诗的传统之中。

夏敬观和陈曾寿，则为同光体的后劲。

夏敬观（1875—1953），字剑丞，号盥人，映庵。江西新建人。光绪二十年（1894）举人，官浙江提学使，民国时，曾任浙江教育厅长。晚年寓居上海。为同乡文廷式后辈，师事皮锡瑞。著有《忍古楼词话》《忍古楼诗集》《映庵词》等。早期诗参学唐、宋，后学梅尧臣。苦涩朴素，扫除凡艳。仲联有"着树奇花见逸才"诗句评其诗。陈衍则题其诗稿曰："命词薛浪语，命笔梅宛陵。散原实兼之，君乃与代兴。"

然郑孝胥则谓："深人何妨作浅语，浅人好深终非深。"(《答夏剑丞》)不以深涩为然。夏敬观论诗颇重学古，认为"凡作诗文词曲，必赖有泽古之功，然后能吐辞雅驯，虽或有时使用里语村言，不伤鄙俗。近人作语体诗文，亦以平日胸中书卷多者为胜。盖书卷犹药石，其用处在能医俗也。譬如作书作画，非有使用书卷处，而书味盎然者，识者一见，便嗟叹赏玩。"对于白话诗终不能见赏，以为"今人为语体诗，其意未始不在创造，顾仍不出诗词曲之范围，则其成功者鲜矣"(《吷庵臆说》)。其本人亦有运用新名词、写新事物之作，前已论及，这里不再赘述。夏诗钩抉物情，颇能深入一层。其诗如：

蚪龙喑咽眠不得，丘山欲负苦无力。
会当劫尽上天去，万里春雷昼生翼。
南屏千丈泼空翠，一禅酩酊万禅醉。
寒钟透骨鸣一声，大心满山声满寺。(《净慈寺井》)
稍觉雾为壁，杲日出而耨。
平野度秋气，无隙不穿透。(《拔可筑楼于城北旁植竹木大可二亩自居其家于通州而以楼假予作此谢之》)
一白真销大地尘，晓晴便见雪精神。(《除日雪晴寄伯严》)
一柏昼吟风露声，一柏夜嗔山谷平。
一柏束虬天际直，一柏苍龙地上行。
敧眠伛立皆有致，气骨阅世弥老成。
…………
五松对此发愧颜，四皓方之逊高躅。(《邓尉山四古柏行》)
僧榻已无容客处，佛堂还见点兵忙。
江天落日成孤注，淮泗狂流各一方。(《贞长襄庭栗长伯荪应伯同登北固山甘露寺四次前韵》)
顷窥幽径避白日，步步到寺循花砖。
又如葺叶作廊覆，左右柱立皆修椽。

露骨专车岩壑底，表影累尺僧房巅。

空亭住足一遐想，夜至风露宜娟娟。（《云栖寺竹径》）

诗思透进物表，删落一切浮泛之语。让对象之精神赤裸裸地呈现于目前。夏敬观不仅善作景语，亦善为情语。其诗如：

肝肠夜机杼，万绪皆入织。

中藏古人泪，一语一泪滴。

古人已悲今，我今更悲昔。（《秋士吟》）

思君生存日，未如此夜长。

孤灯暗虚帏，梦见不可常。

⋯⋯⋯⋯⋯⋯

寒花夜茫茫，两虫互吟呻。

古声出房中，肝肺入酒醇。

⋯⋯⋯⋯⋯

两家白发亲，慰我吐酸语。

怜儿更哀妇，爱婿复伤女。（《悼亡诗》）

一见一回亲，生交愁短疾。

病起尚过我，讵知一面毕？

读君最后诗，痛绝为搁笔。

湖风凄殡棺，空榻犹在室。

便当缒黄泉，骨入那复出。（《哭俞恪士》）

深挚透切，直造情心，能发挥宋人之长。而情调悲凉，意境幽清，可谓乱世之音。夏敬观曾自题诗卷云："海水入诗生夜雪，茶沤注砚作坚冰。苦吟纵与年俱进，那及缘愁白发增。"冷暖自知，能自道其诗境。

陈曾寿（1878—1949），字仁先。湖北蕲水人。光绪二十九年（1903）

进士。历官刑部主事、学部郎中、都察院广东道监察御史。后筑室杭州南湖。曾寿为陈沆曾孙。著有《苍虬阁诗存》。其诗"初为汉魏六朝",后又兼采唐宋。"出入玉溪、冬郎、荆公、山谷、后山诸家,以上窥陶、杜。"(陈祖壬《苍虬阁诗集序》)能兼"韩之豪、李之婉、王之遒、黄之严"。(陈衍《苍虬阁诗存序》)尤其是能以玉溪之丽泽补宋诗之瘦劲,遂令陈三立自认"伧父"(陈三立《苍虬阁诗存序》)。集中《游仙》七古,以神话传说,合玉溪之神采,昌黎之骨格,写光绪与珍妃事,另开生面。有句云:

> 团扇不怨秋风疏,银河咫尺千里迂。
> 杂花破红鸟相呼,独非我春亲道书。
> 偶戏赤水双明珠,胭脂浣井红模糊。
> 瀛海晶莹不可桴,日闻斫冰进飞鱼。
> 九洲采药群灵趋,丹成忽堕龙髯须。
> ···········
> 影眸凄景无由驱,魂梦不敢朝华胥。
> 仙官笑谓子何愚,海水清浅曾斯须。
> 向来清怨钟上都,日堕月蚀真区区。
> 仙家哀乐与世殊,玉女司册连环如,不见王母今回车。

　　韵律如连珠滚落,非长庆体所有。而立意深隐,无剑拔弩张之气。尤工于写景,"不仅刻画山水,要多独往独来超然物表之概。"(胡先骕《评陈仁先苍虬阁诗存》)其诗如:

> 斜阳布满地,雷雨忽在颠。
> 仰看四沉寥,声出双松间。
> 属耳倏已远,飞度万壑泉。
> ···········

落落孤直胸，回荡生高寒。

提掣四天下，度入太古年。（《天宁寺听松》）

历历钟梵音，诸天度凰鸾。

地清坐忘暝，茶歇神初完。

妙境如追逋，昫暼迹已残。（《秋日同李伯虞左笏卿周沈观丈访菊太清观不得遂至龙泉寺归过酒楼小饮周丈有诗次韵》）

明霞开镜奁，秋潋桃花水。

楼台拥烟鬟，金碧射眸子。

天人纱縠裳，舒卷一千里。（《次韵治芗观落日诗》）

贪看落照一孤僧，片念微差堕尘扰。

流浪多生无畔岸，偶对江山愁皎皎。（《将至金陵视散原先生车过镇江观落日作》）

雪净高下峰，几点岩腹绿。

心知有佳处，禅栖托修竹。（《湖上杂诗》）

阴崖陡起万佛撑，树不识春何代青。

下漏日色变幽荧，彻晶喷雪寒目睛。

径深憩亭俯澄泓，上方潜洄下震惊。

偶与石斗波澜成，本来渊默非不平。（《大雨后同石钦至云林寺》）

诸如此类，不仅境界可喜，而且意味深远，有见道之心。咏物诗亦极佳，能寄寓高情逸致。其诗如：

吐纳九秋精，变化绝思惟。

衣白与衣黄，洒落天人姿。

入道初洗红，连娟青蛾眉。

缤纷天女花，微笑难通辞。

亦现庄严身，狮象千威仪。(《种菊同苕雪治芗作》)

秋魂摄缥渺，凝魄为幽芳。

隐然堕孤月，破此寒畦荒。(《洗心阁中菊花开时复园来
住一月将别为诗四首》)

不落凡近，立意新颖。然其诗亦不仅写景咏物而已。陈三立序其
诗曾谓："余与太夷所得诗，激急抗烈，指斥无留遗。仁先悲愤与之同，
乃中极沉郁，而澹远温邃，自掩其迹。"其诗如：

语不分明宗国事，意何凄怆百年哀。(《梦强甫》)

河伯汪洋轻海若，大人游戏连群鳌。

寸地尺田树荆棘，中央四角酬天骄。

不闻韶州遣使祭，谁当社饭长攀号。

挂冠汲黯留不得，吞声杜老空悲骚。

出辱下殿那可再，坐抚往事忧心忉。(《甲辰岁日本观油
画庚子之役感近事作》)

风来助呜咽，无泪洗峻嶒。(《孤松》)

母子一念忍，机发倾天维。

决流没一日，馘馘鱼头悲。(《咏怀》)

万端空后观忧患，结念孤时赘影形。

霜气穿茅灯飑飑，角声挟浪月冥冥。

天亲回首余抔土，陌路逢人泪自零。(《黄州江干旅夜》)

皆抒发了诗人对时世变乱的感叹。陈诗与夏诗相比，体格较为阔
大，而夏诗则幽深哀至处稍出其上。然古典诗歌已如秋风中饱满之蟹，
唯有蜕壳方能有新的伸展。陈、夏之诗虽然在诗歌艺术上造诣极高，
但同样未能有令人惊喜的推进。这并非是他们的过错，而是古典诗歌
本身已对他们作出了限制。

第四节　结束语

中国诗歌在"踵事增华"与"返璞归真"，求新与趋雅的辩证运动中不断充实着自身，在宋以后，又经过艰难的跋涉，终于在清代又出现了新的繁荣局面。

如果说在清以前，古典诗歌艺术主要在单体形式技巧方面发展着自身，并且吸取了散文的手法扩大了自己的表现力。那么，在清以来一方面在单体方面又进一步扩展着自己的篇幅容量，出现了大量的长篇巨制，百韵以上作品屡见不鲜，而且二百韵以上的作品也不乏其例，最长的竟达六百八十八韵（刘师培《癸丑纪行六百八十八韵》）。另一方面又进一步借鉴小说、传奇和说唱文学中的叙写手法，丰富自己的表现力。在广义的修辞方法方面，也努力开拓构思和想象的空间，间接曲折的表现手法又有了进一步的发展。另一方面，又跳出单体的限制，以多篇集合的形式来扩大容量，大型组诗有了长足的发展，百篇以上的组诗已不再是罕有的珍稀之物。

在题材方面也有了更广泛的开拓，随着疆域的开发，边陲绝域，大漠雪地，怪山奇洞等前所未发的山川景物已大量出现在诗歌之中，而时代生活的发展变化也同样为诗歌提供了丰富的内容，尤其是近代以来，随着门户的开放，许多诗人更把他们的笔触伸向世界，新名词、新事物、新文明已越来越多地成为诗歌的表现对象。

而客观上殖民主义、帝国主义者的侵略再一次激发了中国人民强烈的爱国主义精神和巨大的抗战热情，顽强抵抗与屈膝投降，正义与邪恶，变法与守旧，生存与毁灭之间又一次出现了尖锐冲突，成为诗歌的重要主题。同时又由于近代社会的历史特点，人们在抗战的同时又意识到要向侵略者一方学习先进的科技，乃至于政治制度和民主思想。"师夷长技以制夷"已成为当时许多清醒的中国人共同的战略思想，对外的抵抗侵略，是伴随着内政改革的呼声一起成为时代最严重的至关生死存亡的当务之急。顽强反抗与虚心求学，民族自尊与正视落后，又与闭关自守、夜郎自大及苟且偷安、卖国求荣交织在一起，纠缠在一起，构成了有史以来最为错综复杂的政治现实。所有这些都在客观上为诗歌提供了从未有过的新内容。激昂慷慨与盲目乐观，悲愤哀伤与悲观消沉，忧心如焚与彷徨颓唐，这种种情感也同样交织成一张斑斓的心灵网络，笼盖在诗的王国。清代诗歌容量的扩大，表现力的增强正是对清代社会生活更趋丰富的一种适应。

然而近代以来，仍然是海外新文化逐步输入渗透进我们这个有着悠久的历史和庞大辉煌的传统文化之国家的初级阶段，人们还不可能产生完全崭新的想象世界，这个世界仍然主要地以本民族的传统文化为基础。当然在二十世纪以来，随着海外新文化的汹涌而入，传统文化正在得到充实和改造，人们的想象世界因此也在逐步得到新的开发。与此同时，或者说在这以前，语言这个文学最基本的细胞也正在逐步发生演变。当然在二十世纪以前并未发生质变，而崭新的创作意识的诞生比语言和想象世界的进展还要晚一些，这需要海外文学艺术形式的新鲜刺激和启迪。而在新生命的孕育过程中，古典诗歌正在尽力发挥传统文化培养出的想象力和古汉语的表现力，并努力地在传统的创作意识中抗争着。

然而，古典诗歌已在语言、想象力和创作意识允许的范围内，几乎最大限度地发挥了自己的表现力，古典诗歌的艺术形式已经得到最大限度的充实，就像盐溶于水已达到了最充分的饱和度。因此它已不再是一种待定的艺术，而业已成为一种既定的艺术，完成的艺术。

当然这并不意味着这种艺术在新形式诞生以后将会即刻消失。文学的发展从来就是多头绪和多线索的，而并非是单一的时间排他过程。然而，这种既定的诗歌艺术形式，在其以后的历史中将是完全规范化的，脱离了这种规范化，也就失去了它的特有价值。

随着现代汉语的迅速发展，新的文化、新的文明将会极大地开拓想象世界，而世界文学广泛深入的交流也必将启迪出不断更新的创作意识。人们将会逐渐遗忘古汉语和旧的想象世界，乃至于旧的创作意识，从而不再具备创作古典诗歌的素养。从此，古典诗歌将成为一种纯粹的观赏对象，而不再是一种生动活跃的艺术存在。就像是青铜艺术一样，越来越转变成为纯粹的历史文化，而富有历史的感召力。

现代文学诞生以后，古典诗歌作为一个时代已经结束，但作为一种体裁仍然是不少人爱好采用的形式，直到今天用旧体创作的诗歌还有一定的数量，也不乏优秀的佳构，然而它已不是绝大多数青年人爱好并且有能力创作的艺术形式。也许在这青年一代，最多在下一代，古典诗体将会最后告别这个世界。而新生的诗歌形式将在一个新的层次，新的可能性范围，开始新一轮的辩证运动。传统文化将在扬弃中发展自己的精华，并成为新诗形式的民族灵魂。

当然，由于现代社会已经是一个向世界全面开放的信息社会，中国诗歌的发展，必然会从海外诗歌中吸取营养，世界性的交流，将使诗歌发展变得更加复杂，它的变化节奏将会加快，它的变化幅度将会加大，将会出现前所未有的新情况，然而历史仍将是它的预言和镜子。

跋

　　二十年前,台湾龚鹏程先生来苏州,看到拙著《中国近代诗歌史》,热心介绍到台湾学生书局出版,时海峡两岸交流伊始,邮路往来诸多不便,导致拙著付梓时未经本人校勘,见书时,方才发现鲁鱼亥豕,弥望皆是。然木已成舟,误人之愧憾,长久以来萦绕于心,挥之不去。偶与复旦大学栾梅健兄谈及,君古道热肠,以为知过能改,善莫大焉!补亡羊之牢,虽晚犹可。并亟称复旦大学出版社学术质量,碑在众口,且为力荐。又蒙社长贺圣遂、副总编孙晶之眷顾,使我能有机会对拙著重加校订修改,俾之以较为准确的内容面世。一个出版社能够不计经济利益,始终为读者着想,把读者利益放在首位,不仅让人感激,而且在利往利来的世道里,其道义的光辉将永远闪耀!所以我要借此机会向上述这些有德之士,致以最崇高的敬意和诚挚的感谢!也希望读者方家不吝指教,以不断推进中国近代诗歌史的研究。

马亚中于姑苏丑石房

后记

　　本书的初稿完成于 1987 年 10 月，是我的博士论文，当时的题目是《中国古典诗歌的最后历程》，1992 年 6 月在台北学生书局出版时改名为《中国近代诗歌史》。因为当时校勘不便，留下文字错讹甚多，贻笑读者。2011 年 1 月复旦大学出版社重新出版了修订稿，版本质量有了较大提高，一直心怀感恩！而本次改版又再作修订，又如秋日扫叶，纠谬正讹夥颐，将会更加规范，辛劳编辑，感激不尽！

　　近现代以来中国的经济开始并逐步完成从小农经济向工业化经济的巨大转型，工业化经济生产方式完全是西方的发明，在此基础上形成的一套成体系的观念文化也自然而然成为工业化过程中必须被接受的思想资源，于是与工业化同步的是中国整个学术体系的大转型，中国传统被重新用西学加以观照和"翻译"。中国的文学被重新认知，已经离开传统观念甚远。我们做博士论文的时候正是又一次对"五四"以来的转型加以再次确认的风口，故其时我对"诗"的认知自觉不自觉地都是以西学为准绳的。我当时论文的重点是放在诗"艺"的层面来观察近代诗歌之通变的。就艺论艺一定会忽视中国诗歌固有的身份，而看不到她在中国文化人生活中的实际作用。所以我斗胆用了"中国古典诗歌的最后历程"这个题目，我的基本逻辑是，诗歌是最精炼的语言艺术，古典诗歌的语言基础是古汉语，"五四"以后中国开始了白话时代，所以古典诗歌的语言基础丧失以后古典诗歌的时代也必将结束。但是当今的现实是传统诗体的创作似乎并未告退，相反伴随着传统文化的复兴，却有愈趋兴盛之势。于是我为当时的改题暗自庆幸，否则原来的题目可能会招致种种口舌之争。

其实，问题的根本可能还不在我原来的逻辑是否合理，而是我对诗这个对象认识有偏颇。诗体只是一种语言表达形式，她在传统社会生活中的作用其实大大超越了西学认定的文学范围。我在八十年代曾经写过一篇文章，阐述《诗经》之诗，并非文学之诗，认为她的内容、功用包容了后世所谓的文史哲诸多范围。现在看起来，后世传统诗不仅是内容包涵文史哲等等以及一切社会生活方方面面，而且重要的是她的功能不仅是文学审美，而且常常超离文学成为社会交际的重要工具。传统文人几乎人人能诗，时时写诗：游山玩水、风花雪月、家国时政自然要写诗，见了朋友要写诗，喝酒品茗要写诗，节庆聚会、读书谈天要写诗，牙齿掉了肚子疼了也要写诗，总之生活中的一切，只要诗兴来了都要写诗。这是西方文化没有的，其中妙处也是西人无法体会的。如此又怎么能够用西方一双小小的绣花鞋来套中国人的大脚呢！传统中国人血液里流淌着诗，眼睛里看出去大多可以成诗。情动于中而形于言，在心为志，发言为诗，就这么简单，实在无需奥维德的"天神附身"。在传统社会，写诗不是专业，而是文化人的基本修养，也是社会生活的交际习惯。而今天文学写作成了职业，写诗也成了专业，而且是小众的。几个诗人形影相吊，呼天喊地，而载之于纸上的白话，却是多数人不知所云的呓语。这就是传统诗和当下白话诗的差别。

非常感谢江西教育出版社诸君的垂青，让我有机会重新反思我的诗学观，并对我的旧作存在的局限和狭隘表示歉意！并有望来者能够不为西学所囿，真正站在中国诗歌实际存在意义的基点上来重新建构属于中国的诗歌史。

马亚中于姑苏丑石房